BASTEI
LÜBBE

ANN GRANGER

MORD IST ALLER LASTER ANFANG

2 ROMANE IN EINEM BAND

FUCHS, DU HAST DIE GANS GESTOHLEN

BASTEI LÜBBE

BASTEI LÜBBE TASCHENBUCH
BAND 25940

Vollständige Taschenbuchausgabe der im
Gustav Lübbe Verlag erschienenen Hardcoverausgaben

Bastei Lübbe Taschenbücher und Gustav Lübbe Verlag
sind Imprints der Verlagsgruppe Lübbe

Titel der englischen Originalausgaben:
A Season for Murder und *Say it with Poison*

Umschlaggestaltung: HildenDesign, München
Illustration: Markus Weber
Satz: Druck & Grafik Siebel, Lindlar
Druck und Verarbeitung: Elsnerdruck, Berlin
Printed in Germany
ISBN: 3-404-25940-8

Sie finden uns im Internet unter
http://www.luebbe.de

Der Preis dieses Bandes versteht sich einschließlich
der gesetzlichen Mehrwertsteuer.

ANN GRANGER

MORD IST ALLER LASTER ANFANG

EIN MITCHELL & MARKBY ROMAN

Ins Deutsche übertragen von
Edith Walter

BASTEI LÜBBE

Für John

KAPITEL 1

Der Lift ging schon wieder nicht. Meredith Mitchell starrte ihn wütend an – sie war müde nach einem anstrengenden Tag, zerknittert von der Heimfahrt in einer überfüllten Straßenbahn und staubig von dem Gang durch die sonnigen Straßen. Daß der Lift nicht funktionierte, war weder neu noch überraschend. Er war ein Museumsstück mit reich verzierten Gitterstäben und sah aus wie ein Affenhaus im Privatzoo eines viktorianischen Sammlers. Die Gitterstäbe liefen an der Spitze in metallene Laubverzierungen aus, die stolz zur Schau gestellte Fördervorrichtung mit Tragseil, Steuerseil und Führungsschiene glich einem der technischen Geräte aus dem »Jahrbuch für Jungen«. An einem der metallenen Akanthusstiele war eine Metalltafel befestigt, auf der eine Inschrift auf deutsch verkündete, daß dieser Lift in der Blütezeit der österreichisch-ungarischen Monarchie eingebaut worden war. Irgendein Witzbold hatte, vermutlich von einer Reise nach Wien, eine Ansichtskarte mit dem Porträt von Kaiser Franz Josef mitgebracht und in die Liftkabine geklebt. Dort blieb sie hängen und wurde von dem betagten ungarischen Hausmeister mit jener Ehrfurcht behandelt, die normalerweise Heiligenbildern vorbehalten bleibt. Meredith schnitt dem schnurrbärtigen alten Kaiser in dem blauen Militärmantel mit Messingknöpfen eine

Grimasse. Heute hatten Seine Kaiserliche Hoheit den Lift ganz für sich allein.

Sie nahm ihre Aktenmappe auf und begann die sanft geschwungene steinerne Treppe zu erklimmen, wobei sie sich müde am Treppengeländer abstützte. Obwohl überall die Farbe abblätterte, unter der Decke Spinnweben hingen und man den Eindruck hatte, daß das ganze Gemäuer allmählich zu Staub zerfiel, besaß der Wohnblock noch etwas von der Eleganz des Fin de siècle: Die Treppe, über die Meredith sich jetzt zur dritten Etage hochschleppte, war breit genug für Krinolinen. Aber die Heizung arbeitete nur selten richtig, die Installationen waren abenteuerlich, im Keller gab es Ratten, und manchmal nahm eine von ihnen die falsche Abzweigung und verirrte sich in eines der oberen Stockwerke. Meredith hatte einmal spät abends die Wohnung verlassen und auf der Türschwelle eine Ratte gefunden, die sich den Bart putzte. Dennoch liebte sie das Haus und beneidete die anderen Konsulatsangestellten nicht um ihre moderneren Wohnungen in den seelenlosen Betonbauten draußen in der Wildnis der neuen Vorstädte. Es rückte die Dinge in die richtige Perspektive; es blinzelte dem Besucher verschwörerisch und ein bißchen durchtrieben zu wie ein welker alter Beau, der noch nicht allen Schneid verloren hat. Die Zeit sorgt schließlich immer auf die eine oder andere Weise dafür, daß unsere Ambitionen nicht in den Himmel wachsen.

Endlich stand sie vor ihrer Tür – ein wenig außer Atem und ins Schwitzen geraten in dem stickigen Treppenhaus. Marija, die Putzfrau, war heute hiergewesen und hatte den Messingbriefkasten, auf dem noch in verblaßter gotischer Schrift das deutsche Wort »Briefe« stand, auf Hochglanz poliert. Natürlich machte sich heute kein Postbote mehr die Mühe, seine Tasche mit den Briefen hier heraufzuschleppen. Er warf die Post in die numerierten Metallkästen, die unten in der Vorhalle an der Wand hingen. Das heißt, die Post der anderen Leute. Merediths private Post, sofern sie welche erhielt, kam in einem Leinensack zusammen mit der Diplomatenpost, die regelmäßig vom Kurierdienst zugestellt wurde. Tatsächlich aber kam es nur selten vor, daß sie überhaupt private Briefe erhielt.

Die Leute daheim vergessen einen zwar nicht, wenn man mehrere Jahre im Ausland gearbeitet hat, aber die Verbindung aufrechtzuerhalten wird immer schwieriger. Das zumindest sagte sich Meredith. Die Lebenswege verlaufen in unterschiedlichen Richtungen, und wenn man immer weniger gemeinsam hat, verliert man sich schließlich aus den Augen. Merediths Eltern lebten nicht mehr, und sie hatte weder Bruder noch Schwester. Sie korrespondierte, mit zeitweiligen Unterbrechungen, mit zwei alten Schulfreundinnen – eine von ihnen hatte letzte Weihnachten keinen Brief geschrieben, nur eine Karte geschickt, und zum nächsten Weihnachtsfest würde wahrscheinlich auch die ausbleiben –, aber beide waren verheiratet, hatten sich um eine immer größer werdende Kinderschar zu kümmern und nahmen ganz richtig an, daß Meredith an einer minutiösen Schilderung ihres Familienalltags nicht interessiert sein würde. Ihre einzige nahe Verwandte, eine Cousine, war zugleich die einzige, die nicht unter diese Kategorie fiel. Eve Owens führte ein abwechslungsreiches Leben, in dem die häuslichen Dinge stets eine geringere Rolle spielten als die Ereignisse in dem Bereich, den sie »das Business« nannte. Sie beide schafften es, in Verbindung zu bleiben. Gerade noch. Ob es gut war, war eine andere Sache.

Heute war ein Brief eingetroffen, der Meredith mit Freude, aber auch mit Unbehagen erfüllte. Neuigkeiten von Eve zu erfahren brachte sie immer etwas durcheinander. Sie rührten alte, halb versunkene Erinnerungen wieder auf, die man am besten ruhen lassen sollte. Toby Smythe, der Vizekonsul, der die private Post immer als erster durchsah, hatte ihn mit einem bedeutsamen »Hier, der ist offenbar für Sie!« zu Meredith hineingebracht, was daran lag, daß Eve unbedacht ihren Namen und ihre Adresse auf die Rückseite des Couverts geschrieben und Toby beides gelesen hatte. Neugierige Fragen brannten ihm auf den Lippen, doch der stählerne Blick aus Merediths Augen hinderte ihn daran, sie zu stellen – vorläufig. Sie hatte den Brief mit einem knappen »danke« entgegengenommen und ihn auch nicht geöffnet, nachdem Toby sich widerwillig verzogen hatte. Sie legte ihn auf ihren Schreibtisch und betrachtete ihn eine Weile, bevor sie ihn, noch immer ungeöffnet, hastig in die Tasche stopfte. Als sie jetzt nach ihrem Schlüssel suchte, brachte sich der Brief, als ihre Finger ein knisterndes, steifes Etwas streiften, wieder in Erinnerung.

»Du wartest noch ein bißchen«, sagte Meredith lautlos zu dem Brief. Sie schloß auf und betrat die Wohnung. Marija war selbst nicht mehr da, hatte aber den Geruch von Bohnerwachs zurückgelassen. Meredith ließ die Tasche fallen, hängte den Mantel auf und ging in die Küche, um den Kessel aufzusetzen. Wie für Wohnungen aus dieser Epoche typisch, war jeder der Wohnräume riesig, die Küche hingegen eine winzige Kombüse mit Marmorfußboden, wo die Köchin, kaum imstande, sich umzudrehen, geschwitzt hatte, während die Familie in dem weiträumigen Salon saß und sich von einem Ende zum anderen nur schreiend verständigen konnte. Meredith ließ sich Zeit, trödelte herum und strich sich ein Erdnußbuttersandwich, das sie gar nicht wollte. Endlich trug sie Brief, Tee und Sandwich in das geräumige Wohnzimmer und stellte das Tablett auf ein modernes, protziges hölzernes Möbelstück, das den offiziellen Stellen wohl als angemessene Investition erschienen war. Der Augenblick, den sie so lange hinausgeschoben hatte, war da. Sie setzte sich in den letzten Glanz der Abendsonne, musterte den glatten elfenbeinfarbenen Umschlag mit einem mißtrauischen Blick und machte ihn auf.

Kein Wunder, daß er so steif war. Er enthielt einen Brief und eine Karte. Die Karte war, wie sich bald herausstellte, eine geschmackvoll gravierte Hochzeitseinladung. Einen Moment dachte Meredith, Eve wolle sich kopfüber in die vierte Ehe stürzen, doch bei einem schnellen Überfliegen der Karte sah sie, daß Sara, Eves Tochter und Merediths Patenkind, die Braut war.

Von neuem rief ihr aufwallendes schlechtes Gewissen die ferne Erinnerung an eine kalte Kirche und ein wimmerndes Baby in ihr wach. Vor ihrem inneren Auge erschien Eve, jung, hübsch und auf eine bezaubernde Weise mütterlich. Neben ihr stand Mike, der stolze Vater – er war ja so stolz auf seine winzige Tochter gewesen. Es hatte, außer Meredith, noch zwei weitere Paten gegeben, doch ihre Namen hatte sie vergessen. Sie war eine sehr junge Patin gewesen, und das Ereignis hatte schwer auf ihren Schultern gelastet. Sie hatte eine furchtbare Verantwortung gespürt. Und das Gefühl einer Schuld hatte an ihr gezehrt – einer Schuld, die sie dazu trieb, Eve, die sie in Wirklichkeit doch sehr liebte, hassen zu wollen. Sie war in jenem ganz besonderen Fegefeuer der Jugend gefangen, in Gefühle verstrickt, die sie erschreckten, die sie nicht verstand, die sie gleichzeitig himmelhochjauchzend und zu Tode betrübt machten. Sie hatten ein bezauberndes, nach außen hin harmonisches Trio abgegeben, die hübsche Ehefrau und Mutter, ein schönes Baby und der stolze junge Vater und Ehemann. Meredith hatte ihnen direkt gegenübergestanden, an eine Säule gedrückt, sich hinter dem hohen gemeißelten Taufbecken aus Stein verbergend, sie hatte sterben, in die holprigen Steinplatten versinken wollen, die den Fußboden der uralten Kirche bildeten, sie wäre am liebsten direkt hinabgesunken in die darunterliegende Krypta, um sich dort den Toten zuzugesellen, die aller fleischlichen Pein entronnen waren. Damals hatte sie geglaubt, der schlechteste Mensch auf Erden zu sein.

Der Vikar stellte den Paten die übliche Frage: »Wollt ihr, im Namen dieses Kindes, dem Teufel und all seinen Werken widersagen, dem eitlen Pomp und falschen Glanz dieser Welt mit all ihren Begierden und den Begierden des Fleisches, auf daß ihr ihnen weder folgen noch euch von ihnen leiten lassen werdet?« Obwohl sie sich noch so sehr anstrengte, es zu verhindern, war ihr

Blick in die Höhe gezogen worden, sie war, über das Taufbecken hinweg, Mikes Augen begegnet und hatte das Gefühl gehabt, daß alles, was in ihrem Herzen war, ihr jetzt wie ein Brandzeichen auf der Stirn stehen mußte, so daß alle es lesen konnten.

»Antworte!« hatte sie der Vikar unwirsch aufgefordert.

Undeutlich hatte sie gemurmelt: »Ich widersage« und konnte bis zum heutigen Tag nicht verstehen, warum nicht sofort ein Blitzstrahl sie getroffen und getötet hatte, dort, auf den abgetretenen Steinplatten. Sogar jetzt, mit Eves Brief und Karte in der Hand, war ihr, als könne sie das Kerzenwachs riechen und die erdige Feuchte, die in alten Steinen sitzt, und den Staub in den Betkissen. Sie hörte im Geist das Wasser spritzen, das weitärmelige Chorhemd des Priesters rascheln und das überraschte, leise Piepsen des Kindes in seiner Armbeuge.

Zuweilen, sagte Meredith sich später, wächst man aus der jugendlichen Verwirrung heraus, manchmal aber reift sie zu einer Verwirrung heran, die noch im Erwachsensein Bestand hat, und man kann sich ihr nur entziehen, indem man flieht. Einen anderen Ausweg gibt es nicht. Zu gegebener Zeit nahm Meredith ihr Wanderleben auf. Von Posten zu Posten, von Land zu Land. Jetzt war sie hier, britische Konsulin, fünfunddreißig Jahre alt und sehr gut in ihrem Job. Meredith, so sagten alle, ist eine Karrierefrau. Aber sie war auch ein Flüchtling.

Das Schicksal hat jedoch die häßliche Unart, sich an unsere Rockschöße zu hängen. Jetzt war der wimmernde Säugling zur Frau herangewachsen und wollte heiraten. Das boshafte Schicksal mußte auf diesen Tag gewartet haben und führte jetzt, während es Meredith mit einem höhnischen Grinsen beim Lesen der Karte zusah, in der Ecke des Wohnzimmers einen gespenstischen kleinen triumphalen Tanz auf. Und es war, unleugbar, ein ziemlicher Schock, so plötzlich festzustellen, wie schnell die Jahre verflogen waren.

»Mann«, murmelte Meredith, »wie alt ist sie eigentlich?« Sie zählte schnell mit den Fingern nach. Neunzehn. »Verdammt, ich hab' ihr zum Achtzehnten kein Geburtstagsgeschenk geschickt. Wann feiert man jetzt seine Großjährigkeit? Mit achtzehn oder einundzwanzig? Ich werde ihr etwas unglaublich Tolles zur Hochzeit schenken müssen. Wen um alles in der Welt heiratet sie überhaupt?«

Eine genauere Inspektion der Karte enthüllte, daß es sich um einen gewissen Jonathan Lazenby handelte. Wegen des Hochzeitsgeschenks würde sie sich von Eve beraten lassen müssen. Das letzte, was sie ihrer Erinnerung nach ihrem Patenkind geschickt hatte, war ein Kinderbuch gewesen. Sie begann den Brief zu lesen.

Du wirst doch versuchen zu kommen, nicht wahr, Merry? Eves ausladende Handschrift schwankte, mal nach links, mal nach rechts kippend, über die Seite, fiel hin und wieder sogar über den Rand und ließ dann Worte auf eine kuriose Weise unvollendet. *Wir sind eine so kleine Familie. Wir haben überhaupt keine richtigen Verwandten, und die Lazenbys werden vermutlich in Armeestärke auftreten. Es wird eine ganz bescheidene Hochzeit, nur Familie, weißt du, und es wäre Sara peinlich, wenn unsere Seite der Kirche leer bliebe. Sie heiratet in unserer kleinen Dorfkirche, die praktisch nicht mehr benutzt wird und eigens geöffnet werden muß. Ich hoffe sehr, es riecht nicht muffig nach feuchten Kniekissen. Die Kirche hat hübsche bunte Glasfenster und wird sich auf den Hochzeitsfotos bestimmt gut machen. Zu Mikes Familie habe ich den Kontakt völlig verloren. Ich hätte ihn wohl aufrechterhalten sollen, nehme ich an, um Saras willen, aber so, wie die Dinge endeten, habe ich es nicht getan. BITTE KOMM AUF JEDEN FALL!*

»So, wie die Dinge endeten«, wiederholte Meredith. Den Brief in der Hand, blieb sie ein paar Minuten in einer still gewordenen Welt sitzen. Eine Schmeißfliege, die gegen die Fensterscheibe stieß, holte sie in die Gegenwart zurück. Die Fliege lag auf dem Rücken und surrte völlig sinnlos mit den Flügeln. Meredith stand auf, schaufelte sie auf Eves Brief und beförderte sie aus dem Fenster. Ein Schwall warmer Spätnachmittagsluft wehte herein und brachte das Geräusch der Straßenbahnen mit, die einen Block entfernt vorüberklirrten. Plötzlich überkam sie eine überwältigende Sehnsucht nach England und nach einem Heim, das sie nicht auf dem Rücken mit sich trug wie eine Schnecke: die unbestimmte, verlockende Ahnung einer Welt mit Doppeldeckerbussen, Chintzbezügen, Sommerregen, der gegen Fensterscheiben prasselte, und getoasteten Teekuchen.

Warum sollte sie die Einladung nicht annehmen? Ihr stand noch jede Menge Urlaub zu, und sie brauchte eine Ruhepause. Es wäre schön, mit dabeizusein, wenn Mikes Tochter heiratete. Mike hätte es auch gefallen. Allerdings – wie würde es möglich sein für sie, in der Kirche zu stehen und nicht an jenen anderen Gottesdienst zu denken, an die Fragen und Anworten? Wie sollte sie dann nicht an Mike denken? Denn sie tat es noch immer, öfter, als gut für sie war, und ganz gewiß auch öfter, als es Sinn hatte. Sie schob die Einladung in das Couvert zurück. Die Entscheidung konnte warten. Nicht sehr lange zwar, denn der Hochzeitstermin war nicht mehr allzu •weit entfernt, aber gewiß noch eine Woche, bis sie ihre Antwort dem nächsten für England bestimmten Postsack anvertrauen konnte. Es war ein langer Tag gewesen heute, sie fühlte sich unbehaglich und staubig, und ihre eigene Unentschlossenheit lastete zusammen mit einer Vielfalt anderer unbewältigter Gefühle auf ihr. Sie ging ins Bad und drehte die Hähne auf, um alles gründlich von sich abzuwaschen.

»Ich mag keine Hochzeiten«, sagte Alan Markby energisch. Er spähte zu einem Hängekorb hinauf. »Die Hitze schadet diesem Ding. Ich nehme es lieber weg.«

»Bißchen spät«, sagte sein Schwager Paul und wendete die Steaks auf dem Grill. »Ich fürchte, die Lobelie ist inzwischen gut geräuchert. Bleibt weg von hier, Kinder.«

Markbys Schwester Laura stand aus einem Liegestuhl auf, dehnte und streckte sich und dirigierte ihre Brut in eine Ecke, wo sie sich mit Coladosen niederließ und zudem, wie Markby resigniert feststellte, mit scheußlichen roten Eislutschern, die schneller zu tropfen begannen, als die kleinen Münder sie verspeisen konnten, und die Steinplatten seines Patios mit häßlichen scharlachroten Flecken sprenkelten. Er fragte sich, warum er sie eigentlich eingeladen hatte, damit sie ihm nun seinen Sonntagnachmittag verdarben. Schlechtes Gewissen, dachte er.

Laura, hinter einer riesengroßen Sonnenbrille versteckt, wandte ihr Gesicht der Sonne zu. Sie hatte einen hellen Teint, und ihr blondes Haar verwandelte sich, je weiter der englische Sommer fortschritt, in skandinavisches Weißblond. Sie war mittlerweile gut gebräunt und stellte lange, wohlgeformte Beine zur Schau. Markby dachte in einem Anflug von Humor: Ich habe noch nie jemanden gesehen, der weniger nach einer erfolgreichen Anwältin aus einer hochangesehenen, alteingesessenen Anwaltskanzlei ausgesehen hätte.

»Es ist soweit!« verkündete Paul. »Steaks für uns, Hamburger für die Kinder, Würstchen für alle, die welche haben wollen.«

Während sie aßen, kamen sie wieder auf die Hochzeitseinladung zu sprechen, die in Markbys Küche mit Reißzwecken an die Tür der Speisekammer geheftet war.

»Es ist doch schmeichelhaft, wenn man gebeten wird, den Brautführer zu machen«, bot Laura ihre ganze Überredungskunst auf. »Besonders wenn es sich bei der Brautmutter um die berühmte Eve Owens handelt.«

»Es ist nur schmeichelhaft, wenn man ein alter Freund der Familie ist. Ich kannte Robert Freeman eher flüchtig. Ich habe mit ihm Golf gespielt und einige Male ein Glas mit ihm getrunken. Aber er war gar nicht Saras Vater, nur Stiefvater Nummer zwei, und er ist vor anderthalb Jahren gestorben. Sara selbst habe ich zwei- oder vielleicht dreimal gesehen. Sie kleidet sich wie eine Außerirdische, hüpft herum wie ein ungezogenes

Hündchen und rettet Wale. Eve Owens bin ich auch nicht viel öfter begegnet, und ich bin wahrlich kein Fan ihrer Filme. Das letzte Mal, daß ich sie gesehen habe, war bei der Beerdigung des armen alten Bob Freeman. Sie sah in Schwarz einfach umwerfend aus und war von Fotografen umringt. Ich will nicht behaupten, sie habe nicht richtig getrauert, aber als sie eine einzelne rote Rose ins Grab warf, ging ein wahres Blitzlichtgewitter los. Die ganze Sache war einfach grotesk, und bei dieser Hochzeit wird es nicht anders sein. Paparazzi werden sich um die besten Plätze streiten, um die berühmte Brautmutter zu knipsen, und euer Ergebener wird im Zylinder dabeistehen und sich alle Mühe geben, so auszusehen, als wisse er, was er dort soll.« Markby blickte mit gequälter Miene von seinem Steak auf. »Lieber Gott, sie werden mich womöglich noch als ›Eve Owens neuesten ständigen Begleiter‹ titulieren.«

»Du hast aber auch ein Glück!«

»Gibst du mir ein bißchen Zeitungspapier, das ich den Kindern unterlegen kann, Alan?« fragte Paul freundlich. »Sie machen hier eine ziemliche Schweinerei in deinem Patio.«

»Um Himmels willen, das sieht ja tatsächlich so aus, als hätten sie ein Schwein geschlachtet. Der Dingsda hat seinen Hamburger fallen lassen – da bleibt bestimmt ein Fettfleck zurück.«

»Er heißt Matthew! Du solltest wirklich den Namen deines Neffen kennen, Alan.«

Man kam für eine Weile vom Thema ab, während die Kinder regelrecht in Zeitungspapier gewickelt wurden, freilich zu spät, um den Schaden noch zu verhindern.

»Du kannst dich nicht weigern, den Brautführer zu machen, Alan. Es wäre mehr als unhöflich.«

»Ich mag keine Hochzeiten, habe Hochzeiten noch nie gemocht. Mir hat schon meine eigene nicht gefallen, und das war ein böses Omen – wenn es je eins gegeben hat, dann dieses.«

»Du solltest wieder heiraten. Du bist jetzt zweiundvierzig. Du solltest eine Familie haben.«

»Nein, danke«, sagte Markby und betrachtete mürrisch das in seine Steinfliesen einsickernde Fett. »Was die Ehe anbelangt, hat mir einmal gereicht. Matthew, hör auf, die Fuchsienblüten platzen zu lassen, sei so lieb.«

»Sie gehen dadurch auf.«

»Sie gehen von selbst auf, vielen Dank. Kann ich dieses Hochzeitsdingsbums wirklich nicht ablehnen? Warum hat sie nur mich darum gebeten? Sie rief mich an und behauptete, Robert hätte es gern gesehen. Absoluter Quatsch. Er hätte nicht einmal daran gedacht.«

»Wenn er noch lebte, hätte er nicht daran denken müssen. Er wäre selbst der Brautführer seiner Stieftochter gewesen.«

Markby kapitulierte. »Nun gut, ich tu's. Aber es ist ein Fehler, ich spür's in allen Knochen.«

»Mum, Vicky hat alle roten und lilafarbenen Blumen gepflückt …«

KAPITEL 2

Meredith hatte sich ihre Cousine nie als Landpomeranze vorgestellt. Es paßte einfach nicht zu ihr, sich fern von ihren Freunden und Berufskollegen zu vergraben. Als Meredith vor der alten Pfarrei, Eves derzeitigem Zuhause, vorfuhr und den Motor abstellte, fragte sie sich, ob es wohl die Idee von Robert Freeman, Eves letztem Ehemann, gewesen war, dieses reizvolle, wenn auch schon ein bißchen heruntergekommene gelbe Backsteingebäude inmitten einer ländlichen Kulisse an der Grenze von Oxfordshire und Northamptonshire zu erstehen.

Das Dorf hieß Westerfield, das zumindest verkündete ein teilweise schon in den Boden eingesunkenes, hinter hohem Gras halb verborgenes Schild dem sich nähernden Reisenden. Es lag etwa sechs Meilen von dem Marktstädtchen Bamford entfernt, und um es auf der Generalstabskarte zu finden, mußte man mit zusammengekniffenen Augen schon sehr genau die winzige Druckschrift studieren, ehe man den Namen entdeckte. Dicht daneben stand ein Symbol und die lakonische Anmerkung »Ausgrabungen«. Was es mit diesen Ausgrabungen auf sich hatte, wußte nur der liebe Gott; nirgends gab es, soweit sie bis jetzt gesehen hatte, handfeste Hinweise darauf, wo diese historischen Raritäten zu finden waren. Vermutlich handelte es sich lediglich um einige Buckel im Feld irgendeines Bauern, die auf Befestigungen aus der Bronzezeit schließen ließen. In Westerfield war der Boden schon lange von menschlicher Hand bearbeitet worden.

Der Urmensch hatte vermutlich seinen Schamanen oder Druidenpriester gehabt, aber im 18. Jahrhundert hatte in Westerfield ein christlicher Pastor über die Seelen gewacht, seinen Zehnten kassiert und die Autorität verkörpert. Und hier hatte der Geistliche gewohnt. Eves Haus stand am Ende eines von Bäumen beschatteten Kieswegs. Gegenüber erhob sich, inmitten eines vernachlässigten Friedhofs gelegen, die Kirche, zu der es einst gehört hatte. Sie war halb verborgen von den Bäumen, und Meredith konnte nur erkennen, daß sie aus der Spätgotik stammte und verlassen und zugesperrt zu sein schien. Das Pfarrhaus, soweit sie es hinter einer hohen Backsteinmauer und einem geschlossenen schmiedeeisernen Tor zu sehen bekam, war georgianisch mit einigen spätviktorianischen Beifügungen. Einige unansehnliche Rohre, die außen an der Fassade emporkletterten, legten Zeugnis von den Bemühungen vermutlich aus der Zeit Edward VII. ab, das Haus zu modernisieren. Eine Fernsehantenne auf dem Dachfirst zeigte, welche Prioritäten eine spätere Generation setzte.

Meredith stieg aus dem Wagen und fröstelte in der feuchten Kühle. Sie rieb sich die bloßen Unterarme, während sie zu den Fenstern im ersten Stock hinaufschaute. Hinter ihr säuselte der Wind elegisch in den Friedhofsbäumen, und ohne Vorwarnung flog aus den nahen Ästen etwas Großes auf und machte sich flügelschlagend davon. Meredith zuckte erschrocken zusammen, aber es war nur eine Ringeltaube, die auf der Fernsehantenne landete und sie angurrte. Meredith schnitt eine Grimasse und rüttelte an den Stäben des Einfahrtstores. Es war abgeschlossen, und jetzt sah sie, daß an einem Torpfosten eine durchlöcherte Metallscheibe sowie ein Knopf angebracht waren.

Und da war noch etwas anderes. An einem der Gitterstäbe hing eine braune Papiertüte an einem pinkfarbenen Satinband, das zu einer Schleife gebunden war, daran geheftet war eine kleine Karte von der Art, wie Blumenhändler sie den Blumensträußen beigeben, die sie auf Bestellung ausliefern. Merkwürdig und geradezu abstoßend war, daß die Karte einen schwarzen Rand hatte wie die Beileidskarten, die man an Kränzen oder letzten Blumengrüßen am Grab findet.

Meredith trat näher heran und musterte die Karte genauer. In Druckbuchstaben stand da: »Willkommen zu Hause, Sara«. Keine Unterschrift. Meredith runzelte die Stirn. Zweifellos hatte der Absender des anonymen Grußes beste Absichten gehabt, es war allerdings ein dummer Mißgriff, eine schwarz umrandete Karte zu nehmen. Erst jetzt merkte sie, daß der Boden der Tüte naß war. Was immer es ist, es tropft, dachte sie, streckte die Hand aus und berührte das durchweichte Papier.

Als sie die Finger zurückzog, waren sie klebrig und voll roter Flecken. Sie hielt vor Schreck die Luft an, zerrte an der Satinschleife und riß sie auf. Die Papiertüte fiel zu Boden und zerplatzte. Zum Vorschein kam eine scheußliche blutige Masse. Meredith ging in die Hocke und zog das Papier vorsichtig auseinander. Es war das Herz eines Ochsen.

»Was für ein absolut widerlicher Streich«, sagte sie leise und war froh, daß sie diese ekelhafte Gabe entdeckt hatte, bevor jemand anderes sie finden konnte. Sie hob Tüte, Ochsenherz, Band und Karte auf und trug es, alles auf Armeslänge von sich fernhaltend, zur anderen Seite des Weges, wo ein dicht mit Brennesseln bewachsener Graben verlief. Sie ließ das ganze Zeug mitten in die Nesseln fallen, so daß es nicht mehr zu sehen war. Vielleicht fand ein Hund oder ein nächtlich umherstreifendes Raubtier das Fleisch und würde es bis zum Morgen beseitigen. Meredith wischte sich sorgfältig die Finger ab und gab sich einen Ruck, um das ekelhafte Bild loszuwerden. In diesem Augenblick hörte sie hinter sich auf dem Kies ein leises Knirschen und wirbelte herum.

Vier oder fünf Meter hinter ihr stand ein Mann, der sie beobachtete. In der Stille dieses ländlichen Weges einer Gestalt wie der seinen zu begegnen, hatte sie nun wirklich nicht erwartet. Er war mittelgroß, schlank und blaß, und er konnte ebenso dreißig wie fünfzig sein, doch vermutlich lag sein Alter irgendwo dazwischen. Er trug einen dunklen Anzug und sah beinahe übertrieben sauber und ordentlich aus, so daß sie ihn eine verrückte Sekunde lang für einen Beerdigungsunternehmer hielt, der den Friedhof im Hinblick auf eine spätere berufliche Visite inspizieren kam.

»Ziemlich scheußlich«, sagte er. Sein Tonfall klang amerikanisch, sein Akzent war jedoch sehr gepflegt, er artikulierte die Worte deutlich und auf eine leicht altmodische, gekünstelte Art. Er schien nicht schockiert; was er sagte, klang nur mißbilligend.

Meredith erwiderte hitzig: »Ja – haben Sie etwa gewußt, daß das da hing?«

Er verzog die Mundwinkel nach oben, doch die hellgrauen Augen blieben wachsam. »Ich hatte es gerade gesehen, als ich hier lang kam, aber Sie waren schneller.« Er ging auf sie zu und streckte die Hand aus. »Sie dürften die Konsulin sein. Mein Name ist Elliott – Albie Elliott. Ich bin ein Freund von Evie. Ich wohne auch dort.« Bei den letzten Worten wies er mit einer ruckartigen Kopfbewegung auf das Pfarrhaus.

Etwas zögerlich umschloß Meredith die weichen weißen Finger mit ihrer Hand. Automatisch nannte sie ihren Namen, obwohl ihr Gegenüber ihn offensichtlich schon kannte. »War es noch nicht da, als Sie fortgingen?«

Elliott blinzelte. »Dann hätte ich es doch bemerkt, nicht wahr? Aber ich bin schon frühmorgens aus dem Haus gegangen. War in der kleinen Stadt hier in der Nähe – Bamford heißt sie. Ein Pferdeort. Ich bin mit dem Bus reingefahren. Es war ganz interessant, aber noch mal würde ich es nicht tun. Als ich ging, hing nichts am Tor, doch das war, wie ich schon sagte, um neun Uhr morgens.«

Meredith schossen mehrere Fragen durch den Kopf, aber sie stellte nur eine: »Sind Sie zur Hochzeit gekommen?«

»O ja – die Hochzeit.« Elliott rieb die weichen Handflächen gegeneinander. »Evie möchte, daß ich noch bleibe. Von Ihrer Familie kommen ja nicht allzu viele Leute. Aber ich weiß nicht, ob ich mich hier noch so lange aufhalten kann. Zu Hause wartet Arbeit auf mich.« Am Finger trug er einen großen, ungewöhnlich häßlichen dunkelroten Stein in einer plumpen Fassung. »Ich bin nämlich beruflich hier«, fügte er hinzu.

»Film oder Fernsehen?« fragte sie prompt. Eine andere Möglichkeit kam nicht in Frage, es sei denn, Eve hatte beschlossen, ihre Memoiren zu schreiben. Doch Mr. Elliott war schwer zu durchschauen, obwohl klar war, daß er zumindest in einer Beziehung unter falscher Flagge segelte. Hinter dem »Preppy«-Akzent, der an den Elite-Universitäten im Osten der USA gepflegt wurde, dem erstklassigen Haarschnitt und dem dunklen »Ivy League«-Anzug einer Privatschule, ganz zu schweigen von dem monströsen Ring einer Studentenverbindung, lag unverfälschte Bronx. Dessen war sich Meredith ganz sicher. Es war an ihm alles einen Tick zu bewußt auf den WASP getrimmt, den zur privilegierten Schicht gehörenden »White Anglo-Saxon Protestant«.

Elliott zog wieder die Mundwinkel nach oben. »Ich bin Produzent und Regisseur von ›Das Erbe‹.« Er hielt inne, merkte, daß sie ihn verständnislos ansah, und fügte mit einem leicht verdrießlichen Unterton, der seine Stimme noch näselnder klingen ließ, hinzu: »Das ist eine zur Zeit laufende Saga dreier Generationen einer Bankerfamilie aus New Jersey.«

»Oh, eine Seifenoper«, sagte Meredith, der endlich ein Licht aufgegangen war.

»Das ist richtig. Bin überrascht, daß Sie noch nie von ihr gehört haben. Aber sagen Sie doch, Sie waren in …« Er machte eine Pause.

»In Ungarn. ›Das‹, hm, ›Erbe‹ ist wohl noch nicht bis dahin vorgedrungen, fürchte ich.«

»Das kommt schon noch.«

»Ich glaube nicht, daß die Leute dort wüßten, was sie damit anfangen sollten.« Das klang ziemlich grob, und es tat ihr schon leid, doch Elliott schien nicht gekränkt zu sein.

»Es hat für alle etwas. Es ist mein Baby. Meine Idee. Ich habe sie entwickelt. Und ich sorge dafür, daß wir uns an den ursprünglichen Entwurf halten. Doch im Moment braucht es ein bißchen mehr ...« Sein Blick schweifte wieder zum Pfarrhaus hinüber.

»Sie wollen, daß Eve eine Rolle übernimmt?« fragte Meredith überrascht.

»Ja, Ma'am. Wir haben Action, Dramatik, Pathos, Leidenschaft, und wir fürchten uns nicht davor, umstritten zu sein, obwohl wir niemanden wirklich verärgern wollen, Sie verstehen?« Elliott unterbrach sich und runzelte die Stirn, als sei er mit diesem weitgespannten Szenarium nicht ganz zufrieden. »Aber wir brauchen einen Hauch von Klasse«, sagte er widerstrebend, und mit neu erwachtem Optimismus setzte er hinzu: »Dafür kann Evie sorgen.« Er wandte ihr die ausdruckslosen grauen Augen zu. »Wollen wir ins Haus gehen?«

»Nein, warten Sie noch einen Moment.« Meredith streckte die Hand aus, um ihn zurückzuhalten. »Was unternehmen wir wegen dieser – dieser Sache?« Sie zeigte auf die Brennesseln, die den widerwärtigen Fund verbargen.

»Müssen wir etwas tun?«

Verblüfft sah Meredith ihn an. »Aber ja«, sagte sie, als sie die Stimme endlich wiederfand.

Erneut drückte sein Gesicht Mißbilligung aus. »Was haben Sie vor, Lady? Wollen Sie es hier rausholen und triumphierend ins Haus tragen?«

»Seien Sie nicht albern«, entgegnete sie verärgert. »Natürlich nicht.«

»Fein. Also lassen Sie es hier. Ich werde mich darum kümmern, in Ordnung?«

In seiner Stimme war eine Schärfe, die vorher nicht dagewesen war. Unwillkürlich musterte Meredith ihn ein zweites Mal. Die hellgrauen Augen ähnelten bei weitem nicht mehr den starren Augen eines Fischs. Sie hatten nun einen harten Glanz, der jedoch erlosch, während sie ihn ansah. Elliott lächelte besänftigend. »Sie brauchen sich jetzt nicht den Kopf darüber zu zerbrechen. Sie sind doch eben erst angekommen. Warum gehen Sie nicht hinein und sagen erst mal hallo? Evie wartet auf Sie. Warum das Wiedersehen verderben? Seit gestern redet Evie nur noch davon, daß Sie kommen. Ich sage Ihnen, ich war schon richtig neugierig darauf, Sie kennenzulernen.«

Meredith unterdrückte das Verlangen, schnippisch zu fragen: »Und was denken Sie jetzt, nachdem Sie mich kennengelernt haben?« Statt dessen gab sie sich förmlich: »Nun gut. Aber wir sprechen später darüber.«

»Selbstverständlich«, sagte Elliott sanft und vermittelte ihr den unangenehmen Eindruck, daß er so geschickt mit ihr verfahren war wie mit einer seiner launenhaften Aktricen auf den Sets. Mit leichten, energischen Schritten ging er zum Tor und drückte auf den Klingelknopf. Eine körperlose, krächzende Stimme, undeutlich als die von Eve zu erkennen, fragte, wer da sei.

»Albie, mein Schatz«, sagte Elliott. »Und deine Cousine bringe ich dir auch gleich mit.«

Ein elektronisches Schnarren, das plötzlich ertönte, ließ Meredith beinahe aus der Haut fahren. Das Tor ging auf. Vor sich sah Meredith jetzt an der Hauswand den auffälligen, blau lackierten Kasten einer Alarmanlage. Mit dem Sicherheitstor, der hohen Mauer und der Alarmanlage hatte sich Eve ziemlich gut geschützt und abgeschirmt. Offenbar durfte man heutzutage auf dem Land keine Risiken eingehen. Besonders dann nicht, wenn es in der Umgebung Leute gab, die einem so widerliche Streiche spielten.

Wie ein Echo auf ihre Gedanken kam Elliotts gemurmelte Ermahnung: »Wir erwähnen das kleine Päckchen da draußen nicht, in Ordnung? Es hat keinen Sinn, Evie aufzuregen.«

Meredith nickte zustimmend, wenn es sie auch einige Überwindung kostete. In ihrer Kindheit war es auf dem Land üblich gewesen, daß die Menschen ihre Türen den ganzen Tag offenließen, sogar dann, wenn sie in den Dorfladen zum Einkaufen gingen. Beides war verschwunden, sowohl das Vertrauen als auch die Dorfläden. Und dazu hatten die Grundstückspreise angezogen. Was mag wohl heute ein Haus wie dieses kosten, fragte sie sich, als sie die Stufen zum Portal hinaufstieg. Mit einer Aufteilung, wie sie typisch für die damalige Zeit war: bestimmt fünf oder sechs Schlafzimmer, ein paar Mädchenzimmer in der Mansarde, wahrscheinlich zwei Badezimmer und vielleicht eine separate Toilette im Flur des Erdgeschosses, mehrere schöne Empfangsräume und eine riesige Küche (mit Steinfliesen, nahm sie an, und jetzt zweifellos mit Geschirrspülmaschine und anderen modernen Gerätschaften bestens ausgestattet), dazu ein weiter Komplex von Nebengebäuden und ein großer, von einer Mauer umfriedeter Garten … Wenn ich mich einmal aus dem Berufsleben zurückziehe, dachte sie, werde ich schon froh sein müssen, wenn ich mir ein Einzimmerapartment leisten kann. Gerade als ihr dieser Gedanke durch den Kopf ging, wurde die Haustür aufgerissen.

»Liebling!« rief Eve und streckte beide Hände aus. »Wie wunderbar! Endlich bist du da!« Meredith wurde mit einer herzlichen Umarmung in Empfang genommen, und der schwache Duft eines sehr teuren Parfums hüllte sie ein. »Komm nur rein!«

»Mein Wagen steht noch draußen.«

»Ach, fahr ihn später rein. Diese Straße benutzt sowieso niemand. Hier ist es sehr ruhig. Halt, ich weiß, gib Albie den Schlüssel. Er holt das Auto.«

Elliott schnitt eine Grimasse und streckte die Hand aus. Ein wenig verlegen reichte Meredith ihm den Schlüssel. »Das ist nett von Ihnen.«

»Warum auch nicht?« erwiderte er rätselhaft.

Meredith wurde eilig durch die Halle in einen Salon geführt. Dann nahm Eve sie bei den Schultern. »So«, sagte sie vergnügt. »Und jetzt laß dich ansehen.«

Der Salon war elegant möbliert. Nur wenig erinnerte an die Zeit seiner ursprünglichen klerikalen Nutzung. Jetzt waren die Wände pfirsichfarben gestrichen, vor den Fenstern hingen Tüllgardinen im Stil alter Wiener Kaffeehäuser, das einzige Bild war ein ziemlich mittelmäßiges Porträt von Eve, und nirgends war ein Buch zu sehen. Statt dessen lagen Hochglanzzeitschriften auf dem Couchtisch. Sogar der brüskierte Geist des Pfarrers war geflüchtet.

»Ich freu' mich so, dich zu sehen, Merry«, sagte Eve. Ihre Stimme, eben noch laut vor Begeisterung, wurde plötzlich fast unhörbar. »Verdammt, jetzt fange ich auch noch an zu heulen.«

»Aber nicht doch!« rief Meredith. »Sei nicht albern, Eve. Ich bin nicht hier, um dir einen Oscar zu überreichen.«

»Ach, ich brauch' dich einfach«, sagte Eve leidenschaftlich. »Ich weiß nicht, wo mir der Kopf steht. Diese Hochzeit – und alles andere. Du hast immer soviel Kraft gehabt, Merry, und mir Halt gegeben.«

»Also bitte, Eve, jetzt übertreibst du aber.«

Sie hörten, wie vor der Haustür ein Wagen abgestellt wurde. Etwas weiter entfernt fiel klirrend das Tor zu. Merediths Schlüssel in der Hand, tauchte Elliott wieder auf.

»Ihren Koffer habe ich in die Halle gestellt. Soll ich noch etwas für dich tun, Evie?«

»Gott segne dich, Liebling. Komm rein, damit ich dich mit meiner Cousine Meredith richtig bekannt machen kann.« Sie wandte sich wieder Meredith zu. »Du siehst so gut aus«, sagte sie mit Nachdruck. »Hab' ich nicht recht, Elliott?«

Elliott stand mit gefalteten Händen ein bißchen abseits und ließ sich zu einer spontanen Antwort hinreißen. »Woher, zum Teufel, soll ich das wissen, mein Schatz? Ich habe sie erst vor zehn Minuten kennengelernt. Klar, sie sieht großartig aus.«

»Und du phantastisch, Eve«, sagte Meredith aufrichtig.

Eve strahlte aus jeder Pore gepflegten Charme aus. Ihr schönes Gesicht schien nur wenig verändert, seit Meredith sie vor etwa sechs Jahren zum letztenmal gesehen hatte. Elliott nickte. Sein Blick, der auf Eve ruhte, hatte jetzt etwas Besitzergreifendes, er betrachtete sie wie ein stolzer Vater.

»Du mußt nach einer Tasse Tee lechzen«, sagte Eve, plötzlich die praktische Gastgeberin. »Diese lange Fahrt. Lucia – sie kocht noch immer für mich – ist beim Zahnarzt. Ich hoffe nur, daß es ihr bis heute abend wieder gutgeht. Jonathan kommt mit Sara aus London, und ich habe eine kleine Dinnerparty arrangiert. Sara kann's gar nicht erwarten, dich wiederzusehen, und ich möchte, daß sie ein paar Tage bleibt, damit wir die letzten Hochzeitsvorbereitungen besprechen können. Es gibt so viel zu tun – du hast ja keine Ahnung. Ich hole den Tee, setz du dich nur hin und entspann dich.«

»Für mich keinen Tee«, sagte Elliott hastig. »Ich muß noch arbeiten. Außerdem werdet ihr Mädchen euch eine Menge zu erzählen haben. Wir sehen uns dann später.« Mit seinem leichten, elastischen Gang verließ er das Zimmer.

»Wer ist das?« fragte Meredith leise mit belegter Stimme. »Er sagt, du sollst seiner entsetzlichen Seifenoper ein bißchen Klasse geben.«

»Das erzähl' ich dir später…« Eve warf einen verstohlenen Blick zur Tür. »Albie ist ein Schatz. Ich kenne ihn seit Jahren. Und ich würde wahnsinnig gern wieder mit ihm arbeiten. Nein, du brauchst mir nicht zu helfen,

Merry, das schaffe ich schon allein.« Mit klappernden Absätzen ging sie über den Parkettfußboden zur Tür, um den Tee aus der Küche zu holen.

Allein gelassen, wanderte Meredith zum anderen Ende des Zimmers und sah sich das Porträt an. Das Datum in einer Ecke, direkt unter der Signatur des Malers und über einem kleinen Fehler im Rahmen – ein Splitter war aus dem Holz herausgebrochen –, sagte ihr, daß es zu der Zeit gemalt worden war, als Eve zum drittenmal geheiratet hatte. Ein Hochzeitsgeschenk für oder von der Braut? Der Name des Künstlers war Meredith nicht bekannt und schwer zu entziffern, der Pinselstrich plump, die Ausführung schludrig, aber der Mann hatte einen Blick für Farben, und er hatte etwas von Eve eingefangen. Während sie das Bild betrachtete, merkte sie, daß Eve sich doch verändert hatte, wenig nur, aber dennoch unübersehbar. Das dunkel lohfarbene Haar sah noch genauso aus wie auf dem Bild. Die schönen veilchenblauen Augen blickten noch so selbstsicher wie damals, doch in der Realität begann die Haut darunter ein ganz klein wenig schlaff zu werden. Die Kinnlinie auf diesem Bild war fester. Entweder wollte der Künstler ihr schmeicheln, oder Haut und Muskeln hatten im Laufe des letzten Jahres ein wenig von ihrer Straffheit verloren. Das Netz feiner und feinster Fältchen, das Eves Haut von ihrem dreißigsten Lebensjahr an durchzog, hatte der Künstler völlig ignoriert – es war eine Hinterlassenschaft greller und heißer Scheinwerferlampen, staubiger, sturmgepeitschter und sonnendurchglühter Drehorte, war die nicht mehr zu tilgende Spur von starkem Bühnen-Make-up und dem berühmten schönen, großen Lächeln, das allmählich zu Krähenfüßen in den Augenwinkeln und den kleinen steilen Linien zu beiden Seiten des Mundes geführt hatte.

Auf dem Porträt trug Eve ein Kleid von der Farbe ihrer Augen. Ihrer äußeren Erscheinung hatte sie immer sorgfältigste Pflege angedeihen lassen. Heute hatte sie eine schwarze Hose und einen weiten weißen Seidenkasack mit einem breiten schwarzen Gürtel an. Darin wirkte ihr Körper schlank, geschmeidig und voll jugendlicher Elastizität. Eve war neun Jahre älter als Meredith, doch sie akzeptierte neidlos, daß jeder Mann, der mit ihnen zusammentraf, nur Augen für Eve haben würde. Sie dachte an Elliott und an den beinahe väterlichen Blick, mit dem er Eve angesehen hatte, und runzelte einen Moment lang die Stirn. Dann setzte sie sich in die Ecke eines sehr bequemen Sofas mit einem exotisch aussehenden Überzug mit Vogel- und Blattmotiven und wartete darauf, daß Eve wieder auftauchte.

Bald darauf kam sie, beladen mit einem großen Tablett, auf dem sich ein ganzes Sammelsurium verschiedenen Porzellans stapelte. Eve und Häuslichkeit hatten nie ein gutes Gespann abgegeben. Meredith unterdrückte ein Lächeln, nahm ihr die Last ab und stellte sie, die Hochglanzzeitschriften beiseite schiebend, auf den Couchtisch.

»Was habe ich vergessen?« Eve musterte das Sortiment auf dem Tablett. »Das sind ein paar von Lucias Biskuits. Dazu brauchen wir keine Kuchengabeln, nicht wahr? Ich habe nämlich keine mitgebracht. Die Zitrone ist für mich, es sei denn, du magst auch welche.«

Sie ließ sich neben Meredith auf dem Sofa nieder und

goß aus einer sehr hübschen viktorianischen Kanne achtlos den Tee in die Tassen, so daß er überschwappte. Dann schwatzten sie eine Zeitlang miteinander, tauschten ein bißchen Klatsch aus, und schließlich brachte Meredith, von echter Neugierde getrieben, die Sprache wieder auf Elliotts Seifenoper.

»Wirst du da wirklich mitmachen, Eve? Es ist ein bißchen was anderes als ein Film.«

»Ach, einen Kinofilm habe ich schon seit Ewigkeiten nicht mehr gedreht. Seien wir doch einmal ehrlich«, fügte sie mit einer plötzlichen Offenheit hinzu, »keiner meiner Filme hat je Rekordeinnahmen eingespielt.«

»Mir hat der gut gefallen, den du schon vor etlichen Jahren gemacht hast und in dem du einen Bikini aus Pelz trägst und von radioaktiven Dinosauriern gejagt wirst.«

Eves kräftig getuschte Wimpern flatterten. »Ach, der? Hat er dir wirklich gefallen? Er war nicht gerade einer meiner besten.« Sie begann zu lächeln und drohte ihr mit dem schmalen, sorgfältig manikürten Zeigefinger. »Aber die Spezialeffekte waren erstaunlich fortschrittlich für die damalige Zeit. Natürlich, jetzt reden alle Kinogänger nur von ›Star Wars‹ und ›Indiana Jones‹, und unsere armen alten knarrenden Monster bringen das Publikum nur zum Lachen – von den Kindern mal abgesehen, die lieben sie noch immer.«

»Ich liebe sie auch noch«, sagte Meredith lachend. »›King Kong‹ war einer der besten Filme, die je gedreht wurden, meiner Meinung nach.«

»Hoffentlich willst du damit nicht behaupten, daß ich darin mitgespielt habe«, sagte Eve streng. »Das war lange vor deiner und meiner Zeit. Nun, tatsächlich ist es so, daß Albie und ich uns schon aus meinen Spielfilmzeiten kennen. Aber er arbeitet jetzt bereits seit einiger Zeit fürs Fernsehen. Und es geht ihm recht gut dabei, er hatte mehrere Erfolge, aber ›Das Erbe‹ ist sein größter, und die Chance, darin eine große Rolle zu übernehmen, nun ja …«

Meredith nahm sich vor, sich demnächst eine Episode anzuschauen. Bis dahin konnte sie nicht viel darüber sagen. Also wechselte sie das Thema: »Ich freu' mich darauf, Sara wiederzusehen. Gib mir einen Tip, was ich ihr zur Hochzeit schenken soll, und erzähl mir etwas über ihren Freund, entschuldige, Verlobten. Wo hat sie ihn kennengelernt?«

Ein Schatten flog über Eves Gesicht, und in dem feinen Netzwerk unter dem Make-up erschien ein neues Fältchen. Abrupt stellte sie ihre Tasse ab. »Du weißt doch, daß ich mit Sara große Schwierigkeiten hatte, nicht wahr?«

»Du hast es in einem deiner Weihnachtsbriefe erwähnt.«

»Es war viel schlimmer«, sagte Eve. »Viel schlimmer, als ich es dir geschrieben habe.« Sie machte eine Geste der Verzweiflung, die bestimmt echt war, aber trotzdem ein bißchen theatralisch wirkte. Meredith empfand plötzlich tiefes Mitleid mit ihr, und dieses Gefühl durchfuhr sie wie ein Schmerz. »Ich habe alles falsch gemacht, Meredith«, sagte Eve düster. »Als Mutter habe ich alles falsch gemacht.«

»Nun komm schon. Du liebst Sara über alles, das weiß ich.«

»Ja, das tu' ich.« Enttäuscht über sich selbst ballte

Eve die Fäuste. »Aber trotzdem habe ich bei der Erziehung total versagt. Michael wäre mit mir nicht einverstanden gewesen.«

Ein zweiter, noch schmerzhafterer Stich bohrte sich Meredith ins Herz. »Nein, wahrscheinlich nicht.«

»Mike war so praktisch. Er war der Richtige für mich, Merry.« Eve seufzte. »Wenn wir uns nicht getrennt hätten, als Sara acht Jahre alt war, wenn er weiter dagewesen wäre, wäre alles anders verlaufen. Wir wollten es noch einmal miteinander versuchen, weißt du, als dieser verfluchte Bengel ...«

Meredith streckte die Hand aus und legte sie ihrer Cousine auf den Arm. »Reg dich jetzt nicht mehr darüber auf, Eve. Es ist vorbei und längst vergangen.« Die Worte klangen sogar in ihren eigenen Ohren hohl. Sie wußte, daß es nicht so war. Laut sagte sie: »Du hast für Sara dein Bestes getan, Evie.«

»Nein, hab' ich nicht. Ich habe alles verdorben. Nie hatte ich Zeit, so war es. Und meine zweite Ehe mit Hughie – nun, ich will nicht wieder alles aufwärmen. Du kennst die schmutzigen Einzelheiten. Aber das alles hat mich noch mehr von der armen Sara abgelenkt. Dann war sie plötzlich kein kleines Mädchen mehr, sondern ein Teenager und trieb sich mit der wildesten Clique herum, die du dir vorstellen kannst.« Eve hielt inne und schob das Teetablett zur Seite. »Wer will überhaupt Tee? Es ist nach fünf. Wie wäre es mit einem richtigen Drink?«

»Nicht für mich, danke. Später.«

»Hast du etwas dagegen, wenn ich mir einen Gin nehme?«

»Natürlich nicht. Es ist dein Haus.«

»Das ist heutzutage ein altmodischer Drink«, sagte Eve, als sie ein paar Minuten später mit ihrem Gin-Tonic zurückkam. »Heutzutage trinken alle unglaubliche Mixturen mit exotischen Namen. Ich werde langsam altmodisch, Merry. Ich bin vierundvierzig und finde es immer schwieriger, mich in das hineinzudenken, was meine Tochter sagt oder tut.«

»Das wird den meisten Eltern so gehen, kann ich mir vorstellen. Das hat nichts mit dem Alter zu tun. Es liegt an der Mutter-Tochter-Beziehung.«

»Sara wird nächsten Monat zwanzig.« Eve schien den Einwurf nicht gehört zu haben. »Es war mein armer, lieber Robert, der mich darauf aufmerksam gemacht hat, wie tief der Sumpf war, in dem Sara steckte. Natürlich weigerte ich mich anfangs, es zu glauben. Wir wohnten damals in London. Alles lief hervorragend für mich, und ich wollte einfach nicht wahrhaben, daß es im Balkenwerk gefährlich knackte. Dann kam Sara eines Nachts um drei oder vier Uhr morgens von einer Party nach Hause. Sie machte ein bißchen Krach, und ich wurde halb wach und dachte: Verdammter Fratz! Aber ich bin nicht aufgestanden. Gute Mütter stehen auf. Ich war immer eine miserable, also blieb ich liegen, zog mir das Kissen über den Kopf und versuchte wieder einzuschlafen. Sie rumorte noch eine Weile, dann wurde es still. Inzwischen hatte sogar ich begriffen, daß etwas nicht in Ordnung war, ich stand endlich auf und ging nachsehen, was los war. Sie war sternhagelvoll und hatte sich mehrmals übergeben. Eine solche Schweinerei hast du noch nicht gesehen. Dann war sie in ihr Zimmer gegangen und hatte sich in einen Sessel geworfen. Alle Lichter brannten, sie hatte noch ihr Partykleid an, und überall war Erbrochenes. Ich stand da, schaute auf sie hinunter und dachte: Lieber Gott, sie ist erst siebzehn. Was in aller Welt habe ich da geschehen lassen?«

»Hör zu, Eve«, sagte Meredith energisch, »dafür kannst du dir nicht die Schuld geben. Viele Halbwüchsige machen diese Phase durch.«

»Das war aber nicht das Schlimmste«, erwiderte Eve heftig. Ihre Finger umklammerten das Ginglas. »Sie schlief nicht und war auch nicht bewußtlos, sie saß da und murmelte vor sich hin. Ich versuchte mit ihr zu reden, wollte sie irgendwie ins Bett bringen. Ich rüttelte sie an den Schultern, schrie sie an. Irgendwann schien sie zu begreifen, daß jemand da war und wer ich war. Sie fing an, mir etwas zu erzählen, doch ich war zu wütend und so – so durcheinander und wußte nicht, was ich tun sollte, so daß ich nicht richtig zuhörte. Ich weiß noch, daß ich sagte: ›Morgen, erzähl es mir morgen‹, ich wollte sie nämlich nur so schnell wie möglich im Bett haben. Aber während ich ihr beim Ausziehen half, sagte sie immer wieder dasselbe, bis ich gezwungen war, es aufzunehmen. ›Wir haben sie nicht wach gekriegt‹, wiederholte sie immer wieder. Es war« – Eve unterbrach sich und erschauerte –, »es war so unheimlich. Ich hatte Angst, wollte es aber noch immer nicht wissen. Schließlich fragte ich: ›Wen?‹ Sie nannte mir einen Namen, aber den kannte ich nicht.«

Eve verfiel in Schweigen, und Meredith wartete. »Am nächsten Tag kam die Polizei.« Eves Stimme war düster geworden. »Irgendein armes Mädchen war gestorben – an einer Mischung aus Alkohol und Drogen, ich weiß nicht, was für Drogen. Das war es, was Sara versucht hatte, mir zu sagen. Sie hatten sie nicht wach bekommen und waren alle zu verängstigt und zu betrunken gewesen, um einen Arzt zu holen oder die Eltern von irgend jemandem aus der Clique anzurufen. Wenn sie es getan hätten, wäre das Mädchen möglicherweise noch gerettet worden. So aber waren sie alle in Panik geraten. Sie bildeten sich rührenderweise ein – schließlich waren sie noch Kinder –, daß alles gut werden würde, wenn sie sie in Ruhe ließen. Sie würde mit irren Kopfschmerzen und einem Riesenkater schon wieder aufwachen. Doch sie kam nicht mehr zu sich. Es war ganz schrecklich. Wir waren bei dem gerichtlichen Untersuchungstermin. Die Eltern des toten Mädchens – ich werde die Mutter nie vergessen, ihr Gesicht …«

»Es war nicht Saras Schuld«, sagte Meredith.

»Nein. Aber irgend jemand mußte doch schuld haben, nicht wahr?« Die veilchenfarbenen, von Maskarawimpern umrahmten Augen blitzten angriffslustig.

»Der Drogendealer.«

»Das sagt sich leicht.«

»Und es stimmt auch. Sie sind gerade hinter Kindern wie Sara her, die Geld haben.«

»Und die Eltern haben, die zu beschäftigt sind, um etwas davon zu merken. Warum soll man es nicht aussprechen?«

»Es war einfach Pech. Aber es war weder deine noch Saras Schuld, Eve.« Auch die arme Eve litt unter einem schlechten Gewissen. Meredith konnte es ihr nachfühlen. *Denn da dieses Kind durch euch, seine Paten, gelobt hat, dem Teufel und all seinen Werken zu entsagen … werdet ihr dafür sorgen … daß es tugendhaft heranwächst …* Sie hatte dem Baby ein Silberbesteck geschenkt und dann den lieben Gott einen guten Mann sein lassen. Hastig fragte sie: »Was ist eigentlich aus den beiden anderen Paten geworden? Außer mir war noch ein Paar da. Kommen sie auch zur Hochzeit?«

»Nein«, erwiderte Eve abwesend und starrte in ihr leeres Glas. »Du meinst Rex und Lydia. Sie haben sich scheiden lassen. Lydia hat einen Ölscheich geheiratet. Rex lebt in Florida und managt Sportstars. Da steckt heutzutage das große Geld. Die jungen Leute wollen keine Filmstars mehr werden. Sie wollen Tennis spielen.« Eve hob den Kopf und warf Meredith einen gequälten Blick aus ihren Veilchenaugen zu. »Es war furchtbar, daß dieses Mädchen starb, aber für Sara war es die Rettung. Es erschreckte sie so, daß sie endlich bereit war, auf uns zu hören. Aber auch dann haben Robert und ich lange gebraucht, um sie wenigstens ein Stück weit wieder auf den rechten Weg zu bringen. Robert hat nicht mehr lange genug gelebt, um zu sehen, daß mit ihr alles wieder in Ordnung kam, denn er erlitt mittendrin seinen letzten Herzinfarkt. Es war eine schreckliche Zeit, und ich möchte so etwas wirklich nicht noch einmal erleben! Sie hatte Angst und wollte aus der Sache heraus, aber gleichzeitig war sie loyal ihren Freunden gegenüber. Sie weigerte sich, Schlechtes von ihnen zu denken. Wir haben nie erfahren, wer die Kids auf dieser Party mit Drogen versorgt hat, alle haben eisern geschwiegen. Keiner wußte etwas. Jedenfalls haben wir das Haus in London verkauft und sind hierhergezogen. Anfangs fand Sara es gräßlich, sie vermißte ihre sogenannten Freunde. Bei jeder Gelegenheit entwischte sie nach London, doch mit der Zeit fing sie an, diese Leute als das zu sehen, was sie waren. Robert hatte recht. Er sagte, durch die Entfernung würde sie lernen, alles in einem anderen Licht zu sehen. Sie gewöhnte sich allmählich ein, wurde ruhiger. Dann starb Robert so plötzlich. Sara war tief getroffen. Sie hatte Achtung vor ihm und viel offener mit ihm gesprochen als je mit mir. Ich fürchtete, daß es mit ihr wieder bergab gehen würde, doch zum Glück lernte sie Jonathan Lazenby kennen, merkwürdigerweise auf Roberts Beerdigung.« Sie schwieg einen Augenblick. »Er ist Finanzberater …«

Eve mußte in Merediths Gesicht eine Spur von Mißbilligung entdeckt haben, denn sie fügte mit Nachdruck hinzu: »Nein – nicht wie Hughie.«

»Das will ich doch hoffen! Andernfalls wäre Sara nämlich noch besser mit einem jungen Schauspieler ohne Engagement bedient, der vorübergehend als Barkeeper arbeitet. Aber was heißt es konkret, Eve? Finanzberater könnte vom Buchmacher bis zum Präsidenten der Bank von England alles sein.«

»Nun ja, Investitionen, Planung von Altersversorgungen und so was eben … Ich weiß es nicht genau. Er arbeitet im Bankenviertel und ist sehr erfolgreich. Sara hält große Stücke auf ihn, und er ist ganz anders als ihre früheren Freunde, Gott sei Dank!« Fast trotzig kippte Eve ihren Gin-Tonic.

»Ich verstehe. Und wie ist das mit den Hochzeitsgeschenken?«

»Oh, da geht irgendwo eine Liste rum. Die Leute haben angekreuzt, was sie schenken, und ich weiß nicht, was noch übrig ist. Du kannst ja heute abend Sara fragen. Ich hoffe, sie war bei der Anprobe wegen des Hochzeitskleides …« Eves Gesicht nahm einen zerstreuten Ausdruck an.

Diese Hochzeit, dachte Meredith, wird offenbar jede Minute unserer Zeit in Anspruch nehmen.

Später, nachdem sie ausgepackt hatte, machte sich Meredith noch zu einem Spaziergang in das Dorf auf, wobei sie sich selbst das Tor öffnete. Lucia, die Köchin, war vom Zahnarzt zurückgekommen und jetzt in der Küche beschäftigt. Eve ruhte sich aus. Voller Unbehagen warf Meredith einen Blick auf den Brennesselgraben, als sie dort vorüberkam, scheute sich aber davor, nachzusehen, ob das Päckchen noch da lag, wo sie es hingeworfen hatte. Eve hat recht, dachte sie. Wir gehen unangenehmen Dingen aus dem Weg. Wir wissen sehr wohl um sie, doch wir wenden uns lieber ab. Im übrigen hatte Elliott ja erklärt, er werde sich darum kümmern. Vielleicht hatte er es schon getan. Er war effizient auf eine ruhige, unauffällige Weise, dieser Mr. Elliott, und – diesen Eindruck hatte sie – nicht zimperlich. Er war nicht in der Nähe. Es gab keinen Anhaltspunkt dafür, ob er in seinem Zimmer arbeitete oder gerade das Päckchen vergrub. Vielleicht, dachte sie, hat er es bereits getan, während Eve und ich Tee getrunken und Erinnerungen ausgetauscht haben? Das wäre eigentlich die beste Gelegenheit für ihn gewesen. Entschlossen kehrte sie um, suchte sich einen Stock und stocherte zwischen den Brennesseln herum. Sie stieß auf mehrere abgebrochene

Stengel und sah einen dunklen schmierigen Fleck im Gras darunter. Sonst nichts. Mr. Elliott hatte die Sache also schon erledigt. Meredith warf den Stock weg und ging weiter.

Der Abend war schön. Das Dorf weniger, dachte sie. Es war gewiß keines von denen, die Wettbewerbe gewannen, weil sie so malerisch waren, und Meredith glaubte auch nicht, daß der widerliche Fund sie irgendwie in ihrer Meinung beeinflußte. Westerfield war nicht groß, aber weit auseinandergezogen und hatte keinen deutlich erkennbaren Dorfkern. Am Dorfrand zog sich eine Reihe baufälliger, städtisch wirkender Wohngebäude aus der Nachkriegszeit hin, die in das umliegende Farmland mit Blick auf offene Felder hineingesetzt waren, ohne Rücksicht darauf, ob sie hierherpaßten oder nicht. Danach kam ein buntes Durcheinander aus Bungalows und Cottages, bis die Straße wie ein Eishockeystock fast im rechten Winkel abbog. Die Biegung umschloß auf zwei Seiten ein Dreieck mit wild wucherndem Gras und Unkraut, das von Zigarettenstummeln und Schokoladepapieren wie von Konfetti übersät war; mittendrin rostete ein Pfosten mit einem Bushaltestellenschild vor sich hin. Hinter dem grünen Dreieck befand sich ein Wirtshaus, das eines der ältesten Gebäude des Dorfes sein mußte. Die Gaststätte trug den Namen »Dun Cow«, graubraune Kuh. Daneben standen zwei Farmarbeitercottages aus dem frühen 19. Jahrhundert, und an ihnen vorbei, vom Dreieck wegführend, verlief der Weg zur Kirche und dem alten Pfarrhaus. Was Meredith hier vermißte, war das Gefühl von Gemeinschaft, wie sie es von den ungarischen Dörfern her kannte.

Es ließ sich nicht einmal eine einzige Menschenseele blicken.

Meredith ging auf das »Dun Cow« zu. Aber auch der Pub wirkte verlassen; es sah aus, als habe er geschlossen. Sein Schild, auf dem ein liebenswertes, wenn auch höchst unproportioniertes Tier dargestellt war, schaukelte und ächzte über dem bis zur halben Höhe des Hauses reichenden Fachwerk im Wind. Die kleinen, staubigen Fenster blickten wie leere dunkle Augen, und die wuchtige Bohlentür wollte dem Druck ihrer Hand kein Stück nachgeben. An der Tür war eine kleine Plakette angebracht, der Meredith entnehmen konnte, daß es sich bei dem Wirt um einen gewissen Harry Linnet handelte. Sie schaute auf ihre Uhr. Es war längst sechs, aber auch wenn Mr. Linnet irgendwo da drin hockte und Gläser polierte, so war doch keine Spur von ihm zu sehen. Vielleicht öffnete er ja nur, wenn er Lust dazu hatte. Meredith rümpfte die verwöhnte Nase. Der Geruch von schalem Bier, Aschenbechern und ungelüfteten Räumen drang aus dem Haus. Sie vermutete, daß es innen genauso aussah wie in einem Pub kurz vor Dover, in den sie geraten war, weil er nach außen hin mit dem Charme von »Good Old England« lockte, als sie nach einer ungemütlichen Kanalüberquerung auf der Autofähre endlich an Land gehen konnte. Das Innere des Pubs war eng und schmuddelig gewesen, dazu vollgestopft mit Einarmigen Banditen, Space Invaders und Zigarettenautomaten, und die Ohren wurden ihr mit unerwünschter Reggaemusik vollgedröhnt.

Sie kehrte dem »Dun Cow« den Rücken, schüttelte sich ihr glattes braunes Haar aus dem Gesicht, schob die

Hände deprimiert in die Taschen ihrer Jeans und musterte ihre Umgebung mit tiefem Mißtrauen.

Sie mußte widerstrebend zugeben, daß sie sich hier, in ihrem eigenen Land, fremder fühlte als sonstwo auf der Welt. Jeder Heimaturlaub, jede Lücke zwischen zwei Überseeposten bewiesen ihr jedesmal aufs neue, daß sie hier inzwischen ebenso eine Ausländerin war wie all jene Ausländer »guten Glaubens«, unter denen sie gewöhnlich lebte. Sie war dafür bestraft worden, daß sie, bedingt durch ihren Konsulardienst, eine zu lange Zeit als Weltenbummlerin in fremden Ländern gelebt hatte. Sie, die auf ihre eigene bescheidene Weise England im Ausland repräsentierte, hatte sich langsam und unerbittlich in eine weitere Ausländerin verwandelt, wie sie immer dann feststellen mußte, wenn sie nach Hause kam.

In diesem Moment durchdrang ein merkwürdiger, unartikulierter Schrei die Luft, und Meredith fuhr vor Schreck zusammen. Eine seltsame Gestalt, eine menschliche Spinne mit einer Leinenmütze, tauchte seitlich hinter dem rechten der beiden Farmarbeitercottages auf – dem Cottage mit dem penibel gepflegten Garten – und wieselte heiser kreischend auf die Gartentür zu.

»Raus mit dir, du ausländisches Miststück!« heulte die Erscheinung, und Meredith fragte sich erschrocken, ob sie etwa gemeint war, so deutlich schien die Beschimpfung Bezug auf ihre eben gehegten Gedanken zu nehmen. Während sie dastand und schaute, begann die Gestalt ein für sie nicht sichtbares Objekt mit kleinen Steinen zu bewerfen, von denen sie offenbar einen reichlichen Vorrat in ihren Taschen hatte.

»Du warst in mei'n Karotten, verflucht noch mal – hau bloß ab!« Die Erscheinung tanzte mit unbeholfenen Bewegungen an der Gartentür herum und schüttelte die Fäuste. »Ich zieh' dir das Fell ab, du pelziges ausländisches Ungeziefer, wenn du nich' von mei'm Frühjahrskohl wechbleibst!«

Eine siamesische Katze erklomm mit einem Satz die Mauer zwischen den beiden Cottages und sprang, von einer Flut von Beschimpfungen und Kieselsteinen verfolgt, in den anderen Vorgarten hinunter, der eine einzige wuchernde Wildnis war. Die Haustür des dazugehörenden Cottages ging auf, und ein Junge in Jeans und einem abgetragenen roten Sweatshirt kam heraus.

»Um Himmels willen, Bert«, rief er, »nun mach nicht schon wieder so 'n Theater!« Die Stimme klang kultiviert, und sein Auftreten war, trotz seiner Worte, geduldig und freundlich. Meredith ertappte sich bei dem lächerlichen Gedanken, daß er wie ein sehr netter Junge aussah.

»Eins von dei'n ausländischen Katzenviechern hat wieder in mei'n Karotten gebuddelt!« schrie der uralte Mann. »Un' sein Geschäft in mei'n Salat gemacht. Ich hab' es gesehn – sein böses schwarzes Gesicht und den krummen Schwanz. Ich hab' dir gesacht, halt die Viecher aus mei'm Gemüse raus.«

Der Junge bückte sich und nahm die Siamkatze auf, die sich in seinem Arm aufrichtete und hochmütige Blicke auf ihren Angreifer warf, der jetzt so in Wut geriet, daß Meredith fürchtete, er könnte einen Anfall bekommen.

»Wart einen Moment«, sagte der Junge in vernünftigem Ton. »Das kommt doch nur daher, daß du dauernd jätest und den Boden harkst. Natürlich gehen da die Katzen hin. Ich kann nichts dafür und sie auch nicht. Warum deckst du den Kohl nicht einfach mit Maschendraht ab?«

»Und warum«, heulte Bert, die Fäuste schwingend, »hältste diese ausländischen Kreaturen nich' von mei'm Gart'n wech? Bösartige Bestien sin' das. Schaun aus wie Teufel, nich' wie Katzen! Hunde hält man unter Kontrolle, und das sollt' man auch mit den teuflischen Katzen tun.«

»Ich hab' es dir doch schon erklärt, du alberner alter Kauz«, sagte der Junge resigniert. »Eine Katze ist ein Wildtier. Das bedeutet, daß es in ihrer Natur liegt umherzustreifen. Man kann von ihrem Besitzer einfach nicht erwarten, daß er ständig kontrolliert, wohin sie geht.«

»Ich geh' zum Gesetz!« stieß der Alte hervor.

»Du meine Güte! Das *ist* das Gesetz. Ich habe es dir eben erklärt. Eine Katze ist ein Wildtier, ein Hund nicht. Hundebesitzer sind verpflichtet, dafür zu sorgen, daß ihre Tiere nicht streunen. Katzenbesitzer müssen das nicht – es wäre unmöglich.«

Bert wieselte säbelbeinig und mit fliegenden Armen zu der trennenden Mauer hinüber und schaute gehässig unter dem Mützenschirm hervor. »Glaubst wohl, bist schlau, nich'? Nu, und ich hab' das Recht, mein Eigentum zu schützen. Das is' Gesetz, jawohl! Und ich sag' dir, ich werd' Gift auslegen. Dann wird's mit den ausländischen Biestern bald ein Ende hab'n. Ich hab' das Gift und hab' dir schon ei'mal gesagt, ich leg' es aus, wenn du die Viecher nich' aus mei'm Gart'n wechhalten tust.«

Das Gesicht des Jungen lief rot an. »Hör zu, Bert«, sagte er scharf. »Wenn du das tust, dann werde ich derjenige sein, der dich vor Gericht bringt. Tom und Jerry sind wertvolle Tiere, und wenn du vorsätzlich einen oder beide vergiftest, dann bist du derjenige, der Schwierigkeiten bekommt. Kapiert?«

Sie starrten sich gegenseitig wütend an, dann knurrte der Alte etwas, machte kehrt und stapfte davon. Als er weg war, blickte der Junge zu Meredith hinüber, die noch immer an derselben Stelle stand, und rief: »Hallo! Haben Sie sich verlaufen? Kann ich helfen?«

Leicht verlegen, weil es so aussah, als habe sie den Streit belauscht, trat sie an seine Gartentür. »Nein. Ich bin zu Besuch im Dorf und sehe mich nur ein bißchen um. Ich wollte Ihre Unterhaltung mit dem alten Mann nicht belauschen.«

»Unterhaltung?« wiederholte er gutmütig. »Mit dem alten Bert Yewell kann sich schon seit Jahren niemand mehr vernünftig unterhalten. Er ist verrückt. Ein sogenanntes einheimisches Original. Unglücklicherweise buddeln Tom und Jerry Löcher in seinem Garten, auf den er unglaublich stolz ist. Er hat mit seinen Zwiebeln und anderen Sachen auf Ausstellungen schon Preise gewonnen. Ich hab' ihm gesagt, er soll Maschendraht auf seine Beete tun oder auch nur Zweige, dann bleiben die Katzen weg, bis die Pflanzen kräftig genug sind, um ein bißchen Gescharre auszuhalten. Aber der alte Narr ist so eigensinnig. Er besteht auf dem, was er für seine Rechte hält.«

Während er sprach, war er auf dem überwachsenen Gartenweg näher gekommen, und jetzt standen sie sich an der ungestrichenen Gartenpforte gegenüber. Aus der

Nähe betrachtet war er älter, als sie vermutet hatte, durchaus kein »Junge« mehr, sondern ein junger Mann von ungefähr fünfundzwanzig. Er hielt noch immer die Katze im Arm und kraulte eines ihrer rauchgrauen Ohren. Meredith fiel auf, daß auf seinen Fingern helle Streifen waren, die so aussahen, als stammten sie von getrocknetem Lehm.

»Wird er das wirklich tun, Gift auslegen, meine ich?« fragte sie besorgt. Sie streckte die Hand aus, und Tom schnupperte hochmütig daran, erlaubte ihr dann aber gnädig, ihm den Kopf zu streicheln.

Stirnrunzelnd blickte der junge Mann zu Berts Cottage hinüber. »Durchaus möglich. Er droht mir seit einer Ewigkeit damit. Ich bin überzeugt, daß er die Wahrheit sagt, wenn er behauptet, er habe Gift. Nur der liebe Gott weiß, was in seinem Schuppen alles rumsteht. E-605, Strychnin, alles mögliche. Er sperrt ihn nicht zu, und ich hab' einmal hineingeschaut, als ich Jerry suchte, der auf und davon war. Jerry ist Toms Bruder.« Er zeigte auf die Katze in seinem Arm. »Ich habe noch nie ein solches Durcheinander gesehen wie in diesem Schuppen. Ich meine, ich bin nicht gerade ordentlich ...« Mit einer lässigen Handbewegung wies er auf seinen zugewachsenen Garten. »Aber Berts Schuppen muß der gefährlichste Ort im ganzen Dorf sein. Das Zeug ist zum Teil überaltert und längst destabilisiert, und wenn man die Flaschen öffnen würde, würde man wahrscheinlich allein von den Dämpfen ohnmächtig. Ich wäre nicht überrascht, wenn das Ganze eines Nachts mit einem gewaltigen Knall in die Luft fliegen und mit ein bißchen Glück den alten Bert gleich mitnehmen würde.« Er grinste.

Meredith lächelte ebenfalls. »Ich wohne im alten Pfarrhaus.«

Einen Augenblick lang schien das Lächeln auf seinem Gesicht zu erstarren. Dann sagte er beiläufig: »Das ist das Haus der Owens.«

»Ja. Ich bin die Cousine von Eve Owens.«

»Tatsächlich?« Er musterte sie nachdenklich, und zu ihrem Ärger stellte sie fest, daß sie errötete. Sie wußte, was er dachte. Wie war es nur möglich, daß dieses unscheinbare Wesen mit einer Schönheit wie Eve Owens verwandt war?

»Ja«, hörte sie sich viel zu heftig antworten und verwünschte sich innerlich.

Er entschuldigte sich auf charmante Art. »Verzeihen Sie, wenn ich Sie angestarrt habe. Aber ich kenne die Owens ein bißchen. Na ja, die schöne und gefeierte Eve läßt sich nicht dazu herab, von mir viel Notiz zu nehmen, aber Sara und ich waren einmal gute Freunde.«

»Oh?« Merediths Interesse war geweckt. »Ich freue mich sehr darauf, Sara wiederzusehen. Habe sie schon seit ein paar Jahren nicht mehr gesehen.«

»Dann werden Sie sie verändert finden«, sagte er beiläufig. »Mein Name ist übrigens Philip Lorrimer. Ich bin Töpfer.« Das war die Erklärung für die Tonflecken auf seinen Händen. »Meine Werkstatt liegt nach hinten heraus. Es ist ein wenig lukrativer, aber ehrlicher Broterwerb.« Er lächelte boshaft.

»Ich würde mir Ihre Werkstatt gern mal ansehen, wenn ich darf.«

»Klar, jederzeit.« Er erlaubte der Katze, von seinem Arm hinunterzuspringen. Sie entfernte sich mit zuckendem Schwanz und setzte sich auf die Türschwelle. Eine zweite Katze, die fast genauso aussah, tauchte auf und ließ sich an ihrer Seite nieder. »Früher ist Sara manchmal rübergekommen und hat mir in der Werkstatt geholfen«, sagte Lorrimer, »aber das war, bevor sie sich verlobt hat und nach London verschwunden ist.«

»War sie gut – im Töpfern?«

»Du lieber Himmel, nein, sie war schrecklich untalentiert. Alles, was sie gemacht hat, hat am Ende ausgesehen wie das Zeug, das Geisteskranke in der Klapsmühle produzieren. Aber die Muster, mit denen sie die Töpfe bemalt hat, waren okay. Sie hat mich ganz schön genervt, ehrlich.« Er zuckte mit den Schultern.

»Kommen Sie auch zur Hochzeit?«

Er verzog das Gesicht. »Ich glaube kaum. Ich würde das Niveau senken.«

»Die Kirche wird nicht oft benutzt, soviel mir bekannt ist. Gibt es derzeit keinen Amtsinhaber für die Lebenden?«

»Nicht direkt. Unser Dorf gehört zu einem Team von Geistlichen. Das bedeutet, daß wir immer den kriegen, der den kürzesten Strohhalm zieht und aus der Stadt hierherfahren muß, um eine Messe für unser Seelenheil zu lesen. Sie scheinen unsere Seelen für ziemlich unbedeutend zu halten, denn der Typ erscheint hier nur alle vierzehn Tage. Ich glaube, daß wir – nach welchen Prioritätenlisten sie auch immer vorgehen mögen – erst nach den geplagten Bewohnern der Hochhausblocks an die Reihe kommen, die in den Zentren der Großstädte stehen und vom Vandalismus heimgesucht werden.«

Meredith sagte bedächtig: »Dieses Dorf … ich weiß,

ich bin schließlich eben erst angekommen, aber es scheint kein Herz zu haben. Es wirkt irgendwie seelenlos. Gibt es überhaupt eine Schule hier? Ich habe keine Kinder gesehen.«

Er schüttelte den Kopf. »Nein, die Kids werden alle mit dem Bus in die Stadt gekarrt. Das alte Schulhaus wurde verkauft, und die Lockes haben es zu einem Ruhesitz für sich umgebaut.« Er machte eine kurze Pause. »Das Dorf ist schon in Ordnung, wenn man sich daran gewöhnt hat. Sogar der alte Bert ist in Ordnung, wenn man sich an ihn gewöhnt hat.« Er wies mit dem Kopf zum »Dun Cow« hinüber. »Und sogar das Bier, das Harry ausschenkt, schmeckt, wenn man sich daran gewöhnt hat. Doch ich nehme nicht an, daß wir Sie im Pub zu sehen bekommen werden, nicht, wenn Sie bei Eve wohnen. Dann gehören Sie zur Sherry-Brigade.«

Er sagte es mit einem netten Lachen, aber es gefiel ihr trotzdem nicht, und besonders unangenehm war das Gefühl, zurechtgewiesen worden zu sein. Doch schließlich hatte sie, nach eigenem Eingeständnis eine Fremde, ungefragt sein Dorf kritisiert.

»Ich mach' mich jetzt wohl am besten auf den Rückweg«, sagte sie. »War nett, Sie kennenzulernen.«

»Wir sehen uns bestimmt noch«, antwortete er. »Wenn Sie bleiben.«

Sie schlug den Weg zum Pfarrhaus ein, drehte sich jedoch an einer Kurve um und blickte zurück. Lorrimer stand auf seiner Türschwelle und sah ihr nach. Er winkte ihr fröhlich zu. Sie verzieh ihm die bissige Bemerkung über den Sherry. Sie hatte sie schließlich provoziert. Er war ganz offensichtlich ein wirklich netter

Junge – Mann!, korrigierte sie sich ärgerlich. Lieber Gott, es ist ein schlechtes Zeichen, wenn ein so kräftiger Kerl wie er mir wie ein Junge vorkommt. Wie heißt es so schön? Wenn die Polizisten anfangen, jünger auszusehen …

KAPITEL 3 Als Meredith ihr Patenkind das letztemal gesehen hatte, war Sara aufsehenerregend ganz in Schwarz gekleidet gewesen, ihr Outfit bestand aus einem sehr kurzen Rock, Strumpfhose und knöchelhohen Schnürschuhen von der Art, wie Kinder sie um die Jahrhundertwende getragen hatten. Ihr langes Haar war goldblond gefärbt und sah aus wie Lametta, ihr rundes, hübsches Kindergesicht mit der Stupsnase war mit einem Make-up zugekleistert, das sie totenbleich machte, und das Ganze wurde von einer Pelzmütze gekrönt, wie die sowjetische Armeeinfanterie sie getragen hatte, komplett mit rotem Stern.

»Merry!« rief Sara jetzt überschwenglich und schlang ihr die Arme um den Hals. »Ach, wie schön es ist, dich wiederzusehen.«

Der spontanen Herzlichkeit und Wärme dieser Begrüßung konnte sich niemand entziehen. »Hallo, du«, sagte Meredith und erwiderte die Umarmung. »Ich habe dich kaum erkannt.«

Das hatte sie tatsächlich nicht. Doch alle Veränderungen waren vorteilhaft. Das Haar war nicht mehr lamettagolden, sondern hatte wieder seine Naturfarbe, ein helles Braun. Sara hatte nicht annähernd so viel Make-up aufgetragen wie damals, und die gespenstischen purpurnen Lidschatten waren ganz verschwunden. Das beste jedoch war, daß Sara – obwohl noch immer ein wenig exzentrisch gekleidet – entdeckt hatte, daß es noch andere Farben außer Schwarz gab.

»Du schaust großartig aus«, sagte Meredith. »Als wir uns das letztemal getroffen haben, hast du wie die Hexe von Endor ausgesehen.«

Sie hatte keine Ahnung, ob das Wort »Hexe« aus ihrem Unterbewußtsein gekommen war, es führte jedenfalls dazu, daß sie sich an ihren scheußlichen Fund am Tor erinnerte. Es war geradezu unvorstellbar, daß irgendwer diesem spontanen, fröhlichen Mädchen etwas Schlechtes wünschen konnte. Und doch tat es jemand. Oder vielleicht war dieser Jemand auch nur ein armer Irrer mit einem fehlgeleiteten Sinn für Humor. Es gab solche Leute.

Jonathan Lazenby, auf den Meredith sehr neugierig gewesen war, erwies sich als ein schmucker junger Mann von Mitte zwanzig. Er sah gut aus und wirkte recht draufgängerisch, hatte die blasse Haut des Städters, und hinter dem sorgfältig gepflegten Äußeren und dem teuren Anzug spürte Meredith eine bestimmte Art von Zurückhaltung; dieser Junge wußte, wo es langging. Wohl niemand aus der obersten Schublade, aber unbeirrbar und zielbewußt an die Spitze strebend. Er sprach laut und mit unnachgiebiger Munterkeit, und man konnte sicher sein, daß ihm nichts entging.

Als Sara ihn vorstellte, trat er selbstsicher auf Meredith zu und schüttelte ihr mit übertriebener Härte die Hand. Gequält lächelnd zog Meredith ihre zermalmten Finger zurück.

Sara, die wie ein glückliches Hündchen um sie herumhüpfte, erklärte: »Ich wollte immer so wie Merry sein. Durch die Welt reisen, alle möglichen aufregenden Orte und Menschen kennenlernen. Sie war einfach überall.«

»Nicht ganz«, protestierte Meredith. »Nur an einigen wenigen Orten. Aber ich weiß nicht, ob ich ein Vorbild für jemanden sein möchte, Sara, wenn du erlaubst.«

»Sie hat ›ich wollte‹ gesagt«, warf Lazenby schnell ein. »Seither ist sie ein bißchen erwachsener geworden.« Gerade noch rechtzeitig fügte er hinzu: »Ich meine, sie hat inzwischen ihre Jungmädchenschwärmereien aufgegeben.«

»Hat sie das wirklich?« fragte Meredith sanft.

Aber Lazenbys Aufmerksamkeit wurde schon von jemand anderem beansprucht, von jemandem, den er offensichtlich kannte, einem großen, geschmeidigen, etwas unordentlich aussehenden Mann, der sich ihrer Gruppe genähert hatte und mit blinzelnden Augen dastand, woraus Meredith schloß, daß er bei der Arbeit wahrscheinlich eine Brille trug, sich aber nicht eingestehen wollte, daß er sie eigentlich immer brauchte. Lazenby stürzte wieder vorwärts, streckte die Hand in derselben forschen Art aus wie vorher bei Meredith und verströmte weltmännische Jovialität. »Ah, Russell!«

Ob man wohl, überlegte Meredith, diesen Überfliegern auf irgendeiner Wirtschaftsakademie beibringt, sich bei Neuankömmlingen auf diese Art in Szene zu setzen? Russell wirkte nicht sonderlich begeistert, als er Lazenbys Begrüßung erwiderte. Er hielt sich nur kurz damit auf, dann wandte er sich an die Gastgeberin und sagte: »Guten Abend, Eve« und überreichte ihr einen in Cellophan verpackten, mit einer malvenfarbenen Schleife gebundenen Chrysanthemenstrauß.

»Aber Peter!« rief Eve und spielte ganz überzeugend die Rolle einer Frau, die noch nie in ihrem Leben einen Blumenstrauß bekommen hat. Sie war in ihrer Mitte erschienen, herausgeputzt und strahlend wie immer; sie trug etwas, das auf den ersten Blick wie ein langes pinkfarbenes Chiffonkleid aussah, sich aber, wenn sie ging, als weite, ausgestellte Hose erwies. Meredith wünschte, sie hätte die Courage, auch so etwas zu tragen, und dankte dann dem Schicksal, daß sie es doch nicht tat, denn sie hatte weder Eves Figur noch ihren Stil und hätte darin nur wie ein schlecht gewickeltes Knallbonbon ausgesehen.

»Das ist wirklich ganz reizend«, sagte Eve, als sie die Blumen nahm. »Ich muß Lucia sagen, daß sie sie sofort ins Wasser stellen soll. Merry, meine Liebe, das ist Peter Russell… Meine Cousine und liebste Verwandte Meredith Mitchell. Peter ist der Arzt des Dorfes.«

»Nun, wie man's nimmt«, entgegnete Russell freundlich. »Ich wohne im Dorf, praktiziere aber in einer Gemeinschaftspraxis in Bamford. Ich freue mich, Sie kennenzulernen, Miss Mitchell.«

Ein Team von Geistlichen, eine Gemeinschaftspraxis, dachte Meredith. Hat denn dieses Dorf gar nichts Eigenes?

Eve war auf dem Parkettboden davongeklappert, um Lucia die Blumen zu übergeben. Nachdem Russell Meredith die Hand geschüttelt hatte, wandte er sich zu Sara und sagte beiläufig: »Ich dachte mir schon, daß du hier sein würdest, Sara, und wollte keine Dame übergehen. Hier, für dich…« Er reichte ihr eine kleine Schachtel mit Pfefferminzpralinen.

»Danke, Peter«, sagte Sara und schnappte sich die Schachtel auf wenig damenhafte Art. »Meine Lieblingspralinen! Daß du daran gedacht hast. Als ich das letztemal hier war, habe ich so viele gegessen, daß mir übel wurde, Merry.«

Lazenby meinte säuerlich: »Paß auf, daß du nicht dick wirst.«

Ein Anflug von Unsicherheit glitt über Saras Gesicht, und sie sah ihn beinahe schuldbewußt an.

Peter Russell sagte munter: »In ihrem Alter verbrennt man das noch. Wenn sie eine Neigung hätte, anzusetzen, wäre sie jetzt schon dick. Lassen Sie ihr Zeit, sich darum zu sorgen, wenn sie vierzig ist.«

Lazenby sagte nichts, doch sein Gesicht nahm den schmollenden Ausdruck eines frühreifen Kindes an, das plötzlich nicht den erwarteten Applaus bekommt.

»Aber eine Dame habe ich nun doch ausgelassen«, sagte Russell bedauernd und wandte sich wieder Meredith zu. »Ich habe nicht gewußt, daß Sie hier sein würden, Miss Mitchell.«

»Auch wenn es anders gewesen wäre, hätte ich nicht erwartet, von Ihnen Blumen oder Pralinen zu bekommen«, sagte sie überrascht. »Aber ich danke Ihnen für den guten Willen.«

»Sauber –«, murmelte Elliott, der in einer Ecke saß und sich an einem Glas mit einer goldbraunen Flüssigkeit festhielt. Meredith hatte die Flasche Southern Comfort, die zwischen den anderen Flaschen auf einem Servierwagen stand, längst bemerkt. Irgendwo im Hintergrund klingelte das Telefon.

Russell lächelte. »Ich freue mich, ein weiteres Mitglied der Familie kennenzulernen. Sara hat mir erzählt, Sie seien die unerschrockene Dame, die die obskursten Ziele ansteuert, um die Fahne des Königreiches hochzuhalten.«

»Wir tun unser Bestes«, sagte sie. Ein sympathischer Mann, dachte sie.

»Ich hoffe, Sie verteilen keine milden Gaben an Rowdys, die ins Ausland reisen, dort mit ihrem schlechten Benehmen den Ruf unseres Landes schädigen und dann irgendwo ohne einen Penny stranden«, sagte Lazenby aggressiv.

Eve kam zurück. »Meine Lieben, Alan Markby hat eben angerufen. Er verspätet sich und hat gesagt, wir sollen ohne ihn anfangen. Ich denke, das müssen wir auch, wenn er sehr viel später kommt, weil Lucia schon jetzt ein bißchen sauer ist – die Zähne, ihr wißt ja. Und sie zu bitten, mit dem Essen noch zu warten, scheint mir keine so gute Idee zu sein.«

»Ist das der Typ, der Saras Brautführer spielen wird?« fragte Lazenby streitsüchtig.

»Markby hat eine Menge zu tun«, brummte Russell leise. »Er würde immer versuchen, pünktlich zu sein, wenn es irgendwie möglich ist.«

»Er war ein Freund von Robert«, sagte Eve energisch.

Es folgte ein verlegenes Schweigen. Sara begann an ihrem Verlobungsring zu drehen. Es kam Meredith plötzlich so vor, als läge etwas Gehetztes über Saras liebenswertem kleinem Koboldgesicht. Die spontane Fröhlichkeit, die sie immer ausstrahlte, schien heute abend ein wenig gezwungen zu sein.

Sie hatten den Nachzügler beinahe schon aufgegeben und wollten ins Eßzimmer gehen, als in der Halle Stimmen laut wurden. Ein sehr großer, ziemlich dünner Mann mit einem schmalen, intelligenten Gesicht, einer langen, geraden Nase und leuchtend blauen Augen kam herein, strich sich das zerzauste blonde Haar aus der Stirn und erklärte, noch ganz außer Atem: »Tut mir leid.«

»Gerade noch rechtzeitig«, sagte Eve und stürzte auf ihn zu. »Du kennst meine Cousine Meredith noch nicht – und Jonathan, Saras Verlobten, und Albie – wo versteckst du dich, Darling? Und das, Leute, ist Alan Markby, der ein Freund unseres lieben Robert war und sich netterweise bereit erklärt hat, Saras Brautführer zu sein.«

Sie alle murmelten etwas zur Begrüßung, bis auf Lazenby, der laut sagte: »Na, großartig!«

Eve hakte sich bei Markby unter, der bei dieser besitzergreifenden Geste ein leicht erschrockenes Gesicht machte. »Kommt jetzt, alle miteinander«, kommandierte sie und setzte sich in Bewegung, wobei sie Markby mit sich zog. Er hatte sich mittlerweile wieder gefaßt, wie Meredith amüsiert feststellte, und schaffte es, brav alles das zu sagen, was man von ihm erwartete. Eve begann zu funkeln, ein untrügliches Signal dafür, daß ein neues männliches Wesen in ihrem Kreis aufgetaucht war.

Elliott, der den ganzen Abend ziemlich schweigsam gewesen war, erschien plötzlich an Merediths Seite. »Sehen Sie sich den Kerl genau an. Er ist ein Naturtalent.« Er verzog sich, ehe sie etwas darauf antworten konnte.

Der Speisetisch war groß und rund. Meredith hatte

zwischen Peter Russell zu ihrer Linken und Alan Markby zu ihrer Rechten Platz genommen. Eve saß an Markbys rechter Seite, Lazenby rechts neben ihr, dann kam Elliot, und Sara saß zwischen Elliott und Russell. Ein großes Blumenarrangement in der Tischmitte schirmte Meredith teilweise gegen Lazenby ab, der ihr gegenübersaß, und erlaubte ihr, ihn verstohlen zu beobachten, ohne direkt mit ihm sprechen zu müssen. Sie nahm an, daß sie ihn, wenn sie ihn schon nicht bewundern konnte, so doch wenigstens respektieren sollte. Er strotzte vor Energie, war sicher außerordentlich tüchtig, intelligent und clever. Sie wünschte, sie könnte ihn auch liebenswert finden. Aber Ehrgeiz machte sie immer nervös, und Lazenby kam ihr sehr ehrgeizig vor.

Sie merkte, daß Peter Russell zu ihrer Linken Lazenby ebenfalls beobachtete. Doch plötzlich wandte er sich zur Seite und begann mit Sara zu sprechen. Alan Markby und Meredith blieb nichts anderes übrig, als sich miteinander zu beschäftigen. Sie musterten sich zurückhaltend.

Dann fragte er entschlossen: »Wie haben Sie es nur geschafft, allein eine so lange Fahrt quer durch Europa zu unternehmen? Ich habe es einmal gemacht, vor vielen Jahren – mit meiner damaligen Frau. Wir fuhren nach Griechenland.«

»Eine faszinierende Reise.«

»Nicht besonders«, sagte er mürrisch. »Mit jemandem in einem Wagen eingeschlossen zu sein bringt alle Schwächen einer Beziehung ans Licht. Für meine Ehe war es der *coup de grâce* – der Todesstoß. Damit will ich nicht sagen, daß ich's nicht gerne noch einmal machen würde, wenn ich weniger Zeit mit Diskussionen über die Straßenkarten vertun müßte und dafür mehr vom Land mitbekommen könnte.«

»Wenn Sie wollen, können Sie bis Ungarn mit mir zurückfahren und von dort allein weiterreisen«, bot Meredith ihm an.

»Wie bitte?« Er starrte sie so erschrocken an wie vorhin Eve, als sie seinen Arm genommen hatte. Dann lachte er. »Sie kennen mich doch gar nicht.«

»Himmel«, sagte sie verärgert, »ich biete Ihnen nur an, Sie im Auto mitzunehmen.« Sie wurde rot, als ihr ein Gedanke durch den Kopf schoß. »Ich versuche nicht, Sie zu verführen.«

»Das habe ich mir auch nicht eingebildet. Ich meinte nur, daß Sie ja nicht wissen, ob ich nicht ein geistesgestörter Triebverbrecher bin.«

»Sie sind der Brautführer meines Patenkindes. Sie waren mit Robert befreundet, wie Eve mir sagte. Daraus schließe ich mal, daß Sie nicht Jack the Ripper sind.«

»Nun ja, nein«, sagte er langsam und – wie sie spürte – insgeheim belustigt. »Danke für das Angebot, ich werde eines Tages vielleicht darauf zurückkommen.«

»Vielleicht mache ich es Ihnen nie wieder.« Ganz bestimmt nicht, dachte sie. Welcher Teufel hat mich eigentlich geritten, überhaupt so etwas zu sagen?

»Hören Sie«, sagte er, plötzlich ernst, und beugte sich zu ihr. »Ich war mit Bob Freeman gar nicht so eng befreundet. Es hat mich fast umgehauen, als Eve mich bat, den Brautführer zu spielen. Es ist eine Ehre und so weiter – aber ich möchte nicht, daß Sie auf falsche Gedanken kommen …«

»Falsche Gedanken worüber?« fragte sie kühl und noch immer leicht gekränkt.

Bevor er antworten konnte, übertönte Saras klare junge Stimme die allgemeine Unterhaltung: »Nun, ich finde es ganz schön gemein, daß Cottages jetzt so viel kosten und die Leute aus dem Dorf es sich nicht mehr leisten können, eins zu kaufen. Das ist unfair.«

»Nein, das ist es nicht, Sara«, widersprach Lazenby energisch. »Man kann nicht erwarten, daß ländliches Eigentum unter seinem Marktwert verkauft wird.«

»Aber in diesem Dorf gibt es keine Kinder«, blieb Sara hartnäckig und beugte sich über den Tisch. »Ist dir das schon aufgefallen, Merry? Das kommt daher, daß alle jungen Paare weggezogen sind.«

Russell warf mit ruhiger Stimme ein: »Die jungen Paare ziehen weg, weil das Dorf keine Schule hat. Ich muß zugeben, daß ich, als ich Rose Cottage gekauft habe, genau das tat, was Sara anprangert. Tut mir leid, Sara, ich hatte einfach den Wunsch, auf dem Land zu leben.«

»Ich habe nicht dich gemeint, Peter. Du verstehst das Dorfleben, und du bist bei vielen der Hausarzt, deshalb sind die Leute froh, daß du mitten unter ihnen wohnst – auch wenn sie zur Behandlung in die Praxis nach Bamford fahren müssen, was ich ja für bekloppt halte … Ich rede von den anderen Leuten, den Stadtmenschen. Na ja, von Mummy und mir, zum Beispiel. Oder den Pendlern. Oder Leuten wie den Lockes, die alles kritisieren. Und eine Schule ist deshalb nicht da, weil es keine Kinder gibt«, schloß Sara triumphierend. »Eines bedingt das andere. Das ist wie die Sache mit dem Huhn und dem Ei.«

»Du kannst nicht erwarten, daß die Schulbehörde

eine Dorfschule für ein halbes Dutzend Kinder unterhält«, bellte Lazenby. »Das wäre einfach nicht kosteneffektiv.«

»In Frankreich macht man das«, mischte sich Meredith zu ihrer eigenen Überraschung ein. »Die Franzosen haben ein klar umrissenes Programm, das darauf abzielt, ihre Dörfer lebendig zu erhalten.«

»Das ist ein wesentlicher Bestandteil der französischen Landwirtschaftspolitik«, sagte Lazenby und warf ihr einen giftigen Blick zu. Er wußte, wo er Widerstand zu erwarten hatte. »Das ist etwas ganz anderes.«

»Die Franzosen verstehen wirklich zu leben«, sagte Eve verträumt und völlig zusammenhanglos – aber dennoch mit der gewünschten Wirkung. Die Unterhaltung verlor an Schärfe.

Plötzlich sagte Alan Markby mit einem grimmigen Unterton: »Ich frage mich manchmal, warum die Leute eigentlich aufs Land ziehen. Es endet doch nur damit, daß sie vernichten, was sie angeblich haben wollen. Falls sie es wirklich wollen. Gewöhnlich versuchen sie erst einmal, alles zu verändern. Haben Sie das Ehepaar schon kennengelernt, das Sara vorhin erwähnte? Die Lockes?« Als Meredith den Kopf schüttelte, sagte er: »Nun, das kommt schon noch. Sie haben das alte Schulhaus gekauft. Dann haben sie einen Typen angeheuert, der den alten Sport- und Spielplatz in Gartenanlagen verwandelte, und hinterher stellten sie fest, daß auf dem Besitz ein Wegerecht lag. Es gab einen Riesenzirkus, bis Major Locke die behördliche Genehmigung bekam, den Weg um seinen Besitz herumzuführen. Die Einheimischen protestierten heftig – sie konnten nicht einsehen, warum sie nicht genauso durch den Garten der Lockes gehen sollten wie früher über den Schulhof und den Sportplatz. Es war eine richtige Schlacht. Locke drangsalierte jeden, mochte es aber gar nicht, wenn man Gleiches mit Gleichem vergalt. Er war sogar bei mir und hat sich darüber beklagt, daß man ihn nicht in Ruhe ließ. Was für ein Idiot.«

Meredith machte den Mund auf, um Markby zu fragen, warum der verärgerte Locke sich ausgerechnet an ihn gewandt hatte. Sie vermutete, daß es irgendwie mit seinem Beruf zusammenhängen mußte, den sie nicht kannte, doch bevor sie ihn danach fragen konnte, fuhr er lachend fort:

»Irgendwie hat er ja dann bei der Sache mit seiner Klärgrube seine Strafe bekommen. Der arme Locke hatte nun die Erlaubnis, den Fußpfad umzuleiten, und ließ seinen Garten wunderschön gestalten. Dann ging irgend etwas mit seiner Toilette schief. Der Güllewagen kam hinaus, um seine Klärgrube auszupumpen – und fuhr schnurstracks über seine neuen Blumenbeete. Kam anders nicht an die Grube heran.«

»Sie scheinen sich ja ausführlich mit der Sache beschäftigt zu haben«, stellte Meredith fest. »Aber Sie wohnen doch nicht im Dorf, oder?«

Seine Antwort überraschte sie sehr: »Nein, aber ich kenne das Dorf sehr gut. Als Junge war ich oft hier – sogar in diesem Haus. Mein Onkel war nämlich der letzte Amtsinhaber.«

»Ich verstehe«, sagte Meredith nachdenklich. »Mir war nicht klar, daß Ihre Familie aus dem Ort stammt. Entschuldigen Sie.«

»Wofür? Ja, meine Familie hat sehr lange in der Gegend gelebt. Früher hat uns hier ziemlich viel Land gehört. Mein Onkel Henry, der älteste Bruder meines Vaters und der letzte Pfarrer hier, war ein komischer alter Kauz, ein Junggeselle, der für seine Bücher lebte. Ein Relikt aus den Anfängen des Jahrhunderts, aus der Zeit Edward VII., könnte man sagen. Mir kam das Haus immer düster vor, es war voller alter Möbel und Ölgemälde mit toten Vögeln und roch moderig, vermutlich nach Trockenfäule. Als Bob Freeman es kaufte, mußte er eine Menge Geld hineinstecken. Es war in einem ziemlich desolaten Zustand. Der Architekt des Diözesanbüros war hier gewesen und hatte es mehr oder weniger abgeschrieben, deshalb war die Kirche so darauf erpicht, es zu verkaufen. Ich weiß nicht, was Bob am Ende dafür bezahlt hat, doch er dürfte kein schlechtes Geschäft gemacht haben, besonders da die Grundstückspreise in der Gegend seither unglaublich gestiegen sind. Lazenby da drüben vermutet jetzt wahrscheinlich, daß man hier eine nette Stange Geld verdienen könnte. Aber Sara hat recht. Junge einheimische Paare können es sich nicht leisten, etwas zu kaufen. Fast alle jungen Leute haben das Dorf verlassen. Nur die Alten bleiben, die sich nicht von der Stelle rühren wollen und die Absicht haben, hier zu sterben.«

Er verstummte plötzlich, als sei ihm seine eigene Schwatzhaftigkeit peinlich. Meredith lächelte. Du weißt vielleicht nicht, warum Eve dich zum Brautführer bestimmt hat, dachte sie, aber ich weiß es. Du siehst anständig aus, du sagst das Richtige, und du bist der Sproß einer alteingesessenen Familie. Sie hat dich genauso ausgesucht, wie Elliott *sie* ausgesucht hat für eine Rolle in seiner Seifenoper – und auch der Grund ist der gleiche: Durch dich bekommt die Hochzeit einen Hauch von Klasse.

Laut sagte sie: »Ich habe jemanden aus dem Dorf kennengelernt, den Töpfer, Philip Lorrimer.«

Als sie den Namen aussprach, war gerade eine jener plötzlichen Gesprächspausen eingetreten, die bei lebhaften Unterhaltungen immer wieder mal vorkommen, und die Worte fielen in einen See der Stille. Die Atmosphäre veränderte sich schlagartig. Sara rutschte unruhig auf ihrem Stuhl herum, Lazenby machte ein argwöhnisches Gesicht, und Russell meinte schroff: »Ach, den!«

»Kenne ich nicht«, sagte Markby stirnrunzelnd. »Töpfer, sagen Sie? Lebt er schon lange hier?«

»O ja … Wirklich ein komischer Junge«, sagte Eve. »Als Robert das Pfarrhaus kaufte, lebte er etwa seit einem Jahr im Dorf. Ein mittelloser Künstler, wenn man ihn denn einen Künstler nennen kann. Er macht Tontöpfe, Aschenbecher, Milchkrüge und so weiter, mit der Aufschrift *Souvenir aus Devon* oder etwas in der Art. Er verkauft sie überall in der Gegend und verdient gerade genug, um leben zu können. Aber es ist nicht so, daß er Maler oder Bildhauer wäre.«

»Oder Schauspieler, Evie«, sagte Elliott leicht spöttisch.

Eve blieb ungerührt. »Oder Schauspieler, du sagst es. Ich meine, Tontöpfe! Das ist doch ein Witz. Übrigens«, mit einer anmutigen Handbewegung verabschiedete Eve Töpfe und Töpferei, »ich glaube, sie bekommen unterschiedlich lange Beine.«

»Was?« Meredith lachte laut auf. »Die Tontöpfe?«

»Nein, Darling, die Töpfer. Weil sie mit einem Fuß dauernd das Pedal dieses Drehdings treten müssen. Nehmen wir den Kaffee im Salon?«

Dort bildeten sich neue Gruppen, und Meredith fand sich plötzlich neben Lazenby auf dem exotischen Sofa wieder. Die Lippen fest zusammengepreßt, machte Lucia die Runde mit einem Tablett, auf dem die Kaffeetassen standen. Lazenby beugte sich vorsichtig zu Meredith hinüber, als nähere er sich einem unberechenbaren Haustier. »Soviel ich weiß, haben Sie Eve eine Zeitlang nicht gesehen, aber ich nehme an, durch ihre Filme sind Sie auf dem laufenden über sie geblieben.« Er nahm eine Tasse schwarzen Kaffee.

»Ich habe alle Filme mit ihr gesehen, klar«, stimmte Meredith ihm zu und nahm sich ebenfalls eine Tasse vom Tablett. »Doch sie hat ja schon eine Weile keinen Film mehr gedreht. Ich glaube, sie macht jetzt das ein oder andere im Fernsehen, und das ist mir leider entgangen.«

»O ja, Fernsehen«, murmelte Lazenby mit düsterem Blick. »Hat sie Ihnen von der Seifenoper erzählt?« Er sah zu Eve hinüber. Elliott, der neben ihr saß, war zum Leben erwacht und wurde zunehmend gesprächiger, was nur bedeuten konnte, daß er über sein »Baby« sprach. Lazenby warf ihm einen Blick zu, aus dem nicht gerade Sympathie sprach.

»Ein bißchen. Ich selbst habe die Serie nie gesehen. Eve hat mir erzählt, sie sei sehr populär und habe ein paar Millionen Zuschauer.«

»Das hat sie von Elliott, nehme ich an«, sagte Lazenby herausfordernd. »Damit will er sie doch nur überreden. Die Serie war sehr populär, aber die Quoten sind in den Staaten längst nicht mehr so hoch wie früher. Zu uns kommen die Episoden immer ein paar Monate, nachdem sie drüben ausgestrahlt worden sind. Die Quoten hier in Großbritannien sind noch in Ordnung, werden aber sinken, wenn sie dem amerikanischen Trend folgen.« Er setzte seine Tasse ab, ohne getrunken zu haben, und beugte sich wieder vor. »Deshalb will er um jeden Preis einen neuen Charakter und eine neue Story-line einführen. Er hat eine Menge Geld in die Serie gesteckt. Mit anderen Projekten hatte er Probleme, und ›Das Erbe‹ ist sein einträglichstes Geschäft. Er ist ganz schön raffiniert und hofft, mit der Verpflichtung eines bekannten Stars die Sache absichern zu können. Und deshalb sitzt er hier und tut Eve schön.«

»Ich verstehe«, sagte Meredith versonnen und nahm einen Schluck Kaffee. Er war sehr stark, auf italienische Art zubereitet. Eve und Elliott unterhielten sich lebhaft. Lazenby schien entschlossen, das auszunutzen und Meredith noch weiter einzuweihen.

»Soviel ich weiß, besteht das Problem darin, wie man einen neuen Charakter in die Story einführen soll. Die Serie läuft seit Jahren, und fast jede denkbare Variante von Familienintrigen wurde schon durchgespielt. Die Zuschauer fangen an, die Drehbücher wiederzuerkennen. Nach dem, was Sara mir erklärt hat, soll Eve als eine Frau aus der Vergangenheit des Hauptdarstellers eingeführt werden, die ihn irgendwie in der Hand hat – ich meine, sie weiß über einige seiner unlauteren Tricks und über manches Techtelmechtel Bescheid. Damit zwingt sie ihn, sie zu seiner Geschäftspartnerin zu machen. Es ist die Rolle eines weiblichen Schurken. Ziemlich sexy, wenn ich richtig verstanden habe.« Lazenby verzog abfällig seine Oberlippe. »Mit mehreren Bettszenen, hat man mir gesagt.«

»Alle sehr dezent, da bin ich sicher«, bemerkte Meredith gelassen. »Schließlich ist Elliott auf das aus, was er ›Klasse‹ nennt.«

»Ja, ja«, stimmte er hastig zu. »Aber dennoch, Sex verkauft sich gut. Eve jedoch – ich meine, in ihrem Alter …«

Meredith musterte ihn nachdenklich, als er plötzlich verstummte. Er wurde rot unter ihrem forschenden Blick, wirkte auf einmal viel jünger und nicht mehr so selbstsicher, griff nach seinem Kaffee und nahm einen Schluck. Dann fuhr er fort: »Mißverstehen Sie mich nicht. Eve sieht gut aus und kann so etwas spielen. Aber sie sollte an ihre Zukunft und an ihr Image denken. Will sie in diesem Stadium ihrer Karriere wirklich eine solche Rolle spielen?«

»Ich bin sicher, daß das alles ausführlich besprochen wurde.« Meredith drängte sich die Vermutung auf, daß seine Sorge gar nicht Eves Image galt oder der Frage, ob es leiden könnte.

»Und da ist schließlich Sara«, sagte er und fand wieder zu seiner herausfordernden Haltung zurück. »Sie sollte an Sara denken.«

Die Party löste sich verhältnismäßig früh auf. Lazenby mußte, wie er sagte, noch nach London zurückfahren, weil er am nächsten Morgen sehr früh eine Besprechung hatte. Russell entschuldigte sich damit, daß er genauso früh Sprechstunde habe. Markby ging mit den beiden.

Der Rest der Gesellschaft wurde von einer allgemeinen Mattigkeit erfaßt. Elliott erklärte: »Ich bin total groggy.« Und so schienen sich alle zu fühlen. Meredith wünschte eine gute Nacht und zog sich nach oben zurück, um zu Bett zu gehen.

Ihr Zimmer war wirklich hübsch. Sie wußte nicht, ob Eve sich die Mühe gemacht und sich selbst um die Innenausstattung des Hauses gekümmert oder ob sie einfach einen Innenarchitekten bestellt und alles ihm überlassen hatte. Sie vermutete letzteres. Wenn es so war, hatte er es im großen und ganzen gar nicht so übel gemacht, wenn Meredith es auch persönlich vorzog, alte Dinge alt aussehen zu lassen. Aber so wie Alan Markby das Pfarrhaus geschildert hatte, mußte es ein höchst ungemütliches Domizil gewesen sein. Es war verständlich, daß die neuen Besitzer es ein bißchen freundlicher gestaltet haben wollten. Was Markby wohl von Beruf war? Sie wußte es immer noch nicht.

Als sie eben ins Bett steigen wollte, klopfte es.

»Merry, du schläfst doch noch nicht, oder?«

»Nein, natürlich nicht, komm rein.« Meredith zog den Gürtel ihres Morgenrocks, den sie gerade ablegen wollte, wieder zu und öffnete die Tür.

Sara stand ganz verloren auf der Schwelle. »Darf ich reinkommen und dir was vorjammern?« fragte sie.

»Komm rein«, sagte Meredith schicksalsergeben.

Unsicher kam Sara herein und blieb einen Moment stehen, als müsse sie erst einen Entschluß fassen. Sie trug ein Baumwollnachthemd mit einem großen Bild von Snoopy und rosa Fellpantoffeln aus Nylon und sah mit ihrem ungeschminkten, glänzenden Gesicht keinen Tag älter aus als vierzehn. Plötzlich schien sie zu einem Entschluß zu kommen, warf sich in den Korbsessel vor dem Spiegeltisch, schleuderte die Pantoffeln weg und zog die Füße unter sich.

»Also«, sagte Meredith und nahm auf dem höchst unbequemen Frisierhocker Platz. »Schieß los.«

Sara erwiderte ihr Lächeln nicht. Statt dessen kaute sie nervös an ihrer Unterlippe und fixierte Meredith mit großen, nachdenklichen blauen Augen. »Was hältst du von Peter Russell, Merry?«

Meredith, die sich bereits auf eine ähnliche Frage, jedoch in bezug auf Jonathan Lazenby, gefaßt gemacht hatte, zwinkerte. »Ein netter Mann, glaube ich. Bißchen altmodisch, ein richtiger Familiendoktor.«

»Er ist scharf auf Mummy.«

»Ach, tatsächlich?« Meredith gab sich Mühe, sich ihren Ärger nicht anmerken zu lassen. »Nun, dann soll die Sache doch ihren Lauf nehmen, Sara. Ich an deiner Stelle würde nicht versuchen, irgendwie nachzuhelfen, wenn es das ist, was du vorhast. In dieser Welt ist von sogenannten wohlmeinenden Leuten schon viel Schaden angerichtet worden.«

»Es wäre schön für Mummy«, meinte Sara hartnäckig, wobei sie ihre Hände gegeneinanderpreßte. »Mummy hatte viel Pech mit ihren Männern.«

So, hatte sie das? Ist mir nie aufgefallen, dachte Meredith mit einem Anflug von Zynismus. Sie war schläfrig und konnte ganz gut auf all das verzichten.

»Die beiden Männer, mit denen Mummy glücklich

war, sind gestorben. Robert war riesig nett. Er nahm es nicht einmal übel, wenn die Leute ihn ›Mr. Owens‹ nannten. Niemand hat zu Mummy jemals Mrs. Freeman gesagt. Ich glaube, das lag daran, daß sie unter ihrem eigenen Namen so bekannt ist. Aber einige Männer hätten es nicht geduldet, daß man sie mit dem Namen ihrer Frau ansprach, als wären sie ein bloßes Anhängsel. Robert hatte nichts dagegen. Er fand es lustig.«

»Er war selbst ziemlich erfolgreich«, stellte Meredith fest. »Deshalb hat es ihm nichts ausgemacht. Wäre er weniger selbstbewußt gewesen, hätte es ihm vielleicht mehr Kopfzerbrechen bereitet.«

Sara dachte darüber nach. »Und dann Daddy. Ich wünschte, ich könnte mich besser an ihn erinnern. Ich war acht, als sie sich trennten. Wenn ich versuche, mir sein Gesicht vorzustellen, ist alles verschwommen. Mummy hat ein paar alte Fotos, aber ich kann nicht sagen, daß er durch sie für mich realer wird. Ich meine, ich bin auf diesen Fotos ein kleines, dickes Kind in einem Samtkleid und mit einer Schleife wie Alice im Wunderland, und ich kann auch nicht glauben, daß ich das sein soll. Alle sehen aus wie Fremde.«

Meredith stand auf, ging zum Fenster und kehrte ihrem Patenkind den Rücken zu. Die Vorhänge waren nicht ganz geschlossen, und sie konnte die Sterne und den Mond sehen. Während sie hinausschaute, verschwand der Mond hinter jagenden Wolken, tauchte kurz wieder auf und verschwand erneut. *Sie* hatte keine Schwierigkeiten, sich Mike in Erinnerung zu rufen, *sie* mußte versuchen, ihn zu vergessen, das war ihr Problem. Vielleicht war es ein großer Fehler gewesen hierherzukommen. Mikes Tochter plapperte hinter ihr unentwegt weiter, ohne daß sie viel von ihren Worten mitbekam. Sie hatte beinahe Angst, sich umzudrehen und das Mädchen anzusehen.

»Aber sie wollten sich wieder versöhnen.« Saras helle Stimme drängte sich in ihre Gedanken. »Mummy hat es mir erzählt. Sie hatten sich ausgesprochen und wollten es noch einmal miteinander versuchen.«

»Ja«, sagte Meredith ausdruckslos.

»Aber es ist nicht mehr so weit gekommen, weil Daddy ermordet wurde. Das war schrecklich. Und so völlig sinnlos.«

»Ich erinnere mich«, sagte Meredith.

Als ob sie es je vergessen könnte. Eve hatte damals Hollywood-Ambitionen und zog mit Mike, der Arbeit als Drehbuchautor gefunden hatte, nach Kalifornien. Eve war nicht die erste, der Hollywood zu Kopf stieg. Selig stürzte sie sich in Partys und Intrigen, in flüchtige Begegnungen und Trennungen. Es war unvermeidlich, daß die Ehe in die Brüche ging. Ob die Tatsache, daß Mike sie eines Tages wirklich verlassen hatte, Eve wie ein Eimer eiskaltes Wasser traf oder ob nur ihr Stolz verletzt war, blieb unklar, sie war jedenfalls fest entschlossen, sich Mike zurückzuholen. Sie und Mike hatten zu der Zeit, jeder in seinem Metier, auf demselben Film-Set gearbeitet. Meredith erinnerte sich genau an Eves Brief. *Mike und ich sehen einander so oft, daß es albern wäre, wenn wir uns scheiden ließen, vor allem da Mike Sara vergöttert. Wir wollen uns deshalb zum Abendessen treffen, uns richtig aussprechen und überlegen, ob wir es nicht noch einmal versuchen sollten. Ich bin sicher, diesmal wird es funktionieren.*

Diese Versöhnung hatte nie stattgefunden. Eine Gewalttat, ebenso unvorhergesehen wie sinnlos, hatte sie verhindert. Mike war eines Abends nach Hause gekommen und hatte einen drogenabhängigen Jugendlichen auf frischer Tat ertappt, der seine Wohnung nach Geld oder leicht verkäuflichen Wertgegenständen durchwühlte. Der Junge war bewaffnet gewesen und hatte Mike erschossen. Einfach so. Später hatte er versucht, die Waffe zu verkaufen, um einen Fix bezahlen zu können, und das führte zu seiner Verhaftung und Verurteilung, obwohl er die Tat leugnete und behauptete, die Waffe in einer Mülltonne gefunden zu haben. Er hatte bereits mehrere Vorstrafen, weil er in Wohnungen eingestiegen war und Autos aufgebrochen hatte – er versuchte es überall, wo entweder Geld oder etwas zu finden war, das er verkaufen konnte. Außerdem war bekannt, daß er sich in dem Gebäude aufgehalten hatte, in dem Mike wohnte. Der Junge war bei seinem Onkel, dem Hausmeister, gewesen und hatte ihn – allerdings vergeblich – um Geld gebeten.

»Es ist immer das gleiche Muster«, hatte der ebenso lebenserfahrene wie desillusionierte Polizeileutnant vom Morddezernat in Los Angeles, der den Fall bearbeitete, in seinem Bericht erklärt. »Irgendwann endet es immer damit, daß sie töten. Es passiert ständig.«

Nur daß es diesmal Mike passiert war. Nachdenklich betrachtete Meredith seine Tochter.

Als könne sie ihre Gedanken lesen, sagte Sara: »Ich sehe Mummy nicht sehr ähnlich, nicht wahr? Sehe ich aus wie mein Vater?«

»Ja, ein bißchen. Auf jeden Fall bist du ihm ähnlicher als deiner Mutter.«

»Hughie war gräßlich«, stieß Sara in einer plötzlichen Aufwallung hervor. »Ich weiß nicht, warum Mummy ihn geheiratet hat. Ob sie es getan hat, um über den Verlust von Daddy hinwegzukommen?«

»Wahrscheinlich.«

Eve war vor Schmerz außer sich gewesen, was vor allem auf den Schock über Mikes plötzlichen gewaltsamen Tod zurückzuführen war, wie Meredith vermutete. Aber ein Jahr später hatte sie einen superklug daherredenden, flott aussehenden Finanzberater geheiratet, dessen großartige Projekte hauptsächlich auf dem Papier oder in seinem Kopf existierten, was man jedoch zu spät entdeckte. Es war nicht leicht gewesen, ihn loszuwerden.

»Ich habe ihn immer gehaßt«, sagte Sara erbittert. »Er hat sie terrorisiert. Sie hatte wirklich Angst vor ihm. Bei der Scheidung hat er sich auch schrecklich benommen. Er hat Mummy einen Haufen Geld abgeknöpft, weißt du. Hinterher besaß sie kaum noch etwas.«

»Dann war's ja ein Glück, daß sie Robert Freeman kennenlernte«, sagte Meredith und wünschte, sie hätte den Mund gehalten.

Aber Sara merkte nicht, wie zweideutig der Satz zu verstehen war. »Ja, das stimmt. Und mehr noch, Robert hat Mummy sehr gut versorgt zurückgelassen, sie ist jetzt richtig wohlhabend, und deshalb könnte sie Peter heiraten, obwohl er kein Geld hat, verstehst du?« Sie beugte sich voller Eifer nach vorn. »Es wäre auch schön für Peter, seine Frau ist nämlich gestorben. Sie war jahrelang krank, und er hat sie aufopferungsvoll gepflegt – und dann starb sie ganz plötzlich, und er war schrecklich traurig. Er hat also auch eine schwere Zeit hinter sich und sollte noch einmal eine Chance bekommen.«

»Na, das hast du dir ja schön zurechtgelegt. Aber ich bleibe bei dem, was ich gesagt habe, Sara. Misch dich nicht ein. Wenn deine Mutter und Russell zusammenkommen, dann ist es gut und schön. Doch es ist allein ihre Sache.«

»Ich werde mich nicht einmischen. Ich will nur, daß Mummy glücklich wird, denn ich habe mich sehr schlecht benommen und ihr große Sorgen gemacht. Ich nehme an, sie hat es dir erzählt.«

»Einiges davon. Denk nicht mehr dran. Es ist vorbei.« Meredith zögerte einen Moment. »Sara, liebst du diesen jungen Mann wirklich?«

»Jon? Ich weiß nicht. Ich weiß nicht, ob ich überhaupt jemanden lieben kann, manchmal denke ich, ich bin dazu gar nicht fähig. Aber ich liebe ihn so sehr, wie es mir eben möglich ist.« Saras Hände waren so fest ineinander verkrampft, daß unter der gespannten Haut die Fingerknöchel hervortraten. »Und ich brauche Jonathan, Merry. Er sorgt dafür, daß ich nicht auf die schiefe Bahn komme. Wenn ich ihn nicht hätte, würde ich wieder auf Abwege geraten, denke ich, genauso wie früher. O Merry, ich könnte es nicht ertragen, wenn etwas Schlimmes passieren würde.«

Das letzte war ein verzweifelter Schrei aus tiefstem Herzen, und der Schreck durchfuhr Meredith wie ein scharfes Messer. »Was sollte denn Schlimmes passieren, Sara?«

»Ach, ich weiß nicht – es könnte doch sein. Gerade, wenn es schön ist. Nichts Gutes ist von Dauer.«

Armes Kind, dachte Meredith. Sie sucht verzweifelt nach einer Vaterfigur. Sie hatte geglaubt, in Robert eine gefunden zu haben, und er wurde ihr genommen. Jetzt ist sie auf Lazenby fixiert. Er ist zwar nicht viel älter als sie, strahlt aber Sicherheit aus. Nun, wenn er das ist, was sie will und ihrer Meinung nach braucht, schön und gut. Ich hoffe nur, er weiß auch sie zu schätzen.

»Merry –«, sagte Sara unvermittelt. »In deinem Job gibst du den Leuten doch auch Ratschläge, oder?«

»Manchmal«, sagte Meredith zurückhaltend. »Es kommt auf die jeweilige Situation an. Es ist aber ein sehr begrenzter Rat und hängt gewöhnlich von den Vorschriften ab, ich kann also nicht behaupten, daß ich eine Kummerkastentante bin.«

»Nein, aber du hast Lebenserfahrung.«

»Gütiger Himmel! Na ja, ein bißchen. Sprich weiter.«

»Angenommen, angenommen – jemand erzählt dir, daß er bedroht wird.«

»Von wem? Wie? Womit?«

»Von jemandem, den er kennt und der etwas von ihm weiß, etwas Schlimmes, von dem er nicht will, daß es bekannt wird, das der andere aber an die Öffentlichkeit bringen will.«

»Sara«, sagte Meredith behutsam, »sprechen wir vielleicht über Erpressung? Das wäre nämlich eine schwere Straftat und eine Angelegenheit für die Polizei.«

»Und angenommen, derjenige könnte nicht zur Polizei gehen? Ich meine, dann würde die Sache doch auch bekannt werden, oder?«

»Nein. Die Polizei hat da ihre speziellen Verfahren, sie tut alles, um das Opfer einer Erpressung zu schützen.«

»Ja, aber es handelt sich nicht um Erpressung. Ich meine, Erpressung ist doch, wenn man ganze Bündel gebrauchte Fünfpfundnoten in einem hohlen Baum versteckt oder auf der Victoria Station gleich aussehende Aktenmappen austauscht.«

»Nicht unbedingt. Leute erpressen, um alles mögliche zu bekommen, was sie wollen – einen Job, zum Beispiel.«

»Aber so ist es nicht«, entgegnete Sara hitzig. »Es ist alles legal.«

»Ich schlage vor, daß du mir erzählst, um was es sich eigentlich handelt«, sagte Meredith gelassen.

Sara preßte die Lippen zusammen. »Das kann ich nicht. Es – es betrifft einen Freund.«

»Nun, dann sag deinem Freund – oder ist es vielleicht eine Freundin? –, er soll es sich durch den Kopf gehenlassen, und frag, ob er oder sie etwas dagegen hätte, wenn du es mir erzählst.«

»Okay.« Sara glitt aus dem Sessel und schob die Zehen in ihre rosa Fellpantoffeln. »Danke, daß du mir zugehört hast, Merry. Ich hab' ja wirklich Nerven, dir mit meinen ganzen Sorgen in den Ohren zu liegen und zu quasseln und zu quasseln, obwohl du total müde sein mußt. Es gibt eigentlich auch keinen Grund, warum du dich mit meinen oder den Problemen meiner Freunde belasten solltest.«

Meredith musterte Sara nachdenklich. Zum Kuckuck mit dem Freund oder der Freundin. Sara war in Schwierigkeiten und konnte sich nach dem ganzen Zirkus von vor drei Jahren ihrer Mutter nicht anvertrauen. Darüber hinaus fürchtete sie sich davor, daß Lazenby eine schlechte Meinung von ihr haben könnte. Meredith hätte mit Sara gern noch länger über Lazenby gesprochen, unterdrückte jedoch diesen Impuls. Sie wäre dann gefährlich nahe daran, sich einzumischen, und gerade davor hatte sie Sara im Hinblick auf ihre Mutter und Peter Russell selbst gewarnt. Im Grunde war ja auch nichts gegen Lazenby einzuwenden, außer daß er jung und von sich selbst überzeugt war und in ihr den Wunsch weckte, ihm eine zu knallen. Vielleicht hatte sie nur deshalb so gereizt auf ihn reagiert, weil sie von der langen, strapaziösen Fahrt mitgenommen war. Schlimmer noch, vielleicht maßte sie sich sogar unbewußt an, Mike zu vertreten.

»Geh ins Bett«, sagte sie laut. »Sieh zu, daß du deinen Schönheitsschlaf bekommst, und gönn mir meinen.« Sara sah so bekümmert aus, daß Meredith heftig hinzufügte: »Kopf hoch! Es wird schon nicht so schlimm werden!« und begriff, daß sie wirklich hundemüde sein mußte, um Sara so abzufertigen.

Wieder allein, legte sich Meredith ins Bett und blickte im Licht der Nachttischlampe zur Decke hinauf. Sie wollte das Licht nicht löschen, denn im Dunkeln tauchten gelegentlich Gesichter aus der Vergangenheit auf. Außerdem war sie inzwischen so müde, daß es eine zu große Anstrengung bedeutet hätte, die Lampe auszuknipsen. Auf dem Nachttisch lagen Zeitschriften, doch es waren keine dabei, die sie interessierten.

Als sie endlich genug Kraft gesammelt hatte, um das

Licht auszuschalten, dachte sie, während sie in den Schlaf hinüberglitt: Schon zum zweitenmal war heute abend von Erpressung die Rede.

KAPITEL 4

Meredith wurde sehr früh – ihrem Gefühl nach war es noch mitten in der Nacht – vom Geräusch eines Motors geweckt, der draußen leise im Leerlauf tuckerte. Sie schlüpfte aus dem Bett und tappte zum Fenster, von dem aus man direkt auf die Zufahrt und das schmiedeeiserne Tor blickte, das von den Scheinwerfern des Fahrzeugs angeleuchtet wurde. Eine Gestalt lief durch den grellen Lichtkegel, und dann wurde in der nächtlichen Stille das ferne und sehr britische Geräusch von klirrenden Milchflaschen hörbar. Sie überlegte, wie der Milchmann wohl das geschlossene Tor überwinden würde. Er machte es ganz einfach, er schob eine Flasche nach der anderen durch die Gitterstäbe und ließ sie dann alle als einsames Häufchen auf der mit Kies bestreuten Zufahrt stehen. Irgend jemand, wahrscheinlich Lucia, würde später zum Tor hinunterlaufen müssen, um die Flaschen hereinzuholen. Der Milchmann stieg wieder in seinen Wagen – es war keiner von diesen langsam fahrenden, elektrisch betriebenen flachen Milchtransportern, sondern ein richtiger, seitlich offener Lieferwagen – und ratterte davon. Sie öffnete das Fenster, beugte sich hinaus und sah, daß die Scheinwerfer wieder zum Stillstand kamen. Der Milchmann belieferte offenbar auch Philip Lorrimer und den alten Bert. Dann bewegte sich das Scheinwerferlicht weiter und verschwand.

Im Osten begann der Himmel eben hell zu werden. Auf dem Friedhof gegenüber zwitscherten ein paar Vögel in den Bäumen. Meredith blickte auf ihre Armbanduhr. Viertel nach fünf. Sie ging wieder ins Bett, schlief aber nicht mehr ein. Verschiedene merkwürdige Geräusche erregten ihre Aufmerksamkeit, und sie versuchte, sie zu identifizieren, was ihr aber nur zum Teil gelang. Das Ächzen und Knarren kam von den alten Holzbalken des Hauses. Alan Markby – der geheimnisvolle Mr. Markby – hatte gesagt, im Holz sei die Trockenfäule gewesen, doch sei dagegen etwas getan worden. Einige der alten Balken mußten ersetzt worden sein, aber nicht alle. Die Bohlen in diesem Zimmer zum Beispiel waren ungleichmäßig und fielen leicht schräg ab, woraus man schließen konnte, daß es noch die ursprünglichen Bretter waren. Das hohl klingende, geisterhafte Gurgeln rührte, wie leicht auszumachen war, von der Installation her und gab ihr fast das Gefühl, wieder in ihrer eigenen Wohnung zu sein. Ein plötzliches Knacken von draußen mußte von einem Ast stammen, der von einem Friedhofsbaum abgebrochen war. Endlich drehte sie sich auf die Seite und fiel in einen unruhigen Schlaf.

Als sie wieder erwachte, geschah es so plötzlich, daß ihr das Herz bis zum Hals schlug. Die Ursache war ein entferntes Summen und ein metallisches Klirren. Das Haupttor war geöffnet worden. Sie setzte sich auf. Es war kurz vor acht. Auch die Milchflaschen klirrten wieder. Wer auch gekommen sein mochte, er brachte jedenfalls freundlicherweise die Flaschen mit zum Haus. Meredith sprang aus dem Bett, trottete ins Bad, duschte und kam zurück, ohne auf dem Hin- oder

Rückweg einer Menschenseele begegnet zu sein. Als sie jedoch die Treppe hinunterging, hörte sie Frauenstimmen, die ihr sämtlich unbekannt waren. Sie ging ihnen nach und hörte ein dumpfes Geräusch, als versuche jemand angestrengt, einen Gegenstand von der Stelle zu bewegen, der nicht nachgab.

Als sie in die große Eingangshalle kam, sah sie unter der Treppe eine Tür, die jetzt offenstand. Aus dieser Tür ragte ein in einen orangefarbenen Nylonoverall gehülltes üppiges weibliches Hinterteil. Das Hinterteil wackelte, begann sich herauszuschieben, und die Gestalt, zu der es gehörte, wurde sichtbar. Eine untersetzte Person mittleren Alters richtete sich ächzend und keuchend und feuerrot vor Anstrengung langsam auf. Triumphierend hielt sie den Griff eines Staubsaugers umklammert, den sie eben aus seinem Verlies geholt hatte.

»Morgen«, begrüßte sie Meredith vergnügt. »Sie sind wahrscheinlich die Dame, die hier wohnt. Ich bin Mrs. Yewell und komme jeden Tag.« Sie knallte die Schranktür zu und holte aus der Tasche ihres Overalls ein gelbes Staubtuch heraus. »Hoffe, Sie haben gut geschlafen.«

»Es geht so«, erwiderte Meredith zurückhaltend. »Der Milchmann hat mich geweckt.«

»Das ist unser Gary«, sagte Mrs. Yewell. »Er muß früh los, weil das ist der Anfang von seiner Runde, verstehen Sie? Kommt von der Molkerei direkt her, fährt dann nach Lower Clanby, um das große Gemeindegut herum, dann runter zum Stützpunkt von der Air Force in Cherton und dann vorüber an den piekfeinen neuen

Häusern – die von den Erbschaftsverwaltern, wie es heißt – und dann mit den leeren Flaschen in die Molkerei zurück. Is' den ganzen Vormittag unterwegs.« Sie zerrte den Staubsauger geräuschvoll durch den Raum. »Das ist ein großes Haus zum Sauberhalten, wirklich wahr. Zuviel für die Köchin allein. Besonders wenn Hausgäste da sind.«

Meredith nahm das als Wink, ihr nicht im Weg zu stehen. Mrs. Yewell schmiß den Staubsauger an und trällerte ein Liedchen aus »South Pacific«. Meredith ging dem tröstlichen Duft von frisch aufgebrühtem Kaffee nach, der aus der Küche kam.

»Was machen Ihre Zähne?« fragte sie die Köchin.

»Er nehmen heraus Weisheitszahn – hier.« Lucia riß den Mund auf und zeigte in die dunkle Höhle. »Es tun sehr weh.«

»Vielleicht sollten Sie den Mund mit Aspirin spülen.« Meredith vermied es, in den geöffneten Schlund hineinzuschauen. »Ich habe auch ein antiseptisches Mundwasser.«

Lucia kicherte. »Ich nicht brauchen Mundwasser von Apotheke. Ich machen selber Mundwasser – damit!« Sie griff in einen Schrank und holte eine Handvoll Salbeiblätter heraus.

»Und die helfen?« fragte Meredith neugierig.

»Darauf Sie dürfen wetten, sind das beste.« Lucia hielt Meredith die Salbeiblätter unter die Nase. »Und Sie kriegen schöne weiße Zähne. Ich kennen alle Medizinen. Ich brauche keinen Apotheker. In mein Dorf in Campania wir haben eine sehr kluge alte Frau. Sie machen alle Medizinen, machen alle gesund. Sie nehmen alles, was wachsen auf dem Land.« Lucia legte den Salbei auf den Tisch. »Ich braten Eier?« Sie machte mit der Hand eine Bewegung, als schlage sie Eier auf.

»Nein, danke. Eine Tasse Kaffee reicht mir.«

Als Meredith die Küche wieder verließ, hatte Mrs. Yewell den Salon schon tadellos in Ordnung gebracht; im Augenblick sang sie »One enchanted Evening«, so daß man unschwer lokalisieren konnte, wo sie sich aufhielt: in der Garderobe im Erdgeschoß. Aus dem Fenster sah Meredith, daß zwischen den Gitterstäben des Tores etwas steckte, das wie eine Zeitung aussah. Sie ging hinaus, um sie zu holen.

Tatsächlich waren es zwei Zeitungen, »The Times« und, diskret darin versteckt, die »Sun«. Als sie die beiden Blätter durch die Stäbe hereinzog, bemerkte sie, daß vor dem Tor noch etwas anderes auf dem Boden lag. Auf den ersten Blick sah es wie ein schmutziger Lappen aus, aber bei genauerem Hinsehen erkannte sie, daß es eine bestimmte Form hatte.

Meredith klemmte sich die Zeitungen unter den Arm, bückte sich, streckte den Arm durch die Stäbe und hob den Gegenstand auf. Es war eine Flickenpuppe. Sie war schmuddlig und fleckig, und man sah ihr an, daß sie sehr alt und vielleicht sogar aus der Mülltonne herausgeholt worden war. Aber ihre schlimmsten Schäden kamen nicht von Abnutzung und Verschleiß, sie waren ihr absichtlich zugefügt worden. Jemand hatte ihr mit einem scharfen Messer oder einer Schere das Gesicht aufgeschlitzt und mit roter Farbe verschmiert, so daß es aussah, als würde sie bluten. Die Puppe war durch und durch feucht, woraus man schließen konnte, daß sie am

Abend vorher nach Einbruch der Dunkelheit vor das Tor geworfen worden war und die ganze Nacht dort gelegen hatte. Der Zeitungsjunge mußte sie gesehen haben, hatte sie jedoch wohl kaum beachtet. Der Milchmann, der bei Tagesanbruch hier gewesen war, hatte sie bei dem schlechten Licht wahrscheinlich nicht entdeckt. Und Mrs. Yewell, vermutlich ganz darauf konzentriert, ihr uraltes Fahrrad zu schieben, hatte sie sicher nicht bemerkt. Es war nicht anzunehmen, daß sie eine besonders aufmerksame Person war, vielleicht aber hatte sie das Ding auch nur für einen alten Lappen gehalten. Die Puppe sollte auf jeden Fall von dem Familienmitglied gefunden werden, das als erstes durchs Tor ging.

Meredith betrachtete die Puppe angewidert und mit wachsendem Zorn. Daß sie eine menschliche Form hatte, machte sie besonders unheimlich. Wieder mußte Meredith an Hexerei denken. Das Rinderherz mochte noch ein höchst geschmackloser Scherz gewesen sein, aber zusammen mit der verstümmelten Puppe begann das Ganze eher nach einem Rachefeldzug auszusehen. Sie wickelte die Puppe in eine Zeitung und schickte sich an, ins Haus zurückzugehen.

Elliott, überraschenderweise in einen makellosen türkisgrünen Jogginganzug gehüllt, stand, die Arme vor der Brust gekreuzt, auf der obersten Stufe und beobachtete sie. Sein blasses Leichenbestattergesicht hatte einen wissenden Ausdruck, der sie wütend machte, und unwillkürlich hielt sie das Papierbündel fester und preßte es an sich. Zugleich war sie aufgebracht über die Art und Weise, wie dieser Mann immer unerwartet auftauchte.

»Wohl wieder was gefunden?« Das klang, wie schon beim erstenmal, nicht überrascht, nur sehr mißbilligend.

»Sie wissen wesentlich mehr darüber, als Sie zugeben«, entgegnete Meredith gereizt.

Sie versuchte an ihm vorbei in die Eingangshalle zu schauen. Ihren Blick richtig deutend, sagte er: »Alles in Ordnung, noch niemand ist aufgestanden. Wollen Sie mir nicht zeigen, was Sie da haben?«

Stumm schlug sie die Zeitung auf und ließ ihn die Puppe sehen.

Er spitzte die Lippen und murmelte: »Ts, ts, ts.«

»Vielleicht«, sagte Meredith knapp, »würden Sie mir mal erklären, was Sie über das Ganze wissen.«

Er nickte. »Klar, aber es ist nicht viel. Was halten Sie davon, wenn wir hineingehen?«

Im Haus beugte er sich über die Puppe, die auf dem Tisch lag, schien sich aber so davor zu ekeln, daß er sie nicht anfassen wollte. »Ich habe so was schon ein paarmal hier gefunden, es aber ganz schnell wieder verschwinden lassen.«

»Wie das Ochsenherz?« Er ließ sich zu keiner Antwort herbei, und Meredith fragte ruhiger: »Weiß Eve etwas von diesen scheußlichen Dingern?«

»Ich habe ihr nichts davon gesagt, wenn Sie das meinen. Und ich rate Ihnen, es auch nicht zu tun.« Er wandte sich von ihr ab. Aus irgendeinem unerfindlichen Grund war auf dem Rücken seiner Joggingjacke eine große 9 aufgedruckt. Er ging zum nächsten Sessel und ließ sich mit katzenhafter Geschmeidigkeit hineingleiten, faltete die blassen, weichen Hände und stützte sie auf seine türkisfarbenen Knie. »Gut, ich lege meine

Karten auf den Tisch. Ich möchte nicht, daß Evie sich aufregt. Ich möchte nicht, daß die Kleine sich aufregt. Ich möchte, daß die Kleine heiratet und Evie mit mir in die Staaten reist. Ich weiß nicht, was das alles soll, zum Teufel – aber wenn ich Evie in ein Flugzeug setzen kann, stört es verdammt noch mal sowieso niemanden mehr.«

»Wie können Sie so was sagen?« stieß sie wütend hervor. »Ich will wissen, was es zu bedeuten hat.«

»Ich kann Ihnen sagen, was es bedeutet, Schätzchen. Es bedeutet, daß wir hier irgendwo einen Verrückten in der Nähe haben. Doch solange es uns gelingt, das Zeug zu finden, bevor Eve es tut – oder die Kleine –, ist es unwichtig. Glauben Sie mir. Ich hatte schon genug mit Spinnern zu tun. Film- und TV-Stars, Persönlichkeiten jeder Art ziehen sie magisch an. Diese Typen sind gestört, sie führen ein trostloses Leben, sie wären gern berühmt und wünschen sich, daß man über sie spricht, schaffen es aber nicht. Meistens pflegen sie in aller Stille ihren Kummer, doch manchmal flippen sie aus. Wenn wir hier in den Staaten wären, würde ich mir Sorgen machen. Ich würde einen Bodyguard anheuern. Aber ich glaube nicht, daß es in diesem Fall notwendig ist. Warum Eve oder die Kleine ängstigen?«

»Ich finde, wir sollten es der Polizei melden«, sagte Meredith mit Nachdruck.

»Aber Schätzchen«, sagte Elliott vorwurfsvoll und riß die grauen Fischaugen auf. »Wir haben doch schon einen Cop hier. Einer ist genug.«

»Einen Polizisten?« Meredith sah ihn verblüfft an. »Wen denn?«

»Markby. Hat Ihnen das niemand gesagt?«

Meredith, die die Puppe immer noch fest umklammert hielt, ließ sich geräuschvoll in die Ecke des Sofas fallen. »Ein Polizist?« Kein Wunder, daß er nicht von sich aus gesagt hatte, was er machte. Polizisten hatten, wie Anwälte oder Ärzte, eine gewisse Scheu, ihren Beruf preiszugeben. Die Leute wurden, wenn sie ihn erfuhren, entweder nervös oder nutzten die Gelegenheit, sie mit einem privaten Problem oder Wehwehchen zu belästigen. Meredith fühlte sich auf eine merkwürdige Weise verletzt, weil Markby es ihr nicht gesagt, sie nicht vorgewarnt hatte. Es war unfair, das nicht zu tun. Der Himmel weiß, was für Dinge die Leute unüberlegt ausplaudern, wenn sie nicht ahnen, daß jemand, den sie in vertrauter Runde unter dem Dach eines gemeinsamen Freundes kennenlernen, tatsächlich Polizeibeamter ist.

Meredith bemühte sich, aufkommende Vorurteile gegen Markby zu verdrängen und objektiv zu bleiben. »Dennoch«, sagte sie, »wäre vielleicht gerade er der Richtige, den man um Rat fragen könnte. Er ist Saras Brautführer. Wenn wir mit ihm sprechen, wird er diskret sein und weder Eve noch Sara aufscheuchen.«

»Wenn wir es diesem Mann erzählen«, sagte Elliott geduldig, »wird er mit Eve und der Kleinen reden wollen. Er wird wissen wollen, ob eine von ihnen Briefe oder andere kleine Päckchen erhalten hat. Polizisten stellen Fragen. Sie können nicht anders. Sie verängstigen die Menschen. Auch in dieser Hinsicht können sie nicht anders. Wenn Sie Markby davon erzählen« – er zeigte auf die Puppe –, »werden Sie es bereuen, glauben Sie mir.«

»Ist Ihnen eigentlich klar, daß eine von den beiden einen – sagen wir – Drohbrief erhalten haben könnte?« Meredith mußte an ihr Gespräch mit Sara denken und legte die Stirn in Falten. Aber sie sah keinen Zusammenhang. Erpressung war eine Sache, sie ging heimlich, verstohlen vor sich, scheute das Tageslicht; offen ausgeführte Streiche waren etwas anderes. Auch wenn sie anonym blieben, so gehörte doch ein gewisses Maß von Unbekümmertheit dazu.

»Glauben Sie, ich hätte nicht daran gedacht? Ich habe Evie vorsichtig ausgehorcht. Wenn Evie Schwierigkeiten hätte, dann hätte sie bestimmt mit mir darüber gesprochen. Das tut sie immer.«

Durch seine zur Schau getragene Überheblichkeit provoziert, fauchte Meredith: »Vielleicht ist das schon passiert, bevor Sie aus den Staaten kamen. Und vielleicht sind Sie ja nicht der einzige, dem sie sich anvertraut.«

Elliotts Gesicht erstarrte und bekam etwas Wächsernes. »Niemandem liegen Evies Interessen mehr am Herzen als mir, meine Teuerste. Niemandem, nicht einmal Ihnen. Okay, Sie sind eine Verwandte. Aber wo waren Sie in den letzten zwanzig Jahren?« Er sah den Ausdruck in ihrem Gesicht und gestattete sich ein kleines, boshaftes Grinsen. »Haben Ihr eigenes Leben geführt, richtig? Haben sich um Evie oder Sara keinen Deut geschert, richtig? Und warum sollten Sie auch? Aber ich, ich schere mich darum – weil Evie für mich wichtig ist.«

»O ja, die Seifenoper«, höhnte Meredith.

»Wir müssen alle unseren Lebensunterhalt verdienen, Lady.«

Schweigen. Sie funkelten einander an, nicht bereit, dem anderen nachzugeben. »Was ich nur sagen will«, empfahl Elliott schließlich gelassen, »halten Sie sich da raus. Überlassen Sie die Sache mir.«

»Genauso, wie ich es Ihnen überlassen habe, das Ochsenherz beiseite zu schaffen? Ich hätte das nicht zulassen dürfen, ich hätte es sofort der Polizei melden müssen.«

»Nein!« entgegnete Elliott scharf. »Und schon gar nicht diesem Markby. Er würde das Haus und die gesamte Umgebung auf den Kopf stellen. Hören Sie«, der Tonfall wurde dringlicher, in seine Stimme stahl sich ein leichtes Flehen. »Glauben Sie denn, ich hätte mir das alles nicht gründlich überlegt? Hätte nicht daran gedacht, die Cops hinzuzuziehen? Und hätte mich nicht aus guten Gründen dagegen entschieden?«

Meredith sagte plötzlich: »Im Dorf gibt es kein Polizeirevier. Wo arbeitet Markby, in Bamford?«

»Das nehme ich an.« Elliott musterte Meredith mit einem scharfen Blick.

»Und als ich Sie das erstemal draußen auf dem Weg traf, waren Sie eben mit dem Bus aus Bamford gekommen. Sind Sie dorthin gefahren, weil sie mit dem Gedanken spielten, zur Polizei zu gehen?«

Er rieb sich die blassen Hände; es hörte sich an, als würde man feines Schmirgelpapier über eine Fläche streichen, und Meredith bekam eine Gänsehaut. »Ich gebe zu, ich habe mich in der Stadt nach dem Polizeirevier umgesehen. Es schadet nichts, wenn man weiß, wo es ist. Ich habe es gefunden. Es sieht aus wie alle Gebäude dieser Art. Voll mit Kerlen ohne jede Phantasie, die ihre Zeit absitzen, bis sie ihre Rente kriegen.«

»Heißt das, Sie haben mit dem diensthabenden Sergeant gesprochen?«

»Nicht über die Dinge, die ich gefunden habe. Ich sagte ihm, daß ich daran dächte, mir einen Wagen zu mieten, und fragte ihn, ob ich mit meinem amerikanischen Führerschein hier fahren dürfe. Er sagte: ›Ja, Sir, eine begrenzte Zeit.‹« Elliott erwies sich als überraschend guter Imitator. »›Und denken Sie daran, Sir, daß wir auf der linken Seite der Straße fahren.‹« Elliott schüttelte den Kopf. »Das ist nicht die richtige Anlaufstelle für unser kleines Problem, Meredith.« Er beugte sich vor. »Wir können Markby oder einen seiner Helfershelfer hier nicht brauchen; sie stellen nur Fragen und machen viel Wind. Es sind noch drei Wochen bis zur Hochzeit, drei gottverdammte Wochen! So lange müssen wir den Deckel draufhalten. Drei jämmerliche Wochen. Wir brauchen keine Cops. Wir werden nur schön die Augen offenhalten, Sie und ich. Kommen Sie schon, denken Sie darüber nach. Wenn wir es Markby oder sonst jemandem sagen, ist es unvermeidlich, daß Eve und die Kleine davon erfahren. Evie hat es in den letzten beiden Jahren schwer gehabt, so ausgeflippt, wie die Kleine war. Ganz zu schweigen davon, daß Bob Freeman mit einem Herzstillstand plötzlich tot umgefallen ist. Jetzt ist da die Hochzeit, die ihr Sorgen macht. Gewiß können selbst Sie begreifen, daß das letzte, was sie jetzt braucht, ein solcher Schreck ist?«

Meredith mißfiel das »selbst Sie«, mußte aber zugeben, daß er irgendwie recht hatte. Er sah die Unentschlossenheit in ihrem Gesicht, merkte, daß sie schwankte.

»Vertrauen Sie mir – wir werden allein damit fertig.«

Und wieder ließ sie sich überreden. Es widerstrebte ihr zwar, die Dinge Elliott zu überlassen, doch wenn sie es recht überlegte, widerstrebte es ihr auch, mit dem Problem zu Markby zu gehen. »In Ordnung, aber wenn einer von uns nur noch ein einziges Ding wie dieses findet« – sie schüttelte die Flickenpuppe –, »gehen wir zur Polizei! Und verschweigen Sie mir nichts, Albie. Wenn Sie etwas finden, heraus damit!«

»Vertrauen Sie mir«, wiederholte er. »Für mich hängt eine Menge davon ab. Ich will unter allen Umständen vermeiden, daß einer der beiden Frauen etwas passiert.«

Meredith war zwar alles andere als überzeugt, ging aber trotzdem hinauf in ihr Zimmer und sperrte die Puppe in ihren Koffer. Sie traute Elliott nicht und nahm sich vor, selbst ein besonders scharfes Auge auf alles zu haben. Das nächstemal war Albie vielleicht nicht in der Nähe, um sie zu seinem Standpunkt zu bekehren. Falls es ein nächstes Mal gab. Sie fröstelte. Ihre Vorstellung von einem idyllischen Heim voller Gemütlichkeit mit Chintzbezügen hatte eine oder zwei Dellen bekommen. Sie fragte sich, was für ein Polizist Alan Markby wohl sein mochte. »Er hätte es mir sagen müssen«, murmelte sie verärgert vor sich hin.

Heller Sonnenschein fiel in ihr Zimmer, und es überkam sie wieder das Gefühl, daß alles ein schrecklicher Irrtum oder ein gedankenloser, idiotischer Scherz sein mußte. Doch es ließ sich nicht leugnen, daß da draußen, unter derselben Sonne, jemand lauerte, der einen besonders widerwärtigen Charakter hatte.

Meredith hatte das dringende Bedürfnis, nach draußen an die Luft zu gehen, um sich das ungute, trübe Gefühl, das der Zwischenfall in ihr ausgelöst hatte, von einem frischen Wind wegblasen zu lassen. In der Garderobe – Mrs. Yewell trällerte jetzt ihr Liedchen im Speisezimmer – hing ein buntes Sammelsurium von diversen Kleidungsstücken. Auf dem Fliesenboden standen zwei Paar Gummistiefel. Sie nahm sich das größere Paar, dachte mit leisem Bedauern daran, daß es vermutlich früher einmal Robert gehört hatte, und schlüpfte in den zerknautschten grünen Anorak, der über den Stiefeln hing und höchstwahrscheinlich Sara gehörte. Dann verließ sie das Haus.

Sie fühlte sich in den geliehenen Sachen nicht sehr wohl und stapfte schweren Schrittes den Weg entlang, der auf das Friedhofstor zuführte. Ein plötzliches Rascheln im Graben verriet ihr, daß sie nicht allein war. Sie zuckte zusammen und blieb stehen. Aus dem Gestrüpp tauchte die Gestalt eines Mannes auf.

»Guten Morgen«, sagte Philip Lorrimer und kletterte schnaufend auf den Weg zurück.

Ohnehin schon reichlich nervös, machte Meredith ihrem Ärger Luft. »Du meine Güte«, rief sie vorwurfsvoll, »jetzt bin ich vor Schreck fast umgefallen! Was in aller Welt tun Sie da?«

»Tut mir leid, wenn ich Ihnen angst gemacht habe«, entschuldigte er sich. »Ich suche Jerry, einen meiner Kater. Sie haben ihn wohl nicht gesehen? Er sieht genauso aus wie Tom, ist nur ein bißchen kleiner, und sein linkes Ohr ist eingerissen.«

Sie schüttelte den Kopf, und der hoffnungsvolle Ausdruck in seinem Gesicht erlosch. Sie stellte fest, daß er blaß und erschöpft aussah.

»Ich werde mich nach ihm umsehen«, bot sie ihm an, bemüht, ihre Schroffheit wieder gutzumachen.

»Er streunt gern herum«, sagte Lorrimer besorgt. Seine Stimme klang heiser. »Ich habe Angst, daß er einem Fuchs begegnet ist und bei der Begegnung den kürzeren gezogen hat. Ich glaube, daß die Verletzung an seinem Ohr auch von einem solchen Kampf herrührt. Entweder hat der Fuchs ihn erwischt, oder jemand hat ihn geklaut. Die Leute klauen nämlich Siamkatzen. Er fürchtet sich vor nichts und niemandem, und wenn ein Wagen anhält und jemand, auch ein völlig Fremder, ihn ruft, läuft er garantiert schnurstracks hin, um nachzusehen, was es gibt.« Lorrimer zog ein Taschentuch heraus und wischte sich den Mund ab.

»Alles in Ordnung?« fragte Meredith und musterte ihn genauer; er sah schrecklich aus.

»Ehrlich gesagt, fühle ich mich nicht so besonders. Vor einer halben Stunde habe ich mein Frühstück erbrochen und habe seither Leibschmerzen.«

»Vielleicht sollten Sie zum Arzt gehen.«

»Hab' für Quacksalber nicht viel übrig. Vor allem nicht für den, der unten im Rose Cottage wohnt«, sagte er kurz. »Ich hatte diese Übelkeiten schon ein paarmal. Nenne sie die Rache des ›Dun Cow‹. Harry vergißt dauernd, die Zapfhähne sauberzumachen.« Er lächelte matt und steckte das Taschentuch in seine Jeans. Die Hose war übersät mit getrockneten Tonstreifen und Farbklecksen. Unvermittelt verzerrte sich sein Lächeln zu einer jammervollen Grimasse. Er keuchte, als falle es ihm schwer zu atmen, dann brach er zusammen, der Kopf sank ihm auf die Knie, und er gab gräßliche Würgegeräusche von sich.

»Warten Sie, ich helfe Ihnen!« rief Meredith. Dem Schicksal dankend, daß sie so kräftig gebaut war, packte sie ihn bei den Schultern, hievte ihn in die Höhe und machte sich mit ihm zu seinem Cottage auf. Er versuchte zu sprechen, doch sie befahl: »Nicht jetzt, später!«

Zusammen stolperten sie den Pfad durch seinen Garten entlang und durch die offenstehende Haustür. Hier schüttelte Lorrimer ihren Arm ab, mit dem sie ihn stützte, taumelte allein nach hinten in die Küche und erbrach sich über dem Ausguß. Meredith wartete. Sie hörte Wasser laufen, dann kam er zurück, weiß wie ein Laken und mit Schweißperlen auf der Stirn. Doch er schien sicherer auf den Beinen zu sein.

»Tut mir leid«, sagte er.

»Macht nichts. Hören Sie, ich glaube, es ist besser, wenn ich Russell anrufe.«

»Nein!« Lorrimer schlich zu einer Art Diwan, auf dem ein leuchtend bunter, handgewebter Überwurf lag, der Meredith auffiel, obwohl ihr in ihrer Sorge um Lorrimer kaum der Sinn danach stand, von der Einrichtung Notiz zu nehmen.

Sie blickte auf ihn hinunter. »Ich hole Ihnen ein Glas Wasser«, sagte sie und ging in die Küche. Dort herrschte ein unvorstellbares Durcheinander, und im Ausguß entdeckte Meredith Spuren von Blut und Galle, die nicht richtig weggespült worden waren. Einen Alkoholkater mit solchen Nachwirkungen hatte sie noch nie gesehen. Sie spülte das Becken noch einmal nach, fand neben Dosen mit Katzenfutter Trinkgläser, wusch eines aus, füllte es und brachte es Lorrimer.

»Prost«, sagte er schwach, nahm das Glas und trank Schluck für Schluck.

Meredith setzte sich ihm gegenüber auf einen wackligen Stuhl und umfaßte ihre Knie mit den Händen. »Was haben Sie gegen Peter Russell? Ich glaube wirklich, Sie sollten ihn konsultieren. Er könnte bei Ihnen vorbeischauen, sobald er aus seiner Stadtpraxis zurückkommt.«

»Ich kann den Kerl nicht ausstehen, und das beruht auf Gegenseitigkeit.« Lorrimer war wieder zu Atem gekommen, und in sein Gesicht war etwas Farbe zurückgekehrt. »Außerdem halte ich nicht viel von seinen ärztlichen Fähigkeiten. Man erzählt sich hier, er habe den Eintritt seiner Frau in eine bessere Welt beschleunigt.«

»Wie bitte?« stieß sie hervor.

Auf seinen bleichen Wangen zeichnete sich eine matte Röte ab. »Na ja, das ist nur Dorfklatsch. Sie war jahrelang krank, und wenn er es wirklich getan hat, dann hat er es nur gut gemeint. Euthanasie. Hat das arme Ding von seinen Leiden erlöst. Obwohl, sie muß ihm das Leben ziemlich vergällt haben ...«

»Hören Sie«, sagte Meredith energisch. »So etwas zu sagen ist sehr unvorsichtig. Es ist eine schwere Beschuldigung, und man kann Sie dafür vor Gericht bringen.«

»Ja, in Ordnung – Sie haben recht. Ich hätte es nicht sagen sollen. Wen interessiert außerdem, was hier geklatscht wird? In diesem Dorf sind alle durch Inzucht miteinander verwandt, wenn Sie mich fragen. Wer weiß, wie der Verstand dieser Leute arbeitet.« Lorrimer lehnte sich mit dem Rücken gegen die Wand. Plötzlich sagte er heftig: »Dieser verfluchte alte Mann!«

»Bert?« fragte Meredith.

»Für ihn gilt tatsächlich, was ich über dieses Dorf gesagt habe. Hat er vielleicht wirklich Gift gestreut, um die Katzen umzubringen, und den armen Jerry erwischt? Ich halte es nicht für unmöglich. Er hat gesagt, daß er's tun wird, und irgendwo wurde hier schon früher Gift ausgelegt.«

Erschrocken fragte Meredith: »Woher wissen Sie das?«

»Nachts kommen Füchse in den Garten, wagen sich sogar bis zu den Mülltonnen und wühlen im Abfall. Mrs. Locke hat eines Morgens einen Kadaver vor ihrer Garage gefunden, als sie den Wagen rausholen wollte, und hat deshalb das für diese Leute übliche Geschrei angestimmt. Der Fuchs war wahrscheinlich vergiftet worden.«

»Das kann ein Bauer oder ein Geflügelhalter gewesen sein. Nicht unbedingt Bert. Machen Sie sich nicht zuviel Sorgen deswegen.«

»Ich habe auch einen toten Igel gefunden. Und jetzt ist Jerry verschwunden ... Natürlich mach' ich mir Sorgen.«

»Katzen sind wählerische Esser«, tröstete ihn Meredith. »Sie schlingen nicht alles in sich hinein wie etwa ein Fuchs. Und sie würden auch nie mit etwas spielen, das bereits tot ist, sagen wir eine Maus. Sie jagen einer lebendigen nach. Aber ich werde Ausschau halten, und wenn ich Jerry sehe, sage ich Ihnen Bescheid.«

Es hörte sich doch so an, als habe jemand Rattengift ausgelegt. Hatte Lorrimer nicht gesagt, er habe in Berts

Schuppen Strychnin gesehen? Es war schwierig zu beurteilen, wozu ein alter Mann wie Bert wirklich fähig war. Bert brüllte und drohte, warf aber nur ab und zu einen Stein nach den Katzen, wenn er sie dabei ertappte, wie sie fleißig Löcher in seine Gemüsebeete scharrten. Jerry war wahrscheinlich doch nur spazierengegangen. »Wenn Sie Russell nicht wollen«, schlug Meredith vor, – »er arbeitet doch in einer Gemeinschaftspraxis. Sie könnten zu jemand anderem gehen.«

»Ich brauche keinen Arzt«, wiederholte Lorrimer eigensinnig.

Meredith sah ihn bedrückt an. Dann rief sie sich zur Ordnung. Einen Moment, mein Mädchen, dachte sie, du bist hier nicht im Ausland. Du bist nicht die Konsulin, und er ist kein verzweifelter britischer Staatsangehöriger, der Hilfe braucht. Es ist nicht deine Aufgabe, dafür zu sorgen, daß er in ärztliche Behandlung kommt. Wenn der Junge verdorbenes Bier trinken und sich unbedingt krank machen will, dann ist das seine Sache, es geht dich nichts an. »Versuchen Sie künftig, Dosenbier zu trinken«, sagte sie. »Ich sehe mich nach der Katze um.«

Sie ließ ihn im Cottage zurück und schlug den Weg zu dem überdachten Friedhofstor ein. In seinem kühlen Schatten blieb sie stehen und betrachtete die Kirche. Es war ein kleines, solides Gebäude aus uraltem, verwittertem Stein. Die Gräber zu beiden Seiten des Wegs waren ebenfalls alt, die Grabsteine moosüberwachsen und unleserlich, doch irgend jemand hatte sich bemüht, die dazwischenliegenden Rasenstreifen kurz und ordentlich zu halten. Dennoch war ihr der Friedhof unheimlich, und in der Luft hing ein feuchter, modriger Geruch. In den normannischen Rundbogen des Torgangs waren geometrische Figuren und bizarre grinsende Köpfe eingemeißelt. Sie waren abstoßend. Die Steinmetzarbeiten mit dem Finger nachziehend, entdeckte Meredith eine Schlange, deren Windungen sie bis zum höchsten Punkt verfolgte, wo ein häßliches Gesicht mit gekraustem Laubwerk um die Ohren höhnisch und lüstern schaute. Hier vermischten sich Christentum und vorchristliches Heidentum. Ob dieses Gesicht, das auf sie heruntergrinste, das des Grünen Mannes aus grauer Vorzeit war? Sie rüttelte an der eisernen Klinke, aber das Kirchentor war geschlossen. Eine Notiz hinter einer Plastiktafel gab bekannt, daß der nächste Gottesdienst in vierzehn Tagen stattfinden würde und der Schlüssel zwischendurch bei einem der beiden Kirchenvorsteher abgeholt werden konnte, bei einer Mrs. Honey von der Home Farm oder bei Major Locke, als dessen Adresse »Im alten Schulhaus« angegeben war. Der Bunker, wie Lorrimer das Haus genannt hatte. Meredith lächelte, aber es gefiel ihr hier nicht. Irgend etwas an diesem Ort schreckte einen davon ab, länger zu verweilen. Sie wandte sich um und erstarrte.

Ganz in der Nähe, inmitten der Grabsteine, stand jemand, der sie beobachtete. Eine ältere Gestalt, krumm und griesgrämig, spähte, eine riesige altmodische Sense in der Hand, über einen Grabstein hinweg zu ihr herüber. Meredith rührte sich nicht. Als die Gestalt merkte, daß sie entdeckt worden war, begann sie in einer Art davonzuwieseln, die Meredith bekannt vorkam. Schlagartig gewann sie die Gewalt über ihre Stimme und ihren

Körper zurück, rief laut: »Bert! Warten Sie einen Moment!« und setzte ihm nach.

Der alte Mann blieb stehen und wartete auf sie, wobei er sein primitives landwirtschaftliches Gerät abwehrbereit in die Höhe hob, als fürchtete er, sie könnte ihm gefährlich werden.

»Guten Morgen«, sagte sie forsch. »Ich bin Miss Mitchell und wohne im alten Pfarrhaus.«

»Ah –« brummte er. »Hab' Sie gestern gesehn.«

»Das ist richtig. Ich wollte mir gerade die Kirche ansehen, doch sie ist abgeschlossen, deshalb dachte ich, daß Sie mir vielleicht sagen können, was ich tun soll.«

»Major Locke, er hat den Schlüssel«, erwiderte Bert mürrisch. »Sonst weiß ich nichts.«

»Aber Sie haben doch Ihr ganzes Leben hier verbracht«, schmeichelte Meredith. »Und Sie arbeiten offensichtlich sehr hart, damit der Friedhof ordentlich aussieht. Sie müssen viele Veränderungen hier miterlebt haben.«

Bert schien durch ihre Worte besänftigt. »Ah, un' immer is' alles nur schlimmer worden. Sie zahl'n mir 'n Fünfer im Monat, damit ich auf'm Friedhof das hohe Gras schneide.« Er schlurrte weiter und sagte zischend: »Ich nehm's mit nach Haus für'n Kompost.«

»Wofür bitte?«

»Kompost«, wiederholte Bert ärgerlich. »Hier auf'm Friedhof wächst schönes, saftiges Gras. Ich nehm's mit nach Haus für mein' Komposthaufen. Wird großartiger Kompost draus. Ich tu ihn in meine Bohnenfurchen. Krieg schöne Bohnen aus'm Friedhofsgras. Schöne Tomaten un' alles. Hab' damit schon Preise gewonnen, hab' ich nur dem Gras vom Friedhof zu verdanken!« Er sah grinsend zu ihr auf wie ein triumphierender Kobold. Die Ähnlichkeit mit einem der grotesken Köpfe über dem Kirchentor war auffallend groß.

Meredith sah ihn entsetzt an, sie wußte nicht, ob ihm überhaupt klar war, was er da gesagt hatte. Oder vielleicht war es ihm auch egal, daß er seine preisgekrönten Gemüse der Fruchtbarkeit zu verdanken hatte, die aus Tod und Verwesung kam. Meredith konnte nur hoffen, daß Berts Gemüse nicht auch den Weg in die Küche der alten Pfarrei fand.

»Alles Fremde!« rief Bert plötzlich grimmig. Er stampfte mit dem Sensenstiel auf den Boden. »Das Dorf is' nich' mehr, was es war. Is' nich' richtig. Hab' noch Mr. Markby gekannt, den alten Pfarrer, der im Pfarrhaus gewohnt hat, als es noch 'ne anständige Pfarrei gegeben hat. Mr. Markby, der hat kein' Unsinn geduldet. Wenn der einen Chorjungen ertappt hat, wo in einer hinteren Bank Unsinn gemacht hat, hat er mitten im Satz aufgehört zu reden, is' nach hinten gegangen un' hat dem Lümmel ordentlich die Ohr'n langgezogen.«

»Ein Mr. Markby hat gestern im Pfarrhaus zu Abend gegessen.« Meredith nutzte die Informationsquelle schamlos aus.

»Den kenn' ich, is 'n Polizist«, sagte Bert säuerlich. »Hab' mit der Polizei nix zu tun. Hinterhältige Kerle. Schnüffler. Früher waren die Markbys richtige Herrn. Solche gibt's heutzutage nich' mehr. Dafür leben jetz' die bei uns, die Geld haben und nix sonst.« Er grunzte verächtlich und warf einen bedeutungsvollen Blick auf das durch die Bäume sichtbare Dach der alten Pfarrei.

»Lock're Weibsbilder. Angestrichene Weibsbilder. Auch die drüben in der Pfarrei. Der alte Pfarrer tät sich im Grab umdrehn, wenn er das wissen tät!«

Eve wäre entzückt über diese Klassifizierung, dachte Meredith amüsiert.

»Haben nach 'm letzten Krieg ihr Geld verlor'n«, sagte Bert. »Das ganze Land hier 'rum hat ihnen gehört, den Markbys, hat aber ein Stück nach 'm anderen verkauft werden müssen. Die Erbschaftssteuern, die hab'n sie kleingekriegt.«

»Ich verstehe.«

»Meine Frau«, sagte Bert, plötzlich redselig geworden. »Das is' sie, dort drüben.« Er zeigte auf einen Punkt hinter Meredith.

Sie drehte sich um, darauf gefaßt, daß eine weibliche Version von Bert sich unhörbar genähert hatte und nun hinter ihr stand, erblickte statt dessen jedoch einen Grabstein, der bei weitem nicht so alt war wie die anderen und die eingemeißelte Inschrift trug:

ADA
Geliebte Ehefrau von
Herbert Yewell
Gestorben am 21. Januar 1978
Bis wir uns wiedersehen

Yewell. Früher hatte es im Dorf vermutlich nur fünf oder sechs Familiennamen gegeben, und die eine Hälfte der Einwohner war mit der anderen Hälfte verwandt. Sie fragte sich, welche Beziehung wohl zwischen Mrs. Yewell, Eves Haushaltshilfe, und Bert bestand und wieviel von dem, was in der alten Pfarrei vorging, an Bert und das übrige Dorf weitergetratscht wurde.

»Ja, das is' sie«, sagte Bert mit Nachdruck und zeigte auf den Stein. »Das is' meine Frau. Als junges Mädchen und wie ich ihr den Hof gemacht hab', war sie Stubenmädchen beim alten Mr. Markby, dem Pfarrer. Nicht Hausmädchen, bitte! Stubenmädchen!« Er funkelte Meredith finster an.

Sie nickte, um ihm zu zeigen, daß sie die feinen Rangunterschiede beim Hauspersonal wohl zu würdigen wußte.

Bert kicherte vergnügt in sich hinein. »Sie durfte keine Verehrer haben. Der alte Pfarrer hat's nich' geduldet. Also is' sie immer zur hinteren Gartentür runtergekommen, und ich hab' sie am Abend dort getroffen. Hab' in der Love Lane auf sie gewartet.« Bert machte ein finsteres Gesicht. »Is' alles vorbei. Gibt kein' Anstand mehr. Nur Schlechtigkeit un' Sünde. Sodom un' Gomorrah hat der alte Mr. Markby genannt, was jetz' überall so getrieben wird. Dieser junge Kerl, mein Nachbar – macht diese klein' Töpfe. Das is' doch keine Arbeit für ein' Mann. Ein fauler Kerl is' das, wenn Sie mich fragen. Scheint aber trotzdem Geld in der Tasche zu hab'n. Hockt jeden Abend im ›Dun Cow‹ an der Theke. In sei'm Alter hatt' ich nie Geld. Hab' für mein' Vater gearbeitet und fünf Shilling die Woche gekriegt – un' meine Mutter hat mir vier wieder abgenommen für den Unterhalt!« Bert dachte mit einer Art finsterer Befriedigung über diese uralte Ungerechtigkeit nach. Plötzlich richtete er den boshaft flackernden Blick wieder auf Meredith. »Er hat Frauen dort«, sagte er heiser. »Lock're

Weibsbilder. Ich hör' sie streiten. Frauen, die's besser wissen müßten.«

Unvermittelt wandte er sich ab und begann einen Streifen Brennesseln mit der Sense zu bearbeiten.

»Was hat sich im Dorf sonst noch verändert, Bert?« fragte Meredith, aber sie wußte, daß es vergeblich war.

Bert hatte beschlossen, daß er schon genug Zeit an sie verschwendet hatte. »Hab' meine Arbeit«, knurrte er mürrisch. »Sie zahl'n mir 'n Fünfer dafür, daß ich das mach'.« Er kehrte ihr den Rücken und entfernte sich, rhythmisch die Sense schwingend. Meredith konnte ihn nicht dazu bewegen, noch ein einziges Wort zu sagen.

Sie ging zwischen den Gräbern weiter und blieb ab und zu stehen, wenn sie einen interessanten Grabstein sah. Wie sie vermutet hatte, kamen einige Familiennamen immer wieder vor. Es gab auch mehrere Yewells. Ein kleines, neueres Rechteck aus dunklem Marmor, flach in den Rasen gesenkt, wies auf ein Urnengrab hin. Die Inschrift lautete schlicht: *Esther Russell,* darunter stand ein Datum. Es mußte die Grabstätte von Peter Russells verstorbener Frau sein, die zwar ihre Ruhe gefunden hatte, aber immer noch Gegenstand schmerzlicher Gerüchte war.

Die Beerdigungen mußten früher hier viel prunkvoller gewesen sein, zumindest einige. Am anderen Ende des Friedhofs war in der Ecke eine Fläche mit einem Eisengitter umfriedet. Das Gitter, früher reich verziert, war nun verrostet und zerbrochen, und die Pforte, die es einst vervollständigt hatte, war nicht mehr da. Drinnen, wie in einem Korral eingepfercht, standen mehrere marmorne Grabmäler. Sie waren alle reich verziert und mußten teuer gewesen sein, doch nur ganz wenige wiesen keine Flecken oder Beschädigungen auf; bei einem oder zweien neigten sich die Seitenplatten in einem gefährlichen Winkel nach außen. Irgend jemand hatte eine Packung Chips in einen der Risse gesteckt.

Ein Blick auf die Inschriften verriet Meredith, daß dies das Freiluft-Mausoleum der Familie Markby war. Die Grabschriften boten einen Einblick in die Geschichte des Gesellschaftslebens des englischen Landjunkertums. Hier lag Amalia, Tochter von Edmond Markby und Ehefrau von Robert Lacey, Gentleman, die 1784 gestorben und mit ihrer neugeborenen Tochter begraben worden war. Wahrscheinlich ein Fall von Kindbettfieber. Dort war ein Zenotaph, ein leeres Grabmal, errichtet als Gedenkstätte für zwei Brüder, »deren Gebeine in einem fernen Land« ruhten. Ihre Namen waren Francis Markby, dahingegangen im »entsetzlichsten aller Stürme 1802 im Golf von Biscaya«, und Charles, dem auf dem Schlachtfeld von Waterloo ein Arm amputiert worden und der daran verblutet war. Meredith fühlte sich durch das leere Grabmal merkwürdig berührt. 1851 war Samuel Markby bei einem »schrecklichen Unfall auf der Eisenbahnstrecke ums Leben gekommen, ein Märtyrer des unaufhaltsam fortschreitenden modernen Zeitalters«. Hatte er auf den Gleisen gestanden und erwartet, daß der Expreß um ihn herumfuhr? Immerhin hatte man genug von ihm wiedergefunden, um ihn begraben zu können. Nur wenige Markbys schienen friedlich im Bett oder an Altersschwäche gestorben zu sein. Der letzte Pfarrer allerdings hatte gegen die gesamte Familientradition verstoßen und im bemerkenswerten Alter von vierundneunzig Jahren das Zeitliche gesegnet, nachdem er siebenundfünfzig Jahre der Hirte dieser Herde gewesen war. Und er war, wie sich herausstellte, auch der letzte Hirte. Und der letzte Markby, der auf der Grabstelle der Familie beerdigt worden war.

Meredith ging um das Grabmal von Pfarrer Henry Markby herum und blieb abrupt stehen. Es gibt nur wenige Dinge, die mitleiderregender sind als der Anblick einer toten Katze. Was im Leben Anmut, Geschmeidigkeit, Spielfreude und wache, neugierige Intelligenz ist, wird zu einem jämmerlichen Stückchen zerlumpten Fells. Diese hier hatte jedoch nichts von der lumpenähnlichen Schlaffheit einer Katze, die von einem Wagen überfahren und an den Straßenrand geschleudert worden war. Sie war steif im Tod, der Rücken gewölbt, die Vorderpfoten ausgestreckt, der Kopf zurückgeworfen und das Mäulchen weit aufgerissen, im Todeskampf erstarrt. Sie konnte noch nicht lange tot sein. Es war ein Siamkater, und das linke Ohr war eingerissen.

Meredith kämpfte gegen eine Welle der Übelkeit an, die in blinde Wut umschlug. Sie rannte durch die Lücke im Gitter zurück und hastete über die grasbewachsenen Hügel, wobei sie sich zornig umschaute und Berts krumme Gestalt suchte. Dieser gräßliche Alte! Er hatte seine Drohung wahr gemacht. Sie blieb stehen. Bert war nirgends zu sehen. In Merediths überhitztes Gehirn kehrte wieder ein wenig Vernunft ein.

Sie wußte doch gar nicht, ob Bert tatsächlich für den Tod des Katers verantwortlich war. Er würde es sicher leugnen. Die eigentliche Frage war, sollte sie zu Lorrimer gehen und es ihm sagen? Damit war nichts gewonnen. Er würde Bert verdächtigen – genau wie sie. Es würde bittere Anschuldigungen geben, der Graben zwischen den Nachbarn würde noch tiefer werden, und man könnte nichts dagegen tun. Und Lorrimer, dem es ohnehin nicht gutging, würde, wenn er seine geliebte Katze so zu sehen bekam, noch kränker werden.

Langsam ging Meredith zu den Grabmälern der Markbys zurück. Unterwegs fand sie einen kleinen, dicht belaubten Ast, der von einem der überhängenden Bäume abgebrochen war. Sie nahm ihn mit und deckte die tote Katze damit zu. Wenn Lorrimer sie fand, war es Schicksal. Doch sie wollte es ihm nicht sagen. Es war besser, wenn er glaubte, jemand habe Jerry gestohlen oder ein Fuchs habe ihn geholt. Das wäre wenigstens ein sauberer Tod. Gift war schmutzig und widerwärtig.

Rasch verließ sie den Friedhof und hoffte, Bert nicht zu begegnen – sie wußte, daß sie sich nicht würde beherrschen können. Bösartiges altes Scheusal, dachte sie und hätte es ihm gern auch ins Gesicht gesagt. Dort hinten lag Jerry, im Todeskampf erstarrt, zwischen den Grabmälern der Markbys, das letzte lebendige Wesen, das dort zur Ruhe gelegt worden war.

KAPITEL 5

Als sie wieder ins Haus kam, war Elliott am Telefon. Er führte ein erbittertes und zweifellos sehr teures Transatlantikgespräch und knallte, gerade als sie den Raum betrat, den Hörer auf und warf ihr einen bösen Blick zu. Dann schien er sich zu fassen, schüttelte sich leicht und fragte: »Netten Spaziergang gemacht?«

»Nicht besonders, nein!« fauchte sie, so unpassend war die Frage. Sie wußte, daß sie ziemlich mitgenommen und erregt wirken mußte, und versuchte die Ruhe zu bewahren.

Aus seinen blassen Augen traf sie ein scharfer Blick. »Noch mehr Andenken gefunden?«

»Nein.« Sie bemühte sich, ruhig und höflich zu antworten. »Nein, es war etwas anderes. Ich habe mich über etwas anderes aufgeregt. Tut mir leid, daß ich Sie angefahren habe.«

»Immer passiert irgendwas Gottverdammtes«, sagte er mißmutig. »Ein verdammtes Ding nach dem anderen. Drehbuchautoren. Faules, überbezahltes Pack. Da arbeiten vier gemeinsam an einer Sache und bringen es nicht fertig, sich ein halbes Dutzend anständige Ideen einfallen zu lassen.«

»Vier?« fragte Meredith verblüfft. »Ist das nicht ein bißchen viel? Verderben sie sich nicht gegenseitig den Stil? Sie wissen doch, zu viele Köche ...«

»Von den Halunken hat sowieso keiner einen eigenen Stil«, erwiderte Elliott barsch. »Nur einer von hundert taugt was. Mike war gut. Haben Sie Mike gekannt?«

»Klar hab' ich ihn gekannt«, antwortete sie mürrisch und merkte, wie sie sich schon wieder über Elliott aufzuregen begann. »Eve ist meine Cousine. Ich war Brautjungfer bei ihrer Hochzeit.«

Und Eve hatte ihr den Brautstrauß zugeworfen, bevor sie dann in die Flitterwochen aufgebrochen war. Die Szene lief vor Merediths geistigem Auge ab, als sei es erst gestern gewesen.

Eve hatte ein Kleid im Stil der Jahrhundertwende mit vielen Rüschen und Falbeln getragen und Meredith ein meergrünes aus Taft, wie es in den sechziger Jahren modern war, mit einem steifen, weiten Rock. Es hatte ihr überhaupt nicht gefallen, doch Eve hatte es für sie ausgesucht und darauf bestanden, daß sie es anzog. Und Mike… Mike in geliehenem Zylinder und Cut, grinsend… Sie erinnerte sich an jeden Zug seines Gesichts, an jede Wimper. O Gott, wann würde es endlich aufhören, weh zu tun?

»Er war gut«, wiederholte Elliott und behielt sie dabei im Auge. »War wirklich schade um den Jungen.«

Es blieb ihr erspart, antworten zu müssen, denn auf der Treppe näherten sich laute Stimmen.

»Liebling, wir haben doch alles besprochen… Sie haben genau gewußt, was wir wollten.«

»Sie wußten, was du wolltest, Mummy! Nicht was ich wollte. Mir hat der Schnitt nicht gefallen. Ich habe das auch gesagt, aber ihr habt mich alle ignoriert.«

»Unsinn, Sara! Hättest du etwas gesagt, hätte ich verlangt, daß sie es ändern.«

»Nun, jetzt habe ich ihnen ja gesagt, daß es geändert werden muß.«

»Um Himmels willen!« rief Eve verärgert. »Jetzt noch Änderungen! Sie werden ein Vermögen kosten! Wirklich, Sara, du hättest mich vorher fragen müssen. Ich bezahle das verflixte Kleid schließlich. Und was für Änderungen sollen gemacht werden?«

»Das ganze Geschnörkel muß weg. Ehrlich, Mummy, ich würde darin aussehen, als hätte man mich aus einem Harem ausgemustert. Das bin einfach nicht ich. Also habe ich ihnen gesagt, das alles muß weg, nur das ganz schlichte Kleid soll bleiben.«

»Also wirklich, Kind!« schrie Eve. »Ich nehme an, mit dem Geschnörkel meinst du die handgenähte, sündhaft teure Perlenstickerei! Wie kannst du sie einfach abtrennen lassen? Ich werde sie trotzdem bezahlen müssen, natürlich auch die Arbeit – und dazu jetzt noch die Arbeit, die es macht, alles wieder abzutrennen. Wenn das überhaupt geht! Man wird es am Stoff sehen.«

Eine Tür fiel ins Schloß, die Stimmen wurden leiser. Elliott wechselte mit Meredith einen Blick. »Kinder«, sagte er nur.

»Sind Sie verheiratet, Albie?«

Er sah sie entgeistert an. »Bei Gott – nein!«

Oben wurde wieder eine Tür aufgerissen. Schritte klapperten den Flur entlang und die Treppe herunter. Mit geröteten Wangen und völlig aus der Fassung gebracht, tauchte Eve auf. »Dieses Mädchen!« stieß sie hervor.

»Reg dich nicht auf, Evie«, riet ihr Elliott. »Soll die Kleine doch bekommen, was sie will.«

Eve warf ihm einen vor Wut funkelnden Blick zu, der jedoch von ihm abprallte. Eisig sagte sie: »Ich fahre nach Bamford. Hast du Lust mitzukommen, Merry? Und wie ist es mit dir, Albie?«

»Nein, danke. Ich muß auf einen Anruf aus den Staaten warten.«

»Ich komme mit«, sagte Meredith rasch.

»Ich lauf' schnell in die Küche und sag' Lucia, daß sie zum Lunch nur für zwei decken muß.« Entschlossen marschierte Eve hinaus.

»Einen schönen Tag wünsch' ich«, sagte Elliott und verzog sich ins Wohnzimmer; von hinten sah er in seinem Jogginganzug und den klobigen Turnschuhen wie ein türkisfarbenes Ausrufezeichen aus.

Eve raste in Rekordzeit nach Bamford, und Meredith betete auf der Fahrt darum, daß ihnen möglichst wenig Autos entgegenkommen mochten. Sie parkten in der Nähe des neuen Einkaufszentrums. Geschwindigkeit schien auf Eve eine beruhigende Wirkung zu haben, als sie jedoch ausstieg und sich das Haar zurückstrich, das ihr in die Stirn gefallen war, hörte Meredith, wie sie, bereits wieder in gereiztem Ton, murmelte: »Verdammt, die Locken!« Im ersten Moment glaubte sie, die Bemerkung beziehe sich auf Eves Frisur, mit der sie nie zufrieden war, aber dann sah sie, daß ihre Cousine zur anderen Seite des Parkplatzes hinüberstarrte, und ihr wurde klar, was Eve tatsächlich gesagt hatte, nämlich: »Verdammt! Die Lockes!«

Die Fahrt, bei der ihr die Haare buchstäblich zu Berge gestanden hatten, hatte Merediths Stimmung nicht heben können. Ein hartnäckiges Hämmern im Hinterkopf peinigte sie, und für rätselhafte Bemerkungen hatte sie im Moment nichts übrig. Schon gar nicht war sie darauf erpicht, neue Bekanntschaften zu machen. Es gelang ihr einfach nicht, das Bild der toten Katze aus dem Kopf zu bekommen. Sie mußte ununterbrochen an den Friedhof denken und an sein grausiges kleines Geheimnis, das auch ihr Geheimnis geworden war, und wieder fragte sie sich, ob sie es Lorrimer nicht doch hätte sagen sollen.

Ein älteres Paar kam mit forschen Schritten auf sie zu. Die beiden Personen sahen sich so ähnlich, daß man durchaus hätte auf den Gedanken kommen können, sie seien kein Ehepaar, sondern Geschwister. Beide waren mittelgroß und schlank und offenbar noch gut in Form. Sie trugen die gleichen gesteppten Autojacken, graue Sporthosen und Brillen. Major Locke hielt eine große Plastiktüte mit dem Logo einer Lebensmittelkette in der Hand.

»Guten Tag, meine Damen!« rief er und lüftete die karierte Mütze. Mrs. Locke, die eine Art Sherlock-Holmes-Mütze mit aufgestellten Ohrenschützern aus dem gleichen Karostoff trug, lächelte leutselig.

»Hallo, Major«, grüßte Eve zurückhaltend. Sie zögerte kurz, dann stellte sie Meredith vor.

»Mit Ihnen wollte ich dringend sprechen, Miss Owens«, sagte Major Locke, nachdem er und seine Frau übereinstimmend erklärt hatten, wie entzückt sie waren, Meredith kennenzulernen. »Sie werden gewiß eine Probe für die Hochzeit abhalten wollen, oder? Ich kann Ihnen die Kirche jederzeit aufschließen, Sie brauchen nur mit Pfarrer Holland abzusprechen, wann das sein soll. Und dann Mrs. Honey – sie ist die Organistin, wissen Sie. Sie möchte mit Ihnen über die Musik sprechen. Sie dachte, zwei Hochzeitsmärsche, wie üblich … Den Mendelssohn beim Hereinkommen und den Wagner beim Verlassen der Kirche … Aber Choräle, wollen Sie auch Choräle?«

»Nein!« sagte Eve unwirsch.

»Es ist aber üblich so. Pfarrer Holland wird Choräle erwarten.«

»Nicht Pfarrer Holland wird heiraten, sondern meine Tochter. Er soll die Trauung vornehmen, mehr nicht. Und ich hoffe, daß er nicht wie sonst immer auf dem Motorrad aus Bamford angerattert kommt.« Eve geriet langsam wieder in Rage. »Ich meine, ein Geistlicher, der wie ein Motorradfreak daherkommt, mit dem Meßgewand im Rucksack, ist nicht gerade das, was zur Hochzeit meiner Tochter paßt.«

»Er findet, es ist eine sparsame Art, von Ort zu Ort zu kommen«, sagte Major Locke. »Doch ich bin selbstverständlich Ihrer Meinung.«

»Er braucht nicht zu sparen. Ich schicke ihm extra eine Limousine. Sagen Sie ihm das, wenn Sie ihn sehen. Nein, ich werde ihn anrufen und es ihm selbst sagen. Und Major – ich möchte nicht, daß es in der Kirche feucht und muffig riecht. Könnten Sie nächste und vielleicht auch noch übernächste Woche nicht ein bißchen häufiger lüften lassen?«

»Da müßte immer jemand dort sein, Miss Owens. Und die Vögel fliegen hinein, wenn man die Kirchentür offenläßt.«

»Nun, ich wünsche, daß Sie etwas tun«, sagte Eve mit Nachdruck. »Sie sind der Kirchenvorsteher.«

»Die Kirche ist wirklich nicht feucht«, mischte Mrs. Locke sich ein. »Nicht mehr seit den letzten großen Reparaturen.«

»Ich spreche mit dem Padre und mit Mrs. Honey«, sagte Major Locke eingeschüchtert. »Ich hoffe, Sie genießen Ihren Urlaub, Miss Mitchell.«

Die beiden marschierten im Gleichschritt davon, und Meredith sah, wie sie ihre Plastiktüte auf dem Rücksitz eines älteren Ford Escort verstauten.

»Du warst aber nicht besonders nett zu ihnen, Eve«, sagte sie sanft. »Er wollte doch nur helfen. Ich an seiner Stelle hätte dir gesagt, du kannst mir den Buckel runterrutschen.«

»Die beiden treiben mich zum Wahnsinn«, entgegnete Eve aus tiefstem Herzen. »Sind ständig auf eine Einladung ins Pfarrhaus aus, aber sie kommen mir nicht über die Schwelle. Schnüffeln dauernd in den Angelegenheiten anderer Leute herum, wollen alles wissen – ein absolut unerträgliches Paar. Hier in der Nähe ist eine kleine Weinhandlung, ich möchte einen anständigen Rotwein kaufen, eine halbe Kiste. Der Mann dort ist wirklich reizend und trägt sie mir immer zum Wagen.«

»Das kommt nur von deinem hinreißenden Augenaufschlag. Mir würde er nur sagen, ich soll meinen Kram selber rausschleppen.«

»Geschieht dir ganz recht, warum bist du auch so unabhängig«, erwiderte Eve.

Als es soweit war, mußte Meredith zugeben, daß Eve ihren hinreißenden Augenaufschlag gar nicht einzusetzen brauchte. Der Mann war offensichtlich überwältigt, daß jemand in seinen Laden kam, den er im Fernsehen gesehen hatte, und schwirrte dienstbeflissen um Eve herum, was Meredith entsetzlich peinlich war; Eve jedoch nahm es gelassen hin.

»Nur gut, daß du keine ganze Kiste gekauft hast«, sagte Meredith, als sie den Wein im Kofferraum verstaut hatten. »Dann hätte er wahrscheinlich den roten Teppich für dich ausgerollt.«

Sie machten sich zu Fuß auf den Weg durch den Ort. »Du hast noch kein Wort über Jon Lazenby verloren«, sagte Eve unvermittelt. »Ist das ein schlechtes Zeichen? Sag es ganz offen.«

»Es gibt nicht viel, was ich sagen könnte, Evie. Tut mir leid. Er gehört zu der Sorte junger Männer, die mich nervös macht. Er scheint sehr helle zu sein. Ich bin sicher, er wird Erfolg haben bei dem Verkauf von Rentenversicherungen – oder was auch immer er tut.«

»Sei nicht schwierig, Merry. Er ›verkauft‹ keine Rentenversicherungen … Er ist Investmentberater. Sara hat ihn sehr gern.«

»Nein.« Meredith blieb mitten auf dem Gehsteig stehen. »Sie ist nicht in ihn verliebt, wenn du das meinst. Es ist nur eine fixe Idee von ihr. Und wenn du dir die Mühe machen würdest, dem Mädchen mal zuzuhören, würdest du das schnell merken. Sie heiratet ihn aus allen nur erdenklichen falschen Gründen.« Als Eve sie nur mäßig überrascht anschaute, seufzte Meredith tief auf und fügte hinzu: »Gehen wir zum Lunch, Evie.«

Schweigend setzten sie ihren Weg fort. Dann fragte Meredith: »Du willst mit Elliott in die Staaten zurück, nicht wahr?«

»Auf keinen Fall will ich allein im Pfarrhaus bleiben, wenn Sara erst einmal verheiratet ist. Warum in aller Welt sollte ich?« Eve zögerte. »Ich weiß, nach allem, was ich dir über meine Sorgen um Sara erzählt habe, klingt es vielleicht wie ein Widerspruch, daß ich jetzt so weit weggehen will. Glaub mir, vor drei Jahren hätte ich nicht einmal im Traum daran gedacht. Aber diesmal lasse ich sie bei Jonathan. Und sie ist verrückt nach ihm, Merry. Du irrst dich. Oh, ich weiß, daß er an einer Überdosis seines Ego leidet.« Eve machte eine weit ausladende Handbewegung und stieß dabei an einem Kiosk fast die obersten Zeitungen von einem Stapel. »Aber er ist vertrauenswürdig. Lucia sehnt sich auch danach, in die Staaten zurückzugehen. Sie kocht seit Jahren für mich und ist nur aus Loyalität mit in die Pfarrei gezogen. Ein Verwandter von ihr hat in Pasadena eine Pizzeria und möchte, daß sie die Kasse übernimmt.« Eve zeigte auf ein Restaurant. »Dort drüben können wir etwas essen.«

»Willst du wirklich meine Meinung hören?« sagte Meredith, die wußte, daß sie besser den Mund halten sollte, jedoch nicht dazu imstande war. Sie betrat hinter Eve das Restaurant und richtete ihre Worte an den Hinterkopf ihrer Cousine. »Ich denke, Lazenby prahlt gern damit, daß er die Tochter eines Stars heiratet. Er ist total ichbezogen. Sara wird sich in jeder Beziehung seinen Wünschen fügen müssen. Das ist dir doch klar, oder?«

»Ach, du übertreibst«, entgegnete Eve, setzte sich

und griff nach der Speisekarte. »Er ist ein lieber Junge und verdient eine Menge Geld.«

»Das ist es, nicht wahr?« fragte Meredith grimmig. »Du hast betont, wie sehr du es zu schätzen weißt, wenn ich offen zu dir bin, also bin ich es. Ich glaube dir, wenn du sagst, daß du Saras wegen sehr gelitten hast. Aber jetzt hast du von der Rolle der liebenden Mutter genug. Du willst sie an jemand anderen weitergeben. Lazenby kommt da wie gerufen, er wird dir Sara abnehmen. Und du kannst abhauen und in dieser Seifenoper glänzen.«

»Das ist nicht wahr!« Eves Finger umklammerten krampfhaft die Speisekarte, und sie sah Meredith direkt ins Gesicht; ihre violetten Augen blitzten. Einige Leute, die in ihrer Nähe saßen, schauten neugierig zu ihnen herüber. »Natürlich liebt er sie! Und ob er sie liebt! Sie ist meine Tochter! Er muß, er muß!«

Es war nicht der richtige Ort für eine Auseinandersetzung. Doch manchmal überkam Meredith das Gefühl, ihre Cousine packen und sie bei den schönen Schultern schütteln zu müssen, damit sie zur Vernunft kam.

Als Meredith am nächsten Morgen erwachte, war der Himmel grau und verhangen. »Regnet bestimmt noch vor Mittag«, prophezeite Mrs. Yewell. »Wenn Sie spazierengehen wollen, Miss, dann tun Sie's jetzt.«

Meredith holte sich brav Stiefel und Anorak aus der Garderobe. Als sie den Anorak anzog, fiel ihr am Ärmel ein langer heller Streifen auf, der am Tag vorher noch nicht dagewesen war. Als sie ihn berührte, fiel ein kleines Stück ab. Es sah wie getrockneter Ton aus. Voller

Unbehagen zog sie den Reißverschluß zu und begab sich ins Freie.

Der letzte Ort, an den sie zurückkehren wollte, war der Friedhof, sie hatte jedoch auch keine Lust, durchs Dorf zu spazieren. Ihr fiel ein, daß sie bisher den weitläufigen Garten der Pfarrei noch nicht erkundet hatte, und mehr noch, etwas, das Bert gesagt hatte, ging ihr nicht aus dem Kopf.

Der Garten wurde von Mrs. Yewells Ehemann Walter in Ordnung gehalten, der an jedem Samstagvormittag kam. Soviel hatte Meredith erfahren. Walters Hauptaufgaben schienen darin zu bestehen, das Gras zu mähen und die Blumenbeete zwischen dem Einfahrtstor und der Haustür der Pfarrei zu harken. Er war ein sehr methodischer und nicht besonders origineller Gärtner. Die größten Beete waren in militärischen Reihen mit rotem Salbei bepflanzt und erinnerten Meredith an die Blumenbeete, die in osteuropäischen Ländern die öffentlichen Plätze zierten. Aber schon ein Stück vom Haus entfernt war der Garten wunderschön verwildert. Ein großes Gewächshaus stand leer, viele Scheiben waren gesprungen oder zerbrochen, und innen lag überall dicker Staub. Die Obstbäume waren nicht ausgeputzt und beschnitten und trugen daher keine Früchte. Alle möglichen Pflanzen wucherten üppig und wild und machten sich gegenseitig den Platz streitig. Einige waren vor langer Zeit eingepflanzt worden, als man den Garten noch besser gepflegt hatte, andere hatten sich von selbst entwickelt. Meredith verstand nichts von Gartenbau. Einige Pflanzen konnte sie identifizieren, bei anderen rätselte sie herum.

Also das, dachte sie, sieht wie ein Krokus aus. Aber es ist die falsche Jahreszeit, viel zu spät. Kommen Krokusse nicht im Vorfrühling heraus? Jetzt haben wir Frühherbst. Diese malven- und pinkfarbene Blume muß etwas anderes sein. Sie bückte sich und betrachtete sie genauer. Es war eine sehr hübsche, kleine Pflanze, aber jedenfalls kein Krokus. Sie schien auch keine Blätter zu haben. Ein sanfter Windstoß wiegte die pinkfarbene Blume, die an diesem trostlosen Tag ein willkommener Farbfleck war. Meredith ging weiter.

Der Kräutergarten war in letzter Zeit wieder kultiviert worden, wie man deutlich sehen konnte. Hier zog Lucia Petersilie, Majoran und Thymian und auch Salbei, der jetzt seiner purpurnen Blüten beraubt war; daneben gab es einige gelblich-grüne Sträucher Mutterkraut, die noch immer ein paar gänseblümchenähnliche Blüten trugen. Mundspülung, schon kurios. Doch es mochte einen Versuch wert sein. Manchmal halfen diese alten Hausmittel. Es war leicht einzusehen, daß jemand von bäuerlicher Herkunft wie Lucia bedenkenlos auf diese Mittel vertraute. Die alte Frau in der Campania, von der sie erzählt hatte, hatte hier inzwischen genug Äquivalente, wo die alternative Medizin jetzt so modern war. Auf die schlichten Pflanzen hinunterblickend, verstand Meredith auch, warum. Wenn man eine Medizin nahm, die auf der Basis dieser wohlbekannten Pflanzen hergestellt war, wußte man wenigstens, was man sich einverleibte.

Doch jetzt hatte Meredith entdeckt, wonach sie eigentlich suchte. In die hohe Backsteinmauer am Ende des Pfarrgrundstücks war eine stabile Holztür eingefügt.

Berts Ada hatte keine Verehrer haben dürfen, also hatte sie sich abends »zur hinteren Gartentür« geschlichen, um dort den liebeskranken Bert zu treffen. Was die Phantasie ein bißchen ins Trudeln brachte. Doch das mußte die Tür sein, ganz bestimmt, und dahinter lag die Love Lane. Von da, wo sie stand, konnte Meredith oben an der Tür einen Eisenriegel ausmachen. Wahrscheinlich war er nach all den Jahren verrostet. Als sie näher kam, sah sie jedoch, daß das nicht der Fall war. Der Riegel war schwarz und glänzend und noch vor kurzem geölt worden. Meredith streckte die Hand aus und drückte dagegen. Er glitt leicht zurück, und auf ihren Fingerkuppen blieb überschüssiges Öl haften. Sie wischte sich die Hand an ihrem Taschentuch ab und öffnete die Tür.

Sie knarrte ganz leise, doch auch die Angeln mußten erst kürzlich geölt worden sein, und das Knarren kam vom alten Holz der Tür. Meredith trat hinaus – sie fühlte sich wie eine Figur aus einer viktorianischen Kindergeschichte. Vor ihr lag ein schmaler Pfad. Er führte an der Mauer des Pfarrgartens entlang zu einer entfernten Baumgruppe. Love Lane – »die Liebesgasse«. Jetzt gab es freilich nur wenige junge Leute im Dorf, die es nutzen konnten. Die Überraschung kam jedoch, als sie sich umschaute, um zu sehen, was auf der anderen Seite an die Love Lane grenzte: Sie blickte über eine Hecke direkt in die Gärten, die sich hinter den beiden von Bert und Phil Lorrimer bewohnten Cottages erstreckten.

Meredith legte die Stirn in Falten und versuchte, sich im Geist einen Plan von der Örtlichkeit zu machen. Ja, natürlich. Das Pfarrhaus, obwohl ziemlich weit weg von den Cottages, lag parallel zu ihnen, und das weitläufige Grundstück reichte bis an ihre Gärten, wobei die Love Lane die Trennlinie bildete. Das näher gelegene Cottage gehörte Philip. Sie sah, daß die Hintertür offenstand. Ein Stück weiter unten im Garten, ihr gegenüber, entdeckte sie ein viereckiges, unansehnliches Gebäude aus Schlackenstein mit einem Wellblechdach; das mußte das Atelier sein. Sie fragte sich, ob er wohl eine Baugenehmigung dafür hatte. Wahrscheinlich nicht.

Urplötzlich zerriß ein seltsamer, schauerlicher Schrei die Stille. Meredith zuckte zusammen. Wieder ertönte der Schrei, und jetzt identifizierte sie ihn als einen jener seltsamen Laute, die Siamkatzen ausstoßen. In der Hecke war eine Lücke, und Meredith zwängte sich hindurch und betrat Philip Lorrimers Garten.

Der Kater stand ein paar Meter entfernt an der offenen Tür des Ateliers. Seine auffallend blauen Augen sahen in dem dunkelbraunen, keilförmigen Kopf riesig aus, und das kurze silbrige Fell war gesträubt. »Tom!« rief Meredith, doch er lief davon.

Sie blickte zur offenen Küchentür. Nirgends ein Lebenszeichen. Zögernd ging sie auf das Atelier zu und rief: »Philip? Ich bin es, Meredith Mitchell aus der Pfarrei! Alles in Ordnung? Phil?«

Die Tür knarrte im Wind. Von irgendwoher aus dem Gebüsch stieg wieder Toms schauerliche Klage in die Luft. Meredith spürte, wie sich ihr die Haare im Nacken aufrichteten – und schuld daran war nicht nur der unheimliche Schrei des Katers, es gab hier noch etwas anderes. Sie legte die Hand auf die Klinke der Ateliertür. Ihr Herz hämmerte wild, und sie hatte plötzlich einen trockenen Hals. Sie gab sich einen Ruck, stieß die Tür auf und betrat das Atelier.

Philip lag der Länge nach auf dem Boden, sein Körper war unnatürlich verkrümmt, der Kopf zurückgeworfen, und die Knie waren angezogen wie bei einem Fötus. Ein Arm lag unter dem Oberkörper, der andere war ausgestreckt und wies auf die Tür, zu der Philip in seiner Todesqual offenbar hatte kriechen wollen. Seine Finger hatte er in den staubigen Boden gekrallt und sich dabei die Nägel abgerissen.

Das Schrecklichste aber war der Ausdruck seines zur Seite gewandten Gesichts, das zu ihr heraufstarrte. Keine Spur mehr von Jugend und Schönheit. Die offenen, blicklosen Augen waren fast aus den Höhlen gequollen, die Lippen zurückgezogen wie bei einem zähnefletschenden Tier. Er hatte sich übergeben, überall auf dem Fußboden war Erbrochenes.

Meredith fiel auf die Knie, streckte eine zitternde Hand aus und berührte seine Schläfe. Sie fühlte keinen Puls unter den Fingerspitzen, rappelte sich mühsam auf und schluckte Ekel und Übelkeit hinunter, die ihr würgend in die Kehle stiegen. Ihr Hirn begann wieder zu funktionieren. Ein Arzt… Verflucht! In diesem verdammten Dorf gab es keine Arztpraxis, sie würde einen Krankenwagen aus Bamford kommen lassen müssen. Nein, halt, da war doch Peter Russell. Vielleicht war er noch nicht in seine Praxis in der Stadt gefahren.

Sie stürmte aus dem Atelier, rannte den Weg entlang und durch die offene Hintertür ins Cottage, hastete von Zimmer zu Zimmer. In allen herrschte eine fürchterliche Unordnung. Schubladen waren herausgezogen, der

Inhalt auf den Boden gekippt, Bücher aus den Regalen gezerrt. Doch sie nahm kaum davon Notiz, suchte ein Telefon. Verflucht! Er hatte kein Telefon! Sie rannte den Weg zurück, den sie gekommen war, und stolperte keuchend ins Pfarrhaus.

»Was ist denn passiert, Miss?« rief Mrs. Yewell, erschrocken über Merediths Gesichtsausdruck.

»Die Privatnummer von Dr. Russell...« Meredith suchte im Telefonbuch.

»Sie steht bestimmt auf dem Block neben dem Apparat, Miss, weil er doch ein Freund von Miss Owens ist. Was ist passiert, Miss?«

Meredith griff nach dem Hörer und machte Mrs. Yewell ein Zeichen, sie solle warten. »Hallo?« Gott sei Dank, er war da. »Peter? Hier spricht Meredith Mitchell...«

»Was gibt's?« fragte er schroff.

»Das kann ich jetzt nicht erklären... Ich weiß, Sie müssen wahrscheinlich in Ihre Praxis, aber es ist ein Notfall. Können Sie sofort in Philip Lorrimers Atelier kommen? Ich erwarte Sie dort.« Sie knallte den Hörer auf die Gabel und drehte sich zu der gaffenden Mrs. Yewell um. »Mr. Lorrimer ist erkrankt, Mrs. Yewell. Sagen Sie bitte nichts zu Miss Owens oder Sara, falls eine von ihnen herunterkommt. Ich muß zurück.«

Sie traf gerade wieder beim Atelier ein, als Peter Russells Wagen vor dem Cottage hielt. Meredith ging ihm rasch entgegen, um ihn aufzuhalten.

»Was, zum Teufel –« begann er.

»Ich denke, er ist tot«, sagte Meredith tonlos. Sie trat zur Seite und zeigte auf das Atelier. »Er liegt da drin.«

Ohne ein Wort ging Russell an ihr vorbei und betrat das Atelier. Meredith wartete ein paar Minuten, bis er, grau im Gesicht, herauskam. »Haben Sie die Polizei verständigt?« fragte er knapp.

Sie schüttelte den Kopf. »Ich dachte, es gäbe vielleicht den Hauch einer Chance, wenn Sie schnell genug hier wären. Daher habe ich mich nur darum gekümmert, Sie zu erreichen.«

Auch er schüttelte den Kopf. »Nein, nichts mehr zu machen. Obwohl er, meiner Meinung nach, nicht länger als eine Stunde tot ist. Hören Sie, ich rufe jetzt die Polizei an. Sie bleiben hier. Fassen Sie nichts an – überhaupt nichts, haben Sie verstanden?«

Meredith nickte. »Sie müssen vom Pfarrhaus telefonieren. Die Gartentür ist offen – hier durch ...« Sie zeigte auf die Lücke in der Hecke, durch die man in die Love Lane kam.

»Das ist nicht nötig, ich habe ein Autotelefon.« Er eilte davon, und sie zwang sich, ins Atelier zurückzukehren. Es war jetzt sehr still hier, mit dem Toten. Meredith blickte auf die reglose Gestalt und war erschüttert. Ein junger Mann in der Blüte seines Lebens. Jetzt nur ein lebloser Leichnam, grotesk, mitleiderregend – die Hand in stummem Flehen ausgestreckt, im verzweifelten, sinnlosen Versuch, die Tür zu erreichen und Hilfe herbeizuholen.

Meredith sah sich um und nahm ihre Umgebung erst jetzt richtig wahr.

Eve war ungerecht gewesen, als sie sich über Philips Töpferarbeiten lustig gemacht hatte. Es waren durchaus nicht nur billige Souvenirs. Es gab ein paar elegante

Krüge mit einem ungewöhnlichen, aber sehr hübschen Muster. Meredith fröstelte und kreuzte die Arme fest über der Brust.

Im selben Moment fiel ein Schatten durch die offene Tür. Sie blickte auf und sah den alten Bert hereinstarren.

»Bleiben Sie draußen!« fuhr sie ihn an und stellte sich zwischen ihn und den Toten.

»Was 'n los mit ihm?« fragte er und versuchte an ihr vorbeizuspähen. »Hab' draußen das Auto vom Doktor gesehn.«

»Er – er ist ohnmächtig geworden«, sagte Meredith in energischem Ton, aber dann wurde ihr klar, daß er zumindest die flehend ausgestreckte Hand sehen mußte. »Bitte gehen Sie, Bert. Dr. Russell wird gleich wieder da sein.«

Bert warf ihr einen Blick voll unbeschreiblicher Bosheit zu. »Hat ins Gras gebissen, wie?«

Sie holte tief Atem. »Schon möglich.«

»Also ich werd' nich' um ihn trauern«, sagte Bert. »Nein, ich werd' nich' um ihn trauern, un' ich weiß ein paar andere, die werden eher auf sei'm Grab tanzen.«

»Sie sind wirklich ein ganz abscheulicher alter Mann, und ich möchte, daß Sie jetzt gehen.« Angewidert wandte Meredith sich von ihm ab.

Peter Russell kam völlig außer Atem zurück. »Die Polizei ist unterwegs. Ich habe in meiner Praxis angerufen und gesagt, ich würde weiß Gott wann kommen und jemand müsse mich vertreten. Wir müssen beide bleiben, bis die Polizei hier ist. Ist alles in Ordnung mit Ihnen?« Er senkte den Kopf, schob das Kinn vor und sah sie finster an.

»Ja. Bin nur ein bißchen zittrig. Bert war gerade hier.«

»Verdammt!« stieß Russell ärgerlich hervor. »Dann weiß es in einer halben Stunde das ganze Dorf. Sie sollten sich hinsetzen, aber verändern Sie nichts.«

»Ich geh an die Luft.«

Sie trat hinaus, schob die Hände tief in die Taschen des Anoraks und sah sich argwöhnisch um. Bert war nirgends zu sehen. Sie hielt Ausschau nach dem Kater, aber auch er war verschwunden. Russell kam aus dem Atelier und gesellte sich zu ihr.

»Woran ist er Ihrer Meinung nach gestorben?« fragte sie. »War's ein Herzanfall?«

Er zog die Schultern hoch. »Nicht mein Job, das festzustellen. Er muß obduziert werden.« Er machte ein finsteres Gesicht, und sie fand, daß er geradezu jämmerlich aussah. »Die Sache gefällt mir nicht.«

»Wie meinen Sie das?« fragte sie hastig.

»Ganz unter uns, es sieht nach einer Vergiftung aus. Verflucht noch mal!« rief er plötzlich. »Warum nur mußte er ausgerechnet hierher kommen? Was haben sie alle hier zu suchen?«

Sie sah ihn neugierig an, und er drehte sich wieder zu dem Leichnam um und ging, die Hände ineinander verschlungen und mit zorniger Miene, neben ihm in die Hocke. Sie stellte fest, daß er sorgsam darauf achtete, den leblosen Körper nicht zu berühren. An seiner Haltung war etwas, das sie plötzlich auf eine gespenstische Weise an Elliott erinnerte, als er sich über die Flickenpuppe gebeugt hatte. Eine erhöhte Aufmerksamkeit, bei Russell wohl beruflich bedingt, und Ekel. Ärzte gewöhnen sich mit der Zeit an makabre Anblicke. Russells

Ekel rührte, davon war sie fest überzeugt, von etwas anderem her als vom Anblick eines abstoßenden Leichnams. Laut sagte sie: »Ich gehe in die Pfarrei hinauf und sage dort Bescheid.«

Russell sah zu ihr auf. »Seien Sie vorsichtig, wenn Sie es der kleinen Sara beibringen. Sie hat den Jungen flüchtig gekannt, und er gehört zu ihrer Altersgruppe. Sie hat nichts mit der Sache zu tun, aber es wird trotzdem ein Schock für sie sein.«

Als Meredith ins Pfarrhaus kam, traf sie Eve in der Eingangshalle. Sie war nicht geschminkt, hatte lediglich Lippenstift aufgetragen, und Meredith war im ersten Moment bestürzt, wie faltig Eves Haut ohne die übliche Maske aussah. Doch in Sporthosen und Baumwollhemd, ein Seidentuch lässig um den Kopf geschlungen, war sie noch immer attraktiv, obwohl Meredith sie noch nie so ungepflegt gesehen hatte. Doch sogar jetzt wäre »reizende Nonchalance« der treffendere Ausdruck gewesen.

»Was, um alles in der Welt, ist eigentlich los?« wollte sie wissen. »Ich habe nichts von dem kapiert, was Mrs. Yewell sagte, zum Teil natürlich auch deshalb nicht, weil sie es mir durch die geschlossene Badezimmertür zugeschrien hat, als ich gerade unter die Dusche wollte ... Zuerst habe ich gedacht, daß du krank bist. Warum wolltest du Peters Telefonnummer? Was ist mit Lorrimer?«

So kurz wie möglich berichtete ihr Meredith, was passiert war.

»Tot? Dieser Junge?« Eve starrte sie, die scharlachroten Lippen halb geöffnet, dümmlich an. »Hatte er einen Unfall?«

»Keine Ahnung. Russell hat jedenfalls erst einmal die Polizei verständigt.«

»Die Polizei?«

»Kipp jetzt nicht aus den Latschen, Eve, das ist bei plötzlichen ungeklärten Todesfällen reine Routine.«

»Alkohol«, sagte Eve unvermittelt. »Wahrscheinlich hat er getrunken.«

»Sei still, Eve, und fang nicht an zu spekulieren. Sag es lieber Sara und Elliott. Oh, und Mrs. Yewell und Lucia.« Meredith machte eine Pause. »Ich nehme an, jemand von der Polizei wird vorbeikommen, um mit uns zu sprechen, weil ich Lorrimer gefunden habe.«

»Hoffentlich ist es Alan Markby«, sagte Eve. »Er ist ein Freund und wird dafür sorgen, daß man uns nicht allzusehr mit der Sache belästigt. Ach, du meine Güte, wird sich die Presse einmischen? Vielleicht kommt Alan auch gar nicht, weil er doch bei der Kriminalpolizei und Chief Inspector ist. Wahrscheinlich steht er im Rang zu hoch. Oh, wie unangenehm!«

»Sehr unangenehm«, sagte Meredith trocken. »Besonders für Lorrimer.«

Eve schlug sich mit der Hand auf den Mund wie ein ertapptes Kind. »Oh, es tut mir leid, Merry, ich habe es nicht so gemeint, wie es sich angehört hat. Du mußt ja ziemlich fertig sein. Hättest du gern einen Cognac? Ich bringe dir gern einen. Wie absolut gräßlich, was da passiert ist… Lorrimer tut mir natürlich wahnsinnig leid, der arme junge Mann. Aber weißt du, so kurz vor der Hochzeit – du mußt zugeben, das ist wie ein böses Omen.«

Ein böses Omen. Meredith lehnte den Cognac dankend ab und ging hinauf. Sie holte die Flickenpuppe aus dem Koffer, wo sie sie versteckt hatte. Sie sah noch kleiner und schmuddliger aus, als sie es in Erinnerung hatte. Ihr Kopf hing nach hinten, das Haar aus Wollsträhnen war dünn und verfilzt. Durch ein Loch im Körper sah man ein wenig von der Kapokfüllung. Sie entdeckte jetzt etwas, was ihr bisher nicht aufgefallen war: Jemand hatte mit einem dünnen Kugelschreiber in groben Linien eine weibliche Scham eingezeichnet.

»Du«, sagte sie leise zu der Puppe, »du hast mit all dem zu tun. Du hast etwas Böses hier eingeschleppt.«

KAPITEL 6

Markby schob die Hände in die Taschen seines flaschengrünen Regenmantels und ließ einen bitteren Blick über Lorrimers ungepflegten, von Unkraut überwucherten Garten schweifen.

»Waren Sie bereits dort hinten, Sir?« fragte Sergeant Pearce und deutete auf das entgegengesetzte Ende des Grundstücks, das hinter einer unbeschnittenen Ehrenpreishecke lag. »Der Knabe dort hat schon mehr für Gartenarbeit übrig.«

Markby brummte etwas, trat an den Zaun, der diesen Garten vom benachbarten trennte, und betrachtete anerkennend die Reihen sauber geharkten Gemüses.

Pearce, der die Gedanken seines Chefs erriet, sagte: »Gehört einem alten Burschen namens Bert Yewell. So etwas wie ein einheimisches Original und einer, der an allem was rumzumeckern hat. Gehört zu den Leuten, die bei Katastrophen aufblühen, und ist über unsere Anwesenheit so glücklich wie ein Schwein, das sich im Dreck suhlt. Ich mußte ihn wegjagen. Er war überall im Weg.«

»Das tun wir schließlich auch, Sie und ich, blühen bei Unheil und Verderben auf«, sagte Markby säuerlich. »Ohne das wären wir arbeitslos. Ich nehme doch an, daß Sie den Alten befragt haben, bevor Sie ihn wegjagten?«

Pearce nickte. »Wenn man es so nennen will. Ich

glaube nicht, daß man ein normales Gespräch mit ihm führen kann. Er schweift dauernd vom Thema ab, redet über das Dorf, wie es vor Jahren war, und über Katzen. Der Verstorbene hatte zwei Katzen, die in Yewells Garten Löcher gegraben haben.« Pearce machte eine kurze Pause, dann fuhr er fort: »Da hat er ziemlich komisch reagiert. Hat endlos gebrummt und geschimpft und ist ganz plötzlich verstummt.«

»So?« sagte Markby sanft und hob die Brauen.

»Ja, Sir, ich habe mich gefragt, ob er – nun ja – vielleicht etwas ausgelegt hat. Aber wir würden ihn sicher nie so weit kriegen, daß er es zugibt.«

Markby blickte zum Himmel. Dunkle Wolkenfetzen trieben vorbei, sie würden am Abend Regen bringen, wenn nicht schon am späteren Nachmittag. Der Regen würde wertvolle Hinweise verwischen. Sie mußten sich mit der Durchsuchung des Gartens beeilen. Er machte kehrt und ging zum Cottage zurück. Pearce trottete hinter ihm her.

»Haben Sie schon einen Blick ins Haus geworfen, Sir? Dort herrscht das reinste Chaos.«

»Ja«, sagte Markby und sah sich um, »da hat jemand offenbar verzweifelt etwas gesucht. Es könnte natürlich auch der Junge selbst gewesen sein, dem etwas abhanden gekommen ist. Obwohl, ein bißchen eigenartig ist es schon. Wir müssen natürlich auf das Ergebnis der Obduktion warten, aber halten Sie die Augen offen. Ich gehe jetzt in das große Haus da drüben, die alte Pfarrei ...« Er machte eine vage Handbewegung in die Richtung des Hauses. »Möchte mit der Dame reden, die ihn gefunden hat.«

»Es gehört dem Filmstar«, sagte Pearce ein wenig befangen, »das Haus, meine ich. Eve Owens. Hab' sie bisher noch nicht zu sehen bekommen. Aber bei der Dame, die den Toten gefunden hat, handelt es sich um eine gewisse Miss Mitchell, die dort auf Besuch ist. Eine Konsulin. Ich meine, keine ausländische, eine von den unseren, die im Ausland ist und zur Zeit Urlaub hat.«

»Ich weiß. Ich habe sie kennengelernt.«

Pearce unterdrückte seine Überraschung. »Oh. Ein Reporter von der ›Bamford Gazette‹ war auch schon hier. Neuigkeiten verbreiten sich hier offenbar schnell. Nun, da es in unmittelbarer Nachbarschaft von Eve Owens' Haus passiert ist, interessieren sich die Leute natürlich dafür. Aber ich glaube nicht, daß er Glück hatte und in die Pfarrei hineingekommen ist.«

Markby gestattete sich ein Lächeln. »Ich denke, Miss Owens und ihr Hofstaat haben sich schon gegen größere Presse-Invasionen als die der ›Bamford Gazette‹ erfolgreich zur Wehr gesetzt. Da wird er keine Chance haben.«

Er selbst allerdings hatte mehr Erfolg, kam durch das Tor und bis an die Haustür der alten Pfarrei, bevor Lucias üppige Formen ihm den Weg versperrten; die Köchin hatte die Arme in die Hüften gestützt, und ihre Augen glitzerten.

»Sie wollen Miss Owens sehen? Sie ist sehr aufgeregt. Alle diese Leute kommen, gehn. Dieser Junge sterben.« Lucia bekreuzigte sich. »Ist sehr schlimm, wenn junger Mann sterben.«

»Ich möchte eigentlich mit Miss Mitchell sprechen«, sagte er geduldig.

»Sie ist im Garten.« Lucia deutete ihm an, daß er um das Haus herumgehen solle.

Er bedankte sich und bog um die Ecke des Gebäudes, schritt die wie auf dem Exerzierplatz ausgerichteten Reihen der Salbeipflanzen ab und drang dann in die verwilderteren Bereiche des Gartens vor. Dort entdeckte er Meredith, die düster auf eine mit Moos bedeckte steinerne Vase starrte; er hatte Zeit, sie zu beobachten, bevor sie merkte, daß er näher kam.

Er schätzte sie auf Mitte Dreißig, sie war auf eine ruhige Art anziehend und, obwohl nicht so groß, wie sie ihm mit den hohen Absätzen vor ein paar Tagen beim Dinner erschienen war, noch immer groß genug für eine Frau mit flachen Schuhen. Das dichte, glänzende braune Haar war zu einem schlichten Pagenkopf geschnitten. Beim Dinner hatte sie auf ihn den Eindruck einer logisch denkenden Person gemacht, die durchaus einen Sinn für Humor hatte, obwohl die ziemlich merkwürdige kleine Dinnerparty ihr kaum Gelegenheit gegeben hatte, diesen Charakterzug unter Beweis zu stellen. Er dachte jetzt, wie schon damals, daß sie sicherlich zu den Frauen gehörte, die es in dem von ihnen gewählten Beruf zu etwas bringen, ohne schön zu sein, weil sie sich auf etwas so Vergängliches wie Schönheit nicht verlassen. Sie kannte sich in ihrem Job bestimmt gut aus und war tüchtig. Sie gefiel ihm. Doch das gehörte nicht hierher.

»So sieht man sich wieder«, sagte er, und als sie aufblickte, fügte er hinzu: »Sie sehen wie eine Figur auf einer dieser viktorianischen Studien aus. Gedanken an die Sterblichkeit in einem englischen Garten.«

»Ich denke, man kann sie mir nachsehen – diese Gedanken«, erwiderte sie kühl. »Schließlich habe ich heute morgen einen Toten gefunden.«

»Tut mir leid – ein schlechter Scherz von mir. Verfehlter Versuch, die Zeugin zu beruhigen. Falls es Ihnen nichts ausmacht, würde ich Sie bitten, mir alles zu erzählen.«

Sie berichtete präzise und anschaulich. Wahrscheinlich hatte sie all das schon mit Pearce besprochen. Manchmal half es den Leuten, wenn man sie ihre Aussage wiederholen ließ, sie erinnerten sich dann an das oder jenes, das sie beim erstenmal vergessen hatten. Manchmal hatte es freilich auch die gegenteilige Wirkung, und sie faßten ihre Aussage nur kurz zusammen. Meredith schien sich sorgfältig zu überlegen, was sie sagte. Obwohl sie ihren Bericht nicht mit Ausrufen wie »Es war entsetzlich!« unterbrach und keineswegs hervorhob, wie aufgewühlt sie war, spürte er doch deutlich ihre tiefe Betroffenheit.

»Vielleicht könnten wir gemeinsam Ihren Weg dorthin noch einmal nachvollziehen?« schlug er freundlich vor.

»Nun gut. Ich kam von hier.« Sie ging ihm voran in eine immer dichter werdende Wildnis aus üppig wuchernden Sträuchern und halb verschwundenen Blumenbeeten, die seine Gärtnerseele beleidigten und ihn an die längst vergangenen Tage der Kindheit erinnerten.

»Was hat Sie hergeführt?« fragte er und runzelte beim Anblick von wild ins Kraut geschossenen Rosen und von Gartenstatuen, über die sich das Unterholz hergemacht hatte, die Stirn.

»Reine Neugier. Ich hatte zuvor noch keine Gelegenheit, mich außerhalb des Hauses richtig umzusehen.«

»Interessieren Sie sich für Gartenarbeit?« Er war verblüfft über den hoffnungsvollen Unterton in seiner Stimme und versuchte davon abzulenken, indem er die Stirn in ernste Falten legte und mit dem Finger Efeu von einem zerbrochenen Stück Balustrade kratzte.

»Nein, eigentlich nicht. Ich liebe Blumen, weiß aber nicht, wie man sie zieht.«

»Es ist ein kleines Hobby von mir«, vertraute er ihr an. »Oder es wäre eins, wenn ich die Zeit dazu hätte. Von einem anständigen Garten ganz zu schweigen. Im Augenblick habe ich das, was Immobilienmakler einen Patio nennen, ich dagegen einen Hinterhof, mit drei oder vier Blumenwannen darin.«

»Eve wird froh sein, daß Sie den Fall übernommen haben«, sagte sie plötzlich leise. »Sie gehören irgendwie zur Familie. Die Sache wird einen Schatten auf die Hochzeit werfen. Ich will damit nicht sagen, daß Lorrimers Tod nicht wichtiger ist – doch er hat sich, nun ja, in einem besonders ungünstigen Augenblick ereignet. Das klingt noch immer banal, tut mir leid. Sie wissen, was ich meine.«

»Ja.« Er stockte einen Moment. »Beim Dinner haben Sie erzählt, Sie hätten Lorrimer getroffen.«

»Ja. Und gestern morgen habe ich ihn noch einmal gesehen.«

Markby riß seinen Blick von einem umgefallenen, knorrigen Lavendelstrauch los und musterte sie eindringlich.

»Ja – und zwar beim Friedhofstor. Er suchte eine seiner Katzen. Er fühlte sich nicht wohl und hat wirklich schrecklich ausgesehen.« Ihre braunen Augen begegneten ruhig seinem Blick. »Er ist sogar mitten auf dem Weg zusammengebrochen, und ich habe ihn in sein Cottage gebracht. In der Küche hat er sich übergeben, erlaubte mir aber nicht, einen Arzt zu holen. Er sagte, es sei ihm schon früher hin und wieder schlecht gewesen, und gab dem Bier im ›Dun Cow‹ die Schuld.«

Sie verstummte, und er spürte, daß sie mit sich kämpfte, ob sie noch etwas hinzufügen sollte; doch sie ging weiter und sagte nur: »Hier entlang.«

Sie waren bei der Tür in der Mauer angekommen. »Hier bin ich auf die Love Lane hinausgegangen.« Sie verstummte wieder.

Unpassender Name, dachte Markby und überlegte dann, ob er vielleicht nicht doch zutreffend sein könnte – und ob sie das gleiche dachte. Sie sah zu, wie er die Tür entriegelte und auf die Gasse hinaustrat. Er kam wieder zurück und fragte: »Gibt es noch eine Tür wie diese?«

»In der Mauer? Wenn ja, habe ich sie nicht gefunden.«

»Hm.« Er zog die Tür zu und verriegelte sie sorgfältig. Dann nahm er ein Taschentuch heraus und wischte sich die Fingerspitzen ab. Aus den Augenwinkeln sah er, daß sie nervös und unruhig war. »Durch diese Tür kann man demnach das Sicherheitssystem am Haupteingang umgehen.«

»Ja, aber sie ist immer verriegelt. Von der Love Lane aus kann man sie nicht öffnen.«

Bevor er es wieder in die Tasche schob, betrachtete

Markby sein ölverschmiertes Taschentuch mit einem schiefen Lächeln.

»Um auf die Katze zurückzukommen, die so geschrien hat – es ist ein Siamkater und ziemlich wertvoll«, sagte Meredith. »Lorrimer hat seine Katzen sehr geliebt. Was wird jetzt aus ihr?«

»Ich würde beim Tierschutzverein anrufen«, sagte er. »Dort dürfte man keine Schwierigkeiten haben, ein Heim für eine reinrassige Siamkatze zu finden. Es sei denn, wir treiben noch Verwandte auf, die das Tier haben wollen. Aber Lorrimer scheint ein ziemlicher Einzelgänger gewesen zu sein. Pearce – mein Sergeant – sagt, er sei im Dorf nicht sehr beliebt gewesen. Irgendeine Ahnung, warum?«

Sie zuckte mit den Schultern. »Also meiner Meinung nach war er ein recht netter Kerl. Aber er war nun mal nicht von hier, und ich möchte behaupten, daß seine Töpferei in den Augen der hiesigen Leute keine richtige Männerarbeit war.«

»Kein Mist an den Stiefeln? Kein von den Unbilden des Wetters gegerbter Sohn der Erde?«

»Wenn Sie so wollen.«

»Daran gemessen, würde ich wahrscheinlich den Test auch nicht bestehen«, sagte er freundlich.

»O doch, Sie wahrscheinlich schon«, erwiderte sie in scharfem Ton. Dann zog sie wieder die Schultern hoch. »Ich nehme an, er muß obduziert werden. Wann bekommen Sie das Ergebnis?«

»Ziemlich bald. Nachdem Sie die Leiche gefunden hatten – sind Sie da sofort ins Pfarrhaus zurückgegangen?«

Sie schüttelte den Kopf, und ihr glattes braunes Haar schwang wie ein Vorhang hin und her. »Nein, ich bin in Lorrimers Cottage gerannt und habe ein Telefon gesucht. Aber er hatte keins.«

»Ist Ihnen im Cottage etwas aufgefallen?«

Einen Moment lang musterten die hellbraunen Augen ihn verständnislos, dann sah er etwas wie ein Begreifen, dem Bestürzung folgte, aufflackern.

»Es war sehr unordentlich … Ich habe nicht besonders darauf geachtet. Auch gestern morgen war es nicht gerade ordentlich, aber heute – ja, es war schlimmer. Auf dem Boden haben Bücher gelegen … Ich habe nichts angefaßt. Hab' mich nur nach einem Telefon umgesehen.« Sie holte tief Atem. »Hören Sie, hegen Sie etwa einen bestimmten Verdacht?«

»Ich bin immer mißtrauisch. Gesunde junge Männer fallen nicht einfach tot um.«

»So gesund war er gar nicht. Gestern hatte er Magenbeschwerden.« Ihr Gesicht nahm einen trotzigen Ausdruck an. »Könnte es Selbstmord gewesen sein?«

»Selbstmord?« rief Markby verblüfft. »Und wie erklären Sie sich, daß ihm schon vorher ein paarmal übel war? Sollen das Versuchballons gewesen sein?«

»Was weiß ich«, erwiderte sie heftig. »Es ist nur – die Alternative ist Mord, nicht wahr? Ich habe das Cottage nicht auf den Kopf gestellt, aber irgend jemand hat es getan.«

»Ja, sieht ganz so aus. Der Eindringling hatte es eilig, wurde vielleicht gestört, mußte rasch verschwinden und wahrscheinlich mit leeren Händen. Wer immer es war, er hat möglicherweise das Cottage durchsucht, während Sie durch den Garten zu dieser Tür hier gingen. Sie überquerten das Gäßchen und betraten das Atelier. Der Eindringling hat Sie durchs Küchenfenster gesehen und ist abgehauen.« Er runzelte die Stirn. »Aber das ist reine Spekulation. Und es ist zu früh, um von Mord zu sprechen.«

Sie machten kehrt und schlenderten durch den Garten zurück. Der neuerliche Anblick des Wildwuchses um sie herum entlockte ihm den Ausruf: »Wie gern würde ich mich um diesen Garten kümmern! Ich erinnere mich noch daran, wie gepflegt er früher war. Mein Onkel hatte einen Gärtner, der ganztags hier arbeitete, und wehe denen – das galt insbesondere einem kleinen Jungen –, die auch nur einen Zweig abbrachen. Es wäre eine richtig schöne Aufgabe, die alte Pracht wieder aufleben zu lassen. Na hallo, das ist ja ein interessantes Pflänzchen.«

Er bückte sich so plötzlich, daß sie beinahe über ihn gefallen wäre. »Was ist das?« fragte sie. »Ich dachte vorhin, es sei ein Krokus, der zur falschen Jahreszeit blüht.«

»Nein, das ist kein Krokus, es ist eine Herbstzeitlose. Sie ist überhaupt nicht mit dem Krokus verwandt, trotz einer oberflächlichen Ähnlichkeit. Manchmal nennt man sie auch Herbstkrokus oder Wiesensafran oder Nackte Dame – der letzte Name kommt daher, weil zuerst ihre Blüten durchbrechen und die Blätter später kommen.« Er nahm einen Kugelschreiber aus der Tasche und schob damit vorsichtig eines der Blütenblätter zur Seite. »Sehen Sie die Staubgefäße? Es sind sechs. Der Krokus hat drei. Oh, und diese Pflanze ist giftig, der Krokus nicht.«

Er richtete sich auf, und diesmal prallte er fast mit dem Hinterkopf gegen ihre Nase; sie hatte ihm über die Schulter geschaut. Er entschuldigte sich.

Vorsichtig ging sie um ihn herum und musterte die Pflanze mit mißtrauischen Blicken. »Diese kleine Blume?«

»In allen Teilen. Und es ist nicht die einzige verbreitete Gartenblume, die giftig ist. Der Fingerhut ist es, der Rittersporn, auch die Pfingstrose. Ein Garten ist ein potentiell sehr gefährlicher Ort.«

»Aber dazu müßte man sie essen«, wandte sie ein. »Und wer verspeist schon Pfingstrosen und Rittersporn?«

»Manchmal läßt man Herbstzeitlosen da wachsen, wo Tiere weiden; die fressen sie dann und werden krank. Bei Molkereikühen ist es schon passiert, daß das Gift in die Milch kam und jeder erkrankt ist, der davon getrunken hat. Kinder essen manchmal Blumen, Butterblumen zum Beispiel, und werden sehr krank davon. Kräuterheilkundige benutzen diese Pflanzen als Medizin, müssen aber dabei mit der Dosis sehr vorsichtig sein. Die Herbstzeitlose wurde bei der Behandlung von Leukämie eingesetzt – und gegen Gicht, glaube ich. Die Chinesen verwenden die Pfingstrose häufig in Kräuterarzneien. Ich würde allerdings keinem Laien raten, da herumzuprobieren.«

Sie runzelte die Stirn und antwortete nicht. Sie waren beim Haus angelangt. »Wollen Sie mit Eve und Sara sprechen?« fragte sie und blieb vor den Stufen zur Haustür stehen. »Sie sind beide sehr erregt. Ich glaube nicht, daß sie Ihnen etwas sagen können.«

»Ich will sie jetzt nicht behelligen«, sagte Markby. »Aber später komme ich vielleicht wieder.« Er merkte, daß sie sehr blaß war, und fügte mitfühlend hinzu: »Ich an Ihrer Stelle würde jetzt hineingehen und mir einen starken Whisky genehmigen.«

»Mag keinen Whisky«, sagte sie mit einer leichten Grimasse und schenkte ihm ein überraschend anziehendes Lächeln. Dann wurde sie wieder ernst: »Während ich auf die Polizei wartete, hatte ich Gelegenheit, mir ein paar von Lorrimers Töpferarbeiten anzuschauen. Es war keine Pietätlosigkeit, verstehen Sie. Aber es war besser, als ihn die ganze Zeit anzusehen …«

Markby nickte.

»Er war wirklich recht gut. Einige seiner Arbeiten sind Kitsch, aber andere haben was. Hätte er nicht Aschenbecher für Souvenirläden machen müssen, hätte er sich vielleicht zu einem ernsthaften Künstler entwickelt.«

»Wenn und vielleicht«, sagte Markby ruhig, »das sind die großen Unwägbarkeiten. Sind Sie sicher, daß Sie den Riegel zurückschieben mußten, als Sie die Gartentür zur Love Lane öffneten?«

»Ja, ganz sicher. Die Tür war verschlossen.«

Sie verabschiedeten sich. Als Markby zu seinem Wagen zurückging, dachte er: Vielleicht sollte ich beantragen, von diesem Fall abgezogen zu werden, bevor ich mich richtig darauf einlasse. Doch er hätte keinen echten Grund dafür nennen können, nur eine innere Unzufriedenheit und vielleicht noch etwas anderes. Dann sagte er laut: »Um Himmels willen, nein, nicht in deinem Alter!«

Meredith sah Markby abfahren und ging dann ins Haus. Als sie die Tür hinter sich zumachte, wurde ihre Niedergeschlagenheit noch durch das Gefühl verstärkt, sich nicht so verhalten zu haben, wie sie sollte. Sie hatte schon mit der Polizei zu tun gehabt, aber immer im Ausland und in Konsularangelegenheiten. Ihr Beruf hatte sie zu einer gewissen Vorsicht und Verschwiegenheit erzogen und zu einer instinktiven Abneigung dagegen, alles zu sagen. Teile von dem, was du weißt, immer nur das Nötigste mit! Mach das zu deinem Leitsatz! Und das hatte sie jetzt befolgt. Wie eine versierte, in der Wolle gefärbte Konsulatsangestellte hast du ihm so wenig wie möglich gesagt, warf sie sich vor.

Sie hatte Markbys Fragen zwar beantwortet, aber sehr mitteilsam war sie nicht gewesen. Die tief in ihr verwurzelte Gewohnheit, ihre Karten vorsichtig eine nach der anderen auszuspielen und geschickt zu lavieren, um einen britischen Staatsbürger zu schützen, der in Schwierigkeiten geraten war, hatte sie bei dem Gespräch stark beeinflußt, wie sie sich jetzt widerwillig eingestand. Sie hätte ihm, zum Beispiel, sagen müssen, daß sie Jerry auf dem Friedhof gefunden hatte. Ein dunkler Instinkt, den armen alten Bert nicht hineinzuziehen, hatte sie daran gehindert – aber, vielleicht war er gar kein armer alter, sondern ein böser alter Bert. Meredith seufzte. Es war nicht das einzige, was sie Alan Markby verschwiegen hatte. Nach einigem Überlegen sagte sie sich jedoch, daß sie zwar die Untersuchungen unterstützen sollte, es aber nicht sehr hilfreich wäre, wenn sie Kleinigkeiten zuviel Gewicht beimaß. Unwesentliche Dinge würden nur falsche Spuren legen und in die Irre führen. Es war ihr gerade gelungen, ihr Gewissen etwas zu beruhigen, als sie hinter sich dumpfe Schritte hörte. Sie wandte den Kopf und sah Elliott die Treppe herunterkommen.

Betont sportlich sprang er die letzten beiden Stufen, die in die Eingangshalle führten, mit einem Satz herunter. Er hatte sich umgezogen und trug nicht mehr den Jogginganzug, sondern eine braune Hose, dazu einen farblich darauf abgestimmten Golfpullover mit einem Rautenmuster auf der Brust. Ihr kam der respektlose Gedanke, daß er eigentlich ein T-Shirt mit dem Aufdruck *Ich achte auf mein Cholesterin* tragen sollte.

»Der Typ von der Mordkommission gegangen?« fragte er schnippisch.

»Warum nennen Sie ihn so?« entgegnete sie unfreundlich.

»Weil er es ist, oder?« Elliott spitzte die Lippen. »Was hatte er zu sagen?«

»Es war eigentlich ein privates Gespräch – aber wenn Sie's unbedingt wissen wollen, er kam, um von mir zu erfahren, wie ich die Leiche gefunden habe.« Sie hielt inne und fügte dann trocken hinzu: »Was haben Sie befürchtet, daß er fragen könnte?«

»Was sollte das mit diesen Pflanzen?« Als er merkte, daß sie ihn überrascht anstarrte, erklärte er: »Mein Zimmer geht auf den Garten hinaus. Ich habe Sie beide beobachtet.«

»Das war ziemlich unverfroren!« sagte sie ärgerlich. Doch man konnte ihm wohl kaum einen Vorwurf daraus machen, daher setzte sie förmlich hinzu: »Ich bin ziemlich mit den Nerven fertig, Albie. Ich hab' den armen jungen Kerl tot aufgefunden.« Sie wich ostentativ ein paar Schritte von ihm zurück.

Doch Elliott folgte ihr unbeirrt in den Salon. »Nehmen Sie es sich nicht zu Herzen. Klar, es ist ein Jammer. Aber sehen wir es doch einmal so – wenigstens brauchen wir jetzt nicht mehr nach häßlichen kleinen Päckchen Ausschau zu halten.«

»Wie meinen Sie das?« Merediths Magen krampfte sich zusammen.

»Wer, glauben Sie denn, hat diese grauslichen kleinen Visitenkarten hinterlassen? Der Töpfer natürlich.«

»Sie haben kein Recht, so etwas zu behaupten!« platzte sie heraus.

»Sie werden es schon noch einsehen. Vergessen Sie nicht, ich bin länger hier als Sie. Und wir haben uns schon früher mit solchem Zeug herumschlagen müssen. Jetzt, da es ihn nicht mehr gibt, werden wir auch nichts mehr finden.«

Das klang so überzeugt, daß sie schwankend wurde. »Warum hätte er so etwas tun sollen?«

»Er war verrückt nach der Kleinen, nach Sara. Kommen Sie schon, das ergibt einen Sinn. Junge Liebe, die zu Bitterkeit geworden ist. Nicht, daß ich mich in diesen Dingen gut auskennen würde.«

Meredith blickte ihn an und meinte sarkastisch: »Das glaube ich gern.«

»Lady«, sagte Elliott, »ich kenne die Menschen. Sie sind mein Beruf.«

Sie war müde, und außerdem machte sich – verspätet – der Schock bei ihr bemerkbar. Sie war nicht imstande, sich jetzt mit ihm auseinanderzusetzen. »Es gibt keine Möglichkeit, das, was Sie da behaupten, zu beweisen, Albie. Ich bin überzeugt, Sie wissen eine Menge mehr darüber, als Sie mir sagen. Ich kann Ihnen nur empfehlen, mit Chief Inspector Markby zu sprechen.«

»Freiwillig nie, Schätzchen. Haben Sie ihm alles gesagt?«

»Ja.« Meredith wurde rot. »Nun, nein, nicht alles.«

»Haben Sie ihm von dem Ochsenherzen und der Puppe erzählt?« Sein Ton war schärfer geworden.

»Nein…« Sie riß sich zusammen. »Ehe es keinen Obduktionsbefund gibt, wissen wir nicht, warum Lorrimer gestorben ist oder ob unsere Funde irgendwie mit ihm zusammenhängen.« Ihre Stimme klang wenig überzeugend.

Elliott lächelte boshaft. »Er ist tot. Ist es wichtig zu wissen, warum? Aber es war gut und richtig, daß Sie über das Herz und die Puppe nichts gesagt haben. Vergessen wir beides, ja?«

»Ich weiß nicht, was Sie für ein Spiel spielen, Albie«, sagte Meredith leise, »aber ich bin nicht in der Stimmung, noch länger über diese Sache zu sprechen. Und, Albie – ich mag es nicht, wenn man mir nachspioniert.«

»Verzeihen Sie mir«, sagte er sarkastisch.

Alan Markby kam am Ende eines nicht sehr erfolgreichen Tages nach Hause. Mit einem Becher Tee in der einen und einem Insektenspray in der anderen Hand ging er in seinen Hinterhof – halt, er mußte sich endlich angewöhnen, das Ding Patio zu nennen.

Wenn man die Weißfliegen erfolgreich bekämpfen wollte, mußte man sich unbemerkt anschleichen und sie besprühen, ehe sie davonflattern und sich in Luft auflösen konnten, um sich später, wenn man gegangen war, wieder zu sammeln. Es erforderte eine gewisse Geschicklichkeit, einerseits richtig zu sprühen und andererseits den Tee außerhalb der Reichweite des Pestizids zu halten. Während er beides gleichzeitig versuchte, sagte er sich, daß es so gewiß nicht richtig war: Auf diese Weise vergifteten sich die Leute unabsichtlich.

Hatte sich eigentlich je ein Mensch unabsichtlich vergiftet? Das war die Frage. Er stellte das Spray auf den Tisch, setzte sich auf eine wacklige Bank und genoß die letzten Strahlen der Abendsonne. Die bedrohlichen Regenwolken hatten sich nun doch aufgelöst. Sein Haus war das letzte in einer Reihe, es stammte aus frühviktorianischer Zeit, war ursprünglich gebaut worden, um die Ansprüche einer aufstrebenden Mittelschicht zu erfüllen, und hatte später schwerere Zeiten durchzustehen. Jetzt war Viktorianisches wieder modern. Die sozialen Aufsteiger waren in die Reihenhäuser gezogen. Markby, der das Haus früher als alle anderen erstanden hatte – und noch bevor die Immobilienpreise in die Stratosphäre geschnellt waren –, betrachtete die Neuankömmlinge voller Mißtrauen. Einer hatte sogar – Großer Gott, hilf! – eine Satellitenschüssel auf sein Dach montiert. Entrüstet hatte Markby seine Schwester Laura gefragt: »Braucht der Kerl denn keine Baugenehmigung dazu?«

»Nun ja«, hatte Laura geantwortet, »was Satellitenschüsseln angeht, gibt es eine Grauzone. Vielleicht könntest du ihn dazu bringen, daß er sie wieder abbaut. Vielleicht aber auch nicht. Auf jeden Fall würde das für böses Blut zwischen Nachbarn sorgen, und da mußt du dir schon überlegen, ob sich das wirklich lohnt oder ob du nicht lieber den Anblick in Kauf nehmen solltest, auch wenn er deine Augen beleidigt. Du mußt mit der Zeit gehen, Alan.«

»Warum?« hatte er verdrießlich gefragt.

Als ihm Lauras Bemerkung über das böse Blut zwischen Nachbarn einfiel, mußte er wieder an den jungen Lorrimer denken, den seine Nachbarn nicht sehr geliebt hatten, obwohl es ihm anscheinend leichtgefallen war, bei nur wenigen flüchtigen Begegnungen eine intelligente, um nicht zu sagen scharfsinnige Frau wie Meredith Mitchell zu beeindrucken. Nach den ersten Untersuchungen sah es ziemlich eindeutig nach einem Fall von Vergiftung aus. Endgültiges würde man aber erst nach einer genauen Obduktion wissen. Jemand, der ihn noch weniger leiden konnte als die meisten, hatte ihm das Gift höchstwahrscheinlich absichtlich verabreicht. Aber warum? Ganz zu schweigen von der Frage nach dem Wie.

Meredith Mitchell … ein gescheites Mädel, dachte er mürrisch, aber etwas verschweigt sie. Einen netten Kerl hatte sie Lorrimer genannt. Aber sie hatte nicht, wie später Markby, das Cottage durchsucht. Das heißt, sie sagte, sie habe es nicht getan. Vielleicht log sie. Es war ein Gedanke, der ihm gar nicht gefiel, doch er war Polizeibeamter, der in einem Fall ermittelte, und mußte alle Möglichkeiten in Betracht ziehen, unabhängig davon, wie sehr sie ihm persönlich widerstreben mochten. Sie hatte selbst zugegeben, daß sie ins Haus gegangen war, um ein Telefon zu suchen. Vielleicht hatte sie sich bei der Gelegenheit rasch auch nach etwas anderem umgesehen – aber wonach?

Es hatte dort reichlich Hinweise darauf gegeben, daß der junge Lorrimer alles andere als ein angenehmer Typ gewesen war. Er rauchte Gras. Er zog das Zeug sogar selbst am Ende des verwilderten Gartens, versteckt hinter der Ehrenpreishecke. Im Vergleich zu der Literatur, die er las, nahmen sich die pornographischen Romane, die man beim Zeitungshändler bekam, wie Kinderkram aus. Er bezog eine ganz besonders widerwärtige Zeitschrift, die ins Land geschmuggelt und beschlagnahmt wurde, wenn die Zollbeamten ihrer habhaft werden konnten. Ein ziemlicher Schmutzfink, der Junge. Aber mit einem offensichtlich einnehmenden Wesen. Das war das Schwierige bei diesen Typen. Markby war seinesgleichen schon oft begegnet. Charmant, sympathisch, liebenswert, begnadete Lügner. Bis man mit ihnen zu tun bekam und sie richtig kennenlernte, hatte man einfach keine Ahnung von ihrer Persönlichkeit, dann jedoch stellte man fest, daß man es mit Jekyll und Hyde zu tun hatte. Und vor Gericht – wenn es überhaupt jemals so weit kam – glichen sie blütenweißen Dr. Jekylls und kamen unter Umständen sogar mit einem Mord davon. Nur daß in diesem Fall durchaus die Möglichkeit bestand, daß Philip Lorrimer das Opfer eines Mordes geworden war.

Warte das Ergebnis der Obduktion ab, Markby, sagte er sich, und leerte den Becher. Aber es würde sich als Mord herausstellen, das spürte er in den Eingeweiden.

Also zurück zum Warum. Eine Anzahl unerfreulicher Dinge waren im Cottage gefunden worden, aber keines schien ein ausreichendes Motiv für Mord zu sein. Lorrimers zu Hause gezogenes Gras würde die kolumbianischen Drogenbarone wohl kaum so beunruhigt haben, daß sie einen gedungenen Mörder auf ihn angesetzt hatten; und außerdem vergifteten die ihre Opfer nicht, sie bliesen ihnen das Hirn aus dem Schädel. Das gleiche galt für die Pornos. Es gab keinerlei Indiz dafür, daß Lorrimer ein wichtiges Glied in der Verteilerkette eines nordeuropäischen Lieferanten war. Wäre er es gewesen, hätte man sicher keine einschlägigen Artikel in seinem Haus gefunden, und er hätte auf viel größerem Fuß gelebt. Nein, der Unbekannte, der das Cottage durchsucht hatte, war hinter etwas anderem hergewesen. Aber hatte diese Person gefunden, worauf sie aus war? Oder hatte es bisher niemand entdeckt – auch nicht die Polizei?

»Wenn es noch da ist«, murmelte Markby vor sich hin, »dann kommt der Mörder wieder.«

Er begann über Eve Owens nachzudenken. Eine wirkliche Schönheit. Die Augen, die Gesichtszüge … und mit einer Figur, als wäre sie erst halb so alt … Der einzige Makel war ihre Haut, ein Gitterwerk aus einer Myriade winziger Fältchen unter dem Make-up. Er rief sich in Erinnerung, wie sie bei Robert Freemans Beerdigung gewesen war, anmutig und kummervoll. Und beim Dinner vor ein paar Tagen, in einem pinkfarbenen Chiffonkleid funkelnd wie ein Glas Champagner rosé. Oho! Aus solchem Stoff wurden Träume gemacht.

Aber sie war kein Traum, sie war eine lebendige Frau, und das Leben in der alten Pfarrei mußte sehr einsam sein. Besonders seit Bob gestorben war. Voller Unbehagen dachte Markby an die verschlossene Tür mit den frisch geölten Angeln und dem ebenso frisch geölten Riegel am Ende des Gartens. Sie führte in das Gäßchen, und haargenau gegenüber war ein Loch in Lorrimers Hecke, durch das man in seinen Garten gelangte. Wer ging so regelmäßig zu ihm, daß die Tür sorgfältig instand gehalten wurde?

Eve Owens mußte in den Vierzigern sein, und Lorrimer war vierundzwanzig gewesen – was nichts zu bedeuten hatte. Aber heutzutage machten sich die Menschen nicht mehr die Mühe, so diskret zu sein. Wenn Eve Owens Lorrimer zu ihrem Spielgefährten gemacht hätte, hätte sie ihn zu sich ins Pfarrhaus geholt. Vielleicht aber auch nicht – wegen ihrer Tochter? Weil sie die Skandalpresse fürchtete? Oder weil die Affäre schon zu Lebzeiten von Robert Freeman begonnen hatte?

Oder war es das Mädchen, überlegte er, das hinausschlüpfte, um Lorrimer zu treffen? Sara war mit diesem Intelligenzbolzen aus der Stadt verlobt. Markby sollte ja ihren Brautführer machen, und als ihm das einfiel, wurde seine Laune noch schlechter. Er wußte noch immer nicht so recht, warum gerade er es machen sollte, obwohl Laura behauptete, er sei der einzige respektable Bekannte von Eve Owens, was gehässig war und nicht zutraf. Es war nicht mehr als die abenteuerliche Behauptung einer Anwältin – und eine, die auf eine gewisse persönliche Antipathie seiner Schwester gegen Miss Owens schließen ließ. Eve hätte Russell bitten können. Oder einen von Bobs Geschäftsfreunden. Doch sie hatte ihn gebeten. Also, wie war das mit Sara? Hübsches, lebenslustiges Mädchen trifft gutaussehenden, armen jungen Künstler … Das klang doch nicht schlecht. Aber würde sie deswegen ihre Hochzeit aufs Spiel setzen?

Man durfte natürlich auch Mr. Elliott nicht vergessen. Für Markby bestand kaum ein Zweifel daran, daß der Gentleman schwul war; nach seiner Einschätzung gehörte er zu der leicht tuntenhaften Sorte. War Philip Lorrimer bisexuell gewesen? Schlich Elliott zur Gartentür, um sich heimlich mit ihm zu treffen?

»Verdammt und zugenäht!« sagte Markby zu seinem leeren Teebecher.

KAPITEL 7

Im Pfarrhaus fing der nächste Tag wirklich sehr unerfreulich an. Zu ihrem Mißvergnügen stellte Meredith fest, daß sie, weil sie Lorrimers Leiche gefunden hatte, zu unerwünschtem Ruhm gelangt war. Wann immer sie den Fuß ins Freie setzte, wurde sie von Dorfbewohnern umringt, die sie stumm und neugierig anstarrten, als würden sie sich fragen, ob sie eine gute oder eine böse Hexe war. Es war nicht der einzige Grund, warum sie und alle anderen Bewohner des Pfarrhauses praktisch wie im Belagerungszustand leben mußten. Die Nachricht von Lorrimers Tod gleichsam auf der Türschwelle einer Persönlichkeit, über die etwas zu lesen die breite britische Öffentlichkeit nie müde wurde, war der nationalen Presse zu Ohren gekommen, und eine Horde nachlässig gekleideter Personen mit Tränensäcken unter den Augen, die sich alle ziemlich merkwürdig in dieser ländlichen Umgebung ausnahmen, hatte sich daraufhin im Dorf niedergelassen und war nun jedermann im Weg. Und an der zurückhaltenden Art der Dorfbewohner nahm sie sich natürlich auch kein Beispiel.

»Stellt euch das mal vor«, berichtete Mrs. Yewell staunend, »einer der Kerle hält mich auf, als ich zur Arbeit gehe, und fragt mich, ob Miss Owens mit diesem Töpferburschen befreundet war. ›Kümmern Sie sich um

Ihren eigenen Kram‹, hab' ich ihm gesagt. Glaubt der vielleicht, ich tratsche mit Fremden? ›Von mir erfahren Sie nix‹, hab' ich ihm gesagt.« Meredith vermutete, daß diese ganze Rede für den Gentleman wahrscheinlich aufschlußreicher gewesen war, als eine schlichte, direkte Antwort es hätte sein können.

Dann rief, kurz vor dem Lunch, Jonathan Lazenby an. Er hatte einen Bericht im Autoradio gehört. Was gehe da unten eigentlich vor, und warum habe man ihn nicht informiert?

Meredith, die den Anruf entgegennahm und nicht gerade bester Laune war, erwiderte schroff: »Warum, zum Teufel, sollte man Ihnen Bescheid geben?«

»Hören Sie«, sagte er wütend, »die verdammte Presse wird dort bald überall herumschnüffeln.«

»Was heißt bald? Sie ist schon hier.«

»Sehen Sie? Man wird Eves Bild in allen Zeitungen finden, obwohl das Ganze mit ihr nichts zu tun hat, so was Blödes. Sagen Sie Eve, sie soll mit ihrem Anwalt sprechen, er soll eine Erklärung aufsetzen.«

»Worüber denn, um Himmels willen?« explodierte Meredith.

»Um klarzustellen, daß sie nichts darüber weiß.«

»Oh, phantastisch, genau, was wir brauchen«, entgegnete sie sarkastisch.

»Hören Sie, Meredith«, antwortete er streitsüchtig, »ich fliege heute abend nach New York, sonst würde ich selbst bei euch vorbeischauen. Aber zum Wochenende bin ich wieder da, und dann komme ich sofort. Halten Sie Sara inzwischen unter Verschluß. Tun Sie das, was Sie als Diplomatin gelernt haben. Ich will nicht, daß sie von der Presse gepiesackt wird, haben Sie gehört? Und ich will nicht, daß sie arbeiten geht. Die Journalisten werden ihr dort auflauern.«

Meredith brummte etwas, unterdrückte nur mit größter Mühe das Verlangen, einfach aufzulegen, und reichte den Hörer an Sara weiter.

»Was ist das für ein Job?« fragte sie Sara später.

»In einem Frauenhaus. Im East End. Eine Art Sozialarbeit. Ich helfe in der Kinderkrippe.« Sara schob sich eine Haarsträhne aus dem blassen Gesicht. Sie sah aus, als habe sie überhaupt nicht geschlafen. »Ich arbeite seit sechs Monaten dort. Es ist manchmal ein bißchen hart, aber es bedeutet mir viel. Jonathan ist es gar nicht recht, daß ich's tue. Er fürchtet, ich könnte von einem empörten Ehemann zusammengeschlagen werden, dessen Frau wir aufgenommen haben.«

»Da könnte Jonathan ausnahmsweise einmal recht haben. Bleib lieber hier, Sara. Außerdem wird Alan Markby vielleicht mit dir sprechen wollen.«

»Worüber denn?« fragte Sara, und ihre blauen Augen waren plötzlich voller Angst.

Meredith betrachtete sie forschend. »Oh, ich nehme an, er versucht einfach, etwas über Lorrimer zu erfahren. Mach dir keine Sorgen. Sag ihm ganz einfach die Wahrheit.«

Sara machte nur »hm« und lief davon.

Meredith sah ihr nach. Sie fürchtete sich offensichtlich fast zu Tode, und Meredith wußte, daß sie recht bald mit ihr über das sprechen mußte, in das sie hineingeschlittert war. Und am besten wäre es, die Sache zu klären, bevor Markby mit Sara redete.

Ich muß für eine Weile hier raus, dachte sie. Aber ich denke nicht im Traum daran, durch diese Meute, die sich am Zaun herumdrückt, Spießruten zu laufen. Es war jedoch möglich, daß sie die Tür zur Love Lane noch nicht entdeckt hatten. Meredith holte Anorak und Stiefel aus der Garderobe und eine Dose Katzenfutter aus Lucias Kühlschrank, wo sie sie verstaut hatte; dann marschierte sie durch den Garten zur Love Lane. In dem Gäßchen selbst war niemand, aber in Lorrimers Garten wimmelte es von Polizisten, und Tom war wahrscheinlich weggerannt und Meilen entfernt. Trotzdem kroch sie durch das Loch in der Hecke, rief nach ihm, ging, als sie ihn nicht fand, zum Cottage und füllte vor der Haustür etwas Katzenfutter in eine Untertasse.

»Hallo, Miss«, begrüßte sie ein junger Mann. Es war Pearce, Markbys Sergeant. »Der Kater ist also noch nicht aufgetaucht?«

»Noch nicht. Sie haben ihn wohl nicht zufällig gesehen?« Meredith warf die leere Dose in Philips Mülltonne und bemerkte erst, als sie klappernd auf dem Boden aufschlug, daß sie von Sergeant Pearce' unermüdlichen Ermittlungsbeamten geleert und der Inhalt weggebracht worden war, um untersucht zu werden. »Tut mir leid«, entschuldigte sie sich.

»Das ist schon in Ordnung, Miss. Wir wissen ja, daß die Dose nicht zum eigentlichen Inhalt gehört, nur das ist wichtig. Wenn Sie das Futter hier auf der Untertasse lassen, nehme ich an, daß ein Fuchs oder eine andere Katze es über Nacht stehlen werden. Oder auch ein Igel.« Pearce stammte vom Land.

»Es ist das einzige, was ich tun kann«, sagte Meredith.

»Vielleicht kommt der Kater doch noch nach Hause. Warum, um Himmels willen, graben Ihre Leute da hinten den ganzen Garten um?«

»Das fragen Sie am besten Chief Inspector Markby, Miss. Er ist irgendwo im Dorf.«

Meredith machte sich die Hauptstraße entlang auf den Weg. Vor dem »Dun Cow« hörte sie jemanden ihren Namen rufen, drehte sich um und sah Markby über den Grasstreifen auf sich zukommen.

»Guten Morgen!« begrüßte er sie.

»Hallo«, sagte sie. »Ich habe eben mit Ihrem Sergeant gesprochen. Ihre Leute buddeln wie verrückt am Ende von Philip Lorrimers Garten. Was suchen sie denn? Sergeant Pearce war sehr zugeknöpft.«

»Sie suchen gar nichts, graben nur Freund Lorrimers private Haschischpflanzung um.«

»Was?«

»Dortlassen kann ich das Zeug nicht. Verbrennen kann man es auch nicht. Es sei denn, wir wollen, daß das ganze Dorf mal high wird.« Er warf einen Blick auf den Pub. »Darf ich Sie zu einem Drink einladen?«

»Ich dachte, Bullen trinken nicht im Dienst.«

»Ich habe Mittagspause«, sagte er.

»Bißchen früh dran, oder? Na schön, meinetwegen. Ich war noch nie in diesem Pub. Trinke aber auch nur selten mitten am Tag.«

Innen war das »Dun Cow« nicht so übel, wie sie befürchtet hatte. Es gab nur einen Spielautomaten und nichts Schlimmeres als einen Tisch für Kegelbillard.

»Ah!« sagte Markby begeistert. »Früher, als Student, war ich mal ganz gut. Können Sie spielen?«

»Hab's ein- oder zweimal probiert, bin aber nicht sehr gut.«

»Kommen Sie, ich spendiere Ihnen ein Spiel. Werfen Sie aber die Kegel nicht um.« Er reichte ihr ein Queue und suchte in seiner Tasche nach einer Münze, um sie einzuwerfen. »Ich würde gern mit Sara über Lorrimer reden«, sagte er, als er sich über den Tisch beugte. »Sie hat ihn doch gekannt, oder?«

»Nur flüchtig, denke ich. Ängstigen Sie sie bloß nicht.«

»Warum sollte sie sich ängstigen?«

»Hören Sie«, sagte Meredith, »sie ist jung, und der Tod ist für junge Menschen sehr erschreckend, besonders wenn er einen anderen jungen Menschen trifft. Sie halten sich für unsterblich.«

»Keiner glaubt so recht daran, daß er einmal sterben wird.« Die Kugel fiel durch ein Loch im Tisch und rollte nach vorn zurück. »Aber mit den jungen Leuten haben Sie unrecht. Die haben die Realität manchmal besser im Griff als ältere Leute. Haben Sie ein Testament gemacht, Meredith?«

»Das habe ich, ja. Was hat das damit zu tun?«

»Erstaunlich viele ältere Leute tun es nicht.«

»Fürs Protokoll«, sagte sie eisig, »ich gehöre nicht zu den älteren Leuten.«

Er richtete sich auf. »So war das auch nicht gemeint. Ich wollte sagen, wir denken *alle* nicht gern daran, daß wir sterben werden. Und jetzt los! Aber stechen Sie mir mit dem Queue nicht das Auge aus.«

Meredith wagte einen Versuch, doch der schwarze Kegel fiel um.

»Pech«, sagte Markby mitfühlend. »Aber wir spielen ja nicht um Punkte.«

»Ich habe Ihnen doch gesagt, daß ich nicht gut bin.« Man hörte ihrer Stimme die Enttäuschung an. »Sollten Sie eigentlich nicht irgendwo da draußen sein und herausfinden, wie Lorrimer gestorben ist? Statt dessen spielen Sie in einem Pub Kegelbillard mit mir und trinken Bier.«

»Dann setzen wir uns doch dort hinüber.« Er nahm sein Glas und zeigte auf die leere Kaminecke. Als sie Platz genommen hatten, sagte er: »Was die Todesursache anbelangt – er wurde vergiftet, daran besteht kein Zweifel.«

»Oh«, sagte Meredith nachdenklich und verstummte. Sie nippte an ihrem Tomatensaft und neigte den Kopf, so daß ihr braunes Haar nach vorn fiel und ihr Gesicht verbarg.

»Wir hatten ein paar Sachen aus der Küche mitgenommen. Zum Glück hielt Lorrimer nicht viel vom Geschirrspülen. Er ließ Töpfe und Teller so lange stehen, bis nichts Sauberes mehr da war. Eine Menge Reste für die Laborleute zum Spielen. Wir haben Giftspuren in einer Kaffeetasse, einer Müslischüssel und einer Milchflasche gefunden.«

»In einer Milchflasche?« Meredith blickte überrascht auf, und der Vorhang aus braunem Haar schwang zur Seite. »Sie wollen doch damit nicht sagen, wir hätten hier einen der Fälle, in denen jemand idiotischerweise ein Insekten- oder Unkrautvertilgungsmittel in einer leeren Milchflasche aufbewahrt hat?«

Er fragte freundlich: »Wieso fallen Ihnen ausgerechnet diese beiden Dinge ein?«

Sie zögerte. »Lorrimer hat mir erzählt, daß er, als er einmal eine seiner Katzen vermißte, auch in den Gartenschuppen schaute, der dem alten Burschen nebenan gehört, und dort hätten in den merkwürdigsten Behältern alle möglichen Arten von Unkrautvertilgungsmitteln, Rattengift und so weiter herumgestanden. Bert, das ist der alte Kerl, ist wohl zuzutrauen, daß er irgendeinen Allesvertilger in eine Milchflasche tut und sie dann zusammen mit den leeren Flaschen hinausstellt. Ich habe gelesen, daß manche Leute so etwas machen.«

»So etwas gibt's sicherlich, aber nicht in diesem Fall, glaub' ich. Das Gift ist, soweit die Laborjungs das feststellen konnten, pflanzlichen Ursprungs. Es wurde über eine längere Zeit hinweg verabreicht und war in seiner Wirkung kumulativ. Lorrimer hat Ihnen doch erzählt, er habe schon häufiger Magenbeschwerden gehabt. Sie wurden von Mal zu Mal schlimmer. An dem Tag, an dem er während des Gesprächs mit Ihnen auf dem Pfad zusammenbrach, hatte das Gift sich schon in seinem ganzen Organismus verteilt. Es brauchte nur noch eine einzige Dosis.«

Meredith klammerte sich an einen letzten Strohhalm. »Vielleicht war es etwas, das er selbst getrunken hat. Ein Kräutertee ...«

»Nein. Den hätte er hektoliterweise trinken müssen, riesige Mengen, tagein, tagaus, um auch nur ganz leicht zu erkranken – und es gibt keinerlei Anzeichen dafür, daß er nach solchen Getränken süchtig war. Weder in seinem Abfall noch in seinem Küchenschrank haben wir leere Päckchen oder Teebeutel gefunden, und die Markentees sind, in vernünftigen Mengen getrunken, auch nicht schädlich. Nein, ich spreche von einem absichtlich hergestellten giftigen Extrakt aus irgendeiner Pflanze.«

»Sie sprechen von Mord«, bemerkte sie leise. Er hatte von Anfang an von Mord gesprochen, wenn auch mit allen Vorbehalten. Jetzt war es unmißverständlich gesagt.

»Ich fürchte, ja. Lorrimer war ganz wild auf Süßes. Wir haben überall getrocknete Zuckerkristalle gefunden. Der Zucker war natürlich ideal, um jeden merkwürdigen Geschmack zu überdecken.«

Geduldig wartete er auf eine Reaktion von ihr, während sie über das Gehörte nachdachte. Sie stellte ihren Tomatensaft ab und sagte: »Hören Sie, es gibt da etwas, was ich noch nicht erwähnt habe, obwohl ich es vielleicht hätte tun sollen. Nur schien es mir, als wir damals miteinander sprachen, nicht wichtig zu sein. Jetzt glaube ich allerdings, muß ich es sagen.«

»Ja?«

»Ich habe Ihnen erzählt, daß er eine seiner Katzen suchte, als ich ihn das letztemal auf dem Weg traf. Nicht erzählt habe ich, daß ich die Katze auf dem Friedhof gefunden habe – tot. Ich dachte, Bert hätte sie vergiftet. Ich hatte gehört, wie er es Lorrimer angedroht hat. Die Katzen buddelten nämlich in Berts Gemüsebeeten Löcher. Ich habe es Lorrimer nicht gesagt.« Sie zog die Schultern hoch. »Ich dachte, es würde ihn aufregen, und ändern konnte man es ja doch nicht mehr. Er hätte nicht beweisen können, daß der alte Mann es war.«

Markby machte ganz offensichtlich eine heroische Anstrengung, nicht laut zu fluchen, aber sie hätte ihm auch nicht übelgenommen, wenn er es getan hätte. Er stand auf. »Am besten gehen wir jetzt gleich auf den Friedhof, und Sie zeigen mir, wo Sie das Tier gefunden haben. Ich wünschte, Sie hätten früher etwas gesagt.«

Obwohl er sich bemühte, seinen Ärger zu unterdrücken, war ihm deutlich an der Stimme anzumerken, was er dachte, und sie errötete. Da es ihr nicht gefiel, sich abkanzeln zu lassen, auch wenn sie im Unrecht war, sagte sie störrisch: »Wenn ich es für wichtig gehalten hätte, hätte ich es Ihnen gesagt.«

»Warum lassen Sie nicht mich entscheiden, was wichtig ist, Meredith«, erwiderte er ungehalten.

»Es war doch nur eine tote Katze«, gab sie gereizt zurück. »Wollen Sie über den Verbleib jeder toten Kreatur – Tier oder Mensch – informiert werden?«

»Ja«, knurrte Markby, »in diesem Fall ja. Die Katze ist vermutlich gestorben, weil sie von derselben Milch getrunken hat. Lorrimer hat sie in seinen Kaffee getan, in seine Cornflakes, und dann hat er auch etwas in das Katzenschüsselchen gegossen … Kommen Sie schon!«

Sie verließen das »Dun Cow«, und sie beklagte sich bitter: »Wenn Sie so darauf erpicht sind, alles zu wissen, möchte ich Sie darauf hinweisen – da Ihre Leute es unerklärlicherweise übersehen zu haben scheinen –, daß es in diesem Dorf nur so von Presseleuten wimmelt, die das Pfarrhaus belagern und uns das Leben schwermachen.«

»Das ist Ihr Problem – oder Eves, da ihr das Haus gehört. Es ist, ehrlich gesagt, meine geringste Sorge.«

Sie waren bei seinem Wagen stehengeblieben, damit er seine Gummistiefel aus dem Kofferraum holen konnte.

Meredith sah ihm zu, wie er sie anzog, und sagte: »Sie meinen, diese Leute dürfen uns ganz ungestraft belästigen? Nicht einmal das Personal lassen sie in Ruhe.«

»Das ist eine Privatangelegenheit, keine Straftat. Sagen Sie mir Bescheid, wenn einer von ihnen jemanden vom Personal auf offener Straße überfällt.«

»Ich dachte«, bemerkte Meredith ganz förmlich, »daß etwas unternommen wird, wenn man der Polizei dieses Landes etwas meldet.«

Markby richtete sich so unerwartet auf, daß sie erschrak und zurücksprang. »Jetzt hören Sie mir mal zu, Meredith! Hier sind Sie keine verdammte Konsulin. Das ist eine Morduntersuchung. Sie haben keine Befugnisse, und Sie haben in diesen Dingen auch keine Erfahrung, jedenfalls nicht in diesem Land. Sie sind hier nicht in Ruritanien. Und Sie genießen hier nicht diplomatische Immunität. Sie können nicht das Außenministerium anrufen und sich beklagen, daß Sie von unerwünschten Elementen belästigt werden. Ich bin sicher, Sie sind durchaus imstande, ein paar jämmerliche Presseheinis davonzujagen. Lassen Sie mich damit in Ruhe.«

Sie kochte vor Wut, brachte aber eine Zeitlang kein einziges Wort heraus und trottete mit finsterer Miene, die Hände tief in den Taschen, neben ihm her. Am Anfang des Pfades tauchte aus der Hecke ein Gentleman mit einer Designer-Stoppelfrisur und einer schwarzen Lederjacke auf.

»Machen Sie Fortschritte, Inspektor?«

»Verschwinden Sie«, sagte Markby. »Sie erfahren alles bei der Pressekonferenz – falls ich eine gebe.«

»Er wird uns folgen«, murmelte Meredith.

»Ich kriege ihn wegen Behinderung der Polizei dran, wenn er es zu offensichtlich macht.«

»Oh, ich verstehe, ein Gesetz für Sie und ein anderes für uns.«

»Nur insofern, als es einen Unterschied gibt zwischen dem Eindringen in Miss Owens' Privatsphäre – woran sie gewöhnt ist – und einer Morduntersuchung. Okay, wo liegt das tote Tier?«

»Da drüben.« Meredith ging voraus und führte ihn zu den Grabstätten seiner Familie. Der Zweig, mit dem sie den Kadaver zugedeckt hatte, war noch da, Jerrys sterbliche Überreste aber waren verschwunden.

Markby seufzte enttäuscht. »Das war leider zu erwarten. Ein Fuchs wird ihn nachts im Triumph weggetragen haben. Auch wenn Sie es mir sofort gesagt hätten, hätten wir ihn nicht mehr gefunden.« Verdrießlich betrachtete er den Grabstein des Gentleman, der dem Expreßzug im Weg gestanden war. Sie sah, daß er die Stirn runzelte und den Blick zum nächsten wandern ließ, dem Grab von Reverend Henry Markby. »Ziemlich vernachlässigt«, sagte er. »Die Grabstätten, meine ich. Ich glaube, ich muß einen Steinmetz bestellen, der die beschädigten Grabmäler in Ordnung bringt.«

»Sie sind nicht schlimmer als die anderen Grabsteine auch. In letzter Zeit wird hier nur noch selten jemand beerdigt.« Plötzlich fiel Meredith etwas ein. »Wo wurde Robert Freeman begraben?«

»In Oxford. Er ist im John Radcliffe gestorben. Ich nehme an, Eve hätte ihn auch hier beerdigen lassen können – aber dem Haus gleich gegenüber, das wäre wohl ein bißchen makaber gewesen. Früher hatte man nichts dagegen, seine Toten in Sichtweite zu begraben. Ich glaube nicht, daß Onkel Henry auch nur einen Gedanken an die Vorfahren verschwendet hat, die auf der anderen Seite der Straße unter dem grünen Rasen lagen. Mir hat dieser Friedhof immer eine Heidenangst eingejagt, wenn ich als Kind Onkel Henry besuchte, weil auf allen Grabmälern mein Name stand. Ich dachte immer, irgend so ein altes Skelett würde plötzlich aus der Erde springen und mir die Leviten lesen.« Respektlos lehnte er sich an den Grabstein des Eisenbahnenthusiasten. »Kannten Sie Bob Freeman eigentlich?«

»Nein, ich war in Übersee, als die beiden heirateten. Und wenn ich nach Hause kam, waren sie immer verreist.«

»Er war ein sehr angenehmer Mensch. Sehr solide, mit altmodischen Ideen, zuverlässig.«

»Dann muß er gut für Eve gewesen sein«, sagte sie, obwohl sie nicht beabsichtigt hatte, es laut auszusprechen.

»Haben Sie einen ihrer beiden früheren Ehemänner kennengelernt?«

»Hughie habe ich ein paarmal getroffen. War ein ziemlich fieser Typ, fand ich. Mike habe ich sehr gut gekannt.« Markby sah sie nachdenklich an, und sie fragte sich, ob sie sich durch ein leichtes Zittern in der Stimme oder durch den Ausdruck ihrer Augen verraten hatte. Um ihn abzulenken, streckte sie die Hand aus und zeigte über den Rasen. »Dort drüben ist die Urne von Peter Russells Frau bestattet.«

Er wandte den Blick von ihr ab, Gott sei Dank. »O ja, das war eine traurige Angelegenheit. Ich erinnere mich an die gerichtliche Untersuchung. Selbstmord. Sie war seit Jahren krank. Ans Bett gefesselt. Am Ende hat sie eine Überdosis genommen. Sie konnte einfach nicht mehr.«

»So also war es«, sagte Meredith leise, und Markby sah sie neugierig an. »Armer Russell!« sagte sie, aber insgeheim dachte sie, was für eine häßliche und boshafte Lüge Lorrimer ihr doch erzählt hatte. Er muß gewußt haben, wie es wirklich war. Diese Überlegung kühlte ihre Gefühle für Lorrimer ab, was ihr jedoch sogleich leid tat, da es ihr widerstrebte, schlecht von jemandem zu denken, der erst vor so kurzer Zeit gestorben war.

Markby, der den Widerstreit der Gefühle in ihrem Gesicht beobachten konnte, sagte: »Da wir gerade von der Untersuchung vor Gericht sprechen. Bei dieser werden Sie gebraucht, aber sie müßte eigentlich recht bald stattfinden und dürfte unproblematisch sein.«

Meredith nickte und strich geistesabwesend mit den Fingern über den Bogen an einem der kalten Grabmäler seiner Vorfahren.

Gegen Mittag wurde Markby nach Bamford zurückgerufen. Das Labor hatte den detaillierten Bericht geschickt. Die Papiere vor sich, saß er an seinem Schreibtisch und wünschte, er hätte sich, bevor er abfuhr, im »Dun Cow« noch eine Portion Brot und Käse zu Gemüte geführt.

Der Bericht bestätigte seine Vermutungen. Lorrimer war das Gift über einen Zeitraum von mehreren Monaten zugeführt worden. Er seufzte. Er würde in Lorrimers Vergangenheit wühlen, alle Kontakte dieses Kerls ausfindig machen, seine Geschäftsverbindungen und sein Privatleben untersuchen müssen ... Eine zeitraubende Sache, die im wesentlichen ergebnislos verlaufen und sich letztlich als überflüssig erweisen würde. Aber irgendwo dort in dieser Vergangenheit lag der Grund, warum jemand Lorrimer so haßte – nein, mehr als haßte, ihn so sehr fürchtete, daß er ihn für immer zum Schweigen gebracht hatte.

Pearce streckte den Kopf durch den Türspalt. »Eine junge Dame für Sie, Sir. Eine Miss Emerson.«

»Ah!« stieß Markby verblüfft hervor und stand auf, als Sara von Pearce, der etwas verdattert dreinschaute, hereingeführt wurde. Kein Wunder, dachte Markby, das Mädchen ist sehr hübsch. Von Eve Owens Tochter erwartete man zwar, daß sie gut aussah, tatsächlich waren sich Mutter und Tochter jedoch nicht sehr ähnlich. Sara hatte helles Haar und blaue Augen, und nur um Mund und Kinn war eine gewisse Ähnlichkeit vorhanden. Auf ihrer Haut lag ein heller, klarer Schimmer wie bei einer Porzellanpuppe, und die jugendliche Molligkeit von vor zwei oder drei Jahren, an die er sich noch erinnerte, war den reiferen Rundungen einer jungen Frau gewichen.

Alte Männer sind verrückt nach jungen Mädchen, dachte Markby. Und das ist nicht überraschend. Das Traurige daran ist nur, daß sie sie manchmal tatsächlich kriegen und dann feststellen müssen, wie sehr alt sie selbst sind. Nicht nur körperlich, sondern auch geistig und seelisch. Der Geist der jungen Menschen ist wie Löschpapier. Er saugt Informationen, Eindrücke, Erfahrungen auf. Später braucht man Hammer und Meißel, um all das in ein Gehirn einzugraben, das inzwischen zu Marmor geworden ist. Und junge Menschen sind eine seltsame Mischung, sie sind selbstsüchtig und gefühllos und doch so oft auch verletzlich und ängstlich.

Während er das Mädchen ansah, überlegte er, welche dieser Eigenschaften im Augenblick wohl bei ihr überwogen. Er wußte, daß er im Nachteil war, und fragte sich, ob auch sie es wußte. Vielleicht ja. Fehler würde sie noch viele begehen. Aber bei alldem war sie eine intelligente junge Frau. Höflich stellte er ihr einen Stuhl zurecht und nahm ein onkelhaftes Gebaren an, was ihm selbst mißfiel und wofür sie vermutlich nur Verachtung übrig hatte. »Was führt Sie zu mir, Sara?« Er hoffte nur, daß sein Magen nicht anfing zu knurren.

»Sie haben Merry gesagt, daß Sie vielleicht mit uns sprechen wollen.« Sie saß da, die wohlgeformten Knie zusammengepreßt, die Hände ineinander verschlungen. Sie trug einen Hosenrock aus königsblauem Leinen, ein weißes Hemd und darunter ganz offensichtlich keinen BH. Durch das Fenster fiel das Sonnenlicht in einem ganz bestimmten Winkel schräg auf ihr Gesicht und ließ den goldenen Flaum auf ihren Wangen schimmern. Ihre blauen Augen sahen ihn sehr direkt an. »Deshalb bin ich hier. Ich möchte nämlich nicht, daß Sie ins Haus kommen. Das klingt unhöflich …« Sie unterbrach sich, zog die glatte Stirn in Falten. »Ich weiß, daß Sie mein Brautführer sein werden und mit Robert befreundet waren und Mummy Sie mag und so weiter. Ich meine nicht, daß Sie nicht als Freund zu uns kommen sollen. Aber ich will nicht, daß Sie als Polizist erscheinen.«

»Das geht den meisten Leuten so«, sagte er trocken.

Sie wurde rot. »Wir sind natürlich keine Kriminellen, wir haben nichts zu verbergen! Aber Mummy ist aufgeregt. Wegen der Hochzeit und wegen – wegen der schrecklichen Sache, die mit Phil passiert ist…«

»Ach ja, Mr. Lorrimer«, sagte Markby leichthin und lehnte sich zurück. »Erzählen Sie mir von ihm, Sara.«

»Warum ich?« erwiderte sie heftig und funkelte ihn zornig an.

»Da ich ihm nie begegnet bin und sehr wenig über ihn weiß, muß ich mit Leuten reden, die ihn gekannt haben. Ich muß ihn nämlich kennenlernen, wissen Sie, sehr gut kennenlernen.«

Sie machte einen ungeduldigen Eindruck, wirkte leicht aggressiv und spöttisch. »Ich kann Ihnen gar nichts über ihn erzählen. Als ich noch im Pfarrhaus wohnte, habe ich ihn ziemlich oft gesehen, aber ich habe jetzt eine Wohnung in London und bin verlobt. Philip war nicht mein Freund. Er hat nur in der Nähe gewohnt.«

»Haben Sie ihn nur im Dorf getroffen, oder waren Sie auch in seinem Cottage?«

Ihre blauen Augen flackerten, und ihr herausforderndes Auftreten wurde eine Spur unsicherer. »Beides. Ich meine, in seinem Cottage nicht sehr oft. Im Atelier, dort war er tagsüber meistens. Ihm beim Arbeiten zuzusehen war recht interessant. Nun ja, wenigstens eine Zeitlang. Nach einer Weile wird es ziemlich langweilig.«

»Haben Sie's nie selbst versucht?«

»Ein-, zweimal.« Sie zögerte und gab dann freimütig zu: »Ich konnte es nicht gut.«

»Und worüber haben Sie gesprochen, wenn Sie ihm bei der Arbeit zusahen?«

»Nichts Besonderes – alles mögliche. Er erzählte mir viel über die Töpferei. Redete über Dinge, die im Dorf passiert waren.«

»Hat er je davon gesprochen, daß er sich krank fühlte?«

Jetzt verlor sie noch mehr die Fassung. Ihre Unruhe wurde immer spürbarer.

»Nein – er hatte höchstens einen Kater. An den meisten Abenden ging er in den Pub, ins ›Dun Cow‹. Einmal war ich auch mit ihm da, aber mir hat es nicht gefallen. Es waren so merkwürdige Leute dort.«

»Merkwürdige Leute?«

»Ja, Sie wissen schon – komische alte Männer mit Terriern, die sie an einem Strick führten, und gräßliche Jungs mit Pickeln und Motorrädern, die vor dem Pub parkten.«

»Haben Sie gewußt, daß Mr. Lorrimer Cannabis rauchte, Sara?« fragte Markby freundlich.

»Nein.«

»Haben Sie es je versucht?«

Sie zögerte wieder. »Manchmal, auf den Partys, zu denen ich früher ging. Heute gehe ich nicht mehr zu solchen Festen.«

»Was ist mit Mr. Elliott?« fragte er plötzlich.

»Ob er Marihuana raucht? Woher um alles in der Welt soll ich das wissen? Und auch wenn ich es wüßte, was nicht der Fall ist, ich würde es Ihnen nicht sagen. Ich bin keine Denunziantin.«

»Schon gut, schon gut. Haben Sie je andere Freunde

von Lorrimer kennengelernt, oder hat er Ihnen von irgendwelchen Freunden erzählt?«

»Nein. Ich weiß nicht einmal, ob er welche hatte. Ich habe jemanden kennengelernt, mit dem er geschäftlich zu tun hatte – einen Mann. Er kam einmal ins Atelier, als ich da war, und gab eine Bestellung auf. Seinen Namen kenne ich nicht, doch ich glaube, sein Laden ist hier in Bamford. Und das ist alles, was ich Ihnen sagen kann.« Sie stand auf. »Ich hatte Phil seit Monaten nicht mehr gesehen.«

»In Ordnung. Danke, daß Sie zu mir gekommen sind.«

»Merry sagt, es wird eine Untersuchung geben.«

»Ja, aber Sie brauchen nicht zu kommen.«

»Werden Geschworene dasein?«

»Nein, es ist nur eine Voruntersuchung. Vielleicht gibt es später eine gründlichere und vielleicht auch mit Geschworenen. Hängt ganz vom Untersuchungsbeamten ab.« Jetzt stand auch er auf. »Wie Sie ganz richtig bemerkten, als Sie kamen, spiele ich in dieser Sache eine Art Doppelrolle«, sagte er leise. »Als Polizist werde ich dafür bezahlt, den Leuten lästig zu fallen. Als Privatmann betrachte ich es als Ehre, Ihr Brautführer zu sein. Aber wenn Sie's lieber hätten, daß jemand anders diese Aufgabe übernimmt…«

»Es ist nicht so wichtig, wer es tut«, sagte sie offen. »Ich habe nichts dagegen, daß Sie es sind. Ich wünschte nur, alles wäre schon vorbei.«

»So eine Hochzeit kann richtig anstrengend sein«, sagte Markby, in dem flüchtige Erinnerungen wach wurden.

»Ich hätte lieber in London geheiratet«, sagte sie. »Nicht in dieser muffigen alten Dorfkirche.«

»Oh? Wessen Idee war es denn, die Dorfkirche zu benutzen?«

»Jon hat es vorgeschlagen. Er hat gemeint, seiner Familie würde es gefallen. Sie sind alle ein bißchen langweilig und spießig, und als er ihnen sagte, er werde die Tochter einer Schauspielerin heiraten, waren sie nicht besonders begeistert, und Jon hat gedacht, wenn wir in der Dorfkirche heiraten, wird das einen guten, soliden und volkstümlichen Eindruck machen, und das würde ihnen gefallen.«

»Schwiegereltern«, murmelte Markby, der wieder einer Erinnerung erlag. »Ich verstehe.«

Mit verklärter Miene brachte Pearce Sara hinaus; und auch der diensthabende junge Polizist draußen bekam rote Ohren. Markby, der die Szene durch die halboffene Tür beobachtete, sagte sich, daß er den Kantinentee mit Brom versetzen lassen müßte, falls Sara häufiger im Revier auftauchen sollte.

Er holte das Branchenverzeichnis heraus und machte sich eine Liste aller Geschenkläden in Bamford und den beiden nächstgelegenen Ortschaften. Er gab Pearce die Liste für die Nachbarorte und sagte: »Das wird Ihnen das alberne Grinsen aus dem Gesicht treiben.« Er selbst nahm sich die Läden in Bamford vor. Er hatte Glück. Schon das zweite Geschäft, das er besuchte, führte Töpferarbeiten von Philip Lorrimer.

»Ja, ich war einmal draußen«, sagte der Inhaber, ein gehetzt wirkendes Individuum mit dünnem Haar und unwirschem Benehmen. »Mir haben seine Sachen gefallen, sie haben sich auch gut verkauft, besonders die Aschen- und die Kaffeebecher. Aber er lieferte nicht zuverlässig. Das hat mir nicht viel ausgemacht, denn ich konnte hinausfahren und die Sachen abholen, aber ich denke, anderswo hat er Aufträge deswegen verloren.«

Mr. Furlow, der Ladenbesitzer, erinnerte sich nicht, ein Mädchen bei Lorrimer gesehen zu haben. Er hätte es auch nicht weiter beachtet. Um junge Männer wie Lorrimer schwärmten doch immer Mädchen herum. Nein, er habe Lorrimer nie krank erlebt. Es tue ihm leid, daß Lorrimer tot sei. Sie hatten eine neue Reihe Kaffeebecher mit eingravierten Namen geplant. Es wären hübsche kleine Geschenkartikel gewesen.

Markby sah sich im Laden um, der von hübschen kleinen Geschenkartikeln überquoll. Stofftiere, horrend überteuert. Groteske Porzellanfigurinen. Auffallend vulgäre Scherzartikel. Bedruckte T-Shirts. Große Fellwürfel in Blau und Rosa. Im Hintergrund eine Anzahl noch unausgepackter Kartons.

»Weihnachtszeug«, sagte Mr. Furlow.

»Es ist doch erst September.«

»Bleibt auch bis Mitte nächsten Monats in den Regalen liegen«, sagte Mr. Furlow streng.

Markby war schon auf dem Rückzug, blieb aber noch einmal an der Tür stehen und fragte neugierig: »Wer kauft die Sachen?«

»Alle, querbeet«, sagte Mr. Furlow selbstsicher. »Junge Leute sammeln Stofftiere, und das hier.« Er nahm ein Exemplar in die Hand. »Hat Saugnäpfe an den Pfoten. Man klebt sie an Autofenster.«

»Sehr gefährlich«, entgegnete Markby mit ernster Miene. »Schränkt die Sicht ein.« Er verließ das Geschäft und fragte sich, ob es wohl dereinst, wenn die Geschichte der Kultur unserer Zeit geschrieben werden würde, hauptsächlich um namensverzierte Kaffeebecher und Stofftiere, die mit Saugnäpfen an Autofenster zu befestigen sind, gehen würde.

»Meredith«, sagte Sara am Morgen, an dem die gerichtliche Untersuchung stattfand, »ich möchte dich begleiten.«

»Nein, Sara, es würde dich nur aufregen.« Meredith schob die Tasse zurück und schaute auf ihre Uhr.

Sara beugte sich vor und sagte eindringlich: »Ich werde nicht stören. Nur ganz still dasitzen. Aber ich muß dabei sein. Ehrlich, Merry, ich muß einfach!«

»Es werden ein paar sehr unschöne Einzelheiten zur Sprache kommen«, wandte Meredith ein. »Warum willst du unbedingt mit?«

»Weil ich eben will, ich bin schließlich kein Kind mehr.«

Meredith sah ihrem Patenkind in die blitzenden Augen, dann fiel ihr Blick auf den großen Rubin an Saras linkem Ringfinger. »Das ist richtig. Ein Kind bist du nicht. Also von mir aus komm mit, aber beeil dich, sonst bin ich zu spät dran, und der Untersuchungsbeamte hält mir eine Strafpredigt.«

Es war eine wenig angenehme Stunde. Sara hielt ihr Versprechen, saß reglos da und schwieg auch die meiste Zeit. Nur als der medizinische Befund verlesen wurde, stieß sie einen leisen Jammerlaut aus wie ein verletzter Welpe. Meredith nahm Saras Hand, und die schmalen Finger schlossen sich fest um die ihren. Saras Handfläche war feucht von Schweiß.

Als sie wieder im Freien waren, wo eine unangenehm kühle Brise wehte, sahen sie einander an. »Ich habe dich gewarnt«, sagte Meredith.

»Ja, ich weiß.« Sara starrte auf ihre Füße.

Peter Russell, der als Zeuge aussagen mußte, weil er der erste Arzt am Tatort gewesen war, kam, das lichter werdende Haar vom Wind zerzaust, in diesem Moment auf sie zu. Er warf Meredith einen bösen Blick zu und musterte Sara fürsorglich.

»Was, um alles in der Welt, machst du hier, Sara?« Vorwurfsvoll wandte er sich an Meredith: »Warum haben Sie sie mitgebracht?«

»Ich wollte mit«, erklärte Sara, ehe Meredith antworten konnte. »Ich habe Merry darum gebeten, mich mitzunehmen. Sie wollte nicht.« Sie holte tief Atem. »Entschuldigt mich. Nein, Merry, komm nicht mit!« Sie machte kehrt und rannte ins Gerichtsgebäude zurück.

»Armes kleines Ding«, sagte Russell leise.

»Sie hat Philip gekannt. Natürlich bringt es sie durcheinander.«

»Widerlicher Typ!« rief Russell. »Lorrimer, meine ich.« Er merkte, daß Meredith ihn bestürzt ansah. »Er ist kein Verlust. Ich bin Arzt, und wie ein Priester hören und erfahren wir alle möglichen Dinge, die wir nicht immer wiederholen können. Glauben Sie mir, Lorrimer war eine Warze auf der Haut der Menschheit.« Sein Blick schweifte zum Gebäudeeingang.

Gleich darauf trat Sara wieder ins Freie, gefaßt, wenn auch ein bißchen blasser. Russell ging ihr entgegen und beugte sich dann über sie. »Wenn es dir in ein, zwei Tagen noch nicht bessergeht, Sara, komm zu mir, und ich verschreib' dir was.«

»Okay, Peter, vielen Dank«, sagte Sara, und er sah plötzlich sehr unglücklich aus.

O Gott, dachte Meredith. Es sieht der armen kleinen Sara ähnlich, daß sie die Hinweise völlig mißversteht und nichts auf die Reihe kriegt. Es ist nicht Eve, für die sich Russell interessiert – es ist Sara selbst. Er ist zwar alt genug, um ihr Vater zu sein, aber der arme Kerl ist hoffnungslos verliebt. Und wahrscheinlich auch verzweifelt darüber. Denkt, er hat nicht die leiseste Chance. Und die hat er vermutlich auch nicht. Die erste Liebe ist immer schmerzlich, dachte sie voller Wehmut, aber auch die letzte kann unglücklich und schmerzhaft sein. Die Angst, zu spät zu kommen und plötzlich das Glück vor sich auf der Straße auftauchen und wieder verschwinden zu sehen, bevor man es einholen kann. Armer Russell.

»Komm«, sagte Meredith bedrückt, »fahren wir nach Hause.«

Die Szene war auch bei anderen nicht unbemerkt geblieben. Alan Markby war aus dem Gerichtssaal gekommen und hatte auf eine Gelegenheit gewartet, mit Meredith und, noch dringender, mit Sara zu sprechen, deren offensichtliche Verzweiflung ihm nicht entgangen war. Er befand sich noch im Flur, als er sie in die Damentoilette stürzen sah. Nachdenklich hatte er die Stirn gerunzelt und dann – selbst unbeobachtet – geduldig gewartet, bis sie wieder herauskam. Er sah Russell auf sie zugehen und mit ihr sprechen – und er sah auch den Gesichtsausdruck des Doktors.

»Das schlägt ja wirklich dem Faß den Boden aus«, murmelte Markby vor sich hin. »Starrt die Kleine an wie den Heiligen Gral. Wie paßt das denn alles zusammen – wenn es überhaupt paßt?«

Mit der Absicht, das herauszufinden, ging er auf das Trio zu, als ihm plötzlich eine lebhafte Gestalt mit einer karierten Mütze den Weg verstellte.

»Locke«, sagte die Gestalt. »Major Locke, im Ruhestand. Das alte Schulhaus. Sie erinnern sich vielleicht an mich, Chief Inspector?«

»Ja«, sagte Markby kurz angebunden und versuchte, sich an ihm vorbeizuschieben, um Meredith und Sara zu erwischen, bevor sie abfuhren.

»Ich wollte mit Ihren Leuten sprechen, aber Ihr Sergeant hat gesagt, ich soll mich an Sie wenden.«

Markby seufzte. »Ja, Major Locke?«

»Es geht um diesen Lorrimer. Ich nehme an, Sie erinnern sich noch an die Schwierigkeiten, die ich mit meinem Weg hatte.«

Nicht schon wieder diese Geschichte, dachte Alan Markby genervt und sagte laut: »Ja, Major Locke. Ich war allerdings der Meinung, das sei erledigt. Auf jeden Fall ist jetzt kaum der richtige Moment...« Markby warf einen gequälten Blick auf seine entschwindende Beute. »Ich würde wirklich gern ...«

»Ich dachte mir, daß Sie sich erinnern würden«, sagte Major Locke selbstzufrieden. »Nun, als die Einheimischen mir solche Schwierigkeiten machten, setzte ich im Namen der zugezogenen Dorfbewohner ein Gesuch auf. Ich dachte, wir würden zusammenhalten. Schließlich ging es um ein Prinzip. Makler verkaufen uns diese nutzlosen Gebäude als aus- und umbaufähig und so weiter, und wenn man es tatsächlich versucht, stößt man auf lauter haarspalterische mittelalterliche Vorschriften. Aber dieser Kerl, Lorrimer, er war verdammt grob und wollte nicht unterschreiben. Und bis dahin war er immer so nett gewesen. Als könnte er kein Wässerchen trüben. Dann diese Rüpelhaftigkeit – und gegen meine Frau!«

»Tatsächlich, Sir?«

Meredith öffnete schon die Wagentür. Vergeblich versuchte Markby, ihre Aufmerksamkeit auf sich zu lenken.

»Wir hatten einen richtig scheußlichen Streit und haben seither nicht mehr miteinander gesprochen. Es geht mir nur darum, daß Sie wissen sollten, wie schlecht wir miteinander standen, er und ich. Für den Fall, daß es Ihnen jemand anders erzählt. Nachdem er doch ermordet wurde.«

»Sie haben bei mir nicht auf der Liste der Verdächtigen gestanden, Major«, sagte Markby müde. »Aber ich danke Ihnen, daß Sie so offen waren.«

»Er war ein unverschämter junger Mensch. Falsch und hinterhältig, wenn Sie mich fragen.« Locke beugte sich vor und fügte geheimnisvoll hinzu: »Hat auch anderen Schwierigkeiten gemacht.«

»Hören Sie«, sagte Markby hastig, »ich danke Ihnen sehr, doch wenn Sie mich entschuldigen wollen …«

»Das war der Grund, warum sie ...«

»Auf Wiedersehen!« rief Markby, fing an zu rennen und ließ Major Locke mit offenem Mund stehen. Doch er kam zu spät. Der Wagen mit Meredith und Sara hatte sich bereits in den Verkehrsstrom der Hauptstraße eingefädelt und war bald darauf außer Sicht. »Verflucht!« stieß Markby aus tiefstem Herzen hervor.

Sie blieben auf der Hauptstraße, bis sie zu der Abzweigung kamen, die zum Dorf führte. Meredith bog auf die Nebenstraße ein und hielt ein Stückchen weiter in der Nähe eines Feldwegs an. Sie drehte sich auf dem Sitz zur Seite und betrachtete ihre schweigsame Beifahrerin.

»Willst du ein bißchen aussteigen?«

»Es geht schon.«

Wieder saßen sie eine Weile schweigend da. Meredith kurbelte das Fenster hinunter. Es war ein schöner, friedlicher Herbstvormittag. Rotes und gelbes Laub segelte von den Bäumen. »Hör zu«, sagte Meredith schließlich. »Du weißt, daß ich auf deiner Seite bin, nicht wahr?« Sara nickte. Die Finger ihrer rechten Hand spielten mit dem großen Rubin an ihrer linken, drehten und drehten ihn unaufhörlich. »Hast du noch einmal über das nachgedacht, was du an meinem ersten Abend hier erwähnt hast?«

»Ja, und ich hätte nichts sagen sollen, Merry. Tut mir leid, daß ich dich damit behelligt habe.«

»Aber du hast es nun mal getan, und ich kann es nicht so einfach vergessen. Was hast du Markby erzählt, Sara, als du vor ein paar Tagen bei ihm warst?«

»Nichts. Ich konnte ihm nichts erzählen. Ich habe

gesagt, daß ich, als ich noch hier wohnte, Philip ein bißchen näher kannte. Nach Roberts Tod habe ich dann den Job in London, in der Kinderkrippe, bekommen und mir eine Wohnung gesucht. Inzwischen hatte ich ja auch Jon kennengelernt und sah Philip überhaupt nicht mehr.«

»Am Tag vor seinem Tod hast du ihn nicht gesehen?«

Saras blaue Augen starrten sie so entsetzt an, als habe Meredith gerade eine übernatürliche Fähigkeit vorgeführt. »Nein, natürlich nicht.«

Meredith holte tief Atem. »Ich glaube doch. Ich denke, daß du an dem Nachmittag, an dem deine Mutter und ich in Bamford waren, zu Lorrimer gegangen bist. Wenn ich raten soll, würde ich sagen, du hast den Weg hintenherum durch den Garten genommen.«

»Nein!« Die Verzweiflung, die aus Saras Stimme sprach, war herzzerreißend, doch Meredith ließ sich davon nicht erweichen.

»Als ich mir deinen Anorak das zweite Mal auslieh, hatte er einen frischen Tonfleck am Ärmel. Sara, ich bin auf deiner Seite. Es ist doch kein Verbrechen, jemanden zu besuchen, mit dem man einmal eng befreundet war. Du warst bei ihm, nicht wahr?«

Sara biß sich auf die Lippe und nickte. »Ja. Der Streit mit Mummy wegen des Hochzeitskleides hatte mich so aufgeregt. Ich will ihr keinen Kummer machen, Merry, das habe ich lange genug getan. Aber das Kleid – wenn du's gesehen hättest, wüßtest du, was ich meine. Mummy würde in so was umwerfend aussehen, ich nur vulgär. Jons Familie – die ist wirklich anständig und ehrbar bis zum Exzeß. Behandeln mich ohnehin schon ein bißchen von oben herab. Wenn ich herausgeputzt wie jemand aus einem Film-Musical der vierziger Jahre in der Kirche erschiene – nun, ich kann mir ihre Gesichter lebhaft vorstellen. Es wäre Jon schrecklich peinlich. Ich kann das Kleid so nicht tragen, Merry, aber Mummy will das einfach nicht einsehen.« Sara rang die Hände. »Sie fragt nie.«

»Ich weiß«, sagte Meredith. »Als ich ihre Brautjungfer war, hatte sie mich bei ihrer Hochzeit in ein Taftkleid mit gebauschtem Rock gesteckt. Ich muß wie eine dieser Zelluloidpuppen ausgesehen haben, die Leute in Schießbuden gewinnen. Sprich weiter.«

»Ich wollte mit jemandem reden, egal mit wem. Du warst mit Mummy in Bamford, und Albie telefonierte mit den Staaten. Albie ist nett, weißt du. Ist er wirklich. Ich rede gern mit ihm. Er hört immer zu und sagt komische Sachen und heitert mich auf. Er ist mit Mummy seit vielen, vielen Jahren befreundet und hat ihr immer beigestanden, wenn sie in Schwierigkeiten war … Wie damals, als sie versuchte, sich von Hughie scheiden zu lassen – und natürlich, als Daddy starb.«

Warum nur sprachen alle immer wieder von Mike? Als wären sie von ihm besessen und hätten das Gefühl, er müsse in alles einbezogen werden. Elf Jahre tot. Nein, nur fort, aber nicht tot. Nicht für mich. Manchmal, dachte Meredith, manchmal wünschte ich, er wäre es. Ich wünschte, ich könnte ihn vergessen. Ich wünschte mir, er würde endgültig verschwinden und mir nicht ständig über die Schulter schauen, wie jetzt gerade.

»Also bin ich zu Phil gegangen«, sagte Mikes Tochter. »Ich habe den Weg durch den Garten genommen, wie du gesagt hast. Phil war in seinem Atelier.«

»Was hat er gesagt?«

»Er sagte – er sagte, er wisse zwar, daß ich meine Mutter besuche, habe aber nicht erwartet, mich zu sehen. Er fragte, ob ich Kaffee wolle.«

»Wie war er? Ich meine, war er vergnügt? Hat er gearbeitet? Oder krank ausgesehen?«

»Er hat gesagt, er fühle sich nicht wohl. Gearbeitet hat er, aber es hat nicht recht geklappt, weil ihm so mies war. Er war auch schlecht gelaunt… Sagte, daß er sowieso gerade eine Pause einlegen und Kaffee machen wollte.«

»Und bist du mit ihm ins Cottage gegangen?«

»Ja…« Sara schüttelte das offene Haar zurück, und ihre Stimme gewann an Sicherheit. »Wir gingen in die Küche, und Phil machte Kaffee – aber nur für sich, ich wollte keinen. Er trank jede Menge Kaffee. Gab drei Löffel Zucker in jede Tasse. Das kapier' ich nicht, wie man so was…«

»Ja. Was hat er sonst noch getan?«

»Nichts.«

»Komm schon! Er hat dir nicht zufällig vorgeschlagen, gemeinsam mit ihm einen Joint zu rauchen? Er hatte Cannabis im Cottage, nicht wahr? Die Polizei hat es gefunden.«

Sara schluckte. »Ja, er hat es vorgeschlagen, aber ich habe abgelehnt. Früher, da habe ich – habe ich… Doch das ist lange her. Jetzt tu ich's nicht mehr, seit einer Ewigkeit schon nicht mehr. Wollte nicht wieder damit anfangen.«

»Gut. Und was dann?«

»Er ist über den alten Mann nebenan hergezogen. Sonst nichts. Ich bin gegangen, und er ist im Cottage geblieben.« Sie wandte Meredith die großen, strahlend blauen Augen zu. »Ich bin kein weiteres Mal hingegangen, und ich habe ihn nicht wiedergesehen, ehrlich, Merry. Es gibt nichts dabei, womit ich Alan Markby helfen könnte, und ich habe keine Lust, darüber zu reden. Es würde nichts ändern. Die gerichtliche Untersuchung ist vorbei.« Sie beugte sich vor und packte Meredith am Arm. »Sag es ihm nicht, Merry. Sonst kommt er wieder und stellt mir Fragen und wird wissen wollen, warum ich es ihm nicht erzählt habe. Ich will nicht wieder von ihm ausgefragt werden. Erspar mir das, bitte, Merry!«

»Schon gut, schon gut«, beschwichtigte Meredith sie.

»Danke.« Sara ließ sich gegen die Sitzlehne fallen. »Du bist in Ordnung, Merry.«

»Wohl eher zu nachgiebig.« Meredith zögerte. »Und jetzt zu deiner Mutter, Sara. Ich glaube nicht, daß sie an Peter Russell interessiert ist, und genausowenig glaube ich, daß er ein Auge auf sie geworfen hat. Also versuch nicht länger, eine kleine Romanze zwischen den beiden zu fördern, ja? Du könntest sonst ganz schön auf die Nase fallen. Und wegen der anderen Sache, die du erwähnt hattest – ich meine die Freundin, die bedroht wurde, wie du sagst ...«

»Oh, das hat sich erledigt«, sagte Sara schnell. »Die Dinge haben sich geändert.«

»Ach ja? Seit wann?«

»Vor kurzem. Es ist alles wieder in Ordnung, Merry. Vergiß es einfach.«

Meredith sah sie verärgert an. »Es ist zum Aus-der-Haut-Fahren, du kommst mit dieser Geschichte zu mir …« Sie hielt inne und fuhr, die Stimme dämpfend, fort: »Na schön, lassen wir das. Aber ich denke, du solltest Alan sagen, daß du Philip am Tag vor seinem Tod besucht hast. Es wird ihm helfen, den Ablauf von Lorrimers letztem Tag zu rekonstruieren.«

»Nein!« Sara funkelte sie zornig an.

»Warum nicht?«

»Er wird ins Pfarrhaus kommen, und Mummy wird es erfahren und sich Gedanken machen. Sie wird sich fragen, warum ich zu Phil gegangen bin – dabei hatte es überhaupt nichts zu bedeuten.« Sara trommelte mit den Fäusten auf ihre Knie und sagte dann mit kläglicher Stimme: »O Merry, warum nur geht alles schief?«

»Das ist das Leben«, sagte Meredith ungerührt. »Und du solltest allmählich anfangen, dich daran zu gewöhnen. Und wenn du schon einmal dabei bist, es gibt noch etwas, über das du nachdenken solltest. Du bist neunzehn und kein Kind mehr. Erwarte nicht von den Menschen, daß sie dich so behandeln wie damals, als du noch ein lispelnder Winzling warst. Sie werden es nämlich nicht tun. Sie erwarten von dir, daß du Verantwortung übernimmst und selbst deine Entscheidungen triffst. Ich denke, mit dem Kleid hast du recht, aber du hättest nicht hinter dem Rücken deiner Mutter zur Schneiderin gehen sollen. Schließlich bezahlt sie es. Erklär ihr höflich, aber bestimmt, was du für Vorstellungen hast. Und ich möchte, daß du noch einmal darüber nachdenkst, ob du nicht doch mit Alan Markby reden solltest – und mit mir.«

Das hübsche, stupsnasige Gesicht ihres Patenkindes, umrahmt von langem hellem Haar, erinnerte Meredith an einen eigensinnigen Pekinesen. Sie kurbelte das Fenster herauf und ließ den Motor an. Es war ein langer Vormittag gewesen, und genug war genug.

KAPITEL 8

»Oh, tut mir leid, Mrs. Yewell«, entschuldigte sich Meredith, als sie den Salon betrat, wo die Haushaltshilfe grimmig auf die Sofakissen einschlug. »Ich wußte nicht, daß Sie noch hier drin sind – ich bin es gewohnt, Sie singen zu hören.«

»Singen!« rief Mrs. Yewell mit dumpfer Stimme. »Als ob man jemals wieder eine einzige Note singen könnte!«

»Ist etwas passiert?« fragte Meredith vorsichtig und schaute angespannt zu ihr hinüber.

Mrs. Yewell hob das gerötete, verquollene Gesicht und preßte ein Kissen auf das vordere Teil ihres bereits gut gefüllten orangefarbenen Overalls. »Wie soll man denn noch singen? Mit dieser ganzen Schande und den schrecklichen Sachen, die man so redet. Und alles Lügen, bösartige Lügen, jedes Wort davon!« Sie geriet sichtlich immer mehr in Rage, während sie sprach, und das runde Gesicht glühte vor Erregung.

»Wer hat was gesagt, Mrs. Yewell?« fragte Meredith nüchtern.

»Lügen!« wiederholte Mrs. Yewell heftig. »Wenn man sich vorstellt, daß ich mein Leben lang in diesem Dorf gewohnt habe. Hier geboren und aufgewachsen bin, und Walter, er auch ... Gehen Sie auf den Friedhof hinüber, dann sehen Sie, wie viele Yewells dort begraben sind, los, gehen Sie!« befahl sie, als habe Meredith irgendwelche Einwände gemacht.

»Ja, das ist mir tatsächlich aufgefallen«, warf Meredith schnell ein.

»Ah!« sagte Mrs. Yewell und schien ein wenig besänftigt. »Wir und die Stouts sind die ältesten Familien im Dorf, und von den Stouts ist keiner mehr übrig außer dem alten Fred und Myrtle, die mit Harry Linnet vom ›Dun Cow‹ verheiratet ist. Sie war eine Stout. Der letzte Stout, der fortging, war der junge Trevor, als er geheiratet und einen Job in der Buswerkstatt in Bamford bekommen hat. Konnte hier kein gemeindeeigenes Haus kriegen und konnte natürlich auch keins kaufen, bei diesen Preisen. Bleiben wir Yewells übrig, und wir hatten immer einen guten Namen. Großvater war Küster bei Reverend Markby. Dad war im letzten Krieg Luftschutzwart. Nicht, daß wir Luftangriffe hatten, keine richtigen jedenfalls. Aber wegen dem Flugplatz in Cherton hat er mit dem Fahrrad rumfahren müssen, für den Fall, daß jemand nicht richtig verdunkelt hatte und man ein Licht sah. Lauter Amis waren in Cherton drüben. Sind immer ins ›Dun Cow‹ gekommen.«

»Mrs. Yewell«, unterbrach Meredith sie ungeduldig, »das ist ja alles gut und schön, aber was ist eigentlich passiert, daß Sie so aufgeregt sind? Doch gewiß keine amerikanischen Kampfpiloten im ›Dun Cow‹?«

»Aufgeregt? Und ob ich aufgeregt bin!« entgegnete Mrs. Yewell heftig. »Es ist, weil – was die Leute über Onkel Bert reden, und alles wegen dem Mord da. Schreckliche Sache ist das. So was hatten wir in den alten Tagen nie, als nur lauter Einheimische hier lebten!

Wir haben uns gegenseitig nicht umgebracht. Ein paar Jungs haben sich am Samstag nach der Sperrstunde vorm ›Dun Cow‹ vielleicht ein bißchen geprügelt, aber damit hatte es sich. Sie haben nicht gemordet und vergiftet. Und Onkel Bert, er hat nie und nimmer was damit zu tun.« Meredith erkannte jetzt, daß Mrs. Yewells Geschwätz mit all den weitschweifigen Erinnerungen nichts anderes war als die verzweifelte Suche einer verängstigten und ungebildeten Person nach einer verlorenen Sicherheit.

Sie musterte die Frau nachdenklich. Mrs. Yewell bedachte sie mit einem unendlich hoheitsvollen Blick und schleuderte das Kissen auf das Sofa wie eine Juno, die sich einen der Blitze ihres Gemahls ausgeliehen hat.

»Wer klatscht, Mrs. Yewell, und was wird geredet?«

»Sind alle dabei, hinter unserm Rücken«, sagte Mrs. Yewell düster. »Besonders die Schlampe, die unten in den Cottages wohnt, die früher für das Gesinde waren. Es war Mary, die es mir erzählt hat – Mary, die drüben bei Dr. Russell im Rose Cottage saubermacht. Pearl, hat sie gesagt – das bin ich …«

Pearl – Perle? dachte Meredith. Ein solcher Name fordert natürlich das Schicksal heraus. Pech für Pearls Eltern. Die rotgesichtige, muskulöse Mrs. Yewell brachte sicher ihre hundertneunzig Pfund auf die Waage.

»… Pearl, sagte sie, du solltest wissen, was die Leute so reden.«

»Da hat es Ihre Mary aber gut gemeint«, sagte Meredith trocken.

Die trockene Bemerkung war an Mrs. Yewell nicht verschwendet, sie wußte sie sehr genau einzuordnen.

»Da haben Sie recht, Miss. Einen Heidenspaß hat es ihr gemacht, es mir zu stecken. Ihr albernes Gesicht konnte gar nicht mehr aufhören zu grinsen. Die Leute sagen, sagt sie, die Leute sagen, dein Onkel Bert hat einen ganzen Schuppen voller Gift, und der junge Mr. Lorrimer hat aus Versehen was davon getrunken.«

»Ich bin ganz sicher, daß das nicht wahr ist, Mrs. Yewell. Sagen Sie den Leuten, die das behaupten, die Polizei hätte festgestellt, daß es nicht so war.«

»Man kann ihnen gar nichts sagen«, erwiderte Mrs. Yewell. »Sie legen sich das in ihren dummen Köpfen so zurecht. Ich sage nicht, daß der alte Narr nicht zum Teil selber schuld ist. Walter hat Onkel Bert bestimmt schon zwanzigmal gesagt, er soll den Schuppen ausräumen. Aber genausogut könnte man mit einer Backsteinmauer reden. Er ist schon achtzig, Onkel Bert, wissen Sie, und wenn sie erst einmal so alt sind, kann man nicht mehr mit ihnen reden. Und ich weiß, er hat wegen den Katzen zu Mr. Lorrimer Sachen gesagt, die er nicht hätte sagen dürfen. Nun ja, sie haben immer in den Gemüsebeeten von Onkel Bert gebuddelt. Natürlich hat er sich aufgeregt. Aber Gift hätte er nie und nimmer gestreut. Das hat er nur gesagt. Er sagt alles mögliche, der Onkel Bert, und meint es nicht so. Die halbe Zeit weiß er gar nicht mehr, was er sagt. Und die andere halbe Zeit weiß er es zwar, meint aber kein Wort davon ernst. Er ist über achtzig. Da werden sie wie die Kinder. Sagt Sachen, weil er die Leute ärgern will …«

»Hören Sie, Mrs. Yewell«, fuhr Meredith energisch dazwischen, »ich denke, es ist das beste, Sie gehen jetzt in die Küche und trinken mit Lucia eine Tasse Tee.«

»Ist noch nicht Zeit für das zweite Frühstück«, widersprach Mrs. Yewell eigensinnig. »Hab' noch die Toilette im Erdgeschoß zu machen.«

»Ein bißchen Abwechslung in der täglichen Routine wird nicht schaden, nicht unter diesen Umständen. Setzen Sie sich doch ein bißchen hin. Wenn Sie wollen, putze ich das untere Klo.«

Doch das war bereits ein unbefugtes Eindringen in Mrs. Yewells Revier. »Ich kann meine Arbeit sehr gut erledigen, Miss, auch wenn ich wegen Onkel Bert ein bißchen durcheinander bin!« sagte sie von oben herab. »Ich brauche keinen, der für mich arbeitet.« Empört verließ sie das Zimmer.

Meredith ging aus dem Haus und schlug den Weg zu den Cottages ein. Die Presse hatte sich für den Moment zurückgezogen, das zumindest war ein kleiner Trost. Auch die Polizei war zur Zeit nicht da. Unzählige Reifenspuren im niedergewalzten Gras seitlich des Weges zeugten stumm von den Massen, die vor kurzem über sie hergefallen waren. Meredith schob die Hände in die Taschen und starrte auf Philips Haustür. Einen Augenblick später öffnete sie, da niemand in der Nähe zu sein schien, die Gartenpforte, ging zum Haus und spähte, die Augen mit der Hand abschirmend, durch das ungeputzte Fenster ins Wohnzimmer. Dort herrschte eine unbeschreibliche Unordnung, schlimmer noch als vor ein paar Tagen, als sie hineingestürmt war, um ein Telefon zu suchen. Auch die Polizei hatte das Cottage durchsucht, und Meredith fragte sich, ob sie mehr Glück gehabt hatte als der Mörder.

Die Möbel, soweit sie sie sehen konnte, waren alt, minderwertig und wacklig. Es waren Möbel, wie man sie für ein oder zwei Pfund bei Firmen kaufen konnte, die auf Haushaltsauflösungen spezialisiert waren und verkauften, was sich noch verkaufen ließ, und zwar für jeden Preis: haufenweise Gabeln und Löffel für fünfzig Pence, Stühle für einen Fünfer das Stück. Philip hatte seinen Kram wahrscheinlich in Bamford gekauft, und wenn das gesamte Mobiliar, das von der oberen Etage und das von unten, mehr als fünfzig Pfund gekostet haben sollte, wäre sie sehr überrascht gewesen. Wahrscheinlich hatte er von Frühstücksflocken, Speck und Würstchen, Käse und von Bohnen in Tomatensoße gelebt. Wegen des Brennofens hatte er vermutlich eine hohe Stromrechnung – und das Katzenfutter war auch nicht billig, die beiden Siamesen mußten ordentlich gefüttert werden. Doch abgesehen von diesen Ausgaben hatte er billig gelebt, was nicht erstaunlich war, da er mit seiner Töpferei nicht viel verdient haben konnte. Andererseits hatte er, wie Bert behauptete, immer im »Dun Cow« an der Bar gehockt. Wie hatte er sich das leisten können? Dadurch, daß er in den Pubs von Bamford ein bißchen von seinem selbstgezogenen Cannabis verkauft hatte? Nicht sehr wahrscheinlich – das Beet war nur so groß gewesen wie ein Männertaschentuch.

Meredith trat vom Fenster zurück und ging um das Cottage herum nach hinten, weil sie – wohl vergeblich, wie sie fürchtete – nach Tom rufen wollte. Markby hatte gesagt, sie hätten noch keine Verwandten ausfindig gemacht. Aber irgendwo mußte doch eine Familie sein, und wenn Philip genug Geld für das »Dun Cow« hatte, war er möglicherweise von Verwandten »subventioniert« worden, die ihm hin und wieder mit der Post eine Zehnpfundnote geschickt hatten. Wenn das zutraf, hatte er die Briefe nicht aufgehoben, sonst hätte Markby sie gefunden und durch sie die Familie aufgespürt. Meredith wurde schmerzlich bewußt, daß ihre und Markbys Kenntnisse über den jungen Mann äußerst lückenhaft waren. Gewiß – sie, die erst vor kurzem eingetroffen war, konnte nicht viel über Philip wissen, doch anscheinend wußte überhaupt niemand etwas.

Es sei denn, Sara. Meredith blieb stehen und biß sich auf die Lippe. Sara hatte, als sie mit Eve und Robert Freeman ins Dorf gezogen war, viele Stunden bei Philip im Cottage verbracht, hatte mit ihm geredet, ihm bei der Arbeit zugesehen, sogar versucht zu töpfern. Wenn jemand etwas über Philip wußte, dann Sara.

Eine Bewegung im Nachbarsgarten ließ sie aufmerken. Mit einem flachen Holzkästchen in der Hand kam Bert aus seinem Schuppen heraus und wieselte den Pfad entlang; hinter ihm schwang die Schuppentür ächzend im Wind auf und zu. Meredith trat an den Zaun und rief hinüber: »Guten Morgen, Bert!«

Bert blieb stehen, warf ihr unter dem Schirm seiner Mütze hervor einen zornigen Blick zu und kam dann näher an den Zaun heran. »Was soll'n gut dran sein, eh?«

»Ihre Nichte, Mrs. Yewell, hat mir erzählt, daß im Dorf über Ihren Schuppen geklatscht wurde«, sagte sie. »Ich weiß, daß die Polizei nicht annimmt, daß Sie irgend etwas mit der ganzen Sache zu tun haben, aber Sie sollten ihn wirklich aufräumen, wissen Sie?«

»Sie is' nur meine angeheiratete Nichte«, korrigierte er pedantisch. »Walter, er is' mein Neffe. Und Pearl is' bloß angeheiratet. Un' ich geb' kein' Pfifferling nich' drum, was sie in diesem Dorf reden. Lauter Dummköpfe, wohin man schaut.«

»Darf ich rüberkommen?« fragte Meredith. »Ich möchte gern Ihren Garten sehen. Hab' gehört, Sie haben Preise gewonnen.«

Berts Miene hellte sich auf. »Ah, Sie könn' sich durch das Loch im Zaun quetschen, da wo die Planken fehlen, dünn genug sind Sie ja.«

»Kein Wunder, daß die Katzen durchgekommen sind«, sagte Meredith beim Durchschlüpfen. »Haben Sie übrigens Mr. Lorrimers Katze gesehen? Ich versuche sie zu fangen.«

»Nein, hab' ich nich'«, antwortete Bert verdrossen. »Un' wenn ich sie seh', schmeiß' ich einen Ziegel nach ihr. Sie is' weg, nich' schade drum. Tot, hoff' ich, wie die andere.«

»Was war mit der anderen?« fragte sie scharf. Bert grinste boshaft, und sie fuhr fort: »Ich habe die andere Katze auf dem Friedhof gefunden. Sie war tot, aber ich wollte es Mr. Lorrimer nicht sagen, also habe ich sie mit einem Ast zugedeckt. Haben Sie sie weggebracht?«

»Nein, niemals!« sagte er mürrisch. »Aber gesehn hab' ich sie. Ich hatt' niemals nich' was damit zu tun.« Er scharrte mit den Füßen. »Hab' sie nich' weggebracht.«

»Bert«, sagte Meredith eindringlich, »wo haben Sie die tote Katze hingetan? Die Polizei will sie untersuchen.«

»W'rum denn?« entgegnete er. »Haufen Unsinn.

Was soll'n die Bobbys mit 'ner toten Katze? Hab' Unkraut verbrannt und hab' sie ins Feuer geworfen, wenn Sie's unbedingt wissen müssen. In das Feuer, wo ich in der Ecke vom Friedhof angezündet hab'. Un' ich sag' Ihn' auch, warum – weil alle mir die Schuld geben täten, wenn jemand sie gesehn hätte. Sie täten sagen, ich hab' Gift gestreut – hab' ich aber nie gemacht. Hab' sie tot unterm Ast liegen sehen. Da mußte aber ganz fix was 'gegen tun, Bert, sag' ich zu mir selber. Und hol' sie raus und verbrenn' sie, das war's dann.«

Meredith seufzte. Es wäre vielleicht klug, Markby darüber im unklaren zu lassen. »Wo sind Ihre schönsten Gemüse, Bert?«

»Dafür is' jetz' die falsche Jahreszeit«, sagte er. »Die Karotten waren gut. Meinen ersten Preis hab' ich für Karotten gekriegt. Jetz' komm' mein Grünzeug raus.« Er zeigte auf das flache Tablett, das er zwischendurch abgesetzt hatte. »Kohl. Den zieh' ich zum Auspflanzen für die Leut'. Walter, dem hab' ich 'n Dutzend Pflanzen versprochen, und er soll vorbeikommen un' sie abholen.«

Meredith schaute sich um. Der Garten war ein Muster an Ordnung. Sie schlenderte zum Schuppen und schaute durch die offene Tür hinein. Einen größeren Kontrast hätte es nicht geben können. In den Ecken stapelten sich Büchsen, einige waren völlig verrostet und ohne Etikett. Uralte, zerbrochene Geräte hingen an Nägeln an der Wand. Tönerne Pflanztöpfe stapelten sich zu windschiefen Türmen. In den Regalen waren spinnwebverhangene, geheimnisvolle Flaschen aufgereiht. Stricke, kurze Stöcke, auf schwarzen Zwirn aufgezogene Milchflaschenverschlüsse aus Metallfolie, alte Samenpakete, schimmlige Stiefel und Paraffinlampen hingen, ineinander verknäult und verwickelt, an Haken oder zogen sich wie Weihnachtsschmuck von einer Wand zur anderen.

»Also ehrlich, Bert«, sagte Meredith fast ehrfürchtig, »wie finden Sie überhaupt etwas hier drin?«

»Weiß genau, wo alles is'«, sagte er brummig. »Fassen Sie bloß nix an. Polizei war schon da und hat rumgeschnüffelt. Der Kerl, was die Leitung hat, putzte mich deshalb runter. Das muß alles weg, hat er gesagt, es is' eine Gefahr. Wir machen das für Sie, wenn Sie es nicht loswerden können. Hab' ihm gesagt, ich will's nich' loswerden. Is' lauter gutes Zeug. Un' es is' für keinen gefährlich, nur für mich selber, und das is' meine Sache.«

Meredith stöberte in einem Stapel vergilbter Zeitungen, die mit einer Schmutzschicht überzogen waren, und hob die obersten auf. Die Schlagzeile der ersten lautete: *Präsident Tito liegt im Sterben.* Sie legte sie wieder zurück und entzifferte ein verblaßtes Preisschild auf einer Flasche, die in der Nähe im Regal stand: vier Shilling und sechs Pence. Ein uralter hölzerner Teppichkehrer war mit einem sitzenden Löwen über gekreuzten Union Jacks verziert und verkündete: *Empire Made.* Ein henkelloser Becher, der irgendein Öl enthielt, zeigte ein Bild von George V. und Königin Mary.

»Alles gutes Zeug«, wiederholte Bert bockig. »Un' besser, als was man heutzutage so kauft.«

»Bert«, sagte Meredith und setzte sich auf einen umgedrehten Eimer. »Wie lange war Mr. Lorrimer Ihr Nachbar?«

Er rieb sich die Nase und richtete die wäßrigen, boshaften kleinen Augen auf sie. »Fast vier Jahre. Und kein' einzigen Tag nich' hat er ehrlich gearbeit'. Die ganze Zeit nur kleine Töpfe gemacht, das is' alles.«

»Hat er je Besuch bekommen, der nicht aus dem Dorf stammte? Verwandte? Familie?«

»Hab' ich nie gesehen. Hatte 'n kleinen Lieferwagen und damit die Töpfe an die Geschäfte geliefert un' so. Aber die Kupplung is' kaputtgegangen, un' die letzten Monate hat er keinen Wagen nich' gehabt und gar nix. Konnte sich keinen leisten, hat er mir erzählt. Ich hab' ihm gesagt, dann soll er doch sein Geld sparen un' es nich' in den Pub tragen.«

Also genug Geld für das »Dun Cow«, aber nicht genug, um einen Lieferwagen zu kaufen, den er dringend brauchte.

Sie gab sich einen Ruck. »Sie haben gesagt, daß er Mädchen hier gehabt hat.«

Sein Blick wurde unstet. »Frauen, ah … die. Hätten's besser wissen müssen. Ich hör' sie. Ich weiß Bescheid.« Er legte den Finger seitlich neben seine knorrige Nase – die uralte Geste, die Schlauheit und Gerissenheit ausdrücken soll. Er sah wie das leibhaftige Böse aus. »Ich könnt' ein paar Sachen erzählen, das könnt' ich, o ja.«

Meredith bemühte sich, das wilde Herzklopfen zu unterdrücken, das sie plötzlich überfallen hatte. »Haben Sie diese, hm … die Sachen der Polizei erzählt?«

»Nein!« erwiderte Bert starrköpfig. »In mei'm Schuppen rumschnüffeln un' mir befehlen wollen, ich soll meine guten Gartengeräte und Düngemittel und die Luftgewehrmunition und alles wegschmeißen … Warum sollt' ich denen was sagen? Sollen sie's doch selber rausfinden. Sie werden dafür bezahlt. Sollen mal richtig arbeiten. Was ich weiß, werd' ich sagen, wenn die Zeit gekommen is' – meine Zeit. Ah!« Er ging ein paar Schritte. »Hab' zu tun, kann nich' rumstehen und tratschen. Walter kommt, um den Frühlingskohl zu holen. Hab' ihm versprochen, ich mach' alles fertig.«

Er würde ihr nichts mehr erzählen. Wenn sie noch blieb, war sie ihm bestimmt das nächste Mal nicht mehr willkommen, sie durfte es nicht übertreiben. »Wenn Sie die Katze sehen, Bert, versuchen Sie, sie einzufangen, und geben Sie mir Bescheid«, sagte sie. »Ich bringe sie dann zum Tierschutzverein.«

Er knurrte nur.

Langsam ging Meredith zum Pfarrhaus zurück. Eve war im Salon mit ihrer täglichen Post beschäftigt. Sie trug eine weiße Hose und eine Satinbluse in grellem Pink mit Ballonärmeln und einer Schärpe und sah frisch und strahlend aus. Ein Anzug, in dem ich keine zehn Minuten ordentlich aussehen würde, dachte Meredith. Nachsichtig lächelnd blickte Eve auf einen mauvefarbenen Briefbogen hinunter.

»Wie süß! Diese Dame schreibt, sie sei schon immer mein Fan gewesen.«

»Dann muß sie bereits auf die Fünfzig zugehen«, bemerkte Meredith nicht gerade freundlich.

»Also, Merry ...« Eve legte den mauvefarbenen Briefbogen beiseite. »Alter ist bedeutungslos. Schau dir Sophia an, Elizabeth, Raquel. Schau mich an«, fügte sie heiter hinzu.

»Ich sehe dich an, und du siehst sehr hübsch aus, das gebe ich neidlos zu. Es bedarf einiger Anstrengungen, und ich bewundere dich ehrlich dafür. Aber, Eve – wann, wenn überhaupt einmal, wirst du mit Würde altern? Ich meine, willst du in den Jahren, die vor dir liegen, immer so aussehen wie jetzt und dich dann plötzlich, über Nacht, in eine alte Frau verwandeln? Wie diese Frau in ›Sie‹, die zweimal in den Jungbrunnen gestiegen ist?«

»Wenn du genau hinschaust«, sagte Eve vertraulich und legte die Hand mit den scharlachroten Fingernägeln auf ihr Haar, »dann siehst du, daß ich durch die blonden Haare ein paar graue durchscheinen lasse. Das hat meine Kosmetikerin mir empfohlen. Aber das Geheimnis ist: Achte auf das, was du ißt. Das ist mein Rat. Und es kommt darauf an, was du innerlich fühlst, Merry, es zählt nicht nur das Äußere. Innerlich fühle ich mich jung.«

Meredith setzte sich in den Sessel, der in ihrer Nähe stand, und kreuzte die Beine. »Wie jung, Eve? So jung wie Lorrimer?«

In den violetten Augen blitzte jetzt echter Zorn auf. »Ich würde ja gern behaupten, ich wisse nicht, was du damit meinst – aber natürlich weiß ich es, und es ist absoluter Blödsinn. Ich bin über dich erstaunt, Merry. Du solltest mir wenigstens einen guten Geschmack zutrauen.«

Obwohl die Situation alles andere als komisch war, mußte Meredith lächeln. »Gib's doch zu, Eve. Er war ein sehr attraktiver junger Mann. Hast du dich ganz leise durch die Hintertür zu Lorrimer geschlichen und ihm Dinge beigebracht, die er auf dem Schoß seiner Mutter nicht gelernt hatte? Denn wenn es so war, wird Alan Markby dahinterkommen.«

»Als ich herkam, war ich mit Robert verheiratet!« entgegnete Eve wütend. »Ich war sehr glücklich mit dem lieben Robert. Er war der netteste Mann, den man sich vorstellen kann.«

»Und er fehlt dir? Eve, es ist kein Verbrechen! Du darfst dich einsam fühlen. Aber du mußt auch ehrlich sein.«

»Na schön«, sagte Eve gelassen, »ich will ehrlich sein. Ich hatte keine wie auch immer geartete Affäre mit Lorrimer. Glaubst du wirklich, ich möchte mit einem überschwenglichen Jungen ins Bett gehen, der mich betätschelt und mir dabei eine Menge romantischen Unsinn sagt? Du mußt verrückt sein. Und übrigens – auch Albie ist nicht mein Liebhaber.«

»Das habe ich auch nicht angenommen.«

»Ist es so offensichtlich?« fragte Eve leicht überrascht.

»Schon am ersten Abend ist mir aufgefallen, wie er dich ansah. Sehr stolz, liebevoll, väterlich. Ohne jegliches Begehren. Und das hätte da sein müssen.«

Eve, die darin ein Kompliment sah, war besänftigt. »Zufällig habe ich einen lieben Freund in London. Ich sehe ihn nicht oft, aber mir genügt es. Hierher kommt er nicht, Saras wegen. Das arme Kind ist hoffnungslos romantisch und würde mich verheiraten wollen, doch eine Heirat kommt nicht in Frage. So, bist du jetzt zufrieden?«

Meredith nickte. »Ja. Tut mir leid, Eve, aber ich mußte es wissen. Ich bin sicher, daß Markby es besser versteht als ich, diese kleinen Skandale auszugraben, und da ich bedingungslos bereit bin, für deine Ecke zu kämpfen, muß ich wissen, wann der Gong ertönt und wieviel Kraft in meinen Hieben steckt. Wenn ich hinausgehe, um deine Tugend zu schützen, möchte ich sicher sein, daß ich etwas verteidige, was tatsächlich existiert.« Sie grinste. »Oder zumindest existiert, soweit es Lorrimer betrifft.«

»Ich mag Männer, und seien wir doch ehrlich, jede Frau möchte bestätigt bekommen, daß sie noch hat, worauf's ankommt«, sagte Eve offen. »Aber ich bin nicht an flüchtigen Abenteuern interessiert. Und vor allem, ich verliebe mich nicht ständig. Nun ja, Robert habe ich geliebt – aber auf eine eher freundschaftliche Weise. Mike war der einzige Mann, den ich wirklich leidenschaftlich geliebt habe.«

Stille. Meredith wandte sich von ihr ab, ihr Blick fiel auf das Porträt an der Wand gegenüber. Wie gern hätte sie laut herausgeschrien: Wenn du ihn geliebt hast, warum hast du ihm dann das Leben so verdammt schwergemacht? Warum hast du ihn zuerst aus dem Haus getrieben und dann, kaum daß der arme Kerl sein Leben wieder im Griff hatte, mit den Fingern geschnippt und erklärt, du wolltest ihn wiederhaben? Er wußte nicht, was er tun sollte. Er war ein anständiger Mann, und du hast ihn todunglücklich gemacht.

Nichts davon sprach sie aus, doch vielleicht fühlte Eve, was ihr durch den Kopf ging. Langsam sagte sie: »Ich habe ihn wirklich geliebt, Merry.«

»Natürlich«, antwortete Meredith. Auf ihre Weise

hatte Eve ihn wahrscheinlich wirklich geliebt. Nun, das war jetzt viele Jahre her und längst Geschichte. Tot ist tot und für immer dahin. Das Leben geht weiter. Meredith schüttelte sich und stand auf. »Ich fahre nach Bamford, möchte ein bißchen einkaufen. Willst du mitkommen, oder soll ich dir was mitbringen?«

»Hm, nein – doch ja, ein paar Briefmarken für Eilpost. Und wenn du bei dem kleinen Delikatessengeschäft vorbeikommst – sie verkaufen einen hervorragenden Cheddarkäse aus der Region, bring doch bitte ein Pfund davon mit. Lucia liebt ihn heiß.«

Meredith fuhr los. Am Rand des Dorfes sah sie Peter Russell an der Zufahrt zum Rose Cottage stehen. Als sie näher kam, blickte er auf und signalisierte ihr mit heftigen Bewegungen, sie solle anhalten.

Sie kurbelte das Fenster herunter, und er kam zum Wagen gerannt. »Können Sie mich mitnehmen?« fragte er schwer atmend. »Fahren Sie nach Bamford? Mein Auto springt nicht an.«

»Klar, wohin wollen Sie?«

»Ins Ärztehaus. Ich zeige Ihnen, wo Sie mich absetzen können.«

An der Kreuzung bogen sie in die Hauptstraße, die direkt nach Bamford führt. Der Verkehr war hier bereits erheblich dichter. Russell fragte: »Wie geht's denn so im Pfarrhaus?«

»Man hält sich ganz gut. Sie meinen Sara, nehme ich an. Sie ist tapfer. Unterschwellig noch immer ziemlich nervös, aber ich denke, sie kommt drüber weg.«

Sie schwiegen wieder eine Zeitlang. Meredith überholte einen Möbelwagen. Russell fragte ruhig: »Merkt man es?«

»Mir ist nur aufgefallen, wie Sie sie nach der gerichtlichen Untersuchung angesehen haben.«

»Ich mache mich zum Narren, nicht wahr?« fragte er sachlich.

»Das habe ich nicht gesagt. Sie ist ein hübsches Mädchen, voller Leben, warum sollte sie Ihnen nicht gefallen? Ich möchte Sie nur warnen, sie glaubt, Sie seien in ihre Mum verliebt.«

»Das würden mir die Leute eher verzeihen, nicht wahr?«

»Ich will Sie nicht kritisieren. Offen gesagt, wären Sie mir viel lieber als Lazenby. Aber im Moment hat sie, das muß ich leider sagen, nur Augen für diesen unsäglichen Jonathan.«

Er tat ihr leid. Sie hatte ihn gern, aber es gab nichts, was sie tun oder sagen konnte. Man kann den Menschen, den man liebt, nicht immer haben. Das weiß ich am besten, dachte Meredith.

Sie setzte ihn vor seiner Praxis ab, fuhr weiter ins Zentrum und parkte dort. Eves Aufträge erledigte sie zuerst, denn sollte sie sie vergessen, würde Eve sie mit so traurigen und gleichzeitig vorwurfsvollen Augen ansehen wie ein Spaniel, dessen Herrchen keine Hundeschokolade mitgebracht hat. Sie kaufte den Käse und ein paar Pasteten, eine Postkarte von der Altstadt von Bamford, die sie Toby schicken wollte, ging dann ins Postamt und holte die Briefmarken für Eve und ihre eigene Karte. Dann entdeckte sie in einer Seitenstraße einen Laden, der Partydienste en gros belieferte, und überredete den Geschäftsführer, ihr eine Riesenflasche Worcestersauce zu verkaufen. Sie verstaute alles in ihrem Einkaufsbeutel und suchte dann das kleine Restaurant auf, in dem sie mit Eve gewesen war.

Es war beinahe Lunchzeit. Das Restaurant servierte leichte Mahlzeiten, und nach und nach kamen Leute herein, die wie Meredith beim Einkaufen gewesen waren, aber auch Geschäftsleute aus der Nachbarschaft. Meredith bestellte eine Suppe und selbstgebackenes Brot und machte sich, während sie wartete, daran, ihre Postkarte zu schreiben. *Dorf seelenlos, und Einwohner neigen dazu, sich ermorden zu lassen* entspräche zwar der Wahrheit, war aber für eine offene Postkarte kein besonders geeigneter Text. Also schrieb sie: *Fahrt gut verlaufen. Das Wetter ist schön. Hoffe, alles geht gut.* Na, das war ungefähr die uninteressanteste Postkarte, die man sich vorstellen konnte. Meredith kaute an ihrem Kugelschreiber. *Dramatische Ereignisse. Hoffe aber, daß sie keinen Einfluß auf die Hochzeit haben werden. Erzähle Dir alles, wenn ich wieder da bin.* Jetzt konnte Toby sich den Kopf zerbrechen. Die Vorstellung, wie frustriert er sein würde, während er überlegte, was sie wohl meinen könnte, bereitete ihr für einen Augenblick großes Vergnügen.

Und genau zu diesem Zeitpunkt tauchte Markby auf. Er hatte beschlossen, das Mittagessen zur Abwechslung einmal nicht ausfallen zu lassen, und gute Vorsätze scheinen am Ende doch belohnt zu werden, denn als er das Restaurant betrat, war der erste Mensch, den sein Auge erblickte, Meredith. Sie war über eine Postkarte gebeugt, schrieb eifrig und lächelte vor sich hin. Seine erste spontane Freude wurde sofort gedämpft; er verspürte den unsinnigen Wunsch zu erfahren, an wen sie so konzentriert schrieb – und dabei so lächelte.

Er ging zu ihrem Tisch, legte die Hand auf die Lehne des Stuhls ihr gegenüber und sagte: »Hallo.« Sie blickte überrascht auf. »Haben Sie etwas dagegen, wenn ich mich zu Ihnen setze?« fragte er und fügte erklärend hinzu: »Zur Lunchzeit wird es hier immer sehr voll.«

»Was führt Sie hierher?« fragte sie, während sie Kugelschreiber und Postkarte beiseite schob.

»Mein Mittagessen.« Er lächelte sie freundlich an und bestellte Geflügelsalat, als die Kellnerin kam.

Meredith warf das dichte braune Haar zurück. »Wie weit sind Sie mit Ihren Ermittlungen?«

»Ach, es läppert sich ...« Markbys Blick war auf ihren Einkaufsbeutel gefallen, der auf dem Boden stand. Eine seltsame dünnhalsige Flasche mit einer dunklen Flüssigkeit ragte heraus. »Was ist das?«

Sie schaute hinunter. »Eine Flasche Worcestersauce. Hab' ich für einen Freund besorgt. Er ist süchtig danach.«

Markbys Herz, das plötzlich einen eigenen Willen zu haben schien, der sich dem seinen entzog, wurde zentnerschwer. »Oh? Er ist – hm, er ist Engländer, dieser Freund, oder?«

»Ja, er ist mein zweiter Mann.« Sie mußte den bestürzten Ausdruck auf seinem Gesicht gesehen und richtig gedeutet haben, denn sie setzte freundlich hinzu: »Mein Stellvertreter, Vizekonsul Toby Smythe.«

Er wußte, daß er jetzt reichlich verlegen aussah. Er

hätte sich nicht zu ihr setzen sollen. Erleichtert atmete er auf, als ihre Suppe serviert wurde. Lächelnd fragte sie: »Sie haben doch nichts dagegen, wenn ich schon anfange?«

»Nein, essen Sie nur.«

Markby sah zu, wie sie den Löffel aufnahm. Es war unrealistisch anzunehmen, daß es keinen Mann in ihrem Leben gab. Er wurde immer trübsinniger. Nicht, daß es ihm etwas ausmachte, natürlich nicht. Sie war nur eine wichtige Zeugin bei einer Morduntersuchung. Doch sie war interessant, intelligent, und er wußte gar nicht mehr, warum er sie anfangs für unscheinbar gehalten hatte. Energisch forderte er sich selbst auf, sich auf das Berufliche zu konzentrieren.

»Ich versuche festzustellen, wer Lorrimer als letzter gesehen oder gesprochen hat.« Bildete er es sich ein, oder zitterte ihre Hand wirklich ein wenig, so daß etwas Suppe vom Löffel schwappte?

»Als ich ihn fand, war es noch sehr früh am Morgen. Ich glaube nicht, daß vorher schon jemand bei ihm gewesen ist. Der Mörder mußte nicht notwendigerweise am Tatort sein, oder? Nicht bei Gift.« Aber jemand hatte das Cottage durchwühlt, jemand, der wußte, daß Lorrimer tot war …

»Trotzdem möchte ich wissen, was er zuletzt getan hat, wohin er ging. Der alte Mann hat ihn am frühen Morgen des vorhergehenden Tages gesehen, sie haben sich wieder wegen der Katzen gestritten. Sie, Meredith, haben ihn am Vormittag getroffen, und da hatte er schon Krämpfe und mußte sich übergeben. Das ist das letzte, was wir sicher wissen. Was hat er am Nachmittag und am Abend getan? Er war nicht im ›Dun Cow‹. War er zu Hause, krank?«

Meredith legte den Löffel weg. Ihre Wangen glühten, aber jetzt kam sein Geflügelsalat, und das Gespräch brach ab. Markby nahm Messer und Gabel und sah sich genau an, was auf dem Teller war. Er merkte, daß Meredith ihn geradezu feindselig anstarrte. Allmählich gewöhnte er sich daran, wünschte jedoch, es wäre anders. Er hätte sie lieber häufiger lächeln sehen. Nachdem er den Geflügelsalat argwöhnisch betrachtet hatte, schob er ein Stück Kartoffel an den Tellerrand. »Wie finden Sie England nach so vielen Jahren im Ausland?« fragte er neugierig.

»Ich komme ziemlich oft nach Hause!« Die braunen Augen blitzten ihn an, dann fügte sie aufrichtig hinzu: »Um die Wahrheit zu sagen, ich finde es merkwürdig. Ich fühle mich hier wie eine Fremde. Ich habe keine Verwandten, außer Eve. Keine Eltern mehr, keine Geschwister. Wenn ich welche hätte, würde ich mich bestimmt auf jeden Heimaturlaub freuen.«

»Warum haben Sie sich einen Job gesucht, der Sie so häufig ins Ausland führt?« Noch während er es aussprach, war ihm klar, daß das im Grunde eine idiotische Frage war – und eine impertinente dazu. Der Blick, den sie ihm zuwarf, bestätigte seine Annahme. »Tut mir leid«, entschuldigte er sich. »Das hätte ich nicht fragen dürfen. Es hat mit meinen derzeitigen Ermittlungen nichts zu tun.«

Sie betrachtete versonnen seinen Salat, als sei sie über die Zusammenstellung der einzelnen Zutaten verblüfft. Und Markby fing an, sich zum zweitenmal ernsthafte Gedanken über das zu machen, was da vor ihm auf dem Teller lag.

»Warum sucht man sich einen Beruf aus?« fragte sie ruhig. »Wieso sind Sie Polizist geworden?«

»Es hat mich fasziniert, das Gesetz praktisch anzuwenden und das auszuprobieren, was man früher so elegant mit dem Ausdruck ›krimineller Verstand‹ zu umschreiben pflegte. Meine Schwester ist praktizierende Anwältin, und sie ist sehr gut, aber diese Art Gesetz, bei dem man in Akten wühlt und Kleingedrucktes lesen muß, ist nichts für mich.«

»Sie scheinen ja die gesamte Gerichtsbarkeit untereinander aufgeteilt zu haben«, sagte sie.

Er grinste. »Nein, uns fehlt ein Richter in der Familie.«

»Um Richter zu werden«, sagte sie in ernstem Ton, »muß man ein ganz besonderer Mensch sein. Man muß fähig sein, kühl über den Dingen zu stehen, darf sich nicht von Gefühlen leiten lassen und muß sicher sein, daß der eine Faden, den man aus dem wirren Knäuel herausgezogen hat, der richtige ist.«

»Nein«, sagte er, »so muß ein Kriminalbeamter sein.«

Sie sah ihn einen Augenblick forschend an, und er fand es auf einmal bedauerlich, daß sie keine Ahnung hatte, wie ausdrucksvoll ihre von dichten Wimpern umrahmten braunen Augen waren. Plötzlich sagte sie lebhaft: »Nun ja, ich war gut in Sprachen, wollte reisen, habe nichts gegen ein gewisses Maß an Papierkrieg und störe mich nicht daran, zu den unmöglichsten Zeiten hinausgerufen zu werden. Ich hatte das Gefühl, diese

Laufbahn könnte mir Spaß machen.« Sie bückte sich und hob ihre Tasche auf. »Tut mir leid, aber ich kann nicht bleiben, bis Sie mit dem Lunch fertig sind. War nett, Sie zu treffen. Genießen Sie Ihren Salat.«

Sie hatte ihn überrumpelt. Er hatte den Mund gerade voller Geflügelsalat, wollte aufstehen, umklammerte seine Serviette und stieß die Speisekarte in ihrem Plastikständer vom Tisch.

»Bitte bleiben Sie doch sitzen«, sagte Meredith freundlich und war weg, bevor er mit seinem vollen Mund etwas erwidern konnte. An der Kasse blieb sie stehen, um ihre Rechnung zu bezahlen. Sie schaute sich nicht mehr zu ihm um. Markby schob den Salat von sich. Er hatte kaum etwas gegessen.

Meredith ging zurück zu ihrem Wagen, setzte sich hinein und starrte, ohne etwas wahrzunehmen, durch die Windschutzscheibe. Sie war froh, daß sie nur eine Suppe bestellt hatte, denn ihr war übel. Es war dumm, sich von einer kurzen, ziemlich simplen Unterhaltung so aus dem Gleichgewicht bringen zu lassen, aber es war passiert, und zwar aus zweierlei Gründen.

Da war erstens Sara. Die arme Sara – sie war keine Schauspielerin wie ihre Mutter, und als sie in seinem Büro miteinander gesprochen hatten, mußte Markby ihr angemerkt haben, daß sie mit etwas hinter dem Berg hielt. Hatte er sich vielleicht zusammengereimt, daß Sara an diesem letzten Nachmittag bei Lorrimer gewesen war, obwohl sie behauptete, ihn seit Monaten nicht mehr gesehen zu haben? Daß sie vermutlich die letzte war, die ihn gesehen und mit ihm gesprochen hatte?

Gewöhnlich wird vermutet, daß die Person, die ein Mordopfer zuletzt gesehen hat, nur allzuoft auch der Täter ist. Bei Gift ist es jedoch anders, besonders in diesem Fall, in dem ein Mensch über eine längere Zeit langsam vergiftet worden war. Sie wünschte, Sara hätte Markby die Wahrheit gesagt. Daß sie es nicht getan hatte, verschlimmerte nur eine bereits ziemlich verfahrene Situation. So gerät man in Schwierigkeiten, dachte Meredith. Zuerst ist man wegen einer Kleinigkeit nicht ganz aufrichtig, und am Ende sieht es nach einer geplanten Hinterhältigkeit aus. Dann kann man sein Gewissen schon nicht mehr erleichtern.

Die Folgen von Lorrimers Tod waren aber nicht das einzige, über das sie sich aufgeregt hatte. Seit ihrer Ankunft oder vielleicht auch schon seit sie Eves Einladung bekommen hatte, war Mikes Geist aus dem Grab auferstanden und ließ sie nicht in Ruhe. Warum sind Sie in den diplomatischen Dienst eingetreten, Meredith? Weil ich mich in den Mann meiner Cousine verliebt hatte, deshalb. Weil ich verzweifelt war und nur fort wollte, um ein neues Leben unter Menschen anzufangen, die nur Schiffe waren, die vorüberzogen, die mir keine Fragen stellten und denen ich im Grunde völlig gleichgültig war. Menschen wie Toby, die wußten, daß sie Eves Cousine war, konnten neugierig sein, aber sie verstand es, sie abzuwehren, ja, sie hatte es darin zu einer wahren Meisterschaft gebracht.

Es war eine sehr seltsame Liebesaffäre gewesen, die sie auf dem Rücken durchs Leben schleppen mußte. Und sie war bis heute nicht imstande, diese Last abzuwerfen. Die Geschichte hatte angefangen, als eine langbeinige Brautjungfer in einem unpassenden Kleid sich in eine Schwärmerei für den Bräutigam hineinsteigerte. So etwas hatte es auch schon früher gegeben. Doch sie war nicht aus dem Gefühl heraus-, es war vielmehr immer tiefer in sie hineingewachsen. Sie war älter, aber nicht weiser geworden, hatte ein Universitätsstudium absolviert, Karriere gemacht und unermüdlich diese kleine Leidenschaft im Herzen getragen. Keiner ihrer Freunde hatte es auch nur annähernd mit ihr aufnehmen können.

Eve war in jener Zeit immer schöner und kapriziöser geworden. Sie hatte Mike wiederholt betrogen, war aber hinterher jedesmal ganz zerknirscht und versprach hoch und heilig, es werde nie wieder geschehen. Völlig verwirrt hatte Mike zusehen müssen, wie sich das Mädchen, das er geheiratet hatte, in jemanden verwandelte, den er nicht verstand und nicht festhalten konnte. Meredith war die mitfühlende Seele gewesen, der er seinen Kummer anvertraute. Meredith, treu und zuverlässig bis zum letzten, wie sie jetzt spöttisch dachte, hatte ihn mit Tee und Mitgefühl versorgt, und aus dem Mitgefühl war später noch mehr geworden …

Kein Wunder, dachte sie, als sie nach dem Zündschlüssel griff, daß ich jetzt durcheinander bin. Markby hat in ein Hornissennest gestochen. Ein netter Mann, dieser Alan Markby. Ein attraktiver Mann auch, doch ihre vordringlichste Aufgabe war es jetzt, diesen ganzen Urlaub hinter sich zu bringen, um endlich an ihre Arbeit zurückkehren zu können, in die Welt, die sie kannte und in der sie sich zurechtfand. Dafür mußte die Sache mit Lorrimer geklärt werden, und das möglichst schnell! Also höchste Zeit, selbst ein bißchen Detektiv zu spielen, Meredith. Der Motor sprang an.

Es dauerte eine Weile, ehe sie die Niederlassung der Molkerei fand. In einer Telefonzelle an der Straße suchte sie die Adresse aus einem fleckigen Telefonbuch heraus und stellte fest, daß die Molkerei nicht in der Stadt, sondern außerhalb lag. Als sie endlich dort war, konnte sie den Komplex leicht an einer Reihe von Lieferwagen erkennen, die im Hof parkten und genauso aussahen wie jener, der immer die Milch ins Pfarrhaus brachte. Meredith stieg aus dem Wagen und schnupperte. Es roch ganz leicht nach saurer Sahne. An dem Lieferwagen in ihrer Nähe hing ein Zettel: *Fragen Sie Ihren Milchmann nach Kartoffeln.* In einem Gebäude, das so groß war wie ein Hangar, klapperten Milchkästen und klirrten Flaschen.

Das blaßblonde Mädchen im Büro sagte: »Gary Yewell? Da müssen Sie zur Verladerampe rübergehen. Und wenn er nicht da ist, warten sie ein bißchen, er macht vielleicht Teepause. Hinten.«

Gary war nicht »hinten«, und er war auch nicht bei der Verladerampe. Am Ende fand sie ihn in dem Bereich, wo die Lieferwagen gewartet wurden; er unterhielt sich gerade mit einem anderen Jungen in einem ölverschmierten Overall. Der Übelkeit erregende Milchgeruch wurde hier durch beißende Abgase und Öldämpfe ersetzt. Gary war blaß, picklig und mürrisch.

»Wer sind Sie?« fragte er verdrießlich. »Wahrscheinlich werdet ihr nicht eher zufrieden sein, als bis ich mein' Job verloren habe. Die Bullen waren so oft hier, daß ich gar nich' mehr weiß, wie oft, und zweimal mußt' ich schon zum alten Cooper ins Büro. Ich weiß rein gar nichts darüber. Stell' nur die Milch vor die Tür.«

»Tut mir leid, daß ich Ihre Zeit in Anspruch nehme«, sagte Meredith. »Ich möchte nur wissen … Sie kommen sehr früh ins Dorf. Ist um diese Zeit schon jemand wach? Sehen Sie viele Leute?«

Er zuckte mit den Schultern. »Nein. Was denn, so früh am Morgen? Der alte Kerl in dem Cottage gegenüber is' im Sommer manchmal schon wach und buddelt in seinem Blumengarten hinterm Haus. Das is' mein Großonkel Bert, ein mieser alter Knacker, und ich will nichts zu tun haben mit ihm. Ich hör' ihn husten, aber ich seh ihn nich', weil ich die Milch vorn abstelle.«

»An der Haustür?« Meredith runzelte die Stirn. »Mr. Lorrimer haben Sie morgens auch nie gesehen?«

»Den Kerl, den jemand um die Ecke gebracht hat? Nein. Nie. Hat morgens immer noch gepennt. Das Haus war immer so still wie 'n Grab …« Gary unterbrach sich und kicherte. »Hab' ihn nur jeden Freitagabend gesehn, wenn ich im Dorf das Geld kassiert hab'.«

»Sie sind mit Mrs. Yewell verwandt, die im Pfarrhaus saubermacht, nicht wahr?« fragte sie.

»Ja … Tantchen Pearl. Mit mei'm Onkel Walter verheiratet. Da geh' ich jeden Freitag hin, nachdem ich das Geld kassiert hab', und krieg' meinen Tee.«

»Erzählt Mrs. Yewell manchmal etwas aus dem Pfarrhaus? Von ihrem Job? Ihrer Arbeitgeberin?«

»Nö.« Gary warf ihr einen entrüsteten Blick zu. »Hab' sie immer gefragt, weil ich dachte, sie erzählt vielleicht mal was, was ich an die Zeitung verkaufen könnt'. Na ja, die zahlen doch für solches Zeug, oder? Aber sie sagt nie was. Nie was Interessantes – nix über Sex oder so. Wieso interessieren Sie sich überhaupt dafür?« In Garys engstehenden Augen glitzerte es.

»Aus rein privaten Gründen«, erwiderte Meredith mit fester Stimme. »Hier, trinken Sie ein Glas auf mein Wohl.« Sie gab ihm einen Fünfer.

»Oh, danke auch«, sagte er. »Tut mir leid, daß ich Ihnen nich' helfen kann, Lady.«

Meredith ging ins Büro zurück und fragte: »Kann ich bei Ihnen einen halben Liter Milch kaufen?«

»Aber ja, ich denke schon«, sagte das Mädchen mit den blaßblonden Haaren. »Einunddreißig Pence. Hier, nehmen Sie die. Sie ist von heute. Hab' sie eben geholt.« Sie holte eine Flasche von einem Tisch hinter ihr, auf dem ein elektrischer Wasserkessel und eine Tüte mit Zucker standen.

Meredith nahm die Flasche ins Auto mit und schob sie vorsichtig in ihren Einkaufsbeutel neben Tobys Worcestersauce. Sie fuhr die halbe Strecke zum alten Pfarrhaus zurück und bog dann in die Einfahrt zu dem Landwirtschaftsbetrieb ein, wo sie auf dem Rückweg von der gerichtlichen Untersuchung schon einmal angehalten hatte. Sie holte die Milchflasche heraus und sah sich den Verschluß genau an. Dann fuhr sie mit dem Fingernagel vorsichtig unter den Rand der Alufolie. Es klappte. Der Aluminiumverschluß ließ sich ohne Schwierigkeiten abheben, und er blieb unversehrt und völlig glatt. Sie verschloß die Flasche wieder. Es war durchaus machbar, soviel stand fest, aber damit deutete sich eine

Möglichkeit an … Eine Möglichkeit, die ihr ganz und gar nicht gefiel. Ob Markby wohl das gleiche Experiment angestellt hatte, und ob ihm derselbe Gedanke gekommen war?

KAPITEL 9 Das Wochenende begann schlecht, doch vielleicht war es auch nicht anders zu erwarten gewesen. Am Freitag, kurz vor dem Lunch, verkündete ein Summton, daß jemand am Tor war. Ein weißer Porsche fegte die Zufahrt herauf und hielt schwungvoll vor der Haustür. Jonathan Lazenby stieg aus. Er trug eine ärmellose grüne Steppjacke über einem Pullover und eine karierte Mütze. Die Mütze flott in die Stirn gerückt, holte er seinen Koffer aus dem Wagen.

Meredith, die ihn durch das Fenster beobachtete, sagte sich, daß er ganz bestimmt grüne Gummistiefel getragen hätte, wenn sie beim Fahren nicht so unpraktisch gewesen wären. Er sah wie der typische Städter aus, der sich anschickt, das Wochenende auf dem Land zu verbringen. Kleidung und das gesamte Auftreten ließen auf einen Mann schließen, der an einem Geländejagdrennen teilnehmen und vielleicht auch ein »bißchen was schießen« wollte. Leider wurde der Eindruck dadurch verdorben, daß alles funkelnagelneu war. Er hätte die Steppjacke mit Schlamm einreiben sollen, dachte sie, um ihr einen echten Touch von Pferdekoppel zu geben.

Meredith ging in die Halle und rief zu Sara hinauf, daß ihr Verlobter eingetroffen sei, woraufhin sie die

Treppe heruntergerannt kam und sich mit einem jubelnden »Jon – Liebling!« in seine Arme warf.

Es fiel Meredith auf, daß Lazenby zwar angemessen, aber ein wenig oberflächlich reagierte. Er war ein merkwürdig leidenschaftsloser junger Mann. Sie hatte den Eindruck, daß seine draufgängerische, aggressive Art ein Ersatz für echte Gefühle war, und fragte sich, ob er sich seiner eigenen Oberflächlichkeit bewußt war. Sie bezweifelte es. Meredith zuckte mit den Schultern und zog sich in den Salon zurück, um vielleicht ein Kreuzworträtsel zu lösen, fand jedoch Eve dort vor, die ratlos über der Rechnung eines Partydienstes brütete.

»Ich nehme an, sie ist in Ordnung. Du wirfst doch einen Blick darauf, Merry, ja? Ich kapier' das alles nicht…«

»Lazenby ist gekommen«, sagte Meredith knapp.

Eves Gesicht hellte sich auf. »Ich bin so froh, daß er da ist. Das wird die arme Sara aufheitern. Sie hat den Kopf sehr hängen lassen. Jon hat ihr gefehlt.«

»Wie kommst du mit seiner Familie aus?« fragte Meredith beiläufig und ließ sich in einen Sessel fallen.

»Langweilige Leute«, antwortete ihre Cousine mit Überzeugung. »Nein, das ist gemein von mir. Die Wahrheit ist, Merry, daß Jons Mutter eine gute Frau ist und ich eine schlechte bin… Ich fühle mich ihr unterlegen, und das ist scheußlich. Wem würde es nicht so gehen?«

»Wie werden sie wohl auf den Mord, der so kurz vor der Hochzeit praktisch vor deiner Haustür passiert ist, reagieren?«

Eve seufzte. »Ein Grund mehr, die Nase über uns zu rümpfen. Als ob sie einen Grund hätten, sich überlegen zu fühlen«, fügte sie heftig hinzu. »Oh, wie froh werde ich sein, wenn diese Hochzeit vorüber ist.«

Jonathan und Sara kamen herein und tranken mit Meredith und Eve einen Sherry vor dem Lunch. Er wirkte noch aufsässiger als sonst, und Meredith fragte sich, worüber das Liebespaar gesprochen haben mochte. Wie es aussah, hatten sie keine zärtlichen Belanglosigkeiten ausgetauscht, sondern eher grundsätzliche Dinge diskutiert. Sara war niedergeschlagen, und ihre Lebhaftigkeit von vorhin war verschwunden. Meredith mußte daran denken, wie impulsiv sie Lazenby begrüßt hatte, und Ärger wallte in ihr auf. Sein keilförmiges, intelligentes und gutaussehendes Gesicht war gerötet, sein Haar straff zurückgebürstet, so daß seine Züge ein Dreieck zu bilden schienen. Er stand vor dem Kamin, eine Hand in der Tasche, in der anderen sein Glas. Die grüne Steppjacke hatte er ausgezogen, er trug jetzt einen Kaschmirpullover und wildlederne Polostiefel zu einer makellosen Gabardinehose.

»Es gefällt mir gar nicht, wie die Sache hier behandelt wurde. Wir alle stehen im Rampenlicht.«

»Sie werden wieder gehen«, jammerte Eve. »Sie gehen immer irgendwann – die Leute von der Presse, meine ich. Man muß sie nur ignorieren.«

»Wir sind hier nicht im Showbusiness!« sagte Lazenby scharf. »Nicht jede Art von Publicity ist besser als gar keine.«

Albie Elliott, der hereingekommen war, während Lazenby sprach, und sich hinter Eve gestellt hatte, streckte jetzt eine schmale, blasse Hand aus und berührte sie leicht an der Schulter. »Sie hinken ein bißchen hinter der Zeit her, Söhnchen. Schlechte Publicity können wir alle nicht mehr brauchen.«

Lazenby wurde blaß. »Und die hier schon gar nicht. Was hat die Polizei herausgefunden?«

»Sie tut ihr Bestes«, sagte Meredith und fragte sich, wie Alan Markby dieses lauwarme Vertrauensvotum für seine Behörde wohl aufgenommen hätte, wenn er es hätte hören können.

»Ich werde mich mit dem Leiter der hiesigen Dienststelle in Verbindung setzen«, erklärte Lazenby mürrisch. »Sie müssen diesen verdammten Fall aufklären, bevor wir alle hineingezogen werden. Man würde die Berichte über die Mörderjagd mit den Berichten über die Hochzeit vermischen, und es wäre alles eine riesige Katastrophe. Die Presse hat schon ihren Spaß gehabt. Ein Revolverblatt hat bereits ein Foto dieses Hauses veröffentlicht; es wurde offenbar durch das Tor aufgenommen. Ich werde mich bei der hiesigen Polizei beschweren, und wenn es nicht aufhört, schreibe ich an den Presserat.«

»Da werden Sie aber eine Menge zu tun haben, wenn Sie sich mit all diesen Leuten in Verbindung setzen wollen«, sagte Meredith.

»Merry!« rief Sara erschrocken.

Lazenby preßte die Lippen aufeinander, und an seinem Hals trat eine heftig pulsierende Ader hervor. »Ich bin zwölf Stunden früher aus den Staaten zurückgekommen, weil ich weiß, wie schnell diese Dinge aus dem Ruder laufen können. Wir müssen der Köchin und der Haushaltshilfe einschärfen, daß sie auf keinen Fall mit jemandem außerhalb des Hauses sprechen. Das sind nämlich genau die Personen, denen die Skandalpresse immer die saftigsten Informationen abschwatzt.«

»Da kommen Sie ein bißchen zu spät«, teilte Meredith ihm mit. »Das haben wir alles schon hinter uns. Sie werden übrigens feststellen, daß die Polizei, was unser Problem mit der Presse angeht, wenig Mitgefühl hat.«

»Und dieser Markby? Ist er nicht ein Bulle? Angeblich ein Freund der Familie. Was tut er eigentlich?«

»Er arbeitet sehr hart an einem komplizierten und ziemlich häßlichen Fall!« entgegnete Meredith scharf und war über die Heftigkeit in ihrer Stimme selbst ein wenig überrascht. »Und es ist eine häßliche Angelegenheit, wenn ich Sie nur einmal auf den rein physischen Aspekt hinweisen darf. Ich habe den Toten gefunden, und er war kein besonders schöner Anblick.«

»Bitte, Merry, nicht – « flüsterte Sara.

Es folgte ein verlegenes Schweigen. »Tut mir leid«, sagte Meredith bedauernd.

»Was haben Sie eigentlich dort gemacht?« fragte Lazenby. Er schaute sie mißtrauisch an. »Warum haben Sie sich in dem Atelier herumgetrieben?«

»Ich habe mich nicht herumgetrieben«, erwiderte Meredith zornig. »Ich wollte nur nachsehen, was der Katze fehlte.«

»Wenn Sie sich nicht eingemischt hätten, wären wir nicht in dieser Bredouille. Warum haben Sie ihn nicht einfach dort liegenlassen? Irgend jemand hätte ihn schon gefunden.«

»Das sollten Sie Alan Markby gegenüber besser nicht wiederholen!« entgegnete sie.

»Vielleicht«, schaltete sich Elliott sanft ein, »sollten wir die Sache vorläufig ruhen lassen. Sie kann warten.«

»Ja«, sagte Eve hastig. »Lucia ist mit dem Mittagessen fast fertig. Jonathan, Lieber, mach den Wein auf.« Meredith spürte den Druck einer Hand auf ihrer Schulter. Es war die von Elliott.

Meredith ging nach dem Lunch spazieren, vor allem, um Lazenby bis zum Abendessen aus dem Weg zu gehen. Sie kam in der Halle an ihm vorbei, wo er gerade mit jemandem telefonierte, mit dem er zur Schule gegangen war und dessen Vater mit dem Leiter der Polizeidienststelle Golf spielte – oder eine andere ähnlich zufällige Beziehung hatte. Sie lief die Zufahrt hinunter und auf die Straße, ging dann schnell durchs Dorf, die Stirn in Falten gelegt, die Hände tief in den Taschen vergraben, bis sie zum alten Schulhaus kam. Mrs. Locke war im Garten. Meredith verlangsamte ihren Schritt.

»Guten Tag!« rief sie über die Mauer.

»Ah, Miss Mitchell, Sie kommen gerade recht!« rief Mrs. Locke zurück und winkte und fuchtelte wild mit ihrer Gartenschere.

Meredith trat an die Gartentür, und Mrs. Locke öffnete ihr. Sie trug eine Plastikschürze, auf der in England vorkommende wildwachsende Blumen abgebildet waren, und Gartenhandschuhe. Sie trat zur Seite und ließ Meredith herein.

»Was für ein schöner Garten«, sagte Meredith – und das nicht nur aus Höflichkeit. Es war ein altmodischer Landgarten mit Blumen, die man jetzt nicht mehr oft zu sehen bekam, die früher aber weitverbreitet gewesen waren, wie zum Beispiel Stockrosen und Herbstastern.

»Es ist mein Hobby«, vertraute Mrs. Locke, die sichtlich erfreut war, ihr an. »Das heißt, mein Mann mäht den Rasen und trimmt die Hecken, aber die Blumenbeete gehören alle mir. Fürs Säen hat er nicht die Geduld. Und er hat natürlich auch sein eigenes Hobby, er baut militärische Szenen nach – mit Modellen und kleinen Soldaten und Geschützen und so.«

»Ah ... wie interessant«, sagte Meredith.

Mrs. Locke seufzte tief auf. »Ich wollte schon immer einen richtigen Garten haben. Als wir bei der Armee waren, mußten wir ständig umziehen. Manchmal hatte ich ein kleines Beet, aber sehr oft wohnten wir in Appartements oder irgendwo, wo ich wirklich keine Zeit hatte, etwas zu tun. Wir haben uns versprochen, Howard und ich, daß wir, wenn wir in Pension gehen würden, irgendwohin aufs Land ziehen, wo ich meinen Garten haben und Howard sich in aller Ruhe seinen Bausätzen widmen könnte. Deshalb habe ich, als wir einzogen, die Rose dort drüben gepflanzt – ihr Name ist Frieden.«

Meredith lächelte. Es war wirklich ziemlich rührend. Besonders die Art, wie Mrs. Locke »wir« sagte, wenn sie von der beruflichen Laufbahn ihres Mannes bei der Armee sprach. Sie verstand sehr gut, was Mrs. Locke meinte. Exakt dieselbe Ansprache hätte jede Diplomatenfrau halten können.

»Leider«, sagte Mrs. Locke bekümmert, »ist es nicht ganz so geworden, wie wir es uns vorgestellt hatten. Wir dachten, die Leute auf dem Land würden freundlich sein, doch das sind sie nicht. Jedenfalls nicht zu uns.

Wir hatten anfangs schreckliche Schwierigkeiten wegen eines früheren Wegerechts. Sie nahmen uns einfach übel, daß wir das alte Schulhaus zu einem Wohnhaus umbauten. Es war so albern. Ich meine, es stand leer, und man hätte nie wieder eine Schule daraus gemacht. Wäre es ihnen lieber gewesen, daß es verfällt?«

Meredith betrachtete zum erstenmal eingehend die Fassade des Lockeschen Hauses. Es war aus warmen rötlichen Steinen gebaut, und überall sah man noch Spuren seiner früheren Bestimmung. Über der Haustür stand in erhabenen Lettern *Knaben,* und ein Stück weiter hing über einer Terrassentür ein gleiches Schild mit der Aufschrift *Mädchen.* Im ehemaligen Schulhof war der Asphalt abgetragen und durch Muttererde ersetzt worden, doch irgendwie spürte man nach wie vor die Anwesenheit der früheren Benutzer. Es war, als würde das Gebäude und seine Umgebung noch immer auf den Beginn eines neuen Schuljahres und auf die Rückkehr jener warten, für die die Anlage ursprünglich bestimmt gewesen war. Man brauchte nicht viel Phantasie, um das Klicken von Glasmurmeln zu hören, die über den Boden hüpften, das Läuten der Schulglocke, helle Stimmen, die einen Morgenchoral sangen.

»Sehen Sie sich das Haus nur an.« Mrs. Locke schien sich darüber zu freuen. »Es war nicht leicht, es in ein richtiges Heim zu verwandeln. Das Problem mit dem Wegerecht war nur eines von vielen, wenn auch ein sehr großes. Wir mußten es irgendwie lösen, aber wir bekamen nicht die geringste Hilfe vom Baureferat des Kreises. Howard hat damals Unterschriften deswegen gesammelt.« Sie zögerte einen Moment. »Damals hatten wir eine sehr häßliche Auseinandersetzung mit dem jungen Mr. Lorrimer. Ich weiß, man soll Toten nichts Übles nachsagen, aber falls es je einen Wolf im Schafspelz gegeben hat, dann war es dieser junge Mann. Er machte immer einen so netten Eindruck, und auf einmal wurde er – nun ja, gehässig und sarkastisch. Überhaupt nicht mehr nett. Ich meine, er war auch neu hier, und wir dachten … Nun, ich will nichts mehr darüber sagen. Am Ende wurde das Wegerecht zu unseren Gunsten geändert. Es war eine sehr schwierige Zeit. Und zum Schluß stellten wir fest, daß wir die Zufahrtsmöglichkeit für den Wagen blockiert hatten, der die Abwassergrube auspumpen muß. Mir blieb nichts anderes übrig, als ein ganzes Blumenbeet mit winterharten Pflanzen zu versetzen.«

Meredith wollte eben etwas Passendes erwidern, als sie merkte, wie sich in einem Gebüsch etwas bewegte. »Du meine Güte!« rief sie. »Da ist ja Tom! Ich habe ihn überall gesucht!«

Tom blieb stehen, ließ sich unter einem Weigelastrauch nieder und fixierte Meredith mit einem wahren Basiliskenblick. Er sah wohlgenährt und gesund aus.

»Ach ja«, sagte Mrs. Locke hastig, »Lorrimers Kater. Über ihn wollte ich mit Ihnen reden. Ich habe das Tier vor unserer Hintertür gefunden, offensichtlich sehr hungrig, und ihm Futter gegeben. Ich mag Katzen nämlich sehr, und er hat uns gewissermaßen adoptiert. Ich hatte nicht die Absicht, ihn aufzunehmen, doch er schien der Meinung zu sein, er habe hier ein neues Heim. Das tun Katzen, wissen Sie. Die Sache ist nun die – ich glaube, daß er ziemlich wertvoll ist, und ich will nicht, daß man mich beschuldigt, ihn angelockt zu haben. Gewiß, ich habe ihn gefüttert, aber nur weil er so hartnäckig gebettelt hat. Wahrscheinlich hätte ich beim Tierschutzverein oder der Polizei anrufen sollen.«

»Ich bin sicher, daß niemand etwas dagegen haben wird, wenn Sie ihn behalten. Der Tierschutzverein hat genug unerwünschte Tiere, für die er ein Zuhause sucht. Wie ich von Chief Inspector Markby weiß, haben sie bislang keine Verwandten von Lorrimer aufspüren können. Sie können also wohl davon ausgehen, daß niemand Anspruch auf Tom erheben wird. Ich bin froh, daß Sie ihn zu sich genommen haben, denn ich habe mir große Sorgen um ihn gemacht. Lorrimer hat die Katzen sehr geliebt.«

Mrs. Locke sah erleichtert aus. »Ich bin so froh. Dann ist ja alles in Ordnung. Irgendwie merkwürdig, daß wir seine Katze aufnehmen, obwohl wir mit ihm gestritten hatten. Er war ein so seltsamer junger Mann. Würden Sie gern hereinkommen und sich das Haus auch von innen ansehen, Miss Mitchell?«

»Danke«, sagte Meredith. »Sehr gern.«

Sie gingen durch den für *Knaben* vorgesehenen Torbogen hinein und kamen in einen langen, schmalen Flur.

»Wir mußten die Klassenzimmer unterteilen«, sagte Mrs. Locke. »Es gab nur zwei Haupträume. Das Büro des Schulleiters ist jetzt unsere Küche. Wir hätten die Originalfenster gern erhalten, mußten aber eine Zwischendecke einziehen lassen, so daß die Fenster leider, leider halbiert wurden. Doch wir haben den oberen Teil des größten Fensters behalten und als Schlafzimmerfenster genommen. Kommen Sie, sehen Sie es sich an.«

Sie schritt vor Meredith die Treppe hinauf und öffnete stolz die Tür. Meredith sah nun, was sie gemeint hatte. Der Versammlungssaal der Schule – ein viktorianischer Bau – war mit einem riesigen Fenster mit pseudogotischem Maßwerk ausgestattet, das ursprünglich bis unter das Dach reichte. Obwohl jetzt durch das neu geschaffene obere Stockwerk alles merkwürdig verkürzt war, gaben die Spitzbogen des Originals dem Schlafzimmer von innen das Aussehen einer von einem Wall umgebenen Burg. Tatsächlich hatte das ganze Haus der Lockes etwas liebenswert Kurioses.

Sie gingen wieder hinunter, wo Meredith von Mrs. Locke in einen Salon geführt wurde. Und hier fand sie endlich jenes England, von dem alle, die im Ausland leben, immer träumen. Hier waren die Stühle mit den Chintzbezügen, die verblaßten Aquarelle, die Nippsachen aus Staffordshire-Keramik, die zerlesenen Bücher in Regalen aus Eichenholz sowie unzählige Erinnerungsstücke aus der Zeit, die die Lockes im Ausland verbracht hatten. Mrs. Locke bestand darauf, daß Meredith sich setzte, und lief geschäftig davon, um Tee zu holen.

Meredith ruhte sich in den Kissen des geblümten Sofas aus und ließ die Augen durch das Zimmer schweifen. Ein funkelnagelneuer Katzenkorb neben dem Kamin zeigte, daß Tom eine feste Bleibe gefunden hatte. Im Korb lag eine Gummimaus.

Als Mrs. Locke mit dem Tee zurückkam, fragte Meredith: »Sagen Sie, trinkt Tom – der Kater –, trinkt er Milch?«

Mrs. Locke schüttelte den Kopf. »Rührt sie nicht an. Ich habe es ein paarmal versucht.«

»Deshalb lebt er noch und läuft putzmunter herum«, sagte Meredith. »Anders als sein unglücklicher Bruder Jerry, der offenbar ab und zu ganz gern ein Schüsselchen Milch trank. Vielleicht hat Tom sie einmal gekostet, ist davon krank geworden, und das hat ihn abgeschreckt.« Mrs. Locke sah sie über den Rand ihrer Teetasse hinweg fragend an. »Die Polizei vermutet, daß jemand Lorrimers Milch vergiftet hat. Anscheinend hat er sehr viel Milch getrunken.«

»Du meine Güte«, sagte Mrs. Locke, »wie unangenehm. Das ist alles sehr unangenehm, nicht wahr?« Mißtrauisch beäugte sie ihr eigenes Milchkrüglein. »Wie trägt es die liebe Eve?«

»Oh, recht gut. Besonders seit die Presse die Belagerung abgebrochen zu haben scheint.«

»Das freut mich aber. Und die liebe kleine Sara. Es ist einfach nicht gerecht. Besonders nach all den Schwierigkeiten, die sie hatten. Armes Kind. Aber natürlich, wenn man bedenkt, was wir durchgemacht haben, bin ich nicht überrascht.«

Irgendwo hörte man eine Tür gehen, dann näherten sich Schritte. »Muriel!« rief jemand. »Wo hast du meinen Klebstoff versteckt?«

»Ich habe deinen Klebstoff nicht angerührt, mein lieber Howard. Außerdem haben wir Besuch, Miss Mitchell.«

Die Salontür ging auf, und Major Lockes gerötetes Gesicht erschien. »Ah, wußte nicht, daß Sie hier sind – freut mich, Sie zu sehen. Kann meinen Klebstoff nicht finden. Bist du sicher, Muriel? Ah, Tee …«

Er kam herein, setzte sich und schaute erwartungsvoll. Seine Frau seufzte und ging noch eine weitere Tasse holen.

»Und wie ist das Leben?« fragte Major Locke vergnügt.

»Es ist ziemlich ereignisreich im Moment.«

»O ja...« Major Locke kaute an der Unterlippe. »Kein Verlust, der Junge. Gesindel.« Er rieb sich den Schnurrbart. Seine Finger waren mit roter Farbe bekleckst. Es schien ihm erst jetzt aufzufallen, und er fügte erklärend hinzu: »Die Schlacht bei Waterloo. Ich arbeite an einem Diorama, einem großen Schaubild.«

»Das ist ja interessant. Sie recherchieren sehr viel, nehme ich an.«

»Auf mein Wort – ja. Die Bibliothek in Bamford ist sehr hilfreich. Ich verbringe viel Zeit dort. Habe aber auch eigene Bücher mit Uniformen und so weiter. Es wird so viel falsch gemacht!« stieß er heftig hervor. »Bei Waterloo waren keine Husaren eingesetzt, wissen Sie. Doch jedesmal, wenn man ein Bild dieser Schlacht zu sehen bekommt, ist ein Husar dabei und noch dazu genau in der Mitte.«

»Ich verstehe.«

Mrs. Locke war zurückgekommen. »Hier ist der Klebstoff, Howard. Du hast ihn auf der Anrichte liegenlassen.«

Major Locke nahm die Tube und betrachtete sie argwöhnisch. »Ja, hier ist er. Du hast am oberen Ende herumgequetscht, Muriel.«

»Nein, Howard, das habe ich nicht. Nimmst du deinen Tee in die Werkstatt mit?« Ihr Mann verstand den Wink und verschwand mit Tee und Klebstoff.

»Howards Hobby«, sagte Mrs. Locke. Sie beugte sich vor: »Howard hat einen friedlichen Lebensabend wahrlich verdient. Seine Gesundheit ist nicht die beste. Ich versuche alle Unannehmlichkeiten und Sorgen von ihm fernzuhalten. So gut ich eben kann.«

Meredith lächelte und trank ihren Tee aus. »Jetzt muß ich aber wirklich gehen. Vielen Dank, daß ich mir Ihr schönes Haus ansehen durfte.«

»Keine Ursache. Ich danke Ihnen, weil Sie mich wegen des Katers beruhigt haben.«

Langsam spazierte Meredith zum Pfarrhaus zurück. Mrs. Locke hatte offenbar von Saras früherem wildem Leben erfahren. Als das Tor sich summend öffnete, um sie einzulassen, dachte sie: Ich nehme zumindest an, daß es das war, was sie gemeint hat …

»Schau, was Jon mitgebracht hat!« rief Sara aufgeregt nach dem Abendessen und zeigte ein kleines Päckchen herum. »Es ist das Video eines deiner alten Filme, Mummy! Er wurde für die Reproduktion freigegeben, und wir können ihn uns alle ansehen!«

»Du meine Güte«, stöhnte Eve und fragte vorsichtig: »Welcher ist es denn?«

»›Abenteurer auf Planet Ypsilon‹«, erklärte ihre Tochter.

»Oh …«, entfuhr es Eve.

Meredith rief: »He, das ist der, den ich so mag, in dem du von Ungeheuern gejagt wirst.«

»Es ist einer von meinen früheren«, sagte Eve. »Mir wäre lieber gewesen, du hättest ›Spionin für die Liebe‹ mitgebracht, Jon. Das war eine viel bessere Rolle.«

»Lucia muß auch kommen und sich ihn ansehen«, befahl Sara, als sich alle vor dem Fernseher versammelt hatten.

Lucia wurde aus der Küche geholt und setzte sich, an den Seiten überquellend, auf einen ziemlich kleinen Stuhl, mit einem großen Taschentuch in Bereitschaft. Sara selbst nahm, als der Film lief, zu Lazenbys Füßen Platz.

»Dramatische Musik«, sagte Meredith.

»Die Farben sind furchtbar grell, Mummy.«

»Das lag an den Filmen, die sie damals benutzten, mein Schatz.«

»Du liebe Zeit, schaut euch die Kontrollpulte auf diesem Raumschiff an!« spottete Sara nach einer Weile. »Sehen wie die Knöpfe an einer Waschmaschine aus. Wer könnte mit so einem Ding zum Mars fliegen?«

»Das Raumschiff ›Enterprise‹ kam später, Liebling, und hat die Vorstellung, die man von Raumfahrt hatte, völlig verändert. Vergiß das nicht.«

»Das ist doch Ralph Hetherbridge, der den Bösewicht spielt, nicht wahr?« fragte Lazenby plötzlich. »Ich dachte, er sei Shakespeare-Darsteller.«

»Das war er auch«, bestätigte Eve. »Zum Film ist er erst in einem Alter gekommen, in dem Leute aus anderen Berufen in Pension gehen. Er hat nie eine schlechte Vorstellung abgeliefert.«

»Hat dem Ganzen ein bißchen Klasse gegeben«, sagte Meredith. »Hätte ein anderer die Rolle des Schurken gespielt, wäre es einfach lächerlich gewesen. Aber dem alten Ralph haben die Leute abgenommen, daß er böse war ... Ah, das ist die Stelle, an der die Rieseneidechse dich beinahe zum Lunch verzehrt, Eve ...«

»Sie sind so schön!« Lucia schniefte in ihr Taschentuch. »Oh, so schön, Signora. Und dieser Mann ist so böse.«

»Du meine Güte, ich hatte vielleicht Übergewicht! Ein richtiges Dickerchen.«

»Du platzt aber sehr reizvoll aus dem Bikini, Evie.«

»Also ich kapier' ganz einfach nicht, warum dieses Reptil sich so komisch bewegt, während es dich jagt. Ich meine, liegt das an der Mechanik, oder soll es ein bißchen zurückgeblieben wirken?«

»Der alte Ralph, ich meine, der verbrecherische Overlord, hat es aus seinem Versteck ferngesteuert, Liebling.«

»Oh, das hatte ich ganz vergessen.«

»Ich bin erstaunt, daß ein distinguierter Schauspieler wie Hetherbridge sich herabließ, bei einem solchen Schwachsinn mitzumachen«, bemerkte Lazenby von oben herab.

»Hey!« rief seine Braut und versetzte ihm mit dem Kopf einen leichten Stoß gegen sein Knie. »Das ist einer von Mummys besten Momenten.«

»Das würde ich nicht sagen, Liebling.«

»Ich habe ihn als Polonius im Film gesehen. Wünschte, ich hätte ihn sehen können, als er noch jung war und seinen berühmten Hamlet hinlegte, anno – wann war das doch gleich? Auf jeden Fall vor dem Krieg. Sieben- oder achtunddreißig.« Lazenby wandte den Kopf und sah sie der Reihe nach an.

»Das wissen wir nicht, so alt ist keine von uns«, sagte Meredith trocken.

»So wunderschön!« Lucia stöhnte leise auf. »Dieser Mann, er ist so böse. Er sollen sterben.«

»Er ist auch gestorben, der alte Ralph, oder? Kurz nach den Dreharbeiten, nicht wahr?«

»Ja, Liebling, er ist gestorben. Er war vierundachtzig. Das hätte niemand vermutet.«

»So gemein«, schluchzte Lucia. »Sie zu verfolgen, Signora!«

Ralphs verbrecherischer Overlord wurde schließlich ein Opfer seiner eigenen Monster, das wacklige Raumschiff kehrte zur Erde zurück, die Musik schwoll an, und der Nachspann kam.

»Solche Filme werden heute nicht mehr gedreht«, sagte Meredith, tief zufrieden.

»Und das ist auch gut so«, erklärte Eve.

»Es war schön«, sagte Lucia leidenschaftlich. »Es berühren mich hier.« Sie legte eine Hand auf ihren üppigen Busen und lächelte wohlwollend.

Sara stand vom Fußboden auf und machte Licht. »Hat Daddy nicht an dem Drehbuch mitgearbeitet, Mummy?«

»Mike? Ja, das hat er«, sagte Eve. »Aber er ist mittendrin gegangen. Wenn er geblieben wäre, wäre es ein viel besseres Drehbuch geworden. Der andere Typ, ich habe seinen Namen vergessen, der an Mikes Stelle weiterschrieb, war nicht halb so gut und dauernd verkatert. Einmal sind uns sogar die Dialoge ausgegangen. Wir saßen um den Regisseur herum und überlegten, wie es weitergehen sollte. Der alte Ralph saß hinten, ganz allein, und nachdem wir uns die Köpfe heiß geredet hatten, trompetete er: ›Improvisieren, meine Lieben! Improvisieren!‹«

»Warum hat denn Daddy mittendrin aufgehört?« fragte Sara.

»Oh, das weiß ich auch nicht mehr so genau«, antwortete ihre Mutter ausweichend. »Er ist mit dem Regisseur nicht gut ausgekommen. Es wurde dauernd etwas geändert.«

Aus der Ecke, aus der er, von den anderen ganz vergessen, das Video mit grimmiger Aufmerksamkeit verfolgt hatte, warf Elliott ein: »Evie, mein Schatz, der Regisseur war ich.«

Beim Klang seiner sanften Stimme wurde Eve dunkelrot. »Stimmt ja, Albie, Liebling, es war mir total entfallen. Wie dumm von mir.«

Meredith stand auf und schenkte sich einen Drink ein. War mit dem Regisseur nicht gut ausgekommen, so ein Blödsinn! Du hattest eine Affäre mit dem Plastikidioten angefangen, der die männliche Hauptrolle spielte, und Mike hatte sich mehr von dir gefallen lassen, als zu ertragen war, Evie. Du hast einen Narren aus ihm gemacht.

»Ich denke trotzdem«, sagte Lazenby eigensinnig, »daß es für Hetherbridge eine sehr unrühmliche Art war, seine Karriere zu beenden.«

Meredith sah ihn an. »Ach ja? Ich bewundere ihn dafür, daß er in seinem Alter noch etwas ganz Neues in einem für ihn fremden Metier angefangen hat.«

»Absolut!« rief Eve. »Der alte Ralph hat alles mit soviel Schwung und Begeisterung angepackt!« Ihr Gesicht war noch immer gerötet, und sie fügte unvermittelt hinzu: »Mach bitte das Fenster auf, mein lieber Jonathan. Es ist schrecklich heiß hier drin.«

Später an diesem Abend, als Meredith sich aufs Zubettgehen vorbereitete, klopfte es an ihrer Tür. Sie rechnete halb damit, daß es wieder Sara sein würde, und öffnete; doch es war Eve, die in einem weißen Satinmantel auf der Schwelle stand, in einer Hand eine Ginflasche und in der anderen zwei kleine Flaschen Schweppes Tonicwasser. Sie hielt alle drei in die Höhe.

»Und woraus sollen wir trinken?« fragte Meredith und trat beiseite, um Eve hereinzulassen.

»O verdammt, ich habe die Gläser vergessen!« Verärgert verzog Eve das Gesicht.

»Keine Sorge, ich hole zwei Zahnputzbecher.«

Sie ließen sich mit den Zahnputzbechern nieder, Eve goß ein, und sie prosteten sich schweigend zu.

»Und welchem Zweck sollen diese mitternächtlichen Kapriolen dienen?« fragte Meredith.

»Jonathan ist manchmal wirklich unmöglich«, sagte Eve. »Fragt uns, ob wir uns an Ralphs Hamlet von 1938 erinnern! Ich bin erst 1944 geboren.« Sie ließ den Gin im Becher kreisen und starrte hinein. »Ich habe in dem Film doch jung ausgesehen, oder? Richtig pummelig und knuddelig.«

»He, was soll diese Gefühlsduselei? Wieviel Gin hast du schon intus?«

»Unser Leben wird immer so ganz anders, als wir es uns erhoffen«, sagte Eve traurig. »Ich wünschte wirklich, Jon hätte ein anderes Video mitgebracht. Du weißt, warum Mike damals vom Set abgehauen ist, nicht wahr?«

»Ja«, sagte Meredith nach einer Pause kühl. »Ich weiß es.«

»Es hatte nichts zu bedeuten.« Der Ausdruck der

Verzweiflung kehrte auf Eves Gesicht zurück. »Es war nur ein dummer Flirt auf dem Filmset. Ich habe Mike geliebt.«

»Zerbrich dir nicht den Kopf darüber, Evie.«

Eve kippte ihren Drink hinunter. »Ich möchte, daß Sara glücklich wird, Merry, weil ich das Mike schuldig bin und mir mein eigenes Leben kaputtgemacht habe. Mit Mike und mir ist alles schiefgelaufen. Die Ehe mit Hughie war die Hölle. Robert ist gestorben.«

»Hör zu, Evie, geh ins Bett, schlaf dich richtig aus, und trink nicht noch mehr Feuerwasser. Ich bringe die Flasche nach unten, damit du nicht mehr in Versuchung gerätst.«

Gehorsam verzog Eve sich in ihr Zimmer. Meredith nahm die Ginflasche und die beiden leeren Tonicfläschchen, klemmte sie zwischen Unterarm und Busen fest und konnte so auch noch die benutzten Becher mitnehmen. Vorsichtig stieg sie die Treppe hinunter. Im Salon war noch Licht, man sah es an dem hellen Streifen unter der Tür. Evie hat vergessen, es auszumachen, dachte sie und stieß die Tür mit dem Fuß auf.

Lazenby, der an einem kleinen Schreibtisch stand, fuhr hastig herum. »Oh«, sagte er, »Sie sind es. Ich dachte, alle wären schon im Bett.«

»Das sind sie auch. Ich bringe nur den Schnaps hinunter. Eve und ich, wir haben uns noch einen Schlaftrunk genehmigt. Und was machen Sie?« fragte sie neugierig.

Er schob eine geöffnete Schublade zu. »Ich arbeite. Habe ein paar Papiere mitgebracht. Dachte, Eve hätte vielleicht irgendwo Tipp-Ex.«

»Ich habe Tipp-Ex, aber es ist oben. Ich hole es Ihnen, wenn Sie es dringend brauchen.«

»Nein, nein, so dringend ist es nicht«, sagte er hastig und trat vom Schreibtisch zurück. »Hören Sie«, sagte er, »ich finde, Eve trinkt zuviel von dem Zeug. Ich wünschte, Sie würden sie nicht auch noch ermuntern.«

»Zu Ihrer Information«, erwiderte Meredith ärgerlich, »es war nicht meine Idee, und ich habe sie absolut nicht ermuntert. Sie ist meine Cousine, wie Sie vielleicht wissen. Und ich sorge mich auch um sie.«

Er wurde rot. »Ich weiß sehr gut, daß Sie ihre Cousine sind, darum denke ich ja, daß Sie etwas wegen des Alkohols sagen sollten.«

»Also ich finde, sie hat sich da völlig unter Kontrolle. Bisher habe ich sie noch nicht von einer Seite auf die andere schwanken sehen.«

Sie starrten sich gegenseitig finster an. Meredith ging zur Hausbar und stellte die Ginflasche hinein. Lazenby, der sie beobachtete, sagte unerwartet: »Ich habe eine Schwäche für die Bühne, müssen Sie wissen. In Cambridge habe ich selbst ein bißchen gespielt – in Revuen und so. Meiner Meinung nach ist Eve keine schlechte Schauspielerin, sie hat nur viele schlechte Filme gemacht. Ich finde, sie sollte eine Bühnenrolle übernehmen.«

»Sie weiß selbst am besten, was sie kann«, sagte Meredith. »Oder glauben Sie, eine Bühnenrolle wäre respektabler als die in der Seifenoper, hinter der sie her ist?«

Trotzig streckte er das Kinn vor. »Ich gebe zu, daß ich dagegen bin.«

Meredith musterte ihn nachdenklich, dann ging sie auf ihn zu und blieb mit über der Brust gefalteten Armen vor ihm stehen. »Wenn man Schauspieler ist, kann man nur zwischen zwei Möglichkeiten wählen – zu arbeiten oder nicht zu arbeiten. Ich glaube, Eve weiß ziemlich genau, wie weit ihr Talent reicht. Sagen Sie, lieben Sie Sara eigentlich wirklich?«

»Das ist eine verdammt beleidigende Frage!« fauchte er und wurde rot.

»Sie ist absolut in Ordnung. Ja oder nein?«

»Ja.«

»In guten und in schlechten Tagen? Wenn die Dinge mal schiefgehen?«

»Ja, verdammt!«

»Bei schlechter und guter Publicity? Mit einer Schwiegermutter als Seifenoper-Königin oder lieber in einem angesehenen Theater? Mit pikanten Geschichten in Klatschblättern?«

»Ich weiß nicht, worauf Sie hinauswollen –«, begann er, doch sie unterbrach ihn.

»Und ob Sie das wissen!« sagte sie in scharfem Ton.

Mit leiser, unnachgiebiger Stimme sagte er: »Einen Skandal kann ich mir natürlich nicht leisten. Ich lebe in der Welt der Hochfinanz. Verwalte das Geld der Leute. Ich muß über jeden Zweifel erhaben sein – es ist, als wäre man Richter.«

Meredith dachte an Markby. »Wir haben keine Richter in der Familie«, sagte sie. »Hören Sie, ich denke, wenn Sie am Sonntagabend nach London zurückfahren, sollten Sie Sara mitnehmen. Es ist nicht gut für sie, hier zu sein. Sie hat einen schlimmen Schock erlebt, und ich finde, sie sollte ihre Arbeit wieder aufnehmen, damit sie ein wenig abgelenkt wird.«

»In Ordnung«, sagte er nach einer Pause.

Am Montag fuhr Meredith nach Bamford und stellte den Wagen vor der öffentlichen Bibliothek ab. Lazenby hatte Sara am Abend vorher nach London mitgenommen. Eve und Meredith hatten ihn mit Erleichterung gehen sehen. Davon, daß Sara ihn begleitete, war Eve weniger begeistert.

»Es ist dieser Job im Frauenhaus, der mir nicht behagt. Ich habe immer Angst, daß sie dort Schwierigkeiten bekommt. Vielleicht sogar angegriffen wird. Aber sie ist so versessen darauf.«

»Laß sie ruhig weitermachen, Eve. Es scheint eine gute Sache zu sein und ist auf jeden Fall besser, als mit einem Haufen von Tagedieben herumzuhängen wie früher.«

Die Bibliothek war hell und freundlich. Hinter dem Auskunftsschalter standen zwei Frauen, eine jung, die andere älter. Die jüngere, die eine pinkfarbene Strickjacke trug, fragte Meredith, ob sie ihr helfen könne.

»Ja. Ich bin bei Miss Owens zu Besuch, die einen Ausweis für diese Bibliothek hat, und sie hat mir einen Ausleihzettel zur Verfügung gestellt. Geht das in Ordnung?«

Die ältere Frau blickte rasch von ihrer Arbeit auf und schien etwas sagen zu wollen, senkte dann aber wieder den Blick.

»O ja«, sagte das Mädchen in der pinkfarbenen Strickjacke. »Kein Problem.«

Meredith wandte sich um und spazierte zwischen den Regalen auf und ab, bis sie zur Abteilung *Medizin allgemein* kam. Während sie sorgfältig die Titel auf den Buchrücken studierte, kam die ältere Frau um die Ecke und fragte: »Suchen Sie etwas Spezielles?«

»Ja.« Meredith zögerte. »Ja, etwas über Heilkräuter.«

Die Frau sah sie durch ihre stahlgefaßte Brille gespannt an. »Wir haben ›Culpepers Kräuterbuch‹ – aber ich glaube, es ist zur Zeit ausgeliehen. Wenn ich Sie etwas fragen dürfte …« Sie stockte.

»Ja?«

»Sie haben gesagt, daß Sie bei Miss Owens zu Besuch sind. Ich wüßte gern …« Sie stockte abermals, machte einen verwirrten und nervösen Eindruck. »Dieser furchtbare Mord … Sie haben wohl keine Ahnung, wie die Polizei mit ihren Ermittlungen vorankommt?«

Meredith musterte sie aufmerksam. Es konnte auch bloße Neugier sein, doch die Frau wirkte aufgeregt. »Wie üblich, nehme ich an.« Sie warf die Angel aus. »Ich bin dem jungen Mann nur zweimal begegnet. Sehr traurige Geschichte.«

»Ja.« Die Frau griff nach dem Haken. »Er war ein so netter junger Mann.«

Ein Prickeln lief Meredith das Rückgrat hinunter. »Haben Sie ihn gekannt, Mrs. …«

»Mrs. Hartman. *Gekannt* eigentlich nicht. Aber ich erinnere mich an ihn. Ein paar Wochen, bevor er ermordet wurde, war er in der Bibliothek.«

»Wollte er etwas Besonderes?« fragte Meredith so beiläufig wie möglich. »Hat er sich Bücher ausgeliehen?«

»Nein. Er wollte den Fotokopierer benutzen.«

Ein anderer Bibliotheksbesucher kam auf sie zu und machte ein böses Gesicht. Offensichtlich standen sie im Weg. »Können wir uns irgendwo hier unterhalten?« fragte Meredith hastig und leise.

Mrs. Hartman ging voran in ein Kabuff, in dem ein Gaskocher, mehrere Tassen und alle Utensilien zum Kaffeekochen standen. Sorgfältig schloß sie die Tür hinter sich. »Ich habe mir schon den Kopf darüber zerbrochen, ob ich es der Polizei melden sollte. Aber es war etwas so Harmloses, und was hätte ich letztendlich zu erzählen gehabt? Das erste Mal ist mir der junge Mann drüben beim Fotokopierer aufgefallen. Der steht direkt bei der Tür, und gleich daneben liegt der Mikrofiche-Katalog. Der junge Mann hatte mir den Rücken zugekehrt. Er trug eine Lederjacke und Jeans, und ich dachte, er sei vielleicht ein Student aus dem College ein Stück weiter unten an der Straße. Sie kommen manchmal und kopieren gegenseitig ihre Notizen.«

»Haben Sie gesehen, was er kopiert hat?« fragte Meredith gespannt.

Mrs. Hartman schüttelte den Kopf. »Nein, das kann man nicht sehen. Aber er hatte kein Kleingeld mehr, kam zu mir ans Pult und fragte, ob ich eine Zwanzigpencemünze in zwei Zehner wechseln könnte, weil man nämlich für den Apparat Zehner braucht. Wir tun das eigentlich nicht gern, weil wir das Kleingeld aus der Bußgeldkasse nehmen müssen, und wenn dann die Leute ihre Strafe zahlen wollen, weil sie den Rückgabetermin nicht eingehalten haben, ist kein Kleingeld da, wissen Sie. Nur, er war eben ein so netter Junge ...«

Ein netter Junge. Wenigstens war ich nicht die einzige, dachte Meredith sarkastisch.

»Nun ja«, sagte Mrs. Hartman und wurde rot. »Eigentlich kein Junge mehr. Als er näher kam, sah ich, daß er ein bißchen älter war, und ich kam zu dem Schluß, daß er doch kein Collegestudent sein konnte, denn die sind alle ungefähr neunzehn.«

»Und was ist passiert?« drängte Meredith ungeduldig.

»Nichts«, entgegnete Mrs. Hartman. »Deshalb meine ich ja, daß ich deswegen nicht zur Polizei gehen kann. Ich habe ihm einfach nur die zwei Zehner für seinen Zwanziger gegeben, weil er so höflich war, richtig reizend. Ich meine, Sie sollten ein paar von den Studenten sehen. Die Jungen sind Rowdys, und die Mädchen – nun, das möchte ich lieber nicht sagen. Und das soll unsere geistige Elite sein, die durch bessere Bildung begünstigt ist. Ich verstehe die Welt einfach nicht mehr.«

Meredith brachte sie wieder auf Philip Lorrimer. »Sie haben ihm das Kleingeld gegeben, und er ist wahrscheinlich zum Kopierer zurückgegangen.«

»Ja, das ist richtig. Dann ist jemand ans Pult gekommen, und ich wurde abgelenkt.« Mrs. Hartman runzelte die Stirn. »Als ich wieder hinschaute, ging er gerade. Ich rief ihm nach, ob er auch seine Originale mitgenommen habe. Denn manchmal vergessen die Leute sie im Apparat, wissen Sie? Er sagte, ja, er habe sie sicher verwahrt.«

»Das waren seine Worte?«

»Ja, ich glaube. Er rief zurück: ›Nur keine Sorge, die sind in Sicherheit!‹«

Die. Er hatte demnach mehrere Blätter kopiert. Aber was, und warum? Warum mußten die Originale sicher verwahrt werden? Weil sie wertvoll waren, wenigstens für ihn? Oder für jemand anderen? Hatte der Mörder diese Originale gesucht, als er Philips Cottage so hastig durchwühlte?

Tief in Gedanken verließ Meredith die Bibliothek. Es schien ihr unnötig, den Wagen zu nehmen, sie ließ ihn stehen und ging das kurze Stück zum Einkaufszentrum zu Fuß. Die Niederlassung einer bekannten Buchhandelskette, in der sie zuerst fragte, führte keine Bücher über Heil-, sondern nur über Gartenkräuter. Sie seien, sagten sie mit einem Ausdruck des Bedauerns und ganz ohne Ironie, nur eine kleine Filiale. Ein unabhängiger kleiner Buchladen auf dem Marktplatz hatte zwar ein Buch, doch es behandelte nur solche Kräuter, die als Schmerzmittel eingesetzt werden konnten. Sie verließ das Geschäft und stand unschlüssig auf dem Gehsteig, als neben ihr ein Wagen hielt, Alan Markby den Kopf herausstreckte und rief: »Wohin wollen Sie?«

»Nach Hause«, antwortete sie, ging zum Wagen und beugte sich zum Fenster hinunter. »Mein Auto steht bei der Bibliothek.«

»Wenn Sie ein paar Minuten erübrigen könnten, würde ich gern mit Ihnen reden«, sagte er. »Zeit genug für eine Tasse Tee? Ich stelle nur den Wagen ab, und dann treffen wir uns in der Teestube, in der wir uns schon einmal begegnet sind.«

Die Teestube war ziemlich leer. Meredith nahm am Fenster Platz, und als die Kellnerin kam, sagte sie: »Ich warte auf einen – einen Freund.«

»In Ordnung, ich komme wieder, wenn er da ist«, erwiderte die Kellnerin munter.

Fünf Minuten später erschien auch Markby. Meredith sah ihn eintreten und ein paar Worte mit der Kellnerin wechseln, die ihn offensichtlich kannte. Sie zeigte auf Merediths Tisch. Markby kam zu ihr und setzte sich.

»Sie haben ausgezeichnete Cremetorten.« Fragend zog er eine Braue hoch.

Sie schüttelte den Kopf. »Nur eine Tasse Tee. Ich habe am Wochenende ausgiebig gegessen und einige Pfunde zugenommen. Lucia hat uns die phantastischsten neapolitanischen Speisen aufgetischt.«

»Gab es etwas Besonderes zu feiern?«

»Nein. Na ja, Saras Freund war über's Wochenende da.«

Etwas in ihrer Stimme brachte ihn zum Lächeln. Die Kellnerin kam, und sie bestellten Tee. »Hat die Presse Sie noch sehr belästigt?« fragte er freundlich, als das Mädchen gegangen war.

»Hat zur Zeit wohl etwas Interessanteres gefunden, denke ich. Kein Reporter mehr in der Nähe. Was wollten Sie von mir?«

Er wünschte, er könnte jetzt sagen, ich wollte einfach mit Ihnen zusammensein und reden. Doch das war nicht der Grund, warum er hier war. Er seufzte im Geist tief auf. Wer wollte schon Polizist sein? »Ich habe gehört, Sie haben Gary Yewell an seinem Arbeitsplatz aufgesucht«, sagte er. »Nachdem wir uns das letztemal gesehen hatten.«

»Ach, darum geht's? Wollten Sie deshalb mit mir sprechen?«

»Ja, deshalb. Warum waren Sie dort?«

Ihre schönen Augen begegneten den seinen, und ihr Gesicht bekam wieder den eigensinnigen Ausdruck, den er einerseits fürchtete, andererseits anfing zu mögen. »Ich wollte wissen, wann Philip Lorrimer morgens gewöhnlich aufstand.«

»Hören Sie, Meredith«, sagte er, »Sie nehmen es mir doch nicht übel, wenn ich ganz offen zu Ihnen spreche, oder? Ich verstehe ja, wie frustrierend es für Sie ist. Sie haben Urlaub. Sie dachten, Sie kämen in ein schönes, stilles englisches Dorf, und dann machen Sie einen Morgenspaziergang und stolpern über eine Leiche. Im Handumdrehen wimmelt es von Reportern und Fotografen und Polizisten. Am liebsten möchten Sie zu einem Besen greifen und uns alle hinausfegen. Sie gehören nicht zu den Leuten, die herumsitzen und nichts tun. Daher haben Sie beschlossen, unser Verschwinden von der Bildfläche ein bißchen zu beschleunigen, indem Sie selbst ein paar Nachforschungen anstellen. Das hätte vielleicht bei Hercule Poirot geklappt, aber im richtigen Leben funktioniert es nicht. Überlassen Sie das den Profis.«

»Ihnen?« Die braunen Augen sahen ihn schnippisch an.

»Sehr unhöflich«, sagte er.

»Na gut, sehr unhöflich, und das war ganz und gar nicht meine Absicht. Aber ich begreife nicht, warum ein paar Routinefragen an Gary Yewell Ihnen etwas ausmachen sollten. Wenn ich mich auf ganz harmlose Weise etwas umtue und Ihnen dabei nicht im Weg bin, müßten Sie doch froh sein und mich weitermachen lassen – hätte ich gedacht.«

»Sie sind mir aber ganz schön im Weg«, sagte er energisch. »Und von wegen harmlos. Man könnte es auch Zeugenbeeinflussung nennen, ist Ihnen das klar?«

»Was für ein Unsinn!« stieß sie wütend hervor.

Die Kellnerin brachte den Tee und sorgte damit gerade rechtzeitig für eine Pause im Gespräch der beiden.

»Wir haben bei drei verschiedenen Anlässen mit Yewell gesprochen«, sagte Markby. »Ein wenig liebenswürdiger junger Mensch, voller Abwehr, einsilbig. Er mag keine Polizisten.«

»Sehen Sie?« rief Meredith triumphierend. »Deshalb erzählt er mir vielleicht Dinge, die er Ihnen nicht sagen würde.«

»Und? Hat er?« Markby blickte ihr unverwandt in die Augen.

»Das weiß ich nicht. Ich weiß ja nicht, was er Ihnen gesagt hat, und Sie werden es mir wahrscheinlich nicht verraten. Mir hat er nicht viel erzählt. Am Morgen bekam er Philip nie zu Gesicht, weil der noch im Bett lag, wenn Gary vorbeikam. Gesehen hat er ihn am Freitagabend, wenn er im Dorf das Milchgeld kassierte.«

»Könnten Sie sich vorstellen, daß Gary sich an den Milchflaschen zu schaffen gemacht hat?« fragte Markby, während er nach seiner Teetasse griff.

»Offen gesagt, nein. Dazu ist er nicht gerissen genug. Und warum sollte er auch? Er hat Philip einmal pro Woche gesehen und das Milchgeld von ihm entgegengenommen.«

»Sie haben in der Molkerei eine Flasche Milch gekauft?«

Verflixter Kerl! In Meredith stieg Zorn auf. Entging

ihm denn gar nichts? Am liebsten hätte sie ihn angefaucht: »Wie können Sie es wagen, mich zu überwachen?« Doch Leute zu überwachen gehörte nun einmal zu seinem Job.

»Ja«, sagte sie eisig. »Ist das illegal?«

»Nein, nur merkwürdig. Was haben Sie damit gemacht?«

»Was schon? Die Milch getrunken, natürlich.«

»Meredith«, sagte Markby freundlich, »überlassen Sie mir die Detektivarbeit.«

Sie nahm ihre Umhängetasche und stand auf; ihre braunen Augen blitzten zornig. »Das ist ein freies Land, oder? Ich kann hingehen, wohin ich will, und sprechen, mit wem ich will. Ich bin Ihnen nicht im Weg und beeinflusse garantiert keine Zeugen. Viel Glück bei Ihren Ermittlungen, Chief Inspector!«

Sie stürmte hinaus und dachte noch: Ich hätte ihm sagen müssen, daß er Mrs. Hartman aufsuchen soll. Aber dann hätte er mir wieder vorgeworfen, ich würde mich in seine Angelegenheiten einmischen. Wenn er alles allein machen will, dann soll er doch!

Als sie an der Straßenecke war, hatte sie sich wieder ein wenig beruhigt. Die Fußgängerampel zeigte Rot, und Meredith wartete zwischen einer jungen Frau mit einem Kinderwagen und einer alten Frau mit einem Einkaufswagen auf Grün. Beide gingen mit ihren Fahrzeugen ziemlich achtlos um, und Meredith fragte sich, ob die junge Frau vielleicht versuchte, sich ihres Babys zu entledigen, weil sie den Kinderwagen schon auf die Fahrbahn geschoben hatte, noch ehe der grüne Mann erschienen war, der den Fußgängern den Weg freigab, und schwere Laster nur wenige Zentimeter vor den Zehen des Kindes vorüberdröhnten und das unglückliche Geschöpf in Abgaswolken hüllten. Und während sie dort stand und wartete, sah sie es. Genau gegenüber an der Ecke.

A.J. PERRY
MALER- UND KUNSTGEWERBE-BEDARF
BILDERRAHMUNG
GALERIE

Die Ampel wurde grün. Die junge Frau mit dem Kinderwagen stürmte los, die ältere folgte, energisch ihren Einkaufswagen hinter sich herziehend. Meredith überquerte die Straße ebenfalls, blieb auf dem Gehsteig stehen und spähte durch das Schaufenster in den Laden.

Er machte einen schmuddligen und unordentlichen Eindruck; die Schaufensterware war verblaßt, staubig und voller Fliegendreck, sie schien seit Jahren nicht mehr ausgewechselt worden zu sein. Ein paar handkolorierte Drucke von Bamford waren braun geworden und fast bis zur Unkenntlichkeit ausgebleicht. Meredith stieß die Tür mit dem durch die Sonne verschossenen braunen Rahmen auf, und über ihrem Kopf begann eine Klingel zu lärmen.

Im Laden war niemand, aber in einem der hinteren Räume wurde kräftig gehämmert. Vielleicht rahmte A. J. Perry gerade Bilder ein. Sie nahm an, daß er die Klingel gehört hatte. Meredith sah sich um. Aus staubigen Fächern schauten Farbtuben und Pinsel in verschiedenen Stärken heraus. An der Wand hingen Rahmenmuster in einer Reihe übereinander wie eine Staffel von auf dem Kopf stehenden »Vs«; die Palette reichte von ganz schlicht und modern bis zu verziert und vergoldet für viktorianische Ölgemälde. Die Preise für die Bildverglasung standen handschriftlich auf einem Stück gewellten Kartons. Ein Usambaraveilchen in einem Topf sah verdächtig danach aus, als sei es verwelkt, die dunklen, pelzigen Blätter hingen schlaff über den Topfrand. Meredith griff prüfend hinein, die Erde war knochentrocken. Noch einmal öffnete und schloß Meredith die Ladentür, damit die Glocke wieder bimmelte.

Diesmal erfolgte eine Reaktion. Das Hämmern hörte auf, und ein kahlköpfiger Mann mit einem Rauschebart kam eilends hinter einem Perlenvorhang hervor und musterte sie mit einem finsteren Blick.

»Ah, es ist jemand«, sagte er mürrisch. »Dachte schon, es wären wieder diese verdammten Kinder, die ihren Unsinn treiben.«

Meredith entschuldigte sich für die Störung und erklärte ihm, was sie zu ihm geführt hatte.

»Philip Lorrimer. O ja, ich erinnere mich an ihn.« Mr. Perry, vorausgesetzt, er war es, ging hinter seinen Tresen und stützte sich mit den Handflächen auf die mit allem möglichen Kleinkram übersäte Platte. Nach seinen dunkelblau bis schwarz verfärbten Fingernägeln zu schließen, traf sein Hammer nicht immer, was er treffen sollte. »Er hat bei mir dies und das gekauft, sagte, er sei Töpfer. Ich hab's in der Lokalzeitung gelesen, daß man ihn umgebracht hat. Hab' seine Arbeiten nie gesehen – die Töpfereien, meine ich. Nur ein paar Bilder von ihm.«

»Bilder?« Zum erstenmal hörte sie, daß Lorrimer auch gemalt hatte. »Ich wußte gar nicht, daß er malte. Dachte, daß er nur getöpfert hat.«

»Ach«, sagte Mr. Perry, »mußte doch seine Brötchen verdienen. Deshalb hat er getöpfert, hat er mir wenigstens so gesagt. Hätte am liebsten nur Porträts gemalt. Ich habe hier eine kleine Galerie...« Er wies mit dem Kopf zu dem Perlenvorhang hinüber. »Lorrimer hat mir ein paar Bilder gebracht, um zu testen, ob sie sich verkaufen ließen.«

Meredith bemühte sich, sich ihre Aufregung nicht anmerken zu lassen. »Und haben Sie sie verkauft? Oder sind sie noch hier?«

»Also, das ist jetzt komisch«, sagte Mr. Perry und wühlte mit den plumpen Fingern in seinem Bart, als suche er ein paar Rahmen- oder Reißnägel, die während seiner Arbeit darin hängengeblieben sein könnten. »Eines davon war ein Porträt einer Katze, das hat eine alte Dame gekauft. Ich selber mache mir nichts aus Katzen, aber ich glaube, als Katzenbild war es okay. Tierbilder sind gewöhnlich gut verkäuflich, darum habe ich es hereingenommen. Unter uns gesagt, er hat als Maler nicht viel getaugt. Grobe Pinselführung. Aber er hat es verstanden, etwas Wesentliches von seinem Sujet einzufangen, da war er wirklich gut, wenn Sie verstehen, was ich meine.«

»Und das andere Bild?« fragte Meredith mit gepreßter Stimme.

»O ja, das war das Porträt eines Mädchens. Eines jungen Mädchens mit langem hellem Haar, eines sehr hübschen Mädchens. Ein wirklich reizendes Bild, aber ich hatte so meine Zweifel, ob ich es verkaufen könnte. Und *das* war das Komische.« Mr. Perry beugte sich vor. »Ein junger Kerl hat es gekauft. Kam eines Tages hereinmarschiert, sehr pampig. Aggressiver Typ. Bißchen ein Klugscheißer. Stadtmensch, kein Einheimischer. Kennen Sie die Sorte?«

»Ja«, sagte Meredith, »die kenne ich.«

»Sagte, er habe gehört, ich hätte ein Bild von Lorrimer hier. Wollte die Galerie gar nicht sehen, fragte nur nach dem Bild. Ich zeigte es ihm, und er sagte, ja, das ist es. Und holte ein Scheckbuch heraus und fragte schroff: ›Wieviel?‹ Beinahe hätte ich ihm gesagt, er könne es nicht kaufen, nur um ihm Manieren beizubringen. Aber dann dachte ich, daß der junge Lorrimer sich freuen würde, und Geschäft ist Geschäft. Hab' aber noch einen Zehner auf den Preis draufgeschlagen. Er hat gezahlt, ohne mit der Wimper zu zucken, das Bild unter den Arm geklemmt und ist hinausmarschiert. Hat nicht einmal wegen eines Rahmens gefragt«, fügte Mr. Perry grollend hinzu.

»Ah ja, verstehe …«

»Nein, tun Sie nicht«, sagte Mr. Perry und wackelte mit seinem Bart. »Ich bin noch nicht fertig. Das war nicht das Ende. Zwei Tage später kam Lorrimer hier hereingestürmt, weiß wie die Wand, und platzte fast vor Wut. Er lief schnurstracks in die Galerie und kam doppelt so schnell wieder heraus. ›Wo ist das verdammte Bild?‹ brüllte er. Ich sagte ihm, daß ich's verkauft hätte. ›Warum haben Sie Saukerl das getan?‹ schrie er. Na ja, ich war selber bei der Marine und hab' ihm im selben Ton geantwortet. Er beruhigte sich ein bißchen, wurde irgendwie trübsinnig. ›Ich wollte es zurückhaben‹, sagte er. Ich antwortete ihm, das hätte ich nicht gewußt. Ich wollte ihm dann das Geld geben, das ich dafür bekommen hatte, abzüglich meiner Prozente natürlich. Er nahm es nicht. ›Behalten Sie das verdammte Geld‹, schnauzte er. ›Mistkerl!‹ Und stürmte wieder hinaus. Danach habe ich ihn nie wiedergesehen. Er muß seine Materialien anderswo gekauft haben.«

Meredith bedankte sich. Sie fuhr zum Pfarrhaus zurück und murmelte ständig »Idiotin! Idiotin! Idiotin!« vor sich hin. Sie ging direkt in den Salon und zu Eves Porträt, das dort hing. Ja, die Pinselführung war plump. Natürlich hatte der Name des Malers ihr kurz nach ihrer Ankunft hier nichts gesagt. Sie hätte sich aber an ihn erinnern müssen, besonders als sie ihn selbst kennenlernte …

Sie schaute in die Ecke des Bildes. Ja, da war die Signatur, gleich über der Stelle, an der ein ziemlich großer Splitter aus dem Rahmen herausgebrochen war; jemand hatte versucht, den Schaden mit goldener Farbe auszubessern.

»Ich hatte gehofft, du würdest es nicht merken.«

Meredith fuhr herum. Eve stand an der Tür, ganz elegant in hellgrünem Seidenkrepp. Sie kam langsam näher und betrachtete das Bild voller Abneigung.

»Warum hast du nie erwähnt, daß Lorrimer dich gemalt hat, Evie?«

Eve zuckte mit den Schultern. »Ist das wichtig? Es wäre doch taktlos, die Leute jetzt daran zu erinnern. Besonders Sara. Ich habe für dieses Porträt nicht selbst gesessen, es wurde nach einer Fotografie gemalt. Robert war öfter geschäftlich in der Gegend unterwegs – noch bevor wir das Haus kauften. Dadurch kam er ja auf die Idee, aufs Land zu ziehen, und erfuhr dann von dem leerstehenden Haus. Ich weiß nicht, wie er Lorrimer kennenlernte, aber Robert interessierte sich für junge Menschen. Er förderte junge Talente und gab Lorrimer den Auftrag, das Porträt nach dem Foto zu malen, er wollte mich damit überraschen. Wir waren erst kurz verheiratet, und er liebte solche Aktionen. Das Bild wurde recht gut, wenn man die Umstände bedenkt. Robert gefiel es jedenfalls, und er bestand darauf, es hier aufzuhängen. Ich denke mir, daß er sich, immer wenn er es ansah, sagen konnte, es sei eine gute Tat gewesen, Lorrimer mit dem Auftrag zu helfen. Es gab ihm ein gutes Gefühl, und das war ein Grund dafür, daß er es so gern mochte. Ich habe Lorrimer erst kennengelernt, als wir hierherzogen. Offen gesagt, es war mir peinlich – das Bild hier an der Wand und der Künstler ein so schmuddliger junger Mann, der nur einen Steinwurf weit entfernt wohnte. Aber nach Roberts Tod, da konnte ich es nicht mehr abnehmen … du weißt ja – schloß Eve düster.

Es gibt sehr viel, was ich nicht weiß, dachte Meredith, oder nicht gewußt habe, aber nach und nach erfahre ich doch so einiges. Sie ging hinauf in ihr Zimmer, setzte sich ans Fenster und schaute auf die Zufahrt hinunter. Dann schlug sie ihr Notizbuch auf, legte es sich auf die Knie und schrieb:

Robert kommt geschäftlich her und lernt Lorrimer kennen, der Eves Porträt nach einem Foto malt.

Robert kauft das Haus und zieht mit Eve und Sara hierher.

Robert stirbt, und Sara lernt auf der Beerdigung Lazenby kennen, mit dem sie sich verlobt.

Lorrimer hat Sara irgendwann gemalt und das Bild in Perrys Laden gebracht, doch Lazenby erfährt davon und kauft es. Lorrimer versucht vergeblich, es zurückzubekommen.

Lorrimer benutzt den Kopierer in der Bibliothek.

Meredith klappte das Notizbuch zu. Es war an der Zeit, mit Sara zu sprechen. Und diesmal lasse ich mir keinen Unsinn auftischen, dachte sie grimmig.

KAPITEL 10

»Um Himmels willen, Alan!« rief Laura empört. Die Arme über der Brust gefaltet, lehnte sie im Türrahmen und betrachtete die gebeugte Gestalt ihres einzigen Bruders, der im Patio einem Topf mit Geranien eine Strafpredigt zu halten schien. »Fängst du jetzt auch schon an, mit Pflanzen zu reden? Ich weiß, alle möglichen Leute tun es, aber ich glaube nicht, daß ich's ertragen kann.«

»Nein«, entgegnete er entrüstet, »ich habe nur laut gedacht.«

»In diesen Blumentrögen rumwerkeln und mit dir selber reden. Ein Gutes hat es ja, Alan, mit deinen Geburtstags- oder Weihnachtsgeschenken gibt es nie ein Problem. Ein Sack Biodünger, und du bist glücklich.«

»Besser jedenfalls als Krawatten und Socken, die ich nicht mag.«

Sie gingen beide in die Küche zurück. »Ich wollte dich für den Sonntag zum Mittagessen einladen«, sagte Laura. »Die Kinder haben dich schon eine Ewigkeit nicht mehr gesehen.«

»Das ist nicht wahr«, verteidigte er sich. »Ihr wart alle zum Lunch bei mir – wir haben draußen gegrillt. Ich habe es eben erst geschafft, den Patio von den Fettflecken zu säubern.«

»Das ist schon mindestens zwei Monate her. Ach,

länger. Es war kurz nachdem Eve Owens dich gebeten hatte, den Brautführer zu machen.« Er murmelte etwas und ging hinaus, aber Laura lief mit vorwurfsvoller Miene hinter ihm her. »Man sieht dich alle Jubeljahre einmal. Onkel Alan ist zu einer mythischen Gestalt geworden, wie der Nikolaus. Ein Wunder, daß sie dich nicht für den Weihnachtsmann halten, wenn du einmal im Jahr an Weihnachten mit Geschenken erscheinst und dann für zwölf Monate wieder verschwindest. Was ist los, magst du etwa meine Kinder nicht?«

»Ich liebe sie, aber das Kleine ist immer im Bett, wenn ich euch besuche. Kommt mir vor wie ein dahinsiechender viktorianischer Invalide.«

»Sie, Alan, *sie*. Nicht *das*. Kinder sind nicht geschlechtslos. Bekommen wir dich nun am Sonntag zu sehen? Paul sagt, im Fernsehen gibt es Fußball, und du kannst dir das Spiel von West Ham mit ihm ansehen.«

»Danke.« Markby strich um ein Alpenveilchen herum, das auf der Anrichte stand. »Ich habe viel zu tun, Laura. Nett von dir, mich einzuladen und so weiter.«

»Du kannst am Sonntag nicht arbeiten«, sagte sie streng. »Nun ja, du kannst, aber du brauchst und du solltest es nicht. Du wirst noch zum Workaholic.«

»Das ist nicht wahr«, verteidigte er sich. »Aber ich habe im Moment einen sehr merkwürdigen Fall.«

»Hör mal, *ich* habe auch eine Menge Arbeit, aber ich nehme mir die Zeit zum Essen!« Sie klang nun richtig entrüstet. Nach einer Pause sagte sie: »Geht es um den Nachbarn von Eve Owens, den jemand vergiftet hat?«

»Um genau den. Ich glaube fast, er hat es herausgefordert, aber es ist ein scheußlicher Tod.« Markby kratzte sich am Kinn. »Mir sind Fälle lieber, in denen geschossen oder mit stumpfen Gegenständen zugeschlagen wird. Gift ist etwas so Heimtückisches.«

»Verglichen mit stumpfen Gegenständen könnte man es fast kultiviert nennen«, wandte sie ein. Ihr Bruder warf ihr einen scharfen Blick zu, und Laura dachte nicht zum erstenmal, daß seine liebenswürdige Art eine gelungene Tarnung für seinen ungewöhnlich wachen Verstand war.

»Ja, die Waffe einer Frau, wie man sagt. Doch vielleicht ist das eine altmodische Idee, die noch aus den Zeiten stammt, in denen Frauen schwach waren und in jedem Haus eine Büchse Arsen gegen die Ratten aufbewahrt wurde.«

»Was beunruhigt dich, Alan?« fragte Laura leise.

»Mich beunruhigt, daß es kein offensichtliches Motiv gibt. Er war ein unangenehmer Kerl, aber wenn jeder, der in diese Kategorie gehört, ermordet werden würde, hätten wir einen gewaltigen Bevölkerungsschwund. Es reicht nicht. Er hat allein gelebt. Er war selbständig und auf seine Weise unabhängig. Das Cottage gehörte ihm. Er hat es bar gekauft und dem Makler gesagt, das Geld habe er von einem älteren Verwandten geerbt. Aber Verwandte konnten wir bisher nicht auftreiben. Warum sollte er jemandem so im Weg gewesen sein, daß der ihn umbringen mußte? Übrigens hat man ihm nicht sofort angemerkt, daß er ein so unerfreulicher Zeitgenosse war. Nach außen hin konnte er charmant sein. Das sind immer die Schlimmsten.«

»Aber er benutzte seinen Charme nicht, um begüterte Frauen mit schlichtem Gemüt auszunehmen«, stellte Laura fest.

»Woher wollen wir das wissen? Vielleicht haben wir seine Opfer nur noch nicht entdeckt. Dieser jungenhafte Charme war verdammt wirkungsvoll. Selbst Miss Mitchell hat ihn für einen netten Kerl gehalten, und sie läßt sich so leicht nicht täuschen.«

»Oh?« bemerkte Laura.

Er hob die Schultern. »Laura, wenn du eine Frau wärest …«

»Na vielen Dank! Was bin ich denn dann? Ein Androide?«

»Hör zu. Wenn du nicht meine Schwester, sondern eine andere Frau wärst, okay? Was würdest du über mich denken?«

»Unordentlich«, sagte sie prompt. »Jemand, der dringend die Hand einer Frau braucht, die ihn führt, ihm das Hemd bügelt, ihn daran erinnert, daß er sich die Haare schneiden lassen muß, und ihn davon abhält, mit seinen Pflanzen zu reden.«

»Eine solche Frau ist sie nicht, ich meine, sie bügelt keine Hemden.«

Laura ging zum Angriff über. »He, über wen sprechen wir eigentlich? Du hast dich doch nicht in die *femme fatale* verliebt, in die Leinwandgöttin, die alterslose Eve, oder doch?«

»Nein, und sei nicht gehässig. Eve Owens, das kann ich dir flüstern, ist eine bemerkenswert gut erhaltene Frau.«

»Und ich habe einen bemerkenswert gut erhaltenen

georgianischen Spieltisch. Um Himmels willen, Alan! Wenn du weiterhin solche Bemerkungen von dir geben willst, solltest du doch besser mit Pflanzen reden. Hätte Eve Owens gehört, wie du sie beschreibst, würde sie dich verklagen – und ich würde sie vertreten!«

»Ich spreche über Meredith Mitchell«, gestand er.

»Wie sieht sie aus?« fragte die praktisch denkende Laura.

»Oh, ziemlich groß, bißchen über dreißig, schönes Haar, schöne Haut, intelligent. Sie ist im Konsulardienst.«

»Schade, daß du sie nicht zum Lunch mitbringen kannst«, sagte Laura mit aufrichtigem Bedauern. »Aber das geht nicht, nehme ich an, solange dieser Fall nicht abgeschlossen ist. Weil sie eine wichtige Zeugin ist. Sie hat die Leiche gefunden, nicht wahr? Beeinflussung und all das. Die Verteidigung würde sich darauf stürzen.«

»Ich bezweifle, daß sie sich überhaupt von mir einladen ließe. Sie sieht mich an, als sei ich mit einem Rucksack und Gebetsperlen in der Hand in ihrem Konsulat aufgetaucht und hätte behauptet, meinen Paß verloren zu haben. Manchmal macht es wirklich nicht viel Spaß, Inspektor zu sein. Man platzt ungebeten bei den Leuten herein, stellt alle möglichen dämlichen und sehr persönlichen Fragen, und die Leute nehmen es einem natürlich übel.« Er hielt einen Moment inne, dann sagte er: »Von Pflanzen oder Blumen versteht sie nichts.«

»Dafür kriegt sie einen Pluspunkt bei mir«, sagte Laura wohlwollend.

»Nein, du begreifst nicht«, erwiderte ihr Bruder

ernst. »Sie versteht nichts davon, aber der Mörder von Philip Lorrimer, der schon.«

Meredith schloß den Wagen sorgfältig ab und sah nach, ob nicht etwas auf dem Rücksitz oder der Ablage lag, das auch nur das leiseste Interesse wecken konnte. Das hier war kein Platz, den sie sich freiwillig ausgesucht hätte, um ihren Wagen abzustellen, aber er lag ihrem Ziel am nächsten. Sie sah sich um. Eintönige Wohnblocks aus roten Ziegeln erstreckten sich zu beiden Seiten der Straße, viele der unteren Fensterreihen waren mit Brettern vernagelt. Auf den Mauern überall Graffiti, die meisten bedeutungslose Kritzeleien, einige beinahe künstlerisch. Sie schob die Schlüssel in die Manteltasche, in der sie schon ein paar Dinge untergebracht hatte, die sie sonst in einer Umhängetasche trug. Wenn man hier zu Fuß unterwegs war und eine Tasche bei sich hatte, die einem entrissen werden konnte, forderte man Schwierigkeiten geradezu heraus.

Der Wagen blickte ihr traurig und verlassen nach, als sie flott die Straße entlangschritt, vorbei an den Wohnungen und an einem Block mit Ladengeschäften – einem Waschsalon, einem schäbigen Zeitungskiosk mit einem Schaufenster, in dem unzählige handschriftliche Anzeigen hingen, und einem anscheinend leeren Gebäude, dessen Tür offenstand und vor dem eine Gruppe Jugendlicher herumlungerte. Sie spürte deutlich ihre abschätzenden, feindseligen Blicke, als sie vorbeiging.

Hinter der nächsten Ecke sah es geringfügig besser aus, hier standen vor dem Krieg gebaute Reihenhäuser mit Erkerfenstern, die die Luftangriffe überstanden hatten. Einige schienen noch von ihren Besitzern bewohnt zu sein, andere waren in einzelne Wohnungen unterteilt worden, eines beherbergte – ein fast überraschender Anblick – eine Arztpraxis. Eine gelbe Doppellinie, die absolutes Halteverbot anzeigte. Eine Seitenstraße, die sie überquerte. Noch ein Erkerfenster, diesmal mit dichten Spitzenvorhängen verhängt, aber mit einer Comic-Postkarte davor, die mit Klebeband an der Scheibe befestigt war. Der Text der Karte lautete: *Wenn du Lust hast, zwinker mit den Augen.* Unmöglich zu erraten, wer hinter den Spitzenvorhängen auf die so diskret aufgeforderten Kunden wartete. Besser als eine rote Laterne oder Mädchen im Fenster, die an ihren Strapsen zupfen, dachte Meredith amüsiert.

Vor einem der Häuser mit Erker blieb sie stehen. Einige Stufen führten zur Haustür, über eine zweite Treppe gelangte man zum Souterrain; aus einem Gitterfenster stiegen von dort Küchendünste auf, es roch nach Zwiebeln und nach Wasser, in dem Reis, Kartoffeln oder Pasta kochten. Meredith warf einen Blick auf die Hausnummer, stieg die Stufen zu der ziemlich ramponierten Haustür hinauf und drückte auf die Klingel unter dem Schild *Frauenheim St. Agatha.*

Bald darauf näherten sich Schritte, und vom Rasseln einer Kette begleitet wurde die Tür ein paar Zentimeter geöffnet. Ein Gesicht sah Meredith prüfend an.

»Ich möchte Sara Emerson sprechen«, sagte Meredith.

»Wie heißen Sie?« fragte die zu dem Gesicht gehörende Stimme argwöhnisch.

Meredith nannte ihren Namen und fügte hinzu: »Ich bin eine Verwandte.«

»Eine Sekunde«, sagte die Stimme. Die Tür wurde geschlossen, die Kette gelöst, dann die Tür wieder geöffnet – diesmal gerade weit genug, daß Meredith sich durchquetschen konnte.

Ein pummeliges Mädchen in T-Shirt und Jeans schloß die Tür und legte wieder die Kette vor. Meredith sah sich um. Der Flur war kahl, mit altem, brüchigem Linoleum auf dem Boden, die hellblauen Wände allerdings schienen, wenn auch nur laienhaft, vor kurzem frisch gestrichen worden zu sein. Irgendwo weinte ein Kind, und in Radio One war ein Discjockey gnadenlos fröhlich. Klappernde Schritte auf der Treppe kündeten die Ankunft einer zweiten jungen Frau an. Sie blieb, eine Zigarette in der Hand, auf halbem Weg stehen, erblickte Meredith, machte kehrt und lief davon; es war aber genug Zeit, daß Meredith ein schrecklich blau und schwarz verfärbtes Auge sehen konnte.

»Wir müssen kontrollieren«, sagte das rundliche Mädchen. »Man sieht gleich, wenn es jemand ist, der Zuflucht sucht. Sie machen nicht den Eindruck. Kommen Sie auch wirklich nicht von der Behörde oder vom Sozialamt?«

»Wirklich nicht. Fragen Sie doch Sara.«

»Keine Journalistin oder so?«

»Nein«, antwortete Meredith geduldig.

»Sie kommen her, um nachzuzählen, wie viele wir aufgenommen haben«, erklärte das pummelige Mädchen. »Die von der Behörde. Sie sagen dauernd, wir sollen die Anzahl beschränken. Wegen Feuergefahr und

Gesundheit und so weiter. Aber wir können sie doch nicht wegschicken, oder? Und die vom Sozialamt kommen wegen der Kinder. Und dann die Ehemänner und Freunde, die versuchen, die Tür einzutreten, und die Presse, die dauernd auf neue Storys aus ist – manchmal reicht es einem wirklich.«

»Ich bin nichts von allem«, versicherte ihr Meredith.

»Zufälligerweise haben wir im Augenblick nicht viele hier.« Die Gedanken des Mädchens liefen allem Anschein nach auf Schienen, und nachdem sie einmal auf ein bestimmtes Gleis geraten waren, blieben sie da, bis sie einen bestimmten Punkt erreicht hatten.

»Sara?« fragte Meredith energisch.

»O ja, in der Krippe – den Flur entlang.«

Die Kinderkrippe war ein großer, sonniger Raum im hinteren Teil des Hauses. Er war spartanisch möbliert und mit der gleichen hellblauen Farbe gestrichen wie der Flur; um den Kamin herum sah man noch die Ränder. An die Wände waren Buntstiftzeichnungen von Kindern geheftet. Auf dem Fenstersims stand eine Geranie. Sara saß auf dem Boden und wiegte ein schniefendes Baby, das Kind, das Meredith eben schreien gehört hatte. Zwei kleine Mädchen zankten sich um ein Spielzeugxylophon, und in der Ecke hockte ganz allein ein kleiner Junge und war vollkommen darin vertieft, Plastikbausteine aneinanderzulegen.

Meredith nahm in einem schäbigen Sessel Platz. Eines der kleinen Mädchen blickte auf, lächelte und schlug dann dem anderen den Hammer des Xylophons auf den Kopf.

Sara, die in einem Arm das Baby schaukelte, streckte

die andere Hand aus, um den Streit um das Xylophon zu schlichten, und bemerkte trotzig: »Los, du darfst es ruhig sagen. Die Gegend ist schrecklich, das Heim ist schäbig, und wir leben wie hinter Barrikaden. Ich sollte nicht hier sein.«

»Ich werde nichts dergleichen sagen, weil ich nichts dergleichen denke. Du hast jedes Recht, hier zu sein und hier zu arbeiten, wenn du es so willst. Das Heim ist nicht so schlimm – soweit ich es gesehen habe. Hübscher neuer Anstrich.«

Die Anspannung ließ bei Sara nach, sie warf den Kopf zurück und schob sich eine Haarsträhne aus der Stirn. »Ja, Joanne und ich haben fast alles selbst gestrichen. Es hat eine Ewigkeit gedauert, weil wir's nur am Abend tun konnten, wenn alle im Bett und aus dem Weg waren und die Kinder nicht an die feuchte Farbe kommen konnten.« Sie zögerte einen Moment. »Zum allerersten mal in meinem ganzen Leben tue ich etwas einigermaßen Sinnvolles.« Das Baby quäkte, und sie wiegte es liebevoll. »Joanne ist mit Mark und Jen ganztags hier. Lucy, Marks Freundin, kocht. Rein vegetarisch, denn sie ist Vegetarierin. Joanne ist für die gesamte Organisation zuständig, und ich helfe aus, wo ich gebraucht werde, hauptsächlich hier in der Krippe.«

»Was macht Mark?« fragte Meredith neugierig.

»Er fährt den Transporter. Willst du Kaffee?«

»Ich will nur reden. Und ernsthaft, Sara. Versuch nicht, mich an der Nase herumzuführen. Ich will wissen, womit Philip dich in der Hand hatte, was er dir androhte und warum?«

Der eigensinnige Ausdruck kehrte in Saras Gesicht

zurück. Sie stand auf, ohne das Baby loszulassen, ging zur Tür und rief: »Joanne!« in den Flur. Dann drehte sie sich um und sagte mit leiser, gepreßter Stimme: »Ich will hier nicht darüber reden. Ich erzähle es dir, aber nicht hier. Wir haben heute vormittag nicht so viel zu tun, und Joanne kann übernehmen.«

»Fein. Ich möchte sowieso mit dem Wagen gern hier weg, ich hab' ihn um die Ecke geparkt, und da haben sich ein paar Jugendliche herumgedrückt.«

Der Wagen stand noch da, aber die Scheibenwischer waren verschwunden. »Hätte schlimmer kommen können«, sagte Meredith schicksalsergeben.

»Vor meiner Wohnung kannst du das Auto stehenlassen.« Saras Blick war starr in die Ferne gerichtet, während sie sprach.

Ihre Wohnung lag im Erdgeschoß eines Reihenhauses. Die Häuser in dieser Zeile waren besser gepflegt, und einige schienen erst vor kurzem renoviert worden zu sein. Ein wenig übereilt hatte man Doppelverglasungen und Holztüren eingebaut, die besser zu feudalen Landsitzen gepaßt hätten als zu Häusern aus den dreißiger Jahren. In einigen Fenstern hingen Blumentopfhalter aus Makramee, und statt der Spitzengardinen gab es hier Vorhänge aus Schnüren, auf die Holzperlen gezogen waren, wie vor Eingängen in der Kasbah.

Sara führte Meredith in ein gemütliches, fröhlich chaotisches Zimmer, in dem leuchtend bunte Flickenkissen und gehäkelte Decken verteilt waren.

»Du meine Güte«, sagte Meredith, »du hast wirklich einen grünen Daumen.«

Überall standen Töpfe mit Pflanzen: auf dem Fenstersims und in Regalen aufgereiht und auf Tischen, wo sie sich gegenseitig den Platz streitig machten. Im Fenstererker stand eine Yukkapalme in einem Kübel neben einem Gummibaum, der bis an die Decke reichte. Über Merediths Kopf hing in einem Korb ein Topf mit einer Grünlilie.

»Oh, die schenkt mir Jon«, sagte Sara beiläufig. »Setz dich, Merry, ich hole derweil den Kaffee.«

Meredith ließ sich nieder und wußte nicht recht, ob sie sich nun wie in einer Blockhütte in der russischen Steppe oder in einem Gewächshaus in Kew Gardens fühlen sollte. Sie hörte Sara in der Küche hantieren. Im Bücherregal stand zwischen zwei dicken Wälzern über Soziologie ein gerahmtes Foto von Jonathan Lazenby. Streng blickte er in das kleine, überfüllte Zimmer, als wäre es die Generalprobe für den Tag, an dem er zum Präsidenten des Britischen Industriellenverbandes gewählt werden sollte.

Sara brachte den Kaffee auf einem Tablett herein, und Meredith schob auf dem Tisch rasch Bücher und Papiere zur Seite, damit sie das Tablett absetzen konnte.

»Wozu die Soziologiebücher?« fragte Meredith.

»Ich habe daran gedacht, mich beruflich irgendwie weiterzuqualifizieren. Richtig studieren kann ich nicht, ich habe kein Abitur. Aber ich könnte einen Kurs an der Technischen Hochschule belegen.« Nervös schob Sara sich das Haar aus der Stirn und reichte Meredith eine Tasse. Dann lehnte sie sich zurück, schlang die Hände ineinander und spielte auf eine Art mit ihrem Riesenrubin, die Meredith immer auffälliger fand. »Ich bin froh, daß du das Heim gesehen hast. Ehe ich anfing, dort zu arbeiten, habe ich keine Ahnung gehabt, daß es so etwas überhaupt gibt – daß Frauen so leben können. Ich dachte wirklich, diese Dinge wären seit Charles Dickens passé.«

»Wer hat denn den Kontakt zu St. Agatha hergestellt?«

»Die Freundin einer Freundin. Es war reiner Zufall. Manche Frauen, die zu uns kommen, haben Schreckliches mitgemacht. Einige sind nur verängstigt, manche richtig verletzt, viele blaue Flecke und Blutergüsse und so weiter. Oft sind die Kinder, wenn sie sie mitbringen, völlig durcheinander und haben Verhaltensstörungen. Die Frauen sind äußerlich verletzt, aber die Wunden der Kinder sind innerlich. Mehrere Frauen haben mir erzählt, sie seien als Kinder selbst mißhandelt worden. Man würde meinen, daß ein solches Kind als erwachsene Frau nichts mit einem Mann zu tun haben wollte, der sie verprügelt, nicht wahr? Das Gegenteil ist der Fall. Es ist schwer zu verstehen, aber es hat eben immer zu ihrem Leben gehört. Oft verlassen sie uns und gehen zu den Männern zurück. Sie wissen nicht, wohin sie sonst sollen. Sie haben keine Familien, die ihnen helfen, oder sie schämen sich, zu ihren Familien zu gehen. Sie haben kein Geld und keine Wohnung. Also kehren sie zu dem Mann zurück. Manchmal gehen sie zurück und sagen, diesmal wird alles gutgehen, wissen aber genau, daß das nicht stimmt. Doch manchmal werden sie geradezu von dem Gefühl getrieben, sie müßten zurück. Als sehnten sie sich danach zu leiden.«

»Was ist mit den Männern?« fragte Meredith. »Machen sie große Schwierigkeiten?«

»Gelegentlich, aber nicht immer so, wie man es erwartet. Manche Ehemänner sehen sehr respektabel aus, wenn sie bei uns auf der Matte stehen. So gar nicht wie Ungeheuer. Manchen merkt man natürlich an, daß es schwere Fälle sind. Aber ich erinnere mich an einen Typen, der uns versicherte, alles, was seine Frau erzählen würde, sei gelogen. Er sprach gebildet, war gut gekleidet, und was er sagte, klang plausibel. Hätten wir nicht ihre Blutergüsse gesehen, hätten wir ihm vielleicht sogar geglaubt. Hinterher erzählte uns seine Frau, es habe mit Sex zu tun… Ich meine, er konnte nicht, wenn er sie vorher nicht verprügelte. Es war nicht etwa so, daß er trank, er hatte eine verantwortungsvolle Stellung und große Angst, seine Vorgesetzten könnten erfahren, daß seine Frau bei uns im Frauenhaus war. Ein anderer behauptete, wir hielten seine Frau gegen ihren Willen fest, und drohte uns mit einer Klage. Die Menschen benehmen sich schon sehr seltsam.« Sie hielt plötzlich inne.

»Ja«, sagte Meredith und wartete geduldig, denn sie spürte, daß Sara mit ihrer eigenen Geschichte beginnen würde, sobald sie bereit dazu war. Nach einer langen Pause begann sie wieder zu sprechen.

»Die Männer, die äußerlich so korrekt aussehen, aber im Innern wahre Ungeheuer sind, erinnern mich immer an Philip Lorrimer. Er hat auch nicht wie ein Ungeheuer ausgesehen, aber er war eins.« Sie seufzte. »Wenn du mich vor drei Jahren erlebt hättest, Merry, hättest du dir nie vorstellen können, daß ich einmal in einem Frauenhaus arbeiten würde. Aber ich hatte Glück, nicht wahr? Als ich anfing abzurutschen, war jemand da, der mir helfen konnte und wollte. Ich hatte Mummy und Robert, und sie haben mich aufgefangen und zur Vernunft gebracht. Damals wußte ich das natürlich nicht zu schätzen. Als wir aus London ins Pfarrhaus zogen, habe ich es gehaßt. Ich schloß mich in mein Zimmer ein und heulte ganze Eimer voll, aus Wut und Selbstmitleid. Ich fühlte mich völlig einsam und vermißte die Leute, die ich noch immer für meine Freunde hielt, obwohl sie in Wirklichkeit keine richtigen Freunde waren, und ich vermißte die Partys und alles andere … Sooft ich konnte, fuhr ich nach London. Am meisten sehnte ich mich danach, mit jemandem über das zu sprechen, was mich beschäftigte. Vor Robert schämte ich mich zu sehr, daher konnte ich mit ihm nicht reden, und er war auch schon ziemlich alt. Mummy und ich zankten uns nur, wenn wir zu reden versuchten, und das machte uns beide unglücklich. Also fiel auch sie aus. Ich wollte mit einem jungen Menschen reden, mit jemandem, der nicht zur Familie gehörte, der keiner Seite verpflichtet war. Mit jemandem, von dem ich annehmen konnte, daß er mir ruhig zuhören und sich unvoreingenommen äußern würde.«

»Dann hat es also damals angefangen, daß du dich Philip anvertraut hast?« fragte Meredith.

Sara nickte. »Wir haben uns erst über die Katzen unterhalten. Dann fing ich an, ihn jeden Tag zu besuchen. Ich ging durch die Gartentür und durch das Gäßchen, das sie Love Lane nennen – ein komischer Name, nicht wahr? Jedenfalls schien Phil nett zu sein – damals. Er war unkonventionell, ein Künstler, und er brachte mich zum Lachen. Zum Beispiel ahmte er den alten Bert nach, der ständig von seinem Kohl und seinen Karotten schwafelte. Er schilderte mir, wie Bert im Garten umherging und überall Tassen mit Bier hinstellte, in die die Schnecken fallen sollten – doch dann haben Tom und Jerry das Bier getrunken und sind beide krank geworden. Bert war sauer, weil sie ihm seine Schneckenfallen vermasselt hatten, und Phil war sauer, weil seine Katzen krank geworden waren. Aber hinterher amüsierte er sich darüber und brachte auch mich zum Lachen. Wie Bert wieselte er um sein Atelier herum, schüttelte die Fäuste und verfluchte ›dieses ausländische Ungeziefer‹. Phil ließ mich auch bei seiner Arbeit zusehen, und ich bemalte ein paar Vasen für ihn, als er einen sehr eiligen Auftrag hatte. Ich habe sogar versucht zu töpfern, doch ich war nicht sehr geschickt darin. Alles war so ganz anders als das Leben, das ich zuvor geführt hatte. Phil zerbrach sich nicht den Kopf über die Sachen, die meinen anderen Freunden so wichtig waren. Er wollte keinen schicken Wagen und wollte auch nicht nach St. Moritz zum Schifahren. Er besaß zwei oder drei Jeans, zwei oder drei T-Shirts und eine Lederjacke, und ich glaube tatsächlich, daß das alles war. Ich habe ihn nie in etwas anderem gesehen. Für gutes Katzenfutter gab er Geld aus, an sich selbst dachte er kaum. Er trank sehr viel Milch, und die hielt ihn am Leben. Na ja, jedenfalls erzählte ich ihm alles, während ich die Vasen bemalte und für ihn das Atelier aufräumte. Alles über die Partys, die ich mitgemacht hatte, wer dagewesen war und was die Leute getan hatten. Ein paar von ihnen waren sehr bekannt. Ich meine, nicht die Leute, mit denen ich zusammen war, aber sie hatten berühmte Eltern, von der Regierung und so, es waren nicht nur Theater- oder Fernsehleute wie Mummy.«

»Und so bekam Phil eine Menge brisanter Informationen über dich und die anderen in die Hände.«

»Genau«, sagte Sara niedergeschlagen. »Das schien aber nicht von Belang zu sein, weil er doch ein Freund war. Er beschaffte sich auch andere Sachen, Fotos und einen Brief.«

»Wie hat er das denn angestellt?«

Sara rutschte nervös in ihrem Sessel herum; sie wirkte beschämt und zugleich zornig. »Das war meine Schuld. Eine Freundin schrieb mir einen Brief – einen langen Brief voller Klatsch über die Partys, die ich versäumt hatte, und was für Streiche meine Freunde ausgeheckt hatten. Sie berichtete mir wirklich alles. Jetzt ist mir klar, daß es Dinge waren, die, wenn sie den falschen Leuten zu Ohren kamen … Doch der Brief war ja nur für mich bestimmt. Ich vermute« – Sara wurde rot –, »es war alles andere als ein *netter* Brief.«

»Wahrscheinlich nicht. Und es war auch ein sehr dummer Brief.«

»Sie konnte ja nicht wissen, daß ihn noch jemand zu sehen bekommt. Sie dachte, der Brief würde mich zum Lachen bringen, mich aufheitern«, verteidigte sich Sara.

»Und du hast ihn prompt Phil gezeigt, hab' ich recht?«

Einen Augenblick lang dachte Meredith, Sara werde aufspringen und aus dem Zimmer rennen. Doch dann warf ihr Patenkind das lange Haar zurück und blickte sie mit entschlossener Miene an. »Ja, das habe ich. Es war unrecht von mir, das zu tun, weil ich ihr Vertrauen mißbrauchte – sie hatte wirklich nicht gedacht, ich würde ihn, nun ja, einem Außenseiter zeigen, jemandem, der nicht zu unserer Clique gehörte. Und es war unrecht, weil der Klatsch so bösartig war und auch nicht der Wahrheit entsprach.«

»Ein Grund mehr, ihn nicht weiterzugeben.«

»Du brauchst gar nicht so moralisch zu tun«, sagte Sara ungehalten. »Der Brief schien amüsant und ziemlich harmlos – damals. Er erzählte von Leuten, die Spaß hatten. Es waren auch Fotos dabei, aufgenommen auf einer Party, als alle schon stockbetrunken und nicht mehr zu bändigen waren, wie das bei Partys eben mal vorkommt. Warst du nie bei einer solchen Party?«

»Doch«, bekannte Meredith reuevoll. »Jetzt zwar schon lange nicht mehr, aber damals, zu meiner Zeit. Ich habe allerdings nie jemandem erlaubt, belastende Fotos zu machen.«

»Nun, diese Leute hatten es erlaubt und auch getan. Und es gab noch ein paar ältere Fotos von derselben Filmrolle, auf denen ich war. Sie waren auf einer der letzten Partys gemacht worden, an der ich teilgenommen hatte.« Sara unterbrach sich und holte tief Luft. Sie ballte und öffnete ihre Hände wieder und wischte sich die schweißfeuchten Handteller an den Knien ab. »Der Brief und die Fotos kamen, als Mummy einen Werbespot fürs Fernsehen machte. Ich war einsam, und nachdem ich den Brief gelesen hatte, sehnte ich mich verzweifelt danach, mit einem Freund zu sprechen. Es sah so aus, als würde ich alles versäumen! Ich nahm den Brief und die Fotos zu Phil mit und las ihm ein paar Abschnitte daraus vor, um ihn zum Lachen zu bringen, und vielleicht auch, um ihm begreiflich zu machen, wieviel Spaß ich in London gehabt hatte. Ich gab einfach an, glaube ich. Ich weiß, es war dumm. *Ich* war damals dumm. Will gar nicht so tun, als wäre ich's nicht gewesen. Ich las ihm also ein bißchen vor, und er lachte wirklich. Ich zeigte ihm auch Fotos. Nicht alle. Ein paar ließ ich im Couvert – es war eines von diesen großen braunen. Dann legte ich den Brief und die restlichen Fotos in das Couvert zurück, und Phil und ich redeten über andere Dinge und tranken Kaffee, und nach einer Weile ging ich nach Hause. Ich hatte das Couvert völlig vergessen und dachte erst am nächsten Tag wieder daran – und dann konnte ich es nicht finden. Ich hatte es bei Phil liegenlassen. Ich ärgerte mich ein bißchen darüber, aber nicht allzusehr, denn schließlich war Phil ein Freund – glaubte ich wenigstens. Ich machte mir keine Sorgen. Es schien auch keinen Grund dafür zu geben.«

»Doch er weigerte sich, dir das Couvert zurückzugeben?«

»Ganz so war es nicht. Ich ging zu ihm und bat ihn darum, doch er arbeitete gerade im Atelier und sagte, er habe zu tun und ich solle doch selber im Cottage danach suchen. Was ich auch tat, aber ich konnte es nicht finden. Ich fragte Phil noch einmal, und er erwiderte, ob ich denn sicher sei, daß ich das Couvert bei ihm vergessen hätte. Vielleicht hätte ich es ja auf dem Heimweg verloren, meinte er. In der Love Lane oder im Pfarrgarten. Also suchte ich alles ab, aber ohne Erfolg. Phil sagte, er werde sich irgendwann selbst im Cottage umsehen und mir das Couvert zurückgeben, wenn er es finden sollte. Ich war ein bißchen besorgt, daß ich es in der Love Lane verloren und irgend jemand aus dem Dorf es gefunden haben könnte. Falls es bei Phil lag, war das nicht schlimm, denn Phil war ein Freund. Ich habe ihm vertraut.« Der letzte Satz war ein verzweifelter Aufschrei. »Und er hat mich belogen. Er hatte es die ganze Zeit getan. Er war mein Freund und hat mir das angetan! Behielt den Brief und die Fotos und log mich an.«

Dummes kleines Ding, dachte Meredith bekümmert. »Und wann hat er aufgehört, dein Freund zu sein?« fragte sie. Aber sie kannte die Antwort bereits.

Sara schauderte und holte noch einmal tief Atem. »Als ich mich mit Jon verlobte. Phil veränderte sich völlig. Ich konnte gar nicht glauben, was ich sah und hörte. Es war unheimlich! Er war richtig eifersüchtig. Warum? Ich meine, unsere Beziehung war nicht so gewesen. Wir waren kein Liebespaar, wir waren Freunde. Phil hat mich kein einziges Mal geküßt. Jetzt fing er an, sich zu benehmen, als hätte ich ihn betrogen. Ich konnte es nicht verstehen.« Sie richtete die blauen Augen fragend auf Meredith. »Er sagte, ich hätte mit ihm gespielt, aber das könne er auch. Er wollte, daß ich die Verlobung mit Jon löse. Er sagte, er werde mich dazu zwingen. Ich dachte, er sei verrückt geworden. Dann sagte er mir, daß er den Brief und die Fotos habe, schon die ganze Zeit gehabt habe, und ich bekam Angst. Ich verstand einfach nicht, wie jemand sich so verändern konnte.«

»Phil hat gedacht, du hättest ihn benutzt. Und das hast du ja auch, nicht wahr?« sagte Meredith unbarmherzig. »Er war ein junger Mann, Sara, kein alter Opa, dem du einfach dein Herz ausschütten konntest. Er war ein junger Mann, egal mit wie vielen Fehlern, der in einem Dorf lebte, das ihn nicht mochte und verachtete. Er lebte allein mit zwei Katzen, und auf einmal warst du da, ein hübsches Mädchen aus der besten Gesellschaft, hast ihn regelmäßig in seinem Atelier besucht, ihm bei der Arbeit geholfen, dich an seiner Schulter ausgeweint und ihm das Gefühl gegeben, gebraucht zu werden, stark und klug zu sein, obwohl er nichts von alledem war. Er war schwach, es fiel ihm schwer, Freundschaft zu schließen, und er hatte irgendeinen Komplex. Wer weiß, vielleicht war er sogar impotent. Aber du hast ihm das Gefühl gegeben, er sei sexy und begehrenswert wie kein anderer, und dann hast du ihm den Teppich unter den Füßen weggezogen. Ja, das hast du getan, als du mit diesem Wunderkind ankamst, das mit dem Porsche vorfährt, maßgeschneiderte Anzüge trägt und kreuz und quer durch die Welt jettet!«

»Hör auf!« schrie Sara. »So war es nicht. Phil war gräßlich! Du kannst ihn doch nicht verteidigen. Du würdest schließlich auch nicht die Männer verteidigen, die die Frauen tyrannisieren und verprügeln, die zu uns in das Heim kommen, also versuch gar nicht erst, eine Entschuldigung für ihn zu finden.« Sie ballte die Hand, und der große Rubin funkelte auf der blassen Haut. »Er hätte es nicht gewagt, sich so zu benehmen, wenn Robert noch gelebt hätte. Er sagte so häßliche Dinge und spielte mir widerliche Streiche. Schickte mir ein Päckchen mit einem toten Vogel. Es muß einer gewesen sein, den die Katzen getötet hatten. Aber er lag in einer kleinen Schachtel, in Seidenpapier gebettet und das Ganze hübsch in Geschenkpapier verpackt. Als ich die Schachtel aufmachte, lag da der Vogel, tot und voller Maden. Es sind auch noch andere Sachen passiert.«

Also hat Albie Elliott doch recht gehabt, dachte Meredith.

Sara fröstelte und kreuzte die bloßen Arme vor der Brust. »Er machte mir auch peinliche Szenen. Und er gab sich nicht mit unflätigen Reden zufrieden, er wurde gewalttätig. Einmal schlug er mir ins Gesicht, aber ich habe es Mummy nicht erzählt. Er kam zu uns ins Haus und brüllte mich vor ihr an. Sie sagte, er solle gehen, und er packte eine Tischlampe und warf sie nach ihr. Hat sie nur knapp verfehlt und dabei auch den Bilderrahmen beschädigt. Erst danach ließ Mummy das Sicherheitstor und die Alarmanlage einbauen.«

»Hat eine von euch es der Polizei gemeldet?«

»Nein. Wir wollten nicht, daß Jon davon erfährt. Jon mag wegen seines Jobs und seiner so reizenden Familie keine negative Publicity. Mummy, die so bekannt ist, konnte es auch nicht riskieren. Außerdem hätte Jon sich über mich und Phil ein falsches Bild machen können, wenn er es erfahren hätte. Schließlich war ich jeden Tag ins Atelier gegangen und so ... Vielleicht hätte er meine Motive mißverstanden.«

»Ja, vielleicht. Lorrimer hat es jedenfalls getan. Und bilde dir nicht ein, daß Jon nichts davon weiß. Du hast dich von Lorrimer malen lassen, nicht wahr? Als du ihn fallenließt, hat er das Bild nach Bamford in eine kleine Galerie gebracht, um es zu verkaufen.«

Sara schluckte. »Ich weiß. Ich habe ihn gebeten, es zurückzuholen. Als ich lange genug gebettelt hatte, behauptete er, er werde es tun. Aber er hat es nicht getan. Er log mir vor, es sei bereits verkauft.«

»Er hat nicht gelogen, Sara. Jonathan hat es gekauft.«

Einen Moment lang dachte Meredith, Sara würde gleich in Ohnmacht fallen. Sie wankte, und ihre Augen wurden glasig. Dann weiteten sie sich vor Entsetzen. »Nein – das ist unmöglich! Er hat nichts von dem Bild gewußt.«

»Er hat es gewußt. Irgendwo hat Jonathan eine Informationsquelle, die wir nicht kennen. Lorrimer war in der Galerie, um das Bild zu holen, aber er kam zu spät. Lazenby war vor ihm dort gewesen. Lorrimer erriet, wer es gekauft hatte. Von seinem Standpunkt aus war es das Schlimmste, was passieren konnte.«

»O nein«, stieß Sara verzweifelt hervor. Dann blickte sie mit einem Anflug von Trotz in den Augen auf. »Du redest noch immer so, als hättest du Mitleid mit ihm. Er war ein so gräßlicher Mensch. Warum gibst du *mir* die Schuld?«

Meredith seufzte. »Ich gebe dir nicht die Schuld, Sara, nicht dir allein. Du hast dir leid getan und hast ganz egoistisch nur an dich gedacht, sonst hättest du nämlich wenigstens einen Gedanken daran verschwendet, wie du auf Lorrimer wirken mußtest. Aber du warst nicht die einzige in deiner Familie, die ihn im Stich gelassen hat. Eure ganze verdammte Bande hat es getan. Robert hat sich kurz um ihn gekümmert und ihm den Auftrag gegeben, ein Porträt deiner Mutter nach einer Fotografie zu malen. Du kannst darauf wetten, daß sich Lorrimer höllisch angestrengt hat. Wahrscheinlich sah er darin den Anfang einer neuen Karriere. Aber es führte zu nichts, Robert hat ihn nicht weiterempfohlen, und dann starb er. Eve hat das Bild nie gemocht. Es hing an der Wand, weil Robert es gekauft hatte. Sie hätte für den Künstler ein gutes Wort einlegen können, aber sie hat es nicht getan. Als er die Lampe nach ihr warf – war das im Salon? Hat sie neben dem Bild gestanden?«

Sara nickte, und Meredith fuhr fort: »Dann denk darüber nach. Da stand sie neben dem Bild, das er von ihr gemalt hatte, und warf ihn aus dem Haus wie einen schäbigen kleinen Niemand, der nichts zu bieten hatte. Es war nicht so, daß er die Lampe nach ihr geworfen und sie nur verfehlt hatte – er warf sie nach dem Bild und traf den Rahmen. Ich entschuldige ihn nicht! Aber er wollte als Künstler ernst genommen werden. Die einzigen Töpferwaren jedoch, bei denen er einen regelmäßigen Absatz hatte, waren billiger Kram, und das einzige Bild, das er je durch eine Galerie verkaufen konnte, war das Porträt einer Katze. Mißerfolg macht die Menschen bitter, und es ist nur zu leicht, sich so jemanden zum Feind zu machen.«

Diesmal dauerte das Schweigen länger. Es wurde durch ein Poltern aus der Wohnung über ihnen unterbrochen, als habe oben jemand etwas fallen lassen. Sara beachtete es nicht. Sie schob mit beiden Händen das lange Haar zurück und sagte ruhig: »Ich habe es also mißverstanden. Deswegen hatte er aber noch lange nicht das Recht, sich so zu benehmen. Das habe ich nicht verdient. Es hat mich verletzt, Merry.«

In Merediths Ärger mischte sich Mitleid. »Ihr hättet es der Polizei melden müssen, Sara.«

»In solchen Fällen können sie nichts tun. Mummy wußte das, weil sie solche Dinge schon erlebt hatte, als sie sich von Hughie scheiden lassen wollte. Die Polizei mischt sich nicht in häusliche Streitigkeiten.«

Meredith betrachtete nachdenklich eine Schweizer Labkrautpflanze vor sich und dachte an Gary Yewell. »Sag mal, hat Phil gedroht, an die Skandalpresse zu verkaufen, was er wußte?«

»Ja.« Sara sah sie erstaunt an. »Woher weißt du das? Er sagte, eines dieser Revolverblätter würde ihm ein hübsches Sümmchen für eine Skandalgeschichte über Eve Owens' Tochter und die Kinder aus den höheren Gesellschaftskreisen bezahlen. All die prominenten Namen, dazu Drogen, Alkohol und Sex. Als Beweis hatte er ja die Fotos und den Brief. Deswegen habe ich dir gesagt, es sei keine gewöhnliche Erpressung. Eine Geschichte an eine Zeitung zu verkaufen ist doch legal, oder?«

»Das ist eine heikle Sache«, sagte Meredith düster. »Es ist eine moderne Form der Erpressung, nehme ich an. Der Verbrecher kann seine Ziele ganz offen verfolgen. Es bleibt dennoch schmutzig. War es das, was Phil wollte? Geld?«

»Nein, ich habe dir doch erklärt, daß es keine gewöhnliche Erpressung war«, erwiderte Sara heftig. »Es ging ihm nicht um Geld. Er wollte, daß ich meine Verlobung löse. Wenn ich das täte, sagte er, würde er schweigen. Wenn ich es nicht täte, würde er das ganze Material an die Skandalpresse schicken, und Jon würde so wütend und so bloßgestellt sein, daß er die Verlobung von sich aus lösen würde. Und damit hatte er natürlich recht.«

»Das spricht nicht sehr für Jonathan«, sagte Meredith grimmig.

»Mach Jon keine Vorwürfe!« verteidigte Sara ihren Verlobten. »Ihm bliebe gar nichts anderes übrig. Er muß an seinen Job und seine Familie denken. Aber es hätte auch Mummy schwer zu schaffen gemacht. Robert war gerade gestorben, und sie war sehr niedergeschlagen. Weil sie um Robert trauerte, habe ich ihr nicht erzählt, daß Phil damit drohte, die Geschichte zu verkaufen. Schlimm genug, daß sie von seiner Eifersucht und den Szenen wußte, die er machte. Sag es ihr nicht, Merry! Dadurch wird es nur noch schlimmer.«

»Und Phil hat dir Fotokopien des Briefes und der Fotos geschickt, um noch stärkeren Druck auf dich auszuüben, nehme ich an?« fragte Meredith rasch.

Sara schüttelte den Kopf. »Nein, das brauchte er nicht. Ich wußte ja, daß er sie hatte. Er sagte, er habe sie sicher verwahrt und es hätte keinen Sinn, wenn ich das Atelier oder das Cottage durchstöberte. Er habe Brief und Fotos woanders versteckt.«

Aber er hat sie kopiert, dachte Meredith. Er hat sie in der Bibliothek kopiert, und Mrs. Hartman hat ihn dabei gesehen. Sie runzelte die Stirn. Sara erzählte ihr, wie subjektiv gefärbt auch immer, gewiß alles, was sie wußte. Doch wahrscheinlich wußte sie nicht alles. Wahrscheinlich hatte Philip ein viel heimtückischeres Spiel gespielt... Vielleicht hatte er anfangs nur Rache gesucht und das Mädchen, auf das er ein Recht zu haben glaubte, auf eine verrückte und völlig unsinnige Art halten wollen, aber dann war etwas anderes geschehen. Etwas anderes... Ja, dachte Meredith plötzlich. Und ich weiß, was es war!

»Ich hätte es dir früher erzählen sollen«, sagte Sara verzagt. »Aber ich hatte solche Angst. Als ich Phil das letztemal sah – als du mit Mummy in Bamford warst –, haben wir uns wieder gestritten, und er sagte, es sei meine letzte Chance. Es tut mir nicht leid, daß er tot ist. Als ich es erfuhr, fiel mir eine Zentnerlast vom Herzen. Ich war so froh.« Sie blickte auf, die langen Haare fielen ihr vors Gesicht und sie richtete die unglücklichen Augen auf Meredith. »Verachte mich bitte nicht, Merry.«

»Das tu' ich nicht«, antwortete Meredith. »Ich will dir zweierlei sagen: Erstens, dein Vater wäre stolz auf dich gewesen. Zweitens – du brauchst Jonathan Lazenby nicht, um mit deinem Leben fertig zu werden. Ich denke, du bist durchaus imstande, das allein zu tun.«

Saras Gesicht lief feuerrot an, dann sagte sie leise: »Danke – für das erste auf jeden Fall. Beim zweiten bin ich mir nicht so sicher.«

Markby saß in Mrs. Hartmans kleinem Kabuff und trank aus einem Steingutbecher Nescafé. Es war ein sehr hübscher kleiner Becher, hoch und leicht geriffelt, in verschiedenen Blautönen bemalt. Mrs. Hartman erzählte ihre Geschichte noch einmal und zum erstenmal einem Polizisten; ihr mageres Gesicht war unnatürlich gerötet. Ihre Brillengläser funkelten, so als würde sich die Aufregung ihrer Besitzerin in ihnen spiegeln, und weil der Polizeiinspektor wirklich ein sehr gut aussehender Mann war, das fand Mrs. Hartman jedenfalls, und so gute Manieren hatte, zupfte sie immer wieder nervös an ihren dauergewellten grauen Löckchen.

»Ich meine, ich habe zu der jungen Dame gesagt, ich wäre ja zur Polizei gegangen, aber es schien mir eine solche Nebensächlichkeit zu sein. Eigentlich hatte ich Ihnen rein gar nichts zu erzählen.«

»Ganz im Gegenteil«, sagte Markby ernst. »Sie haben uns sehr geholfen, Mrs. Hartman.« Was man von Miss Mitchell nicht behaupten kann, dachte er grimmig.

»Es tut mir wirklich leid«, sagte Mrs. Hartman betrübt. »Ich meine, ich hätte sofort zu Ihnen kommen sollen. Das ist mir jetzt klar. Wie gut, daß Sie mich aufgesucht haben, Chief Inspector.«

»Ja, das war es wohl«, sagte er verbindlich. Er leerte seinen Becher. »Nun, ich danke Ihnen für den Kaffee und dafür, daß Sie Zeit für mich hatten. Ich werde Sie nicht mehr behelligen.«

»Nicht der Rede wert, nicht der Rede wert«, flötete Mrs. Hartman.

Beide erhoben sich. Markby, der den Becher auf das Regal zurückstellen wollte, drehte ihn aus einem Impuls heraus um. Auf dem Boden klebte ein fast unleserliches Etikett. *»Handgetöpfert von Philip Lorrimer«*, las Markby halblaut. *»Kirch-Cottage…«* Der Rest der Adresse war nicht mehr vorhanden. Doch in den Ton eingeprägt war ein runder Stempel mit der Aufschrift *Töpferei Philip Lorrimer*.

Markby zeigte Mrs. Hartman den Stempel. »Sehen Sie? Den hat er gemacht.«

»Wie merkwürdig!« sagte Mrs. Hartman. Sie nahm ihm den Becher aus der Hand und betrachtete ihn nachdenklich. »Wissen Sie«, sagte sie plötzlich, »nachdem

Sie mir das gesagt haben, werde ich nie wieder daraus trinken können. Und Holly Loomis ebensowenig. Ich wünschte, Sie hätten nichts gesagt.«

Komischer kleiner Zufall, dachte Markby, als er in seinen Wagen stieg. Vielleicht war das ein gutes Omen. Oder ein böses. »Wenigstens«, sagte er laut, als er den Motor anließ, »haben wir jetzt ein Motiv.«

KAPITEL 11

Sara sagte, sie könne schnell etwas zum Lunch zubereiten, doch Meredith lehnte ab und meinte, sie habe noch ein paar Einkäufe zu erledigen, werde Sara aber ins West End mitnehmen und sie ihrerseits zum Essen einladen. Sara wollte jedoch ins Frauenhaus zurück.

»Ich habe Joanne schon wieder meinen Job aufgehalst. Es ist nicht besonders kollegial. Sie hat die Stellung für mich auch gehalten, als ich im Pfarrhaus war. Ich muß zurück.«

Sie begleitete Meredith in den Flur. Als sie zur Haustür kamen, ließ das Klappern hoher Absätze auf der Treppe beide nach oben schauen. Eine schlanke Blondine mit einem kunstvoll zurechtgemachten Gesicht erschien; sie trug einen langen weißen Pelzmantel, offensichtlich ein Imitat, das aber trotzdem sündhaft teuer gewesen sein mußte. Sie blieb stehen und musterte die beiden mit einem scharfen Blick aus grauen Augen.

»Das ist Fiona«, sagte Sara. »Sie wohnt oben. Meine Cousine Meredith Mitchell, Fi.«

Höflich nickte Meredith der Frau zu, die ihrer Ansicht nach eine Art Model sein mußte.

Fiona warf ihre wilde aschblonde Mähne zurück. »Hi! Wollen Sie gerade gehen? Ist das da draußen Ihr

Wagen? Sie fahren nicht zufällig ins West End? Ich bin für meine Fotosession schon reichlich spät dran.«

Meredith machte schon den Mund auf, um ihr vorzuschlagen, sie solle sich ein Taxi rufen, doch irgendein Instinkt hielt sie zurück. Statt dessen sagte sie: »Wenn Sie wollen, nehme ich Sie mit.«

Sie fuhren los. Das Sonnenlicht war zwar nicht besonders stark, aber Fiona setzte trotzdem eine Brille mit rauchgrauen Gläsern auf und lehnte sich an die Kopfstütze. »Ich kann Sie in der Orchard Street absetzen«, sagte Meredith. »Auf der Seite von ›Selfridges‹ – okay?«

»Ja – großartig.«

Meredith fuhr langsam und wartete. Ohne den Kopf zu wenden, sagte Fiona unvermittelt: »Sara steckt irgendwie in Schwierigkeiten, oder?«

»Ach, wirklich?« Der Wagen bog gemächlich um eine Ecke und hielt an einer roten Ampel.

Als sie standen, bewegte sich die aschblonde Mähne auf der Kopfstütze, und die Sonnenbrille wandte sich Meredith zu. Auch wenn sie nicht hinsah, spürte sie, wie eindringlich der Blick auf ihr ruhte. »Es hat etwas mit diesem Lorrimer zu tun, nicht wahr?«

Meredith freute sich, daß sie sich auf ihren Instinkt verlassen konnte. Das Häschen hatte tatsächlich die Fahrt nur geschnorrt, um zu erfahren, worüber sie mit Sara gesprochen hatte – doch daß Fiona sie so offen auf Philip ansprach, überraschte sie so sehr, daß sie fast den Motor abwürgte, als die Ampel auf Grün sprang. Eine oder zwei Sekunden war sie gegenüber der anderen im Nachteil und konnte nicht sofort antworten. Dann fragte sie verblüfft: »Haben Sie Philip gekannt?«

»Ach, kommen Sie schon«, sagte Fiona herablassend, »sehe ich so aus, als hätte ich mit so jemandem etwas zu tun?«

»Nein«, antwortete Meredith aufrichtig.

Fiona nahm es als Kompliment. Ihr Ton wurde ein wenig sanfter, und sie wurde vertraulich. »Sara hat mir von ihm erzählt. Ich kannte Sara schon ziemlich lange, ehe ihre Mutter und ihr Stiefvater sie aufs Land verfrachteten. Anfangs hat Sara es gehaßt. Scheint am Arsch der Welt zu sein. Sie schrieb mir ziemlich regelmäßig. Und sie erzählte mir auch von diesem Typen im Nachbarhaus, der Aschenbecher und Krüge machte, du meine Güte! Ich habe ihr geraten, sich von ihm fernzuhalten. Er war ein absoluter Versager. Diese Typen machen immer Ärger. Man wird sie nie los. Als sie vor ein paar Tagen in die Stadt zurückkam, sagte sie, Lorrimer sei tot. Er sei ermordet worden, nach Aussage der Polizei. Ich war nicht überrascht.«

»Warum nicht?«

»Hab' ich doch erklärt«, sagte Fiona ungeduldig. »Diese Typen wird man nie los. Sie sind wie Blutegel. Ich wette, die arme Sara war nicht die einzige, die er ausgesaugt hat. Kein Wunder, daß ihn jemand umlegte. Ich hätte es jedenfalls getan. Nur hätte ich ihm von vornherein nicht erlaubt, sich an mich zu hängen.«

Meredith erspähte am Bordstein eine Lücke zwischen zwei Autos. Sie manövrierte den Wagen hinein und stellte den Motor ab.

»Also schön«, sagte sie energisch und wandte sich Fiona zu, »was wollen Sie wissen – und nehmen Sie bitte diese lächerliche Brille ab.«

Fiona setzte gelassen ihre Sonnenbrille ab. »Ich will wissen, ob Sara Schwierigkeiten hat. Sie ist meine Freundin. Und sie ist mit einem früheren Freund von mir verlobt – Jonathan Lazenby.«

Allmählich begannen die Konturen sich deutlicher abzuzeichnen. »Sagen Sie«, entgegnete Meredith, »bevor Sara aufs Land zog – haben Sie beide damals dieselben Partys besucht? Hatten Sie dieselben Freunde?«

Fiona zuckte mit den Schultern. »Ein paar. Ist das nicht bei allen so? Ich meine, geht nicht jeder zu denselben Partys, und hat nicht jeder dieselben Freunde?«

Kommt darauf an, in welchen Kreisen man sich bewegt, dachte Meredith und vermied es, darauf zu antworten. »Wie kommt es, daß Sie im selben Haus wohnen?«

»Ganz einfach«, plauderte Fiona vertraulich drauflos, als habe sie eine kniffligere Frage erwartet. »Sara suchte eine Wohnung. Ich traf Jon Lazenby in einem Nachtclub, er erzählte es mir, und ich sagte, kein Problem, die Leute unter mir ziehen aus. Die Vorstellung, daß Sara vielleicht dort einziehen würde, war sehr angenehm, weil ich sie ja schon kannte. Jon freute sich ebenfalls.«

Natürlich hat er sich gefreut, dachte Meredith, weil er jetzt eine Spionin hatte, die Sara für ihn im Auge behalten konnte.

»Praktisch«, sagte sie trocken.

»Ja, das war es, oder?« Fiona schaute auf ihre Armbanduhr, die offensichtlich von Cartier war. »Ich komme zu spät.«

Meredith fuhr sie in die Orchard Street und ließ sie

aussteigen. Dann fuhr sie noch weitere zehn Minuten auf der Suche nach einem Parkplatz umher und ging, nachdem sie den Wagen abgeschlossen hatte, ins »Selfridges«. Das Restaurant des eleganten Kaufhauses war schon fast voll, also mied sie es. Sie kaufte die Sachen, die sie brauchte, ging zurück zum Wagen, legte sie in den Kofferraum und fütterte die Parkuhr. Dann spazierte sie zum Portman Square hinter dem Kaufhaus und betrat das Museum, in dem die Wallace-Sammlung untergebracht war.

Es waren nur wenige Leute da, und niemand fand es merkwürdig, wenn jemand einfach nur dasaß. Meredith ließ sich auf einer Bank nieder und betrachtete das Mädchen auf der Schaukel von Fragonard. Lazenby war ein unverfrorener, oberflächlicher Yuppie, von der skrupellosen Sorte. Und obendrein schlitzohrig. Er wußte von dem, was vorgegangen war, viel mehr, als sie geahnt hatte. Als sie alle vermutet hatten. Er wußte über Saras Vergangenheit besser Bescheid, als Sara glaubte, und ganz gewiß war seine Informantin die gertenschlanke Fiona, die ihm jede Einzelheit brühwarm berichtete. Wie hieß es doch in dem alten Sprichwort – mit solchen Freunden brauchte Sara wahrlich keine Feinde.

Jetzt erklärte sich auch Lazenbys Nervosität. Kein Wunder, daß er beunruhigt war. Er wußte schon, womit Philip gedroht hatte, und war vor allem fürchterlich in Sorge, daß irgend etwas davon an die Presse geriet. Den Anstand oder den Mut, zu Sara zu gehen, seine Karten auf den Tisch zu legen und ihr zu sagen, daß er alles wußte, den hatte er allerdings nicht.

Er hatte es nicht getan, weil er nicht preisgeben wollte, was für ein unlauteres Spiel er bisher gespielt hatte. Statt dessen hatte er es vorgezogen, im Haus seiner künftigen Schwiegermutter herumzuschnüffeln und sich von seiner Londoner Hausspionin Fiona berichten zu lassen. Solange er schwieg, konnte er, wenn der Sturm losbrach, schockiert und unschuldig dreinschauen und rufen: »Also das hätte ich nie vermutet!« Dann konnte er sich in einer Wolke beleidigter Würde davonmachen und sich nie wieder blicken lassen. Meredith fragte sich, ob er in einem solchen Fall wohl seinen Ring zurückfordern würde.

»Darauf möchte ich wetten«, murmelte sie, »und als nächste wird dann wohl Fiona mit einem ähnlichen Riesenrubin am Finger prahlen. Darauf legt sie es ganz bestimmt an …«

Ein älterer Herr mit einem weißen Haarschopf, der wie ein Heiligenschein seinen Kopf umgab, was ihm eine große Ähnlichkeit mit Einstein in seinen letzten Jahren verlieh, hatte hingerissen die Kurtisane auf der Schaukel betrachtet und sah Meredith jetzt leicht verblüfft an.

»Entschuldigen Sie«, sagte Meredith. »Ich habe mir nur das Bild angesehen und war in Gedanken …«

»Ich verstehe das«, sagte der ältere Gentleman in dem Tonfall eines Mitteleuropäers. »Ich komme oft her und sehe sie mir an, und sie entzückt mich immer wieder. Ich glaube, ich bin in sie verliebt, seit ich mir als junger Mann bei einem Buchhändler in Wien eine Kunstkarte von ihr gekauft habe. Das nennt man Treue, wie?« Er lachte vor sich hin.

Meredith betrachtete das Mädchen auf der Schaukel

und lächelte. Doch als sie ging, dachte sie: Treue … das ist das Allerschwierigste. Und das Schmerzlichste. Wieso liebt man weiter, wenn der, den man liebt, treulos ist? Stirbt Liebe immer? Verwandelt sie sich wie die Liebe Philips zu Sara in sinnlose Rachsucht und Zerstörung? Er hat sie bestimmt geliebt. Und sie hat ihn fallen lassen, obwohl sie es selbst nicht so sieht. Sie ist in so vielen Dingen wie ihre Mutter. O Mike … Hast du Eve auch noch geliebt, nachdem sie dich so oft betrogen hatte? Oder war es dir mit allem Ernst, was du mir gesagt hast? Hättest du sie wirklich jemals verlassen können? Oder hätte sie nur mit dem kleinen Finger zu winken brauchen, und du wärst zu ihr zurückgerannt?

Meredith machte sich auf den Rückweg. Der Himmel hatte sich bewölkt, und die Luft war drückend. Meredith war niedergeschlagen. Ich bin nur hungrig, sagte sie sich, denn es war schon fast vier Uhr, und sie hatte nichts zu Mittag gegessen. Die Gegend wurde zunehmend ländlicher, sie hielt nicht eher, als bis sie einen vertrauenerweckenden Pub entdeckte, der laut Hinweisschild durchgehend Imbisse anbot. Sie stellte den Wagen auf dem Parkplatz ab und stieg mit einem Seufzer der Erleichterung aus. Sie brauchte Zeit zum Nachdenken. Die Sonne begann gerade unterzugehen. Ein leichter Wind wehte trockenes Laub und Papierschnitzel vor sich her, sonst war es still. Der Parkplatz war fast leer, und der Pub, ein großer roter Ziegelbau im Pseudo-Tudorstil, machte einen ruhigen und soliden Eindruck. Es war eines jener Lokale, die vor allem von reisenden Geschäftsleuten frequentiert werden. Auf der mittäglichen Speisekarte stand vermutlich Rindfleisch-Nieren-Pastete, und es gab auch einen bescheidenen Weinkeller.

Meredith ging in die Lounge Bar. Sie war ein wenig düster, die Inneneinrichtung jedoch in gutem Zustand, mit Dralonbezügen auf den Sitzbänken und viel dunkler Eiche. Meredith bestellte einen sogenannten »Bauernlunch«, einen Imbiß aus Käse, Brot und Mixed Pickles.

»Käse oder hausgemachte Pastete?« fragte der junge Mann hinter der Bar. Er trug einen Golfpullover, wie Albie Elliott sie liebte, und verstand es, den Eindruck zu vermitteln, daß es im Moment zwar noch ruhig sein mochte, der Ansturm aber bald einsetzen werde.

»Pastete«, sagte Meredith und dachte: Die Bauern hier herum müssen ja einen ganz eigenen Lebensstil haben. Ihr Blick fiel auf eine Notiz, die hinter dem jungen Mann hing. Auf ihr stand, daß es hier Zimmer mit Frühstück gab.

»Kann ich für heute nacht ein Zimmer haben?« fragte sie. Sie konnte, wie es schien. Sie wickelte die üblichen Formalitäten ab, machte sich dann auf die Suche nach einer Telefonzelle und rief im Pfarrhaus an, um zu sagen, daß sie erst am nächsten Morgen zurückkommen würde. Lucia war am Telefon und nahm die Nachricht entgegen.

Meredith ging in die Bar zurück, wo inzwischen die Pastete serviert worden war. Dazu gab es Baguette, in Silberfolie verpackte Butter, ein kleines Salatblatt und eine halbe Tomate. Da sie an dem Tag nicht mehr fahren wollte, bestellte sie ein Glas vom roten Hauswein. Auch in den ländlichen Gegenden Englands war nichts mehr so, wie es früher gewesen war.

»In Pubs wird Wein verkauft, Bauern essen Pastete mit Baguette, Filmstars wohnen in ehemaligen Pfarrhäusern, und der Milchmann liefert Kartoffeln«, murmelte sie vor sich hin. Eine Mischung, bei der man sich nicht wohl fühlen konnte. Unecht wie ein Filmset. Und genauso lieblos.

Das Zimmer war schlicht, aber einigermaßen gemütlich. Die Schranktür ließ sich zwar nicht richtig schließen, aus dem benachbarten Badezimmer kamen ziemlich laute Geräusche, aber die Fenster gingen nach hinten hinaus und der Verkehrslärm der Hauptstraße war gedämpft. Er hätte sie ohnehin nicht gestört. Meredith schaltete den betagten Fernseher ein, suchte sich ein Programm, legte sich aber bald ins Bett und schlief wie ein Stein.

Bert Yewell drehte sich in dem großen Doppelbett um, das er früher mit Ada geteilt hatte, und wachte auf. Er lag da und dachte an die Vergangenheit, wie so oft, wenn er um diese Zeit wach war. Es war seltsam, aber manchmal kam ihm die Vergangenheit realer vor als die Gegenwart. Er erinnerte sich so gut an früher, aber, verdammt, er wußte nicht mehr, wo er vergangene Woche die Samen hingetan hatte oder was er aus Bamford mitbringen wollte, als er das letztemal mit dem Bus hineingefahren war. Kann so wichtig nich' gewesen sein, tröstete er sich selbst, sonst hätt' ich inzwischen gemerkt, daß ich's nich' hab'.

Und die Menschen. Er erinnerte sich an Menschen,

die seit fünfzig und mehr Jahren tot waren, besser als an die, mit denen er es jetzt zu tun hatte. Seine Nichte Pearl sagte, daß der junge Kerl, der die Milch brachte, der Sohn des kleinen Andy war, aber Bert konnte sich, verdammt noch mal, nicht an ihn erinnern. Außerdem, wie konnte der kleine Andy einen Sohn haben? Er war doch selbst noch ein Kind. Obwohl, wenn er es sich genau überlegte – Andy war während des letzten Krieges geboren, mußte jetzt also doch ein bißchen älter sein, als Bert schätzte. Da siehst du's wieder, dachte er mit düsterer Befriedigung, die Zeit fliegt, und du verlierst ganze Brocken daraus, ganze Jahre auf einmal.

Und die Menschen … Bert mähte gern das Gras auf dem Friedhof, denn das war für ihn so, als besuche er alte Freunde. Da waren Männer begraben, mit denen er in die Schule ging, als das Schulhaus noch eine richtige Schule gewesen war. Er erinnerte sich daran, wer gut Fußball gespielt und wer nie ein sauberes Hemd angehabt hatte … Und er erinnerte sich an den alten Mr. Lewis, den Lehrer, der heimlich schnupfte – ah, was für ein übellauniger alter Kauz! Aber Reverend Markby, der war noch schlimmer gewesen. Ein richtiges heiliges Schrecknis, o ja!

»Un' so«, murmelte Bert vor sich hin, »soll's auch sein. Sorgt für 'n bißchen Disziplin. Bringt einem bei, was recht un' unrecht is'. Ich hab' nie nich' einen falschen Schritt machen dürfen. Kriegte sofort eins aufs Ohr. Mußte hart arbeiten, seit ich zwölf war. Nich' wie der junge Taugenix von nebenan. Töpfe machen. Jeden Abend im ›Dun Cow‹. Lock're Frauenzimmer. Tot, vergiftet, un' was für ein Urteil war das. Dahingerafft für seine Sünden. Un' ich hab's nie nich' getan!« erklärte Bert kampfeslustig dem Kissen.

Mühsam setzte er sich auf und schwang die Beine aus dem Bett. Keuchend vor Anstrengung, schaffte er es endlich, ganz aufzustehen und sich durch das dunkle Zimmer bis in die Küche zu tasten, um sich eine Tasse Tee zu machen. Das half, wenn man nicht schlafen konnte. Er machte kein Licht, weil er es nicht brauchte. Er kannte die Küche wie seine Westentasche. War in diesem Cottage geboren. Es fiel ausreichend Mondlicht durch das vorhanglose Fenster, und der silberne Schein machte die Nacht fast zum Tag. Bert trug den verbeulten Kessel zur Wasserleitung, griff nach dem Wasserhahn und blickte dabei aus dem Fenster in seinen Garten, wo er einen schwachen Lichtstrahl entdeckte, der verschwand und wieder auftauchte, verschwand und wieder auftauchte.

»Verdammt!« rief er und stellte den Kessel ab. »Da is' irgendso 'n Scheißkerl in mei'm Schuppen!«

Aufgeregt und schwer atmend, lief er zur Hintertür, zog den Regenmantel an und quälte sich in die Stiefel. Wahrscheinlich Zigeuner. Nun, die sollten ihn kennenlernen! Bert nahm die schwere alte Taschenlampe, die er im Krieg als Luftschutzwart benutzt hatte, und trat durch die Hintertür ins Freie. Vorsichtig ging er den Gartenweg entlang und blieb zitternd vor der halb geöffneten Schuppentür stehen. Es war tatsächlich jemand drin und stellte offenbar alles auf den Kopf.

»He du, komm sofort raus!« befahl er.

Im Schuppen schnappte jemand erschrocken nach Luft. Etwas fiel klappernd herunter. Bert schaltete seine

Taschenlampe ein und richtete den Lichtstrahl durch die Tür in den Schuppen.

»Also – da will ich doch verdammt sein!« rief er.

Am nächsten Tag um die Mittagszeit schob Mrs. Yewell, nachdem sie mit der Arbeit im Pfarrhaus fertig war, ihr quietschendes Fahrrad über den vorderen Weg zu Berts Cottage und lehnte das Rad an die Mauer. Mit einem tiefen Seufzer wischte sie sich über die Stirn und ging um das Haus herum nach hinten. Onkel Bert benutzte die Haustür nie. Sie wäre nicht überrascht gewesen, hätte sie sich nach so langer Zeit gar nicht mehr öffnen lassen, weil sie sich ganz verzogen hatte. Onkel Bert wurde allmählich zum Problem. Viel länger konnte er nicht mehr allein hier leben, aber, wie sie erst am Abend vorher zu Walter gesagt hatte, niemand würde den alten Knaben aus seinem Garten wegholen können.

Die Hintertür stand offen. Mrs. Yewell marschierte in die Küche. »Onkel Bert!« Keine Antwort. Angeekelt sah sie sich um und gluckste entrüstet. »Onkel Bert! Bist du hier? Hier sieht's ja aus wie im Schweinestall. Wenn Tantchen Ada das sehen täte, sie würde sich im Grab umdrehen. Ich komme am Wochenende rüber und putz mal gründlich durch.«

Er war nicht da. Wahrscheinlich werkelte er irgendwo im Garten. Mrs. Yewell steckte kurz den Kopf ins Schlafzimmer. Sieh dir bloß das an! War aufgestanden und hinausgegangen und hatte nicht mal das Bett gemacht. Draußen in seinem Garten hielt der Alte ja ganz schön Ordnung, aber für sich selbst sorgen konnte er nicht, das stand fest. Sie ging durch die Küche wieder hinaus und schritt das lange, schmale Grundstück entlang, vorbei an den tadellos wie Soldaten aufgereihten Gemüsepflanzen und den sorgfältig gepflegten Beerensträuchern, vorbei an dem Beet, aus dem die Zwiebeln gezogen worden waren und das Bert frisch umgegraben hatte, rechteckig und lang wie ein frisches Grab. Im Gehen rief sie: »Onkel Bert, ich komme wegen Walters Kohlpflänzchen! Du hast gesagt, sie wären bereit zum Abholen!«

Nicht in seinem Garten? Das war merkwürdig. Vielleicht war er auf dem Friedhof? Die Tür zum Schuppen stand offen. Mrs. Yewell, die bereits ein unangenehmes Prickeln gespürt hatte, seufzte erleichtert auf. Kramte in dem unordentlichen alten Schuppen herum. Wurde auch langsam taub. Sie schrie sich hier die Seele aus dem Leib, und er hörte kein Wort.

Sie ging um den Haufen mit Gartenabfällen herum, der zwischen ihr und dem Schuppen lag und darauf wartete, verbrannt zu werden, und dann sah sie ihn. Sie sah auch, warum er sie nicht gehört hatte und nie wieder hören würde. Mrs. Yewell begann zu schreien.

KAPITEL 12

Alan Markby wurde immer gereizter. Es war sinnlos, sich über einen Toten zu ärgern, aber Philip Lorrimer mußte der unfähigste Buchhalter der Welt gewesen sein, und es war nicht überraschend, daß unter dem Durcheinander von Papieren, die aus dem Cottage geholt worden waren und jetzt ausgebreitet vor ihm auf dem Schreibtisch lagen, mehrere Briefe vom Finanzamt waren. Im Ton waren sie unterschiedlich, er reichte von klagend bis schroff, aber alle verlangten Auskunft über Lorrimers Einkommen. Von einer geordneten Buchführung konnte bei ihm absolut nicht die Rede sein. Einzelne Rechnungen und Quittungen waren bunt durcheinandergewürfelt. Einige waren mit Farbe oder mit Fingerabdrücken aus Ton verschmiert. Zumindest die Abdrücke konnte man überprüfen, sie würden sich jedoch bestimmt als die von Lorrimer erweisen. Es gab auch ein paar Briefe von Geschenkläden, in denen es um Töpferwaren ging. Und auch mehrere Klagen, weil die Lieferfristen nicht eingehalten worden waren. In einem Fall wurde der Auftrag mit einem kurzen Brief storniert, in dem stand, er dürfe sich nicht wundern, wenn die Kunden sich nach anderen Lieferanten umsahen, wenn er die Lieferfristen nicht einhielt. Kein guter Geschäftsmann, dieser Mr. Lorrimer. Pearce konnte die Absender aufsuchen.

Markbys Finger hatten eine ganz andere Art von Papier aufgespürt. Was war denn das?

Es war der Kostenvoranschlag für die Reparatur eines Bedford-Vans. Markby pfiff leise durch die Zähne. Donnerwetter, es wäre billiger gewesen, einen guten Gebrauchtwagen zu kaufen. Er runzelte die Stirn. Auf Lorrimers Grundstück hatte kein Van gestanden. Er sah sich die Adresse auf dem Kostenvoranschlag an, faltete ihn zusammen, steckte ihn in die Tasche und sagte Pearce, daß er noch mal weggehe. »Sie setzen sich inzwischen mit diesen Leuten in Verbindung«, sagte er und reichte Pearce die verschiedenen Rechnungen und Quittungen über bestellte oder gelieferte Töpferwaren. Pearce machte ein griesgrämiges Gesicht.

Die Reparaturwerkstatt war nur ein kleiner Betrieb in einer Seitenstraße, aber die Fassade war gestrichen, der Hof ordentlich, und alles sah ganz nach einem zuverlässigen Unternehmen aus. Als Markby aus dem Wagen stieg, kam ein junger Mann im orangefarbenen Overall heraus, der sich die Hände an einem Stück Putzwolle abwischte. Als Markby seinen Dienstausweis zeigte, reagierte der junge Mann ausgesprochen nervös. Vermutlich gab es einen guten Grund dafür, doch es war wenig wahrscheinlich, daß der etwas mit der Angelegenheit zu tun hatte, um die es Markby ging. Der junge Mann sagte, Markby solle mit Fred sprechen. Als er sich anschickte, das zu tun, bekam er noch aus den Augenwinkeln mit, wie der junge Mann eilig zu einem Telefon lief. Widerrechtlich kopierte Videos, Hundekämpfe, wer weiß? dachte er resigniert. Es war erstaunlich, was alles herausfiel, sobald man gegen die Balken klopfte.

Auch Fred trug einen orangefarbenen Overall, war jedoch schon älter. Der Mann trug eine Hornbrille, und in seine Hände hatten sich Schmieröl und Schmutz so tief eingegraben, daß Markby sich fragte, ob sie wohl je wieder sauber würden. Er holte den Kostenvoranschlag heraus und erklärte, was ihn hergeführt hatte.

»Ich erinnere mich sehr gut an den Van«, sagte Fred mürrisch. »Aber er is' nich' hier. War nur noch 'n Schrotthaufen, mehr nich'. Hab' das dem jungen Kerl gesagt. Hatte keinen Sinn, da noch zu reparieren. Um den Van durch den TÜV zu kriegen, hätte man ein kleines Vermögen reinstecken müssen, und das lohnte sich nich' mehr. Ich hab' dem Jungen geraten, ihn zu Crocker auf 'n Autofriedhof zu bringen. Hätte die Reparatur ja machen können, schien mir aber nich' fair.«

Also fuhr Markby zu Crockers Autofriedhof. Er lag außerhalb der Stadt, ein phantastischer Dschungel aus rostigen alten Autos und allem möglichen Schrott, drumherum ein hoher Drahtzaun. Auf allen Seiten war er, in einem scharfen Kontrast, von Feldern umgeben, die von dichtem Brombeergestrüpp begrenzt wurden. Die Sonne des Spätnachmittags schien Markby ins Gesicht, als er in das weitläufige Grundstück einbog, und blinkte immer wieder auf dem hoch emporgetürmten Metall auf, so als tauschten die abgetakelten Wracks Signale aus. Zwei dunkle, wie Zigeuner aussehende junge Männer, die am Ende eines breiten Weges zwischen verbogenen Metallskeletten hantierten, musterten Markbys Wagen kurz und arbeiteten dann weiter. Doch sie würden bei der Hand sein, wenn nötig. Auf solchen Plätzen wurde immer eine beträchtliche Anzahl diskreter Bargeldgeschäfte abgewickelt, und das lockte hin und wieder Verbrecher an, die auf Raub aus waren.

In der Mitte dieses glitzernden Metallabyrinths stand ein Baucontainer, in dem ein Büro untergebracht war, das von einem schlechtgelaunt aussehenden deutschen Schäferhund bewacht wurde. Als Markby aus dem Wagen stieg, knurrte der Hund ihn an. Hinter ihm drang Popmusik aus der halboffenen Tür des Containers.

»Mr. Crocker!« rief Markby, der es angesichts des furchteinflößenden Hundes vorzog, dicht bei seiner Wagentür stehenzubleiben. »Chief Inspector Markby vom Polizeirevier Bamford. Kann ich kurz mit Ihnen sprechen?«

Die Musik wurde abgestellt, die Tür des Containers öffnete sich ganz, und ein dünner Mann mit pechschwarzem Haar und Schnurrbart erschien. »Dann kommen Sie am besten rein, Chief. Kümmern Sie sich nicht um den Hund.«

»Er kümmert sich um mich«, entgegnete Markby.

»Nein, er ist ein friedliches altes Ding. *Sitz!«* brüllte Mr. Crocker plötzlich mit Stentorstimme. Der Hund gehorchte und legte die Schnauze auf die Vorderpfoten. Mißtrauisch verfolgten seine bernsteinfarbenen Augen Markby, als der die Stufen zum Büro hinaufstieg.

»Und was kann ich für Sie tun, Chief?« fragte Mr. Crocker leutselig und schüttelte Markby die Hand. Er trug mehrere goldene Ringe, ein schweres goldenes Armband mit den persönlichen Daten und eine teuer aussehende Armbanduhr. »Alle Bücher sind in Ordnung. Ich handle nich' mit heißen Wagen, für nix um die Welt.«

Markby fragte ihn nach dem Van. Mr. Crocker legte die Stirn in Falten und holte mit Schwung ein schmuddliges Hauptbuch heraus.

»Wir kriegen eine Menge von diesen alten Schrottmühlen rein. Die Kids kaufen sie billig, fahren sie kaputt und bringen sie dann her. Sie sind nix mehr wert. Ich geb' den Jungs dreißig oder vierzig Mäuse dafür. Einfach um zu helfen, wenn Sie wissen, was ich meine? Nehm' sie ihnen ab.«

»Sehr anständig von Ihnen«, sagte Markby höflich.

»Ju. Ich meine, das müssen Sie doch anerkennen, nich'? Ich meine, wenn ich nich' wär', würden sie die Dinger einfach irg'ndwo stehenlassen, und dann hätten Ihre Jungs eine Menge Arbeit, nich'? Müßten sie der Stadtverwaltung melden, und die gibt mir dann den Auftrag, sie abzuschleppen… Hier haben wir's…« Er schob Markby das offene Buch hin und räumte ein Transistorradio und einen Aschenbecher voller Kippen, eine leere Bierdose und ein Boulevardblatt weg, das auf der Seite mit den Pferderennen aufgeschlagen war. Auf dem Tisch lag zudem, wie Markby bemerkte, ein schnurloses Telefon.

»Ja, Sie führen wirklich lückenlos Buch«, sagte er ein wenig sarkastisch.

»Wie ich gesagt hab', Chief. Alles einwandfrei. Ich verschrotte keine Autos, die inne komische Geschichte verwickelt waren, so was tu ich nich'. Was auf diesen Platz kommt, wird in dieses Buch reingeschrieben.« Mr.

Crocker konnte es sich leisten, den Sarkasmus nicht zur Kenntnis zu nehmen. Er lehnte sich zurück, strich sich mit der Hand voller Ringe über das pechschwarze Haar und zündete sich eine kleine Zigarre an.

Markby fuhr mit dem Finger die Seite hinunter. Mr. Crocker hatte sich für den Van den fürstlichen Betrag von zehn Pfund abgerungen – Schrottwert. »Stolze Summe«, sagte Crocker und las den Eintrag verkehrt herum mit. »Wenn man bedenkt, daß er nix mehr wert war.«

Markby klappte das Buch zu. »Danke, Mr. Crocker.« Sein Blick hellte sich auf, als er eine an die Wand gepinnte bunte Ansichtskarte entdeckte. »Oh, Spanien, nicht wahr?«

»Das is' richtig«, sagte Mr. Crocker fröhlich. »Hab' letztes Jahr 'ne Villa dort gekauft. Ungefähr da.« Er zeigte auf einen weißen Betonklumpen in der Ecke des Bildes. »Na ja, nich' für mich, wissen Sie. Die Frau hat sie sich gewünscht, un' Sie kennen das ja, man muß dafür sorgen, daß der Feind zufrieden is'.«

Vorbei an dem leise knurrenden Schäferhund begleitete er Markby zum Wagen und schüttelte ihm wieder die Hand. »Immer bereit, den Jungs in Blau zu helfen, Inspector.«

Markby betrachtete das Chaos um sich herum. Irgendwo in diesem Elefantenfriedhof rostete Lorrimers Van vor sich hin. Eine wenig erbauliche Umgebung, aber man konnte sich von den Einnahmen offenbar eine Villa in Spanien leisten.

»Is' ja nich' grade das, was man schön nennen täte«, sagte Crocker selbstgefällig und blies Markby blauen

Rauch ins Gesicht. »Aber es is' ein ehrliches Gewerbe, nich' wahr?«

Markby fuhr nach Bamford zurück und fragte sich, ob er eigentlich sein Leben lang den falschen Beruf ausgeübt hatte und noch ausübte.

»Oh, Mr. Markby, Sir!« rief der Diensthabende, als Markby mürrisch das Revier betrat.

»Ja?« sagte er knapp.

»Wir haben eben eine Meldung hereinbekommen, Sir. Eine Frau hat einen Toten gefunden...«

Die Gestalt auf dem Boden sah eigentlich nicht wie ein menschlicher Körper aus. Sie war verkrümmt, erschien sehr klein und zusammengeschrumpft in dem ausgebeulten alten Regenmantel, und der eingeschlagene Schädel hätte auch ein Kürbiskopf sein können, wie sie für Halloween geschnitzt werden, so grotesk entstellt war er. Der verwaschene blaugestreifte Schlafanzug und die erdverkrusteten Gummistiefel machten den Eindruck, als seien sie nach einem Flohmarkt als unverkäuflich weggeworfen worden.

»Eine Mrs. Yewell hat ihn gefunden«, sagte Sergeant Pearce. »Sie ist eine angeheiratete Nichte, soviel ich verstanden habe. Sie wohnt im Dorf und arbeitet als Putzfrau im Pfarrhaus – bei Eve Owens.«

Markby warf ihm einen scharfen Blick zu. »Ach, tatsächlich?« Er drehte sich zu dem Leichnam um. »Armer alter Teufel«, sagte er. »Um ihn zu erledigen, hat man nicht viel Kraft gebraucht. Wahrscheinlich eine Schädeldecke so dünn wie eine Eierschale. Aber warum? Was wollte er mitten in der Nacht hier unten – im Schlafanzug?«

»Hat vielleicht ein Geräusch gehört?« Pearce zuckte mit den Schultern. »Die Tatwaffe, Sir – wahrscheinlich.« Er hielt einen durchsichtigen Plastikbeutel in die Höhe, der eine alte, schwere Taschenlampe mit Gummigriff enthielt.

»Das sind die Fälle, die mir so richtig an die Nieren gehen«, sagte Markby mit schwerer Stimme. »Die Überfälle auf sehr junge und sehr alte Menschen. Dummer, alter Kerl… Warum hat er uns nicht gesagt, was er wußte? Dann wäre er heute noch am Leben und könnte seine verdammten Karotten ausbuddeln.«

»Sie glauben, er wußte etwas, Sir?«

»Warum, zum Teufel, sollte er sonst ermordet worden sein?« Finster betrachtete Markby den Schuppen. »Und warum hier?« Ihm fiel ein, daß er mit Laura über Gift gesprochen und dabei gesagt hatte, ihm seien die Fälle mit stumpfen Gegenständen als Tatwaffe lieber. Was in aller Welt hatte er sich nur dabei gedacht?

Er stand am Straßenrand und sah zu, wie sie Berts Leiche in den Leichenwagen luden und abfuhren. Die unfaßbare Bosheit des Ganzen machte ihn hilflos und wütend, und er fühlte sich kurze Zeit völlig benommen. Ein paar Einheimische lungerten auf dem Rasendreieck an der Bushaltestelle herum, gafften und flüsterten miteinander. Ihre Gesichter verrieten Entsetzen, aber auch Verdrossenheit. Diesmal war einer der ihren Opfer einer Gewalttat geworden. Markby spürte ihren schwelenden Zorn. Am liebsten wäre er zu ihnen gegangen und hätte geschrien: »Ich auch! Mir ist genauso zumute wie euch!« Aber das stimmte nicht. Ihr Groll reichte tiefer, er richtete sich nicht nur gegen einen Mörder, sondern gegen all jene fernen, gesichtslosen Mächte, die sich im Laufe der Jahre verbündet hatten, um ihre Lebensweise zu zerstören.

Ein Wagen näherte sich von der Hauptstraße, hielt an, und eine Autotür wurde zugeschlagen. »Chief Inspector Markby!« rief eine Frauenstimme.

Er blickte auf. Meredith Mitchell kam auf ihn zu. Hastig überquerte sie den Kies, das Gesicht war angespannt und voller Besorgnis. »Was ist passiert?« fragte sie schnell mit leiser Stimme.

»Wo waren Sie?« entgegnete er.

»Ich bin gestern nach London gefahren und habe unterwegs in einem Pub übernachtet, in dem es Zimmer mit Frühstück gab. Ich komme eben von dort. Was in aller Welt geht hier vor?«

»Ich wollte ohnehin mit Ihnen reden«, sagte er brüsk. »Schließen Sie Ihren Wagen ab, und begleiten Sie mich ins ›Dun Cow‹. Der alte Mann ist übrigens tot.« Er wollte sie damit schockieren, und das gelang ihm auch.

Sie holte tief Atem. »Wie?«

»Stumpfer Gegenstand. In der Nacht und in seinem Garten, vor der Schuppentür. Seine Nichte Pearl Yewell hat ihn um die Mittagszeit gefunden, als sie vorbeikam, um Gemüse abzuholen.«

Während er sprach, gingen sie auf das »Dun Cow« zu. Die Tür stand offen, und im Rahmen lehnte der Wirt Harry Linnet, eine finster dreinblickende Gestalt in einem alten Pullover und einem schmuddligen Leibwärmer.

»Ich weiß, daß Sie nicht geöffnet haben«, sagte Markby zu ihm, »aber ich wäre Ihnen sehr dankbar, wenn Sie mir für etwa eine Stunde einen Raum zur Verfügung stellen könnten.«

»Sie können das kleine Nebenzimmer haben«, brummte Harry bereitwillig und führte sie in eine klaustrophobisch kleine Höhle mit niedrigen Holzbalken und dem säuerlichen Geruch alten, kalten Tabaks. »Sagen Sie mir, wenn Sie 'n Wunsch haben, Inspector. Wir alle wollen, daß Sie den Kerl kriegen, der den alten Bert umgelegt hat. Und wenn Sie noch mal mit Pearl Yewell sprechen wollen, sie is' im hinteren Gesellschaftszimmer mit meiner Frau. Hat sie sehr getroffen, o ja.«

»Die Leute von hier sind sehr aufgebracht«, sagte Markby und ließ sich in einer dunklen Nische in der dicken Steinmauer nieder. Im ganzen Raum hingen Pferdegeschirre, sie waren entweder an die dunklen Deckenbalken genagelt oder baumelten an Lederschnüren an den Wänden. Markby fragte sich, wer sie wohl polierte.

Er beobachtete Meredith, die ihm gegenüber Platz nahm. Ein Lichtstrahl, der durch ein kleines, staubiges Fenster drang, fiel auf ihr Gesicht. Sie legte die ineinander verschlungenen Hände kurz an den Mund und sagte mit leiser Stimme: »Als Philip starb, waren die Leute nicht aufgebracht.« Sie sah Markby nicht an, sondern heftete die Augen auf den mattgoldenen Glanz des Pferdegeschirrs hinter seinem Kopf.

»Er war keiner von ihnen. Er war ein Außenseiter. Ein Fremder.« Er machte eine Pause, dann fragte er: »Warum sind Sie gestern abend nicht ins Pfarrhaus zurückgefahren?«

»Ich war müde und wollte nicht mehr fahren. Und ich wollte einmal für eine Nacht raus aus dem Dorf. Es –

es ist wirklich das schrecklichste Dorf, in dem ich jemals war.«

»Was macht es so schrecklich?« fragte Markby. »Der Ort, die Menschen?«

»Die Seelenlosigkeit.«

Er schwieg eine Zeitlang. Sie stützte die Ellenbogen auf das kleine runde Tischchen zwischen ihnen, ihr Kinn lag auf ihren Händen. Der Vorhang aus glänzendem dunklem Haar streichelte ihre Wange.

»Als wir uns das letztemal sahen«, sagte er und hatte den Eindruck, daß seine Stimme ganz merkwürdig klang, »habe ich Ihnen gesagt, Sie sollten die Detektivarbeit mir überlassen, Meredith. Sie haben mir erzählt, daß Sie Ihren Wagen vor der Bibliothek geparkt hatten, deshalb habe ich gestern hineingeschaut, um in Erfahrung zu bringen, was Sie dort gemacht haben. Sie haben sich mit einer der Bibliothekarinnen, Mrs. Hartman, unterhalten, und die hatte tatsächlich etwas ziemlich Interessantes zu berichten. Doch Sie haben mir nichts davon gesagt. Warum?«

Sie blickte auf; in ihren braunen, von wunderbar dichten Wimpern umrahmten Augen lag etwas Herausforderndes. »Manchmal, wissen Sie, ist es nicht leicht, mit Ihnen zu sprechen.«

»Das tut mir leid...« Ein hastiges, geräuschvolles Einatmen verriet seine Ungeduld. »Aber Sie hätten es mir sagen sollen. Sie haben doch nicht etwa mit dem alten Bert geschwatzt, oder?«

»Doch, das habe ich. Er hat dauernd Andeutungen gemacht, wollte mir aber nichts sagen, außer daß er Lorrimers Katze tot auf dem Friedhof gefunden und verbrannt hatte, weil er fürchtete, man könnte ihn beschuldigen, sie umgebracht zu haben.« Sie hielt kurz inne, dann fuhr sie fort: »Er warf Philip geradezu groteske Dinge vor. Im Zusammenhang mit Frauen und so weiter. Sagte, Philip habe dauernd hier an der Bar gesessen.« Sie zögerte abermals. »Angeblich hat Bert ihm gesagt, er solle sein Geld sparen und sich einen neuen Van kaufen.«

»O ja«, sagte Markby. »Was mit dem Van passiert ist, habe ich festgestellt. Derzeit rostet er auf einem Autofriedhof, der einem Mr. Crocker gehört.«

Ihr Gesicht bekam einen abweisenden, starren Ausdruck.

Markby sagte sanft: »Bert war nicht gerade der netteste Mann der Welt, ebensowenig wie dieses Dorf sehr nett ist. Das ist auch nicht der beste Pub, in dem ich jemals war. Aber sie haben jeder auf ihre Weise ihren Wert und ihre Berechtigung. Bert war achtzig Jahre alt und hatte sein ganzes Leben hier verbracht. Er hätte es verdient, im Bett zu sterben oder auf seinem Kartoffelacker tot umzufallen. Er hat es nicht verdient, daß man ihm den Schädel einschlägt.«

»War es ein sehr brutaler Überfall?« fragte sie fast unhörbar.

»Nein, eigentlich nicht – der Täter war kein Berserker, wenn Sie das meinen. Nur zwei, drei gute, kräftige Hiebe. Doch einer hätte auch gereicht. Es war, als habe jemand eine Larve aus Pappmaché eingedrückt.«

Sie zuckte zusammen. »Denken Sie darüber nach«, sagte er. Aber das hätte er nicht zu sagen brauchen. Sie würde darüber nachdenken. Sie stand auf und verließ die Nische. Sie war so groß, daß sie sich unter den niedrigen Deckenbalken ducken mußte. Markby seufzte und stand ebenfalls auf, um nachzusehen, ob sich Mrs. Yewell wieder so weit beruhigt hatte, daß er mit ihr sprechen konnte.

KAPITEL 13

Mit versteinertem Gesicht öffnete Lucia Meredith die Haustür und nahm ihr den Mantel ab. Auf Merediths Frage hin sagte sie unwirsch: »Die Signora ruht sich in ihrem Zimmer aus. Es geht ihr nicht gut. Sie hat sehr schlechten Kopf. Ich mache jetzt Kamillentee für sie.« Aus ihren schwarzen Augen schoß ein herausfordernder Blick. Die Köchin hatte ganz offensichtlich jenen Teil ihrer Morgentoilette vernachlässigt, der darin bestand, sich die dunklen Härchen auszuzupfen, die auf ihrer Oberlippe sprossen. So trug sie heute nachmittag einen ansehnlichen Schnurrbart zur Schau.

»Ich bringe ihr den Tee hinauf«, bestimmte Meredith ruhig. Lucia trat widerwillig beiseite und murmelte ärgerlich etwas vor sich hin, widersprach jedoch nicht.

Meredith stieg mit dem blaßgelben Tee, der in der kleinen Tasse schwappte, langsam die Treppe hinauf. Als sie oben ankam, wurde ein Stückchen weiter vorn im Flur eine Tür geöffnet. Ein Lichtstrahl fiel in den dämmrigen Gang, und Albie Elliott tauchte auf.

»Warum lassen Sie es nicht?« fragte er freundlich.

»Sie wartet auf den Tee.«

»Ach, kommen Sie schon«, sagte er vorwurfsvoll. »Sie wissen genau, daß ich nicht den gottverdammten Tee meine.«

Auf dem Flur war es still. Meredith stellte die Tasse auf einen kleinen Tisch und folgte Elliott in sein Zimmer. Er stieß die Tür zu, und sie musterten sich gegenseitig. Er sah fast genauso aus wie damals, als sie ihm zum erstenmal begegnet war, klein, adrett, geschniegelt. Mit seiner Totenblässe und der glatten Haut wirkte er wie ein Leichenbestatter, der mit sich selbst Reklame für seine Einbalsamierungstechnik macht.

»Sie hatten recht mit Ihrer Vermutung«, sagte sie, »daß es Lorrimer gewesen sei, der dieses widerwärtige Zeug vor das Tor gelegt hat.«

»Natürlich hatte ich recht. Recht wie in so vielen Dingen, Meredith. Gehen Sie wieder hinunter, und lassen Sie mich Evie den Tee bringen.«

Sie schüttelte den Kopf. »Nein, Albie, ich will mit ihr sprechen.«

»Nein, das wollen Sie nicht«, widersprach er mit ruhiger Stimme.

»Ich muß.«

Er seufzte leicht auf. »Hören Sie, es ist nie gut, Fragen zu stellen und nach Informationen zu suchen. Gute Nachrichten erfährt man früher oder später, und wer, zum Teufel, möchte schon die schlechten hören? Wenn Sie anfangen, Fragen zu stellen, Meredith, bekommen Sie auch Antworten. Der Jammer ist nur, daß es nicht immer die Antworten sind, die man erwartet oder die man hören will. Man erfährt vielleicht viel mehr, als man wissen mag. Haben Sie daran gedacht? Lassen Sie es sein, Schätzchen.«

»Ich kann nicht.«

Jetzt riß ihm der Geduldsfaden. Sein blasses Gesicht

lief vor Aufregung rot an, und die Muskeln um seinen schmalen Mund begannen zu zucken. »Dann denken Sie wenigstens an mich, um Himmels willen! Ich brauche Eve. Die Show braucht sie. Ich habe da eine wirklich gute Sache für uns in petto – für sie und mich. Aber ohne sie geht alles den Bach runter, Baby.« In seiner Aufregung verlor er nicht nur seine überlegene Ruhe, sondern auch seinen gepflegten Akzent. Ein ganz anderes Milieu kam plötzlich in seiner Stimme an die Oberfläche. Hohe Mietshäuser und eiserne Feuertreppen, unbeaufsichtigte Kinder und Halbwüchsige, die an Straßenecken herumlungerten. Päckchen, die auf öffentlichen Toiletten die Besitzer wechselten. Mütter, die auf den Strich gingen, und Väter – sofern sie überhaupt da waren –, die nie arbeiteten. Wohlfahrtsmarken und Kleinkriminalität. Er mußte hart gekämpft haben, um von da wegzukommen, und er kämpfte auch jetzt, kämpfte dagegen an, wieder in den Morast abzurutschen.

Doch diese Runde verlor er, und er wußte es. Der Zorn in seinem Gesicht mischte sich mit Verzweiflung und Angst.

»Früher oder später muß ich mit ihr sprechen, Albie. Deshalb kann es genausogut jetzt sein.«

»Es wird Ihnen leid tun«, sagte er rachsüchtig. »Kommen Sie ja nicht weinend zu mir gelaufen! Es wird Ihnen leid tun – und Sie verdienen es nicht anders, verdammt noch mal.« Er sah so aus, als werde er selbst gleich anfangen zu weinen. »Warum können Sie verdammt noch mal nicht Ruhe geben?«

Meredith ging hinaus und holte den inzwischen nur

noch lauwarmen Tee. »Evie?« Sie klopfte leise und drückte die Klinke nieder, ohne auf Antwort zu warten. Sie spürte, daß Elliott an die Tür seines Zimmers getreten war und sie beobachtete, doch er versuchte nicht, sie aufzuhalten. Sein Haß traf sie zwischen die Schulterblätter wie ein Pfeil. Aber es war ein Haß, der aus Schwäche resultierte. Ein Haß, wie ihn Philip Lorrimer empfunden hatte.

Eve saß, die Füße hochgelegt, auf einem kleinen Sofa im Erker und starrte mit leeren Augen aus dem Fenster hinaus in den Garten. Die weiche Spätnachmittagssonne fiel auf ihre makellose weiße Hose. Sie trug wieder die grelle pinkfarbene Bluse und wirkte, von den dunklen Schatten unter den Augen abgesehen, so wie immer, wie aus dem Ei gepellt. Meredith setzte die Teetasse ab.

»Tut mir leid, daß es dir nicht gutgeht, Eve. Hier, Lucia hat dir einen Tee gemacht …« Sie brach bekümmert ab und verstummte.

Mit einem leisen, traurigen Lächeln wandte Eve den Kopf. »Ja«, sagte sie.

»Du warst doch nicht wieder an der Ginflasche, oder?«

»Nein – ich habe Kopfschmerzen. Ich könnte keinen Alkohol vertragen.«

Verdammt, dachte Meredith. Was für eine scheußliche Geschichte. Laut sagte sie: »Tut mir leid, daß ich gestern abend nicht nach Hause gekommen bin.«

»Das macht nichts«, erwiderte Eve. Sie sprach wieder mit dieser leisen, traurigen Stimme. »Es hätte auch nichts geändert.«

»Vielleicht ja doch.« Meredith stand auf und wanderte zu dem viktorianischen Kamin hinüber. Man hatte ihn weiß lackiert, und er diente nur noch zur Dekoration, doch obwohl nie ein Feuer darin angezündet wurde, flatterten auf dem Rost, fast zu Asche verbrannt, fedrige Papierfetzchen und flogen durch den Luftzug, den Meredith durch ihr Nähertreten verursachte, nun leicht auf.

»Du hast sie also gefunden«, sagte Meredith langsam. »Hast sie schließlich doch noch gefunden. Das ist alles, was von Philips Originalen geblieben ist, nicht wahr? Von dem Brief und den Fotografien?«

Eve bewegte sich leicht und griff nach der Teetasse. »Ja. Er war wirklich unmöglich, versteckt sie im Schuppen dieses alten Mannes. Ich hatte das ganze Cottage und das Atelier durchsucht und war völlig ratlos, wohin er sie gebracht haben könnte. Dann fiel mir ein, was Sara mir von dem Schuppen erzählt hatte. Philip war drin gewesen und hatte Sara gesagt, wie schrecklich unordentlich es dort wäre. Auf diese Weise, dachte ich, hätte Philip Brief und Fotos immer in greifbarer Nähe. Der Schuppen war ideal. Außer dem alten Mann ging nie jemand hinein, und der hatte seit Jahren kein Stück von der Stelle gerückt. Phil hatte praktisch jederzeit Zugang, wenn der alte Mann nicht da war. Er brauchte das Couvert nur unter dem Dach zu verstecken. Und genau das hatte er getan.«

Meredith sagte: »Das war sehr schlau von dir, Evie. Aber du hättest dem alten Mann nichts tun dürfen.«

»Wollte ich ja auch nicht«, sagte Eve bekümmert. Sie setzte die Tasse ab. »Es war nicht meine Schuld. Es war zwei Uhr morgens, um Himmels willen! Warum lag der alte Esel nicht im Bett und schlief? Tauchte plötzlich auf wie ein riesengroßer Kobold, fuchtelte mit seiner Taschenlampe herum und leuchtete mir ins Gesicht. Auch da hätte ich ihm noch nichts getan. Ich hätte ihm erklärt, daß Phil etwas versteckt hatte, das mir gehört, und hätte ihm das Couvert gezeigt. Aber er fing an mich anzuschreien. Schrie so blödsinniges Zeug.« Eves Stimme erhielt einen spöttischen Unterton. »Nannte mich Jezabel und eine unzüchtige Frau! Stell dir das einmal vor! Quatschte weiter von Sodom und Gomorrha. Sagte, eine Frau in meinem Alter sollte es besser wissen. Ich sagte ihm, er sei ein alberner alter Narr und wisse nicht, was er da rede. Dann sagte er, er hätte mich im Morgengrauen aus Phils Cottage schleichen sehen – daher wisse er, daß ich üble Dinge im Sinn gehabt habe. Er sagte, ich sei alt genug, um Phils Mutter zu sein, und ich müsse doch wissen, daß Phil es mit meiner Tochter getrieben habe, was alles noch viel schlimmer machte... Dann fing er wieder mit Sodom und Gomorrha an. Oh, es war wirklich gräßlich.«

Eve hielt wütend inne und schlug die Hände zusammen. Meredith kam zu ihr und setzte sich neben sie auf einen niedrigen Hocker. »Aber er hatte es mißverstanden, nicht wahr, Eve?«

»Ja, natürlich hatte er das. Ich hatte keine Affäre mit Phil. Als ob ich jemals so etwas tun würde! Und auch Sara wäre nie so dumm gewesen. Deshalb war es ja auch so unsinnig, als Phil wegen ihrer Verlobung ein solches Theater machte. Aber verstehst du, ich konnte es nicht zulassen, daß der Alte herumlief und den Leuten erzählte, er habe mich am frühen Morgen an Phils Hintertür gesehen – es hätte ja Alan Markby zu Ohren kommen können, und er hätte natürlich den wahren Grund erraten …«

»Sag mir, was Phil von dir wollte, Eve.«

Eve zuckte anmutig mit den Schultern. »Na, Geld, was denkst denn du? Ein ganz gewöhnlicher kleiner Erpresser! Er hatte einen Brief und Fotos und gab mir Kopien. Zuerst wollte er Sara zugrunde richten und dann noch andere Leute erpressen. Du siehst also, ich habe das Richtige getan, als ich ihn umbrachte. Er wäre uns schrecklich lästig geworden. Auf die Idee mit dem Gift hat mich diese langweilige Mrs. Locke gebracht. Wir haben Schädlinge in den Gärten, Füchse und so weiter, und sie hat einen gefunden, der vergiftet worden war. Hat einen solchen Aufstand gemacht. Damals fing ich an, über Gift nachzudenken, und erinnerte mich, daß mir Lucia vor Jahren erzählt hatte, man könne Gifte aus Kräutern herstellen. Ich habe sie aber nicht mit hineingezogen, sondern habe allein herumprobiert. In einer Tierhandlung in Bamford habe ich ein paar Rennmäuse gekauft, lustige, kleine Dinger, und sie in dem baufälligen Stall gehalten. Niemand benutzt ihn, niemand geht hinein, nicht einmal Mr. Yewell, wenn er in den Garten kommt. Bei den Rennmäusen ging es ganz leicht, also versuchte ich es mit einem Kaninchen. Mir war klar, daß ich, um einen Mann zu töten, die Dosis wesentlich würde erhöhen müssen. Ich wußte, daß Phil viel Milch trank, also überlegte ich mir, die Milchflaschen zu präparieren, sehr früh, gleich nachdem sie geliefert wurden. Auf diese Weise war ich sicher, daß er jeden Tag eine Dosis zu sich nehmen und das Gift in seinem Körper gespeichert werden würde. Ich wußte, Lucia würde nichts sagen, selbst wenn sie erriet, was ich getan hatte. Sie ist absolut loyal.«

»Aber Bert hat dich gesehen und irrtümlicherweise angenommen, daß du nach einer Nacht verbotener Lust aus Philips Cottage geschlichen kamst.«

»Ja ... Ich habe dir doch gesagt, er war ein so dummer alter Mann, stand so früh auf und war von Sünde und Sex besessen. In seinem Alter! Ekelhaft! Diese ganze Geschichte von Sodom und Gomorrha ... Ich glaube, er war verrückt.« Eve sah Meredith vorwurfsvoll an. »Fast hättest du mich auch gesehen, Merry. An dem Morgen, an dem Philip starb, hatte ich ihn vor dir gefunden. Er war noch nicht tot. Er lag im Atelier auf dem Boden, hatte Schaum vor dem Mund und keuchte. Es war richtig widerlich. Aber ich merkte, daß er starb. Ich hätte nicht gedacht« – Eve runzelte die Stirn –, »daß es so lange dauern würde. Jetzt war die Gelegenheit, das Cottage zu durchsuchen, bevor jemand anders ihn fand. Das dachte ich zumindest.« Ihre Stimme klang plötzlich verärgert. »Also fing ich an, mich im Cottage umzusehen, und da – ob du's glaubst oder nicht – kam der blöde Alte aus seinem Haus und fing an, eine der beiden Katzen anzuschreien und zu verfluchen. Das Tier benahm sich sehr merkwürdig, lief in den Sträuchern hin und her und gab seltsame Töne von sich. Ich hatte Angst, der Alte würde mich sehen. Also rannte ich durch die Küchentür ins Freie, während der Alte im Garten hinter der Katze her war, lief zum Pfarrhaus, verriegelte die hintere Gartentür und ging zum Haus zurück. Da habe ich dich gesehen.« Eve riß ihre violetten Augen weit auf. »Du kamst den

Gartenweg entlang, und ich mußte mich in den Sträuchern verstecken. Du gingst dicht an mir vorbei und dann auf die Love Lane hinaus. Ich wußte, du würdest Philip finden. Ich rannte einfach zurück ins Haus und ging nach oben. Dann hörte ich dich zurückkommen und Peter Russell anrufen. Und gleich darauf kam Mrs. Yewell jammernd zu mir herauf. ›O Gott, Miss Owens, ich weiß nich', was drüben im Atelier passiert is'...‹« Eve ahmte die Putzfrau nach.

Meredith seufzte.

»Dieser alberne Alte«, sagte Eve grollend. »Er hatte mich doch tatsächlich gesehen, stell dir das vor. Gestern abend, nachdem er mich als Jezabel und so weiter bezeichnet und davon geredet hatte, daß er mich morgens ein paarmal beobachtet hatte, schrie er: ›Un' ich hab' Ihnen an dem Morgen gesehen, an dem er gestorben is' un' alles! Sie sind in sei'm Cottage gewesen, ja das sind Sie!‹ Ich mußte ihn töten, Merry.«

Voller Eifer beugte Eve sich vor. »Du verstehst das doch, nicht wahr? Ich mußte den Alten zum Schweigen bringen und mußte Phil loswerden. Ich wollte es nicht. Aber sie haben mich dazu gezwungen, beide. Ich mußte dafür sorgen, daß Philip für immer und ewig den Mund hält. Jon Lazenbys Familie ist so ehrbar, und Jon selbst ist einer, der sich sofort aus dem Staub macht, wenn es Schwierigkeiten gibt. Ich wußte, es bestand nicht die geringste Chance, daß er bei Sara bleiben würde, wenn es einen Skandal geben würde. Außerdem war es mir unmöglich, Philip einen Haufen Geld zu bezahlen. Ich habe kein Geld. Oh, ich weiß, es sieht so aus, als hätte ich welches, aber ich habe keins. Ich habe nur, was

Robert mir hinterlassen hat. Deshalb brauche ich ja die Rolle in Albies Seifenoper so dringend, und nichts soll mich daran hindern, sie zu bekommen! Phil war genauso wie Hughie, ich kenne den Typ. Sie sind boshaft, besonders dann, wenn sie nicht kriegen, was sie wollen, und als Phil merkte, daß ich ihm nichts zahlen würde – nichts zahlen konnte –, war nicht vorauszusehen, wie er sich rächen würde. Ich fürchtete, er könnte die Trauungszeremonie in der Kirche stören. Er hätte sich einschleichen und hinten verstecken können, um dann, wenn der Pfarrer fragt, ob jemand ›einen Hinderungsgrund für diese Ehe‹ kenne, aufzuspringen und alles herauszublöken. Vielleicht hätte er aber auch nichts gegen die Heirat getan, damit er das Geld dann von Sara bekommen konnte. Er hätte mein armes Kind während der ganzen Ehe ausgesaugt wie ein Blutegel. Hätte sie total ausgenommen. Diese Sorte ist dazu imstande. Glaubst du etwa, ich weiß das nicht? Wenn sie dich in der Hand haben, spielen sie das bis zum letzten aus. Ich mußte Hughie jeden Cent geben, den ich besaß, damit er in die Scheidung einwilligte und ging. Deswegen habe ich ja nichts, nur Roberts Geld. Alles andere hat sich Hughie geschnappt, und gelacht hat er, die ganze Zeit über mich gelacht, weil ich nichts dagegen tun konnte. Glaubst du, ich lasse zu, daß Sara durchmacht, was ich damals durchgemacht habe?«

»Aber warum hast du Hughie für die Scheidung überhaupt etwas zahlen müssen?« fragte Meredith neugierig, denn sie erinnerte sich an die Geschichten, die sie gehört und die auch Eve ihr über die Gemeinheiten ihres zweiten Ehemannes erzählt hatte. »Du hattest doch Gründe. Er taugte nichts. Er trank. Er schlug dich, er betrog dich, war arbeitsscheu ...«

»O ja, das alles ist richtig«, sagte Eve ernst. »Aber das konnte ich vor Gericht nicht sagen, denn, nun ja, Hughie wußte, was ich getan hatte.«

Draußen schob sich eine Wolke vor die Sonne, und im Raum wurde es plötzlich dunkler und kälter. Meredith klang Elliotts boshafte Stimme im Ohr: »Sie werden es bedauern!« Sie fröstelte. Es war, als sei ein Geist hereingekommen und stehe nun neben ihr. Sie wußte im tiefsten Innern, daß sie, wenn sie die nächste Frage stellte, etwas Furchtbares erfahren würde, etwas, das sie eigentlich nicht wissen wollte und trotzdem wissen mußte. »Was wußte Hughie, Evie?«

»Daß *ich* Mike erschossen habe. Hughie ist irgendwie dahintergekommen, und er sagte immer, wenn ich in der Öffentlichkeit schmutzige Wäsche waschen wolle, er könne das auch. Als er mich schließlich satt hatte und auch kein Vergnügen mehr daran fand, mich zu quälen, hat er einfach mein Geld genommen und ist gegangen. Ich besaß keinen Cent mehr. Doch ich war so froh, daß er weg war.«

»Aber ich dachte, der Junkie –«, flüsterte Meredith.

»O nein!« Eve richtete sich auf, schwang die Beine auf den Boden und sagte: »Nein, nein, der war es nicht. Schau mal, ich wollte, daß Mike zu uns zurückkommt, zu Sara und mir. Ich dachte, er würde es tun. Aber er sagte, er müsse darüber nachdenken und so weiter, aber ich war mir so sicher ...« Sie hörte sich gereizt an. »Ich war so sicher, daß er sich dazu entschließen würde, doch zu uns zurückzukehren. An dem Abend ging ich in seine Wohnung, wir tranken ein paar Gläser, und er sagte – sagte …« Jetzt lag ein ungläubiges Staunen in Eves Stimme. »Er sagte, er habe sich entschieden, und er komme nicht zurück. Nie wieder. Er hatte eine andere gefunden, Merry. Er liebte eine andere mehr als Sara und mich!«

Meredith schloß die Augen. In ihrem Schädel begann es zu dröhnen. Die Worte aus Mikes letztem Brief wirbelten ihr durch den Kopf wie die Schlagzeilen einer Zeitung: *Ich weiß nicht, was ich tun soll, Merry, nur daß ich so gern tun möchte, was richtig ist. Du weißt, daß ich Eve nicht mehr liebe, aber da ist das Kind. Ich habe das Gefühl, ich müßte es um Saras willen noch einmal versuchen. Doch ich glaube nicht, daß ich es ertragen könnte, dabeizustehen und zuzusehen, wie Eve wieder herumspielt. Und sie wird es tun, das weiß ich, sobald sie mich wieder sicher in ihrem Pferch glaubt. Ich habe wirklich noch keinen Entschluß gefaßt und komme mir wie der größte Lump vor, Dir das zu schreiben, nachdem wir so viele Pläne gemacht haben. Bitte hab Geduld, Liebling, und versuch mich zu verstehen. Ich werde es bald regeln, so oder so …*

Er hatte es geregelt. Er hatte einen Entschluß gefaßt und sie, Meredith, gewählt. Und das war sein Todesurteil gewesen.

»Ich hatte immer eine kleine Pistole in der Handtasche«, berichtete Eve mit einer merkwürdigen Singsang-Stimme wie ein Kind, das ein Gedicht aufsagt. »Als wir nach Hollywood kamen, hatte es ein paar Überfälle auf Frauen gegeben, und Mike kaufte mir die Waffe, ein albernes kleines Ding, das wie ein Spielzeug aussah. Damals waren wir noch zusammen. Ich nehme an, er hatte vergessen, daß sie noch da war. Ich war so wütend, daß ich sie herausholte und damit auf Mike zielte, und er meinte nur, ich sei dumm, und sagte: ›Du weißt, daß du nicht schießen wirst, Eve‹ – also schoß ich, nur um es ihm zu zeigen. Nur um ihm zu zeigen, daß er mich nicht einfach verlassen konnte!« Eves Stimme wurde schriller. Man konnte ihr die Empörung von ihrem schönen Gesicht ablesen, ihr Mund und Kinn zitterten, und die Augen funkelten vor Zorn. »Jedenfalls lag er da und war tot. Es war sehr seltsam. Ich meine, ich bin keine gute Schützin oder so. Es war nicht meine Schuld. Es war Pech. Ich wußte, daß mich niemand beim Hereingehen gesehen hatte, weil ich mit Mike gekommen war, der selbst aufgeschlossen hatte. Also spülte ich die Gläser, stellte die Flasche weg und säuberte die Pistole. Dann ging ich fort und warf die Pistole in eine Mülltonne.«

Sie seufzte. »Die Leute sind wirklich zu blöd. Woher sollte ich wissen, daß dieser idiotische Kerl gerade bei seinem Onkel, dem Hausmeister, war, um Geld von ihm zu bekommen, und dann die Mülltonnen nach etwas durchwühlte, das sich verkaufen ließ? Wenn die Menschen sich nur um ihren eigenen Kram kümmern würden! Aber schließlich war der Junge sowieso im Gefängnis besser aufgehoben, weil er doch nur Drogen nahm und stahl und so weiter. Deshalb war es nicht weiter schlimm, daß man ihn verurteilte.«

Meredith sagte mit ausdrucksloser Stimme: »Du hast deinen Tee nicht getrunken, Eve.«

»Oh, tatsächlich«, sagte Eve ruhig und griff nach der Tasse.

Meredith schluckte. »Du hast eine sehr – sehr anstrengende Zeit hinter dir, Evie. Ich glaube, ich sollte Peter Russell anrufen, damit er herkommt und dir etwas für deine Nerven gibt.«

Eve dachte nach. »Ja, du hast recht. Der liebe Peter wird wissen, was er mir verschreiben muß. Ich schlafe wirklich nicht sehr gut, und jetzt bin ich sehr müde. Ich möchte so gern mal eine Nacht richtig durchschlafen.«

Leise schloß Meredith die Tür hinter sich. Elliott stand mit ineinander verschränkten Händen wartend vor seiner Tür. »Ich habe es Ihnen gesagt«, erklärte er gereizt. »Aber Sie wollten keine Ruhe geben. Ich habe Sie gewarnt.«

»Sie haben gewußt …« Meredith schluckte und rang sich die Worte ab. »Sie wußten von Mike, daß sie geschossen …«

Er hob die schmalen Schultern bis an die Ohren. »Natürlich. Ich habe bei diesem Film Regie geführt. Daran habe ich Sie doch alle erst vor ein paar Tagen erinnert. Sie kam zu mir, nachdem sie es getan hatte. Sie quasselte unentwegt, aber ich brachte sie dazu, sich zu beruhigen. Für mich war klar, daß sie, wenn sie ganz kühl blieb, nichts zu befürchten hatte. Sie hatte schon einen kühlen Kopf bewahrt, als sie die Gläser und die Waffe gereinigt hatte. Wegen anderer Fingerabdrücke von ihr in Mikes Wohnung brauchten wir uns keine Sorgen zu machen, denn sie war noch immer seine Frau, und man konnte durchaus erwarten, daß ihre Fingerabdrücke dort zu finden waren.« Er legte die Stirn in Falten. »Sie konnte wirklich nicht begreifen, daß er tatsächlich die Scheidung einreichen wollte. Es war hart für sie.«

»Hart für alle«, sagte Meredith düster.

»Wenn nur diesmal Sie einen kühlen Kopf bewahren wollten«, sagte er wehmütig, »wenn Sie nur schweigen würden. Wir könnten wieder davonkommen. Aber das werden Sie nicht, oder?« Ohne ihre Antwort abzuwarten, fügte er bekümmert hinzu: »Es ist wirklich ein Jammer. Schlimmer, es ist dumm. Wirklich dumm.« Er machte kehrt, ging in sein Zimmer und schloß die Tür hinter sich.

Peter Russell hatte seine Praxis in Bamford eben verlassen wollen. Er versprach, sich zu beeilen, und war zwanzig Minuten nach Merediths Anruf schon da. Meredith kam es wie eine Ewigkeit vor, während sie im Salon saß und Eves Porträt anstarrte. Es war jedoch nicht Eve, die sie sah, sondern jemand anders. Er war da, unsichtbar zwar, aber tatsächlich gegenwärtig. Als sie im Raum umherging und sich bemühte, das Gefühl zu verdrängen, folgte er ihr, so daß sie sich schließlich auf dem Sofa zusammenkauerte, das Bild fixierte und sich vorstellte, wie Lorrimer in seinem Zorn, voller Bitterkeit und Kummer, die Lampe danach warf. Sie wußte, daß diese Empfindungen sich verlieren würden, so unerträglich sie jetzt auch waren. Schlimmer war, was folgen würde. Schuldgefühle würden über sie hereinbrechen. Wieder einmal.

Das Geräusch des Torsummers bedeutete Erleichterung. Sie sprang auf und schaffte es, vor Lucia an der Tür zu sein. »Das ist schon in Ordnung«, sagte sie zu der Köchin. »Es ist nur Dr. Russell, ich habe ihn angerufen für den Fall, daß Miss Owens etwas braucht.«

»Sie nichts brauchen von Doktor«, sagte Lucia beleidigt. »Ich machen für sie.« Sie watschelte in die Küche zurück, in ihren groben Zügen nichts als Empörung.

»Was ist los?« fragte Russell schroff und schob sich an Meredith vorbei in die Eingangshalle.

Schweigend bedeutete sie ihm, daß er mit ihr in den Salon gehen sollte, und als sie dort waren, versuchte sie unter Aufbietung aller Kräfte, sich zusammenzunehmen und ihm direkt in die Augen zu schauen. »Ich bitte Sie, hinaufzugehen und nach Eve zu sehen. Sie werden Sie in einem – einem ziemlich nervösen Zustand vorfinden. Und ich – ich hätte es gern, wenn Sie eine Weile hierbleiben könnten, bis...« Sie verstummte, warf das Haar zurück und sah ihm, ohne mit der Wimper zu zucken, in seine neugierig und feindselig blickenden Augen. »Bis die Polizei kommt.«

Russell zuckte zusammen. »Lorrimer?« stieß er hervor, und sie wußte, daß er an Sara dachte.

»Ja, Lorrimer. Er hat versucht, Eve zu erpressen. Er hat Sara bedroht. Eve wünschte sich verzweifelt, daß Sara Lazenby heiraten sollte. Und sie konnte den Gedanken nicht ertragen, daß etwas sie daran hindern könnte, in die Staaten zu gehen und diese unglückselige Rolle in der Seifenoper zu übernehmen – und ich denke, daß sie sich Sara gegenüber schuldig fühlte, die sie sehr liebt. Sie ist schließlich ihre Mutter.« Die Erklärungen verstummten. Nun, was gab es schließlich noch zu sagen? Niemand kann Mord entschuldigen. Kaltblütigen, sorgfältig geplanten Mord. Und noch viel weniger die Bösartigkeit, mit der ganz nebenher ein schwacher alter Mann getötet worden war.

Russells langes, schmales Gesicht nahm einen noch bekümmerteren Ausdruck an. »Und Sie sind sich ganz sicher?« fragte er zweifelnd.

»Ganz sicher, Peter. Sie hat mir alles erzählt. Ich – ich habe die Polizei noch nicht angerufen. Ich wollte, daß Sie hier sind. Sie wird Sie brauchen. Sie – sie ist nicht normal, wissen Sie? Das werden die Geschworenen doch berücksichtigen, nicht wahr?«

»Ein guter Anwalt wird auf jeden Fall dafür sorgen.« Russell blickte sie noch immer forschend an. »Wäre es Ihnen lieber, wenn ich die Polizei anriefe?«

»Nein, nein, das ist mein Part«, sagte Meredith. »Es ist so, sie glaubt nicht, daß sie etwas Unrechtes getan hat. Sie denkt, es ist nicht ihre Schuld. Schuld sind andere.«

Vielleicht zum Teil auch ich, dachte sie. Wäre ich gestern abend zurückgekommen, wäre Bert vielleicht noch am Leben – und wenn ich Mike nicht gesagt hätte, daß ich ihn liebe, würde auch er vielleicht noch leben. Aber ›wenn‹ und ›vielleicht‹, das sind die großen Unwägbarkeiten, wie Markby gesagt hatte.

Laut sagte sie: »Mir geht es um Sara – um sie mache ich mir Sorgen. Lazenby wird sie sitzenlassen. Sie könnte daran zerbrechen.«

»Um Sara kümmere ich mich«, erwiderte Peter Russell trotzig.

Wenn sie dich läßt, dachte Meredith. Fürs erste vielleicht. Sie sah Russell nach, als er hinausging, und hörte seine Schritte auf der Treppe. Als sie den Telefonhörer aufnahm, um das Polizeirevier in Bamford anzurufen, fragte sie sich: Würde ich es auch tun, wenn es nicht um

Mike ginge? Lorrimer war wirklich nur ein widerlicher kleiner Erpresser, genau wie Eve gesagt hatte; Alan Markby war der gleichen Meinung. Und Bert war nicht der netteste alte Mann der Welt gewesen. Niemand trauert um einen der beiden – nicht einmal Pearl und Walter auf lange Sicht. Sie sind geschockt, mehr nicht. Das Wissen um alles und der Prozeß und der Skandal werden Sara wieder aus der Bahn werfen. Lazenby wird sich aus dem Staub machen. Wenn sie sich von Russell trösten läßt, wird es nicht auf Dauer sein. Auch er wird leiden. Und natürlich auch Albie ... Er würde Eve in die Staaten mitnehmen und auf sie aufpassen. Niemand braucht etwas zu erfahren. Warum lege ich nicht einfach auf und vergesse alles? Ich könnte Russell sagen, Eve habe meiner Ansicht nach nur laut vor sich hinphantasiert und kein Wort ernst gemeint. Sie würde in die Staaten gehen und in ihrer Seifenoper als Star glänzen, und alle wären glücklich, keinem würde mehr weh getan.

Eine Stimme drang an ihr Ohr, und sie fragte automatisch nach Chief Inspector Markby. Während sie wartete, wurde der Impuls, den Hörer aufzulegen, immer stärker. Schließlich preßte sie ihn auf die Brust und sagte laut in das leere Zimmer hinein: »Nein, das tu' ich für dich, Mike ... Damit dir Gerechtigkeit widerfährt ...«

Dann fragte Markbys Stimme: »Meredith?«

Sie öffnete den Mund, doch ehe sie etwas sagen konnte, hörte sie von draußen Lärm. Schritte polterten die Treppe herunter. Die Tür wurde aufgerissen, Peter Russell erschien mit entsetztem Blick und durchquerte mit zwei langen Schritten den Raum.

»Verdammt, rufen Sie einen Krankenwagen!« befahl er.

Meredith starrte ihn an. Leise und verzerrt kam Markbys Stimme aus dem Hörer. »Meredith? Meredith, was ist los, zum Teufel?«

»Geben Sie mir den Hörer!« schnauzte Russell und streckte die Hand aus.

Die Lähmung wich von ihr. »Nein – ich spreche bereits mit Alan Markby …« Sie hob die Sprechmuschel an den Mund. »Wir brauchen einen Krankenwagen, Alan … Und wir brauchen Sie.« Ihre Hand zitterte, und sie verlor wieder die Fassung. »O Gott, Alan, kommen Sie rasch. Ich brauche Sie …«

KAPITEL 14

»Der Tee! Du lieber Gott, sie hat etwas in den Tee getan«, flüsterte Meredith.

Eve lag noch auf dem kleinen Sofa wie vorhin, doch jetzt hatte sie den Kopf zurückgeworfen, die violetten Augen waren in ungläubigem Erstaunen weit aufgerissen, der Mund war leicht geöffnet, der ganze Körper erstarrt. Eine schmale beringte Hand umklammerte die Knopfleiste der pinkfarbenen Bluse, so als habe Eve sie in einem letzten verzweifelten Ringen nach Luft aufreißen wollen. Die Tasse, in welcher der Kamillentee gewesen war, stand leer auf dem Tisch. Automatisch streckte Meredith die Hand danach aus. Peter Russell schlug sie weg und sagte scharf: »Nein, fassen Sie sie nicht an!« Meredith wich entsetzt zurück, und er fuhr hastig fort: »Wissen Sie, was es war? Pillen? Hatte sie Pillen oder Pulver? Vielleicht ist es noch nicht zu spät – ein schwacher Puls ist noch da. Wenn der Krankenwagen rechtzeitig kommt und wir wüßten, was sie genommen hat…«

Kopfschüttelnd unterbrach ihn Meredith: »Nein, Sie verstehen nicht. Ich meine nicht, daß sie absichtlich etwas genommen hat. Ich bin sicher, sie hat es nicht selbst gemischt. Es sind bestimmt nicht die Dinge, an die Sie denken, Schlaftabletten oder ähnliches. Ich habe Lucia gemeint – Lucia hat etwas in den Tee getan, etwas, das sie selbst zusammengebraut hat.«

»Die Köchin?« Er sah sie finster an. »Reden Sie doch keinen Unsinn, Meredith! Warum sollte die Köchin Eve etwas antun wollen?«

»Die Signorina hat recht«, sagte eine tonlose Stimme hinter ihnen. Sie fuhren beide herum und sahen Lucia auf der Schwelle stehen, massig, schwarz gekleidet, triumphierend. »Aber ich sie nicht verletzen. Ich bringen sie in Sicherheit. Ich weiß, was sie getan hat.« Die Köchin nickte. »Ich weiß, als ich höre, der Junge ist krank, daß jemand ihm etwas gegeben. Und als er sterben, ich weiß, sie hat getan. Aber ich sage nichts. Er war ein schlechter Mensch, das war er. Er haben sie und die Kleine bedroht. Er kommen her, schreien, machen Szene. Meine Ladys, sie beide große Angst. Ich denke, vielleicht ich mache etwas, damit er weggehen. Aber dann er wird krank, und ich weiß, ich brauche nicht. Sie« – Lucia hob die Hand und wies auf Eves ausgestreckte Gestalt –, »sie hat es schon getan. Also tu' ich nicht, nur warten. Ich denke nicht, daß Sie herausfinden, was sie getan hat. Und ich nicht erlauben, daß Sie sie mitnehmen und in Gefängnis stecken mit schlechten Frauen. Sie ist wie ein Vogel, so schön, Sie dürfen sie nicht in Käfig sperren. Sie dürfen nicht Schande über sie bringen. Er war so böse, dieser junge Mann, sie so zu quälen. Er sollen sterben.«

»O nein«, flüsterte Meredith, »ich dachte, Sie sprechen über Ralph Hetherbridge. Ich hätte merken müssen …«

»Sie nicht leiden«, sagte Lucia stolz. »Ich mache es richtig.« Sie machte kehrt und trottete aus dem Zimmer.

»Was war es, Sie alte Hexe?« brüllte Russell und setzte ihr nach.

»Sie wird es Ihnen nicht verraten«, sagte Meredith mit tonloser Stimme. »Sie vergeuden Ihre Zeit, Peter.« Sie blickte auf das schöne, überraschte Gesicht ihrer Cousine hinunter. »Leb wohl, Eve. Es ist alles schiefgegangen, und ich hatte meinen Anteil daran. Es tut mir leid.«

Es kam ihr so vor, als weiteten die violetten Augen sich noch ein wenig mehr, als habe Eve ihre Worte gehört. Doch vielleicht war es reine Einbildung – oder ein Muskelzucken vor dem Tod.

Markby und der Krankenwagen trafen zusammen ein. Eve wurde auf einer Trage hinausgetragen, vorbei an Lucia, die unbewegten Gesichtes in der Halle saß.

»Kümmern Sie sich um die Köchin«, sagte Markby leise zu Pearce, der mit ihm gekommen war. »Nehmen Sie sie unter der Anklage fest, mit Absicht eine tödliche Substanz verabreicht zu haben – Sie wissen ja Bescheid.«

Pearce, der ein wenig grün um die Nasenspitze aussah, obwohl das keineswegs sein erster Mordfall war, ging auf Lucia zu, die verächtlich zu ihm aufsah. In diesem Moment erschien oben auf der Treppe Albie Elliott, den sie alle vergessen hatten; seine Augen quollen hervor, das Gesicht war die verzerrte Larve eines Besessenen. Er stieß einen grauenvollen, unartikulierten Schrei aus, raste die Treppe herunter, starrte mit einem wilden Blick auf die sich entfernenden Rücken der Sanitäter und warf sich dann, wüste Beschimpfungen ausstoßend, auf Lucia. Mit seinen ausgestreckten Händen packte er ihre Haare, die in dicken Zöpfen um den Kopf geschlungen waren, und riß so heftig daran, daß die

Haarnadeln davonflogen. Als sie einen ihrer kräftigen Arme hochriß, um ihn abzuwehren, schlug er auf sie ein. Markby, Russell und Pearce warfen sich dazwischen.

»Ruhig, Sir, nur ruhig«, keuchte Pearce so beschwichtigend er konnte, während er mit dem sich windenden und krümmenden Elliott kämpfte. Geschickt packte er die Arme des um sich schlagenden Mannes und preßte sie an seinen Körper.

»Er ist außer sich vor Kummer«, sagte Markby. »Das habe ich schon früher erlebt. Können Sie ihm ein Beruhigungsmittel geben?« fragte er Peter Russell.

»Nur wenn er mich darum bittet.«

Aber Elliott war plötzlich still geworden und ließ sich schlaff und widerstandslos von Pearce festhalten. »Gottverdammt«, stieß er unter Tränen hervor. »Gottverdammt! Sie alle sollen verdammt sein!«

Nach einem schönen milden Altweibersommer nieselte es am Tag von Eves Beerdigung, und es war kalt. Den Regenböen und dem Wind ausgesetzt, versammelten sie sich auf dem zugigen Friedhof am nördlichen Rand von Oxford. Während des Gottesdienstes am offenen Grab wurden die Worte zur Hälfte vom Verkehr verschluckt, der auf der Banbury Road vorüberbrauste.

Sie begruben Eve neben Robert Freeman. Meredith kam alles unwirklich vor. Es fiel ihr schwer zu glauben, daß Eve in diesem Sarg lag. Und es war schwierig zu begreifen, daß sie nicht plötzlich mitten unter ihnen auftauchen würde, elegant und fröhlich, um sich für die schönen Blumen zu bedanken. Es gab viele Blumen, das hätte Eve gefallen. Unter den Trauergästen waren, trotz der widrigen Umstände, auch viele bekannte Gesichter, und das hätte Eve ebenfalls zu schätzen gewußt. Aber jetzt hatten sich die Menschen allmählich zerstreut, und nur eine Handvoll war geblieben.

Sara, das blonde Haar zu einem langen Zopf geflochten, der ihr über den Rücken hing, sah noch mehr als sonst wie ein Schulmädchen aus; ihre Augen waren gerötet, sie war sehr still, das blasse Gesicht erstarrt vor Schmerz. Peter Russell, der genauso kummervoll aussah, aber aus einem anderen Grund, stand, ganz der Beschützer, dicht neben ihr. Jonathan Lazenby hatte sich, wie vorauszusehen gewesen war, auf eine plötzliche und unvorhergesehene Geschäftsreise begeben. Offiziell war die Hochzeit wegen der Beerdigung verschoben worden, aber alle wußten, daß diese Hochzeit nie stattfinden würde. Der einzige, der noch weinte – überhaupt der einzige, der am Grab Tränen vergossen hatte –, war Albie Elliott. Er stand ganz allein, barhäuptig, im Regen, umklammerte einen Rosenstrauß, und die Tränen vermischten sich mit dem Regen auf seinem bleichen Gesicht. Meredith hatte versucht, mit ihm zu sprechen, doch er hatte sie nur angestarrt, als rede sie in einer fremden Sprache.

Verlegen trat Meredith vor und ging schwankend die Planke entlang, die auf der Erde neben dem offenen Grab lag. Das Loch war mit grünem Flanelltuch ausgelegt, um die frisch aufgeschüttete Erde vor den Blicken der Trauernden zu verbergen. Meredith bückte sich, nahm, wobei sie ihre eilig gekauften schwarzen Handschuhe beschmutzte, eine Handvoll Erde und warf sie hinein. Sie traf den Sargdeckel mit einem dumpfen und hohlen Ton unmittelbar über der Messingplakette.

Das war's. Ein Stück entfernt warteten die Männer des Beerdigungsunternehmens, regennaß, aber sehr dekorativ, wie Krähen auf einem Zaun. Russell hatte Saras Arm genommen, und sie hatte sich zu ihm gedreht. Meredith war hier überflüssig. Elliott stieß einen erstickten Ton hervor, stürzte plötzlich vorwärts und warf sein Bukett ins Grab. Die Wirkung war weder dramatisch noch romantisch, nur grotesk. Er war in seiner eigenen verzweifelten Welt gefangen, und auch er brauchte Meredith nicht. Die Wagen auf der Banbury Road hupten weiter ungerührt bei ihren Überholmanövern.

Sie wandte sich ab und ging zwischen den ordentlichen und gepflegten Gräberreihen zum Parkplatz. Es war eine urbane Begräbnisstätte, die nichts von der chaotischen Vertraulichkeit des Dorffriedhofs hatte. Alan Markby, mit schwarzer Krawatte und in dem dunklen Regenmantel, den er bei Beerdigungen trug, trat hinter einem Grabstein vor und folgte ihr. Bei den geparkten Wagen holte er sie ein. Sie zog sich die schmutzigen, feuchten schwarzen Handschuhe aus, rollte sie zusammen und warf sie in einen Abfallkorb. Dann blickte sie zu Markby auf.

»Ich habe eine Thermosflasche mit Kaffee im Wagen«, sagte er.

»Das war sehr umsichtig von Ihnen.«

»Nicht von mir. Meine Schwester Laura kam bei mir vorbei und hat sie mir gegeben. Sie neigt ein wenig dazu, mich zu bemuttern.«

Regenfeucht und mit einem unbehaglichen Gefühl

saß sie auf dem Beifahrersitz seines Wagens und schlürfte Kaffee aus Plastikbechern, die Laura ebenfalls gestiftet hatte. Aus unerfindlichen Gründen hatte sie sogar daran gedacht, zwei einzupacken. Der Kaffee schmeckte bitter, aber er war heiß und belebte den Kreislauf.

Meredith umfaßte ihren Becher mit beiden Händen, um die Wärme in ihre kalten Finger eindringen zu lassen, und fragte sich, ob Markby sich wohl noch daran erinnerte, wie flehend sie ihn an jenem schicksalhaften Nachmittag am Telefon gebeten hatte zu kommen. Ihr war völlig schleierhaft, warum sie so verzweifelt nach ihm verlangt hatte. Idiotisch. Wahrscheinlich war es die besondere Anspannung dieses Augenblicks gewesen. Sie hoffte, daß er es nicht gemerkt oder aber wieder vergessen hatte. Wenn beides nicht der Fall war, dann hoffte sie darauf, daß er es wenigstens nicht erwähnen würde. Es wäre entsetzlich peinlich.

Laut sagte sie: »Ich habe die Puppe Sergeant Pearce gegeben – die, welche Lorrimer vors Tor gelegt hatte, wo Sara sie finden sollte. Sie können Sie in Ihre schwarze Sammlung tun, falls Sie eine haben.«

Markby knurrte. »Sie hätten sie sofort aushändigen müssen, das wissen Sie. Wir hätten uns früher eingeschaltet, und er wäre vielleicht am Leben geblieben – und sie ebenfalls… Oh, um Himmels willen, das alles haben wir ja schon durchgekaut.« Er verstummte und verfluchte seine Unbeholfenheit.

Sie blickte starr geradeaus durch die regenfleckige Windschutzscheibe. »Sie haben mir einmal gesagt, daß ›falls‹ und ›vielleicht‹ die großen Unwägbarkeiten sind.

Wenn ich Ihnen von der Puppe, dem Rinderherzen und den anderen Dingen erzählt hätte, die Sara gefunden hat, hätten sie vielleicht die Spur zu Lorrimer zurückverfolgt – und was dann? Ein Prozeß, Lorrimer mit den wildesten Beschuldigungen, die rechtfertigen sollen, was er getan hatte, und Lazenby, der Fiesling, der sich in Sicherheit bringt und Sara sitzenläßt.«

»Was Sie hier beschreiben, wäre besser gewesen als Mord beziehungsweise Doppelmord. Und Lazenby habe ich heute hier trotzdem nicht gesehen. Das bedeutet wohl, daß er sich auch so aus dem Staub gemacht hat.«

Meredith öffnete die Wagentür, um den Kaffeesatz auszuschütten. Den leeren Becher stellte sie neben ihre Füße. Ihre Schuhe waren schlammig und hatten auf dem Boden des Wagens schwarze Schmierflecken hinterlassen. »Tut mir leid«, murmelte sie und überließ es ihm, ihre Worte nach Belieben auszulegen.

Zaghaft streckte er die Hand aus und berührte ihren Ellenbogen. »Mir tut alles leid. Ich weiß, sie war Ihre Cousine, und da kann ich natürlich nicht erwarten, daß man über irgendeinen Aspekt dieses Falles objektiv mit Ihnen sprechen kann. Ich würde Ihnen gern etwas Tröstliches sagen. Aber es ist nicht möglich, nicht wahr?«

»Nein, aber es ist wie jeder andere Schmerz. Man lernt damit zu leben.«

Er rutschte unbehaglich auf seinem Sitz hin und her. Sie sah ihn an. Mit finsterer Miene betrachtete er Elliott, der strauchelnd zwischen Gräbern zum anderen Ende des Parkplatzes ging, wo sein Mietwagen stand.

»Wissen Sie, Albie hatte schon vermutet, daß es Lorrimer war, der diese Sachen hinterlegte. Und als Lorrimer krank wurde, war Lucia sofort klar, was Eve getan hatte. Ich will mich nicht damit rausreden, daß ich nicht die einzige war, die schwieg, als ich hätte reden können, aber ich war es tatsächlich nicht.«

»Lassen Sie's«, sagte er plötzlich in einem scharfen Ton, den sie so noch nie von ihm zu hören bekommen hatte.

»Was passiert mit Lucia?«

Er zuckte mit den Schultern. »Die Verteidigung wird höchstwahrscheinlich auf verminderte Zurechnungsfähigkeit plädieren. Sie ist eine einfache Frau, isoliert in einer fremden Kultur, und sie war ihrer Arbeitgeberin über jedes normale Maß hinaus ergeben. Sie hat natürlich vorsätzlich getötet, aber nicht aus niedrigen Beweggründen. Man wird sie wegen Totschlags anklagen, und ob der Verteidiger mit dem Antrag auf verminderte Zurechnungsfähigkeit durchkommt, kann ich nicht sagen. Vielleicht landet sie eher in einer psychiatrischen Klinik als im Gefängnis. Was mich beunruhigt, ist der Gedanke, daß jemand, der so viel von Giften versteht und so wenig zwischen Recht und Unrecht unterscheiden kann, in absehbarer Zukunft wieder mitten unter uns leben wird – und unter Umständen sogar wieder als Köchin arbeitet! Aber Polizisten können die Verbrecher nur dingfest machen, sie haben keinen Einfluß darauf, was die Gesellschaft mit ihnen tut.«

»Es wäre ja möglich, daß sie in dem Restaurant in Pasadena die falschen Kräuter auf die Pizzas streut, wenn sie den Gast nicht mag«, sagte Meredith und fügte erklärend hinzu: »Eve hat mir erzählt, daß Lucia einen Verwandten hat, der eine Pizzeria betreibt. Zu ihm wollte sie, um bei ihm zu arbeiten.«

»Da haben wir es schon! O verdammt«, fuhr er leise fort, »am Friedhofstor treibt sich noch immer ein Pressefotograf herum. Ich kann ihn von hier aus sehen.«

»Wen interessiert das schon?« entgegnete sie müde. »Eve – sie hätte es interessiert, meine ich. Sie wäre enttäuscht gewesen, wenn sich niemand von der Presse gezeigt hätte. Es waren viele Trauergäste da, vor allem wenn man bedenkt, was für ein trostloser Tag heute ist. Sie hatte eine Menge Freunde in der Branche.«

»Russell scheint sich um Sara zu kümmern. Ich nehme an, ich muß jetzt nicht mehr den Brautführer bei ihrer Hochzeit mit Lazenby machen. Glauben Sie, Eve hat mich ausgesucht, weil sie einen zahmen Bullen brauchte, mit dem sie sich tarnen konnte, falls es zu Ermittlungen wegen Lorrimer kommen sollte?«

»Ich denke, sie hat Sie ausgesucht, weil Sie gut aussehen und Ihr Name auf dem Friedhof auf so vielen Grabmälern steht. Ich will damit nicht unhöflich sein, nur objektiv.«

»Na schön, ich weiß ja, daß sie mich nicht gewählt hat, weil ich Bob Freemans Busenfreund war, denn das war ich nicht.«

»Freeman hätte Lorrimer nicht bitten dürfen, das Porträt zu malen«, sagte Meredith nachdenklich. »Damit hat möglicherweise alles angefangen. Sogar schon ehe er Sara kennenlernte, hatte ein Mitglied der Familie Hoffnungen in ihm geweckt und wieder zunichte gemacht. Jetzt ist Russell in Sara verliebt. Ich hoffe, es gibt nicht wieder ein Unglück.«

Markby entgegnete, erstaunlich herzlos, wie sie fand: »Jemand wird immer in sie verliebt sein, sie wird immer eine Schulter haben, an der sie sich ausweinen kann. Machen Sie sich um sie keine Sorgen, Meredith.«

»Ich kann ohnehin nichts tun, sie ist fast zwanzig. An finanziellen Mitteln hat sie, was von Bob Freemans Geld noch übrig ist.« Meredith war damit beschäftigt, Lauras Thermosflasche und die Picknickbecher in die Tasche zu räumen, die Laura ihrem Bruder mitgegeben hatte. Auf Merediths Becher war ein Bugs Bunny. »Wissen Sie, ich habe es selbst versucht, eine Milchflasche so zu öffnen, daß der Deckel unbeschädigt blieb und man sie wieder verschließen konnte. Das ist nicht besonders schwierig, vor allem dann nicht, wenn man lange Fingernägel hat. Damals hielt ich es für durchaus möglich, daß Lorrimer von einer Frau ermordet worden war.« Ärgerlich fügte sie hinzu: »Wie konnte ich mich, was Philip Lorrimer anbelangt, nur so irren! Ich komme mir, gelinde gesagt, ziemlich blöd vor. Dabei habe ich häufig mit Menschen zu tun, die ich noch nie zuvor gesehen habe, und muß mir ein Urteil über ihre Verläßlichkeit bilden und darüber befinden, ob sie mir die Wahrheit sagen oder etwas vorschwindeln. Wie konnte ich nur so dumm sein, mich von einem jungenhaften Lachen und einem aufgesetzten Charme übertölpeln zu lassen?«

Markby lächelte sie an. »Sie hatten nicht die Gelegenheit, ihn gut genug kennenzulernen, um zu einem anderen Urteil zu kommen. Und er war nicht nur ein kleiner Gelegenheitslügner. Er hatte das Zeug zu einem erstklassigen Betrüger, und als Polizist muß ich sagen, ich bin froh, daß er sich entschlossen hatte, Töpfer zu werden, und erst sehr spät und durch Zufall zum Verbrecher wurde – und, wie sich herausstellte, kein Glück damit hatte.«

Sie nickte, bemerkte jedoch: »Komischerweise und trotz allem – wenn ich an ihn denke, finde ich ihn noch immer sympathisch. Es kommt mir vor, als sei er einmal ein netter Mensch gewesen und verdorben worden. Eigentlich eine Tragödie, wie ein solcher Mensch verbogen und dann bösartig werden kann.«

»Die Not treibt Menschen in ganz unerwartete Extreme«, stellte Markby fest. »Und die Möglichkeit, Böses zu tun, ist merkwürdig verlockend. Dafür ist Lorrimer ein gutes Beispiel. Zuerst wollte er einzig und allein, daß Sara die Verlobung mit Lazenby löste. Er wurde ausfallend, dachte sich makabre ›Scherze‹ aus, wie die mit dem Rinderherzen und der Puppe. Er drohte, den Brief an die Presse zu schicken, hätte diese Drohung am Ende aber vermutlich nicht wahr gemacht. Wenn es ihm ausschließlich darum gegangen wäre, Sara zurückzubekommen, hätte ihm klar sein müssen, daß er sich das Mädchen durch eine Veröffentlichung des Briefes und der Fotos für immer entfremdet hätte.«

»Er hatte in der Tat einen bösartigen Zug«, sagte Meredith nachdenklich. »Vielleicht hätte er es aus purer Bosheit getan. Und er hatte einen kranken Verstand. Den muß er gehabt haben, um sich so widerliche Dinge auszudenken. Wer weiß, wie logisch er noch denken konnte.«

»Der Punkt ist«, erklärte Markby, »daß er in diesem frühen Stadium nur Sara wiederhaben wollte, ganz für sich allein. Geld hatte nichts damit zu tun.«

»Aber dann ging sein Van kaputt, und er konnte sich keinen anderen kaufen«, sagte Meredith. »Eine solche – Kleinigkeit.«

»Nicht für ihn. Er war auf ein Transportmittel angewiesen, brauchte es unbedingt. Die Läden wollten die Waren rechtzeitig vor Beginn des Weihnachtsgeschäfts haben, und er verlor Aufträge, weil er nicht liefern konnte. Die Waren mit der Post zu schicken kam nicht in Frage. Große Mengen Töpferwaren sind schwer und außerdem zerbrechlich. Und wir dürfen die Kaffeebecher mit dem eingravierten Namen nicht vergessen. Sie waren ein neues Produkt, das er durchsetzen wollte, und die Läden waren interessiert, aber er mußte imstande sein, die Waren rechtzeitig zu liefern. Er mußte sich dringend einen neuen Van kaufen, und für die zehn Pfund, die Crocker ihm für den alten gegeben hatte, bekam er keinen.«

»Also kam er auf den Gedanken, zu Eve zu gehen und Geld von ihr zu fordern.«

»Ja – und dann wurde ihm klar, wieviel Geld der Brief und die Fotos möglicherweise wert waren. Die Aussicht auf große Mengen leicht verdienten Geldes gab ihm neue Ideen ein, und er hörte auf, der junge Bohemien zu sein, der nur genug Geld haben wollte, um es im ›Dun Cow‹ in Bier umzusetzen oder sich einen neuen Van zu kaufen. Es gab ja nicht nur Eve, da waren auch noch die anderen Eltern. Ein paar Väter sind Parlamentsmitglieder, einer oder zwei davon haben sogar Adelstitel, ein paar kommen aus den oberen Etagen des Bankenviertels – und jeder von ihnen würde alles dafür tun, damit die Missetaten ihrer Kinder nicht in die Presse gelangen. Selbst wenn uns ihre Namen bekannt gewesen wären, hätten wir mit ihnen reden können, bis uns die Köpfe geraucht hätten, und vermutlich hätte kein einziger von ihnen zugegeben, daß er erpreßt wurde. Es wäre interessant zu erfahren, ob er sich schon mit ein paar von den anderen Leuten in Verbindung gesetzt hatte.«

»Er hätte zuerst zu diesen anderen gehen sollen, nicht zu Eve«, sagte Meredith geradeheraus. »Eve besaß nicht das Geld, um einen Erpresser zu bezahlen. Sie hätte ihm eine einmalige kleine Anzahlung für einen neuen Van geben können, aber sie wußte, daß ein Erpresser immer wiederkommt. Sie wußte es, seit sie es mit Hughie zu tun gehabt hatte.«

Markby nickte. »Stimmt, es ist nicht nur Geld, das sie immer und immer wieder zu ihren Opfern zurückkehren läßt, es ist die Macht. Das Wissen, daß sie jemandem, der nach außen hin so erfolgreich ist, die Daumenschrauben ansetzen können. Wahrscheinlich sah sich Lorrimer zum allerersten mal in der Lage, den Ton anzugeben. So etwas steigt einem zu Kopf. Neid hat zweifellos auch eine Rolle gespielt. In diesem Fall der Neid des in seiner eigenen künstlerischen Karriere Erfolglosen auf jemanden, der es geschafft zu haben schien. Vermutlich gab er Eve die Schuld daran, daß Sara sich mit Lazenby verlobt hatte, und da kommt auch das Motiv der Rache ins Spiel. Ein gefährlicher junger Mann.«

»Und dann der arme alte Bert«, sagte Meredith mit einem Seufzer, »der überhaupt nichts mit der Sache zu tun hatte. Er hatte nur rein zufällig gesehen, daß Eve um Lorrimers Hintertür herumschlich. Er dachte, es handle sich um Lust und Leidenschaft.«

»Na klar«, erwiderte Markby mit einem schwachen Lächeln. »Er gehörte einer Generation an, die nie offen über Sex sprach, aber ständig daran dachte und ihn überall zu wittern glaubte.«

Und ich, dachte er wehmütig, denke auf diese oder jene Weise auch daran. Sogar an diesem unpassenden Ort und bei dieser unglückseligen Gelegenheit. Aber so ist das, was immer wir uns auch vornehmen, die eigentliche Entscheidung treffen am Ende die Liebe und der Tod. Man kann sich gegen keinen von beiden wehren.

Die Wagenfenster beschlugen allmählich. Er kurbelte die Scheibe auf seiner Seite ein paar Zentimeter herunter, damit das Glas wieder klar wurde. »Wissen Sie«, sagte er verlegen, »ich habe gehofft, wir könnten Freunde bleiben, sobald alles vorbei ist – in Verbindung bleiben.« Er machte eine Pause und fügte betrübt hinzu: »Doch ich nehme an, Sie würden alles lieber vergessen.«

Meredith wich seinem Blick aus. Sie hatte gespürt, daß ihm etwas in dieser Richtung auf der Zunge lag. Früher wäre es wegen Mike nicht in Frage gekommen. Aber Mikes Geist war jetzt für immer gebannt. Sie sagte ruhig: »Vergessen kann ich es nie. Und was uns beide angeht – es ist zu früh, Alan.«

»Das weiß ich. Nur – schicken Sie mir eine Ansichtskarte, wenn Sie wieder zurück sind, ja?«

Sie lächelte. »Die bekommen Sie.«

Er erwiderte das Lächeln. »Vielleicht machen wir eines Tages doch noch zusammen diesen Trip nach Griechenland.«

»Vielleicht.«

»Dann lassen wir es vorläufig dabei. Gut so?«

»Ja«, sagte sie. »Das ist gut so. Wir lassen es vorläufig dabei.«

EPILOG

Bert Yewell gesellte sich zu den Freunden seiner Jugendzeit: Er wurde auf dem Friedhof begraben, auf dem er zuvor das Gras gemäht hatte. Es war seit mehreren Jahren die erste Beerdigung, die dort stattfand. Adas Grab wurde geöffnet, und man bettete ihn neben ihr zur Ruhe, aber niemand fügte seinen Namen auf dem Grabstein hinzu, denn, wie Pearl sagte, es hätte nicht viel Sinn gehabt.

Sie wußten, daß Onkel Bert dort lag, und sonst interessierte es keinen.

Wie sich herausstellte, war es eine glückliche Entscheidung, daß sie nicht ihr gutes Geld dafür ausgegeben hatten, die Inschrift auf dem Grabstein zu ergänzen. Es fand sich nämlich niemand, der bereit gewesen wäre, sich um das Gras auf dem Friedhof zu kümmern, wie Bert es getan hatte. Niemand wußte mit einer Sense umzugehen oder war gewillt, die Arbeit für ein so geringes Entgelt zu tun. Daher beschloß man, alle Gräber einzuebnen. Die Grabsteine wurden ausgegraben und hinter der Kirche in einer Ecke gestapelt.

Danach schickte die Kreisverwaltung von Zeit zu Zeit ein paar Männer mit einem Motorrasenmäher auf einem Laster heraus.

Einer der Burschen lehnte an der Mauer und sah dem anderen zu, der mit seinem Miniaturtraktor auf der planierten Erde eine Runde nach der anderen drehte, das lange Gras abschnitt und es liegenließ, wohin es fiel. Darunter verwesten Bert Yewells sterbliche Überreste und wurden allmählich zu einem Teil der Erde, die er sein Leben lang gehegt und gepflegt hatte.

ANN GRANGER

FUCHS, DU HAST DIE GANS GESTOHLEN

EIN MITCHELL & MARKBY ROMAN

Ins Deutsche übertragen von
Edith Walter

BASTEI LÜBBE

Für John,
der immer mein erster Leser ist

KAPITEL 1 Die hochgewachsene junge Frau zuckte zurück und steckte den Daumen in den Mund, um das tropfende Blut zu stillen. Als sie ihn wieder aus dem Mund nahm, war der Einstich im geröteten Fleisch deutlich zu sehen und hatte zu pochen begonnen. Finster betrachtete sie die Ursache ihrer Verletzung. An der Cottagetür war mit Klebeband ein großer, schreiend bunter Stechpalmenkranz aus Plastik befestigt. Die Blätter waren limonengrün, mit weißer Farbe und Silberglanz betupft. Glänzende rotbraune Plastikbeeren, die zwischen den Blättern hervorschauten, steckten an kleinen Drähten, von denen sich einer in ihren Daumen gebohrt hatte. Und obenauf thronte ein Vogel, der einer unbekannten Spezies angehörte, wohl ein Rotkehlchen darstellen sollte und den Charme einer Krähe hatte. Auf dem Spruchband in der Mitte des Kranzes stand: *Fröhliche Weihnachten.*

Sie versuchte zum zweitenmal, aber vorsichtiger, den Schmuck zu entfernen. Sie hatte nichts gegen Weihnachtsdekorationen, aber dieses Ding war mehr als inakzeptabel. Sie konnte sich nicht vorstellen, wer es aufgehängt hatte. Das Cottage hatte ein paar Wochen leer gestanden und gewissermaßen auf ihre Ankunft gewartet. Sie lehnte den Kranz an ihren Koffer, der neben ihr auf dem Weg stand, suchte den Schlüssel aus der Tasche heraus, drehte ihn im Schloß herum und stieß die Tür auf. Mit einem leisen Rascheln, das von dem Papier herrührte, das im Flur auf dem Boden lag, schwang die Tür nach innen auf. Mit Koffer und Stechpalmenkranz zwängte die junge Frau sich durch den Spalt und stand in einem fremden Heim, das – zumindest für das nächste Jahr – das ihre sein würde.

Die Morgenpost lag noch auf dem Teppich. Sie hob sie auf, blätterte sie durch. Drei Postwurfsendungen, ein Anzeigenblättchen, ein Brief für die Russells, die Besitzer von Rose Cottage, den sie nachsenden mußte, und ein weißer Briefumschlag, adressiert an *Miss Meredith Mitchell, Rose Cottage, Pook's Common bei Bamford;* gestempelt war er in Oxford.

»Der ist ja für mich«, sagte sie, und ihre Stimme hallte laut durch den leeren Flur. Sie drehte den Umschlag hin und her und fragte sich, wer davon wußte, daß sie hier erwartet wurde. Sie war bis vor kurzem als britische Konsulin in Ungarn akkreditiert gewesen und hatte bekommen, was alle Angehörigen des Auswärtigen Dienstes eines Tages erwartet: eine Berufung nach Hause. Es hatte sie nicht überrascht. Sie war viele Jahre im Ausland gewesen. Doch es bedeutete ein ganz neues Leben. Jetzt würde sie sich jeden Morgen mit anderen Pendlern in überfüllten Zügen nach London drängen und den Tag am Schreibtisch verbringen müssen, bevor sie sich abends wieder heimwärts kämpfte. Auch hatte sie sich eine angemessene und bezahlbare Unterkunft suchen müssen.

Aber sie hatte Glück gehabt. Die Russells – mit der weiblichen Hälfte des Paares war sie verwandt – waren zur Zeit in Dubai, wo Peter als Arzt arbeitete. Sie freuten sich, Meredith ihr Heim für eine eher symbolische Miete zu überlassen, auch wenn das für sie bedeutete, daß sie jeden Morgen Punkt sechs aufstehen mußte, um den Bahnhof in Bamford zu erreichen, der an der Hauptstrecke nach London lag, war die Strecke von hier aus zu bewältigen. Wenn sie sparsam lebte – so hatte sie sich grimmig ausgerechnet –, würde sie sich eine Monatskarte der British Rail leisten können.

War auch die Tatsache, daß das Rose Cottage gemütlich und billig war, der Hauptgrund dafür gewesen, das Angebot der Russells anzunehmen, mußte Meredith dennoch zugeben, daß der Name »Pook's Common« darüber hinaus eine Verlockung für sie darstellte. »Pook« kam landauf und landab auch in anderen Namen vor und hatte, wie sie vermutete, die gleiche Bedeutung wie *Puck* – Kobold – oder koboldhaft wie die Figur bei Shakespeare. Sie hatte in einem Wörterbuch nachgesehen und festgestellt, daß es auch das Wort *Pooka* gab. Es stand für einen Spuk, der im allgemeinen in Gestalt eines Pferdes erschien oder dargestellt wurde. Die Gelegenheit, eine Weile an einem Ort zu wohnen, der vom Geist eines Zauberpferdes heimgesucht wurde, konnte man nicht so einfach ausschlagen.

Sogar heute noch hatte Pook's Common etwas Unberechenbares und Unwirkliches. Es war einer jener merkwürdigen Orte ohne offensichtliche Raison d'être, kaum wert, einen eigenen Namen zu tragen, da er nur aus ein paar Häusern bestand. Offensichtlich mittelalterlichen Ursprungs, hatte er bis ins zwanzigste Jahrhundert überlebt, ohne verlassen oder unterpflügt oder von größeren Gemeinden geschluckt worden zu sein. Er lag an der Landstraße zwischen dem Dorf Westerfield und der Marktstadt Bamford. Bei einem früheren Besuch in dieser Gegend – in Westerfield, um genau zu sein – war sie sogar ein paarmal durchgefahren und hatte den Weiler kaum bemerkt. Wenn man die Straße entlangfuhr, existierte Pook's Common nur als Wegweiser – eine Reihe von sechs Gemeindehäusern aus der Vorkriegszeit und eine Autowerkstatt. Die Werkstattgebäude waren überraschend modern, und eine hell gestrichene Tafel verkündete: *J. Fenniwick. Reparaturen. Schätzungen. Auspuffanlagen. Reifen. Taxis.* Letzteres wahrscheinlich für den Fall, daß alle Reparaturversuche gescheitert oder die Kostenvoranschläge zu teuer waren.

Doch das war das falsche Pook's Common, ein Ableger. Das »echte« Pook's Common lag hinter einer Abzweigung, an einem schmalen Sträßchen, nur eine Fahrspur breit und in schlechtem Zustand (vermutlich mit der Einwilligung der Einwohner, um unerwünschte Besucher abzuschrecken) und an beiden Seiten von Hecken gesäumt. Das Dörfchen selbst bestand aus einer Ansammlung unregelmäßig verstreuter Cottages aus solidem Stein. Sie waren alle gut erhalten und gepflegt und lagen in hübschen, ordentlichen Gärten. Um diese Jahreszeit war in den Gärten wenig zu sehen, aber im Frühling hingen purpur- und malvenfarbene Aubretien über die Backsteinmauern, die an die Straße grenzten, orangefarbene Ringelblumen sprossen überall, Rittersporn prunkte mit seinem Königsblau, Wisterien und Klematis blühten verschwenderisch, und Rosensträucher setzten Knospen an.

Bezeichnend war, daß die Bewohner hier, anders als in echten Cottagegärten, keine Gemüsebeete anlegten. Keine letzten, in Vergessenheit geratene Kohlstrünke faulten im Boden. Im Frühling drängten keine Rhabarberköpfe durch umgestülpte, durchlöcherte Eimer, und im Sommer standen keine Bohnenstangen wie indianische Tipis in einem fremden Land herum. Besonders zwei Cottages fielen mehr als nur ein wenig aus dem Rahmen. Bei dem einen »schmückte« ein augenfällig unechter Wunschbrunnen den Vorgarten, bei dem anderen stand neben der Veranda eine alte, handbetriebene Wäschemangel, die leuchtend blau gestrichen war und reichlich fehl am Platz wirkte. Pook's Common hatte überlebt – um einen gewissen Preis. Der Preis war der, daß sich eine Reihe von »Zweitwohnsitzen« eingenistet hatte; sie gehörten Leuten, die die ganze Woche in der Stadt arbeiteten und an Wochenenden oder im Urlaub hierherkamen. Russells hingegen hatten – man mußte fair sein – das ganze Jahr über hier gelebt, bevor sie nach Dubai gegangen waren. Das kam daher, daß Peter Russell, ein Arzt, im Ärztezentrum von Bamford gearbeitet hatte und täglich vom Rose Cottage gependelt war. Meredith würde sogar bis London fahren müssen. Es würde, wie sie bedauernd feststellte, anstrengend werden. Die Arbeit zwang die meisten Leute, näher an der Stadt und nicht so abgelegen zu wohnen.

Wahrscheinlich war Pook's Common einen großen Teil des Tages verlassen wie ein Geisterdörfchen. Vielleicht kehrten die Kobolde zurück, wenn die Menschen in ihren Volvos und BMWs abfuhren, tanzten auf ihren winzigen Hufen um den falschen Wunschbrunnen herum und bemühten sich vergeblich, die H-Milch in den gewachsten Tüten gerinnen zu lassen.

Meredith ging den schmalen Flur entlang und öffnete am anderen Ende eine Tür. Sie führte in eine Küche, makellos sauber und vom Licht der blassen Wintersonne überflutet. Die Kälte des noch originalbelassenen Steinfliesenbodens drang durch ihre Schuhsohlen. Auf dem gescheuerten Fichtenholztisch lehnte an einer Topfpflanze ein Zettel. *Ich habe den Kühlschrank aufgefüllt, damit Sie vorerst mal über die Runden kommen. M. Brissett.* Die Pflanze war eine Kalanchoe, und als Meredith die Erde mit dem Finger prüfte, stellte sie fest, daß sie staubtrocken und die fleischigen Blätter gummiartig waren. Sie trug sie zum Ausguß, drehte mühsam den Hahn auf, füllte den Untersetzer mit Wasser und stellte die Pflanze dann auf den Fenstersims ins Licht. Als das erledigt war, fühlte sie eine innere Wärme, als habe sie jemandem etwas Gutes getan.

Als nächstes wandte sie ihre Aufmerksamkeit dem Kühlschrank zu. Er enthielt eine Vakuumpackung mit durchwachsenem Speck, ein halbes Dutzend Eier, Butter und ein Glas hausgemachter Marmelade. Sie öffnete das Gefrierfach und entdeckte einen in Scheiben geschnittenen Laib Brot, den sie herausnahm und zum Auftauen auf den Tisch legte. Weiteres Nachforschen im Speiseschrank förderte einen bunten Vorrat von Büchsen und Flaschen zutage, vermutlich von den Russells zurückgelassen, und außerdem, wofür sie sehr dankbar war, ein Glas Instantkaffee und eine Büchse Kondensmilch. Meredith füllte den Kessel unter dem widerspenstigen Wasserhahn und machte sich, während das Wasser heiß wurde, auf die Suche nach dem gasbeheizten Boiler, der die Zentralheizung kontrollierte. Sie fand ihn in einer Nische unter der Wendeltreppe, zusammen mit einer handschriftlichen Gebrauchsanweisung. Durch das Belüftungsrohr in der Außenmauer strömte kalte Luft. Kein Wunder, daß das Cottage einem Eiskasten glich. Nachdem sie mit dem Kopf schmerzhaft gegen die Unterseite der Treppenstufen geprallt war und sich das Schienbein am Endpfosten der Geländerstange gestoßen hatte, neben dem der Boiler auf der anderen Seite eingekeilt war, gelang es ihr endlich, das Gas anzuzünden. Inzwischen pfiff in der Küche der Wasserkessel zum Steinerweichen, sie lief schleunigst zurück, nahm von einem hölzernen Geschirrbrett einen Becher und goß den Kaffee auf. Jetzt endlich konnte sie sich, noch immer fest in ihren Anorak gewickelt, hinsetzen und den an sie adressierten Brief öffnen.

Der Umschlag enthielt eine hübsche Karte mit dem Foto einer Fuchsie auf dem Deckblatt. Auf der Innenseite stand: *Herzlich willkommen. Alan*. Sie hätte eigentlich darauf kommen können. Sherlock Holmes hätte nach fünf Sekunden und nach einem einzigen Blick auf den Umschlag auf den möglichen Inhalt geschlossen und dazu noch eine komplette Beschreibung von Alan Markby parat gehabt. Die ganze Post dieser Gegend wurde auf dem Postamt in Oxford sortiert, und die Russells mußten ihm gesagt haben, daß sie ihr das Cottage vermietet hatten. Ein Bild von Alan erschien vor Merediths geistigem Auge. Sie stellte sich vor, wie er die Karte kaufte, die lange, hagere Gestalt in einem Laden verdächtig über den Ansichtskartenständer gebeugt, auf der Suche nach einer Karte, die ihm gefiel. Es war unweigerlich eine mit Blumen oder Pflanzen, aber keine dieser abstrakten Schöpfungen, auf denen mehrere Blüten in unnatürlichen Pastelltönen dargestellt waren. Nein, in dieser Karte spiegelte sich der Mann wider, der sie gekauft hatte. Es war eine spezielle, hochprofessionelle Fotografie, und auf der Innenseite stand in winzigen Druckbuchstaben der Name dieser besonderen Fuchsienart. Sie hieß Dollarprinzessin. Meredith erlaubte sich einen Moment wilder Spekulation, ob er vielleicht so etwas wie ein Kompliment beabsichtigt hatte, und lächelte dann über ihre Torheit. Dollarprinzessin. Sie konnte sich keine unzutreffendere Beschreibung für sich selbst vorstellen. Zu spät wurde ihr klar, daß sie die Karte liebevoll angelächelt hatte, sie runzelte streng die Stirn und ließ die Karte auf den Tisch fallen.

Die klammen Finger an dem Kaffeebecher wärmend, sagte sie sich, daß es, da sie in diesen Teil der Welt zurückgekehrt war, wohl unvermeidlich sein würde, Alan eines Tages zu begegnen. Die Aussicht weckte gemischte Gefühle in ihr. Ihre frühere Beziehung war halboffiziell gewesen. Er war Chefinspektor bei der Kriminalpolizei in Bamford, und sie hatten sich durch einen Mordfall kennengelernt. Ein gewaltsamer Tod, in den man selbst verwickelt gewesen war, ließ sich nicht so leicht vergessen, und wenn sie nur daran dachte, fühlte sie ein Prickeln unter den Nackenhaaren. Sie fühlte auch einen dumpfen Schmerz im Herzen, als sie sich an den persönlichen Verlust erinnerte, den sie erlitten hatte. Aber all das hatte damals das Fundament für ihre Beziehung zu Alan geschaffen, war der Grund für ihre Treffen gewesen, der Grund für persönliche Fragen, für einen offenen Gedankenaustausch und die Nähe, die zwischen ihnen entstanden war. Ohne den Vorwand einer Morduntersuchung würde man jeden Kontakt nur auf die unbestreitbare gegenseitige Anziehung zurückführen können. Ein Umstand, dem Meredith sich nicht ganz gewachsen fühlte. Wenn sie Alan begegnen mußte, wäre es schön, einen Vorwand zu haben. Zu ihrer Bestürzung stellte sie fest, daß sie fast schon stillschweigend auf ein anderes Verbrechen hoffte. Sie schüttelte sich – sie hatte wirklich schon genug Schwierigkeiten gehabt. Ein Mord im Leben genügte. So etwas wollte sie nicht noch einmal erleben.

Sie verdrängte die Gedanken an Mord, erlaubte sich, noch etwas an Alan zu denken, und kostete den Kaffee. Er war noch zu heiß, und sie verbrannte sich die Zungenspitze. Sie gab dem nicht zu leugnenden Hüpfen ihres Herzens die Schuld daran. Die Gedanken an Alan können nicht die Ursache gewesen sein, sagte sie sich streng. Aber sie hatte ihn gemocht, viel mehr gemocht, als sie ihm gezeigt hatte. Auch bei ihm hatte sie Anzeichen eines viel zu lebhaften Interesses bemerkt. Doch unter den Umständen, die der Kette furchtbarer Ereignisse in Westerfield im Zusammenhang mit dem Todesfall gefolgt waren, war an Romantik nicht zu denken gewesen. Sie hatte ihm eine Absage erteilt – taktvoll, wie sie hoffte. Damals hatte sie sich eingeredet, sie habe es getan, weil sie seine Gefühle nicht verletzen wollte. Wenn sie ehrlich war, hatte sie es aber auch getan, weil sie ihn nicht wirklich für immer vertreiben wollte.

Diese Ungereimtheiten in ihrem eigenen Verhalten

ärgerten sie. Angeblich verstand sie es, gut mit Problemen umzugehen; obwohl anderer Leute Probleme sich scheinbar immer leichter lösen ließen als die eigenen. Sie hatte ihren letzten Posten als Konsulin nach mehreren Jahren harter und effizienter Arbeit mit den Glückwünschen aller verlassen – Glückwünschen, die ihr sehr angenehm in den Ohren geklungen hatten. Sogar das Foreign Office war des Lobes voll gewesen. Dennoch hatte man ihr nicht den Posten gegeben, den sie sich gewünscht hätte. Man hatte sie an einen Schreibtisch in London verbannt, für sie ein Schicksal, schlimmer als der Tod. Was für eine dumme Redensart, sagte sie sich sofort. Eben noch hatte sie an eine Episode gewalttätigen, häßlichen Todes gedacht, und es war nicht leicht, sich etwas Schlimmeres vorzustellen.

Doch das Foreign Office hätte ihr seine Dankbarkeit beweisen können, indem es ihr eine Aufgabe übertragen hätte, bei der ihr die öde tägliche Fahrerei nach London erspart geblieben wäre. Es war, hatte man ihr versichert, nicht etwa deshalb, weil man mit ihr nicht zufrieden gewesen wäre. Man hatte sogar von ihrem letzten Notfall gehört, einem Fall, in dem es um einen durchreisenden britischen Touristen, ein einheimisches Mädchen und den eifersüchtigen Freund des Mädchens gegangen war.

Die Sache hatte sich zwei Wochen vor Beendigung ihrer turnusmäßigen Dienstzeit zugetragen und dazu geführt, daß sie mit Glanz und Gloria gehen konnte. Normalerweise mischte sie sich nicht in die Angelegenheiten von Rucksacktouristen. Unglücklicherweise handelte es sich jedoch um einen Jungen von kaum siebzehn Jahren, einen noch nicht volljährigen Jugendlichen, und sie hatte sich verpflichtet gefühlt, ihm zu helfen. Zuerst hatte sie die Polizei überredet, von ihrem Entschluß abzusehen, ihn in eine Zelle zu sperren. Sie versprach, dem Freund des Mädchens, der zusammengeschlagen worden war, ein Schmerzensgeld zu zahlen, und die Bar, in der die Prügelei stattgefunden hatte, für die zerbrochenen Möbel zu entschädigen. Das hatte bedeutet, daß sie sich besagtes Geld aus England von der leidgeprüften Mutter ihres Schützlings schicken lassen mußte. Toby Smythe, der Vizekonsul, war ganz dafür, ihn einsperren zu lassen, und wies düster darauf hin, daß sie die Verantwortung für einen total unzuverlässigen Nichtsnutz übernahm. Meredith blieb dabei. Sie holte ihren Jungen aus dem Krankenhaus ab, wo man sein gebrochenes Nasenbein gerichtet hatte, und überredete sogar den murrenden Toby, ihn auf dem Fußboden seiner Wohnung übernachten zu lassen. Am nächsten Morgen hatte sie den Jugendlichen persönlich zum Flugplatz gebracht. Er war neben ihr hergelatscht und hatte sich für die Mühen, die sie sich mit ihm gegeben hatte, nicht besonders dankbar gezeigt. Wegen seiner gebrochenen Nase sprach er noch unverständlicher als von Natur aus, äußerte aber trotzdem undeutlich einen Wunsch nach Rache, die man ihm seiner Meinung nach vorenthielt; gleichzeitig schrie er anderen Reisenden Schimpfworte nach.

Meredith, die sich an die Maxime der Konsuln hielt, die da lautete »ob recht oder unrecht, mein Landsmann«, steuerte ihn energisch in ein Café, um ihm ein Frühstück zu kaufen, das ihm den Mund stopfen und zumindest die Flut von Lästerungen stoppen würde.

Dort aber hatten die Verwandten des beleidigten Freundes ihnen aufgelauert, der ihnen, wie sich später herausstellte, vom Krankenhaus gefolgt war, und hatten sie in eine Ecke gedrängt. Merediths erste Reaktion war Bestürzung gewesen, besonders als der Rowdy an ihrer Seite, überglücklich, daß er sich wieder in einer ihm vertrauten Situation befand, sofort nach einem leeren Bierglas gegriffen hatte. Es war ein überaus haariger Moment gewesen. Vor sich hatte Meredith zwei muskulöse, über einsachtzig große Bergarbeiter und hinter sich ihren britischen Staatsbürger, der glücklich sein Glas schwang.

Ein Augenblick, in dem ein paar flinke Schritte und Geistesgegenwart geboten waren. Meredith tauchte in die Mitte der Gruppe ein, dankte ihrem Glücksstern, daß sie selbst stattliche Einssiebenundsiebzig maß. Sie drückte den Bergarbeitern englische Zigaretten, die sie immer für Notfälle bereithielt, in die wuchtigen Pranken, nahm ihrem Jungen das Bierglas weg, hielt eine markige Ansprache und manövrierte ihn, obwohl er gegen seine Rettung protestierte, durch die Sperre in die Abflug-Lounge. Da er sich dort sicher fühlte, zeigte er den Bergarbeitern, die hinter der Glaswand standen, ein paar unmißverständliche Gesten. Er umarmte Meredith, erklärte ihr, sie sei »in Ordnung«, und stapfte davon; automatisch bildete sich ein *cordon sanitaire* – Sicherheitsabstand – zwischen ihm und seinen Mitpassagieren. Meredith tröstete sich mit dem Gedanken, daß man ihn nicht wieder hereinlassen würde, besonders da die beiden Bergarbeiter noch in der Abflughalle waren und mißtrauisch durch die Glastrennwand spähten. Zu ihnen hatten sich, von der Frau in der Cafeteria herbeigerufen, zwei kräftige Polizisten gesellt. Meredith nahm Zuflucht zu einem bewährten Beschwichtigungsmittel. Sie lud sie alle zu einem Drink ein. Dann wurde sie von ihnen zu einem Drink eingeladen. Sie luden sich gegenseitig zu mehreren Drinks ein. Als sie ging, ein wenig unsicher auf den Beinen, trennten sie sich im besten Einvernehmen.

Ermutigt von der Erinnerung an diesen Erfolg, nahm sie wieder Alans Karte zur Hand, die ihr jetzt nur noch eine freundschaftliche Geste schien, ähnlich der Umarmung des jungen Streuners. Ja, nett von Alan und sehr aufmerksam, aber wirklich nicht mehr. Einen Moment lang spielte Meredith mit dem Gedanken, daß er es gewesen sein könnte, der den abscheulichen Stechginsterkranz aus Plastik an ihrer Tür befestigt hatte. Aber sie wußte, daß er sich niemals eine so krasse Geschmacksverirrung zuschulden kommen lassen würde. Sie warf einen Blick auf ihren verletzten Daumen. Es klopfte nicht mehr darin, aber er war noch wund, rot und gereizt. Hoffentlich bekam sie von diesem Draht keine Grünspanvergiftung, überraschen würde es sie nicht. Kein sehr erfreulicher Beginn der Weihnachtsfeiertage. Vielleicht war diese Kreatur auf dem Kranz ein Vogel, der Unglück brachte, ein böses Omen.

Wie von diesem Gedanken heraufbeschworen, war da plötzlich ein neues Geräusch, und Meredith lauschte wie erstarrt. So still war es hier, daß jeder Laut ihr wie ein Donnerschlag in den Ohren klang. Doch das war ein deutliches, unheimliches Knirschen langsamer, schwerer Schritte, die sich zielbewußt der Hintertür näherten. Meredith richtete sich kerzengerade auf, und ein Frösteln lief ihr das Rückgrat hinunter. Sie war so sicher gewesen, daß Pook's Common ein verlassenes Nest war. Und wenn das zutraf, war sie – gleichgültig, wer sich jetzt ihrer Tür näherte – in ihrer Lage um so gefährdeter. Sie sprang auf, nahm sich ein Beispiel an ihrem jungen Streuner und griff sich aus mehreren Küchengeräten, die an der Wand hingen, einen Metallschlegel.

Ein tief aus der Brust kommendes Keuchen wurde laut, dem ein Scharren folgte. Dann wurde ein Schlüssel ins Schloß gesteckt. Eine Welle der Erleichterung schlug über Meredith zusammen, und sie legte den Fleischklopfer weg. Zwar wußte sie noch immer nicht, wer der Besucher war, doch er hatte einen Schlüssel und daher wohl einen plausiblen Grund hereinzukommen.

Die Tür öffnete sich ächzend und gab den Blick auf eine untersetzte weibliche Gestalt frei. Meredith unterdrückte einen Impuls zu kichern, der hauptsächlich ihrer eigenen Torheit gegolten hätte; was für ein Unterschied zwischen der Gestalt auf der Schwelle und der, die sie in ihrer Panik im Geist vor sich gesehen hatte. Die Besucherin kam näher, die üppige Figur in einen beigefarbenen gesteppten Regenmantel gehüllt. Auf festen grauen Löckchen saß eine grüne Bommelmütze, und die Füße steckten in wildledernen Winterstiefeln.

»Hallo«, sagte sie freundlich. »Dacht mir schon, daß Sie hier sind. Mrs. Russell hat mir geschrieben, Sie kommen diese Woche. Kommt noch vor Weihnachten, hat sie geschrieben, und bestimmt würden Sie wollen, daß ich auch bei Ihnen putze – wie bisher für sie.« Sie nickte nachdrücklich, während sie sprach, in völligem Einvernehmen mit sich selbst, und die Bommel hüpfte dabei auf und ab. »Ich hab den Wagen gesehn, als ich bei Miss Needham rauskam, der Dame, was gegenüber wohnt«, beendete sie ihre Erklärungen.

»Mrs. Brissett?« fragte Meredith.

»Ganz recht, meine Liebe. Und Sie sind Miss Mitchell. Ich hab ein paar Sachen in den Kühlschrank getan. Haben Sie sie gefunden? O ja, Sie haben, da liegt das Brot. Wenn Sie Ihre Vorräte ergänzen wollen, müssen Sie nach Bamford fahren, weil wir haben hier keinen Laden nicht. Morgen ist Freitag, und da wird's in Bamford mächtig zugehn, schließlich steht ja Weihnachten vor der Tür und so. Das Geld, das die Leute Weihnachten ausgeben! Aber es ist schön, all die hübschen Sachen zu sehen, das denk ich jedenfalls.«

Ein kleines Rätsel hatte seine Lösung gefunden. »Waren Sie es, die so nett war, einen Weihnachtsschmuck an der Haustür zu befestigen?«

»Oh, dann haben Sie ihn also gesehen?« sagte Mrs. Brissett erleichtert. »Dachte, jemand hätt ihn geklaut. Wie ich gesagt hab, ich mag es, wenn es weihnachtlich aussieht, und da ich weiß, daß Sie aus dem Ausland gekommen sind, dacht ich, Sie würden sich freuen. Ich weiß nicht, ob man so was im Ausland macht. Gefällt mir gar nicht, daß der Doktor und Mrs. Russell da draußen in der Wüste sind und weit und breit kein Weihnachtsbaum, nur Kamele und so. Wo isser?«

»Ist runtergefallen«, schwindelte Meredith. »Ich glaube, das Klebeband war nicht stark genug. Ich hänge ihn wieder auf, sobald ich ein paar Nägel finde – aber vielleicht sollte ich dem Doktor keine Nägel in die Tür schlagen. Schließlich habe ich nur gemietet.«

»Schade, daß er runtergefallen ist«, sagte Mrs. Brissett bedauernd. »Hab ihn vorige Woche auf dem Markt gekauft – und so billig. Hängen Sie ihn lieber irgendwo im Haus auf. Ich bring noch ein paar andere Sachen. Habe Unmengen zu Hause, Papierketten und eine schöne, große chinesische Laterne, und auf dem Speicher steht noch ein großer Plastikweihnachtsmann – oh, mindestens sechzig Zentimeter hoch –, der hält sich den Bauch und lacht. Ich könnte ihn rüberbringen und in Ihr Vorderfenster stellen.«

»Ich möchte Sie wirklich nicht berauben, Mrs. Brissett«, sagte Meredith hastig.

»Macht mit keine Mühe. Das Haus wird dann ein bißchen lustiger aussehen, besonders da Sie allein hier wohnen. Sie sind Weihnachten allein, nicht wahr?«

»Wahrscheinlich. Es macht mir aber wirklich nichts aus.«

»Würde mir nicht gefallen. Meine Enkelkinder kommen zu mir.«

»Was haben Sie für die Lebensmittel im Kühlschrank ausgelegt?« fragte Meredith, um ein Thema zu beenden, das auf eine offene Einladung zusteuerte, während der Feiertage bei den Brissetts vorbeizuschauen. Sie streckte die Hand nach ihrer Umhängetasche aus, die auf dem Tisch lag.

»Muß nicht gleich sein, meine Liebe. Ich komme morgen. Putze dienstags und freitags hier und montags und donnerstags bei Miss Needham. Bin nur vorbeigekommen, um zu sehen, ob Sie die Heizung in Gang gebracht haben.«

»Ja, vielen Dank.« Offenbar hatte sie zumindest eine

Nachbarin, Miss Needham, bei der Mrs. Brissett ebenfalls putzte.

»Sie braucht nicht lange, um durchzuheizen«, fuhr Mrs. Brissett fort. »Diese alten Mauern sind einen halben Meter dick und halten die Hitze wundervoll. Und im Wohnzimmer gibt es außerdem ein Gasfeuer. Das würde ich auch anzünden. Oh, und ich habe ein Bett vorbereitet, aber ich an Ihrer Stelle würde eine Wärmflasche hineintun.«

»Danke«, sagte Meredith noch einmal und unterbrach energisch die Flut von Anweisungen.

»Also gut.« Endlich machte Mrs. Brissett Anstalten zu gehen. »Wir sehen uns morgen. Ich komme um halb neun und gehe gewöhnlich gegen zwölf. Hab meine eigenen Schlüssel, wissen Sie.«

»Fein, danke. Ich habe Urlaub – Ferien – bis nach Weihnachten, werde also hier sein. Morgen allerdings fahre ich wahrscheinlich nach Bamford, um meine Vorräte zu ergänzen.«

»Fahren Sie früh«, riet Mrs. Brissett. »Wenn Sie einen Parkplatz finden wollen. Markttag, denken Sie dran.« Sie ging und schloß geräuschvoll die Tür hinter sich. Ein regelmäßiges, allmählich schwächer werdendes Quietschen ließ darauf schließen, daß sie mit dem Fahrrad gekommen war, höchstwahrscheinlich aus Westerfield.

Meredith seufzte vor Erleichterung tief auf. Doch mit einem hatte Mrs. Brissett recht, das Cottage war schon spürbar wärmer. Meredith öffnete den Reißverschluß ihres Anoraks und machte sich daran, das restliche Haus zu inspizieren. Unten war außer der Küche und einer winzigen Garderobe nur das Wohnzimmer. Sie stieg die Wendeltreppe hinauf und fand sich auf einem winzigen Treppenabsatz wieder. Das Badezimmer, sehr beengt, zu ihrer Rechten und zwei Schlafzimmer, den unteren Räumen entsprechend. Mrs. Brissett hatte freundlicherweise das Bett im größeren über dem Wohnzimmer aufgeschlagen. Darin stand ein Doppelbett, offensichtlich war es das Schlafzimmer der Russells. Meredith rümpfte zweifelnd die Nase bei dem Gedanken, in einem fremden Ehebett zu schlafen. Sie ging hinüber und setzte sich auf die Bettkante. Es war ein hübscher Raum mit Deckenbalken und einem lustigen kleinen Dachfenster. In einer Ecke stand ein spätviktorianisches Waschbecken samt Krug. Unter die Dachstreben war ein Kleiderschrank eingebaut. Meredith breitete die Hand auf dem geblümten Überzug des Federbettes aus. Sie war froh, daß Peter hier zu einem neuen Leben gefunden hatte. Aber sie verstand auch, daß die noch jung verheirateten Russells Pook's Common verlassen hatten und nach Dubai gegangen waren. Um einen neuen Anfang zu machen, mußte man manchmal weggehen und unter Fremden beginnen.

Meredith freute sich für die Russells. Sie brauchten einander, stützten sich gegenseitig. Doch was richtig für die beiden war, würde nicht unbedingt für sie richtig sein. Sie war es gewohnt, allein zu sein, sich allein durchs Leben zu schlagen. Sie brauchte keine feste, dauerhafte Beziehung.

Aber, dachte sie bedauernd, eine vorübergehende hat unleugbar ihre Reize … Das Bett sah ungewöhnlich bequem aus, und sie ertappte sich dabei, daß sie wieder an

Alan Markby dachte; sie überlegte, ob sie ihn anrufen und ihm sagen sollte, daß sie angekommen war – und sich für die Karte bedanken? Weihnachten sollte man mit Freunden verbringen, nicht allein. Schließlich, sagte sie sich trotzig, vorübergehend muß ja nicht zu dauernd werden. Alan war auch nicht der dickfellige Egoist, der sich einbildete, das kleinste Zeichen der Freundschaft von einer Frau signalisiere eine verzehrende Leidenschaft. Wenn sie eine Zeitlang in Pook's Common blieb, mußte sie sich wenigstens ein Minimum an gesellschaftlichem Leben schaffen. Dazu mußte sie jedoch auf das schwache Fundament zurückgreifen, das bei ihrem letzten Besuch entstanden war, und sie würde sich nach Bamford orientieren müssen. In Pook's Common selbst schien nicht allzuviel loszusein.

»Dieser Ort«, stellte sie laut fest, »ist tot.«

Ihre Rückkehr war am Sonntag vorher an anderer Stelle Gesprächsthema gewesen.

»Du kannst Weihnachten nicht allein verbringen, Alan«, sagte seine Schwester vorwurfsvoll. »Weihnachten ist ein Familienfest.«

»Was du nicht sagst«, erwiderte Alan Markby düster. Sein Blick schweifte zu einem von einer Zeitung verdeckten Buckel auf dem Sofa, der seinen Schwager verkörperte. Die Zeitung hob und senkte sich sanft und regelmäßig. Markby lenkte den Blick zu seiner Schwester zurück, die sich, die Füße unter sich gezogen, in ihrem Lehnsessel zusammengerollt hatte, und lächelte. Laura trug einen leuchtend roten Pullover und schwarze Kordhosen. Das lange blonde Haar lockte sich um ihre

Schultern. Sie war kurzsichtig, und auf ihrer Nasenspitze saß eine überdimensionale Brille, die sie aber nur besonders liebenswert aussehen ließ.

»Du siehst nicht wie ein Adler, sondern wie eine weise Eule des Gesetzes aus«, sagte er.

»Im Moment denke ich mehr familien- als berufsbezogen, muß ich gestehen. Weihnachten ist immer so viel zu tun.« Unter der Zeitung drang ein Schnauben hervor. Nachdenklich betrachtete Laura ihren schlafenden Gatten. »Du kommst doch wenigstens am Weihnachtstag zu uns, nicht wahr, Alan? Du darfst – nein, wirklich, du darfst ihn nicht ganz allein verbringen und dich nur mit deinen Pflanzen unterhalten. Paul kocht, das Essen wird also gut sein. Er hat von irgendwoher ein Rezept für einen Truthahn mit Kastanienfüllung bekommen und hat unendlich viel Zeit damit verbracht, die Torte zu dekorieren.«

Markby machte ein zweifelndes Gesicht. »Nun ja, Laura, du weißt, ein paar meiner Kollegen sind verheiratet und haben Kinder, und da scheint es mir nur fair, ihnen den Weihnachtstag freizugeben und selbst zu arbeiten. Morton und seine Frau haben vor kurzem ein Baby bekommen. Soviel ich verstanden habe, hat das Baby etwas, das sie ›Sechsmonats-Kolik‹ nennen, und seine Frau leidet an einer Depression, wie sie nach einer Geburt immer wieder vorkommt, aber Weihnachten wird er trotzdem gern zu Hause sein, nehme ich an …«

»Du brauchst nicht dort zu sein – solange sie deine Telefonnummer haben und dich erreichen können. Du bist Chef der Kriminalabteilung, nicht der Mann fürs Grobe. Du willst doch wohl nicht an deinem Schreibtisch sitzen und Protokolle wegen entlaufener Kätzchen aufnehmen? Natürlich nicht. Falls nicht jemand eine Bank ausraubt oder seinen Liebhaber umbringt, bist du überflüssig.«

»Wieso glaubst du, daß es Weihnachten keine Gewaltverbrechen gibt, Laura? Es ist die Zeit im Jahr, in der Gewalttaten im Familienkreis fast am häufigsten vorkommen. Wie viele Klienten kommen nach Neujahr zu dir und wollen die Scheidung, sagen, daß Weihnachten der Tropfen war, der das Faß zum Überlaufen gebracht hat?«

Sie ließ sich nicht abschrecken. »Ich erwarte dich am Weihnachtstag gegen zehn. Wir decken für dich. Die Kinder rechnen mit dir.«

Mark rutschte in seinem Sessel hin und her. »Um die Wahrheit zu sagen – und mach nicht schon wieder mehr daraus, als es bedeutet –, ich habe eine Freundin, die sich zur Zeit in der Nähe von Bamford aufhält, und ich dachte mir eigentlich …«

Die Augen seiner Schwester hinter den riesigen Brillengläsern funkelten, als habe sie eben in einem Vertrag ein Hintertürchen entdeckt. »Meredith Mitchell! Du hast immer gesagt, du wüßtest nicht, ob sie kommt, du abscheulicher Lügner. Du hast dich Weihnachten mit ihr verabredet.«

»Das habe ich nicht. Ich denke nur, daß sie hier sein wird. Ich wollte sie anrufen – nein! Man erwartet sie erst Ende der Woche!« Die letzten Worte waren ein Schrei, denn Lauras Augen waren zum Telefon gewandert, und sie hatte den Mund geöffnet. Unter der Zeitung gurgelte es, und das oberste Blatt zuckte. »Ich denke nur«, fuhr

Markby hastig fort, »ich sollte fragen, was Meredith Weihnachten macht. Sie hat hier keine Familie und wird vielleicht allein sein, daher habe ich mir gedacht, ich sollte …«

»Absolut kein Problem, Alan. Bring sie mit.«

»Hierher?« Das Herz wurde ihm schwer, und er sah seine Schwester trübsinnig an.

»Um Himmels willen! So schlimm kann es doch nicht sein! Paul ist ein professioneller Kochbuchautor, und sein Essen ist unter Garantie genießbar, was man von meinem nicht behaupten kann. Familienweihnachten – Meredith wird begeistert sein.«

»Es ist nur, daß ich – vielleicht hat sie andere Pläne.«

»Wie denn? Nein, bring sie mit. Ich bestehe darauf.«

Er sah sie unglücklich an. »Ich weiß kaum, wie ich sie fragen soll, Laura. Sie ist doch nur eine – eine flüchtige Bekannte. Um ehrlich zu sein – ich hätte sie wirklich nicht eine Freundin nennen dürfen. Wir haben uns sehr lange nicht gesehen, und inzwischen ist schon viel Wasser die Themse hinuntergeflossen. Sie könnte mich für aufdringlich halten. Vielleicht hat sie keine Lust zu kommen, weiß aber nicht, wie sie ablehnen soll.« Er unterbrach sich. »Es wäre, offen gesagt, ein bißchen peinlich für sie und mich. Vielleicht will sie mich gar nicht mehr oft treffen. Warum sollte sie auch? Wirklich, jemanden zu einer Familienfeier einzuladen – es könnte so aussehen, als versuchten wir, sie irgendwie in Beschlag zu nehmen. Was ich nicht beabsichtige«, schloß er hastig.

»Also wirklich, Alan«, antwortete Laura heftig, »noch nie hat jemand wegen nichts und wieder nichts ein solches Getue gemacht. Du bist inkonsequent. Es ist eine einfache Einladung. Du hast selbst gesagt, du müßtest dich darum kümmern, ob sie Weihnachten etwas vorhat. Wenn sie nichts vorhat, aber gern etwas vorhätte, wird sie sich über die Einladung freuen. Wenn sie dich wirklich nicht sehen will, wird sie ablehnen. Ich bin sicher«, sagte Laura bissig, »daß sie durchaus imstande ist zu sagen, was sie will.«

»Ja«, sagte er niedergeschlagen.

Die Zeitung hob sich und raschelte wieder, heftiger diesmal. Mit vom Schlaf getrübten Augen tauchte Pauls Kopf auf. »Wie spät isses? Fußball… Fernseher… Tasse Tee…«

»Dir wird ein Weihnachtsfest in der Familie gefallen«, fällte Laura ihr endgültiges Urteil. Sie drückte auf den Knopf der Fernbedienung, und der Fernsehschirm begann zu flackern. »Wir werden uns gemeinsam *Der Zauberer von Oz* ansehen und Spiele spielen. Wir werden Charaden aufführen, Matthew und Emma sind dieses Jahr schon groß genug, um mitzumachen. Wir werden ein richtiges Feuer machen und auf dem Kamingitter Kastanien braten, vorausgesetzt, ihr geht auf den Hof, Paul und du, und spaltet viele Scheite. Es wird ein Riesenspaß.«

Abends, als Meredith beim Geschirrspülen war – sie hatte sich ein Abendessen aus Eiern mit Speck zubereitet –, klingelte das Telefon. Die Stimme am anderen Ende der Leitung kam nicht überraschend, aber sie brauchte Zeit, um sich zu fassen, bevor sie antwortete.

»Ja, ja, ich habe eine gute Reise gehabt, vielen Dank…

Nun, ich bin ein bißchen müde. Es war eine lange Fahrt.«

Seine Stimme klang zurückhaltend. Er fragte, ob sie Lust hatte, am nächsten Abend mit ihm essen zu gehen. Er fragte es beiläufig, als wolle er andeuten, daß es ihm nichts ausmache, wenn sie es nicht schaffte, konnte aber nicht verbergen, daß er hoffte, sie würde kommen.

Seine offensichtliche Nervosität stärkte ihre Selbstsicherheit. Jetzt beherrschte sie die Situation wieder, wie gewohnt. »In ein Pub?« sagte sie fröhlich. »Nein, ich habe nichts dagegen, in einem Pub zu essen. Sie holen mich um sieben Uhr ab? Ja, ich freu mich auch, Sie zu sehen. Oh, und Alan!« Sie hob den Hörer wieder, den sie schon auflegen wollte. »Danke für die Karte.«

Der Hörer glitt mit einem leisen Klicken zurück auf die Gabel. Meredith strahlte und beglückwünschte sich selbst. Das war nicht schwierig gewesen, nicht wahr? Sie war freundlich gewesen, ungezwungen, nicht schwärmerisch, hatte nicht aufgeregt geplappert oder gekichert. Er war ein reifer Mann und wollte daher eine entsprechend reife Beziehung. Sie ebenso. Sie legte die Stirn in Falten. Das hörte sich an wie eine Kontaktanzeige. Wer wünschte sich eigentlich reife Beziehungen? Ich, sagte sie sich wieder energisch.

Resolut stieß sie sich vom Telefontischchen ab und ging ins Wohnzimmer zurück. Schwach vom Gasfeuer und einer Lampe beleuchtet, sah der heitere Chintz im sanften Schein des Feuers warm und gemütlich aus wie ein Nest. Was da draußen auch passieren mochte, hier drin konnte sie sich sicher fühlen.

Von draußen kam das Geräusch eines Automotors,

der gestartet wurde. Neugierig trat Meredith ans Fenster und schob den Vorhang ein bißchen beiseite, um hinauszuschauen. Auf der anderen Straßenseite stand ein Cottage, das dem ihrigen sehr ähnlich war. Die Haustür war offen, gelbes Licht fiel heraus und hob die dunkle Silhouette einer Frau hervor, die auf der Veranda stand. Sie winkte einem großen Wagen nach – einem Granada, wie es Meredith schien –, der sich eben in Bewegung setzte. Dröhnend tauchte er in die Nacht ein, und seine Scheinwerfer fegten über den vor ihm liegenden Weg. Die Frau verschwand wieder im Cottage und schloß die Tür. Dunkelheit senkte sich auf die Straße, eine fast völlige Dunkelheit, und Meredith fiel zum erstenmal auf, wie schlecht es in Pook's Common um die Straßenbeleuchtung bestellt war. Auf diesem Abschnitt des Weges sah man nur das schwache Glimmen einer Straßenlaterne an der Ecke. Und was die Frau von gegenüber anbelangte, hatte sie außer einer großen, kräftigen Gestalt nicht viel erkennen können. Sie dachte: Miss Needham, und war ein bißchen überrascht. Aus irgendeinem – völlig unlogischen – Grund hatte sie sich Miss Needham als vornehme ältere Jungfer von zurückhaltendem Wesen vorgestellt, keine junge Frau, die Besuch von Fahrern großer Wagen bekam. Aber vielleicht glaubt Miss Needham das gleiche von mir, dachte sie.

Meredith wandte sich vom Fenster ab, schaltete das Feuer aus, überprüfte Haus- und Hintertür und ging zu Bett; sie schlief ohne Schwierigkeiten ein.

Auch auf der anderen Seite der Straße erlosch das Licht in Miss Needhams Schlafzimmer.

In dem gemeindeeigenen Haus, in dem sie zur Miete

wohnte, wurde Mrs. Brissett wach und gab ihrem Ehemann einen Rippenstoß. »Vergiß ja nicht, auf den Speicher zu gehen und die Dekorationen für Miss Mitchell runterzuholen, Fred.«

Laura Danby lag wach und überlegte, ob sie einen größeren Truthahn bestellen sollte, falls Weihnachten ihr einen zusätzlichen Gast bescherte.

Alan Markby, von Bamford mehrere Meilen entfernt, rollte sich in seinem großen Doppelbett herum. Er überlegte, ob er Meredith verändert finden würde, wenn er sie morgen zum Abendessen abholte; oder würde sie denken, er habe sich verändert? Und worüber sollten sie sprechen, um alles in der Welt? Wie sollte er außerdem Lauras Einladung anbringen? Was würde sie sagen? Endlich schlief er ein – von all diesen Sorgen und der schlichten Freude darüber hin- und hergerissen, daß er Meredith überhaupt wiedersehen sollte.

Z. Hd. Herrn Meng

ıehmigung

Copien ____ / ____	Genehmigungsdatum: 14.01.1998

Jan. 1998

Baugrundstück / Baugebiet: Altrottstraße 31

Flurstück, Lgb. Nr. 10110/1 und 10017

:hbleiche 4, 69168 Wiesloch

ɔäudes

Reine Baukosten:

ıg unter Befreiung / ~~Ausnahme~~ von den Vorgaben des
: die Überschreitung der
erteilt.

KAPITEL 2

Bamford war an diesem Freitagvormittag vor Weihnachten genauso wie Mrs. Brissett vorhergesagt hatte. Meredith hatte Glück und erwischte auf dem Parkplatz hinter dem Supermarkt eine Lücke, die ein anderer Wagen eben hinterlassen hatte. Ein Blick durch die Glastüren des Supermarkts ließ ihr jedoch das Herz in die Stiefel rutschen. Eine dichte, drängende Käufermasse stieß unhandliche Einkaufswagen vor sich her, in denen sich die Waren türmten, zerrte, selbst übelgelaunt, schwitzend und müde, jammernde Kinder mit – es herrschte ein hektisches Gewimmel.

Meredith machte wieder kehrt. Dort hinein wollte sie ganz zuletzt, wenn sie alles andere erledigt hatte. Mit ein wenig Glück hatte der Rummel bis dahin nachgelassen. Sie ging zu Fuß zum Marktplatz. Aber hier war es beinahe genauso schlimm. Die Stände boten ganze Stechginsterstapel und Dekorationen von der Art feil, wie Mrs. Brissett sie liebte. Auf Tabletts wurden ungesund aussehende pinkfarbene und gelbe Süßigkeiten zum Verkauf angeboten. Aus Pappkartons schauten im Preis herabgesetzte Spielsachen in Schachteln und Zellophanverpackungen heraus. Gemüse schien es zum Rekordpreis zu geben. Meredith kaufte zwei Pfund Satsumas und zog sich geschlagen zurück. Aber sie konnte bis nach Weihnachten nicht von Satsumas und den letzten

Speckscheiben leben. Sie schob sich die High Street entlang, stieß mit ihrer Einkaufstüte gegen die Beine anderer und wurde selbst hin und her geschubst. Eine junge Frau rammte ihr einen Kindersportwagen in die Waden, und als Meredith sich umdrehte, weil es weh tat, erntete sie einen bitterbösen Blick, der ihr unmißverständlich sagte, sie habe hier nichts verloren und sei nur im Weg. Die High Street prangte im Schmuck bunter Lichterketten und skelettartiger Weihnachtsbäume, die in der Abenddämmerung zum Leben erwachen würden. Aus mehreren Lautsprechern erklangen blecherne Weihnachtslieder, und in jedem Schaufenster – so kam es Meredith wenigstens vor – wurde man daran erinnert, daß man bis zum Fest nur noch vier Einkaufstage hatte.

Vor dem Blumenladen blieb Meredith stehen und blickte argwöhnisch in das Schaufenster. Wahrscheinlich, sogar mehr als wahrscheinlich, würde Alan Markby mit irgendeinem Weihnachtsgeschenk anrücken. Vielleicht gab er es ihr sogar schon heute abend, wenn er sie zum Essen abholte. Es wäre peinlich, ein Geschenk entgegenzunehmen, wenn man selbst keins hat. Ein Aftershave oder ein Deodorant wäre viel zu persönlich. Eine Pflanze hingegen? Er war ein begeisterter Gärtner. Meredith stieß die Tür auf und trat ein.

Der Laden ähnelte einem unordentlichen Gewächshaus. Weil man vor Weihnachten ein Rekordgeschäft erwartete, hatte man sich mit Vorräten eingedeckt, die jetzt jede einigermaßen gerade Fläche und beinahe den ganzen Boden verstellten. Die Luft war feucht und modrig. Es roch nach nassem Torfkompost und künstlichem Pflanzendünger. Aus dem Hintergrund des

Ladens tauchte eine gehetzt aussehende junge Frau in einem rosa Overall auf.

»Ich möchte eine Topfpflanze«, erklärte Meredith. »Etwas, das Weihnachten blüht. Vielleicht etwas nicht Alltägliches?« Ihr Blick fiel auf eine Gruppe Weihnachtssterne. Sie schienen mit ihren roten Blättern ein bißchen zu naheliegend.

»Wieviel möchten Sie anlegen?« fragte das Mädchen praktisch.

»Ich weiß nicht. Wieviel muß man anlegen?«

Einige Pflanzen waren sehr teuer, wie sich herausstellte. Eigentlich die meisten. Sie verließ den Laden mit einem Weihnachtskaktus.

Als sie sich, beladen mit Einkaufstüte und der verpackten Pflanze, in das Gewühl auf dem Gehsteig stürzte, merkte sie plötzlich, daß jemand sie ansprach.

»Entschuldigen Sie!« sagte eine Stimme energisch. »Haben Sie einen Moment Zeit?« Ein langer, spindeldürrer Jugendlicher in einem schmuddeligen ehemaligen Militärmantel, Jeans und einer wolligen Mütze, drängte sich zu ihr durch. Er war unrasiert, nicht besonders sauber und schien schwer unterernährt zu sein, doch die Stimme klang gebildet. »Würden Sie unsere Petition unterschreiben?« fragte er aggressiv.

Sie sah jetzt, daß er ein Klemmbrett in der Hand hielt. »Um was geht's denn?« fragte sie mißtrauisch.

»Darum, daß die Jagd auf Gemeindeland verboten wird.« Er hielt ihr das Klemmbrett ungeduldig entgegen, als finde er ihre Fragen kleinlich und pedantisch.

Die Menge wimmelte um sie herum, und sie bemühte sich, in dem, was er sagte, einen Sinn zu finden. »Was soll gejagt oder vielmehr nicht gejagt werden?«

»Füchse. Oder anderes Wild. Aber vor allem Füchse. Wegen der Jagd, die hier stattfinden soll.«

»Ich hab gar nicht gewußt, daß es eine gibt.« Jemand prallte gegen ihre Schulter, und sie ließ fast den Kaktus fallen. »Hören Sie«, sagte sie, »ich habe keine Hand frei, und ich weiß nicht, um was es geht ...«

»Um die Bamford-Jagd«, sagte er störrisch. »Sie brauchen nur hier zu unterschreiben.« Er schob ihr das Klemmbrett unter die Nase. An einer Schnur hing ein Bleistiftstummel, das Papier der Liste war schmutzig, die meisten Unterschriften unleserlich. »Wenn wir sie vom Gemeindeland fernhalten können, wird es für sie fast unmöglich, die Jagd abzuhalten. Es ist nicht richtig, blutige Sportarten sind ein Unrecht. Unmoralisch. Wir alle sollten uns dagegen wehren.« Er brachte sein backenbärtiges Gesicht dicht an das ihre heran. Offensichtlich hatte er das Gefühl, daß ihm Zeit verlorenging, denn während er ihr alles erklärte, konnte er keine Unterschriften sammeln.

»Ich weiß nichts über die Bamford-Jagd«, sagte Meredith, die ihn plötzlich unattraktiv und aufdringlich, sein Benehmen schikanös fand; ihr mißfiel, daß er voraussetzte, sie müsse seiner Meinung sein, und ihr mißfiel die Arroganz, mit der er es unterließ, ihr einen Grund zu nennen, warum sie tun sollte, was er verlangte.

»Hier, nehmen Sie ein Flugblatt.« Er hielt ihr eins hin, der Druck war miserabel. »Unterschreiben Sie die Petition, jede Unterschrift hilft. Es ist unrecht. Die Fuchsjagd ist ein Unrecht.«

»Sie mögen recht haben oder auch nicht«, sagte sie. »Ich habe nie darüber nachgedacht. Und gewiß werde ich nichts unterschreiben, bevor ich nicht gründlich nachgedacht habe. Also, wenn Sie nichts dagegen haben – ich werde mir Ihr Flugblatt zuerst einmal durchlesen«, fügte sie im Geist weihnachtlichen Friedens hinzu.

»Sind Ihnen wildlebende Tiere und wildwachsende Pflanzen egal?« fragte er wütend. »Ist Ihnen gleichgültig, wie barbarisch die Jagd ist? Finden Sie, daß Tiere nicht wichtig sind? Das sollten Sie nicht, denn sie sind es. Und Sie sollten unterschreiben. Alle sollten unterschreiben!« Er musterte sie mit glitzernden Augen, in denen groß sein Urteil stand. Nichts hätte Meredith jetzt bewegen können, sein Gesuch zu unterschreiben. Sie mochte ihn nicht. So einfach war das.

»Ich mag Tiere, aber ich mag es nicht, gesagt zu bekommen, was ich tun soll, bevor ich die Möglichkeit hatte, mir selbst eine Meinung zu bilden.« Unwirsch drängte sie sich an ihm vorbei.

Er sah sie wütend an und latschte weiter, um ein anderes Opfer für sein Klemmbrett und seine Flugblätter zu finden. Er hatte Glück, eine dralle junge Frau kam ihnen entgegen. Sie hatte eine Mähne kastanienroter Haare, und ihre selbstsichere Haltung grenzte an Arroganz. Sie war nicht geschminkt, hatte klassische Züge, eine gerade Nase, volle Lippen und schöne Augen. Sie trug ein ziemlich abgetragenes Jackett, eine eng sitzende Reithose und Reitstiefel. In dem Jargon, den sie verstanden hätte, war sie reinrassig. Ein Vollblut mit Vater und Mutter im Zuchtbuch.

Er würde doch nicht, dachte Meredith bestürzt über seine Unverfrorenheit. Er konnte nicht...

Doch er tat es. Der Gegner aller blutigen Sportarten verstellte der Amazone den Weg und schwenkte sein Klemmbrett. Meredith konnte nicht hören, was gesprochen wurde, doch sie erriet es mehr oder weniger. Die Stallhof-Bruderschaft ist selten um ein bildhaftes Wort verlegen. Die kastanienrote Reiterin hielt dem jungen Mann eine markige Rede, gab ihm, der unter seinem Backenbart scharlachrot geworden war, keine Gelegenheit zu antworten und stieß ihn mit solcher Kraft zur Seite, daß er zurückgeworfen wurde, an der Tür von Woolworth's wieder abprallte – und ging weiter.

»Ich hätte Ihnen sagen können, was passieren würde«, sagte Meredith mitleidlos zu ihm.

Er warf ihr einen bösen Blick zu und sah der jungen Frau mit einem noch böseren nach. »Aufgeblasenes Miststück!« sagte er. Dann fügte er leise hinzu, als spreche er mit sich selbst: »Wartet nur... Wartet nur ab, bis ihr's am zweiten Weihnachtsfeiertag versucht...« Er trottete weiter.

Meredith vergaß ihn, nachdem sie sich noch einmal in den Supermarkt gewagt hatte. Von da an war jeder nur noch Einzelkämpfer. Sie begann höflich »entschuldigen Sie bitte« und versuchte ihren Einkaufswagen um die Leute herumzumanövrieren. Aber ihr wurde sehr schnell klar, daß das vergebliche Liebesmüh war. Der Wagen hatte auch einen eigenen Willen und die Neigung, sich wie eine Krabbe seitwärts zu bewegen. Allein die Unmengen der angebotenen Waren verstärkten ihr Gefühl des Verirrtseins und der Frustration. Sie hatte schließlich mehrere Jahre in einem Land gelebt, in dem der Mangel zum täglichen Leben gehörte und die Auswahl an Waren gering war. Das diplomatische Corps hing stark von Waren ab, die eigens von der Botschaft importiert wurden, oder von *en-bloc*-Bestellungen bei Firmen, die darauf spezialisiert waren, die ständig im Ausland lebenden Landsleute mit allem zu versorgen, was sie brauchten. Jetzt unter drei oder vier verschiedenen Sorten von Büchsenfleisch und einem halben Dutzend im Überfluß aufgestapelter Kaffeedosen wählen zu müssen, war verwirrend. Sie fand es schockierend, als sie hörte, daß Mütter ihre kleinen Kinder fragten, was sie haben wollten, und die oft willkürliche Auswahl des Kindes noch zu den Waren packten, die sich schon im Einkaufswagen türmten. Nach fünf Minuten war Meredith nicht nur so verschwitzt und gestreßt und übellaunig wie alle anderen, sie war auch wütend, weil die Menschen anscheinend nicht zu schätzen wußten, was sie hatten. In eine Wolke selbstgerechter Empörung gehüllt, stand sie in der Schlange an der Kasse, und ihr Ärger wurde noch größer, als sie entdeckte, daß sie das Spülmittel vergessen hatte.

»Verdammt!« sagte sie laut.

»Etwas vergessen?« fragte eine Männerstimme hinter ihr.

Sie sah sich schuldbewußt um. Die Stimme gehörte einem bebrillten Mann unbestimmten Alters in einem Parka; er stand in der Schlange hinter ihr. Er trug einen Drahtkorb mit einem bescheidenen Vorrat an Lebensmitteln. Freundlich lächelnd sagte er: »Ich halte Ihnen den Platz in der Schlange frei, wenn Sie zurückgehen und es holen wollen.«

Meredith blickte zurück in das Gewühl. »Nein, vielen Dank. Ich glaub nicht, daß ich das könnte. Trotzdem – noch einmal vielen Dank.« Aus einem Impuls heraus fügte sie hinzu: »Hier gibt es so viel zu kaufen – die Leute wissen gar nicht, wie gut sie es haben.«

Er lächelte. »Ein paar wissen es. Ein paar können sich die Dinge auch nicht leisten. Ein Schaufenster voller Waren zu sehen, wenn man nicht das Geld hat, etwas zu kaufen, ist auch nicht sehr lustig.«

Meredith runzelte die Stirn, dachte darüber nach. Aus irgendeinem Grund hatte sie das Gefühl, ihm eine ernsthafte Antwort schuldig zu sein. Er war nur ein Mann in der Schlange an der Supermarktkasse, aber etwas in seiner Stimme sagte ihr, daß ihre Worte ihn berührt hatten.

»Die Leute sind nicht mehr so arm wie früher«, sagte sie. »Ich weiß, daß es einigen nicht gutgeht, aber vor hundert Jahren sind sie auf der Straße verhungert.«

»Manche leben noch immer auf der Straße. Nicht hier in Bamford, zugegeben. Aber in den großen Städten ... Waren Sie in letzter Zeit in London?«

»Nein, noch nicht«, sagte Meredith düster und dachte an den Schreibtisch, der im Foreign Office auf sie wartete. »Nach Weihnachten werde ich jeden Tag hinauf müssen.«

»Werfen Sie am frühen Morgen einen Blick in die Ladeneingänge. Zählen Sie die Schlafsäcke.« Die Schlange kroch ein Stückchen vorwärts. »Vielleicht verhungern sie nicht«, fuhr der Mann fort, »aber sie kommen sich verloren vor.« Er schob seine Brille, die ihm ständig hinunterzurutschen schien, auf die Nase zurück. »Es gibt so viel, wie Sie sagen, und allen um Sie herum scheint es gut genug zu gehen, daß sie es sich leisten können. Vor fünfzig Jahren war es keine Schande, arm zu sein – es war ein Unglück, das sie mit Tausenden teilten. Heute müssen sie sich für ihre Armut schämen, man gibt ihnen zu verstehen, daß es ihre Schuld – eine Unzulänglichkeit ist, an der sie leiden. Viele junge Leute sind voller Groll, die Gesellschaft grenzt sie aus. Man kann es ihnen nicht übelnehmen.«

»Ja, das glaube ich auch«, sagte Meredith.

Er lächelte verlegen. »Ich wollte Ihnen keinen Vortrag halten. Aber das Thema interessiert mich zufällig ganz besonders.«

»Das ist schon in Ordnung. Aber Sie haben nur ein paar Sachen in Ihrem Korb, gehen Sie ruhig vor«, bot sie ihm an. »Mein Wagen ist voll.«

»Nein, nein, ich hab's nicht eilig. Sie sind jetzt dran.«

»Die nächste bitte«, sagte das Mädchen an der Kasse scharf, und Meredith war gezwungen, nachzurücken und ihre Waren hastig auf das Förderband zu legen.

Nachdem sie bezahlt hatte, schob sie den widerspenstigen Einkaufswagen zu ihrem Auto. Am Himmel sammelten sich jetzt bedrohlich dunkle Wolken, und ein kalter Wind wehte. Meredith packte alles weg und brachte dann ihr Drahtgefährt in den »Einkaufswagenpark« zurück. Sie fröstelte, denn nach der drückenden Wärme im Supermarkt spürte sie die Kälte doppelt. Vorsichtig setzte sie zurück, um den Leuten und ihren überladenen, quietschenden Einkaufswagen auszuweichen, und machte dann, daß sie aus der Stadt herauskam.

Sie war überrascht, wie erleichtert sie sich fühlte, wieder in Pook's Common zu sein. Im Vergleich zu Bamford war es ein stiller Hafen des Friedens. Rose Cottage hatte keine Garage, aber einen Stellplatz, dem der größte Teil des Vorgartens zum Opfer gefallen war. Sie stieg aus dem Wagen und zitterte im eisigen Wind, der ihr durch den Anorak bis ins Mark zu dringen schien. Die dunklen Wolken waren kompakter geworden, und obwohl es erst später Vormittag war, war es dunkel wie im abendlichen Zwielicht. Meredith rieb die rotgefrorenen Finger aneinander und ging zum Kofferraum, um ihre Einkäufe auszuladen. Als sie noch dabei war, hörte sie Bremsen quietschen, und ein Wagen hielt vor dem Cottage gegenüber. Sie blickte auf. Die Fahrertür wurde zugeworfen, und zu ihrer Überraschung war eine Gestalt ausgestiegen, die sie kannte.

Es war das Mädchen mit den kastanienroten Haaren, das sie in der Stadt gesehen hatte. Es schaute über die Straße, entdeckte Meredith, lächelte und kam mit sportlich federnden Schritten auf sie zu.

»Hallo«, sagte sie, »ich bin Harriet Needham und wohne da drüben im Ivy Cottage.«

»Meredith Mitchell«, sagte Meredith und befreite sich von einem Durcheinander von Plastiktüten.

»Sie waren in Bamford, was?« fragte Miss Needham mitfühlend. »Verdammt gräßlich, oder?«

»Ziemlich unangenehm. Ich mußte Lebensmittel für die Weihnachtsfeiertage einkaufen.«

»Sie haben Rose Cottage von den Russells übernommen, nicht wahr?« Harriet warf die rote Haarmähne zurück. »Kommen Sie gelegentlich doch mal auf einen Drink vorbei.«

»Danke, sehr freundlich. Ich komme bestimmt.«

»Warum kommen Sie nicht gleich mit und trinken eine Tasse Kaffee mit mir? Später wird es wie aus Kannen gießen.« Harriet musterte den dunklen Himmel sachlich abschätzend aus zusammengekniffenen Augen. »Schlamm«, sagte sie, aber offensichtlich nicht zu Meredith, sondern als Antwort auf einen Gedanken, den das Wetter in ihr ausgelöst hatte und der etwas betraf, das der Sprecherin sehr wichtig war.

»Danke, ich komme. Aber zuerst muß ich meine Sachen ausladen und ins Haus bringen.«

»Klar, fein. Muß mein Zeug auch auspacken. Ich lasse die Haustür offen. Kommen Sie einfach rein, wenn Sie fertig sind, und rufen Sie.« Harriet marschierte auf ihre Straßenseite zurück.

Die Arme voller Tüten, betrat Meredith das Cottage. Ein leichtes Klirren aus der Küche zeigte an, daß Mrs. Brissett noch bei der Arbeit war. Es roch nach Möbelpolitur und Lavendel aus der Garderobe im Erdgeschoß. Die Wohnzimmertür stand offen, und Meredith, die auf dem Weg in die Küche vorbeikam, blieb stocksteif stehen. »O du meine Güte!« sagte sie schwach, zu einem Kraftausdruck im Augenblick nicht fähig. Miss Needham hätte ihr vermutlich aushelfen können. »O du meine Güte, was soll ich nur damit anfangen?«

Mrs. Brissett kam durch die Küchentür. »Lassen Sie die Lebensmittel einach stehen, Miss Mitchell. Ich räume sie dann ein.«

»Danke – und danke für – für –«, stammelte Meredith.

»Wußt ich doch, daß es Ihnen gefallen wird!« sagte Mrs. Brissett.

Harriets Tür stand, wie versprochen, offen. Einladender Kaffeeduft wehte Meredith entgegen. Sie rief: »Ich bin hier!«

»In der Küche!«

Sie ging Harriets Stimme nach. Ivy Cottage hatte ursprünglich den gleichen Grundriß gehabt wie Rose Cottage. Aber jemand hatte nach hinten hinaus einen geräumigen Anbau errichten lassen, in dem die Küche untergebracht war, die, wie Meredith feststellte, sehr modern eingerichtet und mit neuesten Geräten ausgestattet war. Die ehemalige Küche war in ein kleines Eßzimmer umgewandelt worden, das beinahe völlig von einem original frühviktorianischen Tisch und sechs Stühlen eingenommen wurde. An der Schmalwand stand ein Buffet mit einem Satz ebenfalls antiker blauweißer Teller, und in der Mitte des Tisches hatte ein silbernes Rechaud aus der Zeit König Georges seinen Platz. Es sah so aus, als gebe Harriet oft Einladungen. In diesem Gedanken wurde Meredith beim Anblick von Harriets Lebensmitteln noch bestärkt, die in der Küche auf einer Arbeitsplatte ausgebreitet lagen – Baguettes und eine große Packung Hühnerbrustfilets, zwei Flaschen guten Weins, mehrere ungewöhnliche Käsesorten, eine Unmenge frischer, nicht der Jahreszeit entsprechender und daher teurer Salate und alles, was zu einer Dinnerparty gehörte. Aber für wie viele? fragte sich Meredith, die sich an den Wagen vom Abend vorher erinnerte.

Harriet merkte, daß sie die Lebensmittel betrachtete, und sagte vergnügt: »Ich habe einen Cordon-bleu-Kochkurs mitgemacht. Nützlich. Vorher konnte ich nicht einmal ein Ei kochen.«

Ein bißchen verlegen, weil es so aussah, als habe sie spioniert, sagte Meredith: »Ich bin auch nicht gerade eine großartige Köchin.«

»Es macht Spaß, ich tu's gern. Und hier in Pook's Common hat man genug Zeit für solche Dinge – wie Kochen, zum Beispiel. Dazu braucht man nämlich Zeit – hudeln darf man nicht.«

»Ja, ruhig genug ist es hier«, stellte Meredith mit leichtem Bedauern fest. »So abgeschieden.«

»Das habe ich auch gedacht, als ich herkam.« Flink stellte Harriet Tassen und Sahnekrug auf ein Tablett. »Aber komischerweise ist es das nicht. Es wird Sie überraschen, was in Pook's Common so alles los ist.« Sie ließ dieser aufreizenden Andeutung keine Einzelheiten folgen, sondern nahm das Tablett auf. »Wir gehen in den Salon. Viel gemütlicher.«

Harriets Salon, dem wesentlich bescheideneren Wohnzimmer von Rose Cottage entsprechend, lag ebenfalls nach vorn hinaus und war mit modernen und bequemen Lehnsesseln und mehreren schönen alten Stücken eingerichtet, unter anderem mit einem viktorianischen Rollpult und einem kleinen Regency-Kartentisch. Stammten sie mit den anderen Antiquitäten aus einem größeren Haus, aus einem Familiensitz? fragte sich Meredith. Rein praktisch gesehen, stellte all das einen ziemlichen Wert dar, und Ivy Cottage schien nicht durch zusätzliche Schlösser oder Fensterriegel gesichert zu sein.

Doch das Auffälligste in diesem Salon für Meredith war, daß Harriet eine Leidenschaft für Fotografien zu haben schien. In Rahmen aller Art und manchmal ein kleinerer Schnappschuß vor ein großes Bild in den Rahmen gezwängt, standen sie eng gedrängt auf dem Kaminsims, auf Tischen und Schränken. Mehrere zeigten Harriet, andere Harriet mit Pferden.

»Haben Sie ein eigenes Pferd?« fragte Meredith.

»Den alten Blazer.« Harriet nahm ein neueres Bild zur Hand. »Das ist er. Er steht im Mietstall von Tom Fearon. Ein netter alter Kerl.«

Meredith war sich nicht klar darüber, ob Harriet das Pferd oder Tom Fearon meinte, und murmelte deshalb nur etwas vor sich hin.

Harriet schenkte Kaffee ein. »Sie brauchen bestimmt etwas, das Sie nach dem Gedränge in Bamford wiederbelebt. Ich hasse es, einzukaufen. Aber keines der Geschäfte liefert hierher, und im Dorf gibt es keinen Laden.«

»Leben Sie immer in Pook's Common?« fragte Meredith, als sie nach der Tasse griff. Es war schönes Knochenporzellan mit Rosenknospen. »Ein paar Cottages sehen wie Wochenendwohnsitze aus.«

Harriet war in die Küche zurückgegangen. »Ein paar sind es auch!« Ihre Stimme klang gedämpft. »Es gibt im Ganzen nur acht, vier auf jeder Seite, wie Sie wahrscheinlich bemerkt haben.« Sie kam wieder, diesmal mit einer Platte selbstgebackener Biskuits, die sie Meredith anbot. »Nehmen Sie. Das sind Wiener Strudel. Mein Problem ist, daß ich die Dinger gern backe, aber unmöglich alle selbst essen kann. Na ja, wenn ich's täte, müßte ich wahrscheinlich meinen alten Blazer verkaufen und ein Shire-Pferd kaufen, das mich dann tragen kann.«

»Shire-Pferd?« fragte Meredith, die von Pferden nichts verstand.

»Das ist eine Rasse schwerer Zugpferde«, erklärte Harriet. »Warten Sie, ich hole Ihnen eine Serviette.«

Die Serviette war aus Damast und makellos gebügelt. Häusliche Tüchtigkeit bei anderen weckte in Meredith, die in ihrem Amt sehr tüchtig, aber zu Hause eine Katastrophe war, immer wehmütigen Neid. Ich, dachte sie untröstlich, biete meinen Gästen Biskuits aus dem Päckchen an, falls ich daran gedacht habe, welche zu kaufen, und meistens habe ich nur Papierservietten. Aber Harriet befaßte sich wieder mit Merediths Frage nach den Cottages.

»Die beiden Doppelhaushälften rechts von Ihnen, die man von der Straße aus sieht, gehören einem Oxford College. Eine wird gewöhnlich von verschiedenen Leuten benutzt, und ich habe keine Ahnung, wer oder was sie sind. Aber die andere Hälfte benutzt Dr. Krasny. Er kommt her, wenn er viel zu schreiben hat, weil es hier ruhig ist. Man sieht ihn nur selten, auch wenn er hier ist. Er ist aber ein recht angenehmer Typ und schaut öfter mal rein, um hallo zu sagen und ein Glas Sherry zu trinken, bevor er auf der Suche nach Blumen zu einer seiner Exkursionen über das Gemeindeland aufbricht. Ich glaube, sein Thema sind seltene wilde Orchideen.«

»Es gibt hier also tatsächlich noch Gemeindeland?«

»O ja. Obwohl es nicht mehr ausschließlich Weideland ist. Mehr wie offenes Moorland. Die Cottagebesitzer von Pook's Common hatten früher dort das Weiderecht, aber ich bin jetzt die einzige, die noch ein Tier besitzt, und das steht auf Toms Koppel. Es wäre ein Wagnis, heutzutage ein wertvolles Tier aufs Gemeindeland zu bringen. Vor ein oder zwei Jahren hat es hier

Viehdiebe gegeben. Klingt nach dem Wilden Westen, wie? Es gibt sie noch immer. Die armen Tiere werden geschlachtet, Pferdefleischsteaks für den Kontinent.«

Harriet nippte an ihrem Kaffee. »Das Cottage links von Ihnen gehört Mrs. Sowerby. Sie ist schon älter und steckt kaum einmal die Nase zur Tür heraus. Ihre Tochter kommt einmal wöchentlich mit dem Auto aus Bamford, aber um diese Jahreszeit besucht sie irgendeine andere Verwandte, wo, weiß ich nicht, doch ich wage zu behaupten, daß sie im Moment nicht hier ist und Sie derzeit keine unmittelbaren Nachbarn haben. Es ist ziemlich einsam hier, was die gegenüberliegende Straßenseite betrifft. Das Cottage rechts von mir – das mit dem scheußlichen unechten Wunschbrunnen im Vorgarten – gehört dem Typen, der die Werkstatt an der Hauptstraße hat, Joe Fenniwick; er wohnt mit seiner Frau da. Ständig, genau wie ich. Übrigens ist Joe ein guter Mechaniker, Sie dürfen ihm Ihren Wagen ruhig anvertrauen, wenn was dran ist. Das Cottage links von mir hat irgend so ein Geschäftsmensch gekauft, der mit seiner Freundin die Wochenenden hier verbringen wollte. Er hat ein Vermögen in die Renovierung gesteckt, und jetzt ist seine Freundin auf und davon, und er möchte verkaufen. Aber im Moment sind die Preise im Keller. Bleibt noch das eine am anderen Ende, das einem Paar gehört, das sich im Frühling hier zur Ruhe setzen möchte. Hoffe, daß sie die Ruhe lieben. Zur Zeit steht es leer, obwohl sie gewöhnlich am Wochenende auftauchen und im Haus herumwerkeln, ein paar Sachen streichen und Nägel einschlagen. Es ist also ziemlich einsam hier, aber ich mag es so.«

»Ich werde unter der Woche täglich nach London

fahren müssen«, sagte Meredith mit leichtem Bedauern. »Nach Neujahr fange ich an. Allmählich beginne ich mich zu fragen, ob ich mir damit nicht zuviel zugemutet habe.«

»Lieber Sie als ich«, sagte Harriet offen. »Was machen Sie beruflich?«

Meredith erklärte es ihr. Harriet sah sie nachdenklich an. »Ich bewundere jeden, der sich in einer Stellung halten kann«, sagte sie plötzlich. »Mit achtzehn habe ich eine Weile gearbeitet. In Liverpool, ich wohnte damals nämlich in Wirral, und da bin ich jeden Tag rübergefahren und habe meine Stunden abgedient. Ich habe gesagt, ich hätte gearbeitet, aber ich meine, es war für eine Wohltätigkeitsorganisation, die eines dieser Zentren unterhält, in denen man den sozial Benachteiligten zu helfen versucht. Sie haben einen Tages-Aufenthaltsraum für alte Menschen, einen Club für junge Mütter, eine Kinderkrippe und alle möglichen Projekte für Jugendliche. Ich will ehrlich sein, ich hab's nicht durchgehalten. Ich habe nur vormittags gearbeitet, aber sogar die Vormittage waren zuviel für mich.« Sie schnitt eine leichte Grimasse. »Ich bin finanziell unabhängig, was man heute nicht mehr laut sagen darf. Die Leute sehen einen an, als hätte man die Pest. Dann habe ich versucht zu schreiben und habe die Absicht, wieder damit anzufangen. Aber ich bin am liebsten im Freien, das ist mein Problem, und das Schreiben nimmt einem soviel Zeit weg. Ich wünschte, ich könnte sagen, ich hätte auf einer regulären Basis etwas Richtiges und Lohnendes zustande gebracht.«

»Das könnten Sie«, sagte Meredith prompt. »Sie haben einfach noch nicht den richtigen Job gefunden.«

Harriet sah wieder nachdenklich drein. »Vielleicht finde ich ihn eines Tages. Und vielleicht habe ich das für mich Richtige schon gefunden. Ich meine keinen Job, aber etwas, das trotzdem getan werden muß.«

Ihr Blick schweifte ab, während sie sprach, und blieb auf einer der Fotografien haften. Es war ein älteres Bild, das drei kleine Mädchen in Sandalen und Sonnenkleidchen zeigte, die sich um einen Spaniel gruppierten. Eins der kleinen Mädchen hatte rote Locken.

Harriet warf Meredith einen Blick zu und sah, daß sie das Bild betrachtete. »Das bin ich«, sagte sie und zeigte darauf. »Immer leicht zu erkennen an meinen karottenroten Haaren.« Sie stand auf, nahm das gerahmte Foto und trug es zu Meredith hinüber. »Neben mir steht meine Cousine Fran. Wir waren fast gleich alt und eigentlich mehr wie Schwestern, nicht wie Cousinen.«

»Und wer ist das?« Meredith zeigte auf das dritte Kind, ein hübsches, kleines Mädchen mit dunklem Haar und einem gewinnenden und schelmischen Lächeln. »Sie sieht wie ein glückliches Kind aus.«

»Oh, das ist Caro, Caroline Henderson, eine Freundin.« Harriets Stimme klang noch immer beiläufig, doch schien Meredith die Sorglosigkeit jetzt ein wenig forciert. »Sie war ein glückliches Kind. Das waren wir alle. Wir hatten eine schöne Kindheit. Ich bin froh, daß Caro damals glücklich war, denn später war sie es nicht mehr, ganz bestimmt nicht.« Sie zog das Foto plötzlich zurück und stellte es an seinen Platz auf dem Tisch zurück.

»Tut mir leid«, sagte Meredith verlegen.

Harriet sah ein wenig beschämt aus. »Ich wollte

nicht fauchen. Verzeihen Sie. Aber wir hatten sie alle so gern. Caro war Diabetikerin.« Sie schien sich zu bemühen, ganz leidenschaftslos und sachlich zu sprechen. »Und um alles noch schwieriger zu machen, war sie außerdem eine reiche Erbin. Ihr Vater und ihr Onkel starben, als sie noch ein Kind war, daher hatte ihr Großvater, der reich war wie Krösus, niemand sonst, dem er sein unrechtmäßig erworbenes Geld hinterlassen konnte. Es brachte ihr keinen Segen.« Harriets Stimme hatte immer düsterer geklungen, und schließlich brach sie beinahe schroff ab.

»Das kann ich mir vorstellen. Mit Diabetes durchs Leben zu gehen ist schon eine Last.«

»Das Geld war die schlimmere. Aber sie hat sie nicht lange getragen.« Harriet leerte ihre Tasse und stellte sie so heftig auf das Tablett, daß sie klirrte. »Sie war erst dreiundzwanzig, als sie an einer Überdosis starb.«

»Tut mir leid«, sagte Meredith hilflos. »Hatte es mit der Diabetes zu tun?«

»Nicht direkt. Angeblich war es eine Depression. Sie war deshalb in Behandlung. Die Ärzte haben ihr alle möglichen Pillen verschrieben. Ich habe ihr gesagt, sie soll das ganze Zeug wegwerfen. Ich wünschte, sie hätte es getan. Sie wissen doch, hat eine Frau erst einmal den Ruf, eine Neurotikerin zu sein, nimmt sie niemand mehr ernst. Egal, was ihr fehlt, man verschreibt ihr noch mehr Pillen und sagt ihr, sie soll's leichtnehmen. Niemand hört ihr zu. Niemand glaubt ihr mehr, aber man ist bereit, alles zu glauben, was irgend jemand über sie sagt.«

»Das ist in der Tat ein Problem«, sagte Meredith vorsichtig. »Mit einem neurotischen Menschen zurechtzukommen ist nahezu unmöglich. Sie erzählen einem phantastische Geschichten. Ich hatte selbst mit einigen zu tun.«

»Ja, ich weiß, es ist meist blinder Alarm.« Harriet nickte. »Aber wenn man den Menschen kennt, kann man gewöhnlich die Tatsachen aus dem Wirrwarr herausschälen. Ich bin keine allzu phantasiebegabte Person, wahrscheinlich bin ich in gewisser Weise ziemlich nüchtern. Aber ich bin nicht ohne Mitgefühl. Ich habe mit diesem Wohltätigkeitsjob nicht etwa aufgehört, weil ich mit den Leuten kein Mitleid gehabt hätte. Ich habe aufgehört, weil ich so frustriert war. Ich habe wie eine Sklavin geschuftet, um einen Fall zu einem guten Ende zu bringen, und dachte, ich hätte es geschafft, und eine Woche später taucht die Frau mit der gleichen düsteren Geschichte wieder in meinem Büro auf. Wenn man bei einer solchen Organisation arbeitet, lernt man zwischen Wahrheit und Betrug zu unterscheiden.« Sie schwieg einen Augenblick. »Aber manchmal irrt man sich trotzdem. Ich mag es nicht, wenn man mich zum Narren hält.«

Im Flur klingelte das Telefon. »Entschuldigen Sie«, sagte Harriet und lief hinaus. Sie schloß die Tür hinter sich, und Meredith hörte ihre Stimme nur noch gedämpft, ohne ein Wort unterscheiden zu können. Sie war froh, daß ihr erspart blieb, zur unfreiwilligen Lauscherin zu werden. Dann hob Harriet aggressiv die Stimme und knallte schließlich den Hörer auf die Gabel. Sie kam mit geröteten Wangen zurück und ging zum Barschrank. »Hätten Sie gern ein Glas Sherry?

Oder etwas Stärkeres? Wir könnten einander frohe Weihnachten wünschen und so weiter.« Sie griff schon nach den Gläsern. Ganz offensichtlich hatte sie die feste Absicht, etwas zu trinken.

»Ein Sherry wäre schön«, sagte Meredith, die eigentlich mitten am Tag nur ungern trank.

Harriet schob die Whiskyflasche zurück und schenkte zwei Sherry ein. Sie stießen miteinander an.

»Auf abwesende Freunde«, sagte Harriet, bevor sie trank. »Mögen sie unvergessen bleiben.«

Wie die dunklen Wolken angekündigt hatten, begann es am Nachmittag zu regnen, und als Alan Markbys Scheinwerfer über die Vorderfenster von Rose Cottage strichen, goß es in Strömen. Er sprintete über den kurzen Gartenweg und schoß durch die Haustür, die ihm Meredith offenhielt.

In der winzigen Diele an sie gepreßt, stammelte er, vor Nässe triefend, Entschuldigungen. Sie fand, daß er sich überhaupt nicht verändert hatte. Es war dasselbe magere, intelligente, ein wenig wachsame Gesicht und, soweit sie sah, dasselbe alte Barbour-Jackett. Er gehörte zu den Männern, die neue Kleidung verabscheuten. Das Haar fiel ihm feucht und glatt in die Stirn, und er kniff die blauen Augen zusammen, als sei er in Sorge oder erschrocken.

»Haben Sie einen Regenmantel?« fragte er. »Wir müssen vom Parkplatz des Pubs ins Lokal laufen. Es gießt wie aus Kannen.«

»Ich habe einen Anorak mit Kapuze. Habe schon befürchtet, es könnte Weihnachten regnen.« Warum redeten Engländer, wenn sie sich nach langer Zeit wiedersahen, so entschlossen über das Wetter? Doch jetzt hatte er den Kranz entdeckt, der im Flur hing.

»Der ist ein bißchen – bunt.« Er bückte sich und schaute nach unten. Der Kranz hing für ihn in Brusthöhe.

»Er gehört Mrs. Brissett. Sie hat gedroht, mir auch einen Weihnachtsmann zu bringen. Schauen Sie mal hier rein.« Meredith öffnete die Tür zum Wohnzimmer.

»Gütiger Gott«, sagte er schwach.

Papierketten, türkis, giftgelb und leuchtend scharlachrot, waren von Zimmerecke zu Zimmerecke und kreuz und quer gespannt. Eine große, braunrote chinesische Laterne hing von der Decke herunter, und ein Weihnachtsbaum aus glitzerndem Rauschsilber stand auf dem Couchtisch.

»Das hat sie gemacht, während ich heute vormittag in Bamford einkaufen war. Es ist so nett von ihr, und sie muß sich solche Mühe gegeben haben – ich kann einfach nichts davon herunternehmen. Sie hat gesagt, sie sei sicher, daß mir während all der Jahre im Ausland das englische Weihnachtsfest gefehlt haben müsse. Ich weiß nicht, wie sie es geschafft hat, die vielen Ketten an der Decke anzubringen.«

»Es ist – äh – heiter ... Und da wir gerade von Weihnachten sprechen ...« Er unterbrach sich, sah verlegen aus, sagte dann: »Ich erkläre es Ihnen später. Fahren wir jetzt los und bestellen uns ein schönes, großes Steak.«

Er fuhr sie auf einer kurvenreichen Route zu einem Pub, das, zur Abwechslung von Pferden und Kobolden, Black Dog hieß; doch dann erinnerte sie sich voller Unbehagen, daß ein schwarzer Hund eine der Masken war, in die der Teufel auf Erden schlüpfte. Auf der Fahrt versuchte sie, sich nach ihrem Orientierungssinn zu richten, und war am Schluß der Meinung, daß sie im Kreis gefahren waren und sich, soweit sie das bei Dunkelheit und strömendem Regen sehen konnte, mitten im offenen Moor oder Gemeindeland befanden. Trotz seines leicht unheimlichen Namens, der Dunkelheit und der Abgeschiedenheit erwies sich das Black Dog als hell erleuchtete Oase, die einen gastfreundlich willkommen hieß. Unter dem tief hängenden Strohdach schimmerte eine vielfarbige Lichterkette, und aus den winzigen Fenstern fiel strahlend helles Licht. Im seitlich anschließenden Hof parkten schon mehrere Wagen.

»Weihnachten«, sagte Markby düster. »Ich glaube, daß wir allmählich mit unserem Appell ›*Wer fährt, trinkt nicht*‹ Erfolg haben. Nicht so sehr, weil sie es einsehen, sondern weil sie sich davor fürchten, ins Röhrchen zu blasen und den Führerschein zu verlieren. Heutzutage muß jeder mobil sein.«

Ein Schwall warmer, rauchiger Luft wehte Meredith ins Gesicht, als sie vor Alan das große Lokal betrat. Im Black Dog gab es den Unterschied zwischen Salonbar und öffentlicher Bar nicht mehr. Die Leute, die es besuchten, waren zu einer amorphen Masse geworden. Man fand hier nur noch sehr wenige echte Einheimische; die meisten Gäste kamen mit dem Wagen aus der Stadt, waren überwiegend jung und gaben das Geld mit leichter Hand aus. Sie hatten markante Gesichter und waren leger gekleidet. Die älteren Gäste trugen konservative Kleidung und sahen wohlhabend aus. Alle vermischten sich, drängten sich an der Bar um Getränke oder beugten sich an den Tischen über ihre Teller. Das Essen war im Black Dog offenbar genauso wichtig wie das Trinken. Es wäre interessant zu wissen, dachte Meredith, wann ein Pub sich zu einem Restaurant mausert. Doch von einem Restaurant hätten die Gäste mehr Platz und mehr Behaglichkeit verlangt. Hier nahmen sie es hin, wenn andere sie in den Rücken stießen, während sie aßen, oder wenn es ab und zu aus übervollen Biergläsern auf den Tisch oder ihnen sogar in den Nacken tropfte.

Die Bar war am anderen Ende und sehr gut sortiert; eine wasserstoffgebleichte Blondine in einem weißen Pullover mit Pailletten war uneingeschränkte Herrin aller Flaschen. Ein schlanker Jugendlicher mit krausen Haaren schob sich zwischen den Tischen durch und sammelte gebrauchte Gläser ein, und an der Bar nahm ein junges Mädchen mit Notizblock die Essensbestellungen entgegen. Das Lokal war ziemlich voll, das Stimmengewirr entsprechend laut. Es gab die übliche Musikberieselung, doch zum Glück war sie nicht aufdringlich.

Das Gebäude selbst war offensichtlich sehr alt – die Wände aus mächtigen Steinquadern und gewölbt und die niedrige Decke kreuz und quer von rauchgeschwärzten Balken durchzogen. In einem riesigen Kamin loderte ein Feuer unter einem eichenen Sturz, der, nach seiner Stärke zu schließen, von einem Baum stammte, der, als er für den Bau dieses Hauses gefällt wurde, mindestens hundert Jahre alt gewesen sein mußte. An den Eichensturz hatte man in seiner ganzen Länge Zaumzeugbeschläge genagelt, die im Licht des Feuers glänzten. Darüber hing ein gerahmtes Plakat, das eine Nutzviehversteigerung in den 1860ern ankündigte. Meredith reckte den Hals und sah hinter sich ein noch älteres Plakat mit der Ankündigung einer dreifachen Hinrichtung am Galgen; zwei der »Übeltäter« wurden wegen Vergehen gehängt, die heutzutage unter Umständen nicht einmal mit einer Gefängnisstrafe geahndet worden wären. Sie fragte sich, ob das ein Original oder eine Reproduktion war. Es war bräunlich gelb, sehr fleckig und sah ganz echt aus. Unangenehm das Ganze.

Meredith riß den Blick von dem traurigen kleinen Papier los und sah sich um. Trotz des Lärms und der modern gekleideten Gäste fiel es ihr nicht schwer, sich Männer mit Tonpfeifen vorzustellen, die an windigen und regnerischen Abenden um den Kamin des Black Dog herumsaßen. Doch modernes Marketing hatte die Hände über die alte Schankstube gebreitet. Die Stühle waren mit karmesinrotem Dralonsamt gepolstert, und ein viel weniger literarisches Plakat kündete als künftige Attraktionen regelmäßig an Samstagen stattfindende »Gigs« an. Die Speisen waren, nach den Tellern zu schließen, die schon auf den Tischen standen, für ein so abgelegenes Etablissement erstaunlich raffiniert zubereitet.

»Es wird populär«, sagte Markby, als sie sich nahe beim Feuer auf eine Eckbank mit hoher Rückenlehne zwängten. »Sitzen Sie gut? Wird es Ihnen auch nicht zu heiß? Geben Sie mir Ihren Anorak, ich kann ihn dort drüben aufhängen. Was wollen Sie trinken?«

»Entschuldigen Sie, ich hab mir den ganzen Schnickschnack angesehen.« Sie lächelte zu ihm auf. »Ich hätte gern ein Glas Wein, wenn's geht.«

»Ich habe gehofft, daß es Ihnen hier gefällt.« Er verzog reuevoll das Gesicht. »Tut mir nur leid, daß es so voll ist. Warten Sie, bin gleich wieder da.«

Sie sah ihm nach, als er sich durch den Raum kämpfte, um seinen Mantel und ihren Anorak aufzuhängen, und dann zur Bar ging. Er tat es, ohne zu rempeln oder zu schieben, aber mit selbstverständlicher Autorität. Die Leute machten ihm freiwillig Platz. Er bedankte sich bei jedem, der es tat, und sie spürte, daß man ihm den gleichen Respekt entgegenbrachte wie sie selbst bei ihrer ersten Begegnung. Natürlich konnte er schwierig sein; sie aber ebenso, gab sie ehrlich zu.

Meredith lehnte sich zurück, fühlte die Hitze der Flammen auf ihrem Gesicht und entspannte sich. Es war laut und eng, aber sie fand es schön, daß es so war, und Alan hätte sich keine Sorgen machen müssen, daß es ihr nicht gefallen könnte. Eine große schwarze Katze mit zerrissenen Ohren erschien, strich unbekümmert an den unzähligen Füßen vorbei und rieb sich an Merediths Beinen. Kein Hund, weder ein teuflischer noch ein anderer, dachte sie belustigt, aber dann fielen ihr Geschichten von Hexen und ihren schwarzen Katzentieren ein. Lauter abergläubischer Unsinn.

»Hallo«, sagte sie, bückte sich und kraulte ein kampferprobtes Ohr. Die Katze miaute zu ihr hinauf und entblößte zwei abschreckende Zahnreihen. An einem der Nachbartische hörte sie jemanden sagen:

»Sie dürfen der Polizei nicht in die Hände fallen, das ist wichtig. Was wir brauchen, sind richtige Behandlungszentren. Sie brauchen Hilfe, man darf sie nicht einsperren. Wenn sie erst einmal in Haft waren, ist der Schaden kaum wieder gutzumachen…«

Das Ende des Satzes ging in frisch aufbrandendem Lärm unter. Meredith hob den Kopf, schob den dunkelbraunen Haarvorhang zurück, der ihr Blickfeld beeinträchtigte, und schaute neugierig in die Richtung, aus der die Stimme gekommen war. Aber es war nicht mehr möglich zu sagen, wer gesprochen hatte oder an welchem der kleinen, eng beieinanderstehenden Tische der Sprecher saß. An dem einen der beiden nächststehenden Tische drängte sich eine gemischte Gruppe aus Männern und Frauen, alle jung und lässig gekleidet, am anderen saßen zwei Männer, der eine bärtig und mit einem Guernsey-Pullover bekleidet, in dem er in diesem warmen Raum vor Hitze fast umkommen mußte, der andere, mit spärlichem Haarwuchs und Brille, kam ihr irgendwie bekannt vor.

Ich kenne ihn, dachte sie. Es war der Mann, der im Supermarkt hinter ihr an der Kasse gestanden hatte.

»Tut mir leid, daß es so lange gedauert hat.« Markby war wieder da, in einer Hand einen Bierkrug, in der anderen ein Weinglas. Unter dem Arm hatte er außerdem ein Buch in einem Plastikeinband. »Die Speisekarte«, sagte er. »Können Sie sie mir abnehmen?«

Meredith zog sie heraus und schlug sie auf. O Gott, dachte sie, das ist keine Speisekarte, das ist ein Roman. Vermutlich war sie der irrigen Meinung, daß Mahlzeiten in Pubs noch wie früher aus Brot, Käse oder Fleischpasteten bestanden. Innerlich seufzend sagte sie sich, daß man wohl hinter der Zeit zurückblieb, wenn man so viele Jahre nicht mehr im eigenen Land gelebt hatte. Sie erinnerte sich an ihr Erlebnis im Supermarkt. Auch das hatte sie kritisch gestimmt.

Markby sagte hilfsbereit: »Die Steaks sind hier im allgemeinen in Ordnung, das ist auch der Grund, warum ich herkomme. Auch der Salat und das kalte Fleisch sind okay.«

»Dann nehme ich das Rumpsteak.«

Markby kämpfte sich wieder zur Bar durch, um zu bestellen, und als er zurückkam, saßen sie da und betrachteten einander verstohlen. Das Essen war bestellt und ihr Gesprächsstoff ausgegangen, beide wußten nicht recht, was sie sagen sollten.

»Wie war Ihre Fahrt quer durch Europa?« fragte er.

»Zum Glück ziemlich ereignislos. Ich fahre lieber um diese Jahreszeit als im Sommer, wenn es so viel Urlaubsverkehr gibt.«

»Im Rose Cottage schon eingewöhnt – von der Weihnachtsdekoration einmal abgesehen?«

»O ja, Mrs. Brissett ist ein Schatz, wie es heißt. Ich habe großes Glück.«

Zwei Gesprächsthemen sauber abgehakt und erneutes Schweigen. Meine Schuld, dachte Meredith mutlos. Ich wäre jetzt an der Reihe, aber was soll ich sagen?

»Scheußlicher Abend«, sagte Markby energisch und griff auf das altbewährte britische Wetter zurück.

»Ja. Und hier drin ist es gemütlich und warm, und ich sehe gern so viele Leute. Es ist mehr los als sonst, nehme ich an.«

»O ja, Weihnachten ...« Er spielte mit einem Bierdeckel. »Wegen Weihnachten wollte ich Sie was fragen. Bleiben Sie hier? Ich meine, während der Festtage, am ersten und am zweiten Weihnachtstag und so weiter?«

»Ich denke schon. Ich wüßte ja nicht, wohin.« Das

klang wehmütig, daher fügte sie energisch hinzu: »Ich weiß, ich habe eben gesagt, ich bin gern unter vielen Leuten, aber das heißt nicht, daß ich nicht auch allein sein kann. Ich habe nichts dagegen, wenn es ruhig ist.« Die letzten Worte klangen trotzig. Sie hoffte, er verstand es nicht so, als wollte sie ihm sagen, er solle sich um seine eigenen Angelegenheiten kümmern. Es sollte nicht abweisend klingen. Vielleicht machte er sie nur nervös.

Sie sah mit leichter Bestürzung, daß seine Miene sich verfinstert hatte. »Oh«, sagte er, »ruhig.« Wie auch der Weihnachtstag bei Laura ablaufen mag, dafür, daß er ruhig wird, kann ich nicht garantieren, dachte er.

»Pook's Common ist praktisch eine Geistersiedlung, wußten Sie das?« Unbarmherzig ratterte Meredith eine Reihe unwichtiger Informationen herunter, fest entschlossen, die Unterhaltung nicht abbrechen zu lassen. »Kaum jemand wohnt ständig dort. Es ist ein bißchen so, als sei man nach England zurückgekommen und in Quarantäne gelandet.«

»Ein bißchen unheimlich?« fragte er mitfühlend.

»Bisher noch nicht.« Sie wollte ihm nicht den Eindruck vermitteln, daß sie im Cottage Gesellschaft brauchte. Dann fand sie, daß das vielleicht wieder schroff geklungen hatte und fügte hinzu: »Aber unter gewissen Umständen könnte es so sein.«

Markby nickte verständnisvoll, hob sein Bierglas und sagte dann überrascht: »Hallo!«

Sie blickte auf. Er sah die beiden Männer am Nebentisch an.

»Wer sind die beiden?« fragte sie leise und neugierig. »Den einen habe ich heute vormittag getroffen.«

»Tatsächlich?« Das klang bestürzt. »Welchen? Wo?«

»Ganz flüchtig im Supermarkt. Er hat hinter mir an der Kasse angestanden. Der mit der Brille.«

»Das ist Colin Deanes. Den anderen, den bärtigen, kenne ich nicht. Aber ich würde ein Pfund darauf setzen, daß er Sozialarbeiter ist. Deanes schreibt und hält Vorlesungen über jugendliche Straftäter.« Markby erwärmte sich für sein Thema. »Er hat den Tick, sie aus Besserungsanstalten und Gefängnissen heraushalten zu wollen. Ich bin nicht dagegen, aber man kann diese jungen Schläger nicht frei herumlaufen und ehrbare Bürger terrorisieren lassen. Wenn ich es richtig sehe, ist Deanes der Meinung, man könne bei jungen Menschen nicht voraussetzen, daß sie den Unterschied zwischen Recht und Unrecht kennen. Mir scheint es jedoch nicht zuviel erwartet, daß einer weiß, daß es unrecht ist, alte Damen zu überfallen, aber ich bin ja nur ein Bulle. Deanes sagt, es sei ein Hilfeschrei.«

Chefinspektor ist ein bißchen mehr als ein Bulle, dachte Meredith belustigt, weil er sich offensichtlich selbst degradierte. Ihrer Erfahrung nach war er sich seiner Kompetenz durchaus bewußt.

»Wie bescheiden«, neckte sie ihn sanft.

»Ein Staatsdiener, das bin ich. Das sind auch Sie. Sie sollten genauso wissen wie ich, daß der Staat ein sehr schwieriger Herr sein kann.« Er nahm einen ordentlichen Schluck Bier und setzte den Krug wieder ab.

»Hm, ja. Ich nehme an, Sie hatten schon mit Mr. Deanes zu tun?«

»Er hat auf dem Gemeindeland mitten im Nirgendwo ein altes Farmhaus gemietet, hinter Ihrem Haus und noch abgeschiedener, ob Sie's glauben oder nicht. Dort hat er sein letztes Buch geschrieben. Von Zeit zu Zeit taucht er in Bamford in der Dienststelle auf und stielt mir meine Zeit, sucht nach Material. Er würde es Forschung nennen. Es ist unmöglich, irgend etwas mit ihm zu diskutieren. Er sieht nicht über seine Scheuklappen hinaus. Ich würde sagen, er hat das Herz auf dem rechten Fleck, wenn ich es nicht bezweifeln müßte, weil er so wenig Mitgefühl für die Opfer seiner jungen Übeltäter hat. Ich bin nicht dagegen, daß jemand versucht, junge Menschen auf den rechten Weg zurückzubringen, aber Menschen wie Deanes schirmen sich gegen jede andere Meinung ab, kennen nur die eigene. Er scheint zu vermuten, daß ich ungefähr so liberal denke wie Dschingis Khan, und das Schlimmste ist, wenn er mit mir spricht, klingt das, was ich sage, tatsächlich so, als sei ich der größte Reaktionär. Er fordert es heraus. Ich vertrete dann Standpunkte, von denen ich selbst nicht überzeugt bin, und verteidige sie bis aufs Messer. Selbst wenn ich mit ihm übereinstimme, macht er es mir unendlich schwer, das zu sagen.«

Meredith lächelte über seine zunehmende Heftigkeit. Das war der Alan Markby, den sie in Erinnerung hatte. Beinahe hätte sie etwas zu dem größten Vorwurf gesagt, den er Deanes machte. Es war ein bißchen so, als schimpfe ein Esel den anderen Langohr. Zur Zeit des Giftmordes in Westerfield hatte er es ihr manchmal schwergemacht, mit ihm übereinzustimmen, und mehr als einmal hatte er sie mit seiner Haltung verärgert. Vielleicht, dachte sie reuig, bin ich einfach nur leicht reizbar. Sie erinnerte sich an den jungen Mann, der heute morgen auf der Straße Unterschriften gesammelt hatte. Er hatte es nicht böse gemeint, aber schon wenige Worte von ihm hatten sie gegen ihn aufgebracht. Bei näherer Überlegung hatte sie ihn zu rasch verurteilt und bedauerte es jetzt.

»Ich bin«, sagte sie, »heute jemandem begegnet, der ungefähr die gleiche Wirkung auf mich hatte wie Deanes auf Sie.« Sie erzählte ihm von dem Kämpfer gegen die blutigen Sportarten. »Er war wirklich ein harmloser junger Mensch, der nur versucht hat zu tun, was er für richtig hält. Aber er hat es so ungeschickt angefangen. Er hat mich verärgert, und ich habe seine Petition leider nicht unterschrieben.«

»O ja«, sagte Markby, »das Jagdtreffen am zweiten Weihnachtsfeiertag.« Er schien froh, ein anderes Thema gefunden zu haben. »Die Teilnehmer der Bamford-Jagd versammeln sich am zweiten Weihnachtsfeiertag immer auf dem Market Square, und nachdem sie ein oder zwei steife Drinks gekippt haben, setzen sie sich, von der einheimischen Bevölkerung bestaunt, für einen Tag voll sportlicher Betätigung in Bewegung. Es ist möglich, daß wir's in diesem Jahr mit Jagd-Saboteuren zu tun bekommen. Sie versuchen die Hunde von den Fährten abzulenken und auch sonst alles durcheinanderzubringen. Vielleicht erscheinen sie in voller Besetzung auf dem Market Square.«

Die Rückkehr zu einem jahreszeitlich bedingten Thema schien ihn ermutigt zu haben, über etwas zu sprechen, das ihn offensichtlich beschäftigte. »Wegen Weihnachten. Der Grund, warum ich Sie eben gefragt habe, was Sie vorhaben, ist der, daß meine Schwester

Laura – Sie erinnern sich doch an sie, nicht wahr? Sie ist Partnerin in einer Anwaltskanzlei auf der High Street – nun ja, gemeint hat, Sie würden vielleicht gern zum Weihnachtsessen zu uns kommen. Das Essen wird bestimmt nicht zu verachten sein«, fügte er hastig hinzu, »weil mein Schwager Paul immer kocht. Kochen ist sein Beruf. Er schreibt Kochbücher.«

»Das ist sehr nett von Laura«, sagte Meredith zweifelnd.

Er hörte den Zweifel heraus. »Sie müssen nicht. Ich meine, es liegt ganz bei Ihnen. Natürlich würde sie sich sehr freuen, und ich auch, da ich dort sein muß. Sie hat Kinder …«

»Ja, ich glaube, ich erinnere mich, daß Sie mir von Ihrer Schwester und ihren Kindern erzählt haben. Es sind drei, nicht wahr?«

»Vier – es hat Zuwachs gegeben. Das kleinste läuft ständig auf beiden Seiten aus. Matthew, der älteste, ist ein kluger Bursche und Emma, die zweitälteste, altklug. Für Weihnachten übt sie *Jingle Bells* als Solo. Vicky macht eigentlich nichts Besonderes – nur Sachen kaputt. Eine Art künftiger Ringkämpferin. Sie sind ganz passabel, wirklich, aber wenn Sie Ruhe und Frieden vorziehen, werden Sie sie vielleicht ein bißchen anstrengend finden.«

Er sah sie so komisch schuldbewußt an, daß sie laut lachen mußte. »Ich komme sehr gern. Sagen Sie's Laura, und ich rufe sie selbst noch an.«

»Fein, dann ist das geregelt.« Er sah erleichtert aus. »Ich freu mich, daß Sie kommen.« Hastig fügte er hinzu: »Weil die Kinder besser gehorchen müssen, wenn Besuch da ist. Ich zähle ja nicht.«

»Oh, ich verstehe.«

Das Mädchen brachte die Steaks, und es trat eine willkommene Gesprächspause ein, in der Meredith beobachtete, daß Deanes und sein Begleiter aufbrachen. Als sie sich anschickten, sich zur Tür durchzuzwängen, kamen sie dicht an Markby vorbei.

»Ah – hallo, Chefinspektor«, sagte Deanes. Er blieb stehen und schob mit dem Zeigefinger, einer Geste, die Meredith kannte, die Brille auf die Nase. Als sie jetzt einen zweiten Blick auf diese Nase warf, stellte sie fest, daß sie recht durchschnittlich war – eine Nase, von der vermutlich jede Brille heruntergerutscht wäre. Er hatte seinen pelzbesetzten Parka angezogen, bereit, den Elementen zu trotzen. »Ausgehabend für Polizisten?« fragte er humorig.

»Hin und wieder haben wir frei«, sagte Markby schroff.

»Hoffe, das Essen schmeckt Ihnen.« Deanes schaute in Merediths Richtung, und ein Ausdruck der Überraschung huschte über sein Gesicht. »Wie klein die Welt ist! Wir sind uns in Bamford im Supermarkt begegnet. Vielleicht erinnern Sie sich nicht an mich?«

»O doch, ich erinnere mich.« Meredith lächelte.

»Ich freue mich, daß Sie heil und gesund hierhergekommen sind, Mrs. Markby.«

»Oh, aber ich bin nicht –«, begann Meredith, und Markby rief gleichzeitig: »Sie ist nicht –«, so daß ihr gemeinsamer Protest wie aus einem Mund kam.

Deanes lachte leise. »Ich verstehe. Nun, schönen Abend noch. Frohe Weihnachten.«

Er folgte seinem Begleiter im Guernsey-Pullover, und die beiden Zurückbleibenden fielen in ein unglückliches Schweigen, vermieden es, einander anzusehen.

»Das haben wir nicht besonders klug gehandhabt«, sagte Meredith endlich.

»Er ist ein alberner Typ«, sagte Markby gereizt und trank einen Schluck Bier.

Meredith, die sich an ihr kurzes Gespräch mit Deanes an der Supermarktkasse erinnerte, hatte das Gefühl, ihn verteidigen zu müssen. Er hatte da – so war es ihr zumindest vorgekommen – aufrichtiges Interesse für andere bewiesen. Ein solcher Mann verdiente ein gutes Wort zu seinen Gunsten. »Sind Sie sicher, daß Sie fair zu ihm sind?« Die vorsichtige Frage erwies sich als verhängnisvoll. »Oder sind Sie durch Ihren Beruf voreingenommen und sehen in ihm einen Eiferer – jemanden, der in Ihrer Domäne wildert?«

Ein kriegerischer Glanz trat in Markbys blaue Augen. Er fuchtelte ihr mit dem Zeigefinger vor dem Gesicht herum. »Hören Sie, Miss Siebengescheit, Sie haben ihn nicht in Rage erlebt! Lassen Sie ihn ins Fernsehen, rücken Sie ihn ein bißchen ins Scheinwerferlicht, und ab geht die Post. Niemand außer ihm kann da auch nur ein einziges Wort einwerfen. Und er ist gegen den armen, fußkranken Streifencop auch nicht immer fair.«

Meredith straffte sich. »Die Leute haben doch wohl das Recht auf eine eigene Meinung, nehme ich an. Und außerdem …« Meredith merkte, daß sie polemisch wurde. »Sehen Sie sich das an.« Sie zeigte auf das Plakat mit der Ankündigung öffentlicher Hinrichtungen. »Strafrechtsreform war damals notwendig und ist es wahrscheinlich noch heute. Die Vorstellung, wie eine Gesellschaft ihre Kriminellen behandeln soll, ändert sich mit der Vorstellung von Recht und Gerechtigkeit. Früher konnte man einen Mann hängen, weil er eine Scheune angezündet hatte. Dem Himmel sei Dank für Menschen, die bereit sind, sich gegen Autoritäten aufzulehnen und gegen das System anzugehen, das sie für falsch halten.«

»Auch wenn sie Sie an einem hektischen Einkaufsvormittag aufhalten und bitten, Petitionen zu unterschreiben?« fragte Markby listig.

»Das ist unfair«, sagte Meredith entrüstet. »In Ordnung, ja. Selbst wenn es eine Unbequemlichkeit bedeutet. Obwohl eine Fuchsjagd auf Gemeindeland Deanes' Kampagne wohl nicht ganz entspricht, oder?«

»Deanes kämpft für Ziele mit hohem Profil«, sagte Markby trocken. »Das mag natürlich reiner Zufall sein, und ich bin vielleicht ein Skeptiker.« Über sein Bier hinweg sah er sie finster an, als wollte er sagen, sie solle ja nicht wagen, seiner letzten Behauptung zuzustimmen.

Meredith ließ sich nicht ablenken. »Die Ziele haben vielleicht ein hohes Profil, weil Deanes sich für sie einsetzt. Gut für ihn, er erfüllt seine Aufgabe.«

Er musterte sie mit einer aufreizenden Weltverdrossenheit, die besagte, daß er ihr Argument schon hundertmal gehört hatte. »Das entwickelt sich allmählich zu einem jener vorsintflutlichen Dispute, die in endlose Haarspaltereien ausarten«, sagte er. »Spielen Sie hier zufällig den Advocatus Diaboli?«

»Nein, das tu ich nicht!« rief Meredith, auf ihrem Platz herumrutschend. Das Haar fiel ihr ins Gesicht, und sie funkelte ihn finster an. »Ich behaupte ja nicht, daß man den Mann als Kandidaten für die Heiligsprechung in Betracht ziehen soll. Nur daß man ihn – vielleicht – respektieren muß.«

Ihr Begleiter murrte leise und machte sich über sein Steak her. Nach den ersten Bissen schien er nachgiebig zu werden. »Nun schön, ich gestehe ein gewisses Vorurteil gegen Menschen ein, die ihren Lebensunterhalt damit zu bestreiten scheinen, daß sie gegen das Establishment sind. Doch ich habe ganz bestimmt nichts gegen jemand, der gegen eine Ungerechtigkeit rebelliert. Ich verliere nur die Geduld mit Leuten, die dogmatisch ihre Ansichten vertreten, ohne vorher gründlich das Für und Wider abgewogen zu haben. Oder mit Leuten, die sich weigern, unangenehmen Wahrheiten ins Gesicht zu sehen, zum Beispiel Gut und Böse. Sie versuchen sie zu verschmelzen, obwohl eines das Gegenteil des anderen ist.« An diesem Punkt hatte er fast einen Erstickungsanfall und unterbrach seine Rede. Nach ein paar Sekunden, als er sein Steak ordentlich hinuntergeschluckt hatte und wieder ungehindert sprechen konnte, fuhr er fort: »Die moderne Theologie ist keine Hilfe, behaupte ich, ganz zu schweigen von der modernen Erziehung. Aber manchmal ist ein Mensch ganz einfach böse von Natur aus.« Er nickte nachdrücklich, als sei er mit seinem Argument nur allzu einverstanden.

»Dann glauben Sie also an das Böse?« fragte Meredith neugierig. Sie hatte sich oft gefragt, ob Polizisten an etwas glaubten, da es so modern war zu zweifeln.

»O ja.« Markby legte das Besteck aus der Hand und

sah sie ernst an. »O ja, in der Tat. Sehr stark sogar. Hufe, Hörner, gespaltener Schweif und alles«, fügte er grinsend hinzu. Meredith reagierte nicht auf seinen Versuch, einen leichteren Ton in ihre Unterhaltung zu bringen, sondern betrachtete ihn nur nachdenklich. Wieder ernst geworden, fuhr er fort: »Eine echte Präsenz auf jeden Fall, wenn auch nicht so, wie die Leute sie sich vorstellen. Ich habe Gelegenheit gehabt, mit Männern zu sprechen, die entsetzliche Verbrechen begangen haben, und manchmal, ich schwöre es, habe ich es bei uns im Raum gespürt, das Böse.«

»Und das Gute? Existiert das auch als echte Kraft?«

»Aber gewiß. Das Gute auch. Es gibt mehr gute Menschen auf der Welt, als man glauben könnte.«

»Und wo steht Deanes? Auf Seiten der Engel oder bei den anderen?«

Markby lachte leise, seine übliche gespielte Bescheidenheit war wieder da. »Ich kann nicht sagen ›irgendwo in der Mitte‹, oder? Ich hatte nicht die Absicht, die Welt in Schwarz und Weiß aufzuteilen, wissen Sie. Natürlich existiert eine Grauzone. Ich habe von Extremen gesprochen. Was Deanes anbelangt – es gibt da die altehrwürdige Tradition des heiligen Narren. Aber Weihnachten steht vor der Tür, und ich will christlich sein. Der Mann meint es gut. Er soll nur *mir* aus der Sonne gehen. Trinken Sie noch ein Glas?«

»Nur, wenn Sie noch eins trinken.«

»Kann nicht. Muß fahren. Muß ein gutes Beispiel geben. Das könnte ich nicht, wenn man mich auf die Seite winkte und ich ins Röhrchen blasen müßte.«

»Wir können zu mir fahren, immer vorausgesetzt,

Pook's Common ist noch da, wo wir es verlassen haben, und ich mache Kaffee«, erbot sie sich, weil sie das Gefühl hatte, zu dem Frieden, der zwischen ihnen ausgebrochen war, etwas beitragen zu müssen.

Er lächelte ihr zu. »Das klingt gut.«

Sie saßen beim Kaffee und unterhielten sich in der gemütlichen Intimität des Cottages viel ungezwungener als in der überfüllten Bar des Black Dog. Meredith erzählte ihm, was sie seit ihrem letzten Treffen getan hatte, und Markby berichtete knapp von seinen Aktivitäten. »Trübselige Routine, leider«, lautete sein Urteil. »Nicht so interessant wie bei Ihnen.«

Meredith winkte ab.

»Bei mir ist es auch nicht immer so interessant. Die Leute glauben, mein Job sei so aufregend. Aber meistens schiebe ich nur Papiere von einem Platz auf den anderen. Auf einige aufregende Dinge könnte ich verzichten. Und dann gibt es – von Zeit zu Zeit – die grausigen.«

»Ja, die gibt es.« Markby lächelte. »Zumindest in meinem Job.«

Ihre Blicke begegneten sich und wichen einander hastig wieder aus. Beide wußten, daß der andere an ihre erste Begegnung dachte und an den Mordfall, in den Meredith so schmerzlich verwickelt gewesen war. Daß ich, dachte sie, vom Ort des Geschehens so weit weg und in anderen Ländern mit den Angelegenheiten anderer Menschen befaßt war, hat mir das Gefühl gegeben, daß alles schon sehr, sehr lange her ist. Aber das stimmt nicht: Es sind erst achtzehn Monate.

Die entspannte Atmosphäre, die in dem warmen, kleinen Wohnzimmer von Rose Cottage geherrscht hatte, schien sich plötzlich verflüchtigt zu haben. Markby rührte sich und machte Anstalten, sich zu verabschieden. »Ich muß wirklich gehen. Es war – es war sehr nett. Und es war schön, Sie wiederzusehen.«

Plötzlich waren sie wieder ganz förmlich.

»Ja, dito. Danke für das Essen.«

Es hatte aufgehört zu regnen, aber die Nacht war dunkel und feucht.

»Bleiben Sie nicht auf der Schwelle stehen«, sagte er. »Sie werden sich erkälten.«

Gehorsam nickend – ein bißchen idiotisch, dachte sie – ging Meredith ins Haus zurück und schaute ihm durchs Fenster nach, als er abfuhr. Die Fenster von Ivy Cottage auf der anderen Seite der kleinen Straße waren dunkel. Harriets Dinnerparty hat jedenfalls nicht heute abend stattgefunden, dachte Meredith. Sie erinnerte sich an das Telefonat vom Vormittag. Hat er vielleicht angerufen, um abzusagen? fragte sie sich, und aus irgendeinem Grund war ihr unbehaglich zumute.

KAPITEL 3

Am nächsten Morgen hatte sich der nächtliche Regen ausgetobt. Meredith schaute aus dem Schlafzimmerfenster auf die sonnenüberflutete Straße und die funkelnden Schieferplatten. Während sie noch hinaussah, fuhr ein kleiner Wagen vorüber und hielt am Ende, auf der anderen Seite der schmalen Fahrspur. Ein Paar mittleren Alters stieg aus und begann eine bunte Sammlung von Schachteln und Koffern auszuladen. Das muß das Paar sein, das vorhat, sich eines Tages hier zur Ruhe zu setzen, dachte Meredith. Die beiden sind gekommen, um nach dem Rechten zu sehen oder Weihnachten hier zu verbringen... Offensichtlich hatten sie nichts gegen Abgeschiedenheit. Sie stellte auch fest, daß Harriets obere Fenster alle geöffnet waren. Ein Vorhang hing heraus und flatterte wie närrisch.

Meredith duschte, zog sich an, frühstückte und wandte ihre Aufmerksamkeit dann der Waschmaschine zu, die in der Küche in einer Ecke stand. Sie hatte einen Berg Wäsche, war es aber nicht gewöhnt, eine eigene Maschine zur Verfügung zu haben. Sie betrachtete die verschiedenen Knöpfe und Schalter und überlegte, ob die Maschine kaputtging, wenn man sie unabsichtlich falsch bediente. In einer Schublade entdeckte sie ein Handbuch. Während sie gemütlich ihren Tee trank, las sie die Gebrauchsanweisung. Es schien ziemlich einfach zu sein. Sie belud die Maschine. Ihr erster Versuch, sie in Gang zu bringen, war ein Fehlschlag, weil sie den Elektrostecker nicht in die Dose gesteckt hatte. Ein zweiter Versuch war erfolgreicher. Die Trommel bewegte sich, Wasser lief ein, und Merediths Unterwäsche rotierte an dem kleinen Bullauge in der Tür vorbei.

Mit sich selbst höchst zufrieden, schlüpfte sie in den Anorak und machte sich auf, um Pook's Common ein bißchen genauer zu erforschen. Die Straße führte auch noch hinter den Cottages weiter, also mußte dort unten etwas sein, und zwar das Gemeindeland.

Sie ging an Ivy Cottage vorbei und weiter den schmalen Fahrweg entlang. Als eine Frau vor die Tür des letzten Cottages trat, blieb Meredith stehen.

»Guten Morgen!« rief Meredith. Die Frau musterte sie aus offensichtlich kurzsichtigen Augen und sah verwirrt aus. »Ich wohne im Rose Cottage!« rief Meredith.

»Oh, im Haus der Russells!« Die Frau wieselte den Gartenpfad entlang auf Meredith zu. »Haben sie verkauft? Das wußte ich gar nicht.«

»Nein, sie sind nur vorübergehend ins Ausland gegangen«, erklärte Meredith.

»Ach so.« Die Frau schien erleichtert. »Ich bin sehr froh, daß sie das Haus nicht zum Verkauf ausgeschrieben haben, denn dann hätte es nämlich leergestanden. Und ein leeres Cottage mehr wäre hier einfach schrecklich gewesen. Wie nett, daß Sie hier sein werden. Pook's Common könnte ruhig noch ein paar Leute brauchen, finden Sie nicht? Ein so verlassenes Dorf.«

»Sind Sie gekommen, um hier Weihnachten zu feiern?« fragte Meredith verblüfft.

»O nein!« Die Frau sah ganz entsetzt aus. »Wir fahren über die Feiertage zu meiner Tochter. Wir sind heute nur gekommen, um nachzusehen, ob alles in Ordnung ist. Sobald wir unser Haus verkauft haben, wollen wir uns hier zur Ruhe setzen.« Sie seufzte. »Meinem Mann gefällt die – die Ruhe in Pook's Common. Verzeihen Sie, ich hätte mich vorstellen sollen. Ich bin Lucy Haynes. Geoffrey!« rief sie ganz unvermittelt.

»Was willst du?« antwortete eine Stimme aus dem Haus unwirsch.

»Ich möchte dich jemandem vorstellen, Geoffrey.«

Es folgte ein nicht minder unwirsches Grunzen, und dann erschien ein kleiner, untersetzter, rotgesichtiger Mann.

»Mein Mann«, sagte Lucy Haynes mit einer Spur von Resignation in der Stimme. »Die Dame hat Rose Cottage gemietet, Geoffrey.«

Mr. Haynes näherte sich mißtrauisch. »Ich hab gedacht, die Russells sind abgehauen. Wohin sind sie gleich gegangen?«

»Nach Dubai«, sagte Meredith.

Wieder schnaubte Mr. Haynes entrüstet. »Ich habe nicht das Verlangen, mich in der Welt herumzutreiben. Kann's kaum erwarten, mich hierher zurückzuziehen. Frieden und Ruhe, das ist mein Ding. Wir sind nur übers Wochenende hier, um zu lüften und zu heizen. In diesen alten Häusern muß man sich vor Feuchtigkeit hüten.« Er stampfte mit den Füßen wie ein rastloses Pony, war offenbar ungeduldig, zu dem zurückzukehren, was er gerade getan hatte.

»War nett, Sie kennenzulernen«, sagte Meredith taktvoll und ging weiter.

»Ich hoffe, ich bekomme Sie öfter zu sehen, Miss Mitchell«, sagte Lucy Haynes, ein wenig wehmütig, wie es Meredith vorkam.

Sie ging weiter und überlegte, wessen Entscheidung es wohl gewesen war, sich einen Ruhesitz an einem so verlassenen Ort zu suchen. Geoffreys, wie sie vermutete. Lucy Haynes würde sich hier einsam fühlen. Geoffrey war wahrscheinlich ein ewig nörgelnder Menschenfeind, er zählte nicht. Keine gute Idee, sich so einzusperren, wenn man ein bißchen älter wird, dachte Meredith. Man ist von seinem Auto abhängig, es sei denn, man geht gern die zwei Meilen nach Westerfield zu Fuß, um dort den Bus zu nehmen. Keine Läden. Keine Arztpraxis. Viel frische Luft, aber sonst nicht viel.

Nach ein paar Minuten schien es, als habe sie den Weiler Pook's Common wirklich und wahrhaftig hinter sich gelassen. Weit auseinandergezogene Hecken wuchsen zu beiden Seiten des Weges, die jetzt, mitten im Winter, natürlich kahl, schwarz, grau und braun waren anstatt grün. Aber etwas war hier. Ein beißender Geruch vermischt mit dem unverkennbaren Gestank von Viehdung stieg Meredith in die Nase. Sie war vor einer aus fünf Querstangen bestehenden Gattertür angekommen, und auf einer an einen Baumstamm genagelten Tafel stand: *Pook's Stallungen*. Das schien passend. Meredith lehnte sich neugierig auf das Tor und schaute hinüber.

Es war tatsächlich ein Stallhof. Pferdeboxen rahmten drei Seiten eines Rechtecks ein, und etwas weiter weg, halb versteckt, sah man ein heruntergekommenes Wohnhaus. In einer Ecke des Hofes war ein kleiner Pferdetransporter geparkt und dicht hinter dem Tor ein schwerer Mercedes. Die Räder und die untere Hälfte der Karosserie waren mir Schlamm bespritzt. Dennoch sah der Wagen in dieser ländlichen Umgebung ziemlich eindrucksvoll aus.

»Hallo!« sagte hinter Meredith eine Stimme.

Meredith drehte sich um. Vor ihr stand Harriet in Reithose und Reitjackett, in der Hand ein Seilhalfter und einen Plastikeimer. Sie lächelte über Merediths verblüfftes Gesicht.

»Ich bin Ihnen nachgegangen. Hätte Sie früher eingeholt, aber dann hab ich Sie mit der armen, unterdrückten Maus Lucy Haynes reden sehen und hab abgewartet, bis sie weg war. Ich kann Geoffrey nicht ausstehen.«

»Er scheint mir ein bißchen unfreundlich zu sein.«

»Er ist ein richtiger alter Miesepeter. Sie sollte sich wirklich gegen ihn wehren. Von mir bekäme der einen Fußtritt. Aber dazu hat sie nicht den Mumm. Und ich weiß, was passieren wird, wenn sie endgültig hierherziehen. Er wird alles verändern wollen. Er wird verlangen, daß die Straße asphaltiert wird, und wird den Gemeinderat damit nerven. Er wird eine richtige Straßenbeleuchtung wollen anstatt unserer jetzigen Lampen, die nur nach Lust und Laune brennen. Er wird sich über den Pferdemist vor seiner Gartentür beschweren. Er wird eine Buslinie und einen Gehsteig fordern.« Harriet schaute an Meredith vorbei und hob die Hand mit dem Seilhalfter, um jemanden zu begrüßen, den Meredith nicht sehen konnte.

Sie drehte sich gerade rechtzeitig genug um, um einen Blick auf einen Mann zu erhaschen, der bei einer der Pferdeboxen stand. Sie bekam einen flüchtigen Eindruck von einem dunklen, gutaussehenden Gesicht, einer kräftigen Gestalt, einer Steppweste, einem abgetragenen Pullover und den unvermeidlichen Reithosen samt Stiefeln.

»Tom hat eine seiner komischen Launen«, sagte Harriet mit einem Schulterzucken. »Kommen Sie, ich möchte Ihnen Blazer vorstellen.«

Sie ließen Pook's Stallungen hinter sich und kamen auf offene Felder. Meredith zuckte erschrocken zusammen, als hinter einer Hecke plötzlich laut gewiehert wurde.

»Er hat uns gehört«, sagte Harriet. »Er weiß, daß ich zu ihm unterwegs bin.« Sie öffnete eine Gattertür und hielt sie für Meredith offen. Dann sicherte sie die Tür wieder und lief über das nasse Gras. Merediths bequeme und strapazierfähige Schuhe waren zwar für fast jeden Boden geeignet, aber nicht für einen Marsch durch morastiges Terrain, und sie folgte Harriet so gut sie konnte, wobei sie darauf achtete, auf trockenere Stellen zu treten. Hier und da wuchsen auf der Weide Binsen in Büscheln. Sie mußte sehr tief liegen. Meredith fragte, ob es in der Nähe einen Fluß gab.

»Ein Stückchen weiter die Straße runter, dort ist auch eine Brücke.« Harriet blieb stehen und pfiff. Zwei Pferde kamen herangetrabt, eines ein hübscher Brauner mit einer auffallenden Blesse auf der Stirn; das zweite war ein Grauer, der sich etwas zurückhielt. Als sie näher kamen, war Meredith überrascht, wieviel Körperwärme bei dieser niedrigen Außentemperatur von ihnen ausging. Sie schienen leicht zu dampfen.

»Das ist er.« Harriet streckte die Hand aus und klopfte dem Pferd den Hals. Blazer senkte den Kopf und begann an ihrer Jackentasche zu knabbern. »Schon gut, du verfressener Kerl. Wart ein bißchen.« Sie fuhr mit der Hand in die Tasche und holte ein eingepacktes Bonbon heraus. Nur mit Mühe gelang es ihr, es auszupacken, während Blazer mit seiner samtigen Oberlippe versuchte, es ihr aus der Hand zu nehmen. Der Graue blieb zurück und sah zu. »Für dich hab ich auch eins«, sagte sie. Sie stieß Blazer leicht an. »Aus dem Weg. Du bist jetzt nicht dran.«

Der Graue war vorsichtiger. Er schob sich seitlich näher, warf den Kopf zurück und rollte mit den Augen. »Er kann«, warnte Harriet, »herumwirbeln und Ihnen einen Tritt versetzen, dieser Bursche. Hier, komm schon ...« Sie schnalzte mit der Zunge.

Der Graue schlich sich an, nahm die Leckerei, bockte dann plötzlich und tänzelte davon. »Toms Pferd«, sagte Harriet. »Er hat einen ähnlichen Charakter wie der alte Tom. Man kann ihm nahe kommen, wenn man es richtig macht. Aber wenn ihm gerade danach ist, kann er auch ziemlich ekelhaft sein. Ich mag ihn aber.«

Diesmal fragte Meredith: »Tom oder das Pferd?«

Harriet sah sie an und lachte. »Beide – Tom und das Pferd. Aber man darf sich von beiden nicht an der Nase rumführen lassen. Sie nutzen es aus.« Blazer war wieder herangetrabt. Harriet warf ihm das Seilhalfter über den Kopf. »Du und ich, alter Junge«, sagte sie weich. »Wir beide verstehen uns, nicht wahr?«

Sie gingen zur Gattertür zurück, Harriet führte das Pferd. »Ich bewahre mein Sattelzeug bei Tom auf. Sehen wir uns vielleicht später?«

Meredith winkte ihr und sah ihr nach, als sie den Weg zurückging, den sie gekommen waren, zu Pook's Stallungen. Sie selbst wanderte weiter. Nach etwa fünf Minuten kam sie an den Fluß, blieb auf der Brücke stehen und lehnte sich an die Brüstung, um das Wasser vorbeieilen zu sehen. Der Wasserstand war ziemlich hoch. Ein Stück weiter waren die Felder plötzlich zu Ende, und vor ihr dehnte sich eine weite, offene Fläche. Das derbe und büschelige Gras wurde hier und da von schmalen, halb verborgenen Fußwegen durchkreuzt. Einzeln stehende, windgepeitschte Bäume kämpften ums Überleben. Ein großer Vogel, eine Krähe, soweit Meredith das sagen konnte, flatterte vom Boden auf und flog hoch über ihr davon. Die Aussicht ermutigte nicht zum Weiterwandern. Irgendwie kam ihr das Gemeindeland abweisend und unfreundlich vor. Wenn die Kobolde dort draußen waren, durften sie es ruhig für sich behalten. Sie kehrte lieber um.

Als sie wieder am Stallhof vorüberkam, hörte sie aus dem Gebäude Stimmen, die Stimme eines Mannes und die einer Frau, die in eine heftige Auseinandersetzung verstrickt schienen. Plötzlich erkannte sie Harriets Stimme. »Ich tue, was mir gefällt, verdammt!«

»Du schuldest mir wenigstens –«, begann der Mann zornig.

»Ich schulde dir gar nichts. Und ich habe keine Lust, mit dir darüber zu reden, solange du in einer so miesen Stimmung bist. Du kannst später anrufen, wenn du dich beruhigt hast – aber nicht früher.«

Bravo, Mädchen, dachte Meredith, leise vor sich hin lachend. Harriet ließ sich von Mr. Fearon ganz gewiß nicht an der Nase herumführen.

Als sie am Cottage der Haynes' vorüberkam, schien es auch dort eine Auseinandersetzung zu geben. Doch diesmal war es Geoffreys Stimme, die aggressiv polterte, mit gelegentlichen milden Protestquietschern seiner Frau dazwischen. Wahrscheinlich waren sie schon mehr als dreißig Jahre verheiratet oder sogar noch länger. Jetzt noch eingefahrene Gewohnheiten zu ändern wäre schwierig, dachte Meredith. Vielleicht hat es doch etwas für sich, unabhängig zu bleiben, sich seine eigene Umlaufbahn zu schaffen. Lucy Haynes war an ihren übellaunigen Ehemann gebunden wie ein Satellitenmond an seinen Planeten. Geoffrey führte an, und Lucy folgte. Harriet war, im Gegensatz dazu, keine Anhängerin, sondern eine Führerin. Wie bremste man einen Menschen wie Harriet, eigenwillig, unabhängig, keinem verpflichtet? Man mußte ihr vermutlich ein Bein stellen und ihr eins auf den Schädel geben, der Himmel allein mochte ein anderes Mittel wissen.

Unabhängigkeit. Es war leicht, seine Unabhängigkeit auf vielerlei Art aufzugeben, so daß man es erst merkte, wenn es zu spät war. Man konnte behaupten, sogar Laura Danbys freundliche Einladung habe Merediths Unabhängigkeit in gewisser Weise unterminiert. Bei Alan war es etwas anderes, die Danbys waren seine Familie. Obwohl er einmal eine Ehefrau gehabt hatte. Meredith gestattete sich, einen Moment über diese nie erwähnte Zeitspanne in seinem Leben nachzudenken. Mit ihr hatte er nie darüber gesprochen. Sprach er je mit anderen darüber? Seine

Frau hatte Rachel geheißen, das wußte sie, aber das war auch alles. Eines Tages wird er mir davon erzählen, dachte sie. Jetzt war er offensichtlich noch nicht dazu bereit.

Sie kehrte in Gedanken zu den Danbys zurück. Was würden sie von ihr halten? Was sahen sie in ihr? Alans Freundin? Das verhüte der Himmel. Es wäre weder Alan noch ihr angenehm. Vielleicht hatte sie sich dadurch, daß sie die Einladung angenommen hatte, schon unwiderruflich kompromittiert. Bei dem Gedanken lief ihr ein unangenehmes Frösteln das Rückgrat hinunter. Wieder zu Hause, zog Meredith stirnrunzelnd den Kalender zu Rate.

Der Samstag war halb vorüber, was bedeutete, daß es bis zum Weihnachtstag, dem kommenden Mittwoch, nur noch ganze drei Tage waren; und sie hatte sich verpflichtet, bei den Danbys zu feiern. Es war großzügig von ihnen, sie einzuladen, das leugnete sie nicht. Oder vielleicht war es von Alan freundlich gemeint. Vielleicht hatte er seine Schwester gebeten, es zu tun. Der Gedanke bereitete ihr noch größeres Unbehagen. Sie hoffte nur, sie machte auf andere nicht den Eindruck, daß sie bemitleidenswert war. Die arme, alte Meredith, so ganz allein. Man kann sie doch das Weihnachtsfest nicht einsam verbringen lassen … Es war möglich, daß sie nichts dergleichen dachten, doch sie hatte trotzdem das Gefühl, etwas tun zu müssen, um ihnen zu zeigen, daß sie nicht ganz allein und ohne Freunde war. Einen Tag vor Weihnachten wegfahren, um eine Freundin oder Verwandte zu besuchen, nur damit Alan Markby und Laura Danby wußten, sie hatte noch jemand, würde ihrer Moral unendlich guttun. Die Schwierigkeit war nur, daß jetzt, nach so vielen Jahren im Ausland, die meisten ihrer Freunde dem Diplomatischen Corps angehörten und fast alle im Ausland waren. Und Verwandte hatte sie nur wenige. Keine nahen jedenfalls, es sei denn, man rechnete Tante Lou dazu.

Liebe alte Tante Lou! Merediths Finger, der auf dem Mittwoch lag, kehrte zum Sonntag zurück. Sie mußte jetzt – wie alt? – über achtzig sein. Sie war keine richtige, sondern nur eine Nenn-Tante, die Witwe eines Verwaltungsbeamten im Kolonialdienst und eine Freundin von Merediths verstorbenen Eltern. Doch es wäre hübsch, die alte Dame zu besuchen. Sie wohnte gar nicht weit weg, in Newbury, mit dem Auto keine nennenswerte Entfernung. Zufällig hatte Meredith ihr ein paar bestickte Taschentücher mitgebracht. Die konnte sie mitnehmen. Nicht unterzukriegende Tante Lou, die nichts erschüttern konnte.

Meredith suchte Tante Lous Telefonnummer heraus und wählte. Die alte Dame, seit Jahren schwerhörig, hatte am Telefonhörer eine Vorrichtung, die sie »ein Dingsda« nannte und die ihr helfen sollte, Anrufer besser zu verstehen. Sie neigte jedoch dazu, dem Gerät zu mißtrauen, und brachte es mit dem durcheinander, was sie in der Zeitung über »verwanzte« Telefone gelesen hatte. Es schien ihr jedenfalls nicht viel zu helfen. Wenn man die alte Dame zu Hause besuchte und sie angerufen wurde, konnten die Besucher in ihrem fünf Meter entfernten Lehnsessel den Anrufer deutlich verstehen, aber Tante Lou schrie noch immer in die Sprechmuschel: »Sprechen Sie lauter!«

»Wer ist da?« kreischte sie jetzt ins Telefon.

»Meredith, Tante Lou! Meredith Mitchell!«

»O Merry, wie geht es dir, meine Liebe? Und warum rufst du von so weit weg an? Denk an die Kosten!«

»Ich bin gar nicht so weit weg, Tante Lou. Bin eben nach England zurückgekommen. Ich möchte dich gern morgen besuchen, wenn es dir recht ist.«

»Natürlich ist es mir recht, meine Liebe. Wenn du gegen zwölf kommst, bin ich aus der Kirche zurück.« Damit legte sie abrupt auf, damit das »Dingsda« ja keinen Unsinn anstellen konnte.

Tante Lous Haus sah noch genauso aus wie früher. Als Meredith es in der Sonne vor sich liegen sah, fühlte sie sich wieder so, als wäre sie fünf Jahre alt. Es war ein großes, weitläufiges, anmutiges Gebäude, charakteristisch für die Zeit König Eduards VII. Es war ein herrlicher Platz für Entdeckungsreisen gewesen. Es hatte seinen eigenen seltsamen Geruch, zusammengesetzt aus Möbelwachs und dem Blüten-Potpourri, das Tante Lou selbst mischte und in kleinen Schüsselchen in jedem Raum verteilte. In der Halle hatte ein Dinnergong aus Messing gehangen – oh, und wie groß war Merediths Begeisterung gewesen, wenn man ihr erlaubt hatte, ihn ein einziges Mal mit dem kleinen Hämmerchen zum Tönen zu bringen.

Die Zeit und die Notwendigkeit hatten Veränderungen mit sich gebracht. Das Haus war für Tante Lou viel zu groß, seine Erhaltung zu kostspielig geworden, daher hatte man es umgebaut: die obere Hälfte in eine separate Wohnung in der ersten Etage und das Dachgeschoß in ein Studio-Apartment. Beide hatte man verkauft, und Tante Lou hauste weiterhin im Erdgeschoß, in dem sie eine passende Wohnung für sich geschaffen hatte. Das Arrangement hatte sich nicht als perfekt erwiesen. Tante Lou war nur selten mit den Leuten einverstanden, die über ihr wohnten, aber auf irgendeine Weise funktionierte es doch.

Das Nachbarhaus, in einem ähnlichen Stil, schien nicht unter der gleichen Verstümmelung gelitten zu haben. Es strahlte die Stille und vornehme Abgeschiedenheit adliger Wohnsitze aus. Auf der Zufahrt stand ein japanischer Wagen mit Allradantrieb, und als Meredith sich ihn über die Goldregenhecke hinweg ansah, kam aus dem Haus eine Frau, die etwa im selben Alter war wie sie, knallte zornig die Tür hinter sich zu, stieg in den Wagen, setzte auf die Straße zurück und fuhr mit hoher Geschwindigkeit davon. Meredith hatte gerade Zeit genug gehabt zu sehen, daß sie teuer gekleidet war, scharfe Züge hatte und schlecht gelaunt war. Sie verdrängte sie aus ihren Gedanken und klingelte bei Tante Lou.

»Komm herein, meine Liebe«, sagte die alte Dame und zog mühsam die Tür auf.

Tante Lou hatte nie jung ausgesehen, wenigstens nicht für das Kind Meredith. Sie hatte immer graues Haar gehabt, straff zurückgekämmt und zu einem strengen Knoten geschlungen, und sie hatte immer ausgebeulte Strickkostüme getragen. Das Haar war jetzt weiß, der Stil der ausgebeulten Kostüme hatte sich nicht im geringsten verändert. Ebenso wie sie selbst, außer daß sie jetzt, wie Meredith betrübt feststellte, einen Gehstock hatte, der sie überallhin begleitete. Mit ihrem Stock schritt Tante Lou aber rüstig voran.

»Ich habe uns«, sagte Tante Lou fortissimo, »einen Bohnenschmortopf gemacht.«

»Oh, noch immer Vegetarierin, Tante Lou?«

»Natürlich«, fauchte Tante Lou unwirsch. »Was sollte ich sonst sein? Glaubst du, ich hätte so lange gelebt, wenn ich Fleisch essen würde?«

Das Wohnzimmer hatte sich nicht sehr verändert. Dieselben altehrwürdigen Teller schimmerten hinter den Glastüren eines Schranks aus Nußbaumholz. In einer Ecke tickte leise die Standuhr. Gehäkelte Schondeckchen schmückten die Rückenlehnen aller Sessel, obwohl es viele Jahre her war, daß ein Gentleman mit Pomade in den Haaren in einem davon gesessen hatte.

»Die«, sagte Tante Lou, ließ sich steif in einen Sessel nieder und zeigte mit dem Stock auf den Schrank aus Nußbaumholz, »gehören dir.«

»Oh, die Teller?«

»Ja, sie stehen in meinem Testament. Ich hatte die Absicht, sie dir zur Hochzeit zu schenken. Aber du hast nicht geheiratet und wirst es, glaube ich, auch nicht mehr tun.« Tante Lou faßte Meredith scharf ins Auge. »Du siehst doch nicht schlecht aus, Mädchen. Gibt es denn da, wo du bist, keine jungen, unverheirateten Kerle? Als ich jung und Roger im Kolonialdienst war, waren junge, alleinstehende Europäerinnen sehr gefragt. Mädchen, die hier im Land keinen Mann finden konnten, wurden in die Kolonien geschickt, um sich dort einen zu suchen, und hatten nur selten keinen Erfolg.«

»Ja, Tante Lou, aber ich denke nicht ans Heiraten.«

»Wirklich nicht?« sagte Tante Lou unliebenswürdig.

»Der Zufall wäre eine feine Sache, möchte ich behaupten. Es geht nicht danach, was du denkst, mein Mädchen, es geht danach, was der Mann denkt. Und warten die Mädchen heutzutage nicht mehr darauf, daß sie gefragt werden?«

»Nicht immer, glaube ich, Tante Lou. Ich denke, es ist durchaus üblich, daß sie fragen.«

Tante Lou sah leicht verblüfft aus, aber nicht lange. »Nun ja, ich finde ein solches Benehmen nicht üblich, sondern gewöhnlich. Dein Problem, mein Mädchen, ist, daß du zu unabhängig bist. Das tut nicht gut. Natürlich sollte ein Mädchen wissen, was es will, und nur wenige Männer mögen Frauen, die klammern, aber man kann Unabhängigkeit auch zu weit treiben.«

»Nur gut, daß ich mir meine Brötchen selbst verdienen kann, meinst du nicht auch?«

Tante Lou sah bedrückt aus. »Zu meiner Zeit war das anders. Ich sage wirklich nicht, daß alles sich zum Schlechten verändert hat. Viele Mädchen heirateten damals übereilt und bereuten es hinterher, weil sie Angst gehabt hatten, sitzenzubleiben. Aber jetzt gibt es lauter Scheidungen, und auch die Verheirateten benehmen sich sehr merkwürdig. Das lese ich in meiner Zeitung. Diese Frau über mir.« Tante Lous Gehstock stieß kriegerisch gegen die Decke. »Männer kommen und gehen. Bin mit dem Zählen nicht mehr mitgekommen. Und nimm Mr. Ballantyne von nebenan – er ist ein reizender alter Gentleman mit guten Manieren, muß – oh – so um die Siebzig sein.«

»Bei ihm gehen die Frauen ein und aus?« fragte Meredith unschuldig.

»Benimm dich!« befahl Tante Lou. »Natürlich nicht.«

»Ich habe eine Frau aus dem Haus kommen sehen, als ich kam, ziemlich schmales Gesicht, gut angezogen. Sie schien wütend zu sein.«

»Das war bestimmt seine Tochter Felicity, ich wollte dir von ihr erzählen, also unterbrich mich nicht immer«, sagte Tante Lou streng. »Mr. Ballantyne kommt ab und zu auf ein Glas Wein zu mir.« Meredith wußte, daß damit ein schwerer, süßer Sherry gemeint war. »Er ist Witwer. Ein ziemlich wohlhabender Mann, glaube ich. Lebt ganz allein in diesem großen Haus, und jeden Tag kommt eine Frau, die saubermacht und kocht. Er hat sein Haus nicht halbiert wie ich. Ich wünschte, ich hätt's nicht getan. So merkwürdige Leute über mir, und man hat keine Kontrolle darüber, wer hier wohnt. Ich war schlecht beraten.«

»Du wärst mit dem ganzen Haus nicht mehr fertiggeworden, Tante Lou.«

»Nun, ich hätte ein anderes Arrangement treffen können. Aber ich habe dir von Mr. Ballantyne erzählt. Er hat nur die eine Tochter, und dieses Mädchen bereitet ihm großen Kummer. Er erzählt mir davon. Braucht jemanden, dem er sich anvertrauen kann. Sie hat einen sehr unpassenden Mann geheiratet. Ich habe ihn ein paarmal gesehen, und er hat nie einen guten Eindruck auf mich gemacht. Aber er kommt selten, nur wenn er will, daß Mr. Ballantyne in eines seiner Projekte oder für einen seiner Pläne Geld herausrückt, was Mr. Ballantyne seiner Tochter zuliebe gewöhnlich tut. Das ist alles falsch. Meist besucht Felicity ihren Vater allein. Keine Kinder. Der arme Mr. Ballantyne kennt sich nicht mehr aus. Er sagt, sie gehen mehr oder weniger getrennte Wege. Felicity und dieser grüne Bursche, mit dem sie verheiratet ist. Er sagt, das ist ganz allein die Schuld dieses Grünen, und er billigt seine Ideen absolut nicht und unterstützt sie nur, weil er den natürlichen Wunsch hat, seiner Tochter zu helfen. Ich habe ihm gesagt, er sollte es sein lassen.«

»Ich hätte gedacht, als lebenslange Vegetarierin müßten dir grüne Ideen gefallen«, murmelte Meredith.

»Was hast du gesagt?« Tante Lou hatte nicht verstanden. »Mr. Ballantyne ist sehr unglücklich. Er hat daran gedacht, sein Testament zu ändern und seine Zuwendungen einzustellen – aber sie ist seine einzige Tochter. Man versteht das ja. Der Wein ist in der Anrichte, Meredith. Schenk ein.«

Sie tranken den Sherry, und Meredith überreichte die handbestickten Taschentücher, die großen Beifall fanden. Als ihre Gläser leer waren, gingen sie in die Küche, wo der Bohnenschmortopf sich durch einen köstlichen Duft bemerkbar machte.

»Ich nehme ihn aus dem Ofen«, sagte Meredith, als sie sah, daß Tante Lou mit ihrem Gehstock, Topfhandschuhen und der Tür des Ofens kämpfte. Insgeheim fragte sie sich, wie lange die alte Dame – selbst in dieser Wohnung – noch allein leben konnte. Aber Tante Lou das Zuhause zu nehmen, das seit so langer Zeit das ihre gewesen war, hieße wohl, sie zu töten.

Sie aßen in der Küche. Der Bohnenschmortopf schmeckte nicht schlecht, und als Nachtisch gab es etwas Pikantes, weil Tante Lou süße Puddings nicht mochte.

Sie schwatzten den ganzen Nachmittag miteinander. Meredith beschrieb Rose Cottage, Tante Lou meinte, es höre sich sehr hübsch an, aber sie müsse aufpassen, daß das Bett gelüftet wurde, weil so alte Häuser oft feucht seien. Sie hoffe, Meredith passe auf sich auf. Sie vermutete, daß Meredith noch immer Fleisch aß, dagegen könne man wohl nichts tun. »Aber in der Zeitung steht, daß so viele Kühe wahnsinnig werden. Roger mußte, wie ich mich erinnere, gegen die Tsetsefliege kämpfen, und ich nehme an, das ist etwas Ähnliches. Es machte unendliche Schwierigkeiten, weil alle Brautpreise in Form von Vieh bezahlt wurden. Fleischessen verursacht so viele Probleme.«

Sie trennten sich mit Worten gegenseitiger Zuneigung.

»Es war so nett von dir, mich zu besuchen, Liebes. Fahr vorsichtig«, sagte Tante Lou zum Abschied.

Meredith bückte sich und küßte die welke Wange und roch den süßen Duft des Rosenpotpourris. Traurigkeit überkam sie. Das war vielleicht ihr letzter Besuch. Und selbst wenn sie Tante Lou wiedersah, würden die Umstände sich vermutlich sehr verändert haben. In der Halle hinter der alten Dame stand der Dinnergong aus Messing, und sogar er sah viel kleiner aus als in ihrer Erinnerung. Er war noch immer auf Hochglanz poliert.

Meredith fuhr nach Hause, nach Pook's Common. Der Besuch, der ihre Moral stärken sollte, hatte eine ganz andere Wirkung gehabt. Er hatte ihr nur noch bewußter gemacht, wie die Zeit raste, einem wie Sandkörner durch die Finger rieselte.

Montag vor Weihnachten, und das Gefühl von Hektik war sogar bis Pook's Common durchgedrungen. Meredith vermutete, daß Harriet an den Feiertagen gesellschaftlich voll in Anspruch genommen sein würde, doch sie wollte ihr mit einer kleinen Geste für ihre Gastfreundschaft danken, also ging sie hinüber und fragte, ob Harriet Lust habe, zum Lunch zu kommen.

»Eine so großartige Köchin wie Sie bin ich nicht. Bei mir ist es immer Glückssache.«

»Das ist schon in Ordnung.« Harriet lächelte. »Ich komme gern.«

Aus der Küche hinter ihnen kam Mrs. Brissetts Stimme, die begeistert putzte und noch begeisterter *The Holly and the Ivy* sang.

»Mrs. B. in Festtagslaune«, sagte Harriet.

Meredith war klar, daß sie keine begnadete Köchin war, doch beflügelt von dem Gedanken, daß sogar Tante Lou mit dreiundachtzig einen Bohnenschmortopf zaubern konnte, bereitete sie Lauchstangen im Räucherschinkenmantel mit einer – zugegebenermaßen etwas klumpigen – Käsesauce zu. Es war eines der Standardgerichte, die sie ihren Gästen immer vorsetzte.

Harriet brachte eine Flasche Wein mit. Außerhalb ihrer vier Wände schien sie sich anfangs überraschend unbehaglich zu fühlen, war beinahe scheu. Höflich lobte sie die Lauchstangen und den klumpigen Käse und sagte, etwas Ähnliches könne man auch mit Winterendivien machen, und es sah so aus, als würde der Lunch eine recht steife Angelegenheit. Doch dann entdeckte Meredith, daß man Harriet dazu bringen konnte, sich zu entspannen und zu reden, wenn man über Tiere sprach. Harriet warf ihre wunderschöne rote Mähne zurück, trank ausgiebig von ihrem Wein und begann von Ponys zu erzählen, mit denen sie aufgewachsen war und auf denen sie reiten gelernt hatte, und von Blazer, ihrem derzeitigen Pferd. Sie sprach nicht viel über Menschen, erwähnte einmal ihre Cousine Fran im Zusammenhang mit einer Pferdegeschichte, sagte aber sonst nichts über ihre Freunde oder ihre Familie.

Unter ihrem selbstbewußten Äußeren ist sie verletzlich, dachte Meredith. Vielleicht ist sie deshalb manchmal so aggressiv. Was mag da wohl schiefgegangen sein? Eine Liebesgeschichte, die unglücklich endete? Ein persönlicher Verlust? Ein Familienstreit? Es wäre interessant gewesen, das zu erfahren, aber Harriet würde es nie erzählen, soviel war klar.

Sie kamen auf das Thema Weihnachten und die vor ihnen liegenden Feiertage zu sprechen.

»Ich bin nicht religiös«, sagte Harriet. »Für die phantastischen Dekorationen und das übliche Spektakel hab ich nichts übrig. In dieser Beziehung bin ich eine herbe Enttäuschung für Mrs. Brissett. Sie besteht darauf, ein bißchen Flitter und so weiter aufzuhängen, und wie ich sehe, hat Sie Ihnen das gleiche angetan. Ich mag nur das Essen und den Alkohol und die Jagd am zweiten Weihnachtsfeiertag. Sie müssen mitkommen und unseren Ausritt sehen.«

»Vielleicht tu ich das.«

Harriet warf einen Blick auf ihre Uhr. »Verflucht und zugenäht, ich habe Tom versprochen, um zwei im Stall zu sein. Er wird wieder endlos schmollen. Danke für den Lunch.«

Wie in der Ballade war Dienstag der Abend vor dem Weihnachtsfest. Der Weihnachtsabend, an dem die Viktorianer beisammensaßen und sich Gespenstergeschichten erzählten. Als Meredith ein Kind gewesen war, hatte ihr Vater am Heiligen Abend der Familie jedes Jahr *Ein Weihnachtslied* von Dickens vorgelesen. Damals hatte sie an der Stelle, an der Marleys Geist aufgetaucht war, immer schreckliche Angst bekommen.

Sie vermutete, daß sie ein bißchen die Flügel hängen ließ, weil sie sich davor fürchtete, am Weihnachtsfeiertag mit den Danbys zu feiern. Sie schielte zu dem Weihnachtskaktus hinüber, den sie für Alan gekauft hatte, und fand, daß er auch so aussah, als tue er sich selbst leid. Im Laden schien er ganz in Ordnung gewesen zu sein. Aber geblüht hatte er nicht und hatte offensichtlich auch nicht die Absicht, es noch zu tun. Sie fühlte sich auch ein ganz klein wenig angeschlagen und hoffte, daß sie sich keine Erkältung eingefangen hatte. Am Ende machte sie sich einen Drink aus heißer Milch mit einem Schuß Brandy und nahm ihn und die von Mrs. Brissett empfohlene Wärmflasche mit ins Bett.

Entweder war es der Brandy oder auch die Wärme, jedenfalls schlief sie sofort ein. Wie es manchmal passiert, erwachte sie ebenso plötzlich. Es war dunkel, kühl, ihre Wärmflasche jetzt klamm, ein unwillkommener Eindringling, und es war still. Meredith warf die kalte Wärmflasche aus dem Bett, lag da und lauschte. Allmählich wurde ihr bewußt, daß es durchaus nicht still war. Sie hörte ein Dutzend verschiedener Töne – Quietschen, Knarren, Ächzen, Klappern, das dumpfe Geräusch sich schließender Türen. Mäuse? Hoffentlich nicht. Altes Holz, das sich dehnte oder zusammenzog, wenn die Temperatur sich änderte? Viel wahrscheinlicher. Oder die Kobolde, die an diesem Weihnachtsabend erschienen, um Unfug zu treiben?

Pferdeähnliche Kobolde, dachte Meredith. Ihre Symbolik mußte bis in graue Vorzeit zurückreichen. Pferde waren einst heilige Tiere. All die vielen in Kreidefelsen eingeritzten weißen Pferde. Auch Fruchtbarkeitssymbole. Brachten die Kobolde Glück oder Unglück? Während sie noch versuchte, sich darüber klarzuwerden, hörte sie leises Hufgeklapper – oder glaubte sie bloß, es zu hören?

Meredith setzte sich im Bett auf und horchte. Sie war eben zu dem Schluß gekommen, daß es Einbildung gewesen war, als es wieder anfing. Klapp-klapp. Draußen. In der Nacht, in der Dunkelheit. Sie rollte sich hinüber, um an den Leuchtziffern des Radioweckers zu sehen, wie spät es war. Kurz vor zwei Uhr morgens. Klappklapp. Und jetzt weit weg ein Wiehern.

Plötzlich lief ihr ein Frösteln über den ganzen Körper, vom Kopf bis zu den Zehen. Widerstrebend, aber vom Fenster unwiderstehlich angezogen, glitt sie aus dem Bett.

Draußen schien hell der Mond, warf ein bleiches, unheimliches Licht auf die Cottages, die Bäume und die Felder dahinter. Die Felder glänzten überirdisch silbern, die Bäume hoben kahle, gequälte Äste gen Himmel. In keinem Fenster war Licht. Aber die Hälfte der Häuser stand ohnehin leer. So wenige Menschen. Sie selbst, Harriet, Joe Fenniwick und seine Frau und möglicherweise die Haynes, die doch über Nacht geblieben waren. Sechs Seelen. Ganz allein. Die Gesamtbevölkerung von Pook's Common. Die menschliche Bevölkerung jedenfalls. Merediths Atem hatte die Fensterscheibe beschlagen, und sie rieb einen Kreis hinein. Das genügte nicht. Sie öffnete das Fenster ganz und schauderte, als ihr die Nachtluft eisig durch das dünne Nachthemd drang. Sie schaute nach rechts, zur Kreuzung an der Landstraße. Nichts. Sie schaute nach links, in Richtung von Pook's Stallungen. Nichts. Wieder nach rechts … Mein Gott, da war es!

Fliehende Wolken hatten vorübergehend den Mond verdeckt, doch jetzt huschten sie zur Seite und enthüllten vor dem Horizont die schwarze Silhouette eines Pferdes. Es hob sich, den Kopf zurückgeworfen, mit fliegendem Schweif und lauschend aufgestellten Ohren, vom silbergrauen Hintergrund an der Kreuzung ab. Während Meredith das Tier mit angehaltenem Atem beobachtete, bäumte es sich auf, schlug mit den Vorderhufen in die Luft, rannte dann los und verschwand hinter einer Erhebung aus ihrem Blickfeld.

Meredith schloß das Fenster und setzte sich auf die Bettkante. Sie hatte weiche Knie und zitterte. Es war schön und gut, bei hellem Tageslicht und in Gesellschaft über uralten Aberglauben zu lachen. Vor Morgengrauen und ganz allein war es eine andere Sache. Pook's Common. Der Ort hieß nicht ohne Grund so.

Meredith ging hinunter und machte sich eine Tasse Tee. Hinterher ging es ihr besser. Aber sie würde keinem sagen, was sie zu sehen geglaubt hatte, am allerwenigsten Alan. Er würde sie für verrückt halten. Oder denken, sie habe geträumt. Aber es war kein Traum gewesen.

Der Weihnachtstag fiel auf einen Mittwoch. Meredith hatte Markby gesagt, sie wolle am Weihnachtsmorgen, bevor sie zu Laura kam, lieber in Westerfield in die Kirche gehen, wenn es ihm nichts ausmache, daher fuhr er nach dem Frühstück aus Bamford herüber, um sie zu begleiten. Sie gingen aus Pook's Common über die im Frost erstarrten Felder zu Fuß hinüber.

Es war zu spät, um sich darüber den Kopf zu zerbrechen, ob jemand sich irgend etwas dabei dachte, daß sie Weihnachten mit den Danbys feierte, und nun, da der Tag angebrochen war, freute sie sich darauf, in Gesellschaft zu sein, besonders nachdem sie in dieser Nacht etwas gesehen hatte – was immer es gewesen war. Aber die Erinnerung an das geisterhafte Pferd und eine gewisse Nervosität, die sie nicht leugnen konnte, wenn sie daran dachte, daß sie jetzt bald die Danbys kennenlernen sollte, flößten ihr leichtes Unbehagen ein. Markby fragte zweimal, ob ihr kalt sei, und sie wußte, daß er etwas gemerkt hatte und höflich versuchte zu erfahren, was nicht in Ordnung war. Sie versicherte ihm, ihr sei warm, und sie fühle sich wohl, denn er sollte nicht auf den Gedanken kommen, sie bereue ihr Versprechen, den Weihnachtstag bei den Danbys zu verbringen. Wahrscheinlich dachte er es ohnehin, aber das war nicht zu ändern. Sie war froh, als die Kirche von Westerfield vor ihnen auftauchte, und spürte, daß er genauso erleichtert war.

Die Kirche wurde nicht regelmäßig benutzt und hatte keinen eigenen Vikar, doch hin und wieder fanden hier Gottesdienste statt, und jetzt, an Weihnachten, hatte sich ein älterer Geistlicher bereit erklärt, um halb zehn mit Unterstützung eines Chors aus dem Fraueninstitut ein gesungenes Abendmahl zu feiern. Viele Leute waren gekommen. Die Wagen parkten vor der Kirche auf dem Grasrand. In der klaren Luft hallten die Stimmen der Kirchgänger wider, die sich frohe Weihnachten wünschten.

Markby nickte in Richtung der Leute, die vor ihnen über den Plattenweg zur Kirchentür schritten. »Gut besucht.«

»Zum Glück regnet es nicht.«

»Es soll sich halten.«

Wieder war das Wetter die Rettung.

Der ältere Geistliche stand im Chorrock an der Tür und begrüßte die Gläubigen. Tatsächlich war er schon sehr alt, weißhaarig, mit rosigen Wangen und sehr zerbrechlich aussehend.

»Er sollte bei dieser Kälte nicht in der Vorhalle stehen«, sagte Meredith leise, als sie auf ihn zugingen.

Sie erreichten ihn, und er reichte ihnen nacheinander mit strahlendem Gesicht die Hand und zwitscherte: »Willkommen, willkommen!«

»Ich glaube, er genießt es«, flüsterte Markby.

Er lehnte sich in der Kirchenbank zurück und sah sich in der Kirche um, die von den unermüdlichen Damen des Fraueninstituts mit Blumen und Stechpalmenzweigen geschmückt worden war. Neben dem Altar stand sogar ein Weihnachtsbaum.

»Hübsche Mischung von christlich und heidnisch«, stellte er beiläufig fest. »Ich war seit Jahren nicht mehr in dieser Kirche.«

Meredith kam plötzlich der Gedanke, daß er, ein

Einheimischer, vielleicht sogar in dieser Kirche Rachel geheiratet hatte. Der Gedanke erschreckte sie. Angenommen, ihr argloser Vorschlag, sie heute herzubegleiten, wäre ein schwerer Fauxpas gewesen? Sie betrachtete ihn verstohlen.

Er studierte die mit Buntstiften gemalten Bilder der Geburt Christi, von Kindern gezeichnet und an die Säulen geheftet. Aus dem, das ihnen am nächsten war, blickten Maria und Josef mit großen runden Augen in die Welt. Der Ochse war proportional zu den Gestalten der Erwachsenen zu klein geraten, ähnelte eher einem großen Hund mit Stummelhörnern. Er lächelte. Der Esel war so groß wie der Ochse und seine Ohren so klein wie die eines Ponys. Seine Hufe waren kohlschwarz ausgemalt, und er sah merkwürdig durchtrieben und ein bißchen boshaft aus. Koboldartig. Alles was man von dem Säugling sehen konnte, waren zwei steife Arme, die aus einer gut mit leuchtend gelbem Stroh gepolsterten Krippe ragten.

»Woran denken Sie?« fragte Meredith heiser.

»Um die Wahrheit zu sagen, ich bete darum, daß Lauras Kinder sich Ihretwegen heute von der besten Seite zeigen. Hoffen wir, daß Matthew keines dieser batteriebetriebenen Spielzeuge geschenkt bekommt, die scheußliche Geräusche von sich geben, und Vicky nicht alles zermalmt.«

»Oh, ist das alles?« fragte Meredith erleichtert.

»Wieso? Was haben denn Sie geglaubt, woran ich denke?«

»Nichts. Nun ja, ich habe gedacht – habe gedacht, mit dieser Kirche könnten ganz persönliche Erinnerungen für Sie verbunden sein.«

»Ja, da gibt es einige. Aber es sind lauter Kindheitserinnerungen. Die Messe habe ich hier seit Jahren nicht mehr besucht.«

Meredith fühlte eine geradezu lächerliche Erleichterung. Dann hatte er nicht hier geheiratet. Sie war froh, als jemand, nach einem falschen Anfang, die Orgel zu spielen begann. Der Chor des Fraueninstituts fiel schrill ein. Markby schlug hastig sein Liederbuch auf und begann mit Stentorstimme zu singen: »*Hark the Herald Angel Sing*«, was die alte Dame vor ihm sichtlich irritierte.

Neben ihm machte Meredith einen schwachen Versuch, mitzuhalten. Sie hatte ihn gewarnt, sie könne nicht singen, erinnerte er sich. Sie hat recht, dachte er. Sie wanderte durch das ganze Notensystem und produzierte einen seltsamen Kontrapunkt zur tatsächlichen Melodie. Sie sang weder zu hoch noch zu tief, sie sang einfach die falschen Noten. Das war ein weiteres Band zwischen ihnen. Er liebte manche Musik, war im allgemeinen jedoch nicht musikalisch und fühlte sich in Gesellschaft ausgesprochener Musikliebhaber nicht besonders wohl. Als die Soprane des Chors jubelnd himmelwärts flogen, begann er zum erstenmal zu spüren, daß dieses Weihnachtsfest eine Bedeutung hatte. Und es war natürlich sehr schön, mit ihr hierzusein.

Als sie eintrafen, hatten die Festlichkeiten in Lauras Haus längst begonnen. Auf dem Wohnzimmerfußboden häufte sich leuchtend buntes Weihnachtspapier. Matthew hatte einen Panzer bekommen, der über den Teppich ratterte und kleine, aber scharfe Explosionen von sich gab, die in einem Funkenregen endeten. Emma übte atonale Motive auf einem Xylophon, und Vicky hatte eine Puppe geschenkt bekommen, ihr aber schon einen Arm ausgerissen. Vertrauensvoll präsentierte sie sie ihrem Onkel Alan, als er das Zimmer betrat, damit er sie repariere. Die zerbrochene Puppe in der Hand, versuchte er, Meredith vorzustellen, und mußte dazu das Xylophon und das unbarmherzige Plopp-Plopp-Plopp des Spielzeugpanzers überschreien.

»Frohe Weihnachten!« rief Laura fröhlich. »Wollt ihr ein Glas Sherry?« Sie trug einen Hausanzug aus jadegrünem Velours und hatte das blonde Haar auf dem Scheitel zu einem Knoten geschlungen. Einzelne Strähnen hatten sich gelöst und umrahmten reizvoll ihr Gesicht. »Paul ist in der Küche. Er ist bei Tagesanbruch aufgestanden und hat etwas Unaussprechliches mit dem Truthahn angestellt, aber die Kinder waren auch schon wach. Ich habe die Brandysauce für den Pudding gemacht, denke aber, ich habe zuviel Brandy hineingetan, und jetzt läßt Paul mich nicht mehr in die Küche. Ich hole euch den Sherry. Macht es euch bequem.«

Sie verschwand in Richtung des Speisezimmers. Markby drückte hastig den Puppenarm in die Gelenkpfanne zurück. »Hier, Vicky, mach sie nicht gleich wieder kaputt, sei lieb. Geben Sie mir Ihren Mantel, Meredith. Und – äh – wollen Sie Ihre Tasche ablegen?«

Beide hatten geheimnisvolle Plastiktüten mitgebracht, vermieden es jedoch ostentativ zu fragen, was sie enthielten.

»Es sind meine Geschenke«, sagte Meredith. »Leider nichts Besonderes.« Die haselnußbraunen Augen sahen ihn herausfordernd an.

»O ja, nun, ich …«

»Sherry!« verkündete Laura und kam mit einem Tablett herein. »Paul kommt in einer Minute.«

Meredith kramte in ihrer Plastiktasche und brachte eine Flasche Wein zum Vorschein und – weil sie nicht gewußt hatte, ob ihre Gastgeberin trank – eine Schachtel Pralinen.

»Oh, wie lieb!« sagte die Gastgeberin, die ganz offensichtlich trank wie ein Fisch, und schnappte sich den Wein. »Und Pralinen, super.«

»Und für die Kinder habe ich eine Dose Biskuits mitgebracht, ich wußte nicht, was … Alan hat mir gesagt, wie alt sie sind, aber bei Kindern bin ich leider immer unsicher.«

»Absolut wunderbar. Sie werden begeistert sein. Ich habe ein Geschenk für Sie, muß es aber erst suchen – und deins auch, Alan. Eine Sekunde.«

Sie verschwand wieder.

Der Boden von Merediths Plastikbeutel war noch immer ausgebeult. Sie sah Markby leicht gehetzt an und tauchte mit der Hand hinein, um etwas auszugraben, das offensichtlich sein Geschenk sein sollte. Markby nahm allen Mut zusammen und steckte die Hand in seinen Beutel. Gleichzeitig zogen sie ihre Geschenke heraus.

»Es ist ein Weihnachtskaktus«, sagte er als erster.

»Der meine auch – ich meine, mein Geschenk für Sie ist auch ein …«

»Ach ja. Nun …«

Mit feierlichen Gesichtern tauschten sie Kakteen aus.

»Ich habe mir schon immer einen gewünscht«, sagte Meredith.

»Und ich auch.«

Unsicher lächelten sie einander an, und er überlegte, ob er sie küssen durfte, nur auf die Wange, auf weihnachtliche Art, gewissermaßen. In Gegenwart der vielen Kinder würde niemand irrigerweise denken, der Kuß könnte etwas mit Romantik zu tun haben. Er holte Atem und beugte sich vor und dachte, sie wisse bestimmt, was er beabsichtige und habe nichts dagegen.

Dann zupfte Vicky an seinem Pullover. »Püppchens Kopf ist ab.«

Danach wurde die Stimmung zusehends besser. Pauls Essen war ausgezeichnet. Matthew gingen die Zündkapseln für den Panzer aus. Emma spielte sehr hübsch *Jingle Bells* auf dem Xylophon, vielleicht aber besänftigte auch die Mischung von Wein und Brandysauce die Ohren. Gemeinsam saßen sie vor dem Fernseher und hörten die Rede der Königin, fühlten sich im Frieden miteinander und der Welt. Püppchens Gliedmaßen lagen auf dem Fußboden verstreut, seine Peinigerin hielt ihren Nachmittagsschlaf. Baby Emily war erschienen, kaute aber friedlich am Kopf eines blauen Gummikaninchens. Die beiden älteren Kinder spielten ein Brettspiel und stritten sich auf recht freundliche Art.

Dann klingelte das Telefon. Laura stand vom Sofa auf und ging an den Apparat.

»Das wird für mich sein«, sagte Markby resigniert. »Ich habe Bereitschaft.«

Laura erschien in der Tür. »Es ist Tom Fearon vom Mietstall für dich, Alan. Er ist verdammt sauer.«

»Das bin ich auch, verdammt sauer. Ich hoffe, er hat einen triftigen Grund, mich am Weihnachtstag anzurufen. Entschuldigt mich bitte...«

»Pech«, sagte Meredith mitfühlend, die im Konsulardienst ähnlich mißliebige Dinge erlebt hatte.

Markby griff nach dem Telefonhörer, der in der Halle auf dem Tisch lag. »Tom? Frohe Weihnachten«, sagte er grollend.

»So froh sind wir hier gar nicht«, antwortete Tom wütend. »Irgendein Scherzkeks ist letzte Nacht hier eingebrochen. Hat alle verdammten Pferde rausgelassen – ich habe den ganzen Vormittag damit zugebracht, herumzulaufen und die Biester wieder einzufangen.«

»Wirklich Pech. Bist du sicher, daß niemand irrtümlich ein Gatter offengelassen hat?«

»Das darfst du vergessen. In dieser Jahreszeit stehen sie nachts im Stall, und der ist mit einem schweren Schloß gesichert. Besonders nach diesen Viehdiebstählen im vergangenen Jahr – erinnerst du dich? Ich sage allen Besitzern, die ihre Tiere hier einstellen, sie müssen sie vom Tierarzt kennzeichnen lassen. Die Schlachthäuser sind vorsichtig und nehmen keine Tiere mit Brandzeichen. Sie überprüfen sie vorher, und die Diebe wissen das und lassen markierte Tiere gewöhnlich stehen. Also waren es keine Viehdiebe. Es war reine Bosheit. Jemand hat mit irgendeinem Werkzeug das Schloß aufgebrochen und die Pferde absichtlich rausgelassen. Sie müssen sie in den Hof rausgejagt und dann dafür gesorgt haben, daß sie in alle Windrichtungen davongerast sind. Zwei habe ich in Cherton im Garten eines lieben Altchens gefunden. Und ich weiß auch, wer es getan hat. Diese verdammten Jagd-Saboteure.«

»Tom«, sagte Markby, sorgfältig seine Stimme kontrollierend. »Zwar bedaure ich die Ungelegenheiten, die du dadurch hattest, aber du hättest den Zwischenfall auf der Polizeistation in Bamford melden können, hättest nicht mich anzurufen brauchen, weißt du? Ob es nun die Jagd-Saboteure oder von einer Weihnachtsfeier heimkehrende Betrunkene waren, die Station wird alle möglichen Ermittlungen durchführen. Doch es ist kaum eine Sache für die Kripo ...«

»Es gibt auch einen Brief, den man mir unter der Tür durchgeschoben hat. Droht mir mit Gott weiß was. Wenn ich nur den dreckigen kleinen Lümmel in die Finger bekommen könnte, der ihn geschrieben hat ...«

»War der Brief unterschrieben?« unterbrach Markby ihn scharf.

»Den Teufel war er! Natürlich nicht. Der Schreiber hatte nicht den Mut, seinen Namen drunterzusetzen. Hör mal, Alan, ich habe dich angerufen, weil ich möchte, daß du persönlich mir zusicherst, daß die Polizei morgen auf dem Market Square präsent sein wird, wenn sich die Jagdgesellschaft versammelt.«

»Ich hoffe, du hast den Brief aufgehoben?«

»Ja. Hör zu. Ich weiß, es ist dir lästig, daß ich dich am Weihnachtstag störe, aber für mich ist es mehr als das. Und ich muß jetzt gehen. Hab versprochen, den Tag mit – mit jemandem zu verbringen. Mußte schon anrufen und erklären, daß ich die Pferde einfangen muß und mich verspäten werde. Ist nicht gut angekommen. Weihnachtsessen verdorben und so weiter. Sie ist stinksauer. Deshalb muß ich jetzt rüber. Ich möchte, daß morgen jemand auf dem Platz ist, Alan.«

»Will sehen, was getan werden kann«, versprach Markby. »Obwohl es nicht unter meine Zuständigkeit fällt. Ich bin sicher, daß morgen jemand dort Dienst machen wird, aber ich überprüfe das.« Er hängte auf. Zum Kuckuck mit Tom und seinen Kleppern. Hölle und Verdammnis über die Bamford-Jagd und alle jagdverrückten Narren. Doch es war gut, daß Tom die Pferde zurückholen konnte. Es hätte einen schweren Verkehrsunfall geben können mit etwa einem Dutzend verängstigter Pferde, die über die Landstraßen galoppierten. Unverantwortlich von den Leuten, die das getan hatten. Markby lächelte leicht. Tom Fearon, der manchmal ziemlich launisch sein konnte, hatte dennoch den Ruf, ein Frauenheld zu sein. Durch das morgendliche Abenteuer war er offenbar bei seiner derzeitigen Herzdame in Ungnade gefallen. Tom würde seinen ganzen Charme hervorkehren müssen, um sie zu versöhnen, doch wenn zutraf, was man sich über ihn erzählte, war seine Erfolgsquote hoch.

Markby ging ins Wohnzimmer zurück, wo die Königin ihre Rede beendet hatte, Matthew und Emma sahen sich einen Film an, und Emily hatte gespuckt. Sie wurde gesäubert, und die vier Erwachsenen setzten sich an den Tisch und spielten Scrabble. Dann servierte Paul eine gefüllte Pastete, später einen Schinkensalat und die Weihnachtstorte. Aber der Glanz, den der Tag für Markby in der Kirche gehabt hatte, war durch Toms Anruf verlorengegangen. Etwas war geschehen, und was immer es war, es bedrückte ihn. Doch er wußte nicht, was es war, das war das Problem. Nur so ein Gefühl. Das Gefühl von etwas Unangenehmem, das irgendwo lauerte. Und es war real, sehr real.

»Sie sind ein bißchen still«, sagte Meredith, als er sie am Abend zum Rose Cottage zurückfuhr. Seit dem Anruf war er so still gewesen. Sie hoffte, daß es nichts Ernstes war, doch dann hätte er nicht den ganzen restlichen Tag darüber brüten müssen. Sie war leicht verärgert und wußte, daß ihre Bemerkung ein bißchen vorwurfsvoll klang.

»Tut mir leid«, entschuldigte er sich. »Aber etwas hat mich beschäftigt.«

»Eine Magenverstimmung?« fragte sie knapp.

»Lassen Sie Paul ja nicht hören, daß Sie so etwas vermuten! Nein, keine Magenverstimmung.«

»Hab ich nicht wirklich gedacht. Er ist ein guter Koch, nicht wahr? Ich wünschte, ich wäre genausogut. War's der Anruf?« fügte sie gleich darauf mit mehr Mitgefühl hinzu.

»In gewisser Weise.« Er fuhr ein paar Minuten schweigend weiter; die Scheinwerfer bahnten einen Weg durch die Dunkelheit. »Der Teufel soll's holen!« sagte er ein wenig später.

»Warum?«

»Ich hatte mich auf diese Weihnachten gefreut, weil ich wußte, Sie werden hier sein. Hat Ihnen der Tag gefallen?« fragte er hoffnungsvoll.

Merediths Groll wich einem warmen Freundschaftsgefühl. Es war so nett, daß er sich auf ihre Gesellschaft gefreut hatte. Auch weil er sie so schätzte, daß er sie mit seiner Familie bekannt machen wollte. Ihre frühere Unentschlossenheit kam ihr jetzt selbstsüchtig vor. Sie war völlig davon besessen gewesen, den heutigen Tag nur von ihrem Standpunkt aus zu sehen. Er war mit ihr in die Kirche gegangen, hatte sie zum Essen eingeladen, und sie hatte ihn nicht besonders nett behandelt. Hoffentlich hatte sie ihn nicht enttäuscht. »Ja, es hat mir gefallen, sehr gut sogar«, sagte sie voller Begeisterung. »Vielen Dank. Laura hat mir einen Karton mit sehr hübschen Seifen geschenkt. Das war sehr nett von ihr.«

»Ja, sie ist ein feiner Kerl. Ich freu mich, daß es Ihnen gefallen hat.« Er wurde zusehends munterer.

An der Kreuzung bogen sie von der Landstraße ab und fuhren das schmale Sträßchen entlang, das zu den Cottages führte. Vor Harriets Haus parkte wieder der große Wagen. Meredith konnte ihn wegen der schlechten Straßenbeleuchtung nicht richtig sehen und fragte sich, ob es Tom Fearons Mercedes war. Den Wagen, der an ihrem ersten Abend vom Haus weggefahren war, hatte sie für einen Granada gehalten. Neben ihr war Alan mit grimmigem Gesicht wieder ins Grübeln versunken.

»Ist es noch immer der Anruf?« fragte sie freundlich.

»Ja, in gewisser Weise«, gestand er. »Tom ist zwar unberechenbar, aber ein anständiger Kerl, und er neigt dazu, sich den Teufel um jemand anders zu scheren. Mich am Weihnachtstag anzurufen, ich bitte Sie! Aber so ist er nun einmal. Ich kenne ihn schon fast mein Leben lang, seit wir Jungs waren. Seine Familie war bei den Einheimischen ein bißchen berüchtigt. Ich meine nichts Schlimmes damit, sie war nur anders. Die Kinder haben Tom Zigeuner genannt, aber nur, wenn er nicht in der Nähe war. Er hat ganz bestimmt Zigeunerblut, aber das liegt weit zurück. Manchmal dringt es jedoch an die Oberfläche.« Markby lächelte. »Als Junge hatte Tom immer zwei Hunde, die sich an seine Fersen hefteten. Er war schon immer hinter Mädchen her, und kaum war er ein bißchen älter, waren anstatt der Hunde immer ein paar vernarrte Frauenzimmer um ihn rum. Ich denke, er hat die Hunde besser behandelt als die Frauen …« Markby unterbrach sich verlegen. »Das hätte ich nicht sagen sollen. Aber ich denke, Tiere haben Tom immer mehr bedeutet als Menschen. Gestern nacht hat jemand alle Pferde aus seinem Stall rausgelassen, und Sie können sich vorstellen, in was für einem Zustand er war, als er anrief.«

»Was?« rief sie, auf ihrem Sitz zusammenzuckend.

Er sah sie erstaunt an. »Ja, ein dummer Streich.«

»Sie haben keine Ahnung!« Meredith schnappte nach Luft. »Ich spinne doch nicht. Es ist nur, daß gestern nacht …« Sie berichtete ihm von der Erscheinung des sich im Mondlicht aufbäumenden Pferdes. »Es war also ein echtes! Nun ja, fünfundsiebzig Prozent von mir wußten, daß es echt war, aber der Rest … So albern es klingt, fast habe ich an einen Kobold in Pferdegestalt geglaubt.«

»Ist doch verständlich, daß Sie nervös wurden. Weihnachtsabend und so weiter. Gespenstisch. Tom hat den ganzen Vormittag gebraucht, um die Pferde wieder einzufangen. Zum Glück war keins verletzt, und keins hatte einen Unfall verursacht.«

»Unfälle«, sagte Meredith reuig. »Ich hätte die Polizei

anrufen und melden sollen, daß ein Pferd ausgebrochen ist und mitten in der Nacht über eine Hauptverkehrsstraße galoppiert.«

»Ich bezweifle, daß jemand es vor Tagesanbruch gefunden hätte. Wir wissen nichts über den Schaden, den die Pferde angerichtet haben. Soviel ich weiß, sind zwei in einen Garten geraten. Tom hat viel Temperament, und seine Zündschnur ist ohnehin kurz. Ich wette, er ist ziemlich aufgebracht. Soviel ich weiß, hatte er auch Ärger mit einer Freundin. Wegen der Pferde kam er zu spät zum Weihnachtsessen. Wollte eben los und um gut Wetter bitten. Ich hoffe nur, es endete nicht damit, daß er den Truthahn aus dem Fenster warf.«

Er erwähnte es nicht, doch tatsächlich machte der anonyme Brief ihm die größeren Sorgen. Um zu verhindern, daß die Pferde noch einmal herausgelassen wurden, mußte man die Ställe noch besser sichern, und Tom konnte, wenn nötig, einen privaten Sicherheitsdienst anheuern. Der Brief jedoch … Anonyme Briefe wurden gewöhnlich sehr unangenehm. Bisher war es ja nur einer – oder es war der erste, von dem er erfahren hatte, doch die ganze Angelegenheit konnte sich ausweiten, und manchmal nahmen solche Dinge eine unvorhergesehene Wendung.

Ihm wurde bewußt, daß er gerade ziemlich unhöflich war, und er zwang sich, seine Aufmerksamkeit wieder der Gegenwart zuzuwenden. »Sie hätten wohl keine Lust, sich morgen früh das Treffen der Jagdgesellschaft auf dem Market Square anzusehen?« fragte er. »Das Jagdtreffen am zweiten Weihnachtstag hat Tradition und ist sehenswert. Ich will nicht so tun, als hätte es für mich nicht auch etwas Dienstliches. Tom möchte, daß jemand da ist, aber ich möchte am zweiten Weihnachtsfeiertag keine zusätzlichen Männer anfordern – nur für den Fall, daß es eventuell Schwierigkeiten gibt, die, wie ich die Sache sehe, ohnehin ausbleiben werden. Außerdem werden sowieso in einer Seitenstraße zwei Männer in einem Streifenwagen postiert sein. Und wenn ich selbst dort bin – nur als Beobachter, aber trotzdem … Doch vielleicht wollen Sie das Spektakel gern sehen. Vorausgesetzt, es regnet nicht, selbstverständlich.«

»Ja, ich würde es gern sehen. Harriet hatte schon vorgeschlagen, daß ich kommen soll.«

»Dann hole ich Sie ab.«

»Kann ich nicht selbst hinfahren und mich irgendwo mit Ihnen treffen – auf dem Platz?«

»Kein Problem. Die Reiter versammeln sich gegen elf.« Er lächelte verlegen. »Also, ich freu mich drauf. Gute Nacht.«

»Gute Nacht und – danke. Es war ein schöner Tag. Wir sehen uns morgen.«

»Ja.«

Bei seiner Schwester wollte er mich küssen, dachte Meredith. Als er mir sein Geschenk überreichte. Er hätte es auch getan, hätte das Kind uns nicht gestört. Ob er es jetzt tun würde? Es sah nicht so aus. Sie war erleichtert, aber paradoxerweise auch ein wenig verärgert. Entschlossen öffnete sie die Wagentür und stieg aus. »Wiedersehen, und bis morgen.«

»Ich warte hier, bis Sie sicher im Haus sind. Für den Fall, daß noch ein paar nichtsnutzige Kobolde ihr Unwesen treiben.« Er grinste.

»Zwingen Sie mich nicht, mir noch alberner vorzukommen.« Rasch ging sie zur Haustür, öffnete sie, drehte sich um und winkte. Wegen des Wagens, der gegenüber parkte, konnte er auf der schmalen Straße nicht wenden. Er fuhr ein Stückchen weiter und wendete hinter dem letzten Cottage auf dem Grasbankett. Sie winkte noch einmal, als er vorbeifuhr, und ging dann hinein.

Sie war rastlos, hatte noch immer das Gefühl, sich zum Narren gemacht zu haben. Sie machte Milch für eine Tasse Kakao heiß und beschloß, sich von Brandy und heißer Milch fernzuhalten. Das ganze Gerede über Kobolde im Wagen hatte geklungen, als sei sie neurotisch. Beim Licht der Flurlampe trug Meredith den Kakao ins Schlafzimmer hinauf, ohne dort das Licht einzuschalten. In dem matten Schein, der aus dem Flur hereinfiel, ging sie zum Fenster, um die Vorhänge zu schließen, und blickte direkt auf Harriets Cottage. Jemand war in Harriets Schlafzimmer. Zwei Menschen. Sie hoben sich deutlich von den Jalousien ab, eng umschlungen, ineinander versunken, und man merkte ihnen an, daß offensichtlich keiner von beiden an den Hemmungen litt, mit denen Alan und sie sich plagten.

Mit einer Aufwallung von Verlegenheit schloß Meredith hastig die Vorhänge. Sie zog sich aus, stieg ins Bett, setzte sich mit ihrem Kakaobecher hin und schlürfte langsam. Wahrscheinlich wären die meisten Leute in der gleichen Situation, in der Alan und sie den ganzen Tag gewesen waren, miteinander im Bett gelandet, hier in diesem gemütlichen Bett des Rose Cottage. Vielleicht hatte er sich das sogar erhofft, der arme Kerl. Und wäre er irgendein anderer gewesen – fast jeder andere –, hätte der Tag möglicherweise genauso geendet, weil ein anderer ihr nichts bedeutet hätte. Es wäre nur darum gegangen, ein bißchen Spaß zu haben. Doch bei Alan war die gähnende Fallgrube der Zuneigung im Weg. Es war die Art von Fallgrube, wie man sie einst für Tiger vorbereitet hatte, mit Pfählen im Boden, auf denen man aufgespießt wurde, wenn man hineinfiel. Und sie würde sich nie wieder pfählen lassen.

»Er wird mir nie etwas bedeuten«, sagte sie vor sich hin. »Wenn ich allein bin, geht es mir viel besser, und allein werde ich bleiben. Auch er ist allein besser dran, und er weiß es. Von Natur aus Einzelgänger, das sind wir.«

Draußen sprang ein Motor an und schnurrte durch die Nacht davon. Harriet Needham war keine Einzelgängerin von Natur aus. Möchte wissen, wer der Typ ist? dachte Meredith schläfrig und zog sich das Federbett über die Ohren. Ob es derselbe war wie vor ein paar Tagen? Hat wie derselbe Wagen ausgesehen – Toms Mercedes? Nicht sicher, hab ihn nicht richtig erkannt. Geht mich nichts an. Wünschte, ich hätte nicht jede Beziehung kaputtgemacht, die ich hatte. Und dann, ganz plötzlich und unerwünscht, dachte sie: Ich wünschte, ich wäre nicht zurückgekommen …

KAPITEL 4

Der Morgen des zweiten Weihnachtstages war grau und bewölkt, aber regnen würde es vermutlich frühestens am Abend. Gute Aussichten für die Bamford-Jagd, dachte Meredith und nahm das gekochte Ei aus dem Topf. Beim Herumstehen auf dem Market Square könnte es kühl werden, überlegte sie und zog einen dicken Pullover an. Sie hatte verschlafen, was nicht überraschend war, nachdem sie bei den Danbys allzu reichlich gegessen und getrunken hatte, deshalb war es ganz gut, daß die Jagdgesellschaft sich erst gegen elf versammelte. Zwanzig nach zehn. Zeit genug.

Sie erreichte Bamford kurz nach elf und stellte den Wagen auf dem fast leeren Parkplatz hinter dem Supermarkt ab. Er kam ihr jetzt irgendwie trostlos vor – ein dunkles Labyrinth geplünderter Regale hinter riesigen Schaufenstern, in denen noch die Plakate mit den Sonderangeboten von Weihnachten hingen.

Sie schob die Hände in die Taschen und ging die kurze Strecke zum Platz zu Fuß. Er war schon voll. Die Reiter, etwa ein Dutzend, hatten sich in der Mitte versammelt. Die Pferde waren alle herausgeputzt, die Mähnen geflochten, sogar bei den beiden mißlaunig dreinschauenden gescheckten Ponys, auf denen zwei ganz gleich aussehende kleine Mädchen mit ernsten Gesichtern saßen. Die Zuschauer, ungefähr fünfzig, standen schwatzend beieinander und beobachteten die Reiter. Zwischen ihren Füßen und den Hufen der Pferde rannten die Jagdhunde übermütig durcheinander. Hin und wieder verschwand einer in Richtung der High Street und schnüffelte interessiert auf der Suche nach einem besonderen Geruch, hoffte vielleicht, daß er in der Nähe der Drogerie mit den Billigangeboten einen Fuchs entdeckte. Der Meuteführer, eine kleine, drahtige, mürrische Gestalt, rief ihn, als er zurückkam, energisch zur Ordnung, packte ihn und zerrte ihn mitten zwischen die Meute. Von wo er fast sofort wieder ausbüchste. Einer kam mit einem albernen Grinsen auf Meredith zugesprungen. Anders als ein Hund, der im Haus gehalten wurde, roch er scharf nach dem Zwinger, in dem er hauste.

Jemand rief ihren Namen, und sie sah, daß Alan Markby ihr von der anderen Seite des Platzes zuwinkte. Er trug seinen grünen Regenmantel und stand neben einem stämmigen Mann in einem Dufflecoat, den er als »Jack Pringle, unser Doktor« vorstellte.

»Hallo, Miss Mitchell«, sagte Pringle. »Wie ich höre, wohnen Sie in Peter Russells Cottage, draußen in Pook's Common. Wir waren in derselben Praxis, Peter und ich. Jetzt macht er seine Arbeit unter der Wüstensonne. Nettes, kleines Cottage da draußen, aber in Pook's Common sagen sich die Füchse wirklich gute Nacht. Viel zu abgelegen für mich. Macht Ihnen diese Abgeschiedenheit nichts aus?«

»Nein, eigentlich nicht«, sagte Meredith und schüttelte die mächtige Pranke, die er ihr entgegenstreckte.

»Ich denke, mir wird es dort gut gefallen. Und nach Neujahr muß ich ja jeden Tag nach London pendeln.«

Pringle verzog mitfühlend das Gesicht, nickte zu den Reitern hinüber und fragte: »Was halten Sie von unserer Jagd?«

»Sie ist anders, als ich sie mir vorgestellt habe. Lässiger und nicht so steif.«

»Wir sind nicht Krösus, wissen Sie? Die Bamford-Jagd hält sich eben so über Wasser, ist beinahe pleite. Es kostet ein Vermögen, die vielen Hunde zu füttern, und sich heutzutage ein Pferd zu halten ist auch nicht billig. Ich bin früher mitgeritten, mußte es aber aufgeben. In letzter Zeit haben wir ja ein bißchen Glück gehabt, weil ein paar reiche Typen hergezogen sind, die sich für die Jagd interessieren.«

»Sie meinen Rupert Green?« sagte Markby unverbindlich.

Pringle lachte glucksend. »O ja, ihn, den Playboy. Ein heller Kopf. Und Schneid hat er auch, das muß man ihm lassen. Er ist alles andere als der beste Reiter hier, aber er hält sich, auch im Sattel, was wahrscheinlich wichtiger ist. Ich nehme an, er fühlt sich in Sportwagen wohler, ist aber fest entschlossen, ein Landjunker zu sein.«

»Welcher ist es?« fragte Meredith und sah sich um.

»Dort drüben.« Markby berührte ihren Ellenbogen und zeigte auf zwei Reiter, die fernab von der Menge, am äußersten Rand des Market Squares warteten, als mißtrauten sie dem Gewimmel. Beide waren makellos gekleidet, trugen Zylinderhüte, und ihre Stiefel glänzten, daß man sich darin spiegeln konnte.

»Der Typ links ist Green«, sagte Markby. »Er ist ein großer Finanzhai in der City. Hat ungefähr vor einem Jahr das alte Cherton Manor gekauft und ist fest entschlossen, den Landedelmann zu mimen.«

Meredith wandte ihre Aufmerksamkeit von Green und seinem Begleiter ab und der übrigen Versammlung zu. Du meine Güte, da war ja jemand, den sie kannte! Geoffrey Haynes, das gerötete Gesicht wütend wie immer, stand auf der anderen Seite des Platzes, die Hände in den Taschen seines Regenmantels, und funkelte jeden böse an, der die Frechheit hatte, vor ihm vorbeizugehen. Wie es schien, hatte das Weihnachtsfest mit der Tochter nur diesen einen Tag gedauert. War das der Grund, warum er in das einer Einsiedelei ähnliche Pook's Common zurückkehren wollte, oder konnten die Tochter und ihre Familie Geoffrey nicht länger als einen Tag ertragen? Von der armen Lucy war weit und breit nichts zu sehen. Vielleicht war sie bei ihren Enkelkindern geblieben. Aber Geoffrey war nicht der Mann, der eine selbständige Handlung seiner Frau duldete. Bestimmt hatte er die Unglückliche hierher zurückgeschleppt. Meredith begann Harriets Empfindungen gegen Geoffrey Haynes zu teilen.

Ihre Aufmerksamkeit wurde von Hufgeklapper abgelenkt, ein Reiter auf einem Grauen kam auf sie zu. Er bückte sich und schüttelte Markby und Pringle die Hand.

»Morgen, Tom«, sagte Markby. »Kein Alarm mehr?«

»Alles ruhig, aber wir haben die Ställe gestern rund um die Uhr bewacht, für alle Fälle. Haben uns abgewechselt. Wenn ich die Kerle geschnappt hätte, hätte es einen Mord gegeben, das sag ich euch.«

»Tom Fearon«, sagte Markby zu Meredith und stellte auch sie vor. »Ihm gehören Pook's Stallungen.«

Sie hatte ihn und den Grauen bereits erkannt. Das Pferd war makellos gestriegelt, die Mähne geflochten, das Sattelzeug perfekt poliert. Der Graue paßte zu seinem Reiter, der, aus größerer Nähe gesehen, auf eine fremdartige, zigeunerhafte Weise tatsächlich ein auffallend gut aussehender Mann war. Schwarze Locken schauten unter dem Rand seiner Jagdmütze hervor, seine Haut war vom Leben im Freien dunkelbraun gebrannt. Meredith fühlte mehr, als daß sie es sah, wie seine dunklen Augen sie abschätzend musterten. Hätte Markby es ihr nicht gesagt, ihr Instinkt hätte ihr verraten, daß das einer war, der die Frauen mochte. Voller Abwehr spürte sie, wie sich ihre Nackenhaare sträubten.

Lächelnd beugte Fearon sich aus dem Sattel zu ihr und streckte ihr die Hand entgegen. »Freut mich, Sie hier zu sehen. Sie sind Miss Mitchell, nicht wahr? Harriet hat mir erzählt, daß sie das Cottage ihr gegenüber gemietet haben. Schon eingewöhnt?«

»Ja, danke.«

»Besuchen Sie mich gelegentlich im Stall. Ich führe Sie herum. Und wenn Sie sich fürs Reiten interessieren, finden wir bestimmt ein passendes Pferd für Sie.«

»Sie sind sehr freundlich.« Sie wußte, daß das ziemlich steif klang, aber sie konnte nicht anders. Wenn Fearon sich einbildete, er könne sie zu einer kleinen Schmuserei im Heu in eine Pferdebox locken, dann irrte er sich. Neben ihr grinste Alan Markby, als wisse er, was sie dachte.

Pringle unterbrach die Unterhaltung, vielleicht zum Glück, indem er rief: »Da ist Harriet!«

Fearon drehte sich abrupt im Sattel um, und der Graue stampfte nervös. Meredith, die sich erinnerte, daß Harriet sie gewarnt hatte, das Pferd schlage manchmal aus, trat hastig zur Seite.

Die Menge teilte sich, um Harriet zur Mitte des Platzes durchzulassen. Sie sah phantastisch aus, ihre sportliche Figur kam in dem knappen schwarzen Reitrock hervorragend zur Geltung, und ihre rote Mähne wurde unter der Jagdkappe von einem Haarnetz aus schwarzem Samt gebändigt. Doch sie sah auch, wie Meredith feststellte, sehr blaß und ziemlich niedergeschlagen aus. Fearon wendete den Kopf seines Pferdes und ritt ihr entgegen. Er beugte sich zu ihr und sprach mit eindringlichen Gesten und ernstem Gesicht auf sie ein, doch sie schüttelte den Kopf.

»Harriet sieht ein bißchen durch den Wind aus«, sagte Pringle nachdenklich. »Muß gestern zuviel Alkohol erwischt haben.« Das klang sehr besorgt, und Meredith sah ihn neugierig an. Pringle hob den Arm und winkte. »Harriet, hier sind wir!«

Langsam kam Harriet auf sie zugeritten. Als sie Meredith sah, sagte sie: »Ohallo«, verschliff die drei Silben und lächelte unsicher.

»Guten Morgen«, erwiderte Meredith. Harriet sah wirklich alles andere als gesund aus.

»Nimm das von mir als Medicus!« sagte Pringle zu Harriet. »Heute keinen Bügeltrunk. Bist du sicher, daß du dich im Sattel halten kannst?«

»Es geht schon, Jack, mach kein Theater«, antwortete

Harriet schroff und bemühte sich offensichtlich, sich zusammenzureißen.

»Du siehst nach einem Riesenkater aus, meine Schöne.«

»Dann sind frische Luft und sportliche Betätigung das beste für mich. Ich weiß, wann ich mich nicht mehr in dem verdammten Sattel halten kann.«

»Ich folge dir mit einer Trage«, sagte Pringle trocken.

»Ein gutes neues Jahr«, sagte Miss Needham schnippisch und ritt davon.

Im selben Moment erhaschte Meredith einen flüchtigen Blick auf eine andere vertraute Gestalt. Von irgendwoher waren die Demonstranten gegen Blutsportarten aufgetaucht. Sie mußten sich in einer Seitenstraße versammelt haben und waren jetzt da, die meisten jung und anscheinend guter Laune. Zwei trugen ein Spruchband, das ihr Anliegen verkündete, und etwas am Rand stand Merediths backenbärtiger Bekannter, heute ohne Klemmbrett, aber mit einem eigenen Plakat, das er herausfordernd vor sich her trug: Es erklärte die Jagd zu einer Bastion von Klassenprivilegien. Sein schmuddliger ehemaliger Armeemantel schlabberte um seine spindeldürren Beine in den schäbigen Jeans und betonte den Kontrast zwischen ihm und seinen Mit-Demonstranten, von denen die meisten sauber waren und vernünftige ländliche Kleidung trugen. Es war, als habe er den falschen Protest am falschen Ort erhoben oder sei einfach die falsche Person dafür. Vermutlich hatte er sich den anderen angeschlossen, ohne zu ihnen zu gehören. Niemand sprach mit ihm, obwohl sie untereinander lebhaft schwatzten. Hin und wieder warf einer einen Blick in seine Richtung, als flöße er ihm ein unerklärliches Unbehagen ein.

Meredith faßte nach Markbys Ärmel. »Da drüben ist er. Der, von dem ich Ihnen erzählt habe. Er hat mich letzten Freitag auf der High Street aufgehalten und wollte, daß ich seinen Protest unterschreibe. Er sieht heute genauso durchgedreht aus wie am Freitag, der arme Kerl.«

»Er sieht aus, als könnte er eine ordentliche Mahlzeit vertragen«, stellte Markby fest. Inzwischen war die Polizei in Gestalt eines weiblichen Constable erschienen; sie sprach freundlich mit den Demonstranten, die sich daraufhin, anscheinend auf ihre Bitte hin, ein Stück zurückzogen. »Das ist WPC Jane Jones«, sagte Markby leise, als sei es nur für ihn selbst bestimmt, »sie macht ihre Sache sehr gut.« Meredith bemerkte, daß die Gruppe zwar ein Stück zurückgegangen war, den bärtigen Einzelgänger mit dem Plakat dadurch aber noch mehr isoliert hatte. Er stand jetzt, grimmigen Gesichts, ganz allein.

»Meine Güte«, sagte Pringle besorgt, »Harriet muß gestern wirklich zuviel gebechert haben. Sie sieht da oben alles andere als sicher aus.«

Markby und Meredith blickten beide zu Harriet hinüber. Während sie die Demonstranten beobachtet hatten, war aus dem Hotel The Crossed Keys an der Ecke eine Kellnerin mit einem Tablett interessant aussehender Gläser gekommen. Sie ging damit von Reiter zu Reiter. Harriet hatte ein Glas genommen, legte den Kopf zurück und leerte es mit einem einzigen Zug.

»Hab ich ihr nicht gesagt, sie soll das sein lassen?« sagte Pringle grollend. »Sie ist die schwierigste, widerspenstigste und dickköpfigste Frau, der ich je begegnet bin, auch wenn sie eine der hübschesten ist.«

Tom Fearon beobachtete sie ebenfalls und sah genauso besorgt aus. Als merke sie seinen forschenden Blick und ärgere sich darüber, riß sie Blazers Kopf herum, so daß das Pferd Tom den Schweif zukehrte. Dadurch schaute sie in die Richtung von Rupert Green und seinem Begleiter, die noch immer am äußeren Rand der Menge warteten. Dann wandte sie absichtlich den Kopf zur Seite, berührte die glänzende Flanke ihres Braunen mit den Absätzen und ritt davon.

»Ich hoffe nur, daß sie den Burschen mit dem Plakat nicht sieht. Er hat sie am Freitag nach mir aufgefordert, seine Petition zu unterschreiben, und sie hat natürlich nicht sehr freundlich reagiert. Wenn sie ihn heute sieht, ist sie imstande, ihm ein paar noch unfreundlichere Worte an den Kopf zu werfen.«

»Sind ein bißchen aneinandergeraten, was?« fragte Markby interessiert.

»Oh, das weiß ich nicht. Aber sie hat ihn heftig beiseite gestoßen, und er wäre fast gestürzt. Der alberne Kerl hätte damit rechnen müssen. Ich meine, sie trug Reithosen und Stiefel, und er konnte sich doch wohl kaum einbilden, sie sei eine Kandidatin für seine Unterschriftensammlung.«

Meredith warf einen zweifelnden Blick auf den bärtigen jungen Demonstranten und versuchte ihn mit Hilfe von Telepathie zu beschwören, er solle sich im Hintergrund halten. Daß er das Gegenteil beabsichtigte, war offensichtlich. Das Plakat schwankte in der Luft, sein schmales Gesicht war vor Aufregung ganz verzerrt.

Jagdfieber, dachte sie. Er hat eine Beute und ist entschlossen, sie zu hetzen. Nicht anders als die Reiter – ihre Motivation ist die gleiche.

Aus den Augenwinkeln beobachtete sie die Gruppe der Pferde mit ihren Reitern. Ein Pferd hatte sich entfernt und trabte jetzt auf die Demonstranten zu, aber erst eine Sekunde später merkte Meredith zu ihrer Bestürzung, daß es Blazer mit Harriet war. Sie saß jetzt leicht zusammengesunken im Sattel. Zuerst dachte Meredith, Harriet habe das Plakat gesehen und reite streitlustig hinüber. Doch ein Blick auf die matte Gestalt sagte ihr, daß die sonst so temperamentvolle Harriet die Demonstranten nicht einmal wahrgenommen hatte, auch nicht wußte, daß sie ihnen so nahe gekommen war. Unwillkürlich hob Meredith einen Arm, um auf sich aufmerksam zu machen. Sie wollte rufen: »Harriet, nicht dort rüber!« Doch selbst wenn sie es getan hätte, Harriet hätte sie nicht gehört.

Die Demonstranten schienen selbst überrascht, und die ganze Gruppe wich gemeinsam zurück, machte ihr den Weg frei. Blazer war ein großes Tier. Der einzige, der nicht wich, war der bärtige junge Mann mit dem Plakat. Im Gegenteil, als er Harriet kommen sah, ging er auf sie zu, als wolle er sie herausfordern.

Alles schien gleichzeitig abzulaufen. Er hat sie erkannt, dachte Meredith. Der Idiot wird sie beschimpfen, und sie wird ihm den Kopf abreißen.

»Wer ist der Narr mit dem Plakat?« rief Pringle. »Harriet!« schrie er.

Zugleich sagte Markby: »Sie kommt ihm zu nahe. Wo sind Constable Jones und ihr Kollege?«

Jane Jones war ein paar Meter entfernt und merkte nicht, daß sich etwas zusammenbraute. Aber ihr Kollege, ein junger Constable, entdeckte den möglichen Brennpunkt und ging schnell auf die Gruppe zu.

Sie waren alle zu langsam. Der bärtige junge Mann stieß plötzlich einen seltsamen Schrei aus, so daß alle in seine Richtung blickten, ein paar Pferde nervös zu tänzeln und die Reiter zu fluchen begannen. Vielleicht war Harriet von Pringles Stentorstimme aufgeschreckt worden. Warum auch immer, sie schien den Demonstranten erst zu bemerken, als er sein Plakat schwang. Sie zog an den Zügeln und versuchte Blazer, der die Augen rollte, so daß man nur noch das Weiße sah, zurückzureißen, weg aus der Gefahrenzone. Aber der Demonstrant warf sich nach vorn und schwenkte das Plakat drohend unter der Nase des erschrockenen Braunen. Blazer schnaubte wild und bäumte sich auf.

Während Harriet mit dem Pferd kämpfte, ritt der Master of the Hunt vorwärts und schrie: »Bleibt weg! Zurück da!« Und der Constable rief: »He du, hör auf damit!«

Aber der junge Mann schien von einem ganz besonderen Dämon besessen. Er stürzte vorwärts, ohne auf die fliegenden Hufe und die fluchende Reiterin zu achten, und schlug mit seinem Plakat nach ihr.

Die Zeit blieb stehen, und die Ereignisse rollten vor Merediths schreckensstarren Augen wie in Zeitlupe ab. Alle Geräusche waren gedämpft oder ausgeschaltet. Blazers Vorderbeine bewegten sich beinahe anmutig durch die Luft, als schwimme er. Wie durch einen Schleier sah Meredith, daß sich Demonstranten und Zuschauer geteilt hatten wie die Wogen des Roten Meeres und einen weiten Kreis um Harriet, Blazer und den Demonstranten bildeten.

Dann fiel Harriet – rutschte langsam seitlich aus dem Sattel, verlor Zügel und Steigbügel, hob die Hände über den Kopf, verlor die Kappe, das Netz löste sich, und die Mähne glänzender kastanienroter Locken flatterte wie ein Fanal über der zusammenbrechenden Gestalt.

Endlich landete sie mit einem gräßlich lauten Geräusch auf den Pflastersteinen des Market Square und blieb reglos liegen.

Nach einem Augenblick entsetzten Schweigens wurde es wieder laut. Jetzt schien alles mit größter Eile zu geschehen. Gesichter in der Menge, die erstarrt gewesen waren, wurden wieder lebendig. Körper bewegten sich wieder, wie von einem Stromstoß getroffen. Sie drängten vorwärts, bildeten einen Kreis um die hingestreckte Gestalt und wichen erschrocken zurück.

Pringle bellte die klassische Formel: »Lassen Sie mich durch, ich bin Arzt!« und stürmte über den Platz, Hunde und Pferde stoben auseinander, sein Dufflecoat flatterte zu beiden Seiten wie große braune Schwingen.

Blazer war reiterlos davongestürmt, die leeren Steigbügel flogen, die Zügel hingen herunter. Jemand – Meredith sah, daß es Fearon war – packte die Zügel. Es mußte jedoch eine automatische Reaktion gewesen sein, denn er schaute auf die reglose Gestalt hinunter und schrie: »Harriet!«

Die Demonstranten standen entsetzt herum, plötzlich alle sehr jung und verschreckt, und drängten sich, ein elendes Häuflein, hinter ihrem Transparent. Der bärtige junge Mensch stand allein über seinem Opfer, scheinbar in eine Siegeseuphorie versunken. Wie ein siegreicher Boxer drehte er sich um und hob, noch immer sein Plakat schwenkend, beide Arme. Constable Jones kam angelaufen, der Master of the Hunt stieg vom Pferd und ging auf die verkrümmt auf dem Pflaster liegende Gestalt zu. Markby setzte sich in Bewegung, und die Menge wich schweigend zurück. Sogar die Hunde schienen zu spüren, daß etwas nicht stimmte, und wurden still, klemmten die Schwänze zwischen die Hinterbeine und beobachteten.

Pringle hatte Harriet als erster erreicht und kniete neben ihr nieder. Markby stand hinter ihm. Constable Jones hielt die Menge in Schach, und er rief ihr zu: »Rufen Sie einen Krankenwagen!«

»Steh auf, Harriet«, flüsterte Meredith sinnlos. »Beweg dich – bitte beweg dich … Beweg nur die Hand …«

Doch es war offensichtlich, daß Harriet nicht aufstehen und sich in den Sattel schwingen würde. »Hat sie sich etwas gebrochen?« fragte eine Stimme in der Menge ängstlich.

Pringle blickte zu Markby auf, der sich zu ihm niederbeugte. Er sprach leise, aber in der Stille, in die die Worte fielen, wurden sie nur allzu deutlich gehört.

»Sie ist tot«, sagte er. Während er sprach, breitete sich eine Pfütze dunklen Blutes unter Harriets herrlicher roter Mähne aus.

Das Klapp-Klapp von Hufen klang in der noch tieferen Stille, die Pringles Worten folgte, beinahe wie ein Schuß. Rupert Green kam herangeritten. Er blickte auf Harriets reglosen Körper hinunter und nahm seinen

Zylinder ab. Das traditionelle, jedoch so unerwartete Zeichen der Achtung vor dem Tod schockte Meredith fast mehr als alles, was bisher geschehen war. Die anderen Reiter, die alle wie betäubt aussahen, schienen von Greens Geste aufgeschreckt worden zu sein und taten es ihm jetzt nach. Fearon, dessen dunkelhäutiges Gesicht unter der Sonnenbräune gespenstisch bleich war, nahm langsam die Jagdkappe ab – als letzter und mit einem zornigen Blick auf Green, als habe er das Gefühl, der Finanzier habe der leblosen Gestalt keinen Respekt gezollt, sondern sie irgendwie beleidigt.

Den Zylinder an die Brust gedrückt, beugte Green sich aus dem Sattel zu dem bärtigen jungen Mann, der von den beiden Constables festgehalten wurde.

»Du hast sie getötet«, sagte er in kaltem und anklagendem Ton. »Du hast sie getötet, und das wolltest du auch.«

»Einen Augenblick –«, begann Markby.

Doch er kam nicht weiter. Ein Klappern von Metall und das Klirren von Glas ließ alle herumfahren. Ahnungslos war die Kellnerin mit einem frischen Punschvorrat aus dem Hotel gekommen. Harriets Leiche lag direkt in ihrem Blickfeld. Prompt hatte sie das Zinntablett fallen lassen, und ihre schrillen Schreie stachen wie Nadeln in die kalte Winterluft.

Geoffrey Haynes, von Meredith vergessen und eine Zeitlang von ihr nicht gesehen, ging auf die Kellnerin zu und gab ihr eine Ohrfeige. »Hören Sie auf, Sie dummes Frauenzimmer!« befahl er.

»Schon gut, Sir, schon gut, ich kümmere mich um sie.« Constable Jones schob ihn energisch beiseite.

Aus der Ferne, aber immer näher und lauter, hörte man die Sirene des Krankenwagens. Er hätte sich nicht beeilen müssen.

»Ich sage Ihnen, ich konnte doch nicht wissen, daß sie herunterfallen würde, oder?« beteuerte Simon Pardy zum dritten- oder viertenmal mit dem anscheinend von ihm bevorzugten aggressiven Unterton, mit dem er auf jede Bemerkung reagierte. Er begleitete seine Worte mit einem herausfordernden wütenden Blick unter den Brauen hervor und kaute an der Unterlippe.

»Was dachten Sie denn, was geschehen würde?« entgegnete Markby mit wachsendem Zorn.

Alles an diesem störrischen jungen Menschen reizte ihn, und es fiel ihm schwer, das nicht zu zeigen. Aber eine vernünftige Unterhaltung mit Pardy war nicht leicht zu bewerkstelligen. Markby verstand jetzt, was Meredith gemeint hatte. Pardy brachte die Menschen gegen sich auf. Er hatte die Polizeistation mit einer Flut selbstgerechter Proteste betreten und sprach abwechselnd im Kommandoton, streitlustig und gehässig. Als seine Situation ihm allmählich bewußt wurde, begann er sich weinerlich zu verteidigen. Markby vermutete, daß Pardy im tiefsten Innern über die Folgen seiner Demonstration erschrocken war – doch das bedeutete nicht, daß er sie nicht beabsichtigt hatte. Eine kaltblütig geplante Tat mag dem Täter ganz anders vorkommen, wenn er sie begangen hat. Pardy konnte über seinen Erfolg entsetzt sein. So etwas hatte Markby schon öfter erlebt.

Trotz seines zerfahrenen Wesens und seiner nuschelnden Sprache war Pardy ein sehr wortgewandter junger

Mann; Markby hatte inzwischen erfahren, daß er das Produkt einer kleinen Public School war – obwohl man bezweifeln konnte, daß die Schule sich seiner Anwesenheit unter ihren Zöglingen gerühmt hatte. Seine äußere Erscheinung wirkte ungewöhnlich unsympathisch. Er war zwanzig Jahre alt. Seine Kleidung war schmutzig, die Fingernägel bis aufs Fleisch abgebissen. Sein Gesicht war hager und unrasiert. Er hatte einen nervösen Tick, der einen Muskel in einem Winkel seines schmalen Mundes zucken ließ, und einen bösartigen Blick. Das nervöse Zucken konnte aber auch neu und die Folge der derzeitigen Umstände sein.

»Ich habe nicht gewußt, daß sie so runterfallen würde«, wiederholte er. »Diese Leute sind doch angeblich gute Reiter, oder? Sie fallen doch ständig runter auf ihren Querfeldeinritten, und sie haben gelernt, wie man fällt. Sie wissen schon, wie Akrobaten, den Kopf eingezogen und mit einer Rolle. Aber sie ist runtergeknallt wie ein Sack Kartoffeln, und dabei ist ihr Schädel zu Bruch gegangen. Das habe ich nicht erwartet.«

Markby zischte und runzelte die Stirn. Das Ärgerliche war, daß der Kerl den Finger auf einen wunden Punkt gelegt hatte. Harriet war tatsächlich wie ein »Sack Kartoffeln« gefallen. Er hatte sie mit eigenen Augen fallen sehen und bezweifelte, daß irgendein anderer Zeuge dieser Beschreibung nicht zugestimmt hätte. Sogar Tom Fearon, der am allerbesten wissen mußte, was für eine gute Reiterin Harriet gewesen war, hatte verwundert und ohne die geringste Absicht einer Zweideutigkeit gesagt: »Harriet hatte einen erstklassigen Sitz. Nie hätte ich erwartet, sie so fallen zu sehen.«

Warum also war sie so gefallen? Einfach Pech? Oder hatte es irgend etwas mit der Blässe und Unsicherheit zu tun, die Pringle erwähnt hatte?

»Hatten Sie«, fragte Markby geduldig zum dritten- oder viertenmal, »die Absicht, sie zum Sturz zu bringen?«

»Nein, natürlich nicht.«

»War das, was Sie da getan haben, reine Blödheit« – aus Pardys Augen funkelte ihm Haß entgegen –, »Blödheit, wie ich schon sagte, oder haben Sie gehofft, daß sie vom Pferd fällt?«

»Oh, großartig«, sagte Pardy sarkastisch. »Entweder stimme ich Ihnen zu, daß ich blöd bin – was nicht der Fall ist. Oder ich sage: ›Ja, Chefinspektor ...‹« Seine Stimme nahm einen affektiert nachäffenden Ton an, und Markby hoffte, daß er nicht ihn nachahmen wollte. »›Ich habe sie absichtlich aus dem Sattel geholt‹, und wenn ich das sage, was wird dann aus mir? Dann hängen Sie mir eine Mordanklage an.«

Markby trommelte mit den Fingerspitzen auf die Tischplatte und zischte vor Gereiztheit. Unmöglich zu sagen, ob dieser junge Mensch sehr klug oder sehr einfältig war.

Das Gesetz kennt einige Tötungsdelikte außer Mord und geht ziemlich gnädig mit Fahrlässigkeit um – oder mit einem Angriff in der Absicht, körperlichen Schaden zuzufügen. Das Element der Zurechnungsfähigkeit – was bedeutet, welche Absicht der Beschuldigte zum Zeitpunkt seiner Tat hatte – war von immenser Wichtigkeit. Pardy hatte im Sinne des Gesetzes gewiß fahrlässig gehandelt. Hätte er inmitten eines leeren Feldes gestanden, dort geschrien und sein Plakat geschwenkt, wäre das kein Vergehen gewesen. Wenn er es getan hätte, weil er ehrlich der Meinung gewesen war, allein zu sein, ohne zu ahnen, daß sich hinter einer Baumgruppe in der Nähe ein Reiter aufhielt, hätte er, auch wenn das Pferd erschrocken gescheut hätte, noch immer erklären können, er habe nicht fahrlässig gehandelt.

Aber Pardy hatte gewußt, daß er auf einem überfüllten Platz stand und daß Tiere im Spiel waren, die auf seine Aktion mit Panik reagieren konnten. Dennoch hatte er getan, was er sich vorgenommen hatte. Fahrlässig, gewiß. Aber hatte er Harriets Sturz gewollt? Hatte er ihr seit dem vergangenen Freitag gegrollt, als sie ihn verächtlich weggestoßen hatte? Hatte er sie gezielt aufs Korn genommen, oder war es reines Pech gewesen, daß sie ihm am nächsten gewesen war? War Pardy, kurz gesagt, einfach fanatisch und gedankenlos gewesen – was auf eine geringere Anklage hinauslaufen würde –, oder war er entschlossen gewesen, Harriet tödlich zu verletzen, was in einem Prozeß wegen Totschlags enden konnte?

Ich bin kein Strafverteidiger, dachte Markby, auch kein Richter und kein Geschworener … Aber er machte den ersten Schritt auf dem Pfad der Rechtsfindung, und er mußte den Sachverhalt klären. Wenn er es nicht tat, würde ein gerissener Anwalt den jungen Kerl wegen eines technischen Verfahrensfehlers herauspauken. Andererseits war Pardy vielleicht ganz einfach dumm, und ihm war nicht klar gewesen, was passieren konnte, wenn er anfing mit seinem Plakat herumzufuchteln. Menschen konnten erstaunlich dumm sein. Genauere Erkundigungen und Ermittlungen im Hinblick auf Pardys Aktivitäten konnten sehr wohl einen Hinweis auf die Wahrheit enthalten. Markby begann von neuem, auf einer anderen Schiene.

»Haben Sie jemals an Mitglieder der Jagdgesellschaft Briefe geschrieben?«

»Briefe geschrieben? Glückwünsche zum Valentinstag, nehme ich an?« höhnte Pardy auf seine sarkastische Art. Aber er verlor einen Moment lang die Fassung. Er hatte nicht erwartet, daß Markby das Thema wechseln würde. Er hatte seine Antworten, wenn es um die Ereignisse vom Vormittag ging, aber er war nicht darauf vorbereitet, andere Fragen zu beantworten. Er fühlte sich überrumpelt und sah Markby mit unverhohlener Abneigung an.

»Versuchen Sie nicht, besonders schlau zu sein«, sagte Markby und klammerte sich verzweifelt an seinen Geduldsfaden. »Die Sache ist nicht zum Lachen, und für Witze ist das der falsche Zeitpunkt. Außerdem ist Ihre Lage nicht so rosig, daß Sie sich Witze leisten könnten. Haben Sie irgendwann einmal an Mitglieder der Bamforder Jagdgesellschaft oder an Leute, die mit ihr zu tun haben, Drohbriefe geschickt? An Mr. Fearon, dem der Stall in Pook's Common gehört, zum Beispiel?«

»Nein, hab ich nicht«, sagte Pardy trotzig. »Und Sie können nicht behaupten, ich hätt's getan – geschweige denn irgend etwas beweisen.«

Aus den Augenwinkeln sah Markby, daß Pearce, der im Hintergrund mitschrieb, unruhig auf dem Sessel herumrutschte. »Fearon hat den Brief aufgehoben, und wir haben ihn hier«, sagte Markby.

»Und? Jetzt ist wohl ein Handschriftenvergleich fällig, wie?« höhnte Pardy unverschämt.

»Angenommen, ich sage ja. Was würden Sie antworten?«

»Daß es nicht möglich ist!« erwiderte Pardy triumphierend.

»Oh?« Markbys Stimme klang trügerisch freundlich. »Warum denn nicht?«

Doch Pardy hatte die Falle – wenn auch zu spät – erkannt, in die er schon mit einem Zeh geraten war, und wich zurück. »Weiß nicht. Was ich gemeint hab, war, Sie könnten nicht beweisen, daß es meine Schrift ist, weil ich den Brief nicht geschrieben habe.«

»Ach wirklich?« Pardy hatte recht, er konnte wirklich nichts beweisen, denn der Brief war auf klassische Weise aus einzelnen Zeitungsbuchstaben zusammengesetzt. Aus einer Boulevardzeitung. Pardy hatte um ein Haar zugegeben, daß er das wußte – aber gerade noch rechtzeitig innegehalten, und nichts mehr konnte ihn dazu bewegen, etwas so Belastendes einzugestehen.

»Wo waren Sie am Weihnachtsabend?« fragte Markby.

»Meistens zu Hause. Vorher hab ich im Pub was getrunken.«

»Hat Sie dort jemand gesehen? Wie heißt das Pub?«

»Bunch of Grapes. Mehrere Leute haben mich gesehen. Meine Kumpel – Micky war da und Trace und Cheryl –, wir wohnen im selben Haus. Und der Wirt wird sich auch an mich erinnern. Obwohl das ein mieser alter Kerl ist.«

»Wann sind Sie gegangen?«

»Keine Ahnung – so um halb zehn rum.«

»Und wohin sind Sie …?«

»Nach Hause.«

»Allein?«

»Ja.«

»Jemand zu Hause, der bezeugen kann, wann Sie gekommen sind?«

»Nein. Hab Ihnen doch gesagt, Trace und Cheryl und Micky waren alle im Pub. Und sind dort geblieben. Cheryl war sauer.«

»Waren Sie – betrunken?«

»Nein, ich war nicht betrunken.«

Markby gab die Befragung in dieser Richtung auf. Sie führte zu nichts. Wenn Pardy die Pferde herausgelassen hatte, würde sich das nur schwer beweisen lassen. Am Weihnachtsabend sind die Leute ständig in Bewegung – wie an Silvester. Die jungen Leute wechselten wie Ebbe und Flut aus Gasthäusern in Diskotheken und wieder zurück. Natürlich waren einige betrunken, andere von irgendeinem Kraut high, einige zu scharf, um etwas anderes zu sehen, als das andere Geschlecht, und der Rest war so mit sich selbst beschäftigt, daß er überhaupt nichts merkte.

»Schön, dann kehren wir zu den Ereignissen auf dem Market Square zurück – oder nein, besser zu dem Freitag davor. Letzten Freitag. Da haben Sie in Bamford Unterschriften für eine Petition gesammelt.«

»Ja, das hab ich.« Pardy sah überrascht, unangenehm berührt und dann wachsam aus. »Wer hat Ihnen das gesagt?«

»Eine Polizeistreife, und außerdem hat Sie halb Bamford gesehen. Sie sind auch Miss Needham angegangen, die Dame, die heute zu Tode gekommen ist.«

»Bin ich das? Ich erinnere mich nicht. Ich habe viele Leute gefragt. Hat sie so geheißen?«

»Sie sind Miss Needham angegangen«, wiederholte Markby. »Und sie hat so geheißen, egal, ob Sie es damals wußten oder nicht, und Sie haben sie gebeten zu unterschreiben. Sie hat Sie schroff abgewiesen und Sie zurückgestoßen.«

»He«, platzte Pardy gekränkt heraus, »wer behauptet das? So ein Scheiß!«

Markby sah ihn ruhig an.

»Eine sehr vertrauenswürdige Zeugin.«

»Ach ja? Also Ihre sehr vertrauenswürdige Zeugin kann …«

»Haben Sie Miss Needham angesprochen?« Markby brüllte beinahe los, bevor Pardy den Satz beenden konnte. »Und als sie weiterging, haben Sie da nicht gesagt: ›Na warte bis zum zweiten Weihnachtsfeiertag!‹ oder so ähnlich?«

»Ich erinnere mich nicht.«

»O doch, Sie erinnern sich. Sie waren wütend. Sie hatten auch Grund dazu. Sie hat Sie gestoßen. Hat Sie vor allen anderen, die zugesehen haben, lächerlich gemacht. Hat Sie das nicht geärgert? Hätten Sie es ihr nicht gern heimgezahlt?«

Pardy fuhr sich mit der Zunge über die trockenen Lippen. »Ich verlange einen Anwalt.«

»Oh, warum denn?«

»Weil es mein Recht ist, darum. Mein Anwalt soll kommen. Ich sage kein Wort mehr, ehe er nicht hier ist, und bilden Sie sich ja nicht ein, daß ich irgend etwas unterschreibe.«

»Na schön, und wie heißt Ihr Anwalt?« fragte Markby und nickte Pearce zu.

In den Augen des Inhaftierten blitzte es boshaft auf. »Colin Deanes«, sagte er und hatte die Genugtuung zu sehen, daß der Chefinspektor einen Moment lang sprachlos war.

Aus der Untersuchungshaft mit der strengen Auflage entlassen, sich nicht aus der Stadt zu entfernen, ging Simon Pardy später am Abend nach Hause. Er wohnte in einem Reihenhaus in der Jubilee Road, einer Straße mit heruntergekommenen Villen aus der Zeit König Eduards. Nummer dreiundvierzig, wo er mit drei anderen jungen Leuten hauste, war noch baufälliger als die meisten Häuser dort. Es hatte keine Innentoilette. Bei jedem Wetter mußte man in das Häuschen neben dem Kohlenschuppen im Hinterhof gehen. Die steinernen Einfassungen der Erkerfenster bröckelten, und das obere Erkerfenster hatte deutlich Schlagseite. Das gesamte Mauerwerk mußte dringend neu verfugt werden, und die Farbe blätterte überall ab. In dem Zustand, in dem das Haus war, würde es dem Hauswirt schwerfallen, respektable Mieter zu finden, und er war froh, es für viel zuviel Geld an die jungen Leute zu vermieten.

Simon Pardy wohnte hier, seit er in einem Pub zufällig Mick Leary kennengelernt hatte. Er hatte einen Unterschlupf gesucht, Micky und die beiden Mädchen einen vierten Mieter, da vor kurzem jemand ausgezogen war. Sie mußten zu viert sein, um die Miete aufbringen zu können. Pardy war sofort eingezogen.

Micky war Lagerarbeiter, die beiden Mädchen, Tracy und Cheryl, Hilfskräfte im Supermarkt. Wenn sie nicht arbeiteten, zogen sie sich gleich an – trugen beide enge schwarze Leggings, schwarze Lederjacken und schwarze Wildlederstiefel. Sie hatten schwarzgefärbte, streichholzkurze Haare und vielfach durchstochene Ohrläppchen, um ein ganzes Dickicht an Ohrringen daranzuhängen. Beide waren klein, plump und voller Energie, und wenn sie in ihrem schwarzen Outfit die Straße entlangwieselten, sahen sie wie zwei Spinnen aus, die hinter einem Opfer herrannten. Simon Pardy interessierte sich weder für sie noch für Mädchen im allgemeinen. War aber auch nicht an jungen Männern interessiert. Im Grunde interessierte er sich überhaupt nicht für Menschen. Sehr früh schon hatte er sich radikalen Interessen verschrieben, sich seit einiger Zeit jedoch nur noch für Tiere eingesetzt. Merkwürdig genug interessierte er sich jedoch auch nicht besonders für Tiere um ihrer selbst willen. Ein paar Katzen lungerten um das Haus Nummer dreiundvierzig herum, mieden Pardy jedoch – der sie ohnehin nie fütterte. Mick machte ein Getue um sie, und die Mädchen brachten aus dem Supermarkt Dosen mit Katzenfutter mit. Im großen und ganzen ging es den Katzen von Nummer dreiundvierzig recht gut. Aber ohne Simon Pardy, den Kämpfer für das Recht der Tiere.

Als Simon mit wehendem Mantel die Lücke passierte, in der eigentlich eine Pforte sein sollte, kauerte eine Katze, eine kräftige schwarzweiße, auf der bröckelnden Ziegelmauer im Schutz der Ligusterhecke des Nachbarhauses. Die andere, eine Tigerkatze von unternehmungslustigerem Wesen, lauerte hoffnungsvoll auf der

Veranda. Simon betrat das Haus und schloß schnell die Tür hinter sich, bevor die Katze zu seinen Füßen hinter ihm hineinhuschen konnte.

Aus der Küche, dem einzigen heizbaren Raum im Haus, in dem sich alle versammelten, kamen Stimmen. Simon ging über das rissige Linoleum im Flur und stieß die Küchentür auf.

Die drei anderen saßen um den wackligen Küchentisch herum, auf dem Kaffeetassen, Lagerbier- und Coladosen und ein übervoller Aschenbecher standen. Sie hatten die Köpfe zusammengesteckt, und als er eintrat, blickten alle mit erschrockenen Gesichtern auf und verstummten. Es war offensichtlich, daß sie über ihn gesprochen hatten.

Simon war es egal, ob sie über ihn sprachen oder nicht. In letzter Zeit hatte er ohnehin vermutet, daß sie es gern gesehen hätten, wenn er ausgezogen wäre. Wären sie sicher gewesen, bald einen Ersatz für ihn zu finden, hätten sie ihn bestimmt schon gebeten zu gehen. Doch er war es gewohnt, daß die Leute ihn oder seine Gesellschaft nicht mochten, daher kam es für ihn nicht unerwartet. Er hatte absolut nicht vor zu gehen, füllte jetzt den Kessel und setzte ihn auf.

»Wie bist du mit den Bullen zurechtgekommen?« fragte Mick. »Wir haben unten im Pub davon gehört.«

»Waren ganz in Ordnung.«

»Sie ist tot, ist das richtig?« fragte Cheryl, und ihr Mund blieb halb offen stehen, als sie zu Ende gesprochen hatte. »Alle haben gesagt, daß sie tot ist.«

»Ja.«

»Was? Und da haben sie dich gehen lassen?« fragte

Tracy, die aggressivere der beiden. Sie schüttelte den schwarzen Kopf und blinzelte mit den pechschwarz umrahmten Augen, die aussahen wie die einer indischen Tänzerin.

»Darauf kannst du wetten«, stieß Simon hervor. »Ich habe Colin zu Hilfe geholt.«

»Was, Deanes?« fragte Tracy skeptisch.

»Ja, Deanes.« Simon drehte sich um und sah sie finster an. »Der hat ihnen ganz schnell gezeigt, wo der Hase lang läuft.«

»Der?« Ihre Skepsis nahm zu. »Der hat doch von nichts eine Ahnung.«

Simons Reaktion erschreckte sie alle. Er stürzte vorwärts und knallte beide Fäuste auf die Tischplatte, so daß der Tisch heftig zu wackeln begann, Becher und Dosen klirrten.

»Sagt ja nichts gegen Colin! Er weiß, was er tut. Er sagt dem verdammten Establishment, wohin es sich verpissen soll. Er ist der beste Kerl, den ich kenne, und wenn's mehr gäbe wie ihn, hätten wir in diesem Land eine anständige Gesellschaft, keine solche Scheiße wie jetzt.«

Nach einer Weile sagte Mick friedlich: »In Ordnung, reiß dir nicht die Haare aus. War gut, daß du ihn rufen konntest.«

Simon sah sie der Reihe nach an. Cheryl fuhr sich mit der Zungenspitze über die geöffneten Lippen. Tracy blinzelte heftig mit ihren kohlumrandeten Augen.

»In Ordnung?« fragte er mürrisch.

»In Ordnung«, antworteten sie gehorsam im Chor.

Simon stieß sich vom Tisch ab und ging zu dem pfeifenden Kessel, um sich seinen Kaffee zu machen. Sie konnten den triumphierenden Glanz in seinen Augen nicht sehen. Das Herz hüpfte ihm in der Brust vor Vergnügen, und die Furcht, die er auf der Polizeistation empfunden hatte, verwandelte sich in Freude. Sie fürchteten sich vor ihm. Sie fürchteten, er könnte gewalttätig werden und ihnen körperlichen Schaden zufügen. Sie hatten sich noch nie vor ihm gefürchtet. Sie hatten ihn verachtet und nur wegen seines Mietanteils geduldet. Aber jetzt war dieses Needham-Frauenzimmer gestorben, und sie fürchteten sich vor ihm. Jetzt würde es keiner mehr auch nur anzudeuten wagen, daß er ausziehen sollte. Sie würden ihn gern gehen sehen, aber zuviel Angst haben, es zu verlangen. Von nun an konnte er tun und sagen, was er wollte – sie würden nicht einen Pieps machen.

Simon goß heißes Wasser in seinen Becher, und sein hageres Gesicht verzog sich zu einem häßlichen, sich selbst beglückwünschenden Lächeln, als er über die Vorteile der Macht nachzudenken begann.

KAPITEL 5

Markby hielt vor Rose Cottage an und stellte den Motor ab. Er stieg aus, doch bevor er an Merediths Tür klopfte, ging er über die Straße und betrachtete nachdenklich Ivy Cottage. Es war der Freitagmorgen nach dem Unfall. Sie hatten bereits eine Verwandte von Harriet Needham aufgespürt, eine Miss Frances Needham-Burrell. Sie schien auch Harriet Needhams Testamentsvollstreckerin zu sein und wollte umgehend nach Bamford kommen. Er hatte nicht selbst mit Miss Needham-Burrell gesprochen und keine Ahnung, wie alt sie war. Wahrscheinlich ein dürrer alter Drachen in Tweed.

Harriets Anwälte waren Duckett & Simpson, eine der drei Kanzleien in Bamford. Theo Simpson, der Seniorpartner, hatte sich persönlich um Harriet Needhams Angelegenheiten gekümmert. Simpson war es gewesen, der, nachdem er von dem Unfall auf dem Market Square gehört hatte, Markby anrief, um sich bestätigen zu lassen, was geschehen war, und um ihm mitzuteilen, daß er sich mit Miss Needham-Burrell in Verbindung setzen werde. Markby dankte ihm für die prompte Intervention und Hilfe. Er hatte schon ein paarmal mit Mr. Simpson zu tun gehabt. Der Anwalt war ein peinlich korrekter älterer Mann, völlig humorlos und mit einer Abneigung dagegen, sich drängen zu lassen, obwohl er nicht langsam war, wenn man ihn das Tempo selbst bestimmen ließ. Für die Interessen seiner Klienten setzte er sich mit ungewöhnlicher Hingabe ein. So sehr, daß er Markby manchmal sogar in seinen Ermittlungen behinderte, wenn er gezwungen war, sich in Polizeiangelegenheiten mit dem Anwalt in Verbindung zu setzen. Diesmal hatten die Ereignisse den armen alten Simpson total aus dem Gleichgewicht gebracht, er war am Telefon außer sich gewesen vor Aufregung.

»Der alte Theo?« sagte Laura sofort, als Markby über Mr. Simpson murrte. »Ich nehme an, er ist ein bißchen verknöchert, aber er hat ein sehr gesundes Rechtsempfinden. Ich wünschte, ich wüßte nur ein Zehntel von dem, was er weiß.«

Jetzt überlegte Markby, woraus – vom Ivy Cottage abgesehen – Harriet Needhams Nachlaß noch bestehen mochte. Ivy Cottage selbst war attraktiv, altmodisch, in gutem Zustand und hatte einen hübschen, kleinen Garten. Die Augen eines jeden Immobilienmaklers würden bei seinem Anblick unter Garantie aufleuchten, selbst bei dem derzeitigen Konjunkturrückgang auf dem Immobilienmarkt. Markby war klar, daß es reine Zeitverschwendung wäre, den Anwalt ohne richterliche Genehmigung nach dem Inhalt des Testaments zu fragen. Er versuchte telefonisch und auf Umwegen ein paar Informationen über Harriet Needhams finanzielle Mittel zu bekommen und wies darauf hin, daß man vielleicht noch andere von ihrem tragischen Ableben verständigen müßte. Das äußerste, wozu Mr. Simpson sich herabließ – mit größtem Widerstreben und unverkennbar empört über die unangemessene Frage –, war die Mitteilung, daß die Klientin ein Einkommen aus einem Familientreuhandfonds bezogen hatte. Die Höhe dieses Einkommens durfte er seiner Ansicht nach nicht preisgeben. Es sei, sagte er unwirsch, ausreichend gewesen.

Demnach hatte Harriet Needham nicht regelmäßig gearbeitet. Sie hatte als freie Journalistin gelegentlich Artikel für Zeitschriften wie *Horse and Hound* und *The Field* und *Country Life* geschrieben. Diese Information hatte er Jack Pringle zu verdanken. Harriet war auch, wie er – diesmal von Laura – mit Staunen erfahren hatte, die Autorin einer Erzählung mit dem Titel *Briony Rides at the Horse of the Year Show.* Zielgruppe waren die kleinen Mädchen im Pony-Club-Alter, doch auch diejenigen, die kein eigenes Pony besaßen, aber pferdeverrückt waren – ein Stadium, dem kleine englische Mädchen nur selten entgehen und aus dem sie nie herauszuwachsen scheinen. Offenbar trat seine Nichte Emma gerade in dieses Alter ein; sie besaß ein signiertes Exemplar von *Briony Rides at the Horse of the Year Show.*

»Es war riesig nett von Harriet«, sagte Laura. »Emma hat sie in Bamford getroffen und gefragt, ob sie ihr ein Buch zum Signieren schicken dürfe, und Harriet sagte, aber ja, natürlich. Also hat Emma ihr das Buch nach Pook's Common geschickt und es mit einer sehr netten Widmung und einem Foto von Harriet, hoch zu Pferde, zurückbekommen. »Es hängt gerahmt in Emmas Zimmer. Dieser Unfall ist eine schreckliche Sache.«

Jedoch hätte auch diese bemerkenswerte literarische Arbeit – selbst wenn sie eine ganze Armee von Fans wie seine Nichte Emma gehabt hätte – Harriet kein besonders großes Einkommen eingebracht, ebensowenig wie der Journalismus; für den Rest hatte wohl der Treuhandfonds gesorgt.

Er fragte sich auch, ob Harriet vielleicht auch Drohbriefe erhalten hatte wie Tom Fearon, und wenn ja, wo sie sie aufbewahrt hatte? Bisher hatte er aber keinen Grund, einen Durchsuchungsbefehl für Ivy Cottage zu beantragen, und Mr. Simpson würde feuerrot anlaufen und jeden juristischen Folianten seiner großen Bibliothek nach ihm werfen, sollte er es auch nur versuchen. Es würde sich aber lohnen, sich mit Miss Frances Needham-Burrell in Verbindung zu setzen, sobald sie hier war, und sie zu bitten, wenn sie den Nachlaß ihrer Cousine ordnete, nach Briefen Ausschau zu halten, die Drohungen oder Beschimpfungen enthielten.

Markby machte kehrt, ging zum Rose Cottage zurück, und Meredith öffnete ihm schon, bevor er klopfte. Sie schien sich zu freuen, ihn zu sehen.

»Ich habe Sie durch die Vorhänge beobachtet, nennt man das nun schnüffeln? Was hätten Sie lieber – Tee oder Kaffee?«

»Tee wäre schön.« Er nahm im Wohnzimmer Platz, in das sie ihn führte, und stellte fest: »Sie haben den Weihnachtsschmuck abgenommen?«

»Ja, es schien mir nicht richtig, ihn unter diesen Umständen hängenzulassen. Mrs. Brissett hat sich über Harriets Tod sehr aufgeregt. Sie hat geweint, und ich habe sie nach Hause geschickt. Sie hatte Harriet sehr gern. Offenbar hat Mrs. Brissetts Schwiegersohn vor ein paar Jahren ihre Tochter verlassen, und sie hatte Schwierigkeiten, einen Job zu finden, und kein Geld… Und Harriet hat ihr geholfen und irgendwo Arbeit verschafft. Die Brissetts sind ihr ewig dankbar. Das klingt, als wäre Harriet sehr nett gewesen.«

»Ich glaube, daß sie sehr nett war«, sagte Markby, der an das von Harriet signierte Exemplar für Emma dachte. Meredith holte den Tee, und als sie zurückkam, sagte er: »Das ist eigentlich ein offizieller Besuch.«

Meredith lächelte. »Das habe ich vermutet. Was passiert mit diesem jungen Mann?«

»Sie meinen diesen erbärmlichen Pardy – so heißt er nämlich. Simon Pardy. Ich mußte ihn laufenlassen, aber er muß sich zu unserer Verfügung halten. Hat mir seinen Anwalt auf den Hals gehetzt. Keinen Geringeren als Ihren Freund Colin Deanes. Er erschien in Rekordzeit und beschuldigte mich, Pardy mit meiner Taktik zu drangsalieren. Da ich aus Pardy sowieso nichts mehr herausbekommen hätte, habe ich eine Erklärung tippen lassen, und nachdem Deanes sie gewissermaßen mit der Lupe untersucht hatte, hat Pardy unterschrieben. Dann hat Deanes ihn mitgenommen und sich dabei wie eine Glucke aufgeführt.«

»Ist Deanes denn Anwalt?« fragte Meredith überrascht. »Ich dachte, er sei Schriftsteller und Soziologe.«

»Und, wie es scheint, ein qualifizierter Rechtsanwalt, der früher irgendwo im Norden Partner in einer Anwaltskanzlei war, aber aufgehört hat, um seine ganze Zeit verwahrlosten Jugendlichen zu widmen. Ich hab das vorher auch nicht gewußt.«

»Ist Pardy verwahrlost? Ich meine, war er schon früher in Schwierigkeiten?«

Markby knurrte. »Nicht in dieser Gegend. Kleine Sachen, anderswo.«

Pardys Vorstrafen waren relativ geringfügig, verschiedene Bezirksverwaltungen hatten ihm für mehrere Städte Aufenthaltsverbot erteilt, weil er mehrmals ohne Genehmigung auf der Straße gesammelt –, zur Unterstützung verschiedener Projekte mit seiner Büchse gerasselt hatte; für das Wohl der Tiere setzte er sich jedoch erst seit kurzem ein. Das fand Markby merkwürdig. Man konnte behaupten, Simon Pardy habe das Herz auf dem rechten Fleck, aber sein Kopf – so kam es Markby vor – war einfach überall. Ein irrationaler junger Mann. Die Projekte, für die er so fanatisch kämpfte, befriedigten ohne Zweifel eine tiefe emotionale Leere in ihm. Seiner Familie vermutlich entfremdet, hatte er auch nur wenige echte Freunde. Sogar die einheimischen Jagdgegner konnten nicht viel über ihn sagen.

»Er ist eines Tages einfach aufgetaucht«, hatte ihr Anführer gesagt. »Keiner von uns weiß was über ihn.«

Andererseits, warnte eine kleine Stimme im Hintergrund von Markbys Bewußtsein, konnten Aussehen und Verhalten des jungen Menschen Verstellung sein. Vielleicht ist er einfach naiv und meint es gut, dachte er. Vielleicht weiß er aber auch haargenau, was er tut – aus Gründen tut, von denen seine Gefährten keine Ahnung haben und die alles andere als wohlmeinend sind. Es mochte sich lohnen, bei anderen Police Departments nachzufragen, ob Simon Pardy Verbindung zu anarchistischen Gruppen gehabt hatte. Es war nur ein Gedanke.

»Hören Sie, Meredith.« Markby beugte sich vor. »Sie waren Zeugin des Zwischenfalls, bei dem Harriet starb, und waren auch dabei, als sie und Pardy sich an diesem

Freitag begegneten. Erzählen Sie mir zuerst, wie Sie den Zwischenfall auf dem Market Square in Erinnerung haben.«

Meredith goß sorgfältig Tee ein und sammelte dabei ihre Gedanken. Sie schob die Unterlippe vor und strich sich mit der Hand über das dichte braune Haar. Sie trug einen gestrickten Pullover aus flauschiger Wolle und Jeans. »Nun« – sie schob die Ärmel des Pullovers zu den Ellenbogen hinauf –, »das ist komisch. Obwohl das Ganze vor mir abläuft wie ein Stummfilm, kann ich nicht genau sagen, wer wo war und so weiter.«

»Das erwarte ich auch nicht von Ihnen. Das können die Leute nie sagen. Sie geben es wenigstens zu. Der schlimmste Zeuge ist, der eine Tatsache beschwört, sich jedoch – und das guten Glaubens – irrt, aber unerschütterlich bei seiner Aussage bleibt. Es ist äußerst schwierig, sich an etwas zu erinnern, das plötzlich geschieht, unerwartet und unter aufwühlenden Umständen. Versuchen Sie Ihr Bestes.«

»Lassen Sie mich überlegen. Harriet ist ganz dicht an die Demonstranten herangeritten, was mich überrascht hat. Es war, als ob sie sie gar nicht sähe. Sie sind zurückgewichen, nur Pardy ging auf Harriet zu – oder war's nur so, daß die anderen zurückgegangen sind und er allein stehenblieb? Ich könnte nichts beschwören. Er schwenkte wild und völlig idiotisch sein Plakat. Das Pferd scheute. Harriet fiel herunter … Pardy stand da und sah sehr selbstzufrieden aus, hob irgendwie triumphierend die Arme. Fearon hat Harriets Pferd eingefangen, nicht wahr? Ein oder zwei Minuten später hat er es jedenfalls am Zügel geführt. Dann kam Green geritten.

Er muß durch die Menge gekommen sein, aber ich habe ihn nicht gesehen. Plötzlich war er da, nahm den Zylinder ab und schaute auf Harriet hinunter.«

»Was haben Sie über Greens Geste gedacht?« fragte Markby.

»Um die Wahrheit zu sagen, ich habe Gänsehaut dabei bekommen. Ich mußte an dieses Voodoo-Dings denken, das um Friedhöfe herumhängt und einen Zylinder trägt.« Das Bild von Greens entblößtem Kopf, seinem Gesicht und seiner Miene stieg vor ihrem geistigen Auge auf. Geschockt? Nein, dachte sie, er hat erleichtert ausgesehen, das war's. Doch jetzt bilde ich mir alles mögliche ein, sagte sie sich sofort und behielt diesen Eindruck für sich. »Was haben Sie gedacht?« Sie versuchte Zeit zu gewinnen.

»Ich? Streng unter uns, ich fand das Ganze grotesk. Obwohl es korrekt und zweifellos als Zeichen des Respekts gemeint war. Ich glaube nicht, daß es Tom Fearon gefallen hat.«

»Nein, ich habe gemerkt, daß er verärgert aussah. Vielleicht mag er einfach Green nicht besonders.«

»Wieso sagen Sie das?« Markby sah sie neugierig an.

Sie wurde rot. »Das war nur so ein Gedanke. Es ist sehr warm hier drin. Haben Sie etwas dagegen, wenn ich das Gasfeuer ein bißchen runterdrehe?« Sie stand auf und bückte sich, um den Schalter zu erreichen. »So erinnere ich mich daran. Tut mir leid, daß ich nichts Besseres zu bieten habe.«

»Ist Ihnen kurz vor dem Unfall aufgefallen, daß Harriet wie benebelt aussah oder unsicher im Sattel saß?«

»Ja, das ist mir aufgefallen, sehr deutlich sogar, sie

schien mir einfach nicht sie selbst. Obwohl ich sie natürlich nicht sehr gut oder lange gekannt habe. Ich kann es nicht beurteilen.«

»Und wenn Sie ganz schlicht Ihre Beobachtungsgabe einsetzen, wie hätten Sie sie beschrieben? Verkatert? Noch beschwipst?«

»Ich weiß nicht, Alan«, platzte Meredith verärgert heraus. »Ich habe kein Recht, eine Vermutung auszusprechen. Und Sie sollten mich das nicht fragen – es ist eine Suggestivfrage, und wenn Sie sie mir vor Gericht stellen würden, würde der Richter intervenieren und dem Protokollführer sagen, er solle sie streichen. Warum fragen Sie nicht Dr. Pringle – er hat sie besser gekannt als ich und kann Ihnen seine ärztliche Meinung sagen.«

»O Jack«, sagte Markby vage. »Er ist ein bißchen still geworden. Ich weiß nicht, was er denkt. Na schön, ich werde keine Suggestivfragen stellen. Aber Sie sagten, Sie hätten Harriet vergangenen Freitag in Bamford gesehen. Wie hat sie da ausgeschaut?«

»Sie war in guter Verfassung. Und es ging ihr gut, denn als ich nach Hause kam, lud sie mich zum Kaffee ein. Sie hatte alle möglichen Lebensmittel für eine Dinnerparty eingekauft. Und sie hat mir erzählt, daß sie einen Cordon-bleu-Kochkurs besucht hat. Vielleicht sollte ich das auch tun«, fügte Meredith, einen Augenblick abschweifend, hinzu. »Ich bin keine besonders gute Köchin. Eigentlich eine ziemlich miserable.« Sie riß sich zusammen und kehrte zum Thema zurück. »Wahrscheinlich hatte sie oft Gäste. Am Abend des Weihnachtstags hatte sie jedenfalls Besuch.« Sie schwieg plötzlich verlegen.

»Woher wissen Sie das?«

»Ich – habe sie gesehen. Auf den Jalousien, ihre Silhouetten.« Meredith wurde rot und schob aggressiv das Kinn vor. »Das klingt furchtbar nach Voyeurismus. Ich habe aber nicht hinter dem Vorhang gelauert, das versichere ich Ihnen. Ich wollte ungefähr zehn Minuten, nachdem Sie mich hier abgesetzt hatten, im Schlafzimmer den Vorhang zuziehen. Er – es war ein Mann – könnte Ihnen sagen, in welchem Zustand sie war – o Gott, das klingt wie etwas, das ich gar nicht meine. Ich habe gemeint, ob sie sich krank fühlte. So hat sie sich aber nicht benommen.«

»Und wenn sie betrunken war?«

»Das weiß ich wirklich nicht.« Die Worte kamen schärfer heraus als beabsichtigt. Sanfter fügte sie hinzu: »Aber meiner Meinung nach hat sie einiges vertragen. Ich habe sie zwischen dem Freitag in Bamford und dem Weihnachtstag als Silhouette am Fenster zweimal gesehen.«

»Ach?« Er hob die Brauen.

»Samstagvormittag habe ich sie vor Pook's Stallungen getroffen. Ich ging spazieren. Sie hat mich eingeholt und auf die Koppel mitgenommen, damit ich mir ihr Pferd ansehe. Dann haben wir uns getrennt, ich bin weitermarschiert, und sie ist mit Blazer zurück in den Stallhof. Und am Montag war sie zum Lunch bei mir, weil Mrs. Brissett im Ivy Cottage saubergemacht hat. Wir haben nur dagesessen und ein bißchen geschwatzt, über verschiedene Weihnachtsfeiertage, an die wir uns aus der Kindheit erinnerten. Eigentlich habe hauptsächlich ich gesprochen. Harriet hat nicht viel über ihre

Familie gesagt. Einmal hatte sie zu Weihnachten Masern, und der ganze Haushalt mußte in Quarantäne gehen – das war ungefähr die einzige Familiengeschichte, die sie erzählte. Sie fragte mich, was ich im Ausland getan habe. Dann habe ich sie dazu gebracht, über Pferde zu reden, und da ist sie ein bißchen aus sich herausgegangen. Sie hat, seit sie ein Kind war, immer ein Pony oder ein Pferd besessen. Blazer hat sie vor dem Schlachter gerettet. Hat ihn bei einer Versteigerung gesehen, als er schon einem Pferdemetzger zugeschlagen werden sollte, den sie im letzten Moment überbot. Sie war sehr empört darüber, daß lebende Tiere – Pferde oder Rinder – auf den Kontinent exportiert und dort geschlachtet werden. Erklärte mir die Vorschriften des Gemeinsamen Marktes. Allem Anschein sind sie nicht so streng wie die britischen, und die Leute hier befürchten, daß die Vorschriften für den Transport lebender Tiere gelockert werden könnten, damit wir mit Europa gleichziehen. Harriet war besorgt, daß die unglücklichen Tiere leiden würden, und es scheint auch mir ein Unrecht zu sein, daß nach EG-Vorschriften die armen Biester auf dem Transport nicht so oft zu fressen und zu saufen bekommen wie nach unseren Vorschriften. Das wirklich Unsinnige ist, daß Pardy sie so mißverstanden hat. Ich meine, ihr haben die Tiere am Herzen gelegen. Sehr sogar, und sie hat viel getan, um zu helfen – ich meine, sie hat praktische Hilfe geleistet, wie zum Beispiel Blazer gekauft und wegen der Tiertransporte an Parlamentsabgeordnete geschrieben.«

Markby saß da und blickte finster in die Gasflammen, die nicht mehr so hell brannten und leise und ausdauernd zischten. »Anonyme Briefe hat sie nicht erwähnt, oder?« fragte er ohne echte Hoffnung.

»Nein, mit keinem Wort.« Das klang nicht nur überrascht, Meredith sah ihn auch erstaunt an. »Hat sie welche bekommen? Und was stand drin?«

»Das weiß ich nicht. Tom hat welche bekommen, und andere Jagdteilnehmer vielleicht auch. Ich werde auf Miss Needham-Burrell warten müssen.«

»Auf wen?«

»Harriets Cousine und Testamentsvollstreckerin. Wahrscheinlich ein altes Weib mit Schnurrbart und Jagdstuhl.«

»O nein«, sagte Meredith und dachte an die Fotografie mit den drei kleinen Mädchen. »Sie ist...« Sie unterbrach sich und schloß sanftmütig: »Vermutlich ist sie sehr nett.«

»Nett und, wie ich hoffe, kooperativ.« Markby stand auf. »Danke für den Tee. Ich hoffe, der Unfall wirft keinen allzu dunklen Schatten auf die Feiertage. Haben Sie Lust, Silvester, das ist der nächste Dienstag abend, mit mir ein Glas zu trinken?«

Er wollte sie wiedersehen. Sie hätte auf der Hut sein sollen, statt dessen freute sie sich. »Ja, gern, wenn Sie nicht noch mit dieser Geschichte beschäftigt sind.«

»Oh, bis dahin haben wir längst alles unter Dach und Fach«, sagte Markby vergnügt.

An der Gartentür stehend, winkte Meredith ihm zum Abschied und sah zu, wie er vor dem Cottage der Haynes wendete und dann in Richtung von Fenniwicks Garage und der Abzweigung zur Landstraße aus ihrem Blickfeld verschwand. Als das Motorgeräusch seines Wagens verklungen war, ertappte sie sich dabei, daß sie die blanken Fenster von Ivy Cottage anstarrte. Gestern morgen war Harriet aufgestanden und hatte sich hinter den Fenstern im ersten Stock für die Jagd fertiggemacht. Und am Abend des Weihnachtstages hatten Harriet und ein Mann sich hinter diesen Fenstern leidenschaftlich umarmt, und sie, Meredith, hatte sie flüchtig gesehen. Wo war er jetzt? Harriets Liebhaber? Was dachte er? Und kannte er den Grund, oder wußte er eine Erklärung für ihr ungewöhnliches Verhalten beim Jagdtreffen? Wenn es eine Leichenschau gibt, dachte Meredith, sollte er sich melden und aussagen. Und es würde eine Leichenschau geben, nicht wahr?

Ein scharfer Wind kam auf und brachte einen leichten, aber unverkennbaren Pferdegeruch mit. Nachdenklich blickte Meredith das Sträßchen entlang. Pook's Stallungen waren von hier zwar nicht zu sehen, machten sich aber anderweitig bemerkbar. Meredith rügte sich heftig. Sie sollte sich nicht einmischen. Aber warum eigentlich nicht? Tom war Harriets Freund. Bestimmt würde auch er die Wahrheit wissen wollen. Oder kannte er sie schon?

Sie ging ins Haus, zog feste Schuhe und einen Anorak an, band sich ein Kopftuch um, damit ihr Haar nicht im Wind flog, und machte sich auf den Weg.

Der Hof von Pook's Stallungen war leer, aber sie hörte die Pferde in ihren Boxen. Sie stieß die Gattertür mit den fünf Querbalken auf und sicherte sie hinter sich wieder gründlich. Fearons Mercedes parkte unter dem Dach eines Heuschuppens zu ihrer Linken. Er war also hier, es sei denn, er war zum Gemeindeland hinübergeritten. Das war durchaus möglich. Meredith spähte in ein paar Pferdeboxen und rief: »Mr. Fearon?«, blickte aber nur in erstaunte Pferdegesichter. Sie zögerte, dachte: Wer A sagt, muß auch B sagen, und ging auf den baufälligen Bungalow hinter den Ställen zu.

Direkt dahinter war ein Feld, auf dem kreuz und quer durcheinander weiße und rote Stangen und ein paar lackierte Ölfässer herumlagen, die zweifellos als Hindernisse für Übungsspringen dienen sollten. Der ganze Besitz schien ein organisiertes Chaos zu sein. Hier waren nur Pferde wichtig, zuerst und vor allem Pferde. Menschen und ihre Bedürfnisse mußten hineingequetscht werden, wann immer Zeit und Platz es erlaubten. Die Eingangstür des Bungalows stand offen. Auf der Veranda zögerte Meredith wieder, dann klopfte sie laut.

»Mr. Fearon!«

Keine Antwort. Sie konnte sich vorstellen, daß Tom hinausging und die Tür offenließ, wenn er in der Nähe arbeitete, nicht aber, wenn er mit der Arbeit fertig war, und es wäre unsinnig, die kalte Luft ins Haus zu lassen. Sie betrat den engen Flur und rief wieder: »Mr. Fearon, sind Sie da?«

Ein schwaches Stöhnen hinter der Tür unmittelbar zu ihrer Rechten antwortete ihr. Sie erschrak. War er verletzt, oder hatten ihn nach den jüngsten Ereignissen Kummer und Verzweiflung überwältigt? Er und Harriet hatten sich, wenn es um die Pferde ging, sehr nahegestanden. Armer Mann, dachte Meredith mit plötzlich aufwallendem Mitgefühl. Sie klopfte an die Tür und öffnete sie, da sie keine Antwort mehr bekam.

Sie stand auf der Schwelle von Fearons Schlafzimmer; das war ein bißchen heikel, und sie überlegte, ob sie sich nicht besser auf der Stelle zurückziehen sollte. Die Vorhänge waren noch geschlossen, und an diesem Wintertag war es hier drin finster wie die Nacht. Doch dann hörte sie wieder ein schwaches Stöhnen und sah eine Gestalt reglos auf dem Doppelbett ausgestreckt, das die Mitte des Zimmers einnahm. Vorsichtig ging Meredith darauf zu.

»Mr. Fearon?« Abrupt blieb sie stehen, bückte sich und schnüffelte, rümpfte die Nase, weil es so stark nach Whisky roch. Verletzt? Krank? Verzweifelt? Nichts dergleichen. Stockbetrunken.

Meredith war empört. Sie machte auf dem Absatz kehrt und riß mit einem Ruck die Vorhänge auseinander, um das graue Tageslicht einzulassen. Dann musterte sie ihre Umgebung. Was für ein Schweinestall. Toms Reitkappe war am Fußende über den Messingknauf des Bettgestells gestülpt. Ein Paar Reitstiefel, vermutlich sein bestes Paar, lag nachlässig vor dem Toilettentisch und sah genauso betrunken aus wie sein Besitzer. Das weiße Hemd, das er am Tag vorher getragen hatte, lag zerknautscht auf dem Boden, und Tom Fearon selbst fläzte in voller Kleidung quer auf dem ungemachten Bett, die Füße in schlammigen Stiefeln auf der Tagesdecke, er selbst unrasiert, mit geschlossenen Augen.

Meredith marschierte hinüber, packte mit beiden Händen seinen Pullover, zerrte ihn vom Kissen in die Höhe und schüttelte ihn beinahe gewalttätig. »Wachen Sie auf!« befahl sie schroff.

Toms verquollene, trübe Augen öffneten sich einen

Spaltbreit. Sie ließ ihn los, er plumpste in die zerdrückten Bettlaken zurück und starrte sie zuerst verständnislos an. Dann wurde sein Blick klarer, und ein verblüffter Ausdruck trat in seine Augen. »Wer zum Teufel sind Sie?« murmelte er heiser.

»Meredith Mitchell vom Rose Cottage.«

»O sicher, klar, ja.« Fearon blinzelte. »Erinnere mich an Sie. Gestern, auf dem Platz …«

»Stehen Sie auf, Mr. Fearon. Das ist widerlich. Sie müssen sich um Ihre Tiere kümmern.«

Damit hatte sie ins Schwarze getroffen. Fearons Augen öffneten sich ganz, und er setzte sich mit einem Ruck auf, fluchte, fuhr sich mit der Hand über die schwarzen Locken und blinzelte sie an. »Ich war heute früh um sechs Uhr draußen und habe die Pferde versorgt. Sagen Sie mir nicht, was ich zu tun habe, verdammt noch mal!«

»Sie brauchen nicht zu fluchen, Mr. Fearon«, sagte Meredith kurz.

Fearon schwang die Beine auf den Boden, stützte die Hände auf die Bettkante und blickte, eine Grimasse ziehend, zu ihr auf. »Was machen Sie eigentlich hier?«

»Ich wollte mit Ihnen sprechen, aber Sie waren nicht im Hof. Die Haustür ist offen. Im Haus ist es eiskalt. Haben Sie keine Heizung?«

»Brauche keine, bin den ganzen Tag im Freien.« Taumelnd kam Fearon auf die Beine. Meredith war groß, aber Tom Fearon war viel, viel größer. Er muß ohne Schuhe fast einsneunzig messen, schätzte Meredith. Sie versuchte sich die Silhouetten der Gestalten auf Harriets Jalousien vorzustellen. Der Mann war groß gewesen, aber so groß? Schwer zu sagen.

Ihr Blick fiel auf die verschmutzte Tagesdecke. »Tscha«, sagte sie verärgert.

Fearon blickte in dieselbe Richtung, um zu sehen, was sie so aufregte, machte ein überraschtes Gesicht, klopfte halbherzig mit der Hand auf den Schlamm und murmelte: »Bürste ich ab …«

Er trottete an ihr vorbei, kratzte sich zerstreut die Rippen und verschwand in einem anderen Raum. Aus einem Hahn klatschte Wasser in ein Becken. Meredith ging in den Flur und wartete. Fearon tauchte mit einem Handtuch in den Händen wieder auf, sein schwarzes Haar glänzte vor Nässe, und Rinnsale liefen ihm über die dunkle Haut. Er rieb sich das Kinn und den Nacken mit dem Handtuch trocken und sagte: »Ich bin nicht betrunken, war nur hundemüde – bin Ihnen aber keine Erklärung schuldig. Ich habe gestern nacht höchstens zwei Stunden geschlafen.«

»Ich habe den Whisky gerochen.«

»Ein Glas, ein einziges Glas hab ich getrunken. Und es geht Sie verdammt nichts an! Wer, zum Teufel, gibt Ihnen das Recht, hier hereinzuschneien und mich herumzukommandieren?« Plötzlich explodierte sein Zorn, kampflustig schob er das Kinn vor, und seine dunklen Augen funkelten.

»Sie haben mich gestern eingeladen. Haben gesagt, ich sollte mir die Stallungen ansehen kommen.«

Fearon sah einen Moment verblüfft aus, dann zuckte er mit den Schultern, warf das Handtuch hinter sich ins Bad, wo es vermutlich auf dem Boden landete, und sagte grollend: »In Ordnung, ich führe Sie herum. Muß mir nur noch schnell meine Jacke holen.«

Sie war aus abgewetztem Harris-Tweed mit Lederflecken. Er zog sie über den Pullover, klatschte sich eine speckige flache Mütze auf das nasse Haar und marschierte los. Meredith mußte sich beeilen, um mit ihm Schritt halten zu können.

»Der Raum für das Sattelzeug«, sagte er lakonisch und riß die Tür auf.

Meredith schaute hinein. Sattel, auf Hochglanz poliert, und vor Sauberkeit blitzende Steigbügel hingen ordentlich an Haken. Darüber Zaumzeug. Verglichen mit dem Bungalow war der Raum für das Sattelzeug ein Wunder an Ordnung und Sauberkeit.

»Im Moment habe ich nur fünf Pferde hier«, sagte Tom, zur ersten Box weitergehend. »Mit der alten Stute hier müßten Sie zurechtkommen.«

Er sagte das verdächtig freundlich, und Meredith warf ihm einen finsteren Blick zu. Er hatte die Tür der Box geöffnet, verschwand dahinter, und als er zurückkam, führte er einen Braunen am Halfter, der in der Höhe etwas mehr als anderthalb Meter maß.

»Sie ist zwölf Jahre alt, ein feines altes Mädchen, weiches Maul und gute Manieren, was sie bei manchen Frauen sehr beliebt macht, und sie wird Sie nicht abwerfen. Lassen Sie mich wissen, ob Sie interessiert sind, dann lege ich einen Sattel für Sie auf.«

»Danke«, sagte Meredith und tätschelte der Stute die Nase.

»Ich habe auch einen Damensattel, wenn Ihnen das lieber ist«, sagte Tom so überfreundlich wie vorher.

»In Ordnung«, sagte Meredith verärgert. »Ich bin nicht beschränkt. Sie können sich Ihren Spott schenken.«

Fearons braune Wangen spannten sich zu einem Grinsen. Er brachte die Stute in die Box zurück, kam heraus, lehnte sich mit über der Brust gekreuzten Armen an die Tür und betrachtete sie gelassen unter der tief in die Stirn gezogenen flachen Mütze hervor. »Na schön, Miss Mitchell, was wollen Sie wissen?«

Verärgert spürte Meredith, wie ihr das Blut ins Gesicht schoß. Sie holte tief Atem und sagte rasch: »Ich bin gekommen, um mit Ihnen über Harriet zu sprechen.«

»Das hab ich mir gedacht.« Fearon stieß sich von der Tür ab. »Im Sattelraum ist es wärmer. Dort steht ein Ölofen.«

Sie folgte ihm zurück in die kleine Geschirrkammer und setzte sich auf eine Bank, während er den Paraffinofen anzündete, der im Raum bald Wärme und Gestank verbreitete.

»Ist dieses Ding nicht gefährlich? Ich hätte gedacht, daß Sie sich vor Feuer fürchten müßten.«

»Ich bin vorsichtig. Und versuchen Sie einmal, Geschirre und Sättel mit steifgefrorenen Fingern zu reinigen.« Er setzte sich auf eine Bank, die an der Wand gegenüber stand, und stützte die Arme auf die Knie, die Hände locker ineinander verschränkt. Er hatte überraschend feine Hände, lang, schmal und kräftig, doch an den Knöcheln hatte er verräterische Narben, die sich blaß von seiner braunen Haut abhoben. Er hatte schon eine ganze Reihe Faustkämpfe hinter sich, der liebe Mr. Fearon. Doch wie lange war das her? Waren die Narben nur Erinnerungen an seine Knabenzeit?

»Es tut mir so leid um Harriet«, sagte Meredith langsam. »Ich hatte mich darauf gefreut, sie besser kennenzulernen.«

»Ach ja, tatsächlich?« Sein Ton war fast beleidigend, aber nur fast.

Meredith beherrschte sich. »Ja, ich hatte sie sehr gern.«

Fearon grunzte. »Hat mich ziemlich gebeutelt, das von gestern«, sagte er unerwartet.

»Ja, das glaube ich Ihnen. Es war entsetzlich, sie fallen zu sehen.« Meredith hielt einen Moment inne und fügte hinzu: »Es überrascht mich nicht, daß Sie was trinken mußten, und es tut mir leid, wenn ich Sie vorhin beschimpft habe.«

»Alkohol hält einen warm.«

»Das stimmt gar nicht. Das ist ein Trugschluß. Man bekommt nur eine Illusion von Wärme, und hinterher friert man um so mehr. Die Venen erweitern sich, oder so ähnlich, Körperwärme.«

»Was sind Sie, um Himmels willen? Ein weiblicher Gesundheitsapostel, eine Klostervorsteherin?«

»Nein, ich habe mich nur über Harriet gewundert. Es schien ihr bei dem Jagdtreffen, kurz vor dem Unfall, nicht gutzugehen, sie ist mir krank vorgekommen. Hatten Sie nicht auch den Eindruck?

Er wurde vorsichtig. »Ich habe sie nie krank erlebt. Sie war recht fit.«

»Aber beim Jagdtreffen war sie's nicht, oder?« blieb Meredith hartnäckig. »Sie hat zusammengesunken und krumm im Sattel gehangen und undeutlich gesprochen. Ob sie vielleicht getrunken hat, bevor sie losgeritten ist, was glauben Sie?«

»Jetzt hören Sie mir mal zu, Meredith – oder wie immer Sie heißen«, sagte Fearon heftig. »Harriet hat an diesem Morgen vielleicht ein, zwei Gläser getrunken, aber sie war nicht betrunken. Ich habe in fünf Jahren nicht erlebt, daß ein paar Drinks Harriet etwas ausgemacht hätten. Ich habe sie einiges kippen gesehen, aber betrunken war sie nie! Ist das klar? Ich weiß nicht, warum sie so war, wie sie war, bevor der junge Dreckskerl mit seinem Plakat Blazer so erschreckt hat, daß er scheute, aber sie war nicht krank, und sie war nicht betrunken, kapiert?«

Er war jetzt wütend, und in der Enge der winzigen, mit Geräten vollgestopften Geschirrkammer sah er richtig gefährlich aus.

»In Ordnung«, sagte Meredith nachgiebig.

Fearon entspannte sich ein wenig, beendete aber auch das Gespräch. »Ich habe zu arbeiten. Rufen Sie mich an, wenn ich die Stute für Sie satteln soll. Sie wird für Sie bereitstehen.«

»Danke.« Sie waren beide aufgestanden.

»Wir sehen uns«, sagte Fearon mit ungelenker Höflichkeit.

»Ja, auf Wiedersehen.« Meredith flüchtete durch die Tür, die er für sie offenhielt, und ging verwirrt und unzufrieden rasch nach Hause. Dumme Gans, schalt sie sich. So dort hineinzuplatzen! Sie seufzte. Und ich weiß noch immer nicht, ob er der Mann war, dessen Silhouette ich auf Harriets Jalousie gesehen habe. Sie runzelte die Stirn. Wenn Harriet nicht krank und nicht betrunken war, was war dann mit ihr los?

In Bamford bekam Inspektor Markby im selben Moment die Antwort auf diese Frage.

»Der Obduktionsbericht über den Needham-Fall ist gekommen«, begrüßte ihn Pearce.

Markby, der den Mantel auszog und achtlos über einen Haken hängte, brummte etwas vor sich hin. Auf dem Weg zum Schreibtisch blieb er vor dem Fenstersims stehen und betrachtete eine kleine Topfpflanze – ein Usambaraveilchen. Ein paar noch kleinere Blumentöpfe enthielten Blätter von dieser Mutterpflanze, aus denen er hoffte, neue Pflanzen zu ziehen, bisher ohne Ergebnis.

Er setzte sich und griff nach den Papieren, die ordentlich gestapelt auf seinem Schreibtisch lagen. Gleich darauf pfiff er leise vor sich hin, dann rief er scharf: »Pearce!«

»Ja, Sir?«

»Die Dahingeschiedene war randvoll mit Tranquilizern.«

»Die hätten sich mit Alkohol schlecht vertragen«, sagte Pearce. »Es heißt, sie hätten alle irgendeinen Bügeltrunk gekippt.«

»Das haben sie allerdings. Tranquilizer...« Markby lehnte sich zurück. »Kein Wunder, daß sie vom Pferd gefallen ist. Bevor es passierte, hat sie reichlich merkwürdig ausgesehen und sich auch so benommen. Damit ist der junge Pardy aus dem Schneider, nehme ich an. Wir können ihn immer noch wegen Fahrlässigkeit drankriegen. Aber der Grund, warum sie so leicht aus dem Sattel rutschte und so schwer fiel, scheint mir darauf zurückzuführen zu sein, daß sie einen Mix aus Pillen und Alkohol konsumiert hat. Komisch ...« Er kniff die Augen zusammen und starrte, ohne etwas zu sehen, auf den Kalender an der gegenüberliegenden Wand. »Hätte nicht gedacht, daß sie der Typ ist, der Tranquilizer nimmt. Sehr beherrscht, selbstbewußt – nicht nervös oder depressiv.«

»Das weiß man nie«, sagte Pearce.

»Das ist richtig. Wenn der junge Pardy wegen eines geringeren Vergehens verurteilt wird, wird Deanes hochzufrieden sein. Oder vielleicht enttäuscht. Sein Buch ist übrigens seit einiger Zeit fertig und wird demnächst in den Buchhandlungen auftauchen. Es heißt *Revolutionäre Jugend.*«

»Ich werde mich danach umsehen«, sagte Pearce ausdruckslos.

»Es handelt von Jugendlichen, die sich für eine bestimmte Sache einsetzen und dann zur Gewalt greifen. Sie überfallen Forschungslabors und befreien die Tiere. Oder demonstrieren – wie Pardy. Das klingt vielleicht ein bißchen unfreundlich, aber ich frage mich, ob Deanes sich mit Pardys Fall nicht ein bißchen Publicity verschaffen wollte, damit sein Buch besser verkauft wird. Möglicherweise ist es eine Enttäuschung für ihn, daß das Ganze sich als ein Unfall mit tödlichem Ausgang erweist.«

Markby wandte sich wieder dem Obduktionsbericht zu. »Sie hatte verdammt viel intus, nicht nur den Bügeltrunk, den ich sie kippen sah. Sie muß sich mehrere Schlückchen einverleibt haben, bevor sie losritt. Wenn sie mit diesem Alkoholspiegel beim Autofahren erwischt worden wäre, hätte sie ihre Fahrerlaubnis für mindestens ein Jahr verloren und eine hohe Geldstrafe bekommen. Angesichts dieser Tatsache kann ich mir nicht vorstellen, daß der Leichenbeschauer auf Tod durch fremde Einwirkung erkennt. Pardy hat sich benommen wie ein Idiot, und die Folgen waren tragisch. Aber Miss Needham wäre, sobald die Jagd begonnen hätte, sowieso vom Pferd gefallen. Bei der ersten Hecke, die sie übersprungen hätte.«

»Was ist mit dem Brief, den Mr. Fearon bekommen hat, Sir?«

»Ah, das ist eine andere Sache, die ich verfolgen will. Ich bin ziemlich sicher, daß Pardy ihn geschickt hat, doch bisher kann ich es nicht beweisen. Ich würde mein letztes Pfund darauf setzen, daß es noch mehr Briefe gegeben hat. Morgen früh fahre ich hinaus und spreche mit dem Master of the Hunt. Und schon ist mein freier Samstag wieder dahin. Der Master hat vielleicht selbst einen Brief bekommen – oder weiß, wer sonst noch einen bekommen hat. Sie sollten sich bei den anderen Jagdmitgliedern erkundigen. Der Brief an Fearon enthielt eine sehr häßliche Drohung. Pardy, falls es Pardy war, könnte einen Fehler gemacht und einen Brief mit der Hand geschrieben haben. Obwohl wenn sie Zeitungen dazu verwenden, bleiben sie meist dabei. Wir werden sehen.«

»Treten Sie ein, mein lieber Junge, treten Sie ein«, sagte Colonel Stanley. »Entschuldigen Sie, wenn ich nicht aufstehe. Aber mich plagt heute mein verdammtes Ischias. Komme nicht von diesem verdammten Sofa hoch. Fühle mich wie ein verdammtes altes Weib. Wollen Sie was trinken?«

»Normalerweise würde ich im Dienst nein sagen«, antwortete Markby lächelnd und schüttelte dem Master of the Hunt die Hand.

»Natürlich würden Sie. Aber dies ist nicht normal. Ich bin mit Ihrem Vater in die Schule gegangen, wissen Sie? Er war natürlich älter als ich. Ich war noch ein Grünschnabel und er in der sechsten Klasse, ein sehr feiner Kerl, der sich um uns kleine Dreckspatzen gar nicht gekümmert hat. Und recht hat er gehabt. Sie trinken einen Whisky? Dann müssen Sie aber den Gastgeber spielen. Schenken Sie mir auch einen ein, mit einem Spritzer Soda. Ertränken Sie ihn aber nicht.«

Markby spielte den Gastgeber und machte es sich in einem riesigen, mit Chintz bezogenen und mit Federn gepolsterten Lehnsessel bequem. An den Wänden des Zimmers hingen Jagddrucke und Fotografien von Männern und Frauen im Reitdreß. Ausgeblichene grüne Samtvorhänge vor den hohen Fenstern sperrten den winterlich öden grauen Samstagmorgen aus. Es roch unverkennbar nach Tabak und Hunden. Im offenen Kamin loderten hohe Flammen und sprühten Funken. Es war unordentlich, gemütlich und sehr englisch.

»Ich brauche nicht zu fragen, warum Sie hier sind«, sagte Stanley unvermittelt.

»Ja. Die Sache tut mir sehr leid.« Markby legte die Hände um den Schwenker mit der gelbbraunen Flüssigkeit.

»Ich brauche Ihnen nicht zu sagen, wie ich mich fühle. Oder die anderen. Sie war ein feines, feines Mädchen.«

»Man wird sie sehr vermissen.«

»Mein lieber Junge …« Der Master unterbrach sich kurz. »In der Tat, o ja. Was werden Sie tun?«

»Nun, Sie haben von den Spuren eines Tranquilizers im Blut der Toten gehört?«

»Hab ich, ja. Aber ich sag Ihnen gleich, daß ich das ein bißchen seltsam finde. Harriet war kein nervöser Typ. Wie dieses Mädchen ein Hindernis nahm, da wäre so mancher Mann blaß geworden.«

»Das trifft nicht unser Problem. Wäre sie auch vom Pferd gefallen, wenn sie diesen Mix aus Pillen und Alkohol nicht intus gehabt hätte?«

»Ich würde sagen«, erwiderte der Master grimmig, »daß sie wegen des verdammten Plakats, mit dem man ihrem Pferd unter der Nase herumfuchtelte, mit größter Wahrscheinlichkeit gestürzt wäre.«

»Aber sie war dennoch eine gute Reiterin? Sie haben gesagt, daß sie direkt auf schwierige Hindernisse zugeritten ist.«

»Eine exzellente Reiterin. Ich verstehe natürlich, worauf Sie hinauswollen. Aber ich hoffe sehr, daß diese widerliche halbe Portion mit dem Plakat nicht ungestraft davonkommt.«

»Oh, angeklagt wird er bestimmt, aber wir wissen noch nicht sicher, was man ihm vorwerfen kann.«

»Ich persönlich würde es Mord nennen.«

»Ja, Sir.« Taktvoll hielt Markby einen Moment inne. »Bei Gericht jedoch …«

»Ja, ja«, unterbrach Colonel Stanley ihn gereizt. »Ich verstehe. ›Das Gesetz ist ein Esel.‹ Das hat Dickens geschrieben. Er hatte recht.« Er legte sich auf dem Sofa anders zurecht, und sein Gesicht verzog sich vor Schmerz.

»Harriets Cousine Frances hat mich gestern abend angerufen. Sie ist im Ausland, nimmt aber den ersten möglichen Flug. Natürlich war die Nachricht ein furchtbarer Schock für sie. Sie hat sie von dem alten Stockfisch Simpson erfahren. Verständlicherweise ist sie betroffen und unglücklich. Alan, wegen dieses Obduktionsberichts: Sie schwört, daß Harriet nie diese idiotischen Pillen geschluckt haben würde, und sie möchte wissen, ob man in ihrem Cottage welche gefunden hat. Ein Irrtum ist ausgeschlossen, nehme ich an?«

»Sie meinen, ob der Pathologe sich geirrt haben könnte? Bestimmt nicht. Es ist nicht so ungewöhnlich. Die Leute gehen mit Alkohol und Pillen zu sorglos um. Besonders Weihnachten.«

»Wir haben darüber gesprochen, meine Frau und ich. Sie muß die Dinger genommen haben, bevor sie am Morgen aufbrach. Kommt mir sehr merkwürdig vor. Wozu?«

»Das will ich ja gerade herausfinden, Sir.«

Der Master sah ihn an. »Ich setze mein ganzes Vertrauen in Sie, lieber Junge. Ich kritisiere nicht. Ich weiß, Sie werden sich so lange in die Sache verbeißen, bis Sie zufrieden sind.«

Markby stellte sein Glas auf einen kleinen Tisch, auf dem sich mehrere Exemplare von *The Field* stapelten. »Es gibt da noch eine andere Sache, die ich mit Ihnen besprechen möchte, wenn ich darf.«

»Los, los, reden Sie.«

»Sie haben gehört, daß am Weihnachtsabend jemand die Pferde aus Tom Fearons Stallungen herausgelassen hat?«

»Ja, hab ich. Verdammt idiotisch, so was zu tun.«

»Jemand hatte einen Brief durch Toms Briefschlitz geschoben. Einen sehr beleidigenden Brief. Ich habe mich gefragt, ob andere Jagdmitglieder vielleicht ähnliche Drohbriefe bekommen haben. Es ist ein Vergehen, so etwas zu verschicken, und wir versuchen, die Sache zu stoppen.«

Es kam ihm so vor, als blicke sein Gastgeber noch unbehaglicher drein als vorher. Und diesmal, dachte Markby, ist nicht sein Ischias daran schuld. Er wußte etwas über die Briefe.

»Ich habe selbst einen bekommen«, sagte er endlich. »Vor einem Monat ungefähr. Hab ihn ins Feuer geschmissen. Ein Haufen halb ausgegorener Unsinn. Ich wollte nicht, daß meine Frau ihn durch Zufall findet, Sie verstehen? Deshalb habe ich ihn sofort vernichtet.«

»Falls Sie einen zweiten bekommen – würden Sie ihn uns überlassen?« fragte Markby.

»Nun, das könnte ich natürlich. Aber so etwas kriegt man eben von Zeit zu Zeit. Man braucht sich darüber nicht den Kopf zu zerbrechen.«

»Würden Sie es erfahren, wenn jemand anders einen bekäme?«

»Kann ich nicht sagen.«

»Ich verstehe. War der Ihre mit der Hand geschrieben oder getippt oder was?«

»Weder noch. Aus lauter Zeitungsbuchstaben zusammengeklebt. Ziemlich unsauber übrigens.«

»Das klingt, als wäre er dem von Tom sehr ähnlich gewesen. Nun, wir werden sehen, ob noch weitere auftauchen.«

Stanley seufzte. »Ich will ganz offen sein. Sollte das der Fall sein, wäre mir lieber, wenn man es verschweigen könnte. Die Jagd kommt ganz gut ohne einen einschlägigen Bericht in der Lokalpresse aus. Es würde nur die Spinner inspirieren, und wir würden mit derartigen Briefen überschwemmt.«

»Ich verspreche Ihnen, daß wir diskret sein werden.«

»Diskretion«, sagte der Master bedächtig. »Die gibt es heutzutage kaum noch. Was man so alles in der Presse zu lesen bekommt! Die Leute scheinen einen Drang zu haben, in aller Öffentlichkeit die Dinge zu erzählen, über die man zu meiner Zeit geschwiegen hat. Das ist öffentliches Schmutzige-Wäsche-Waschen, nicht wahr? Alles ändert sich, und nicht zum Besseren, meiner Meinung nach. Aber ich rede und rede, und wen interessiert schon, was ich denke? Heutzutage kommen auch andere Leute zu den Jagden. Ein paar davon scheinen nicht einmal unterscheiden zu können, wo beim Pferd vorn und hinten ist. Haben keine Jagdmanieren. Ist nicht ihre Schuld, sie wissen es einfach nicht besser, reiten ohne Sinn und Verstand herum, machen fremde Pferde und junge Reiter nervös. Und diese Sprache – vor Ladys und Kindern … Und wie sich manche auf den Jagdbällen aufführen. Natürlich hat es, als wir jung waren, auch ein paar wilde Momente gegeben. Aber das war eine andere Art von Wildheit, wenn Sie verstehen, was ich meine.«

»Ich glaube, ich verstehe es. Aber vom jagdlichen Standpunkt aus ist es doch gut, daß frisches Blut dazukommt? Allein die Kosten – die teure Hundehaltung und so weiter. Je mehr Leute sich finanziell beteiligen, um so besser, hätte ich gedacht.«

»Oh, das will ich nicht leugnen. Und einige von den neuen Mitgliedern haben Geld wie Heu, daher werde ich sie auch nicht daran hindern, ein bißchen davon der Jagd zukommen zu lassen. Dieser Green, zum Beispiel, war sehr großzügig. Kennen Sie ihn?«

»Ich habe ihn getroffen, aber nur einmal.«

»Großer Finanzmann in der City, heißt es.«

»Das habe ich gehört.« Markby leerte sein Glas und stand auf. »Ich bin Ihnen sehr dankbar, daß Sie mir Ihre Zeit gewidmet haben, besonders unter den Umständen. Ich wünsche Ihnen, daß Ihr Ischias bald besser wird.«

»Ich freue mich, helfen zu können, wenn es dazu führt, daß für die arme Harriet das Richtige getan wird. Meine Frau hat sich schrecklich darüber aufgeregt. Nun ja ...« Der Master wandte Markby die klugen blaßblauen Augen zu. »Wie geht es Ihrer hübschen Schwester? Familie gesund?«

»Alle gesund, vielen Dank.«

»Kocht ihr Mann noch immer? Hab ihn vor ein paar Tagen im Fernsehen gesehen. Hatte eine Schürze um. Komische Art, sich seine Brötchen zu verdienen. Zu meiner Zeit hat man das Kochen den Frauen überlassen, es sei denn, einer war ein phantastischer französischer Küchenchef. Hat er denn keinen anderen Beruf?«

»Er mag den seinen. Schreibt auch Bücher über das Kochen.«

»Ich weiß. Meine Frau hat eins. Na ja, die Menschen sind eben verschieden. Grüßen Sie die kleine Laura von mir.«

»Morgen, Sonntag«, sagte Markby später zu Pearce, »nehme ich mir frei. Wenn einer das Wort Pferd in meiner Gegenwart auch nur erwähnt, mache ich kurzen Prozeß mit ihm.«

Am Sonntagmorgen hatte der graue Himmel aufgeklart. Der Wind hatte sich gelegt, und die Luft war frisch. Markby telefonierte mit Meredith und fragte an, ob sie an einem Vormittagsspaziergang über Land interessiert sei.

»Ja«, sagte sie und fügte unüberlegt hinzu, »und hinterher könnten Sie bei mir mittagessen.«

Das war ein ziemlich dämliches Angebot, dachte sie, nachdem sie aufgelegt hatte. Sie war eine miserable Köchin. Hier gab es überall Pubs, die sonntags durchaus akzeptable Lunchs servierten. Warum hatte sie sich nicht von ihm einladen lassen? Sie wehrte sich gegen den Gedanken, daß ihr die Vorstellung gefiel, ihn an ihrem Küchentisch sitzen zu sehen. Statt dessen sagte sie sich, daß es nur fair war, ihm ihre Gastfreundschaft anzubieten. Er hatte sie zum Abendessen im Black Dog eingeladen, und durch ihn hatte sie den Weihnachtstag bei Laura verbringen dürfen. Außerdem würde sie es doch schaffen, ein Mittagessen zuzubereiten. Hatte sie vergangenen Montag nicht auch für Harriet und sich gekocht?

Das war erst vier kurze Tage her, doch jetzt schien Neujahr Lichtjahre entfernt. Markby die gleiche klumpige Käsesauce vorzusetzen, kam ihr morbid vor und war eigentlich auch kein richtiges Sonntagsmenü. Meredith war plötzlich von einem völlig verrückten Verlangen durchdrungen, zu beeindrucken und etwas Anständiges auf den Tisch zu bringen. Sie inspizierte Speiseschrank und Tiefkühltruhe und förderte ein eingefrorenes Huhn Kiew zutage. Niemand konnte bei tiefgefrorenen und vorbereiteten Kiews etwas falsch machen. Man schob sie nur in das vorgeheizte Ofenrohr. Dazu ein Paket schmackhaft gewürzten Reis... Meredith las die Anleitung für die Zubereitung. Das schien kein Problem zu sein. Man brauchte den Reis nur in einen Topf mit Wasser zu tun und so lange zu kochen, bis er trocken war. *Bis die gesamte Flüssigkeit verkocht ist,* stand auf der Packung. Sie hatte Tomaten und einen Kopf teuren Sommersalat. Sie konnte einen gemischten Salat machen. Pudding? Sie tauchte in die Tiefen der Gefriertruhe ein und kramte darin herum. Ganz unten lag ein Käsekuchen. Er sah auf dem Bild recht gut aus. Das würde reichen.

Markby erschien kurz nach zehn in Gummistiefeln, Kordsamthosen, Pullover und dem unvermeidlichen, wasserdichten grünen Regenmantel. Hinter dem Cottage der Haynes kletterten sie über den Zauntritt in die Felder und marschierten los.

»Wissen Sie, wohin wir gehen?«

»Mehr oder weniger. Passen Sie auf den Stacheldraht auf«, warnte Markby und zeigte auf den Zaun zu beiden Seiten des Zauntritts.

Meredith, die unbeholfen dastand, einen Fuß auf der hölzernen Stufe, den anderen halb über der obersten Querstange, sagte leicht gereizt: »Ich seh ihn.«

»Nicht, wenn Sie die Augen nicht im Hinterkopf haben.«

Sie bewältigte den restlichen Abstieg mit Würde und ohne das unangenehme Gefühl, daß ihr der Draht ein Loch in den Hosenboden riß.

»Sie haben doch nichts gegen Kühe, oder?«

»Also besonders liebe ich sie nicht.«

»Ich meine, Sie haben keine Angst vor ihnen? Auf diesem Feld sind nämlich ein paar.«

Meredith schaute in die Ferne. »Das ist schon in Ordnung, sie sind ziemlich weit weg. Es kommt mir merkwürdig vor, mitten im Winter Vieh auf einem Feld zu sehen. In Zentral- oder Osteuropa stehen sie alle im Stall.«

»Der Winter war mild.«

Sie stapften durch hohes, nasses Gras. Meredith war froh, daß sie Gummistiefel trug. Die Hecken glänzten feucht und dunkel, hier und da vom Frühfrost noch weiß umrandet. Der Atem waberte als Wolke in der Luft, und es roch nach Torf wie vor ein paar Tagen in der Blumenhandlung. Sie wünschte, der Geruch würde sie jetzt nicht an Friedhöfe denken lassen.

»Der Obduktionsbericht ist gekommen«, sagte Markby ohne Warnung und ohne sie anzusehen. »Ich möchte nicht fachsimpeln, aber ich dachte, es würde Sie interessieren.«

»Das tut es auch.« Er antwortete nicht sofort, und sie drängte ihn: »Nun?«

»Ihr Verhalten war auf eine Mischung von Alkohol und Tranquilizern zurückzuführen. Sie muß sich irgendwann an diesem Morgen einen Cocktail aus beidem einverleibt haben.«

»Was?« Meredith starrte ihn fassungslos an. »Das glaub ich nicht.«

»Warum nicht? Denken Sie, wir haben bei der Polizei keine kompetenten Ärzte?«

»Ja, ich weiß – ich meine, ich bin geschockt. Das hätte ich nicht erwartet.«

»Der Master und ihre Verwandte haben sich genauso erstaunt geäußert wie Sie, Sie stehen also nicht allein.«

»Ich bin überrascht, daß sie überhaupt solche Pillen genommen haben soll. Harriet? Sie schien mir so fröhlich, so – positiv …« Meredith ließ sich ihre letzte Unterhaltung mit Harriet durch den Kopf gehen. »Man kann nicht wissen, was in einem anderen Menschen vorgeht.« Ihr kam ein anderer Gedanke. »Wie wird Tom Fearon das wohl aufnehmen?«

»Tom?« Markby sah sie an.

»Ich – habe mit ihm gesprochen. Er behauptete hartnäckig, sie sei weder krank noch betrunken gewesen, und verteidigte nachdrücklich ihren Ruf als widerstandsfähige Whisky-Trinkerin. Meinte, sie habe einen gußeisernen Kopf gehabt.«

»Tom hat sie so gut gekannt wie die meisten, würde ich sagen«, antwortete er zweideutig.

»Wissen Sie, ob der Termin für Harriets Beerdigung schon festgesetzt wurde? Findet sie hier statt?«

»Ich weiß nicht.« Markby schlug mit einem Stöckchen nach einer herunterhängenden Ranke. »Ich würde gern mehr über diese Tranquilizer erfahren. Vielleicht hat auch sie einen Drohbrief bekommen, der sie so ängstigte, daß sie zu den Pillen gegriffen hat.«

»Ich hatte nicht den Eindruck, daß sie sich Sorgen machte.« Meredith hielt inne. »Wenn Sie feststellen könnten, wer der Mann war – der Mann, der am Abend des Weihnachtsfeiertags bei ihr war … Er könnte vielleicht ein paar Fragen beantworten.«

»Das wird schwierig sein, es sei denn, er meldet sich bei uns. Aber warum sollte er? Sie werden es im Auge behalten, Meredith, ja? Ich meine das Cottage. Ich möchte wissen, wann Miss Needham-Burrell eintrifft.«

»O ja, Cousine Fran. Ich möchte auch mit ihr reden. Sie soll mich anrufen, wenn das Begräbnis hier stattfindet. Ich wäre gern dabei.«

»Warum nennen Sie sie ›Cousine Fran‹?« fragte er neugierig.

»Was?« Meredith zuckte schuldbewußt zusammen. »Oh, Harriet hat sie erwähnt, sie hat sie Fran genannt.« Sie fühlte sich genötigt, hinzuzufügen: »Ich glaub nicht, daß sie sehr alt ist.«

»Nun, hoffen wir das Beste: Ich meine, einige dieser alten Ladys können wegen des Protokolls sehr pingelig sein. Ich würde gern in Harriets Post stöbern – um zu sehen, ob sie Schmähbriefe bekommen hat wie Tom.« Er schenkte Meredith einen nachdenklichen Blick. »Wenn Sie Miss Needham-Burrell sehen sollten …«

»Ja?«

»Sie könnten hinübergehen und sich mit ihr bekannt machen – sie ein bißchen aufheitern und versuchen anzudeuten, daß eventuell anonyme Briefe existieren. Es wäre besser, wenn das von Ihnen käme – nicht offiziell, verstehen Sie? Wenn Sie natürlich in das Cottage hinein könnten …«

Sie sah ihn kühl an, nicht sicher, ob sie sich auf diese Weise benutzen lassen wollte. »Ist das nicht völlig rechtswidrig?«

»Ich habe so wenig, woran ich mich halten kann.« Wieder schlug er mit seinem Stöckchen zu und traf ein

Büschel vom Frost geschwärzter Nesseln. »Es ist nur deshalb, weil ich anonyme Briefe ganz besonders verabscheue. Sie sind einfach ekelhaft. Regen die Leute schrecklich auf. Viele Opfer solcher Briefe haben mir erzählt, was für ein unheimliches Gefühl sie in einem auslösen. Als lauere draußen jemand, beobachte einen und warte. Alle fühlten sich bedroht. Der, den Tom bekommen hat, war ein recht unflätiges Schriftstück. Mir gefällt der Gedanke nicht, daß mehr davon in Umlauf sind. Und es ist erstaunlich, wie sehr es den Leuten widerstrebt, zur Polizei zu gehen. Sie fühlen sich schuldig – ganz zu unrecht. Als ob die Polizei oder sonst jemand glauben würde, sie hätten etwas auf dem Kerbholz, weil sie solche Briefe bekommen.«

»Kein Rauch ohne Feuer«, sagte Meredith nachdenklich.

»Das ist es. Wir denken natürlich nichts dergleichen. Solche Briefe werden von gestörten Menschen geschrieben, von Psychopathen. Die unschuldigsten Leute können sie bekommen.«

»Na schön, ich werde nach Frances Needham-Burrell Ausschau halten. Werde Andeutungen fallen lassen, wenn ich kann. Aber ein bißchen kompliziert ist es doch, Alan. Ich kann mich bei einem Trauerfall nicht wie ein Elefant im Porzellanladen aufführen.«

»Sie werden es schon mit dem nötigen Takt tun. Sie sind doch Diplomatin, oder? Sie wissen, wie man delikate Situationen meistert.«

»Dieses Vertrauen! Ich werde mein Bestes tun. – Die Biester kommen auf uns zu.«

Markby blieb stehen und blickte über das Feld. Die

Kühe kamen in einer langen, weit auseinandergezogenen Reihe zielbewußt näher. Ihre mit getrocknetem Schlamm bedeckten Flanken dampften. »Sie denken wahrscheinlich, wir sind gekommen, um sie zum Melken zu rufen.«

»Ich bin nicht gerade darauf erpicht, ihnen Auge in Auge gegenüberzustehen. Können wir ein bißchen schneller gehen? Das Gattertor ist da drüben.«

Sie beschleunigten die Schritte. Gehorsam liefen auch die Kühe schneller. »Wissen Sie was«, sagte Markby mild, »sie denken, wir wollen, daß sie sich beeilen, also bemühen sie sich, mit uns Schritt zu halten. Gehen Sie langsamer, dann tun sie's auch.«

»Hübsche Theorie.«

»Ich kenne sogar eine noch bessere – hat mir vor Jahren ein Kuhhirte verraten: Wenn ein Bulle Sie angreifen will, bleiben Sie stehen, und wenn er nahe genug ist, packen Sie ihn an der Nase. Rinder haben ein sehr empfindliches Maul. Packen Sie ihn an den Nüstern, und der aggressivste Mistkerl wird lammfromm und läßt sich von Ihnen führen.«

»Wenn Sie glauben, ich warte auf ein Tier von der Größe eines Panzers, das auf mich losgeht... Wie in aller Welt packen Sie seine Nase, bevor es Sie in Grund und Boden gestampft hat? Dieser Kuhhirte hat Sie zum Narren gehalten. Die Bestie muß ja schon über Ihnen sein, bevor Sie seine Nase erreichen.«

Während dieser angeregten Unterhaltung hatten sie die entgegengesetzte Seite das Feldes erreicht, und Meredith sprang flink über das Gatter, doppelt so schnell und gewandt wie vorher über den Zauntritt. Markby gesellte sich zu ihr. Sie blieben stehen und beobachteten ihre tierischen Begleiter, die näher trabten, in einer Reihe stehenblieben und sie erwartungsvoll ansahen.

»Sehen Sie, sie warten darauf, daß wir das Gatter öffnen.«

»Lassen Sie sie warten.«

»Morgen«, piepste eine Stimme.

Sie fuhren beide herum. Ein kleines, schmuddeliges Kind in einem löchrigen Wollpullover, ausgebleichten Jeans und Gummistiefeln war aus dem Nichts aufgetaucht.

»Ebenfalls guten Morgen«, sagte Markby. »Was suchst du hier draußen?«

»Ich bin gekommen, um die Kühe zum Melken nach Hause zu bringen.« Das Kind warf den Strick zurück, der das Gatter sicherte, und öffnete es weit. »Kommt, ihr dämlichen Dinger!« ermutigte es die Kühe, die anfingen sich durch die Öffnung zu drängen.

Meredith und Markby drückten sich an die Hecken, während die Parade vorübertrabte, hinter sich das Kind, eine winzige Gestalt, verglichen mit seinen Schützlingen, pfeifend, schimpfend und den Nachzüglern auf die schlammverkrusteten Hinterteile klatschend.

»Ich schäme mich«, sagte Meredith, als die Gruppe allmählich verschwand. »Falls es Sie befriedigt, das zu wissen.«

»Sehen Sie? Sie hätten mir glauben sollen. Ich bin entzückt, daß Sie sich schämen. Das ist gut so.«

»Wollen Sie nun, daß ich Ihnen mit Miss Needham-Burrell helfe, oder nicht?«

»Schon kapiert. Ungefähr eine Viertelmeile entfernt

gibt es ein Pub, das offen ist. Ich lade Sie auf ein Bier ein.«

Meredith ging hinter ihm den Heckenweg entlang. Was war nur aus dem »Champagner in deinem Schuh« oder auch nur mit »Cocktails für zwei« geworden? Gummistiefel, Kuhdung, »ich lade Sie auf ein Glas Bier ein« – das war offensichtlich ihre Ebene. Sie platschte durch die morastigen Spuren, die die Rinder hinterlassen hatten, und vermied es, in ihre noch weniger erfreuliche Hinterlassenschaft zu treten. Und er hatte recht. Das war ungefähr ihr Standard. Sie war keine Harriet – Meredith hätte darauf gewettet, daß ein paar Männer sie zu Champagner eingeladen hatten. Arme Harriet, lag im Leichenschauhaus oder wurde vom Beerdigungsunternehmer bearbeitet, der die sichtbaren Spuren der Obduktion zu kaschieren versuchte, bevor Freunde und Verwandte die Leiche zu sehen bekamen. Meredith überlegte, ob ihr Lunchgast zur Beerdigung gehen würde oder nicht. Was denkt er jetzt? fragte sie sich.

Als sie ins Rose Cottage zurückkamen, war es halb zwei, und man konnte nicht leugnen, daß ein langer Spaziergang Appetit machte. Das Pub, in dem sie ihr Bier getrunken hatten, servierte auch Mahlzeiten an der Bar. Der Duft aus den Tellern, die an ihnen vorübergetragen wurden, war verführerisch gewesen, und Merediths Magen hatte rebelliert, als habe sie seit einer Woche nichts mehr gegessen.

»Sollen wir nicht doch hier etwas essen?« fragte Alan Markby. »Oder brutzelt schon etwas bei Ihnen im Rohr?«

»Nein, aber es wird im Handumdrehen zubereitet sein. Wenn Sie nichts dagegen haben zu warten.«

»Nein, mir ist es recht.«

Also, dachte Meredith grimmig, als sie wieder in ihrer Küche stand, stürzen wir uns tollkühn in unser Verderben.

Die erste Entdeckung, die sie nach ihrer Rückkehr machte, war die, daß sie den Käsekuchen nicht aus der Gefriertruhe genommen hatte. Sie legte ihn jetzt auf den Küchentisch, vermutete jedoch, er werde noch ein Eisklumpen sein, wenn die Zeit für den Nachtisch gekommen war. Auf der Packung stand, daß das Huhn Kiew in einem vorgeheizten Rohr nur zwanzig Minuten brauchte. Sie stellte die größte Hitze ein, tat das Huhn auf ein Backblech und schob es in den Herd.

Es sah sehr hübsch aus. Sie kippte den Reis in einen Topf, stellte ihn bei niedriger Hitze auf eine Kochplatte und ging ins Wohnzimmer, wo Alan auf dem Sofa lümmelte und eine Sonntagszeitung las, die sie im Laden einer Tankstelle neben dem Pub erstanden hatten.

»Dauert nicht lange«, sagte sie fröhlich. »Würden Sie bitte den Wein aufmachen?«

»Klar, wo ist er?« Papier raschelte.

»Bleiben Sie sitzen. Ich hole ihn.«

Sie gab ihm die Weinflasche und den Korkenzieher und ging in die Küche, um den Salat anzumachen. Appetitlicher Knoblauchduft würzte die Luft. Das Huhn machte gute Fortschritte. Sie kehrte ins Wohnzimmer zurück, um mit ihrem Gast vor dem Essen ein Glas Wein zu trinken.

»Cheers«, sagte er. »Das ist ein hübsches kleines

Cottage. Ich habe bisher kaum Notiz davon genommen, im einzelnen, meine ich.«

»Es ist ein Super-Cottage. Ich kann verstehen, daß die Russells es nicht verkaufen wollten, als sie nach Dubai gingen.«

»Sie hatten Glück, daß sie es an Sie vermieten konnten. Ich habe von Leuten, die ihren Besitz möbliert an Fremde vermietet hatten, schreckliche Geschichten gehört. Löcher in die Wände geschlagen, die Möbel ruiniert. Das Haus war praktisch ein Trümmerhaufen, als sie es zurückbekamen.«

»Mrs. Brissett sorgt schon dafür, daß ich so etwas nicht tue. Ich habe großes Glück. Habe alle Annehmlichkeiten und Mrs. B., brauche mich nur auszuruhen. Nun, bis zum Montag nach Neujahr, dann beginnt für mich die tägliche Fahrerei nach London.«

»Der Bahnhof von Bamford um sieben Uhr morgens ist kein Ort für empfindsame Seelen, ich warne Sie.«

»Vielen Dank für die ermutigenden Worte.«

»Ich«, sagte Markby zögernd, »möchte mich ja nicht in die Angelegenheiten des Küchenchefs mischen, aber ist es richtig, daß es so verbrannt riecht?«

Meredith raste in die Küche. Dichter Rauch quoll ihr entgegen. Sie riß das Fenster auf, packte ein Geschirrtuch und zog den glühenden Reistopf von der Kochplatte. Das Fleisch sah wie verschrumpelte Koksstückchen aus, war aufgeplatzt, und die Kräuterbutterfüllung mitsamt Knoblauch war auf das Backblech herausgelaufen und verbrannt. Der Reis war knochentrocken und klebte am Topf. Das einzig noch Genießbare war der Salat.

Meredith heulte auf vor Wut und Verzweiflung. »O nein!« Stöhnend betrachtete sie die verbrannten Speisen, »Was zum Teufel soll ich nur tun?«

Hände legten sich auf ihre Schultern und drehten sie sanft auf eine Seite. »Hallo?« sagte ihr Alans belustigte Stimme ins Ohr. »Oder wie Polizisten sagen sollen: Hallo, hallo, hallo …«

»Seien Sie still!« stieß sie heftig hervor. »Ich kann nicht kochen. Ich kann einfach nicht kochen. Andere können es, die meisten Leute können es. Ich nicht. Harriet war eine Cordon-bleu-Köchin.«

»Kein Grund, warum Sie es auch sein sollten.«

Ihre Schultern sackten nach vorn, ihre Stimme klang tonlos. Vermutlich hatte er recht. Deshalb fühlte sie sich aber auch nicht wohler. »Tut mir leid, das war Ihr Lunch. Wir hätten im Pub essen sollen. Meine Schuld. Ich kann Ihnen ein Sandwich machen.«

»Kommen Sie.« Er drehte sie herum und führte sie ins Wohnzimmer zurück. »Ich schlage vor, Sie trinken noch ein Glas Wein, bleiben hier sitzen, und ich sehe, was sich noch retten läßt. Wozu habe ich einen Schwager, der Koch von Beruf ist. Das Wichtigste, das er mir beigebracht hat, ist, wie man mit einer Katastrophe umgeht. Auch Profis erleben Katastrophen. Warten Sie. Nein! Keine Widerrede.«

Meredith klappte den Mund zu und nahm ein zweites Glas Wein entgegen. Sie sah ihm nach, und als er die Wohnzimmertür fest hinter sich zugemacht hatte, ließ sie sich vor dem Gasfeuer auf den Kaminteppich sinken, lehnte sich mit dem Rücken an den Lehnsessel und nippte trübsinnig an ihrem Wein.

Nach einer Weile kam er mit einem Tablett zurück, auf dem zwei Teller standen. »Das ist Ihres, das meins.« Er reichte ihr Serviette, Messer und Gabel. Dann ließ er sich ihr gegenüber ebenfalls auf dem Teppich nieder.

Mißtrauisch stocherte Meredith mit der Gabel in dem bunten Häufchen auf ihrem Teller. »Was haben Sie gemacht?«

»Ich habe die Panade aus Brotkrümeln von den Hühnerteilen abgekratzt und weggeworfen. Dann habe ich das Huhn zerkleinert und es mit dem Reisrest, den ich retten konnte, und noch ein bißchen mehr Reis, den ich im Schrank gefunden habe, in eine Bratpfanne getan und einen Brühwürfel hineingeworfen, Wasser hinzugefügt und alles miteinander verrührt.«

Er hielt inne, und sie kostete zögernd.

»Außerdem habe ich die Tomaten aus dem Salat herausgefischt und auch hineingetan.«

Sie schluckte zufrieden. »Schmeckt nicht schlecht. Anders.«

»Sehen Sie?« Er winkte ihr mit seiner Gabel. »Es war nicht alles verloren.«

»Für mich schon. In der Küche bin ich eine absolute Niete. Schon immer hoffnungslos.«

Er musterte sie nachdenklich. »Hören Sie, Sie haben einen schwierigen Job, der großes Fingerspitzengefühl verlangt. Sie verhandeln mit widerspenstigen ausländischen Behörden, verzweifelten gestrandeten Touristen, haben es mit allen Arten von Unfällen und Desastern, mit Unmengen von Papierkram, der Ausgabe von Pässen zu tun, suchen ausländische Gefängnisse auf, in denen Briten einsitzen, und das alles Tag für Tag.

Warum, um Himmels willen, sollten Sie da auch noch gut kochen können?«

»Die meisten Frauen können es. Harriet konnte ausgezeichnet kochen.«

»Sie hat sonst nicht besonders viel getan, oder? Außer daß sie auf ihrem Pferd umherritt und ein paar Artikel schrieb, wenn ihr danach war. Ich denke«, fuhr er leise fort, »Sie sind ihretwegen ganz durcheinander. Sie hatten sie gern, nicht wahr? Sind gut mit ihr ausgekommen? Sie auf diese tragische Weise sterben zu sehen, hat Sie sehr erschüttert.«

»Ich hatte sie gern. Wir hatten keine Zeit, einander gut kennenzulernen, aber wir sind gut miteinander ausgekommen, ja. Ich denke, wir wären Freunde geworden. Komisch ...« Meredith unterbrach sich; dann: »Sie hat eine Menge Leute gekannt, hatte wahrscheinlich ziemlich viele Liebhaber, aber ich glaube, an echten Freunden hat es ihr gemangelt. Leute, bei denen man sich entspannen, über alles oder nichts reden und sogar streiten kann, und es macht nichts aus. Freunde, wissen Sie?« Wieder machte sie eine Pause. »Wie Sie und ich.«

»O ja«, sagte er mit dumpfer Stimme und widmete sich dem bunten Allerlei auf seinem Teller, »wie Sie und ich. Wie Sie sagen, Freunde.«

KAPITEL 6

Meredith erwachte von den Klängen eines Oldies aus dem Radiowecker, der ihr melodisch und sich ständig wiederholend sagte, daß es Montag war. Sie setzte sich auf. Ein paar Minuten vor halb acht. Kurz vor den Nachrichten. Dann wollte sie aufstehen, nicht, weil sie mußte, sondern weil es ihr immer unrecht schien, im Bett liegenzubleiben, nachdem sie aufgewacht war, und sie dabei fast ein schlechtes Gewissen bekam. Bestimmt hatte sie einen Grund, aus dem Bett zu springen und umherzuflitzen, um sich fertigzumachen? Und wenn sie keinen Grund hatte, warum nicht? Was hatte sie vergessen?

Sie konnte sich einfach nicht daran gewöhnen, daß sie nicht ins Büro mußte, das war der ganze Jammer. Wenn sie am Morgen eines Wochentags einen Blick auf die Uhr warf und feststellte, daß es nach sieben war, geriet sie in Panik, weil sie glaubte, sie habe verschlafen. In gewisser Weise würde sie es nicht bedauern, wenn sie nach Neujahr in ein geregeltes Leben zurückkehren konnte, selbst wenn sie ungewöhnlich früh aufstehen mußte, um rechtzeitig in London zu sein. Alle Menschen mögen Ferien, doch ihr fehlte ihre Arbeit, fehlte die Regelmäßigkeit. Das, dachte sie, kommt davon, wenn man allein lebt. Alan würde jetzt aufstehen, war vermutlich schon aufgestanden. Vielleicht frühstückte er, rasierte sich, duschte oder sah nach seinen Zimmerpflanzen, bevor er ging… Auch er war jemand, der allein lebte und ziemlich gut damit zurechtkam. Wie sie.

Aber sie war nicht allein. Von unten kam das Klirren von Porzellan, dann ächzten die Stufen, und es klopfte an die Schlafzimmertür. Doch bevor sie Zeit hatte zu erschrecken, hörte sie gedämpft durch die Tür eine vertraute Stimme.

»Miss Mitchell? Sind Sie wach? Ich hab Ihnen eine Tasse Tee gemacht.«

»Kommen Sie rein, Mrs. Brissett!« rief Meredith verblüfft. Sie schob sich in den Kissen höher, und als die Putzfrau, die stämmige Gestalt in einen geblümten Overall gehüllt, die Tür aufstieß, sagte sie: »Das ist eine Überraschung, es ist nicht Ihr Tag…«

Dann fiel ihr ein, daß der Montag Harriets Tag war – oder gewesen war –, und sie verfluchte im stillen ihre Taktlosigkeit.

»Ich hoffe, Sie haben nichts dagegen, daß ich hier bin, Miss Mitchell«, sagte Mrs. Brissett und setzte das Tablett ab. »Tatsache ist, daß ich seit Jahren am Montag bei Miss Needham war, und die Gewohnheit ist mir in Fleisch und Blut übergegangen. Nur gibt es dort im Moment keine Arbeit mehr für mich – nun, wenigstens nicht, bevor Miss Needhams Cousine kommt und mir sagt, was ich tun soll. Mr. Simpson hat mich angerufen – das ist Miss Needhams Anwalt in Bamford. Ein sehr netter alter Gentleman, noch von der alten Schule, wissen Sie? Er hat unsere Dawn bei ihrer Scheidung vertreten – Miss Needham hat sich um alles gekümmert. Sie war sehr gut zu unserer Familie.«

Mrs. Brissett rieb sich mit der geröteten, abgearbeiteten Hand die Wange. »Mr. Simpson hat gesagt, Miss Needhams Cousine würde sich bei mir melden. Was wollen Sie zum Frühstück?«

»Oh, aber ich kann auf …« Meredith unterbrach sich. Die Ärmste wollte offensichtlich irgend etwas tun. Ihr Kummer über Harriets plötzlichen Tod war um nichts geringer geworden, und wie für Meredith selbst war auch für Mrs. Brissett Regelmäßigkeit das halbe Leben. »Wie nett von Ihnen – nur ein gekochtes Ei. Und ich mag es hart gekocht, richtig hart wie ein Golfball.«

»In Ordnung, Miss, das sollen Sie haben. Lassen Sie den Tee nicht kalt werden.«

Mrs. Brissett stapfte schwerfällig hinaus und die Treppe hinunter. O du liebe Güte, dachte Meredith. Arme Mrs. Brissett. Wie gräßlich das alles war. Nachdenklich trank sie ihren Tee.

In der Küche hatte Mrs. Brissett den Frühstückstisch gedeckt, und der Kessel summte fröhlich. Toast, ordentlich in Dreiecke geschnitten, steckte schon im Toastständer, die Butter war in einer gläsernen Butterdose, und das Ei klopfte beim Kochen gegen die Seitenwände des Topfes.

»Sie haben gesagt, richtig hart«, erklärte Mrs. Brissett, nahm das Ei mit dem Löffel heraus, tat es in den Eierbecher und krönte es mit einem gestrickten Wollhütchen, dem sehr ähnlich, das sie selbst trug, aber *en miniature.* »Hart wie Beton ist es geworden.«

»Ich mag sie wirklich gern so. Danke.«

»Ich war eben drüben«, sagte Mrs. Brissett und ließ

Wasser in den Eiertopf laufen, »bei Miss Needham, und hab ein bißchen saubergemacht, bevor ihre Cousine kommt.«

Meredith blickte rasch auf. »Saubergemacht?« Das Herz wurde ihr schwer. »Sie – eh – haben doch nichts weggeworfen – aus dem Papierkorb und so?«

»Nein, Mr. Simpson hat gesagt, ich muß alles so lassen, wie's ist. Hab nur ein bißchen abgestaubt, damit es ordentlich aussieht. Ich war ja am Donnerstag da und hab gründlich geputzt, an dem Tag, an dem die arme Miss Needham ... Es war alles noch so, wie sie's zurückgelassen hat, als sie zur Jagd ausgeritten ist. Hab abgespült, die Küche saubergemacht, das Bett gemacht, so was eben.«

»War viel Geschirr zum Abspülen da?« fragte Meredith, unverfänglich, wie sie hoffte.

»Wie üblich«, antwortete Mrs. Brissett schroff.

Meredith nahm den versteckten Tadel hin und verzehrte ihr Ei. Mrs. Brissett klapperte mit entschlossener Energie in der Küche herum. Offensichtlich beschäftigte sie etwas. Nach einer Weile wagte Meredith zu fragen: »Sind Sie irgendwie beunruhigt, Mrs. Brissett?«

Mrs. Brissett fuhr herum. »Ja, da ist was. Und es ist schlimm, ich muß mit jemandem drüber reden. Natürlich hab ich mit Fred gesprochen, meinem Mann, aber er sagt nur, ich mach zuviel Wind um nichts und wieder nichts. Doch das stimmt nicht, das weiß ich. Und ich habe Miss Needham gekannt.«

»Warum setzen Sie sich nicht und trinken eine Tasse Tee mit mir?« forderte Meredith sie auf. »Es ist noch genug in der Kanne.«

Die Putzfrau holte sich eine Tasse und setzte sich zu Meredith an den Tisch. Die muskulösen Arme auf den Tisch aufstützend, beugte sie sich vor und sagte vertraulich: »Es hat mit dem zu tun, um was Mr. Simpson mich gebeten hat.«

»Der Anwalt? War es – hätte er etwas dagegen, daß Sie es mir erzählen?«

»Glaub ich nicht. Werden sowieso bald die Spatzen von den Dächern pfeifen, nach der Leichenschau. Schlimm!« setzte Mrs. Brissett grimmig hinzu.

»Die Leichenschau?«

»Nein – was man redet. Mr. Simpson, er hat mich gefragt, ob Miss Needham diese Tranquilizer oft genommen hat. Natürlich hab ich gesagt, nein, nie. Sie hatte mal eine Freundin, die gestorben ist, das hatte was mit einer falschen Medizin zu tun oder daß sie zuviel genommen hat – erinnere mich nicht mehr so genau. Jedenfalls sie selber hatte nicht mal ein Aspirin im Haus, und das hab ich Mr. Simpson auch gesagt. Und da sagt er, bei der Obduktion – scheußlich, die arme Miss Needham so von oben bis unten aufzuschneiden – hat der Doktor, der es getan hat, festgestellt, daß sie Tranquilizer in ihrem Blut gehabt hat und auch Alkohol. Das ist kein Geheimnis, ich erzähle also keine Märchen. Aber diese Pillen – nie hat sie die genommen! Ich hab gesagt, das ist ein Irrtum – da hat er sich geirrt, dieser Doktor. Und Mr. Simpson hat gesagt: ›Ich versichere Ihnen, Mrs. Brissett, der Doktor ist sich da ganz sicher.‹ Aber auch Doktoren können sich irren, nicht wahr?« Mrs. Brissett sah Meredith über den Toastständer hinweg herausfordernd an.

»Nun, das ist natürlich möglich – aber ich glaube nicht, daß der Arzt, der die Obduktion gemacht hat, sich in dieser Beziehung irrt. Sind Sie ganz sicher, Mrs. Brissett?«

»Klar bin ich sicher«, erklärte die Putzfrau nachdrücklich. »Seit drei Jahren hab ich bei Miss Needham saubergemacht, und sie hat in dieser ganzen Zeit nie irgendwelche Pillen genommen. Ein Glas Brandy, das hat sie gewöhnlich getrunken. Kuriert alles, meinte sie. Aber sie war eine Lady – hat auch getrunken wie 'ne Lady, man hat ihr nie angemerkt, wenn sie einen gezwitschert hatte.«

»Ich verstehe«, sagte Meredith langsam. »Ich habe Miss Needham nicht gut gekannt, doch was Sie mir erzählen, kommt mir sehr logisch vor. Haben Sie etwas dagegen, wenn ich es Inspektor Markby gegenüber erwähne? Zufällig bin ich mit ihm befreundet – und ich denke, er hat Harriet auch gekannt.«

»Oh, Mr. Markby«, sagte Mrs. Brissett. »Das ist ein Gentleman. Vor Jahren haben die Markbys hier in der Nähe gewohnt. Waren Landbesitzer. Aber jetzt ist alles dahin. Da unten, wo die Bungalows für die alten Leute sind – das ist das Land, das früher den Markbys gehört hat – und ein großes Haus dazu. Wurde nach dem Krieg abgerissen, und dann hat man die Bungalows gebaut. Natürlich haben die Markbys lange vor dem letzten Krieg da gewohnt. Ist sechzig Jahre her oder so, als meine Mutter noch ein Mädchen war. Ja, natürlich dürfen Sie es Mr. Markby sagen.«

»Sie sind in Westerfield geboren, Mrs. Brissett?«

»O ja, meine Liebe. Und Fred auch.«

»Und Miss Needham – wann ist sie hergekommen?«

»Das ist, lassen Sie mich überlegen, also das ist vier oder fünf Jahre her«, sagte Mrs. Brissett. »Zuerst hat Cissy Lumsden bei ihr saubergemacht, bis sie wegen ihrer Arthritis aufhören mußte zu arbeiten, und dann habe ich den Job übernommen. Miss Needham kommt irgendwoher aus dem Norden. Sie war eine so reizende Lady.« Mrs. Brissett schniefte laut. »Zu denken, daß sie auf diese Weise umgebracht worden ist.«

»Ich weiß nicht, ob ›umgebracht‹ der richtige Ausdruck dafür ist –«, begann Meredith, wurde jedoch sofort unterbrochen.

»Also ich weiß es. Er hat sie getötet, dieser schlechte junge Mensch! Mit einem Plakat vor ihrem Pferd herumzufuchteln! Jeder weiß doch, daß man das vor Pferden nicht darf. Dann müssen sie ja scheu werden.«

»Miss Needham war eine sehr gute Reiterin. Unter normalen Umständen …«

»Ich weiß, wann eine Gemeinheit passiert und wann nicht«, sagte Mrs. Brissett vernichtend. »Und eine Gemeinheit war's, die man Miss Needham angetan hat. Die Wahrheit will ans Licht.«

Als Mrs. Brissett gegangen war, rief Meredith Markby an und teilte ihm die wesentlichen Punkte ihres Gesprächs mit Mrs. Brissett mit. »Ich hab mir gedacht, daß Sie das vielleicht interessieren würde.«

»Ja, danke.« Nach einer Pause fuhr er fort: »Ich weiß nicht, wohin uns das bringt, aber ich sollte wohl mit Mrs. Brissett sprechen. Vielleicht muß sie bei der gerichtlichen Untersuchung aussagen. Was ich sehr gern hätte, wäre ein Fläschchen oder eine Schachtel, in der die Tranquilizer waren. Schon irgendein Lebenszeichen von Miss Needham-Burrell?«

»Nein, noch nicht. Ich schau schon dauernd aus dem Fenster. Man muß mich für eine schrecklich neugierige Person halten.«

»Schauen Sie weiter. Rufen Sie mich an, wenn Sie mit ihr Verbindung aufgenomen haben. Ich möchte mit ihr reden. Sagen Sie ihr, daß sie nichts wegwerfen soll.«

Meredith legte auf und strich sich über die Haare. Im selben Moment hörte sie, daß gegenüber ein Auto anhielt. Sie stürzte ans Fenster und schaute hinaus. Vor dem Ivy Cottage parkte jetzt ein Range Rover. Sie kam gerade rechtzeitig, um zu sehen, wie eine Frau auf die Straße sprang, eine junge Frau, deren Bewegungen und Figur Harriets Bewegungen und Figur geradezu erschreckend ähnelten. Sie ging den Gartenweg entlang zur Haustür, blieb stehen, fummelte ein bißchen herum und öffnete dann die Tür. Sie hatte die Schlüssel. Frances Needham-Burrell, ohne Zweifel.

Meredith setzte sich und überlegte, wie lange sie anstandshalber warten mußte, bevor sie hinübergehen konnte, um sich bekannt zu machen. Zu lange, und Miss Needham-Burrell hatte inzwischen vielleicht angefangen, Dinge wegzuwerfen, die wichtige Beweise sein konnten. Beweise wofür? Meredith rutschte unbehaglich im Sessel herum. »Die Wahrheit will ans Licht«, hatte Mrs. Brissett gesagt. Die Wahrheit worüber? Angenommen, ihre ganze Suche und Schnüffelei führte am Ende nur dazu, daß sie herausbekamen, wer Harriets Liebhaber gewesen war, und zu anderen Enthüllungen über ihr persönliches und privates Leben? Vielleicht war er verheiratet? Daß er so verstohlen kam und ging, ließ mit ziemlicher Sicherheit darauf schließen. Meredith schlüpfte in den Anorak und überquerte zögernd die Straße, um an die Tür von Ivy Cottage zu klopfen.

»Ja?« Aus der Nähe gesehen, war sie Harriet ähnlich und auch wieder nicht. Sie war ungefähr gleich groß, hatte die gleiche Figur und benahm sich genauso selbstsicher und ungezwungen. Sogar die Gesichter waren einander ähnlich. Aber das lange lockige Haar hatte die Farbe reifer Ähren, und sie hatte bestürzend schöne Augen, seegrün und von dunkelblonden Wimpern umrahmt. Es gelang Meredith gerade noch, sie nicht anzustarren.

»Tut mir leid, Sie zu stören«, stammelte Meredith. »Ich wohne gegenüber und habe mir gedacht, Sie müßten Harriets Cousine sein. Und ich wollte Ihnen sagen, wie leid es mir tut, und Ihnen meine Hilfe anbieten – wenn ich helfen kann.«

»Danke.« Fran trat zur Seite und hielt die Tür offen. »Kommen Sie rein. Ich bin Harriets nächste Angehörige – wie Sie vielleicht wissen. Habe die wenig beneidenswerte Aufgabe, ihre Sachen auszuräumen.«

Meredith betrat hinter ihr das Wohnzimmer und versuchte, nicht an ihren letzten Besuch zu denken und sich Harriet vorzustellen, die vor der Hausbar stand und Sherry einschenkte. »Ich sollte Ihnen sagen, daß Chefinspektor Markby von der Polizei in Bamford – er ist eine Art Freund von mir und hat auch Harriet gekannt, und wir waren beide dabei, als ... als es passierte – mich gebeten hat, Ihnen auszurichten, daß er bei Gelegenheit mit Ihnen sprechen möchte.«

»Oh? Was will er denn?« Die seegrünen Augen wurden kühl und betrachteten Meredith abschätzend.

»Nun, unter anderem möchte er, denke ich, die Flasche oder die Schachtel haben, in der die Tranquilizer waren...« Meredith brach verlegen ab und hoffte, daß Fran sie nicht für impertinent hielt, weil sie schon vor der gerichtlichen Untersuchung über das Ergebnis der Obduktion so gut informiert war. »Er bittet – ersucht Sie, nichts wegzuwerfen. Er meint Papiere und so weiter.«

Fran runzelte die Stirn. Sie hob die Hand und schob eine dichte blonde Haarsträhne zurück. »Das ist wirklich seltsam, wissen Sie? Ich hätte schwören können, daß Harriet nie Pillen genommen hätte – egal, welche. Es paßt ganz einfach nicht zu ihr.«

»Das sagt auch Mrs. Brissett – die Putzfrau. Sie hat bei Harriet saubergemacht und arbeitet auch für mich.«

Fran musterte sie wieder und schien einen Entschluß zu fassen. »Kommen Sie in die Küche. Ich mach uns eine Tasse Tee. Dann will ich Harriets Kleider zusammensuchen und zu Oxfam bringen – das ist ein karitativer Verein. Sie könnten mir ja dabei helfen. Er wird doch nichts dagegen haben, Ihr Kumpel von der Polizei?«

»Nein, ich denke nicht, daß er gemeint hat, Sie sollten ihre Kleider aufheben. Und natürlich helfe ich Ihnen.«

Meredith folgte Fran in die Küche und mußte sich wieder anstrengen, die Erinnerung an Harriet zu verdrängen, als sie Fran zusah, die den Tee aufbrühte. Harriets lebendige Gegenwart im Cottage war noch so real, daß das tragische Ereignis vom zweiten Weihnachtsfeiertag völlig unmöglich zu sein schien.

»Es kommt einem so unrecht vor, nicht wahr?« sagte Fran wie ein Echo auf Merediths Gedanken. »Als schnüffelten wir in Harriets Sachen und benutzten ganz einfach ihre Küche.«

»Ja, genau.«

»Ich glaube nicht, daß mir die Haare zu Berge stehen würden, wenn sie jetzt durch die Tür käme.« Die Blonde nickte. »Es ist einfach unrecht, daß Harriet tot ist. Ich kann es noch nicht akzeptieren, daß sie wirklich und wahrhaftig für immer dahin ist. Dauernd habe ich das Gefühl, es müsse sich um einen Irrtum handeln. Als Theo Simpson mich anrief, konnte ich es einfach nicht glauben. Ich war in Klosters. Als ich ins Hotel zurückkam, sagte man mir, jemand habe aus England für mich angerufen. Ich habe den armen Theo gezwungen, das Ganze ein paarmal zu wiederholen. Er war außer sich. Aber das war das Letzte, was ich erwartet hätte. Harriet war einfach unverschämt gesund, wenn Sie verstehen, was ich meine. Deshalb kann ich einfach nicht glauben, daß sie diese Pillen genommen haben soll. Sie war ein Freiluftmensch. Immer unten in den Stallungen – obwohl die möglicherweise doppelte Anziehungskraft für sie hatten – wie ich vermute«, fügte Fran trocken hinzu.

»Na ja –«, sagte Meredith voller Unbehagen.

»Schauen Sie nicht so betroffen drein. Ich plaudere kein Geheimnis aus. Harriet hat mit ihm nie hinter dem

Berg gehalten – Sie haben den Lover-Boy doch kennengelernt, oder?«

»Ja, gestern, aber nur sehr flüchtig.«

»An Ihrer Stelle würde ich es dabei belassen. Ich habe Harriet gewarnt, sie soll vor dem auf der Hut sein. Nicht, daß ich es ihr übelnehme. Sehr sexy, unser Thomas. Aber er gehört zu den Männern, die ihre Frauen am liebsten zehn Schritte hinter sich gehen und sie das ganze Gepäck tragen lassen. Dieser Typ kann richtig grob werden, wenn es nicht nach seinem Kopf geht. Wie er wohl mit der Sache fertig wird?«

»Über seinen Charakter war Harriet sich wohl im klaren, denke ich«, sagte Meredith offen. »Ich hatte den Eindruck, daß sie sehr genau wußte, wie sie ihn zu behandeln hatte.«

»Wahrscheinlich.« Fran schwieg und stand, in jeder Hand einen Becher, einen Moment reglos da, tief in Gedanken versunken. Dann warf sie die blonde Mähne zurück, stellte die Becher auf den Tisch und sagte: »Nun, das ist jetzt wohl nicht mehr wichtig. Verschüttete Milch. Übrigens – trinken Sie Ihren Tee mit Milch?«

»Ja, danke.« Meredith nahm ihren Becher entgegen.

»Sie waren dabei, als es passierte?« Fran setzte sich an die Küchentheke. »Erzählen Sie. Ich hätte gern einen Bericht aus erster Hand. Vielleicht kann ich's dann endlich glauben.«

Meredith holte tief Atem. »Das Pferd scheute, als dieser Typ mit dem Plakat vor ihm herumfuchtelte, und sie fiel herunter. Es war ein Schock, sie fallen zu sehen. Alle waren wie betäubt. Ich muß aber sagen, daß sie schon vorher sehr unsicher schien, zusammengesunken im

Sattel hockte und irgendwie nicht sie selbst war. Doch was dieser junge Mann getan hat, war unentschuldbar.«

»Sie hat gern getrunken, das wissen wir alle«, sagte Fran schonungslos. »Und das ist es, was ich wirklich nicht begreife. Ich meine, wenn mir jemand erzählt hätte, sie sei stockbetrunken vom Pferd gefallen, hätte ich gesagt, arme alte Harriet, hat die Kontrolle über die harten Sachen verloren, hätte das jedoch akzeptiert. Aber Alkohol und Pillen? Nicht in hundert Jahren!«

»Da ist noch was anderes«, sagte Meredith zögernd. »Ich denke, Alan – Chefinspektor Markby – wüßte gern, ob Harriet anonyme Briefe bekommen hat. Bei ein paar anderen Mitgliedern der Jagdgesellschaft war das der Fall. Deshalb hofft er auch, daß Sie nichts wegwerfen.«

»Anonyme Briefe?« Fran starrte sie über den dampfenden Teebecher hinweg an. »Wenn sie welche bekommen hätte, hätte sie sie sofort weggeworfen. Ich bezweifle, daß sie beunruhigt gewesen wäre, es sei denn, sie wären von einer empörten Ehefrau gekommen, die Harriet beschuldigte, es mit ihrem ehebrecherischen Ehemann zu treiben. Mit allem, was die Jagd betrifft, wäre sie gut fertiggeworden.«

»Nun, die Polizei interessiert sich dafür. Ich gebe nur die Botschaft weiter.«

»Klar.« Fran stellte ihren Becher ab. »Sehen wir uns einmal im Bad um. Wie ich schon sagte, bin ich auch neugierig.«

Sie gingen hinauf. In dem winzigen Badezimmer öffnete Fran die Hausapotheke, und zum Vorschein kam eine ansehnliche Sammlung von Shampoos, Gesichtswassern, Augenbrauenpinzetten, verschiedene Make-up-Utensilien und eine Zahncreme. Außerdem eine Packung mit Einmal-Rasierapparaten aus Plastik für Männer. Aufmerksam von Harriet, fand Meredith im stillen. Das einzig »Medizinische« waren ein Päckchen selbstklebender Heftpflaster und ein Fläschchen Jod.

»Das Schlafzimmer«, schlug Meredith vor.

Sie durchsuchten den Nachttisch und die Schubfächer und entdeckten – was Meredith höchst peinlich war, Fran jedoch ungerührt ließ – mehrere Päckchen mit Kondomen, zwei Romane in Taschenbuchform, Handcreme und eine Tube mit einer Salbe gegen Wundsein und Verstauchungen.

»Sie ist phantastisch mit der Meute geritten«, sagte Fran und winkte mit der Salbentube. »Hatte eine Menge blauer Flecken. Und das wäre alles an Medikamenten. Tranquilizer werden wir nicht finden, wissen Sie? Auch Ihr Freund von der Polizei nicht. Harriet hat keine genommen. Mir egal, was die Medizinmänner sagen.«

»Also wie …?« Meredith runzelte die Stirn.

»Keine Ahnung. Ich frage mich, ob wir es jemals erfahren werden. Wollen Sie mir mit Harriets Kleidern helfen? Sagen Sie's ruhig, wenn nicht. Es ist ein bißchen makaber. Sie hat mir übrigens dieses Cottage samt Inventar hinterlassen. Ich weiß nicht, was ich damit anfangen soll. Ich glaub nicht, daß ich meine Wochenenden in Pook's Common verbringen möchte. Es mangelt hier an – Lustbarkeiten, könnte man sagen. Es sei denn, man genießt es, sich weiter unten an der Straße ein bißchen im Heu zu wälzen.« Während sie sprach, öffnete Fran einen der beiden Schränke.

»Als meine Eltern gestorben waren, hab ich all das auch tun müssen«, sagte Meredith. »Ich weiß, wie man sich fühlt. Es kommt einem wie eine Unverschämtheit vor. Ich hatte ein so schlechtes Gewissen, als ich die Schränke ausräumte und Sachen wegwarf, die sie behalten hätten – auch wenn es Plunder war. Ich hatte nicht das Recht … Dann hat jemand zu mir gesagt: ›Ein Leben ist mehr als ein paar Dinge …‹ Danach sah ich es aus einem anderen Blickwinkel. Es schien mir kein solcher Vertrauensbruch mehr.«

»Harriet hat sich auch nie viel aus Dingen gemacht«, klang es gedämpft hinter der Schranktür hervor. »Sie liebte alle Tiere und ein paar Menschen. Ich gebe zu, sie hat dieses Cottage gut in Schuß gehalten, und sie war eine ausgezeichnete Köchin und eine phantastische Gastgeberin. Aber mit Shopping hatte sie nichts am Hut. Obwohl« – Fran tauchte mit zerzaustem Haar und atemlos aus dem Schrank auf – »für jemand, der sich aus materiellem Besitz nichts machte, hatte sie genug Kleider. Jemand muß sie in anständige Restaurants ausgeführt haben. Ich meine, sie hätte sich nicht so herauszuputzen brauchen« – Fran zog einen extravaganten Abendrock aus Brokat heraus –, »wenn sie nichts anderes vorhatte, als mit Tom Fearon Ställe auszumisten.«

Und Harriet hat auch aus ihrer Beziehung mit Tom keinen Hehl gemacht, dachte Meredith. Tom ist nicht heimlich gekommen und gegangen, hat nicht seinen Wagen an einer dunklen Stelle geparkt und hat das Tageslicht nicht gescheut. Wer also hat es getan?

Sie verbrachten die nächste Stunde damit, Harriets Schränke auszuräumen und die Sachen zu sortieren.

Wie Fran schon festgestellt hatte, waren ein paar wunderschöne Abendkleider darunter, aber auch teure Freizeitkleidung, die für Wochenenden in einer luxuriöseren Umgebung als Pook's Common bestimmt waren.

»Glückliches altes Oxfam«, sagte Meredith, die ehrfürchtig ein smaragdgrünes Taftkleid mit Reifrock und einem sehr bekannten Firmenetikett an einen Haken hinter der Tür hängte. Sie zupfte die Plastikhülle zurecht, die das Kleid schützte.

»Nehmen Sie es sich, wenn es Ihnen gefällt«, sagte Fran gleichgültig. »Es würde Ihnen passen.«

»Das möchte ich nicht.« Meredith zögerte.

»Nehmen Sie's doch. Harriet hätte nichts dagegen gehabt. Sie hat immerzu Kleider verschenkt. Sie und ich haben regelmäßig getauscht. Na ja, man kann die Sachen ja nicht öfter als ein-, zweimal tragen, nicht wahr? Alle erinnern sich daran. Also haben wir seit Jahren jeweils die Kleider der anderen angezogen. Ich glaube, das grüne hatte ich mir auch einmal ausgeliehen. Es würde Ihnen passen. Es ist eins weniger, das ich im Fond meines Range Rovers verstauen muß.«

Die Vorstellung, daß dieses schöne Kleid in den Fond des Range Rovers gestopft werden sollte, gab den Ausschlag. »Danke«, sagte Meredith; und gleich darauf verlegen: »Ich wollte Sie wegen der Beerdigung fragen. Kommt nur die Familie?«

»Damit habe ich ein kleines Problem.« Fran bündelte teure Seiden- und Spitzenwäsche und packte sie in einen Plastikbeutel von Harrods. »Ich hätte Harriet gern in Westerfield beerdigt. Sie hat gern hier gelebt, und das ist der nächste Friedhof. Doch wie es scheint, hat man schon vor einer Ewigkeit beschlossen, ihn stillzulegen, und hat ihn eingeebnet und begrünt. Man hat mir geraten, sie nach Oxford überführen zu lassen. Ich sehe wirklich nicht ein, warum ich sie nicht hier beerdigen kann, wo sie gern gewesen wäre. Es wäre das wenigste, das ich für sie tun könnte. Ich hatte Harriet gern, als Kinder haben wir uns sehr nahegestanden.«

»Was ist mit ihrem ursprünglichen Zuhause – ich meine da, wo sie herkam?«

»Hat keinen Sinn, die Familie lebt nicht mehr dort.« Fran machte eine Pause. »Harriet wäre gern hier begraben, und ich werde so lange Krach schlagen, bis man mir die Genehmigung gibt. Was hat ein Friedhof für einen Sinn, wenn man niemanden dort begraben darf? Ich werde mich an die Diözese wenden, an die Bezirksverwaltung, an Lambeth Palace, wenn ich muß. Passen Sie auf!« Sie nickte energisch, und Meredith glaubte auf Anhieb, daß die gesamte Synode Englands vor Angst zittern würde, wenn Miß Needham-Burrell erst einmal richtig loslegte.

Gemeinsam zerrten sie die Plastiksäcke mit Harriets Kleidern die schmale Treppe hinunter und ins Freie, um alles in den Range Rover zu packen. Als sie ins Haus zurückgingen, sagte Fran: »Ich gebe Ihnen wegen der Beerdigung Bescheid – schreiben Sie mir Ihre Telefonnummer auf.«

»In Ordnung – oh, ich habe nicht einmal ein Fetzchen Papier dabei.«

»Versuchen Sie's im Schreibtisch.«

Fran lief wieder in den ersten Stock hinauf, und Meredith, die sich ihre Aufregung über die unerwartet hilfreiche Wendung nicht anmerken lassen durfte, öffnete Harriets viktorianisches Rollpult.

Harriet war, was ihre Papiere anbelangte, nicht sehr ordentlich gewesen, aber auch das konnte sich als Segen erweisen. Die geräumigen Fächer waren mit Korrespondenz vollgestopft. Meredith zog einen Schreibblock heraus und klappte ihn auf. Ein loses, nur zum Teil beschriebenes Blatt fiel heraus. Neugierig faltete sie es auseinander.

... Du Gipsheilige wirst wieder mal was zu denken kriegen, Du bist eine dreckige, heuchlerische Lügnerin, und ...

Mehr stand nicht da. Offensichtlich waren die Zeilen Teil eines Entwurfs. Harriet hatte ihn neu formuliert – entweder, um zu milderen oder zu noch schärferen Worten zu greifen ... Meredith nahm zumindest an, daß es sich um Harriets Handschrift handelte. Als sie hastig ein paar andere Papiere durchsah, wurde ihre Vermutung bestätigt. Doch ähnliche Entwürfe förderte sie nicht zutage. Nachdenklich saß sie mit dem Papier in der Hand da. Das war vielleicht ein Ding! Als Alan von anonymen Briefen gesprochen hatte, hatte er Briefe an und nicht von Harriet gemeint. Schuldbewußt blickte Meredith über die Schulter zurück. Das Blatt Fran auszuhändigen war vielleicht keine so gute Idee. Alan würde es bestimmt gern sehen wollen, auch wenn er es später von allen Ermittlungen ausschloß. Aber Fran hätte vielleicht etwas dagegen, wenn Privatbriefe dieser Art weitergegeben wurden. Frans Schritte wurden auf der hölzernen Treppe laut. Meredith mußte eine schnelle Entscheidung treffen.

Sie faltete das Blatt und steckte es in die Tasche ihres

Anoraks. Hastig kritzelte sie ihre Telefonnummer auf das nächste leere Blatt und gab es Fran, als sie hereinkam.

»Das reicht für heute, denk ich«, sagte Fran seufzend. »Ich muß ohnehin nach Bamford und den alten Simpson besuchen.«

»Wo wohnen Sie?«

»Nicht hier – ich habe mir im Hotel The Crossed Keys in Bamford ein Zimmer genommen.« Fran verstaute Merediths Telefonnummer in ihrer Umhängetasche. »Ich rufe Sie an, bevor ich wieder herkomme.«

»Also, was denken Sie?« fragte Meredith ungeduldig.

»Ich denke, daß wir Schwierigkeiten bekommen, wenn Theo Simpson erfährt, daß Sie dieses Papier aus Harriets Schreibtisch mitgehen ließen. Aber lassen wir das einfach auf uns zukommen. Für wen war das wohl bestimmt, was glauben Sie? Sie sind eine Frau. Wem würden Sie so etwas schreiben?«

»Weiß ich nicht. Ich glaube nicht, daß ich jemals so etwas geschrieben habe. Ich kann es mir nicht vorstellen – es sei denn, jemand hätte mich enttäuscht, im Stich gelassen?«

»Ein Mann? Der sie hintergangen – ihr etwas versprochen hat – die Ehe? Und sich dann gedrückt hat?«

»Versprechen Männer den Mädchen heute noch die Ehe? Ich meine, so wie früher einmal?«

»Nun, seit ein gebrochenes Eheversprechen kein Gesetzesverstoß mehr ist, haben wir es nicht mehr annähernd so oft mit schluchzenden jungen Mädchen zu tun, die der Meinung sind, sie seien verraten worden und ihre Zukunftsaussichten gleich Null. Wo wohnt Miss Needham-Burrell?«

»Im Hotel The Crossed Keys in Bamford.«

»Ich werde sie aufsuchen, sobald ich zurück bin.«

»Sie meinen, Sir«, sagte Pearce, »daß Miss Needham keine Drohbriefe bekommen, sondern welche geschrieben hat?«

»Sie hat wenigstens einen geschrieben, und sehen Sie sich doch noch einmal den Brief an, den Fearon bekommen hat. Er ist ziemlich scharf. Aber er bleibt auch sehr vage im Hinblick auf das, was Fearon angeblich getan hat. Er ist ein Schwein, ein dekadenter Parasit, er wird eines Tages seine wohlverdiente Strafe bekommen… Unzählige unflätige Wörter… Aber was hat er getan? Die Jagd wird mit keinem Wort erwähnt. Fearon hat angenommen, daß es um die Jagd ging. Wir haben das für bare Münze genommen.« Markby nahm Fearons Brief zur Hand. »Mir ist natürlich klar, daß die Wörter aus einer Zeitung herausgeschnitten wurden und daß das Stück, das Miss Mitchell gefunden hat, mit der Hand geschrieben wurde – aber der Grund, warum Harriet diesen handschriftlichen Text verworfen hat, mag der sein, daß sie sich plötzlich entschlossen hatte, anonym zu schreiben und Zeitungsschnipsel zu verwenden. Fearon hat einen Ruf als Frauenheld. Wir wissen, Harriet hatte am Abend des Weihnachtstages einen leidenschaftlichen Gast. Fearon hat mir erzählt, er komme zu einem Rendezvous mit einer Freundin zu spät, weil er den ganzen Vormittag hinter den ausgebrochenen Pferden hergewesen war. Vielleicht hat Tom sie betrogen, und sie hat es erfahren.«

»Wenn sie erfahren hätte, daß er sie betrog«, sagte Pearce bedächtig, »wäre sie meiner Meinung nach zu den Stallungen gegangen und hätte ihn in den Pferdetrog gestoßen. Nach allem, was ich gehört habe, hätte das mehr ihrem Stil entsprochen. Sie hat bestimmt keine anonymen Briefe geschrieben, würde ich sagen.«

»Und ich ebenso. Aber man kann nie wissen. Doch wir vergessen den Brief, den der Master bekommen hat. Ich wünschte, er hätte ihn aufgehoben. Harriet hätte ihm nie so geschrieben. Streichen wir die Theorie, daß sie die Briefe geschrieben hat. Sie war es nicht. Der von Tom stammt wahrscheinlich von einem Jagdgegner, und der hier ist eine einmalige Sache, und es geht darin um etwas anderes.« Finster betrachtete Markby den Zettel, den Meredith ihm gegeben hatte. »Übrigens, haben Sie etwas von den anderen Jagdmitgliedern erfahren? Hat irgendeiner Drohbriefe bekommen?«

»Zugegeben hat es keiner, Sir. Ein oder zwei haben ein bißchen herumgedruckst. Waren nicht ehrlich. Aber alle anderen haben Stein und Bein geschworen, sie hätten keinen derartigen Brief bekommen.«

»Verdammt! Doch eins nach dem anderen. Ich würde sehr gern erfahren, wer Harriets Dinnergast war – und ob er am nächsten Morgen noch da war. Vielleicht führt er uns zu den Tranquilizern, deren Vorhandensein jeder abstreitet, der Harriet gut gekannt hat. Miss Mitchell hörte einen Wagen davonfahren. Doch was, wenn der Fahrer später zurückgekommen oder zum Frühstück wieder erschienen wäre?«

Markby legte beide Briefe in den Ordner auf seinem

Schreibtisch. »Ich springe inzwischen ins Hotel hinüber, um zu sehen, ob Miss Needhams Cousine da ist.«

Von der Polizeistation zum Hotel The Crossed Keys ging man höchstens fünf Minuten. Am Empfang fragte er nach Miss Needham-Burrell.

»Zimmer 20«, sagte die Angestellte. »Soll ich Sie telefonisch anmelden?« Sie legte ihre scharlachrot lackierten Krallen auf das Telefon und sah ihn neugierig an.

»Das wäre sehr freundlich. Melden Sie Inspektor Markby, sie weiß, wer ich bin.«

Das Mädchen ging zum Hausapparat, sprach kurz, legte auf und sagte: »Sie sollen raufkommen. Wir haben keinen Lift, Sie müssen die Treppe nehmen – sie endet auf der rechten Seite des Korridors. Zweiter Stock.« Ein Blitzen scharlachroter Fingernägel, um die Richtung anzudeuten.

Markby gelangte über die ehemalige Personaltreppe in den zweiten Stock. The Crossed Keys war ein altes Gebäude. Die Fußböden sackten leicht schräg durch, und die Korridore glichen labyrinthähnlichen Kaninchengängen, die Zimmer waren klein und hatten niedrige Türrahmen. Das Haus beherbergte hauptsächlich Handelsvertreter unterschiedlichster Art und andere Leute, die ihre Fahrt spontan hier unterbrochen hatten. Obwohl es recht sauber war, wirkte es vernachlässigt. Aber die Gäste, die nur ein oder zwei Nächte blieben, erwarteten oder verlangten keinen Luxus, nur ein Bad und ein Bett – was man eben so brauchte.

Vor Nummer 20 stand ein wackliges Tischchen und

darauf ein Topf mit einem Usambaraveilchen. Markby blieb stehen und betrachtete verstohlen die Blüten, eine Farbe, die ihm noch fehlte; und er fragte sich, ob jemand etwas dagegen haben würde, wenn er ein Blatt abtrennte und versuchte, Ableger zu ziehen. Aber zuerst Miss Needham-Burrell. Er mußte das streng nach Vorschrift machen. Viele höfliche Fragen und Beileidsbekundungen, um ihr die Erlaubnis zu entlocken, Harriets Papiere durchsehen zu dürfen. Vielleicht sollte er sie zu einer Tasse Tee in die Hotellounge einladen.

Er klopfte. Rasche, leichte Schritte, die Tür ging auf, und zu seiner größten Verblüffung sah er vor sich, in einen Frotteebademantel gehüllt und mit Pantoffeln an den Füßen, eine hinreißende Blondine.

»Hallo«, sagte sie, und ihre seegrünen Augen wurden groß. »Sind Sie etwa Mr. Plattfuß?«

»Ich bin – Chefinspektor Markby«, hörte er seine Stimme, die merkwürdig belegt klang.

»Polizisten sehen wirklich immer besser aus. Sie sind Merediths Freund, nicht wahr? Und Sie heißen Alan.«

»So ist es«, bestätigte er einfältig und bemühte sich angestrengt, seine Verwirrung abzuschütteln und diese sündhaft schöne Blondine nicht anzustarren wie ein hypnotisiertes Kaninchen die Schlange.

»Wunderbar. Ich bin Fran. Warum kommen Sie nicht rein, Alan. Wir können – reden. Ich habe eine Flasche Whisky.«

Er folgte ihr ins Zimmer und setzte sich in den Lehnstuhl, den sie ihm anbot. Flink wählte sie aus mehreren Flaschen eine aus, stellte Gläser auf ein Tablett und schenkte ein. »Meinen mit Wasser, bitte«, sagte er hastig.

»Sagen Sie, wenn's genug ist – okay?« Sie reichte ihm ein Glas. »Was wollen Sie mich fragen?« Sie setzte sich, schlug die Beine übereinander. Der Frotteemantel fiel ein bißchen auseinander, aber nicht zu weit. »Ich wollte mir eben ein Bad einlassen«, erklärte sie, und die Winkel ihres vollen Mundes verzogen sich leicht nach oben.

Vor Markbys innerem Auge tauchte kurz ein verbotenes Bild auf, und dann war sein Kopf völlig leer. Verzweifelt suchte er nach dem Grund, der ihn hergeführt hatte. Briefe, Pillen, er wollte nach beidem fragen. Wunderschönes, schlankes gebräuntes Bein. Bleib mit deinen Gedanken bei der Arbeit. Was wollte er sie fragen? Um die Wahrheit zu sagen, in diesem Augenblick rein gar nichts, was mit Polizeiarbeit zu tun hatte.

»Sie kennen natürlich das Ergebnis der Obduktion«, sagte er verbissen und blickte direkt in die leicht belustigt wirkenden seegrünen Augen.

Er sah, wie die Belustigung daraus wich. Ihre Züge wurden starr, und sie nippte an ihrem Whisky. »Ja. Meredith hat gesagt, Sie hätten nach Tranquilizern gefragt. Wir, Meredith und ich, haben das Cottage durchsucht, aber keine gefunden – auch keine leeren Packungen, und, ehrlich gesagt, ich war nicht überrascht. Harriet hat diese Art Drogen nicht genommen – überhaupt keine Tabletten. Sie hielt nichts davon. Hat nie was davon gehalten…« Fran hob ihr Glas. »Ich zweifle nicht an dem Ergebnis der Obduktion. Aber wie Sie bin ich sehr begierig, das Wie und Warum zu erfahren.«

»Ob die Mülltonnen geleert worden sind?« sagte er mehr zu sich als zu ihr.

Sie antwortete trotzdem: »Nein, es sind ja noch Feiertage. Alles wird in einem Plastiksack gebündelt. Sie können ihn durchsuchen, wenn Sie wollen.«

»Mein Sergeant wird das übernehmen. Es geht auch um ein paar Briefe.«

»O ja, gehässige Briefe. Ich hatte keine Zeit, ihre Papiere durchzusehen, aber ich werde die Augen offenhalten.«

Er ließ den Rest seines verwässerten Whiskys im Glas kreisen und sagte vorsichtig: »Ich weiß, das scheint ein einfacher und bedauerlicher Unfall zu sein, der auf das mehr als idiotische Verhalten eines jungen Demonstranten folgte. Ich will auch nichts anderes andeuten. Habe keinen Grund dazu. Aber es gibt ein paar lose Enden, und wenn ich impertinente Fragen zu stellen scheine, dann nur, weil ich Unordnung verabscheue – nicht, weil ich schnüffle.«

»Schießen Sie los.« Sie setzte sich bequemer zurecht und legte den Bademantel, der vorher verrutscht war, wieder züchtig über das wohlgeformte Knie. Das Ergebnis war doppelt so erotisch, als wenn sie alles beim alten gelassen gelassen hätte.

Er lächelte schmerzlich. »Das ist fair.«

Sie sah ihm in die Augen. »Oh, ich bin immer fair.«

»Ja – nun, wir haben Anlaß zu glauben …« Ein leichtes Lächeln umspielte ihren Mund. »Was ist los?«

»Entschuldigen Sie – es ist der Polizeijargon. Sprechen Sie weiter. Was haben Sie Anlaß zu glauben, Alan?«

»Daß Harriet am Abend des Weihnachtstages einen männlichen Gast hatte. Anscheinend ist er am Abend auch wieder weggefahren. Ich habe mich gefragt, ob Sie wohl wissen, wer das war. Er könnte vielleicht ein wenig Licht auf die Sache mit den Tranquilizern werfen.«

Sie ließ einen Fuß kreisen und streckte die bloßen Zehen, die aus dem Pantoffel vorschauten. »Nein, ich weiß es nicht. Ich will Ihren Ermittlungen nicht im Wege stehen, aber ich weiß es wirklich nicht. Sie hatte viele Freunde.«

»Ich verstehe. Falls Sie es zufällig herausfinden sollten, wäre ich sehr dankbar … Und ich schicke meinen Sergeant, der den Abfall und Miss Needhams Schreibtisch durchsuchen soll, wenn Sie gestatten.«

»Aber gewiß doch.«

»Ich hoffe, Sie können alles arrangieren«, sagte er, sich an ihre traurige Pflicht erinnernd. »Ist Ihnen Mr. Simpson eine Hilfe?«

»Der liebe alte Theo?« Sie lachte rauh. Dann verzog sie das Gesicht. »Man macht mir Schwierigkeiten wegen der Beerdigung. Ich möchte Harriet in dem kleinen Friedhof in Westerfield beerdigen, aber das darf ich nicht, wie man mir sagte. Das kommt mir so verdammt kleinlich vor. Er wurde säkularisiert oder so was Ähnliches. Eingeebnet und begrünt wie ein Park. Keine Beerdigungen mehr.«

»O ja, das ist richtig.« Er überlegte. »Die Familiengruft der Markbys wurde nicht eingeebnet. Das ist die private Ecke meiner Familie. Sie ist durch ein Geländer vom übrigen Friedhof abgetrennt. Ich meine, auch dort ist seit Jahren niemand mehr beerdigt worden, aber die Gräber sind noch da, die Grabsteine, Monumente, das Übliche eben… Vielleicht gibt es noch einen freien Platz, und ich wüßte nicht, warum jemand etwas dagegen haben sollte, besonders wenn die Familie – das bin ich – einverstanden ist. Versuchen Sie es einmal damit.«

»Danke.« In den seegrünen Augen spiegelte sich aufrichtige Wärme. Sie folgte ihm zur Tür und blieb, die Hand auf den Türpfosten gestützt, im offenen Rahmen stehen. »Ich will's versuchen, wie Sie sagten, und wie könnte man dann noch etwas dagegen haben? Und wie ich Ihnen schon sagte, ich bin fair. Wenn jemand mir Gutes tut, revanchiere ich mich gern.« Wieder umspielte das Lächeln ihren Mund. »Ich schulde Ihnen was.«

»Aber ganz und gar nicht«, sagte er hastig und floh.

KAPITEL 7 Der nächste Tag, ein Dienstag, war Silvester. Und versprach ein durch und durch unglückliches Silvester zu werden, dachte Meredith, trotz Alans Einladung, ein Glas mit ihm zu trinken. Ein Schatten lag wie Mehltau über dem Tag. Das neue Jahr würde die gerichtliche Untersuchung und Harriets Beerdigung mit sich bringen, und außerdem begann für sie selbst unter der Woche die regelmäßige Pilgerfahrt nach London. Das Wetter war grau und trüb und drückte aufs Gemüt. Wie auch immer – es war Dienstag, und Mrs. Brissett, die normalerweise an diesem Tag kam, erschien pflichtgetreu mit Bommelmütze und Reißverschlußstiefeln im Rose Cottage.

»Es ist wirklich sehr nett von Ihnen, daß Sie auch während der Feiertage kommen«, sagte Meredith dankbar. Sie freute sich, die Putzfrau zu sehen, nicht so sehr um der Arbeit willen, die sie tun würde, sondern eher, weil sie froh war, Gesellschaft zu haben.

Allmählich wurde ihr bewußt, wie einsam es in Pook's Common war. Die Haynes waren nicht wieder erschienen. Die Leute, denen die Autowerkstatt und das Cottage mit dem Wunschbrunnen gehörten, ließen sich auch nicht sehen. Vielleicht waren sie über Neujahr verreist. Harriet war tot und Meredith, wie sie sich fast entsetzt klarmachte, derzeit die einzige Bewohnerin von Pook's Common. Außer sie zählte Tom Fearon dazu.

»Es macht mir keine Mühe«, sagte Mrs. Brissett energisch. »Hat keinen Sinn, die Arbeit liegenzulassen, denn dann habe ich, wenn ich das nächste Mal komme, doppelt soviel zu tun. Das habe ich auch der armen Miss Needham gesagt. ›Machen Sie sich nicht die Mühe, am zweiten Weihnachtsfeiertag zu kommen‹, hat sie gemeint. ›Nur keine Angst‹, sag ich, ›ich komme.‹ Und ich war da – und hab sie zum letztenmal gesehen, kurz bevor sie ging ...« Mrs. Brissett schniefte und stellte mit überflüssigem Kraftaufwand eine Einkaufstüte auf einen Küchenstuhl.

»Ich versuche ja, das Haus sauberzuhalten«, sagte Meredith demütig.

»Ja, meine Liebe, das weiß ich. Aber aufräumen und richtig putzen, das ist nicht dasselbe. Bei weitem nicht.« Mrs. Brissett hängte ihren Mantel auf, zog die Stiefel aus und holte aus ihrer Tüte ein Paar pinkfarbene Hausschuhe mit Nylonpelz. Abgeknickt wie ein Taschenmesser und vor Anstrengung keuchend, zog sie sie an. »Unsere Dawn hat sie mir zu Weihnachten geschenkt.« Sie setzte sich auf und streckte ein strammes Bein in Kreppstrümpfen und pinkfarbenem Hausschuh zur Begutachtung aus. »Hübsche Farbe, nicht wahr? Ich liebe Pink.« Sie ließ den Fuß sinken. »Unsere Dawn hat sich schrecklich aufgeregt, als sie das von der armen Miß Needham erfuhr. So. Die Arbeit wartet nicht. So strickst du dem Baby kein neues Mützchen, wie meine alte Mum immer sagte.« Sie stand auf. Die Bommelmütze, die fest mit ihrem Kopf verbunden schien, hatte sie nicht abgenommen und band sich als nächstes eine Schürze um. »Sie sind mit dem Frühstück fertig, oder?«

»Ja, ich wollte eben abräumen.« Und mich selbst auch wegräumen, dachte Meredith, das hat sie gemeint. Soll ihr nicht vor den Füßen rumlaufen.

»Lassen Sie nur, das mach ich schon, Miss Mitchell.«

»Mrs. Brissett«, sagte Meredith vorsichtig. »Wegen Miss Needham. Als Sie mir versprachen, heute morgen zu kommen, hab ich das Inspektor Markby gegenüber erwähnt. Er möchte gern mit Ihnen sprechen und kommt später herüber. Hätten Sie etwas dagegen?«

»Ich klatsche nicht«, sagte Mrs. Brissett heftig. »Und schon gar nicht über die arme Miss Needham, die steif und kalt daliegt.«

»Das ist kein Klatsch, Mrs. Brissett. Inspektor Markby versucht nur festzustellen, wie Miss Needham gestorben ist. Sie wollen doch helfen, oder?«

»Es macht mir nichts aus, mit Mr. Markby zu reden«, sagte Mrs. Brissett großmütig. »Er ist ein Gentleman. Was man nicht von jedem Polizisten sagen kann. Mit einem anderen würde ich ganz bestimmt nicht reden. Als unsere Dawn ihre Schwierigkeiten hatte und der Kerl, mit dem sie verheiratet war, ins Haus eingebrochen ist – das war, bevor er sie ganz sitzengelassen hat –, da ist Fred zur Polizei gegangen und hat es gemeldet. ›Häuslicher Zwischenfall‹, haben sie gesagt, sind auf ihren vier Buchstaben sitzen geblieben und haben nichts getan. Damals habe ich mein Vertrauen zur Polizei verloren. Aber Mr. Markby ist anders, und er darf mich fragen, was er will. Doch ich weiß, wie Miss Needham gestorben ist. Der schlechte Kerl ist dran schuld, der ihr Pferd erschreckt hat.«

»Es geht noch immer um die Drogen, die Tranquilizer, Mrs. Brissett.«

»Sie hat nie welche genommen! Hat nie irgendwelche Pillen genommen!« platzte Mrs. Brissett heraus. »Das hab ich *Ihnen* schon gesagt. Das hab ich *allen* gesagt. Und ich sag's auch noch Mr. Markby, wenn es das ist, was er hören will.«

Markby kam kurz vor elf vorgefahren. Meredith ging ihm entgegen und sagte leise: »Ich bin eben dabei, Kaffee zu machen, und Mrs. Brissett ist darauf vorbereitet, mit Ihnen zu reden. Aber Sie werden sie nicht aufregen, nicht wahr? Sie hatte Harriet sehr gern. Sie wird nicht wollen …« Meredith unterbrach sich. »Sie wird Ihnen nichts erzählen wollen, was ihrer Ansicht nach ein schlechtes Licht auf Harriet werfen könnte. Und sie hat da so ihre eigenen Vorstellungen.«

»Wird nicht über Männer sprechen wollen, meinen Sie?«

»Wahrscheinlich nicht.«

Markby fand Mrs. Brissett stocksteif in der Mitte der Küche sitzend, die Bommelmütze wie eine Krone fest auf dem Kopf, die Hände im Schoß gefaltet. Sie hatte die Schürze abgenommen, jedoch die pinkfarbenen Hausschuhe nicht ausgezogen.

»Ich bin Ihnen sehr verbunden, Mrs. Brissett«, sagte Markby und setzte sich an den Tisch.

»Wir freuen uns wirklich sehr, helfen zu können«, sagte Mrs. Brissett, und fügte – den Pluralis majestatis abschwächend – erklärend hinzu: »Fred und ich. Fred hat alles mögliche für Miss Needham getan, hat Sachen repariert, Regale angebracht, Malerarbeiten erledigt … Fred hatte von Miss Needham immer eine sehr hohe Meinung. Er wird alles bestätigen, was ich sage. Unsere ganze Familie hatte Miss Needham sehr gern. Sie war so gut zu unserer Dawn, als die ihre Schwierigkeiten hatte.« Mrs. Brissett machte eine Pause, um Atem zu holen. »Was wollen Sie wissen? Wenn es wegen dieser Pillen ist, dann kann ich Ihnen nur sagen, was ich schon Miss Mitchell erklärt hab. Die arme Miss Needham hat nie welche genommen.«

»Ich fürchte, sie hat es doch getan«, sagte Markby sanft. »Aber wir sind auch der Meinung, daß es nicht zu ihrem Charakter paßt, und wir würden gern wissen, woher sie kamen und wie sie dazu kam, sie zu nehmen. Sie muß sie nämlich an diesem Morgen eingenommen haben. Soviel ich weiß, sind Sie nach dem Frühstück ins Cottage gekommen, um aufzuräumen, ja?«

»Das ist richtig.« Der Bommel auf ihrer Mütze bebte heftig. Gleich fällt sie runter, dachte Markby abgelenkt. Markby blieb bei seinem Thema. »Erinnern Sie sich vielleicht, ein Medizinfläschchen oder eine Pillenpackung oder eine Tüte mit dem Aufdruck einer Apotheke gesehen oder weggeworfen zu haben?«

»Nein, nichts dergleichen, und mir wäre es aufgefallen, denn so was hat's im Cottage nie gegeben. Sie hatte mir gesagt, ich soll am zweiten Weihnachtstag nicht kommen«, fuhr Mrs. Brissett fort. »Aber ich sagte ihr, ich komme trotzdem, nur für eine Stunde, um ein bißchen was wegzuräumen, das Frühstücksgeschirr zu spülen, solche Dinge eben.«

»Ach ja, das Frühstücksgeschirr –«, sagte Markby vor sich hin.

Mrs. Brissett warf ihm einen argwöhnischen Blick zu und nahm eine noch steifere Haltung ein.

»Viel Geschirr?«

»Nicht besonders.«

»Für wie viele Leute?« Mrs. Brissett preßte die Lippen zusammen. »Mrs. Brissett«, sagte Markby, »ich stecke meine Nase nicht aus Neugier in Miss Needhams Angelegenheiten. Jemand hat diese Pillen ins Haus gebracht, und wenn sie, sagen wir, in einer Schachtel waren, hat er oder sie die restlichen wieder mitgenommen. Jemand hat sie Miss Needham gegeben. Ich möchte wissen, wie. Hatte sie darum gebeten und sie freiwillig eingenommen – oder was?«

Mrs. Brissett schloß und öffnete nervös die Hände. »Ich will's Ihnen sagen, Sir. Es hat mir Kummer gemacht. Konnte deshalb nicht schlafen. Fred wird es Ihnen bestätigen. Fragen Sie Fred, ich hab zu ihm gesagt, sie selber hatte nie solche Pillen. Ich weiß es. Ich hätte sie gesehen. Hab aber nie keine einzige nicht gesehen. Jemand muß sie ihr gegeben haben, hab ich gesagt. Und Mr. Markby« – ernst beugte Mrs. Brissett sich vor –, »wer's auch getan hat, er hat es heimlich getan, hat es so getan, daß sie nichts gemerkt hat, weil wenn sie gewußt hätte, was das für Zeug ist, hätte sie es nie genommen, nicht Miss Needham!«

Volltreffer, jubelte Markby innerlich. »Mrs. Brissett, erzählen Sie mir jetzt von dem Frühstücksgeschirr?«

»Es war für zwei«, sagte Mrs. Brissett. »Ich sag Ihnen ganz ehrlich, ich weiß nicht, wer er war. Aber es war nicht das erste Mal, daß ich für zwei abgespült oder das Bett gemacht hab …« Mrs. Brissett hob die Hand vor den Mund und hüstelte diskret. »Wenn es benutzt worden war, wenn Sie verstehen, was ich meine.«

»Durchaus.«

»Sie hatte mehrere Freunde. Miss Needham war sehr beliebt.«

Könnte ich drauf wetten, dachte Markbys Alter ego nicht sehr galant.

»Aber an diesem Morgen – obwohl von allem zwei Stück da waren, Tassen, Teller und das – das Bett … Ich glaub nicht, daß er dort geschlafen hat. Doch sicher konnte ich natürlich nicht sein. Es waren keine Haare vom Rasieren im Waschbecken und nur ein Kissenstapel im Bett.«

»Sie denken also, er ist zum Frühstück vorbeigekommen und dann wieder gegangen?«

»So ist es«, sagte Mrs. Brissett. »Ist doch nichts dabei.« Sie unterbrach sich. »Oder vielleicht doch, Ihrer Meinung nach?«

»Das wissen wir nicht. Hatte Miss Needham die Gewohnheit, bevor sie zur Jagd ritt, ein – nun, sagen wir – ein Glas zu trinken, um sich warm zu halten?«

»Ja«, sagte Mrs. Brissett schlicht. »Hat sie immer gemacht, bevor sie fortging – egal, wohin. Sie war eine echte Lady und konnte mit Alkohol umgehen. Ist nie getaumelt oder gefallen oder sonst was.«

Markby blickte verzweifelt aus dem Fenster. Als er wieder sprechen konnte, sagte er: »Ich danke Ihnen,

Mrs. Brissett. Sie haben uns sehr geholfen. Ich wäre Ihnen dankbar, wenn Sie über den Inhalt unseres Gesprächs mit niemandem reden würden – außer mit Mr. Brissett natürlich.«

»Wir können schweigen, Sir«, sagte Mrs. Brissett würdevoll. »Ich und Fred.«

»Das ist recht. Oh – nur aus reinem Interesse, was haben Miss Needham und ihr Gast gefrühstückt? Eier mit Speck?«

»Nein – Miss Needham war eine wunderbare Köchin. Sie hat einen von diesen Cordel-blue-Kursen mitgemacht, und dort haben sie ganz ausgefallene Sachen gekocht. Sie hatten dieses Fischzeug – Reis mit Fisch und harten Eiern – *Kedgeree* heißt es, glaub ich.«

»*Kedgeree*«, sagte Markby und blätterte in dem Kochbuch, das Meredith in der Küche gefunden hatte. »Schauen wir mal. O hurra, hurra! Gekochter Reis, getrockneter gekochter Schellfisch, gekochte Eier, aufgeschnitten, Salz, Pfeffer, Cayenne, alles zu einem Kuddelmuddel zusammengerührt und siedendheiß serviert. Ich muß Paul fragen, aber wenn da jemand ein Dutzend winzige Tranquilizer hineingemixt hat, als sie ihm den Rücken kehrte, hätte sie das nie gemerkt und sie mit allem übrigen gegessen.«

»Und das ist Ihrer Ansicht nach passiert?« fragte Meredith sachlich.

Er klappte das Buch zu und schnitt eine Grimasse. »Ich weiß es nicht. Ich habe keinen Beweis. Aber er könnte es so gemacht haben. Eines haben wir ja so ganz nebenbei erfahren, Mrs. Brissett hat uns bestätigt, was uns Jack Pringle, der Harriets Arzt war, gesagt hat. Er konnte Harriet kaum behandeln, weil sie sich strikt weigerte, Medikamente einzunehmen. Er hat ihr keine Tranquilizer verschrieben, und das wird er bei der gerichtlichen Untersuchung auch sehr nachdrücklich erklären. Eines müssen wir unbedingt herausfinden – wer war dieses Phantom, ihr Frühstücksgast?«

»Wenn wir ihn finden«, wandte Meredith ein, »könnte er sagen, sie habe ihn um die Pillen gebeten und sie freiwillig mit einem Glas Wasser geschluckt.«

»Das ist möglich. Aber wo ist er? Warum hat er sich nicht gemeldet?«

»Angst vor einem Skandal. Vielleicht ist er verheiratet.«

»Sie sind sicher, daß derjenige, der am Abend vorher bei ihr war – der Mann, der sie geküßt hat und den Sie als Silhouette auf der Jalousie sahen –, Sie sind absolut sicher, daß er ging?«

»Ich habe einen Wagen wegfahren gehört. Vielleicht ist er später zurückgekommen, als ich schon schlief. Am Morgen war kein Wagen da, doch ich bin spät aufgestanden. Ebensogut kann er sehr früh weggefahren sein, und ich habe ihn verpaßt. Das ist möglich.«

»Oder er war zu Fuß da –«, sagte Markby vor sich hin.

Meredith wand sich voller Unbehagen. »Tom Fearon?«

»Warum Tom?« Er sah sie scharf an.

»Er wohnt nur ein Stück weiter unten an der Straße. Am Montag hatten sie in den Stallungen eine Auseinandersetzung, aber viel hab ich nicht davon gehört.« Sie wiederholte, was sie aufgeschnappt hatte. »Sie sagte ihm, er könne zu ihr kommen, wenn er sich beruhigt habe.«

»Nun, ich werde mit ihm sprechen. Aber sie hätte ihn sowieso gesehen, als sie am zweiten Weihnachtstag ihr Pferd zur Jagd abholte.« Er runzelte die Stirn. »Kein Mensch reitet heutzutage noch zu einem Jagdtreffen. Sie haben alle Pferdetransporter und bringen die Tiere mit dem Wagen hin. Was hatte Harriet vor?«

»Tom hat einen Transporter, einen kleinen, für zwei Pferde.«

»Hm…« Markby legte das Kochbuch weg. »Ich werde mir Tom vornehmen, heute oder morgen.«

»Ich habe nicht behauptet, daß es Tom war«, sagte Meredith hastig. »Nur daß sie sich gut kannten und ein bißchen gestritten haben.«

»Was für ihn kein Grund wäre, ihr Tranquilizer in den Frühstücksreis zu mixen. Das ist nicht Toms Stil. Tom packt immer den sprichwörtlichen Stier bei den Hörnern. Wir haben es mit einer vorsätzlichen Handlung zu tun. Jemand hat die Pillen mitgebracht, hat auf seine Gelegenheit gewartet. Aber warum? Und was wollte er damit erreichen?«

»Er wußte, daß sie zur Jagd wollte, und hoffte, daß sie vom Pferd fallen würde.«

»Ja – er wußte auch über den Bügeltrunk Bescheid und daß sie ein oder zwei Gläser trinken würde. Die Mischung aus Alkohol und Pillen würde sie benebeln.«

»Aber sie war schon benebelt, bevor der Bügeltrunk serviert wurde«, erklärte Meredith. »Wir haben sie beide gesehen und Dr. Pringle auch. Er hat ihr noch gesagt, sie soll nichts mehr trinken. Er dachte, sie hätte zuviel und zu lange gefeiert.«

»Vergessen Sie nicht, wir wissen von Mrs. Brissett, daß Harriet ein Glas oder zwei hatte, bevor sie von Pook's Common aufgebrochen ist. Das würde erklären, warum sie so schnell beschwipst war. Ich frage mich, ob er das wußte? Ob er wußte, daß sie anfangen würde zu trinken, bevor sie auf den Market Square kam? Nehmen wir einmal an, daß irgendein Mann – es könnte genausogut eine Frau gewesen sein –, jemand den wir nicht kennen, mit ihr zum Frühstück verabredet war, ihr die Pillen ins Essen gemischt hat und dann seiner Wege ging. Er hätte damit gerechnet, daß sie einen Bügeltrunk und vielleicht auch einen zweiten nehmen, nach einer Weile schwindelig werden und sehr wahrscheinlich beim ersten Hindernis, das sie erreichte, vom Pferd fallen würde.« Markby hielt inne. »Beim ersten Hindernis, das sie erreichte«, wiederholte er. »Verdammt, das habe ich auch zu Pearce gesagt. Aber sie ist nicht dort gefallen, sondern auf dem Market Square. Ob er das vorhergesehen hat, der Frühstücksgast? Das frage ich mich. Ob das seine Pläne nicht ein bißchen durcheinanderbrachte? Sie ist zu bald gefallen – zum Teil dank Simon Pardy und seiner närrischen Kapriolen.«

»Warum hat er es getan?« wollte Meredith wissen. »Angenommen, dieser Mann, den wir nicht kennen, hat es getan. Warum wollte er ihr überhaupt etwas antun?«

»Ah, jetzt sind wir wirklich in Schwierigkeiten. Was hatten Sie für einen Eindruck von Harriet? Hat sie sich gern Feinde gemacht?«

»Sie war nett. Ich hatte sie gern. Sie hat mich hier

willkommen geheißen. Sie war gut zu den Brissetts. Aber auch geradeheraus. Sie ließ sich nicht über den Tisch ziehen. Ich glaube, wenn sie jemanden nicht mochte, konnte sie eine sehr unangenehme Gegnerin sein. Wie ein Terrier hätte sie nicht losgelassen.«

Sie dachte an Frances Needham-Burrell und ihre Drohung, mit ihrem Gesuch, ihre Cousine in Westerfield zu beerdigen, wenn nötig bis zur höchsten Instanz zu gehen. Eine Familieneigenschaft. Sie bekamen, was sie wollten, und taten, was und wie ihrer Meinung nach etwas getan werden sollte, und alle übrigen sollten sich zum Teufel scheren. Obwohl sie Harriet sympathisch gefunden hatte, mußte Meredith zugeben, daß beide, Harriet und Fran, diesen Eindruck machten.

»Die erste Person, die wir finden müssen«, sagte Markby, die Beine ausstreckend, »ist der Mann, der am Abend des ersten Weihnachtstages im Ivy Cottage war. Sie haben einen Wagen gehört, aber nicht gesehen. Sie wissen nicht mit Bestimmtheit, daß er abfuhr. Er könnte auch nur so getan haben. Mrs. Brissett war sehr diskret wegen des Bettes, dachte aber, es hätten nicht zwei Leute darin geschlafen. Nur ein Kissenstapel, hat sie gesagt.«

»Harriet hätte die Kissen wegtun können.«

»Ich vermute, Mrs. Brissett hat eigentlich gemeint, auf den Bettlaken seien keine Flecke gewesen, wollte es jedoch nicht erwähnen.«

»Oh«, sagte Meredith und wurde rot. »O ja, ich verstehe.«

»Entschuldigen Sie!« rief Markby verlegen und wurde jetzt selbst feuerrot. »Ich hatte vergessen, daß ich nicht einfach laut daherreden und meine Gedanken an Pearce weitergeben kann.«

»Sie brauchen sich nicht zu entschuldigen«, sagte Meredith aufgebracht. »So naiv bin ich auch wieder nicht.«

»Okay. Nun, Mrs. B. glaubt, er hat nicht dort geschlafen. Aber vielleicht hat er's doch getan. Wer ist es, und wo ist er?«

»Wissen Sie«, sagte Meredith leise, »es war schon irgendwie komisch mit Harriet. Wenn sie mit ihrem Pferd Blazer sprach, war es, als spreche sie mit einem Freund. Einem richtigen menschlichen Freund, der nur zufällig vier Beine hatte. Sie kam mir heiter und kontaktfreudig vor. Aber ich frage mich, ob sie insgeheim nur Tieren vertraut hat? Nur mit ihnen zwanglos umgehen konnte. Irgendwie war sie ein trauriger Mensch. Ich glaube, sie hat sich für Gerechtigkeit eingesetzt. Ich glaube, ich fühle ein bißchen, wie sie empfunden hätte, hätte sie gedacht, daß jemand, den sie kannte, vor seiner Zeit sterben mußte. Sie wäre dem Verantwortlichen unbarmherzig auf den Fersen geblieben, und genau das werde ich auch tun, Alan.«

»Überlassen Sie die Polizeiarbeit den Profis.«

»Ja, aber wenn Sie die Lösung nicht finden, kommt der Fall zu den Akten und wird vergessen. Wie der häusliche Zwischenfall bei Mrs. Brissetts Tochter. Sie haben mich schließlich in diese Sache hineingezogen, und wenn Sie es nicht können, werde ich ihr auf den Grund gehen.« Sie sah ihn herausfordernd an.

Sie hat wunderschöne haselnußbraune Augen, dachte er mutlos. Ich denke nicht, daß wir miteinander jemals weiterkommen werden als bisher. Dazu verdammt, jeder auf seiner Seite zu bleiben, durch eine unsichtbare Barriere getrennt. Laut sagte er: »Ich weiß nicht, was Mrs. Brissetts Tochter damit zu tun hat. Aber Sie haben trotzdem Zeit, heute abend mit mir ein Glas zu trinken, oder? Ins neue Jahr hineinzufeiern? Ich muß lange arbeiten und könnte mich um – sagen wir – halb neun in Bamford mit Ihnen treffen. Vielleicht finden wir ein Pub, in dem wir an der Bar etwas zu essen bekommen, aber sie schließen an Silvester gegen neun Uhr zu, um Randalierer auszusperren. Wenn man dann nicht drin ist, hat man Pech gehabt.«

»Ich bin um halb neun da, wenn Sie mir sagen, in welchem Pub.«

»Bunch of Grapes«, sagte Markby spontan. »In der Nähe der Polizeistation.«

Erst als er nach Bamford zurückfuhr, fiel ihm ein, daß das *Bunch of Grapes* das Pub war, in dem Simon Pardy angeblich am Weihnachtsabend gesessen und getrunken hatte.

Am Silvesterabend war in Bamford viel los. Alle Pubs waren überfüllt, und ein paar ließen nur Gäste ein, die im Vorverkauf Karten gelöst hatten. All dies hätte Balsam für die Seele eines Polizisten sein müssen, aber als Markby zum *Bunch of Grapes* kam, stellte er erschrocken fest, daß die Holztür fest verschlossen war und ein daran befestigtes Schild verkündete, daß keine Gäste mehr eingelassen würden. Von drinnen hörte er schwatzende Stimmen und Gelächter. Er vermutete, daß Meredith drin war. Und er stand draußen. Das war vermutlich typisch für ihre Beziehung. Er hob die Faust und hämmerte an die Tür.

Nach einer Weile wurde sie einen Spalt geöffnet, und hinter einer Sicherheitskette erschien das Gesicht des Wirtes und spähte mißtrauisch in die Nacht. »Wir haben schon geschlossen. Sie müssen woanders hingehen.«

»Erinnern Sie sich nicht an mich?« fragte Markby, stellte sich ins Licht einer Straßenlaterne und kramte in der Tasche nach seiner Kennkarte.

»Oh, Mr. Markby, nicht wahr? Hatte Sie nicht erkannt, Sir. Ich habe nicht nach der Polizei geschickt. Wir haben keine Schwierigkeiten. Jedenfalls nicht bisher. Deshalb habe ich das Schild an die Tür gehängt.«

»Ich bin nicht dienstlich hier. Bin nur gekommen, um einen Schluck zu trinken, und habe mich mit einer Freundin hier verabredet. Sie ist vielleicht drin.«

Die Sicherheitskette rasselte, und die Tür ging auf. »Machen Sie schnell!« befahl der Wirt. »Sonst will nach Ihnen noch jemand rein.«

Markby quetschte sich durch die Tür und fand sich in der überfüllten Bar wieder. Wenn Meredith hier war, konnte er sie nicht sehen. Er schaute über Köpfe hinweg und um Körper herum. Es war unvorstellbar heiß, man konnte kaum atmen, und es war ein kleines Wunder, daß irgend jemand sein Glas an die Lippen heben konnte.

»Ist Ihre Freundin ziemlich groß und hat braunes Haar?« fragte der Wirt.

»Das ist sie. Sie wird doch nicht hiergewesen und wieder gegangen sein?«

»Nein, sie sitzt hinten im Nebenzimmer. Sie hat gesagt, sie wartet auf jemanden.«

Das Nebenzimmer zu erreichen bedeutete Kampf, aber er schaffte es. Meredith saß eingekeilt in der Ecke, an einem Tisch, an dem auch noch eine Gruppe anderer Leute saß. Vor ihr stand ein Glas Apfelwein, daneben lag eine halbleere Tüte Chips. Als sie ihn entdeckte, sah sie erleichtert aus. Er nahm ihren gefalteten Anorak von der Bank und setzte sich neben sie.

»Ich habe Ihnen einen Platz freigehalten.«

»Tut mir leid, daß ich mich verspätet habe. Ich hole mir nur rasch was zu trinken – was ist mit Ihnen? Haben Sie Hunger?«

»Es gibt hier nur Sandwichs, aber das macht nichts, ich habe ja die Kartoffelchips.«

»Warten Sie«, sagte er. Er boxte sich zur Bar durch und kam mit einem Pint Bier, einem zweiten Apfelwein und einem Paket in Cellophan verpackter Schinkensandwichs auf einem Zinntablett wieder zurück. »Ein bißchen primitiv, aber besser als nichts. Ich weiß nicht, warum ich ausgerechnet dieses Pub vorgeschlagen habe. Aber sie sind alle so ziemlich gleich.«

»Haben Sie auf der Station viel zu tun?«

»Die dringendsten Sachen habe ich erledigt, doch auf der Station selbst ist viel Betrieb. An Silvester ist das immer so. Es ist noch früh, aber geben Sie uns ein bißchen Zeit, wir bekommen es schon noch mit den Betrunkenen, den Streithähnen und den Autounfällen zu tun. Im allgemeinen kümmert sich jemand anders darum.«

»Ach du meine Güte!«

»So ist das Leben. Sie sind heut abend problemlos mit dem Auto hergekommen?«

»Ja. Ich stehe ganz in der Nähe, vor einem Schuhgeschäft. Das Schaufenster ist beleuchtet und wirft Licht auf mein Auto, deshalb dachte ich, das sei ein guter Platz, und niemand würde versuchen, es aufzubrechen und damit davonzufahren.«

»Logisch gedacht. Nun – trinken wir auf ein glückliches und erfolgreiches neues Jahr.« Er hob sein Glas.

»Ich wünsche Ihnen das gleiche. Cheers.« Sie nippte an ihrem Apfelwein und stellte ihn wieder ab. »Eigentlich ist mir nicht sehr nach Feiern zumute. Ich weiß, ich sollte vergnügt sein, aber Silvester wirkt auf mich immer irgendwie deprimierend. Und diesmal noch mehr als sonst. Tut mir leid, daß ich Ihnen den Spaß verderbe.«

»Was geschehen ist, können Sie nicht ändern.« Markby riß das Sandwichpaket auf. »Möchten Sie eins?«

»Aber nur eins. Ist da Senf drin?«

Er klappte die oberste Brotscheibe auf. »Nein, nur irgendwas Saures.«

»Okay, nur dieses eine.«

»Entschuldigen Sie, wenn ich so reinhaue, ich habe keinen Lunch gehabt.«

»Oh, dann können Sie aber alle Sandwichs haben.«

»Nein …« Er schob ihre Hand weg, die ihm das Sandwich reichen wollte, und sagte undeutlich: »Ist schon in Ordnung.«

Berühmte letzte Worte. Aus der Bar hörte man plötzlich Geschrei und das Splittern von Glas. Im Nebenzimmer blickten alle erschrocken und interessiert zugleich auf. Die Menge zwischen den beiden Lokalitäten wogte hin und her. Ein Mädchen schrie, und dann fiel ein Körper zu Boden und prallte dumpf auf. Das schwitzende purpurrote Gesicht des Wirtes erschien – »Mr. Markby!« – und verschwand wieder.

»Tut mir leid, ich werde gebraucht. Die fangen ja früh an.« Markby schluckte einen nur halb gekauten Bissen herunter, sprang auf und ließ Meredith allein. Er drängte sich zur Bar durch.

Dort bot sich seinem Blick ein unglaubliches Durcheinander. Die Gäste waren an die Wand zurückgewichen und bildeten einen Kreis. Mit einer Mischung aus Bestürzung und Vergnügen sahen sie dem turbulenten Handgemenge zu, das auf dem Fußboden stattfand. Zwar feuerten sie die Raufbolde ab und zu an, achteten jedoch darauf, sich herauszuhalten. Männer fluchten, keuchten, wanden sich, drehten sich, verteilten Fußtritte und boxten. Der Wirt packte Kleidungsstücke und zog vergeblich daran, bevor sie ihm wieder entrissen wurden. Es war schwierig, genau festzustellen, was geschah. Markby überlegte, ob er Verstärkung herbeirufen sollte.

Er sah jetzt, daß auf dem Fußboden zwei Männer kämpften. Zwei Mädchen in schwarzem Leder, mit Metallringen und kurzen Haaren schienen beide Männer anzugreifen. Colin Deanes, dem die Brille schief auf der Nase saß, versuchte eine der Beteiligten zu packen, und ein dritter Jugendlicher stürzte sich immer wieder ins Getümmel, wich ebensooft zurück und schrie: »Hör auf, du Idiot! Simon, hör auf!«

Anfangs – bevor er Deanes erkannte – glaubte Markby, es handle sich um eine der üblichen Silvesterraufereien, und bereitete sich darauf vor, dem Wirt zu helfen und die Streithähne zu trennen. Dann erhaschte er einen Blick auf das Gesicht eines der Raufbolde.

»Tom!« brüllte Markby und stürzte sich jetzt selbst ins Getümmel. »Was zum Teufel tun Sie da?«

»Lassen Sie mich los!« schrie Tom Fearon. »Ich bring ihn um!«

»Er hat den Jungen angegriffen!« heulte Deanes.

»Aus dem Weg!« kreischte Simon Pardy, stand auf und schwang wild die Faust gegen Tom. Weil Markby den Besitzer des Stalls festhielt, konnte er sich nicht schützen, und Simon Pardys Faust traf ihn unter dem linken Auge.

»Lassen Sie mich los, Alan, Sie Idiot!« Tom riß sich los, warf sich auf Pardy und packte ihn an der Kehle. Das ganze nicht überschaubare Knäuel ineinander verkeilter Körper landete wieder auf dem Fußboden. Eines der schwarzgekleideten Mädchen nahm ein Zinntablett und schlug es Tom auf den Kopf. Es prallte mit einem hallenden Echo ab, das sich anhörte wie der Anfang des Vorspanns zu einem Samurai-Film. Deanes hielt einen Moment inne, um sich die Brille zurechtzurücken, und warf sich mit dem löblichen Vorhaben, Simon Pardy herauszuholen, mitten ins Gewühl, richtete jedoch mehr Schaden an als Nutzen.

»Lassen Sie das, Tom!« Es gelang Markby, Fearons Arme zu packen, so daß er Pardys Hals loslassen mußte, und ihn aus dem Getümmel herauszuziehen. »Deanes! Halten Sie Pardy fest!«

Colin Deanes warf beide Arme um Pardy, der hustete und würgte, hielt ihn fest und zerrte ihn zurück. Die beiden schwarzgekleideten Mädchen hörten auf, hin und her zu tanzen. Das Mädchen, das mit dem Tablett zugeschlagen hatte – Markby hielt die schwarzumrandeten Augen zuerst für Spuren von Gewalttätigkeit, bis er merkte, daß es sich um Make-up handelte –, sagte aggressiv: »Er hat angefangen!« Sie zeigte auf Tom Fearon, der sich gegen Markbys eisernen Griff wehrte und fluchte. »Er hat Simon niedergeschlagen.«

»Weil er damit geprahlt hat!« brüllte Tom. »Das kleine Stinktier hat damit geprahlt, was es Harriet angetan hat!«

»Ich hab dir gesagt, du sollst den Mund halten«, sagte der dritte Jugendliche ärgerlich zu Pardy. »Jetzt schau, was du angerichtet hast.«

»Du!« bellte der Wirt und zeigte auf Pardy. »Raus mit dir!« Er wandte sich an Tom Fearon: »Und Sie auch. Ich bin Ihnen sehr dankbar, Mr. Markby«, fügte er höflich hinzu, drängte sich zur Eingangstür durch und öffnete sie. Markby, der Tom festhielt, Deanes, der Pardy umklammerte, und Meredith, die aus dem Nebenzimmer gekommen war, als Nachhut, stolperten ins Freie. Hinter ihnen fiel krachend die Tür des Bunch of Grapes zu.

»Deanes«, sagte Markby keuchend, der Tom Fearon nur mit größter Mühe festhalten konnte, als er in einem erneuten Wutausbruch wieder auf Pardy losgehen wollte. »Sie sind mir für diesen Jungen verantwortlich. Bringen Sie ihn nach Hause.«

»Es war nicht seine Schuld –«, begann Deanes.

»Es ist mir schnuppe, wessen Schuld es war. Wollen Sie, daß ich ihn einsperre? Nein? Dann bringen Sie ihn nach Hause. Sofort!«

Deanes ging und zerrte den laut protestierenden Simon Pardy die Straße entlang.

»Jetzt zu Ihnen, Tom.« Markby wandte sich an Fearon, der schwer atmend an der Tür des Bunch of Grapes lehnte. »Ich fahre Sie nach Hause.«

»Ich bin selbst mit dem Wagen hier.«

»Möglich. Aber Sie können nicht fahren.«

»Ich hab noch nicht zuviel!« schrie Tom wütend. »Ich bin nicht betrunken, verdammt! Das kleine Stinktier hat tatsächlich vor seinen gräßlichen Freunden damit angegeben, was er getan hat. Stand einfach an der Bar und behauptete, daß sie es verdient hat. Daß Harriet es verdient hat. Wollen Sie ihm das durchgehen lassen?«

»Ich weiß nicht – und es ist jetzt auch nicht wichtig –, ob Sie zuviel getrunken haben oder nicht. Ihr ganzer Zustand verbietet es mir, Sie jetzt ans Steuer eines Wagens zu lassen. Also, Tom, entweder fahre ich Sie zurück, und Sie versprechen mir, dortzubleiben, oder ich werde dienstlich und nehme Sie fest.«

»Mich festnehmen?« Tom schien drauf und dran, einen Schlaganfall zu bekommen. »Warum nehmen Sie nicht ihn fest? Warum sperren Sie nicht ihn hinter Gitter? Er hat Harriet getötet. Er ist einfach so davongekommen und weiß das auch ganz genau. Wenn diese beiden seltsam aussehenden Mädchen sich nicht eingemischt hätten und der andere Typ mit der Brille nicht aus dem Nichts aufgetaucht wäre, hätte ich aus Pardy Hackfleisch gemacht, das schwör ich Ihnen.«

»Dann danken Sie Ihrem Glücksstern, daß Deanes Sie daran gehindert hat. Seien Sie kein Esel, Tom, und kommen Sie mit – mein Wagen steht dort unten.«

Er schob Tom nicht ohne Schwierigkeiten den Gehsteig entlang zum Wagen, öffnete die Beifahrertür und schubste Tom hinein. Dann ging er auf die andere Seite und setzte sich ans Steuer.

Merediths Gesicht erschien neben Toms Fenster, und sie klopfte an die Scheibe. »Entschuldigen Sie.«

»O Jesus«, sagte Markby, »ich hatte Sie vergessen. Kurbeln Sie das Fenster runter, Tom.« Tom gehorchte. »Es tut mir furchtbar leid!« rief Markby Meredith über den Kopf seines Beifahrers hinweg zu. »Ich bring Tom nach Pook's Common und komm zurück!«

»Das hätte keinen Sinn. Wir sind aus dem Pub ausgesperrt. Alle Hooligans zusammen. Wenn Sie nach Pook's Common fahren, fahr ich hinter Ihnen her. Und wenn Sie später noch Zeit haben, kommen Sie bei mir vorbei.«

Sie verschwand. Markby drehte den Zündschlüssel um. »Tom«, sagte er mühsam beherrscht, »Sie haben mich am Weihnachtstag gestört, als Sie wegen der ausgebrochenen Pferde anriefen. Und jetzt haben Sie mir den Silvesterabend verdorben. Ich hoffe, das ist Ihnen klar?«

»Sie können mich –«, knurrte Tom, verschränkte die Arme vor der Brust und starrte finster durch die Windschutzscheibe. »Sie wissen, was Sie mich können, Alan«, schloß er versöhnlicher.

Langsam fuhr Markby zu den Stallungen zurück. Auf der Landstraße zwischen Bamford und Westerfield, mit den frostig weiß schimmernden Feldern zu beiden Seiten, sah er, wenn er in den Rückspiegel schaute, die Scheinwerfer von Merediths Wagen, die sich in die Dunkelheit bohrten. Tom schwieg nachdenklich, in einer Stimmung, die bösartiger war als normale Wut. Da hast du's, dachte Markby resigniert. Ein weiteres Tête-à-tête, das vielleicht zu Situationen geführt hätte, von denen er nur träumen konnte – verdorben. Die ganze Geschichte mit seiner und Merediths Freundschaft irgendwie verhext. Er selbst verhext.

»Ich weiß wirklich nicht, warum ich zur Polizei gegangen bin«, sagte er laut.

Tom knurrte.

Sie bogen bei Fenniwicks Garage ab, tauchten in die Dunkelheit ein und fuhren dann über die schmale Straße nach Pook's Common. Er sah Meredith vor ihrem Cottage anhalten, holperte jedoch weiter, bis er die Stallungen erreichte, wo er den mürrischen Tom auslud und ihm unmißverständlich klarmachte, daß er zu Hause zu bleiben hatte.

Toms Antwort war nur schwer zu verstehen, und das war vielleicht ganz gut so.

Als Markby ins Rose Cottage kam, hatte Meredith Tee aufgebrüht, den sie aus einem großen irdenen Becher trank; sie saß in der Küche.

»Es tut mir so schrecklich leid«, sagte Markby niedergeschlagen.

»Es war nicht Ihre Schuld. Möchten Sie eine Tasse Tee?«

»Ja, bitte. Es ist nur so, ich hätte die Kollegen zu Hilfe rufen und Pardy und Tom in den Knast schicken können, aber wir haben in Bamford nur zwei Zellen, und die werden heute nacht gebraucht. Es war ja auch nicht die übliche Prügelei, eher ...« Er hielt inne.

»Mehr in der Natur eines häuslichen Zwischenfalls?«

»Das war's«, sagte er dankbar. »Ich bin sehr froh, daß Sie es verstehen.«

»Nicht der Rede wert. Hat Tom sich beruhigt?«

»Das weniger, er ist eingeschnappt. Aber wenigstens kann er heut nacht nicht mehr in Schwierigkeiten geraten. Ich werde dafür sorgen, daß sein Wagen morgen auf den Abstellplatz der Polizei gebracht wird, dann muß er zu mir kommen, bevor er ihn zurückbekommt.«

»Er könnte ein Pferd satteln und im Galopp über die Felder und bei Mondlicht nach Bamford zurückreiten. Ich kann mir sehr gut vorstellen, daß er so was tut.«

»Können Sie sich auch vorstellen, daß Tom heimlich Tranquilizer in Harriets *Kedgeree* schmuggelt?« fragte Markby ruhig.

Nach einer Weile sagte Meredith ein bißchen reuig: »Nein, das nicht. Ich könnte mir vorstellen, daß er sich in einem Anfall von Jähzorn ein Gewehr schnappt und ein paarmal in die Luft schießt.«

»Tom handelt manchmal, als hätte man ihm das Gehirn amputiert, aber er ist ein impulsiver Mensch, er plant nicht. Und er würde nichts tun, wofür er ins Gefängnis müßte. Wegen der Pferde, wissen Sie? Was auch sonst geschieht, Toms Fürsorge gehört vor allem seinen Pferden. Jemand muß die Boxen ausmisten, ihnen mit einem Taschenmesser Steinchen aus den Hufen kratzen – oder was er eben sonst so den lieben langen Tag tut. Ich habe ihn ermahnt, den Rest der Nacht zu Hause zu bleiben, und ich denke, das wird er tun.«

»Hoffentlich haben Sie recht. Impulsive Menschen können sich sehr merkwürdig verhalten.«

»Allmählich habe ich den Eindruck, daß Sie Tom nicht so recht mögen«, sagte Markby.

»Um mir ein Urteil zu bilden, kenne ich ihn zuwenig«, sagte sie reserviert. »Nun, trinken wir auf ein glückliches neues Jahr.« Sie hob ihren Teebecher. »Es ist nach Mitternacht. Tatsächlich schon fünfzehn Minuten nach. Das neue Jahr hat begonnen.«

Markby schaute auf seine Uhr. »Tatsächlich. Frohes neues Jahr.«

KAPITEL 8

Neujahrstag. Ein klarer, frischer Morgen, und überall ungestörte Ruhe, da ganz Bamford nach seinen Feiern stets lange schlief. Alan Markby wanderte in seinen Hinterhof – der ortsansässige Immobilienmakler bezeichnete andere gleichartige in der Straße als »Patios« – und dachte über sein eingeschränktes Wahrnehmungsvermögen nach. Die Kaffeetasse in der Hand, warf er einen grüblerischen Blick auf Mauer und gefliesten Boden und überlegte, wo kommendes Frühjahr Hängekörbe und Pflanzenkübel mit Sträuchern ihren Platz haben sollten. Was hätte er für einen richtigen Garten gegeben! Oh, sich nur eine Zeitlang auf richtige Gartenarbeit konzentrieren zu können. Einmal hatte er mit dem Gedanken gespielt, sich um ein Grundstück zu bemühen, von Bohnen, Kartoffeln und Salat geträumt. Aber das mußte ein Luftschloß bleiben. Wann hatte er schon Zeit, den ganzen Tag in der Sonne zu buddeln, Unkraut zu harken und sorgfältig Setzlinge auszupflanzen. Worauf er jetzt bestenfalls hoffen konnte, war ein vorzeitiger Ruhestand, denn dann könnte er sich irgendwo auf dem Land ein hübsches Grundstück suchen.

Das führte seine Gedanken zurück nach Pook's Common. Was für ein abgeschiedener Ort. Er war wirklich nicht begeistert, daß Meredith dort draußen wohnte, obwohl Rose Cottage selbst sehr reizvoll war. Er war bestürzt gewesen, als er erfuhr, daß sie derzeit praktisch die einzige Bewohnerin war, abgesehen von Tom, der bei seinen Stallungen hauste, zu weit entfernt, um irgendwelche Hilfeschreie zu hören – obwohl er ziemlich schnell an Ort und Stelle sein konnte, wenn man ihn telefonisch herbeirief. Wenn man andererseits Toms Ruf als ländlicher Don Juan bedachte, entsprach er eigentlich nicht dem Beschützer, den Markby sich für Meredith vorstellte, besonders nicht, wenn er auf einem schäumenden Hengst im Galopp heranpreschte und aussah wie Jung-Lochinvar aus Sir Walter Scotts *Marmion*. Und da er gerade an Tom dachte – er mußte noch am Vormittag zu ihm hinausfahren. Frohes neues Jahr, ha!

Das schrille Klingeln des Telefons brach in seine Gedanken ein. In der heimlichen Hoffnung, daß es Meredith war, ging er schnell ins Haus und schnappte sich den Hörer. »Alan Markby.«

»Ah, Alan, Sie sind genau der Richtige. Ein gutes neues Jahr und so weiter.«

Colonel Stanley. Wieso in aller Welt rief er um – Markby schaute auf die Uhr – zehn Uhr morgens an, um ihm ein gutes neues Jahr zu wünschen? War der alte Junge besoffen?«

»Alan …« Die Stimme des Masters klang dumpf und konspirativ. »Ich habe mich gefragt, ob Sie heute vormittag vielleicht auf einen Drink vorbeikommen könnten, um das neue Jahr zu begrüßen.«

»Das ist sehr freundlich von Ihnen, Sir, aber ich muß zu den Stallungen hinausfahren und mit Tom Fearon sprechen.«

»Wenn Sie doch kommen könnten…« Der Master sprach fast unhörbar. »Ich habe wieder einen von diesen vermaledeiten Briefen bekommen.«

»Was?«

»Kann am Telefon nicht reden – will nicht, daß meine Frau was davon erfährt. – Oh, hallo, meine Liebe, ich habe den jungen Alan eben gefragt, ob er Lust hat, auf ein Glas Sherry vorbeizuschauen…« Die Stimme des Masters klang so, als habe seine Frau ihn bei einem Telefonat mit einer Callgirl-Agentur ertappt, zu hoch, zu jovial und dazwischen ein närrisches, gackerndes Lachen, das er anscheinend nicht unterdrücken konnte.

Eine gedämpfte Frauenstimme ertönte im Hintergrund, die sehr praktisch und sachlich klang.

»Meine Frau fragt, ob Sie Lust hätten, mit uns zu lunchen?« sagte der Master in einem normaleren Ton.

»Das ist sehr liebenswürdig von Ihrer Frau, aber ich muß wirklich zu Tom und weiß nicht, wie lange es dort dauern wird. Aber auf einen Sherry komme ich gern vorbei. Kann es lieber früher sein als später? Denn wenn ich einmal bei Tom bin…«

»Kommen Sie jederzeit, jederzeit. – Was, Charlotte? Nun, woher soll ich das wissen? Ja, in Ordnung. – Meine Frau sagt, Sie brauchen sich nicht zu beeilen, wenn Sie noch nicht fertig sind. Sie denkt vielleicht, Sie haben das neue Jahr ein bißchen zu ausgiebig begrüßt.«

Ich habe, wenn Sie's genau wissen wollen, das neue Jahr in einer Küche bei einer Tasse Tee begrüßt, nachdem ich in einem Pub zwei Kampfhähne getrennt und für Tom Fearon das Taxi gespielt hatte. Laut sagte er: »Ich bin dann so gegen zehn vor elf bei Ihnen, wenn es

Ihnen recht ist. Und bitte heben Sie den Briefumschlag auf.«

Colonel Stanley wohnte am Stadtrand. Früher hatte sein Haus auf dem Land gestanden, doch während der letzten fünfzehn Jahre hatte Bamford sich seitlich ausgedehnt und es umzingelt. Markby wehrte die begeisterte Begrüßung zweier Spaniels ab und wünschte Mrs. Stanley ein erfolgreiches und gesundes neues Jahr.

»Und das Allerbeste für Sie, Alan«, sagte sie, einen Gin Tonic in der linken Hand und mit der rechten seine Hand zermalmend. »Entschuldigen Sie – ich muß ein bißchen Holz hacken. Kommt mit, Jungs!«

Die »Jungs« – die beiden Spaniels – sprangen neben ihr her, als sie im Zickzack hinausging.

»Kann sie denn Holz hacken?« fragte Markby voller Unbehagen. »Oder soll lieber ich …«

»Oh, sie schafft das. Geht sehr geschickt mit dem Beil um, das tut Charlotte.« Der Master sah nicht nur erleichtert aus, als seine bessere Hälfte verschwand, man hörte ihm die Erleichterung auch an. »Setzen Sie sich, ich hole den verdammten Brief.«

Er war in Text und Aussehen dem sehr ähnlich, den Tom bekommen hatte. Aus Zeitungsschnipseln zusammengesetzt, ziemlich flüssig im Ausdruck und fehlerlos, was an sich schon interessant war. Wer auch immer dahintersteckte, er war gebildet. Pardy war gebildet.

»Ich nehme ihn mit, wenn ich darf.«

»Bitte, ja. Ich will ihn hier nicht haben.«

»Sie sagen, er ist heute morgen gekommen?« Markby legte die Stirn in Falten. Es war ein gesetzlicher Feiertag, an dem keine Post zugestellt wurde. Bin ich kein Mitglied der Öffentlichkeit? dachte er. Steht mir kein Feiertag zu? Nein, er war Polizist, und Feiertage gab es nicht für ihn.

»Ah, das ist jetzt interessant, und ich kann Ihnen auch ziemlich genau sagen, wann der Brief gebracht wurde.« Der Master nickte und fand nun, da er die Verantwortung für den Brief los war, zu seiner praktischen und sachlichen Art zurück. »Es ist so, Charlotte und ich haben bei Freunden ins neue Jahr hineingefeiert und kamen heute morgen erst gegen zwei nach Hause. Um diese Zeit lag ganz bestimmt kein Brief auf der Matte. Wir gingen zu Bett, aber – oh, so gegen vier fingen die verdammten Hunde an zu bellen. Ich stand auf und sah aus dem Fenster, aber da war niemand. Also ging ich auf den Treppenabsatz und beugte mich über das Treppengeländer. Die beiden Hunde schlafen in der Halle, müssen Sie wissen. Ich rief, und sie hörten mit dem Radau auf, daher kam ich zu dem Schluß, daß niemand ins Haus eingedrungen war. Sie hatten nur draußen irgendein Geräusch gehört, wahrscheinlich ein paar Leute, die von einer Silvesterparty zurückkehrten. Früher einmal war das Haus nachts so still wie ein Grab, doch jetzt sind wir praktisch umbaut – haben diese neuen Häuser direkt hinter uns. Es ist die ganze Nacht laut und unruhig, Autotüren, Motorengeräusche, Scheinwerfer, die über die Fenster huschen... Und wenn ein Hund anfängt zu bellen, fallen die anderen natürlich ein. Ich war jedenfalls spät ins Bett gekommen und hatte nicht die Absicht, runterzulatschen und nachzusehen, also ging ich wieder schlafen.

Heute morgen bin ich um halb neun heruntergekommen, um die Hunde rauszulassen und mir eine Tasse Tee zu machen – und da lag der Brief, auf der Matte. Ich hätte ihn nicht übersehen können, wenn er schon früher dagewesen wäre. Nur gut, daß ich runtergekommen bin und nicht Charlotte. Ich möchte nicht, daß sie das liest. Widerwärtiges Zeug.«

Markby dachte, daß die Frau des Masters ihm ziemlich robust vorkam und bestimmt nicht schreckhaft war, doch er nickte verständnisvoll. »Es sieht demnach so aus, als sei er gegen vier Uhr morgens von jemandem gebracht worden.«

»Genau.«

Sorgfältig schob Markby Brief und Umschlag in einen größeren Umschlag. »Ich bringe ihn in meine Dienststelle, dann muß ich aber in den Mietstall. Muß Tom nach Bamford fahren, damit er seinen Wagen abholen kann.«

»Oh, hat er etwa einen Unfall gehabt?«

»Nein, klugerweise hat er seinen Wagen in Bamford stehenlassen, weil er getrunken hatte.«

Colonel Stanley brachte ihn zur Tür. »Schade, daß Sie nicht zum Lunch bleiben können. Frances Needham-Burrell kommt rüber.«

»Ach ja?« Markby unterdrückte seine Begeisterung. »O ja, ich habe sie kennengelernt.«

»Nettes Mädchen. Sieht auch gut aus.«

»Ja. Ich springe noch schnell nach hinten, um mich von Ihrer Frau zu verabschieden.«

Er folgte dem Geräusch der Beilhiebe und winkte der Frau des Hauses. Sie hielt, das Beil mit beiden Händen über dem Kopf schwingend, in der Arbeit inne. »Oh, Sie gehen schon? Schade, daß Sie nicht zum Lunch bleiben können. Fran Needham-Burrell kommt.«

»Das hab ich gehört. Aber ich muß wirklich weg.«

»Schade. Nettes Mädchen. Und bildhübsch.«

»Ja.«

Flucht.

Auf der Polizeistation bereitete er den Brief für die erkennungsdienstliche Untersuchung vor, obwohl er nicht glaubte, daß das ihnen viel verraten würde; dann griff er zum Telefon und wählte die Nummer von Colin Deanes.

»Ja?« Das klang verschlafen. Wahrscheinlich habe ich ihn aus dem Bett geholt, dachte Markby. Gut.

»Markby hier. Haben Sie es gestern nacht geschafft, den Burschen nach Hause zu bringen?«

»Habe ich.« Deanes Stimme wurde lebhafter. Es folgte eine Pause, und Markby stellte sich vor, daß er die Brille aufsetzte. Ohne sie fühlte sich Deanes vermutlich psychologisch im Nachteil. »An der kleinen Keilerei war nicht der Junge schuld. Wir haben Zeugen – drei sogar. Er hat nur mit seinen Freunden auf das neue Jahr angestoßen.«

»Und unverschämte Reden geschwungen, soviel ich gehört habe.«

»Hören Sie, Chefinspektor«, sagte Deanes vernünftig. »Es war Silvester, und vielleicht hatte der Junge ein paar Pints getrunken und redete idiotisch daher. Aber mehr als das war es nicht. Er war nicht bösartig. Nur ein bißchen albern. Und dieser andere Kerl ist über ihn hergefallen. Richtig gewalttätig.«

»Ich würde sagen, er wurde provoziert.«

»Der Angreifer ist ein Freund von Ihnen, hab ich gehört«, fauchte Deanes.

»Es ist der erste Tag eines neuen Jahres, und ich will Ihnen den Gefallen tun und die Anspielung in dieser Bemerkung ignorieren.«

»Ich wollte Sie nicht beleidigen«, sagte Deanes hastig. »Aber weder Sie noch ich wollen eine Staatsaffäre aus der Sache machen, schätze ich. Der Junge wird es nicht wieder tun.«

»Das hoffe ich. Sein Benehmen könnte sonst als versuchter Friedensbruchs angesehen werden. Und vom rechtlichen Standpunkt einmal abgesehen – es war äußerst geschmacklos.«

»Hinterher hat es ihm sehr leid getan.«

Na, und ob! dachte Markby grimmig. »Haben Sie ihn wirklich bis ins Haus begleitet?«

»Ja, hab ich. Ich setzte ihn in die Küche, kochte Kaffee und redete sehr ernst mit ihm. Er hat es bereut, wie ich schon sagte. Gegen – na – Viertel vor zwei bin ich dann gegangen.«

»Waren seine Freunde schon zu Hause?«

»Nein. Sie hatten vom Pub aus noch irgendwohin zu einer Party gehen wollen.«

»Und er? Wollte er nicht zu dieser Party?«

»Nein, ich nehme an, er war nicht eingeladen. Der Junge ist ein ziemlich trauriger Fall, wissen Sie. Er braucht Ermutigung, jemanden, der ein wohlwollendes Interesse an ihm nimmt.«

»Das stimmt wahrscheinlich, aber inzwischen muß er lernen, seinen Aggressionstrieb zu unterdrücken.«

»Ich denke, Sie sind unfair, wissen Sie das?«

»Ja, ich weiß, daß Sie das denken. Ich sehe Sie zweifellos demnächst. Meine besten Wünsche für das neue Jahr und so weiter.«

»O ja, ein frohes neues Jahr.«

Markby legte auf. Er hätte wetten können, daß Simon Pardy, sobald Deanes gegangen war, erneut Rache übte an der Welt, die gegen ihn war, und die Demütigung, die er erlitten hatte, damit zu beschwichtigen suchte, daß er einen weiteren unflätigen Brief zusammenklebte und durch den Briefschlitz in der Haustür des Masters warf. Er brauchte etwa eine halbe Stunde, vielleicht um diese frühe Morgenstunde noch weniger, um von der Jubilee Road zum Haus des Masters zu kommen. Deanes war gegen zwei gegangen, der Brief gegen vier Uhr gebracht worden. Massenhaft Zeit. Er würde noch einmal mit Pardy sprechen müssen. Doch zuallererst mußte er hinausfahren und Tom aufsuchen.

Auf dem Weg zu den Stallungen hielt er beim Rose Cottage an. Zuerst fragte er sich, ob er Meredith vielleicht aus dem Schlaf riß wie Deanes. Aber dann sah er, daß die Vorhänge geöffnet waren, und als er den Weg entlangblickte, der seitlich am Cottage vorüberführte, sah er etwas flattern. Er stieg aus dem Wagen und ging ums Haus herum in den Hintergarten.

Sie hängte Wäsche auf. Sie trug marineblaue Kordhosen, ein rotes Baumwollhemd und eine blaue Strickjacke. Der Wind zerzauste ihr das dunkelbraune, glänzende Haar, was er für sein Leben gern auch getan hätte, wozu er aber kaum jemals die Gelegenheit bekommen würde.

»Hallo«, sagte er. »Wildern Sie nicht in Mrs. Brissetts Revier?«

»Ich habe nur meine Handwäsche gewaschen. Hab ja sonst nichts zu tun. Bleiben Sie eine Sekunde – ich bin fast fertig. Wollen Sie in die Küche gehen? Dort ist es wärmer.«

»Wenn es Ihnen nichts ausmacht, wandere ich ein bißchen durch den Garten.« Die Hände in den Taschen, schlenderte er an ihr vorüber und inspizierte lässig den Hintergarten des Cottages. Wie viele Cottagegärten war er ursprünglich dazu bestimmt gewesen, einen Arbeiter und seine Familie zu ernähren. Er war überraschend lang, und obwohl jetzt der größte Teil nur noch aus Rasen bestand, konnte man unschwer feststellen, wo die Gemüsebeete gewesen waren. Beerensträucher gab es auch noch, jetzt jedoch zu kahlen Stümpfen zurückgeschnitten, eingesperrt in einen Drahtkäfig, um sie vor der Plünderung durch Amseln und Drosseln zu schützen. Man sah auch noch die Überreste eines Erdbeerbeetes, doch niemand hatte es für die kommende Jahreszeit vorbereitet.

Meredith gesellte sich zu ihm. »Hier würden Sie wohl gern Hand anlegen, wie?«

»Aber durchaus nicht.«

»Sie dürfen ruhig kommen und alles umgraben, solange ich hier wohne. Ich habe nichts dagegen, meine Erdbeeren und Schwarzen Johannisbeeren selbst zu pflücken, vorausgesetzt, jemand hat dafür gesorgt, daß sie wachsen.«

»Ich bezweifle, daß Sie von diesem Beet viele Erdbeeren ernten können, keine von guter Qualität jedenfalls. Sie bekämen allenfalls eine Sorte für Marmelade.«

»Wieso in aller Welt denken Sie, ich wüßte, wie man Marmelade macht?«

»Ich habe versucht, in einem dieser irdenen Spezialtöpfe Erdbeeren zu ziehen«, sagte er wehmütig. »Aber die Schnecken kamen zu dem Schluß, der Topf sei ein überaus erstrebenswertes Domizil, und zogen ein.«

»O Alan«, sagte sie plötzlich – und verstummte. Überrascht blickte er auf, und sie fügte hastig hinzu: »Kommen Sie auf eine Tasse Kaffee hinein?«

»So gern ich es tun würde, aber ich habe keine Zeit. Ich bin unterwegs zu Tom, und hinterher muß ich ihn nach Bamford bringen, damit er seinen Wagen abholen kann. Außerdem war ich schon auf einen Sherry beim Master.« Er zögerte. »Er hat einen Brief bekommen.«

»Einen anstößigen, nehme ich an. Und wie hat er ihn bekommen? Heute gibt es doch keine Post.«

»Der Brief wurde im Morgengrauen durch den Briefschlitz geworfen. Die Stanleys wohnen am Stadtrand.«

»So daß der Verfasser in der Stadt oder auf dem Land leben könnte?«

Er zuckte mit den Schultern. »Ich komme heut abend vorbei.«

»Das ist nett.«

Er fuhr ab, und sie stand, die Arme gegen den kalten Wind fest vor der Brust verschränkt, an der Gartenpforte und sah ihm nach. Am liebsten wäre er bei ihr geblieben und hätte mit ihr Kaffee getrunken. So aber stand ihm nur eine heftige Auseinandersetzung mit Tom bevor. Er hielt auf dem Grasstreifen unter dem Schild mit der Aufschrift *Pook's Stallungen.*

Er stieg aus und fragte sich, ob Tom den Motor oder das Zufallen der Wagentür gehört hatte. Der Hof schien verlassen. Er öffnete die Gattertür und ging hinein. Der Boden war zertrampelt und aufgeweicht, voller Pfützen, verstreutem Stroh und Hufspuren. Ein verzinkter Eimer, von einem heftigen Hufschlag zu einer merkwürdigen Metallskulptur verformt, lag neben der Tür einer Pferdebox. Aber der Misthaufen dampfte in der kalten Luft, ein Zeichen dafür, daß Tom schon aufgestanden und an der Arbeit gewesen war, und aus den Boxen, deren obere Türhälften offenstanden, hörte man Stampfen und Schnauben.

»Jemand zu Hause?« rief Markby.

Die Ohren fragend aufgestellt, erschienen zwei intelligente Pferdeköpfe über den Türen ihrer Boxen, um zu sehen, wer da gekommen war. In einer dritten Box hörte man einen Mann leise fluchen. Die Tür ging auf, und Tom erschien mit finsterer Miene in der Öffnung. Er trug alte Jeans und Gummistiefel, ein Hemd mit offenem Kragen, einen uralten Sweater mit Löchern in beiden Ellenbogen und eine karierte Mütze auf den schwarzen Locken. Seine linke Wange war geschwollen und gerötet.

»Guten Morgen, Tom«, sagte Markby. »Haben Sie Zeit für ein paar Worte?«

»Wollen Sie mich wegen nächtlicher Ruhestörung verhaften?«

»Sie haben Glück, daß ich's nicht getan habe. Sagen Sie mir einen guten Grund, warum Sie morgen früh nicht mit dem Rest der hiesigen Biersäufer vor dem Friedensrichter stehen sollten?«

Zornesröte fuhr Tom in das dunkle Gesicht. Dann zuckte er mit den Schultern. »Geschieht mir recht. Ich hab's herausgefordert. Aber ich habe rotgesehen, als dieser dürre, kleine Bastard damit prahlte, was er Harriet angetan hat.« Tom kam auf den Hof heraus und schloß die untere Hälfte der Boxentür hinter sich. Das Pferd folgte ihm bis zur Tür und streckte dann den Kopf heraus.

»Blazer«, sagte Markby, als er das Pferd erkannte.

Tom drehte sich um und streichelte die weiße Nase des Braunen. »Du armer alter Kerl. Er weiß, daß etwas nicht stimmt. Sie wissen es immer. Er wirft immer wieder den Kopf zurück und horcht, wartet auf...« Tom drehte sich zu Markby um. »Kommen Sie ins Haus.«

Toms Küche unordentlich zu nennen wäre die Untertreibung des Jahres gewesen. Selbst ein alleinstehender Mann, kannte Markby die Schwierigkeiten, aber Tom schien alle Versuche aufgegeben zu haben, in seinem Haushalt irgendwie Ordnung zu halten. Auf dem Abtropfbrett türmte sich schmutziges Geschirr. Der Abfalleimer quoll über. Über einer Sessellehne hing ein zerrissener Zügel, und auf dem Tisch lagen eine Spule Zwirn, eine Dose Lederfett, Futterrechnungen und andere Korrespondenz, eine Büchse mit seltsamen Reißnägeln und Nägeln, eine Schermaschine und ein einzelner Handschuh.

Tom ging zum Kühlschrank und nahm zwei Dosen Bier heraus. Er machte Platz, indem er sorglos etwas von dem Kleinkram beiseite fegte, und stellte eine Dose vor seinen Besucher. Dann setzte er sich ihm gegenüber und zog an dem Ringverschluß seiner Dose. Er hatte die schlammverkrusteten Gummistiefel vor der Tür abgestreift, und als er sich jetzt zurücklehnte und einen Fuß über das andere Knie legte, kam an der Spitze seiner Socke ein großes Loch zum Vorschein.

»Haben Sie niemanden, der für Sie sorgt, Tom?« fragte Markby und hob seine Bierdose. »Gutes neues Jahr.«

»Nein, ich werde schon mit allem fertig. Ziehe meinen Schweinestall irgendeinem alten Weib vor, das hier mit dem Staubsauger hantiert und alles verräumt, so daß ich's nicht mehr finde. Cheers und zur Hölle mit dem neuen Jahr.«

Ein kurzes Schweigen, während sie tranken.

»Ich hoffe, Sie können mir helfen, Tom. Ich versuche mir ein Bild von Harriets letzten Tagen zu machen – den Weihnachtsfeiertagen. Wo war sie? Was hat sie gemacht?« Markby stellte die Dose weg und wischte sich mit dem Handrücken den Mund ab.

In Toms schwarzen Augen blitzte es humorvoll auf, als er seine Dose an die Lippen setzte. »O ja? Das könnte sich als interessant erweisen.«

»De mortuis nil nisi bene«, sagte Markby. »Ich bin nicht gekommen, um im Schmutz zu wühlen.«

»Ach, wirklich nicht?«

»Okay, ich geb's zu. Ich bin Polizist. Ich tu oft etwas, das meine Mutter nicht billigen würde.«

»Meine alte Dame«, sagte Tom, »war gewöhnlich zu betrunken, um etwas zu billigen oder zu mißbilligen, was ich tat.«

»Ich erinnere mich an Ihre Familie. Und ganz besonders an Ihre Großmutter mütterlicherseits. Sie lebte in einem Wohnwagen auf dem Gemeindeland, trug eine Männermütze, Stiefel und rauchte Pfeife. Als Kind traute ich mich nicht, über das Gemeindeland zu gehen, weil ich eine Todesangst davor hatte, ihr zu begegnen. Sie kam mir vor wie die alte Hexe im Lebkuchenhaus. Ich dachte, sie würde mich braten und essen.«

»Oh, Granny!« sagte Tom anerkennend. »Sie war eine echte Zigeunerin, auf der Straße geboren. Einem Kind hätte sie nie was getan. Wenn's bei mir zu Hause allzu schlimm wurde, bin ich zu ihr gelaufen und hab mich bei ihr versteckt. Sie war eine wunderbare Geschichtenerzählerin. Als sie starb, reisten fast hundert von ihren Verwandten von allen Britischen Inseln zur Beerdigung an. Es gab so viele Kränze und Blumen, daß es aussah wie auf der Blumenschau in Chelsea. Sie haben ihr einen richtigen Zigeunerabschied beschert, und als alles vorüber war, haben sie ihre gesamte Habe in ihrem Wohnwagen verstaut und ihn abgefackelt, Zigeunertradition. Und wissen Sie, was passiert ist? Irgendein übereifriger Mensch hat den Rauch gesehen und die Feuerwehr in Bamford angerufen, und die kam laut bimmelnd angeprescht und hat das Ganze gelöscht.« Tom streckte die Arme über den Kopf und grinste, die weißen Zähne in dem gebräunten Gesicht blitzten. »Jetzt, Alan, mein Bester, repräsentiere ich den respektablen Zweig unserer Familie.«

»Gott helfe uns!«

»So – und wieso denken Sie, daß ich Harriets dunkle Geheimnisse kenne?«

»Lassen Sie das, Tom«, sagte Markby nachsichtig.

»Sie und Harriet waren ›sehr gute Freunde‹, wie die Sonntagszeitungen das nennen, und zwar von dem Tag an, an dem sie nach Pook's Common kam.«

»Möglich. Ich war nicht der einzige. Sie hatte eine ganze Reihe sehr guter Freunde.«

»Fangen wir am Weihnachtstag an«, sagte Markby. »Haben Sie sie da gesehen?«

»Nein.«

»Als Sie mich wegen der Pferde anriefen, haben Sie mir gesagt, daß Sie zu spät zum Weihnachtslunch bei einer Frau kämen.«

»Ja. Doch die Frau, um die es ging, war nicht Harriet, wenn Sie darauf hinaus wollen.«

»Sie wissen doch, Tom«, sagte Markby und fand die ganze Sache plötzlich abscheulich, »daß mir unter normalen Umständen Ihr Wort genügen würde. Aber das ist eine polizeiliche Ermittlung. Ich muß Sie nach dem Namen der Frau fragen.«

»Fragen Sie nur«, erwiderte Tom grimmig. Es folgte eine Pause, und er gab nach. »Wenn Sie's unbedingt wissen müssen, es war meine Exfrau Julie. Sie können das nachprüfen. Ich verbringe das Weihnachtsfest gewöhnlich bei ihr, nicht etwa deshalb, weil ich einen Pfifferling drum gebe, ob ich sie wiedersehe oder nicht, sondern wegen meiner Kinder. Weihnachten will ich bei meinen Kindern sein.«

»Ich verstehe.« Markby rutschte auf dem Stuhl hin und her. »Ich verstehe. Wie alt sind sie?«

»Das Mädchen sieben und der Junge fast neun.«

»Ich bin auch geschieden«, sagte Markby. »Rachel und ich hatten keine Kinder, und das ist gut so. Es hat alles viel einfacher gemacht. Es war eine ganz glatte Trennung.«

Tom trank seinen letzten Rest Bier und saß schweigend da.

»Nun schön«, begann Markby energisch. »Sie haben Harriet auch nicht am Abend besucht?«

»Nein, und ich war auch nicht die Nacht über bei ihr. Um Ihnen die Mühe zu ersparen, beantworte ich Ihnen diese Frage, bevor Sie sie stellen.«

»Kommen wir zum zweiten Weihnachtstag. Die Pferde – wie haben Sie und wie hat Harriet ihr Pferd zum Treffen gebracht?«

»Ich habe beide Pferde in meinem Transporter hingefahren.«

»Ist Harriet mit Ihnen gefahren?«

»Nein. Sie kam früh in den Stall, gegen halb sieben, um mir bei der Vorbereitung der Pferde zu helfen.«

»Haben Sie gemeinsam gefrühstückt?« fragte Markby hinterhältig.

»Sie ist gegen halb oder dreiviertel acht nach Hause gegangen, wollte baden, sich umziehen und so weiter. Wollte auch frühstücken, nehme ich an. Ich hab im Hof alles fertig gemacht, bin hier reingegangen« – Tom wies mit einer umfassenden Handbewegung auf das kunterbunte Durcheinander seiner Küche –, »hab mir eine Pfanne Speck gebraten, mich gewaschen, umgezogen, die Pferde verladen und bin nach Bamford gefahren. Harriet hatte sich allein auf den Weg gemacht. Und in Bamford hab ich sie wieder getroffen.«

»Wie war sie am frühen Morgen beim Ausmisten? Ging's ihr gut? War sie vergnügt?«

»Ungefähr so vergnügt, wie man eben sein kann, wenn man an einem Wintermorgen um halb sieben Pferdeboxen ausmistet, in der eisigen Kälte und bei Dunkelheit versucht Mähnen und Schweife zu flechten, während die Biester einem ihre großen, dreckigen Hufe auf den Fuß plazieren und man sich gegen den Wind stellt, für den Fall, daß sie sich unanständig benehmen.«

»Unanständig?« fragte Markby gedankenlos.

»Das würden Sie auch, wenn sie von einer Grasdiät leben müßten.«

»Ach ja, natürlich.«

»Sie war nicht krank«, sagte Tom abrupt. »Sie war nicht so wie beim Treffen.«

»Sind Sie sicher?«

»Schwöre es auf einen ganzen Stapel Bibeln.«

Dann war's das Frühstück, das steht fest, dachte Markby. Jemand hat ihr die Tranquilizer heimlich ins Frühstück getan.

»Hat Sie am Morgen hier was getrunken? Alkohol, meine ich.«

»Nein – wir haben uns nur einen Tee aufgegossen. Ich würde sagen, sie hat was gekippt, bevor sie von zu Hause aufbrach, um nach Bamford zu fahren. Und da Ihr lüsterner Geist auf Sex versessen ist, möchte ich noch ergänzen, daß wir viel zuviel mit den Pferden zu tun hatten, um daran zu denken. Ich habe sie nicht einmal in den Hintern gekniffen. Wir haben beide gearbeitet.«

»Sie sagten, sie habe andere enge Freunde gehabt...«

»Ja«, unterbrach ihn Fearon, »aber ich werde Ihnen

keine Namen nennen. Fragen Sie jemand anders. Von mir selbst wissen Sie jetzt alles. Ich bin kein Spitzel.«

Es war ihm ernst damit. Tom hatte gesagt, was er sagen wollte, und würde sich kein Wort mehr entlocken lassen. Ihm noch weitere Fragen zu stellen war sinnlos. Dennoch mußte Markby eine allerletzte Frage stellen.

»Okay, Tom – nur noch eins. Es handelt sich um etwas anderes. Haben Sie vielleicht gehört, daß noch jemand einen ähnlichen Brief wie den bekommen hat, den man Ihnen am Weihnachtsabend unter der Tür durchgeschoben hatte?«

Tom nahm seine karierte Mütze ab und betrachtete das Innenfutter. »Einer oder zwei, glaub ich. Erkundigen Sie sich bei den Jagdteilnehmern.«

»Es interessiert Sie vielleicht, daß der Master einen bekommen hat. Einen zweiten. Heute morgen. Und Sie?«

»Nein.« Tom fuhr sich mit der Hand durch seinen lockigen Schopf. »Ich habe nur eine Beule am Hinterkopf. Jemand hat mir gestern nacht im Pub eins über den Schädel gezogen.«

»Eins von den Mädchen hat mit einem Zinntablett zugeschlagen.«

»Das also war's – merkwürdige Mädchen, diese beiden, oder? Nur schwarzes Leder und Ringe in Ohren und Nase und die Gesichter vollgekleistert.«

»Die Jugend, Thomas. Sie und ich werden alt.«

»Das trifft nur auf Sie zu. Ich hatte diesem Dreckskerl Pardy eins versetzt, und dann sind die beiden Frauenzimmer über mich hergefallen. Bin verdammt erschrocken. Dachte, ich würde von den Zombies angegriffen.«

»Es scheint Ihnen nicht geschadet zu haben. Kommen Sie, ich fahre Sie jetzt nach Bamford, und Sie können Ihren Mercedes abholen.«

»In Ordnung, warten Sie einen Moment, bis ich ein Paar Schuhe gefunden habe.« Tom setzte die karierte Mütze wieder auf und rückte sie zurecht. Er verschwand in einem anderen Zimmer und kam mit einem Paar Schuhe in der Hand zurück. Er setzte den Fuß auf einen Stuhl und band sich die Schnürsenkel, dann sagte er: »Etwas könnten Sie mir verraten. Frances – Harriets Cousine – wohnt sie noch im The Crossed Keys?«

»Soviel ich weiß, ja. Aber heute ist sie zum Lunch beim Master.«

»Gut – dann kriegt sie's am Telefon mit mir zu tun.«

»Tom«, sagte Markby vorwurfsvoll.

Er hatte einen Fehler gemacht und sah es sofort. Tom blickte rasch von seinem Schuh auf. Seine dunklen Züge waren hart geworden, und in seine Augen trat ein unfreundliches Glimmen. Einen Augenblick schienen sich seine fünfundsiebzig Prozent Nicht-Zigeunerblut in den fünfundzwanzig Prozent Zigeunerblut aufgelöst zu haben, die er von seiner Großmutter geerbt hatte.

Er sagte ruhig: »Soviel ich weiß, ist sie Harriets Testamentsvollstreckerin. Als solche wird sie Blazer wahrscheinlich verkaufen. Ich würde ihn gern kaufen. Er ist ein gutes Pferd, und ich habe das Gefühl, daß ich es Harriet schuldig bin, mich um ihn zu kümmern.«

»Tut mir leid, Tom«, sagte Markby aufrichtig. »Mein Fehler. Es war eine unpassende Bemerkung.«

Tom Fearon entspannte sich, stellte den Fuß auf den Boden und richtete sich auf. »Ich denke«, sagte er sanfter, »Harriet hätte sich gefreut zu wissen, daß der alte Blazer in seinem vertrauten Stall und bei Leuten bleiben kann, die er kennt.«

»Ja, davon bin ich überzeugt, Tom.«

Sie gingen hinaus, und Tom sperrte hinter sich ab. »Früher hab ich mir nie die Mühe gemacht, abzuschließen«, sagte er. »Keine Seele in Pook's Common. Doch jetzt bekomme sogar ich Nerven. Wissen Sie …« Sie überquerten den Stallhof, und Tom zeigte auf die ihn umgebenden Gebäude. »Ich wollte, daß Harriet meine Partnerin wird, geschäftlich, wollte hier ausbauen, erweitern. Aber sie wollte nicht mitmachen.«

Markby sah ihn ironisch an. »Vielleicht hat sie Ihr Lebensstil abgeschreckt, Tom.«

»Vielleicht. Aber so wie alles gekommen ist, hätte sie es schlimmer treffen können, als bei mir einzusteigen, oder?«

Die Hand auf dem Griff der Wagentür, hielt Markby inne. »Wie meinen Sie das?« fragte er scharf.

»Ach, kommen Sie schon«, sagte Tom. »Sie schnüffeln doch nicht sinnlos hier herum. Stellen mir einen Haufen Fragen – wo ich war, sie war, irgendwer war, irgendwas war … Sie denken, jemand hat Harriet diese Pillen heimlich gegeben, nicht wahr?«

»Ich weiß es nicht, Tom. Aber wir untersuchen die Sache.«

»Wenn das jemand getan hat«, erklärte Tom, »dann hoffe ich um seinet- und um Ihretwillen, daß Sie ihn vor mir finden.«

»Keine Drohungen, Tom«, warnte Markby. »Auch nicht vor mir. Ich muß davon Notiz nehmen.«

Tom grinste unangenehm. »Meine alte Granny wurde nicht auf dem Friedhof von Westerfield beerdigt, dort war nur der Gottesdienst. Sie liegt irgendwo da draußen auf dem Gemeindeland, niemand weiß, wo, außer den Leuten, die sie eingebettet haben. Wahrscheinlich wuchern längst Stechginster und Dornensträucher über dem Grab. Geboren auf dem Gemeindeland, begraben auf dem Gemeindeland. Dort ist noch viel Platz für ein zweites Grab. Sie würden es nie finden, Alan.«

Markby fuhr Tom nach Bamford, gab ihm seinen Wagenschlüssel und sah ihm nach, als er mit dem Mercedes davonpreschte. Auf der Station gab es eine Menge zu tun, aber keiner der Fälle ging ihn direkt etwas an, also verzog er sich leise wieder, bevor noch jemand merkte, daß er da war, und fuhr nach Hause.

Es war zwei Uhr. Beim Master würden sie eben mit dem Lunch fertig sein. Einem annehmbaren Lunch mit einem annehmbaren Wein und einem annehmbaren Port. Markby schaute in die Speisekammer, holte eine Dose mit in Tomatensoße gekochten Bohnen heraus und schob zwei Scheiben Brot in den Toaster. Er aß sein frugales Mahl, machte sich einen Becher Tee, ging ins Wohnzimmer und schaltete den Fernseher ein. Sport. Für Sport im Fernsehen hatte er nicht viel übrig. Das gnadenlose Geschwätz der Kommentatoren machte ihn ebenso fertig wie die langweiligen Vorträge der Experten und der meist sprachgestörten »Stars«, die unterwürfigen Interviewern ihre Meinungen kundtaten. Er wechselte den Kanal. Wieder Sport. Pferderennen. Von Pferden hatte er für einen Tag genug, danke. Er schaltete den Apparat aus.

Im selben Moment klingelte es an der Haustür. Mit dem Teebecher in der Hand ging er vorsichtig darauf zu und öffnete.

»Hallo«, sagte Fran Needham-Burrell. »Hab Sie in Ihrem Bau aufgespürt. Störe ich?«

»Nein«, antwortete er einfältig.

»Darf ich also reinkommen?«

»Ja – ja, natürlich.« Markby riß sich zusammen und trat zurück, um sie hereinzulassen. »Geben Sie mir Ihren Mantel. Tut mir leid, daß ich so überrascht aussehe. Ich dachte, es sei meine Schwester Laura.«

Sie entledigte sich eines cremefarbenen Wollmantels. Er nahm ihn ihr ab, um ihn aufzuhängen, und bemerkte das noble Etikett im Futter. Kostete wahrscheinlich so viel, wie er im Monat verdiente. »Hier hinein«, sagte er und öffnete die Wohnzimmertür. »Ich trinke eben eine Tasse Tee …«

»Nicht für mich, besten Dank. Ich habe zuviel gegessen und zuviel getrunken. War eben bei Bungy und Charlotte zum Lunch.«

Bungy? Der Master? O Gott!

»Das hat er mir erzählt. Ich war heute vormittag dort, um ihm ein gutes neues Jahr zu wünschen.«

»Und das haben sie mir beide erzählt. Sie haben ihre Luncheinladung abgelehnt – warum? Weil ich kommen wollte?«

»Nein«, sagte er etwas zu heftig. »Weil ich schon mit

jemand anders verabredet war und nicht versprechen konnte, rechtzeitig zum Lunch zurück zu sein. Es war beruflich.«

»Ich verstehe.« Sie ließ sich auf dem Sofa nieder, kreuzte die Beine und klopfte mit einem Fuß, der in einem braunen Stiefel steckte, leicht auf den Boden. Sie trug eine Art Bauernrock, der gut zu den Stiefeln paßte, und das weizenblonde Haar war zu einem langen Zopf geflochten und wurde von einem orangefarbenen, zu einer Schleife gebundenen Tuch zusammengehalten. »Ich dachte, Sie lunchen vielleicht irgendwo *à deux*.«

»Zufällig habe ich hier in der Küche Bohnen auf Toast gegessen.«

Sie lachte ihr unglaublich wirkungsvolles kleines, kehliges Lachen. »Wir hatten Schweinebraten mit Apfelsoße, wunderbar knusprige Bratkartoffeln und einen herrlichen Pudding, wie ich ihn nicht mehr gegessen habe, seit ich ein Kind war.«

»Sind Sie hergekommen, um mir den Mund wäßrig zu machen?« fragte Markby.

Sie schüttelte den Kopf. »Natürlich nicht. Ich hab mir gedacht, wir sollten miteinander reden. Sie haben mich doch gefragt, ob Harriet anonyme Briefe bekommen hatte – nun, Bungy hat einen bekommen. Einen zweiten, meine ich.«

»Hat er Ihnen das erzählt?« fragte Markby vorsichtig.

»Natürlich nicht. Das hat Charlotte getan. Machen Sie kein so überraschtes Gesicht. Ich weiß, daß sie nichts davon wissen soll, aber er ist einfach hoffnungslos, wenn er etwas geheimhalten will. Er tut so auffällig verstohlen, daß sie immer weiß, wenn irgendwas vorgeht, und sie hat ihre eigenen Methoden, herauszufinden, was das ist. Sie hat auch von dem ersten Brief gewußt.«

Markby, der sich erinnerte, mit welcher Verschwörerstimme der Master am Telefon gesprochen hatte, seufzte. Die meisten Ehefrauen waren die geborenen Detektive. »Ja, aber er möchte nicht, daß offen darüber geredet wird. Er denkt – und damit hat er nicht unrecht, finde ich –, daß sich, wenn es sich herumspricht, jemand dazu animiert fühlen könnte, selbst ein paar Briefe zu schreiben. Wir würden davon erdrückt wie von einer Lawine.«

»Hat das«, fragte Fran kühl, »etwas mit Harriets Tod zu tun?«

Markby antwortete nicht sofort. »Das weiß ich nicht«, sagte er schließlich.

»Sie denken also tatsächlich, daß an der Art, wie Harriet starb, etwas verdächtig ist? Wegen dieser Pillen?«

»Ich denke, die Möglichkeit besteht, muß aber betonen, daß ich keinen Beweis habe und ganz bestimmt nichts, was ich einem Coroner oder meinen Vorgesetzten vorlegen könnte. Alles, was ich habe, sind die Aussagen der Leute, die Harriet kannten und zu denen auch Sie gehören, die übereinstimmend erklären, Harriet habe nie irgendwelche Pillen genommen. Wir können auch weder Fläschchen noch Packungen finden oder irgendeine Spur, woher sie das Zeug gehabt haben könnte. Ihr Hausarzt hat es ihr nicht verschrieben. Im Cottage ist nichts zu finden, und mein Sergeant hat den

Hausmüll durchsucht und auch da keine weggeworfene Packung oder die Tüte eines Apothekers ausgegraben. Wir haben sogar in ihrem Wagen das Unterste zuoberst gekehrt – wieder Fehlanzeige. Es ist ein Rätsel, und ich mag keine Rätsel. Was die Briefe anbelangt – sie können überhaupt nichts damit zu tun haben. Und solange ich nicht mehr über das erfahre, was Harriet über Weihnachten unternommen und mit wem sie sich getroffen hat, werde ich nicht klüger sein.«

»Dann haben Sie ihren Freund noch nicht aufgespürt? Den, der am Weihnachtstag bei ihr war?«

»Nein. Wir haben jedoch eine Möglichkeit ausgeschlossen.«

»Sagen Sie nichts. Sie meinen den hübschen Zigeuner? Doch wer ihr die Pillen auch heimlich verabreicht hat – vorausgesetzt, jemand hat es getan, ich selbst bin nämlich geneigt zu glauben, sie hat sie freiwillig geschluckt –, er muß am Morgen des zweiten Weihnachtstages bei ihr gewesen sein, um es tun zu können.«

»Ja, sie hatte einen Frühstücksgast. Wir können auch ihn nicht finden.«

»War's nicht derselbe?«

»Nicht unbedingt. Der Gast vom ersten Weihnachtstag ist spät nachts weggefahren. Er könnte natürlich wiedergekommen sein.«

»Wie lange«, fragte Fran in ihrer direkten Art, »werden Sie sich mit dem Fall beschäftigen, bevor Sie ihn zu den Akten legen und vergessen?«

»Die gerichtliche Untersuchung wurde wegen der Feiertage verschoben. Sie ist für Freitag angesetzt. Wie die Dinge liegen, wird sie ziemlich routinemäßig ablaufen. Medizinischer Bericht. Augenzeugenberichte über den Unfallhergang. Ein Fragezeichen wegen der Pillen, aber nun, im Ivy Cottage gibt es einen offenen Kamin, sie könnte die Schachtel verbrannt haben. Und was den Zwischenfall auf dem Market Square anbelangt, ihr schlechter Gesundheitszustand hätte früher oder später zwangsläufig dazu geführt, daß sie vom Pferd fiel – und daß sie getrunken hat, ist bekannt. Ich fürchte, wir haben nicht genug, um das Urteil Tod durch Gewaltanwendung irgendwelcher Art zu erwirken. Um so weniger …« Er brach ab.

Fran beendete den Satz für ihn: »Mord durch eine oder mehrere unbekannte Personen? Wir sprechen doch jetzt über Mord, nicht wahr?«

»Das ist möglich.«

Ihre seegrünen Augen blitzten ärgerlich. »Ihr Beamten seid immer so verdammt vorsichtig. Sehe ich das richtig, wenn ich sage, falls Sie bis zum Freitag keinen konkreten Beweis erbringen können, dann war's das? Dann wird Harriet begraben und vergessen.«

»Ich kann kein Haus bauen, wenn ich keine Steine habe, Frances.«

»Nein, das können Sie natürlich nicht.« Sie stampfte mit dem Stiefel heftig auf dem Teppich auf. »Es ist möglich, daß man mit einem Mord ungeschoren davonkommt, nicht wahr? Es passiert dauernd.«

Markby lächelte. »Das kann niemand sagen, oder? Wenn kein Verdacht besteht …«

»Und selbst wenn einer besteht, wie jetzt? Ich weiß, daß es schon früher vorgekommen ist. Aber – das hat nichts mit diesem Fall zu tun …« Fran zuckte mit den Schultern. »Ich bin nicht mit dem Auto da. Bin vom The Crossed Keys zum Master und hierher zu Fuß gegangen. Sie dürfen mir einen Drink anbieten.«

Markby blinzelte. »Aber gewiß. Mit Vergnügen.«

»Whisky, wenn Sie einen haben.«

Während sie an ihrem Glas nippte, fragte sie mit einem boshaften Funkeln in den grünen Augen: »Wo ist Meredith?«

»Zu Hause, nehme ich an.«

»Ganz allein? Sind Sie denn nicht besorgt – wegen Tom Fearon, meine ich? Ich an Ihrer Stelle wäre es.«

»Ich denke, sie mag den armen Tom nicht besonders. Keine Ahnung, was er ihr getan hat. Aber eigentlich sehe ich sie nicht gern allein dort draußen. Es ist sehr einsam.«

»Wieso sind Sie eigentlich miteinander befreundet? Ich meine, soviel ich weiß, hat sie immer im Ausland gearbeitet.«

»Wir haben uns anläßlich eines Falles kennengelernt – als sie das letzte Mal in England war.«

»Und sie wird weiterhin draußen in Pook's Common wohnen und Sie hier?« Fran machte eine umfassende Handbewegung. »Soll es nichts Dauerhafteres werden?«

Er fühlte, daß er rot wurde. »Wahrscheinlich bleibt alles so, wie es ist. Wir haben jedenfalls nicht vor, etwas zu ändern.«

»Fein. Ich weiß gern, wo die Grenzen sind, in jeder Situation. Dann hindert Sie also nichts daran, mich zum Dinner auszuführen?«

»Ich kann Sie mir nicht leisten«, sagte er und zahlte ihr mit gleicher Münze heim. »Bei meinem Gehalt? Sie scherzen wohl?«

»Ach, kommen Sie schon! Wenn's so schlimm um Sie steht, dann lade ich Sie ein.«

»Ich bin heute abend bereits zum Dinner verabredet.«

»Mit Meredith, nehme ich an. Nun, dann eben ein andermal. Ich bin noch bis Anfang nächster Woche im The Crossed Keys.« Sie kippte den Rest ihres Drinks und stand auf.

Als er ihr in den Mantel half, sagte sie ernst: »Sie wissen, ich verlasse mich auf Sie.«

»Ich tue mein Bestes. Aber im Moment haben wir nicht einmal ein Motiv. Das ist das Schlimmste.«

»Ich bin Harriets Haupterbin, abgesehen von ein paar Legaten an Tierschutzvereine. Ich wußte, ich würde erben, aber von mir hat sie die Pillen nicht bekommen – ich war in der Schweiz, beim Skifahren.« Ihre grünen Augen verspotteten ihn.

»Irgend etwas sagt mir, daß Sie gern gefährlich leben«, entgegnete er.

Sie brach in Gelächter aus. »Sie meinen, ich bin ein rechtes Miststück. Nun, danke für den Drink und die weisen Worte. Frohes neues Jahr.« Sie beugte sich vor. Eine Wolke teuren Parfums hüllte ihn ein, warme Lippen drückten ihm einen Kuß auf die Wange. »Vergessen Sie mich nicht. Tschüs.«

Erleichtert schloß er die Tür hinter ihr. Allmählich wurde das Leben kompliziert.

KAPITEL 9

Als Markby sie verlassen hatte, um zum Mietstall zu fahren, ging Meredith in die Küche und machte sich Kaffee. Sie nahm ihn mit ins Wohnzimmer, zündete das Gasfeuer an und griff zur Lokalzeitung, die sie am Tag vorher in Bamford gekauft, aber noch nicht gelesen hatte, weil sie nicht dazu gekommen war.

Sie war ruhelos, und das war nicht nur auf die unvorhergesehenen Ereignisse seit ihrer Ankunft in Pook's Common zurückzuführen. Mehr denn je war sie jetzt überzeugt, daß es ein Fehler gewesen war zurückzukommen. Sie hatte es befürchtet. Sie hätte es wissen müssen, als sie angekommen und Alans Willkommensgruß auf der Türmatte gefunden hatte. Alan hoffte natürlich, daß eines Tages – und das war nicht möglich.

Sie wollte ihn nicht verletzen. Sie wollte wirklich nicht, daß ihre Freundschaft zu Ende ging. Aber tief im Innern hatte sie Angst davor, es könnte etwas »Bedeutsameres« daraus werden, wie eine Briefkastentante sich wohl ausgedrückt hätte. Sie war einer weiteren Entwicklung nicht gewachsen. Aber nichts stand still, und ihre Freundschaft mit Alan konnte auch nicht viel länger stillstehen. Sie würde etwas dagegen tun müssen. Sie war fünfunddreißig, hatte immer allein gelebt, immer für sich selbst gesorgt. Es war zu spät, sie konnte sich nicht mehr ändern, nicht mehr binden. Aber sie wußte, daß das nicht stimmte. Natürlich konnte sie es. Leute heirateten noch viel später oder gingen dauerhafte Beziehungen ein und wurden glücklich. Doch es würde ihr Leben auf den Kopf stellen.

Die größte Sorge bereitete ihr die Frage, wie lange sie noch den schicksalhaften Augenblick aufschieben konnte, in dem er ihr erklären würde, sie müsse sich entscheiden. Manche Leute hätten gesagt, das habe sie bereits getan – doch das traf nicht zu. Sie konnte sich nicht entscheiden. Aber wenn sie fair sein wollte, durfte sie den armen Mann nicht länger an der Nase herumführen. Mit so wenigen engen Freunden und ohne Familie würde sie nur höchst ungern eine Freundschaft abbrechen. Sie war, um ehrlich zu sein, einsam. Er war es auch, doch was er wollte, war ihr allzu konventionell – ein Heim, einen Garten, das traditionelle Leben mit Pfeife und Hauspantoffeln. Vielleicht war ihm das selbst nicht bewußt, doch Meredith sah es sehr klar. Sie mochte ihn – sehr sogar. Sie respektierte ihn. »Aber ich bin nicht in ihn verliebt!« sagte sie laut.

Oder war das alles nur ein Haufen Unsinn? Einige der besten und dauerhaftesten Beziehungen waren auf Vernunft, gegenseitigem Respekt und gleichen Interessen begründet. Liebe kam später von selbst. Einige der leidenschaftlichsten Beziehungen, andererseits, verglühten schnell und ließen nur Bedauern zurück. Und einige, wie jene anderen, die ihr Leben und ihr Denken so viele Jahre beherrscht hatten, blieben unerfüllt, waren am Ende unerfüllbar, vielleicht nicht mehr als eine Vergeudung von Zeit, Gefühl und Mühsal. Das war zu Ende, war vergangen, und erstaunlicherweise dachte sie nur noch selten daran.

Blieb Alan. Sie mußte all das in den Griff kriegen, ehe es außer Kontrolle geriet. Heute abend – er kam heute abend und würde vermutlich irgendwohin essen gehen wollen – heute abend wollte sie es ihm sagen. Ihm unmißverständlich klarmachen, wo sie stand. Ihn von seinen Hoffnungen abbringen. Nachdem sie diesen Entschluß gefaßt hatte, war sie weit entfernt davon, sich wohler zu fühlen – sie fühlte sich wie ein Ungeheuer. Und auch so, als wolle sie etwas überstürzen.

Meredith seufzte und schlug die *Bamford Gazette* auf. Harriet – ein großes Foto in der Mitte der Seite unter der Schlagzeile: *Ortsansässige Reiterin fällt tragischem Unfall zum Opfer.* Der Artikel schilderte die Ereignisse auf dem Market Square und in Kurzfassung die Geschichte der Bamford-Jagd, die bisher ungewöhnlich ereignislos verlaufen war. Erst einmal hatte sie eine Schlagzeile geliefert, die sich auf ein tragisches Ereignis bezog, und das war, als sich anno 1904 einige Hunde auf die Eisenbahngleise verirrt hatten.

Meredith sah nach dem Datum der Zeitung. Die *Bamford Gazette* war ein Wochenblatt. Normalerweise erschien sie am Mittwoch, doch in diesem Jahr waren zwei gesetzliche Feiertage jeweils auf einen Mittwoch gefallen, daher war die *Gazette* schon am Dienstag herausgekommen. Der Unfall war am vergangenen Donnerstag passiert, deshalb wurde natürlich in dieser Ausgabe darüber berichtet, vom Standpunkt der *Gazette* aus war es noch immer eine heiße Nachricht.

Sie wandte sich wieder Harriets Bild zu und betrachtete es. Es schien vergrößert und aus einem Gruppenfoto herausgenommen worden zu sein, bei irgendeiner Pferdeschau fotografiert, vermutlich einem lokalen Geschicklichkeitswettbewerb. Harriet trug eine Reitkappe und einen Reitrock. Das Haar hatte sie sich im Nacken zu einer Mähne zusammengebunden. Sie lachte und streckte die Hände aus, als wolle sie etwas entgegennehmen – einen Pokal? Dieser Teil des Bildes war abgeschnitten worden. Sie schien glücklich zu sein. Vor ihrem geistigen Auge sah Meredith die Gestalt taumelnd vom Pferd stürzen und auf das Pflaster prallen. Sie sah das Blut unter dem roten Haar hervorquellen, das blasse, starre Gesicht, die gebrochenen Augen. Obszön. Es war obszön. Der Tod war obszön. In Harriet war so viel Leben gewesen – von einer Sekunde zur anderen einfach sinnlos ausgelöscht. Meredith begann sich die Gestalten im Hintergrund genauer anzusehen.

Ja, die *Gazette* hatte dieses Bild ihrem Archiv entnommen. Ein lokales Ereignis, jemand hatte irgendeine Trophäe überreicht, und die anderen Teilnehmer hatten sich versammelt, um zu applaudieren. Alle trugen Reitkleidung. Einen – Meredith hob die Zeitung dicht vor ihre Nase und kniff die Augen zusammen – kannte sie. Einen Mann, einen stämmigen Mann mit Reithut, der das oberste Drittel seines Gesichts abschnitt, und um die Sache noch schwieriger zu machen, verdeckte Harriet im Vordergrund die rechte Seite seiner Züge. Doch was sichtbar blieb, schien ihr bekannt, obwohl Meredith beim besten Willen nicht sagen konnte, wer es war. Jedenfalls war es nicht Tom Fearon. Toms dunkles, gutaussehendes Gesicht war auch in einer Menge nicht zu verkennen.

Meredith warf die Zeitung beiseite. Wenn sie hier sitzen bliebe, würde sie diese Sache, zusammen mit ihren anderen Sorgen, in eine tiefe Depression stürzen. Sie mußte unbedingt an die frische Luft. Sie holte den Anorak, schlüpfte in ein Paar Stiefel und ging ins Freie. An der Pforte zögerte sie einen Moment – wohin? Das Gemeindeland – so düster und furchteinflößend es zu sein schien, als sie sich kürzlich bis zum Rand vorgewagt hatte – mußte noch erforscht werden. Also auf ins Gemeindeland.

Um dahin zu gelangen, mußte sie am Reitstall vorbei. Alan Markbys Wagen parkte noch unter dem Schild, aber im Hof war niemand. Wieder zögerte Meredith und horchte, ob sie im Zorn erhobene Männerstimmen hörte. Doch alles blieb still. Wahrscheinlich waren sie in Toms baufälligem Bungalow hinter dem Stallhof. Und da Männer gegenseitig zu größerer Toleranz bereit waren als manchmal Frauen untereinander, hatten sie vermutlich die Auseinandersetzung vom vergangenen Abend und Toms Benehmen im Bunch of Grapes bereits vergessen – ganz zu schweigen von ihrem und Markbys ruiniertem Silvesterabend – und saßen mit Bierdosen in Toms Wohnzimmer. Männer! Am Abend vorher wäre Alan um ein Haar weggefahren und hätte sie vor dem Pub stehenlassen. Er war völlig darauf konzentriert gewesen, Tom sicher nach Hause zu bringen, und sie war zu unter »ferner liefen« degradiert worden.

Sie nehmen uns für selbstverständlich, das ist es, dachte Meredith, jetzt ohne jeden vernünftigen Grund verärgert, obwohl sie es am Abend vorher recht gelassen hingenommen hatte. Harriet hatte recht gehabt, als sie sagte, man dürfe Tom nie die Oberhand lassen, nur hätte sie sagen müssen, man dürfe den Männern nie die Oberhand lassen. Man endete da, wo Geoffrey Haynes und die arme Lucy waren. Behalte deine Unabhängigkeit, Meredith.

In diese wortlose Schmährede versunken, hatte sie die Grenze des Gemeindelandes erreicht, ohne es zu merken, und blieb jetzt, die Hände in den Taschen, abrupt stehen.

Was für eine Wüstenei. Vielleicht war es hier im Sommer hübscher und einladender. Jetzt sah es aus wie die Szenerie eines viktorianischen Melodrams, irgendwie unbestimmbar unheilvoll und finster. Vielleicht aber waren die Gefühle, die es weckte, viel älter, reichten tief hinunter in ein unbewußtes Erbe von Volksmärchen und Sagen. Geschichten von Hexensabbaten und Halloween-Nächten und Kadavern, die im Mondschein an Galgen ächzten.

»Hör auf damit!« schalt Meredith sich laut. Wenn sie sich erlaubte, weiter so zu denken, würde sie auf dem Absatz kehrtmachen und nach Hause rennen. Energisch ging sie weiter. Ungehindert pfiff der Wind über die flache Heide. Das Gras unter Merediths Füßen war bräunlich-grün, die Sträucher und Bäume fast unbelaubt und häßlich. Sie stellte fest, daß sie einem schmalen Reitweg folgte – einem richtigen Reitweg, denn im weichen Boden waren deutlich Hufabdrücke zu sehen. Tom Fearon ritt wohl häufig hier, nach der Anzahl der Spuren zu schließen. Auch Harriet mußte hier geritten sein, manchmal mit Tom, manchmal allein. Aber Harriet hätte sich nicht mit abergläubischen Phantasien selbst Angst eingejagt.

Meredith ging weiter. Allmählich verschwanden die Dächer von Pook's Common aus ihrem Blickfeld. Sie hätte auf dem Mond sein können, so einsam, so kahl, so unberührt war es hier. Ab und zu markierten kleine Fellstückchen oder Federn den Platz, an dem ein vierbeiniger Räuber sich seiner Beute bemächtigt hatte. Nach einer Weile wurde der Boden unter ihren Füßen matschig, und sie war froh, daß sie Stiefel trug. Dann hörte sie Wasser fließen und kam an einen schmalen, brackigen Bach, der das Gemeindeland in ostwestlicher Richtung teilte. Rechter Hand markierte eine Baumreihe den Anfang einer Koniferenpflanzung – Eindringlinge, die nicht hierhergehörten –, und an den matschigen Ufern des Baches selbst sah man mehrere kleine, scharf eingeprägte gespaltene Hufe. Keine Kobolde. Keine Geisterpferde, sondern Wild. Es lauerte wohl unter den Bäumen und kam am frühen Morgen heraus, um auf dem Gemeindeland Nahrung zu suchen, knabberte an den spärlichen Sträuchern und Bäumen und an dem rauhen, kargen Gras.

Weit genug für einen Tag, dachte Meredith. Sie fühlte sich jetzt besser. Sie hatte ihre Furcht vor dem Gemeindeland überwunden und für den Augenblick ihre Sorgen verjagt. Sie drehte sich um.

Hinter ihr stand ein Mann, und Meredith schrie unwillkürlich auf. Mit ausgestreckter Hand kam er auf sie zu und rief: »Es tut mir so leid! Bitte verzeihen Sie! Ich wollte Sie nicht erschrecken. Wollte Sie eben rufen, um Sie auf mich aufmerksam zu machen – aber Sie haben sich plötzlich umgedreht...«

Es war Colin Deanes in seinem pelzbesetzten Parka.

In seiner Brille spiegelte sich das blasse Sonnenlicht, so daß sie seine Augen nicht sehen konnte. Er lächelte ängstlich, den Kopf vorgeneigt, als wolle er sich kurzsichtig überzeugen, daß sie akzeptierte, was er sagte.

»Oh, Mr. Deanes«, sagte sie, »ich hätte nicht gedacht, daß außer mir noch jemand hier draußen ist.«

Er lächelte. »Ja, es ist einsam hier. Wie ich sehe, wissen Sie, wer ich bin – und ich weiß, daß Sie eine Freundin von Inspektor Markby sind, doch Ihren Namen weiß ich leider nicht.«

»Meredith Mitchell.« Sie schüttelten sich förmlich die Hände. »Ich wohne dort drüben … In Pook's Common.«

»Ach, tatsächlich? Schon lange? Ich muß gestehen, daß ich's nicht kenne, außer dem Namen nach.«

»Es ist ein sehr kleiner Ort. Nur ein halbes Dutzend Cottages, eine Reparaturwerkstatt und einige Gemeindehäuser an der Hauptstraße. Oh, und der Stall. Ich bin noch nicht lange hier, seit zwei Wochen etwa.«

»Ich wohne da drüben …« Er zeigte an ihr vorbei, tiefer in das Gemeindeland hinein. »Das Haus ist verfallen, aber ich konnte es extrem billig mieten, um mein Buch zu schreiben.«

»Hier draußen wird man nicht gestört, stelle ich mir vor, es ist ein guter Ort«, sagte sie.

Er lachte leise. »Stimmt. Tatsächlich ist mein Haus aber nicht so abgelegen, wie es von hier aus den Anschein hat. Aus dieser Richtung hat man keinen direkten Zugang. Aber auf der anderen Seite gibt es eine unbefestigte Straße, die nach ungefähr einer halben Meile beim Black-Dog-Pub auf die Asphaltstraße stößt – da, wo ich Sie mit Markby gesehen habe.«

»O ja, ich verstehe. Ich hatte den Eindruck, daß Alan von Pook's Common einen Riesenumweg mit mir fuhr.«

»Ja, und das mußte er auch. Es gibt keine Straßen durch das Gemeindeland, und um auf die andere Seite zu kommen, muß man ganz drum herumfahren. Es ist ein uraltes Stück freien Landes. Und wegen seiner Fauna und Flora sehr bemerkenswert.«

»Das kann ich kaum glauben«, sagte sie und betrachtete die Wüstenei.

Deanes lachte wieder. »Sie müßten Dr. Krasny kennenlernen. Er hat irgend etwas mit der Universität zu tun, und letzten Sommer habe ich ihn ein paarmal zufällig hier draußen getroffen. Er schien den Namen eines jeden Grashalms zu kennen. Ich vermute, er kam hier raus, um Pflanzen und Informationen für seine Arbeit zu sammeln. Hab ihn immer nur gebückt herumkriechen sehen und konnte mir zuerst überhaupt nicht vorstellen, was er machte. Dann lernte ich ihn immer besser kennen, er besuchte mich ab und zu auf eine Tasse Tee und berichtete mir, was er auf seinen Streifzügen entdeckte. Gewöhnlich gehe ich nicht in diese Richtung – sondern in die andere und lande schließlich im Black Dog. Im Sommer ist es hier schöner, sehr hübsch sogar an sonnigen Tagen.«

»Wie kommen Sie mit Ihrem Buch voran?«

»Ach, das ist schon seit einiger Zeit fertig, das habe ich hinter mir. Schauen Sie sich in den Buchhandlungen danach um. Ich nehme jede Gelegenheit wahr, um für meine Bücher zu werben.« Wieder lächelte er nervös.

»In einem gewissen Sinn lebe ich unter Vorspiegelung falscher Tatsachen hier, obwohl ich angefangen habe, mir Notizen zusammenzustellen, die ich, wie ich hoffe, in meinem nächsten Buch verwenden kann. Ich habe das Haus bis zum Frühjahr gemietet, also bin ich geblieben. Es gefällt mir hier unten. Und ich bin in ein oder zwei lokale Probleme verwickelt.« Er warf ihr einen Blick zu, in dem sich Herausforderung und Nervosität mischten. »Ich weiß, daß das, was ich versuche, nicht immer populär ist. Die Menschen verstehen mich oft nicht, und sehr oft – sosehr ich bedaure, das sagen zu müssen – versteht mich auch die Polizei nicht.«

»Ach …«, sagte Meredith verlegen.

»Es gibt Dinge, die populär und akzeptabel sind«, fuhr Deanes fort. »Andere sind es nicht. Manchmal wecken die weiter entfernten größere Teilnahme als die näheren, aus dem einfachen Grund, weil man die näheren unmittelbar vor Augen hat und die Unzulänglichkeiten nur allzu sichtbar sind. Sie waren gestern nacht auch im Bunch of Grapes, nicht wahr?«

»Ja, ich war da. Sie sprechen von diesem Pardy, nehme ich an.«

»Ja – kein anziehender junger Mann, das gebe ich zu. Das sind sie nie. Sie haben Probleme, und eines davon ist die Tatsache, daß sie sich der Welt so unleidlich präsentieren. Wenn sie ein berechtigtes Anliegen haben, wissen sie nicht, wie sie es vorbringen sollen. Man ist ihnen gegenüber weder großzügig, noch verzeiht man ihnen. Sie verteidigen sich schlecht. Sind aggressiv, wenn sie verbindlich sein sollten. Sie beleidigen grundlos. Pardy ist da keine Ausnahme, sondern ziemlich typisch. Er steht auf dem Standpunkt, daß er damit leben kann, wenn die Welt ihn nicht mag. Aber er kann es natürlich nicht. Er ist so jung. Erst zwanzig.«

»Das ist jung, zugegeben. Doch er hat sich kriminell aufgeführt, oder? Ich spreche von dem Zwischenfall auf dem Market Square am zweiten Weihnachtstag. Ich war dort – ich habe gesehen, wie es passierte.«

»Ach ja?« Deanes schob, wie es seine Gewohnheit schien, die Brille ein Stückchen die Nase hinauf. »Ich war nicht dort. Dadurch bin ich Ihnen gegenüber im Nachteil – aber ich war einige Zeit mit Simon zusammen. Unter dem frechen Äußeren ist er ein trauriger, konfuser, einsamer Mensch.«

Wir alle sind traurig, konfus und einsam, dachte Meredith. Einige werden nur besser damit fertig als die anderen, das ist alles. »Er hätte nicht sagen dürfen, was er gestern nacht im Pub gesagt hat. Er hat den Ärger herausgefordert.«

»Das tut er – er fordert Schwierigkeiten heraus«, sagte Deanes lebhaft. »Genau das ist es! Er sucht die Schwierigkeiten geradezu, und er findet sie. Dann wird er noch introvertierter, noch mehr verbittert. Wir müssen ihn davon abbringen. Im Grunde ist er ein intelligenter junger Mann, und im Moment wirft er sein Leben weg.«

Meredith musterte ihn nachdenklich. Seine Wangen waren gerötet. Die Augen hinter den Brillengläsern glänzten, und in seinem Gesicht, in seiner Stimme war eine Eindringlichkeit, die man nicht ignorieren konnte. Es liegt ihm daran, dachte sie. Ihm liegt wirklich etwas daran.

Sie sagte bedächtig: »Sie müssen wohl eine Menge Fehlschläge einstecken. Werden Sie dadurch nie entmutigt?«

Deanes schnitt eine Grimasse. »Ich würde lügen, wenn ich jetzt nein sagte. Natürlich verliere ich auch den Mut. Aber die Erfolge entschädigen mich mehr als genug. Man muß den Kreislauf unterbrechen. Das Schlimmste, das Pardy zustoßen könnte, wäre eine Haftstrafe, in welcher Form auch immer. Er käme dabei mit Menschen zusammen, die die schlimmsten Seiten aus ihm herausholen würden. Er wäre für immer verloren.«

»Es mag Leute geben, die nicht Ihrer Meinung sind.«

»Sie arbeiten nicht mit den Jugendlichen«, sagte Deanes leidenschaftlich. »Sie wissen nichts.« Er schien zu merken, wie heftig seine Stimme klang, und machte ein verlegenes Gesicht. »Verzeihen Sie mir, daß ich Sie mit meinen Ansichten langweile. Ich fürchte, ich kann nicht anders.«

»Das ist schon in Ordnung. Ich bin interessiert, und ich freue mich, daß wir uns getroffen haben«, sagte Meredith aufrichtig.

Deanes lächelte entspannter und sah plötzlich recht attraktiv aus. Es ist die Brille, dachte Meredith, zusammen mit der ernsten Miene und den nervösen Ticks, die ihn unscheinbar aussehen lassen. In Wirklichkeit sieht er gar nicht schlecht aus, und er ist auch nicht so alt. Jünger, als ich zuerst dachte. Neununddreißig? Vierzig? Älter bestimmt nicht.

»Ich muß zurück«, sagte sie. »Wir sehen uns bestimmt noch.«

»Ja, das hoffe ich.« Er zögerte. »Wenn Sie wieder in die Gegend kommen, gehen Sie einfach noch ein Stückchen weiter und besuchen Sie mich auf eine Tasse Kaffee. Tagsüber bin ich meistens zu Hause.«

»Ich komme gern, danke und – frohes neues Jahr.«

»Oh, das vergesse ich ständig…« Wieder schnitt er eine Grimasse. »Frohes neues Jahr!«

Als sie auf dem Heimweg an den Stallungen vorüberkam, war Markbys Wagen nicht mehr da. Er hatte Tom nach Bamford mitgenommen. Meredith zögerte, stieß dann die Gattertür zum Stallhof auf und ging hinein. Blazer streckte den Kopf über die Boxentür und wieherte leise.

»Hallo, alter Junge«, sagte sie und streichelte ihm die Nüstern. Er stieß ihr den Kopf an die Brust und schnaubte. »Ich hab dir nichts mitgebracht, tut mir leid. Du vermißt sie, nicht wahr?« Blazer warf den Kopf zurück und schien heftig zu nicken. »Ich wünschte, du könntest sprechen«, sagte sie. »Wahrscheinlich könntest du uns eine Menge von dem sagen, was wir gern wüßten.« Sie klopfte ihm ein letztes Mal den Hals und setzte dann ihren Weg fort.

Als Alan am Abend kam, hatte sie sich noch immer nicht entschieden, was sie zu ihm sagen wollte, doch er kam ihr zuvor.

»Es ist so schwierig, heute ein Lokal zu finden – die meisten sind geschlossen, weil sie gestern so lange geöffnet hatten. Aber auf der Straße nach Cherton gibt es ein kleines italienisches Restaurant, das offen hat. Ich habe dort einen Tisch bestellt, ich hoffe, es ist Ihnen recht?«

»O ja«, sagte sie nachgiebig. Vielleicht war es ohnehin besser, auf neutralem Boden zu sagen, was zu sagen war.

Das Restaurant profitierte davon, daß es eines der wenigen war, die geöffnet hatten. Es war voll, und einen Tisch zu bestellen war ganz offensichtlich wirklich nötig gewesen.

»Wie geht es Tom?« fragte Meredith, als sie die Gabel in den dampfenden Teller mit *Tagliatelle al forno* versenkte.

»Er wird keine Schwierigkeiten mehr machen.«

»Sie scheinen ja sehr überzeugt.«

Markby verzog das Gesicht. »Sagen wir so, ich bin ziemlich zuversichtlich, daß er keine mehr machen wird.«

Meredith nippte an ihrem Wein und spähte über den Rand des Glases zu ihrem Begleiter hinüber. Sie hatte das Gefühl, dieses Gesicht schon so gut zu kennen, all die kleinen Fältchen und Runzeln, den widerspenstigen blonden Schopf. Es würde nicht leicht sein. Es würde der reinste Mord sein. Ein unglückliches Wort. Sie suchte nach einem richtigen Anfang, gab das Thema im letzten Moment auf und sagte statt dessen: »Ich habe heute Colin Deanes auf dem Gemeindeland getroffen.«

»Ach, wirklich?« Er sah überrascht und wenig erfreut aus.

»Ja, gucken Sie nicht so finster. Er ist wirklich ein sehr netter Mann. Er hat einen Tick, aber mehr nicht. Vieles von dem, was er sagt, ist sehr vernünftig.«

»Ich habe nie behauptet, daß es das nicht ist. Nur –

wie er es sagt, regt mich auf. Aber wollen wir wirklich über ihn reden?«

»Nein – das wollen wir nicht.« Zeit, das Problem mutig anzupacken. Meredith legte die Gabel aus der Hand. Sie stützte die Ellenbogen auf den Tisch und legte die Fingerspitzen wie im Gebet aneinander, wobei sie ihn eindringlich ansah. »Alan, es gibt da etwas, das ich Ihnen sagen muß. Es ist sehr kompliziert, und ich bin sicher, ich werde es nicht richtig sagen. Wie Deanes werde ich es falsch formulieren, und Sie werden gekränkt sein. Die Sache ist – ich – wir – ich denke nicht, daß unsere Beziehung sich zu etwas anderem entwickeln kann, sie muß bleiben, wie sie jetzt ist.« Sie wartete ab, was er sagen würde, hoffte, er werde verständnisvoll nicken. Er tat es nicht.

»Sprechen Sie weiter«, sagte er ausdruckslos.

»Ich schätze Ihre Freundschaft, wirklich. Ich bin gern mit Ihnen zusammen. Ich mag Sie – oh, das ist schrecklich. Alan, vielleicht irre ich mich, aber ich habe das Gefühl, daß Sie hoffen, wir – nun ja, wir könnten uns eines Tages viel näherkommen.«

»Angenommen, Sie haben recht. Ist das so furchtbar? Hören Sie, Meredith« – er beugte sich vor –, »ich habe Ihnen schon am Anfang gesagt – als Sie das letzte Mal in England waren –, daß ich bereit bin, zu warten…«

»Ja, das weiß ich, und gewartet haben Sie. Doch niemand wartet ewig. Sie werden es nicht tun – Sie werden des Wartens überdrüssig werden.«

»Erlauben Sie mir bitte zu entscheiden, wann es soweit ist«, sagte er verärgert.

»Wissen Sie, ich glaube, Sie brauchen eine richtige Ehefrau«, stürzte Meredith sich auf den Kern der Sache. Was hatte es denn für einen Sinn, wie die Katze um den heißen Brei herumzuschleichen? »Und die kann ich nicht sein. Das schaffe ich ganz einfach nicht.«

»Ich war verheiratet«, fauchte er. »Es war eine absolute Katastrophe.«

»Wahrscheinlich, weil sie die falsche Frau geheiratet hatten, und wenn Sie sich mit mir auf Dauer zusammentäten – egal, in welcher Form –, würden Sie Ihren Fehler nur wiederholen. Ich bin die falsche Frau.«

»Hören Sie«, flüsterte er zischend und warf einen Blick zum Nebentisch, »hier ist nicht der richtige Ort …«

»Wo ist er dann?«

»Na schön. In dem, was Sie gesagt haben, gibt es zwei Punkte, die beantwortet werden müssen. Erstens, es war nicht Rachels Schuld, daß unsere Ehe in die Brüche ging. Ich war's, der sie zum Wahnsinn getrieben hat. Mit einem Polizisten verheiratet zu sein ist schwierig, und sie hat es einfach nicht ertragen, sie war auch nicht die erste. Viele Polizistenehen scheitern.«

Und sie hat sich ein anderes Leben gewünscht, erinnerte er sich. Partys, ihre Freunde, einen Terminkalender voller gesellschaftlicher Verpflichtungen. Und er hatte sich immer gedrückt, Arbeit vorgeschützt, seine Freizeit mit Gartenarbeit verbringen wollen, hatte sie blamiert, wenn sie Freunde eingeladen hatte und er in alten Sachen hereingeplatzt war. Er verdrängte die Erinnerungen.

»Zweitens, ich weiß, was für eine Frau ich will. Ich will Sie.«

»Sehen Sie? Da haben wir's. Jetzt haben Sie's gesagt. O Alan, es schmeichelt mir natürlich …«

»Es ist nicht als Schmeichelei gedacht«, knurrte er wütend. Die Frau am Nebentisch warf ihm einen erschrockenen Blick zu. Sie beugte sich vor und flüsterte mit ihrem Begleiter, der Meredith jetzt auch verstohlen von der Seite her ansah.

»Sie wissen, was ich meine. Ich wünschte, ich hätte nicht damit angefangen.«

»Warum haben Sie's dann getan?«

»Weil ich versuche, fair zu Ihnen zu sein.« Der Mann am Nebentisch begegnete ihrem Blick. Es war kein freundlicher Blick. Er schlug sich auf die Seite des angegriffenen männlichen Wesens am Nebentisch. »Kümmern Sie sich um Ihre eigenen Angelegenheiten«, sagte Meredith böse.

»Wie bitte?« rief die Begleiterin des Mannes entrüstet. Mit ihrem Verständnis für die Mitschwester war es vorbei, der Instinkt, ihrem Mann beizuspringen, überwog.

»Meredith«, sagte Markby gepeinigt, »es ist ja gut.« Er lächelte dem anderen Paar beschwichtigend zu.

Von einem unbehaglichen Schweigen umgeben, aßen sie entschlossen weiter, wußten das ausgezeichnete Essen aber nicht zu würdigen. Meredith betrachtete Markby unauffällig. Er sah unglücklich aus. Das war ihre Schuld.

»Ich wollte keine Szene machen –«, begann sie flüsternd. »Ich habe nur versucht, Ihnen zu sagen, was ich denke.«

»Das haben Sie nicht.«

»Was?« Sie starrte ihn verblüfft an.

Markby legte Messer und Gabel aus der Hand und sah sie mit grimmiger Miene sehr direkt an. »Sie haben mir gesagt, was Harriet dachte. Ich sehe Sie, aber ich höre Harriet Needham. Vor ein paar Tagen waren Sie ganz durcheinander, weil Sie nicht kochen können wie sie. Jetzt haben Sie das Gefühl, ihren Lebensstil imitieren zu müssen.«

»Das ist nicht wahr!« Fassungslos schnappte sie nach Luft.

»Wirklich?«

Der Kellner kam auf sie zu. Wird er uns auffordern, das Lokal zu verlassen? dachte Meredith. Er beugte sich über Markbys Schulter. »Ein Anruf für Sie, Sir.«

Markby stöhnte und warf die Serviette auf den Tisch. »Ich habe für dringende Notfälle diese Nummer hinterlassen. Entschuldigen Sie, Meredith, ich muß mich melden.«

Vielleicht waren sie jedoch beide froh über die Störung. Allein am Tisch zurückgeblieben, sah Meredith sich den forschenden Blicken des Paares vom Nebentisch ausgesetzt. Die Frau sah beleidigt aus, der Mann streitsüchtig. Ich habe uns den Abend verdorben und ihnen auch, dachte Meredith. Sobald sie draußen sind, werden sie wegen nichts und wieder nichts wütend aufeinander losfahren.

Markby kam zurück. Er sah nicht mehr verärgert, sondern sachlich aus, und man merkte ihm an, daß er kaum noch an ihr Gespräch von vorhin dachte. Er bückte sich und sagte ihr ins Ohr: »Ich muß sofort ins Hotel The Crossed Keys. Fran Needham-Burrell ist überfallen worden.«

»Was?« Erschrocken blickte Meredith zu ihm auf, und alles andere war vergessen. »Ist sie verletzt?« Sie sprang auf und griff nach ihrer Umhängetasche. »Ich komme mit.«

Im Crossed Keys herrschte ein heilloses Durcheinander. Vor dem Hoteleingang stand ein uniformierter Polizist. Leute, die in die Bar wollten, schoben sich vorsichtig an ihm vorbei. Ein flott gekleideter Sergeant Pearce lehnte schlaff und untröstlich am Empfangspult, offensichtlich von einer Neujahrsfete weggezerrt, und der Manager stand händeringend in der Mitte der Lobby. Nie zuvor hatte Meredith das jemanden tun sehen – nur davon gelesen –, doch er tat es – er rang die Hände. Er kam ihr unnatürlich blaß vor – aber das war vermutlich der Streß. Ein doppelter Streß. Einerseits wollte er die Wogen glätten, und andererseits sollten die Gäste der öffentlichen Bar und des Hotels nicht erfahren, was geschehen war.

Als Pearce Markby erblickte, straffte er sich und sagte lebhaft: »Guten Abend, Sir. Tut mir leid, daß ich Ihnen den Abend verderben mußte, aber ich dachte, daß Sie gern Bescheid wissen würden.« Er entdeckte Meredith und fügte hinzu: »Guten Abend, Ma'am«, was ihr sehr förmlich vorkam und ihr das Gefühl gab, die Gattin des Colonels zu sein. »Tut mir leid.«

»Schon gut, Sergeant Pearce«, sagte sie und bemühte sich, nicht von oben herab zu sprechen. »So was kommt schon mal vor.« Blöde Bemerkung. Aber bei einem Polizisten kam so etwas schon mal vor. Auch bei Konsulatsbeamten. Dadurch wurde der Streß nicht geringer.

»Wo ist sie?« fragte Markby.

Der Manager stürzte vorwärts. »Die Lady ist mit Dr. Pringle oben. Ich wollte einen Krankenwagen kommen lassen, aber davon wollte sie nichts hören. Sie wollte nur Dr. Pringle sehen. Die Lady hat einen sehr starken Willen. Doch ich weiß natürlich, daß ich eigentlich hätte um einen Krankenwagen schicken müssen, wegen der Versicherung. Wir müssen uns selbst auch absichern und …«

Grob unterbrach Markby die Schilderung seines Dilemmas. »Mit Ihnen spreche ich später.«

Pearce und Meredith dicht auf den Fersen, rannte er die Personaltreppe hinauf. Die Tür von Nummer 20 stand offen. Vom Türrahmen eingerahmt, sahen sie wie auf einem jener alten viktorianischen Bilder, die eine Geschichte erzählen, Fran auf einem Stuhl sitzen und Jack Pringle über sie gebeugt. Vorsichtig befestigte er mit Heftpflaster einen Gazebausch auf ihrer Stirn, und sie sagte ziemlich schroff: »Passen Sie auf mein Haar auf, Jack.«

Meredith war erleichtert. Sie war nicht schwer verletzt.

Fran blickte auf und sah sie. Sie warf ihnen ein schiefes Lächeln zu und sagte: »Ah, Besuch! Tut mir leid, daß ich so in Ihren Abend reingeplatzt bin. Ich hoffe, ich habe nichts Vielversprechendes ruiniert.«

»Haben Sie nicht«, sagte Markby mit – wie Meredith fand – unnötiger Offenheit. Er ging zu Fran, beugte sich über sie, und Meredith schaute sich neugierig im Raum um.

Die Birne in der Deckenlampe war schwach, so daß

alles wie hinter einem orangefarbenen Nebel lag. Das Zimmer stellte etwas ganz anderes dar als das, woran Fran gewöhnt sein mußte. Sie war aus dem Luxus von Klosters ins Crossed Keys gekommen, und einen größeren Unterschied konnte es kaum geben. Zimmer 20 war ausreichend, aber mehr auch nicht. Es hätte dringend renoviert werden müssen. Die Tapete war ausgebleicht, und die Möbel sahen aus wie jene, die nach dem Krieg gegen Bezugscheine verkauft worden waren. Auf einem Toilettentisch lag offen ein Dokumentenkoffer, dessen Inhalt herausgerissen und wie Kraut und Rüben verstreut war. An der Wand hing ein ziemlich scheußliches Bild, das eine Reihe von Kindern zeigte, die alle in einem Bett schliefen, mit Gesichtern, von denen eins grotesker war als das andere, und vor Merediths Füßen lag eine häßliche Glasvase. Automatisch bückte sie sich, um sie aufzuheben.

Markbys Stimme hinderte sie daran. »Liegenlassen!« befahl er scharf.

Sie wurde rot und richtete sich auf. »Entschuldigung.« Wie dämlich – offensichtlich war das die Tatwaffe.

Pringle sagte verärgert: »Sie hat einen heftigen Schlag auf den Kopf bekommen und braucht niemanden, der ihr noch zusetzt. Hat das nicht bis morgen Zeit?«

»Es geht schon, Jack, machen Sie kein Theater«, sagte Fran. Daß sie ahnungslos die Worte ihrer Cousine wiederholte, erschreckte Meredith. Auch Pringle sah zuerst bestürzt und dann erregt aus.

Markby hatte sich einen Stuhl herangezogen. »Los, Fran, erzählen Sie.«

»Nun, da ich niemanden hatte, der mir beim Abendessen Gesellschaft leistete«, sagte Fran auf eine Merediths Meinung nach irgendwie zweideutige Weise, deren tieferen Sinn sie jedoch nicht sofort verstand, »dachte ich mir, daß ich wohl am besten unten im Restaurant essen sollte. Sehr hungrig war ich nicht, weil Charlotte einen so riesigen Lunch gekocht hatte. Ich ging hinunter …«

»Haben Sie die Tür abgesperrt?«

»Ja – ja, habe ich. Obwohl ich weder Schmuck noch andere Wertsachen bei mir habe. Ich ging also hinunter und fing an zu essen, aber das Essen war nicht sehr gut, und wie ich schon gesagt habe, war ich nicht besonders hungrig. Ich hab es mir also mitten im Essen anders überlegt, sagte ihnen, sie sollten abräumen, und bin wieder heraufgegangen.«

»Über welche Treppe?«

»Die Haupttreppe natürlich. Sie ist der Tür zum Speisesaal am nächsten. Ich hab an dies und das gedacht und eigentlich auf gar nichts geachtet. Die Flurbeleuchtung ist ziemlich armselig. Mir ist nichts aufgefallen, bis ich die Hand auf die Türklinke legte. Die Tür ging nämlich auf. Das ist aber komisch, dachte ich – machte einen Schritt ins Zimmer und streckte die Hand nach dem Lichtschalter aus – und da hat er mich aus dem Nichts angesprungen. Nun, natürlich nicht aus dem Nichts, sondern von irgendwoher – er muß sich flach an die Wand gedrückt haben, als er mich kommen hörte. Dann schlug er mit etwas Hartem zu. Ich fiel der Länge nach auf den Teppich, und er war weg – verschwunden. Sein Gesicht habe ich nicht gesehen. Ich kann Ihnen nichts über ihn sagen. Und ich bin nicht verletzt, trotz des Riesenstücks Gaze, das Jack mir auf den Kopf gepappt hat. Ich bin nur überrascht und sehr wütend.«

»Ich verstehe.« Markby stand auf. »Wahrscheinlich ein kleiner Dieb. Konnten Sie schon nachsehen, ob irgend etwas fehlt?«

»Ich habe nichts. Die Handtasche mit meinem ganzen Geld und allen Kreditkarten hatte ich mit hinuntergenommen. Hier oben waren nur meine Nachtsachen und mein Dokumentenkoffer mit allen Papieren, Harriets Besitz betreffend. Dort drüben …« Fran drehte sich zu schnell um und schnitt eine Grimasse.

»Langsam«, warnte Pringle und legte ihr die Hand auf die Schulter.

»Auf dem Toilettentisch. Er hatte sich ihn gerade vorgenommen, wie Sie sehen. Aber es ist nichts drin, was einen Dieb auch nur annähernd interessieren könnte. Keine Wertsachen. Nur Harriets Papiere und meine gesamte Korrespondenz, die, wie Sie selbst wissen, bei einem Todesfall beträchtlich ist.«

Markby wandte sich zu Pearce um. »Nehmen Sie die Vase in Verwahrung. Passen Sie beim Aufheben auf, es könnten Fingerabdrücke drauf sein – obwohl heutzutage alle schon Handschuhe tragen. Trotzdem – vielleicht haben wir Glück. Doch wahrscheinlich war es nur irgendein Rowdy aus der öffentlichen Bar, der Miss Needham-Burrell zum Abendessen gehen sah und dachte, das wäre möglicherweise eine Chance für ihn.«

»Woher wußte er, daß das mein Zimmer ist?« fragte Fran logisch.

»Stimmt. Vielleicht hat er es auch bei anderen Türen versucht und nur diese aufbekommen.« Markby ging zur Tür hinüber. Dort stand er unmittelbar neben Meredith, nahm jedoch keine Notiz von ihr. Süßsauer lächelnd stellte sie fest, daß sie, wie bei der Sache mit Tom im Bunch of Grapes, für ihn unsichtbar geworden war. Das zeigt mir, wohin ich gehöre, dachte sie. Und sie hatte sich eingebildet, daß er an unerwiderter Liebe zu ihr litt. Was für ein Irrtum. Seine Arbeit war seine große Liebe. Und ein Haufen Pflanzen waren seine zweite. Kein Wunder, daß seine Frau sich von ihm hatte scheiden lassen.

Markby studierte die Tür und ihre Umgebung. »Alt«, sagte er zu Pearce. »Verzogen. Die Tür paßt nicht mehr in den Rahmen, stellenweise muß es Lücken von einem halben Zoll geben. Selbst wenn sie abgesperrt war, hätte der Riegel nicht einrasten können. Ein heftiger Stoß, und das Schloß springt auf. Es gäbe nicht einmal einen lauten Krach. Nur ein Knacken. In diesem alten Gebäude knackt und ächzt das Holz ununterbrochen. Schauen Sie, hier sehen Sie ganz genau, wo um die Verzapfung der Rahmen gesplittert ist.«

»Ich habe mich kurz mit dem Manager unterhalten, bevor Sie kamen, Sir«, sagte Pearce. »Anscheinend war der Empfang nicht besetzt. Am Abend ist es nicht nötig, finden sie. Außerdem ist heute Feiertag, und kein Angestellter wollte arbeiten. Jeder konnte von der Straße hereinkommen und sich über die Hintertreppe beim Empfangspult hinaufstehlen. In der Bar würde das keiner merken. Im Speisesaal auch nicht. Das einzige Risiko für ihn war, daß im selben Moment jemand aus dem

Speisesaal in die Lobby hätte kommen können. Heute sind nur wenige Übernachtungsgäste da, und ich glaube nicht, daß jemand ihn gesehen hat.«

»Sie werden trotzdem alle fragen müssen. Ich hoffe, daß der Constable die Dinnergäste aufhält?«

»Ja, Sir. Und er fragt jeden, ob er etwas Ungewöhnliches beobachtet hat. Aber das ist unwahrscheinlich.«

Meredith ging zu Fran hinüber. »Wollen Sie zu mir ins Rose Cottage kommen, Fran? Ich habe ein Gästezimmer und möchte nicht, daß Sie hierbleiben, nicht nachdem das passiert ist.«

Fran lächelte. »Ich bin okay, wirklich. Nur mein Stolz ist angekratzt, mehr nicht. Danke für Ihr Angebot, doch ich bleibe in der Stadt, man erreicht die Leute leichter, die man erreichen will.«

Meredith ging zu Markby. Als er sie erblickte, sah er leicht überrascht aus. Am liebsten hätte sie schnippisch gesagt: »Ja, ich bin es.« Statt dessen sagte sie: »Ich möchte, daß sie zu mir kommt, aber sie will nicht. Sprechen Sie mit ihr.«

»Wenn sie bleiben will, wird sie bleiben«, sagte er gelassen. »Sie muß ohnehin in ein anderes Zimmer umziehen, bei dem das Schloß in Ordnung ist. Dieses werden wir bis morgen versiegeln, dann können wir es uns bei Tageslicht gründlich ansehen.« Er zögerte. »Ich muß mit dem Manager reden und einen Blick auf die Treppe werfen. Nehmen Sie es mir sehr übel, wenn ich Pearce bitte, Sie zum Taxistand zu bringen?«

»Natürlich kann ich mir ein Taxi nehmen, und Pearce muß mich nicht begleiten. Sie brauchen ihn hier.«

»Ich rufe Sie an«, sagte er ein wenig verlegen.

»Ich komme morgen ohnehin in die Stadt, um zu sehen, wie es Fran geht.«

»Fein. Dann gute Nacht ...«

Sie verabschiedete sich von Fran und Pringle, versprach, am nächsten Tag zu kommen, und ging zum Taxistand. In der Lobby sagte der Manager gerade zu dem Constable: »So einen Zwischenfall hat es noch nie gegeben. Noch nie! Wir sind kein großes Hotel. Bei uns steigen keine Gäste ab, die für Hoteldiebe interessant sind.«

Auf der Fahrt nach Pook's Common dachte Meredith über den Zwischenfall nach. Was, wenn der Eindringling kein kleiner Zufallsdieb gewesen war? Was, wenn er auf eine Gelegenheit gewartet hätte, um an Frans Dokumentenkoffer heranzukommen, um – was zu suchen? Eine Kopie des Testaments? Warum? Den Obduktionsbericht? Die gerichtliche Untersuchung sollte am Freitag stattfinden. Er brauchte nur hinzugehen, sich in die hinterste Reihe zu setzen und zuzuhören. Was dann?

Sie rutschte auf dem Sitz herum und schaute aus dem Fenster auf die von der Nacht verschleierten Felder und Hecken. Da war noch etwas anderes – etwas, das an ihrem Unterbewußtsein nagte. Was war es? Als sie das Hotelzimmer betrat, war es beinahe an die Oberfläche gedrungen, doch in ihrer Sorge um Fran hatte sie es wieder verdrängt. Es war – Meredith versuchte sich die Szene vorzustellen. Fran, die dasaß, Pringle, über sie gebeugt ...

»Dr. Pringle«, sagte sie plötzlich laut.

»Was ist los?« fragte der Taxifahrer.

»Entschuldigung, ich habe nur laut gedacht.«

»Da unten muß ich irgendwo abbiegen, nicht wahr?«

»Was? O ja, bei der Autowerkstatt. Noch ein Stückchen weiter vorn – hier.«

Sie holperten den schmalen Weg entlang zum Rose Cottage. Sie stieg aus und bezahlte ihn.

»Bißchen einsam hier, nicht?« fragte er und besah sich die dunklen Fenster der anderen Häuser; es klang besorgt.

»Ja, ein bißchen.«

»Gehen Sie ins Haus, Miss. Ich warte, bis ich sehe, daß Sie Licht gemacht haben.«

»Danke.«

Sie ging hinein, knipste das Licht in der Diele an und winkte dem Fahrer durch die offene Haustür. Er wendete den Wagen, wie Markby es getan hatte, indem er ein Stückchen weiterfuhr und dann das Bankett hinter dem Cottage der Haynes' benutzte. Für Geoffrey ein Grund mehr, sich zu ärgern, wenn die Haynes für immer herziehen, dachte sie. Das Taxi fuhr vorbei, der Fahrer hupte. Meredith lief ins Wohnzimmer und griff nach der *Bamford Gazette*.

Wo war das Bild von Harriet? Ja – es war kein Irrtum möglich. Die Hälfte seines Gesichts war verdeckt, aber seine stämmige Gestalt war unverkennbar und das, was man von seinen Zügen sah, klar genug. Jack Pringle. Und hatte er auf dem Market Square nicht gesagt, er sei die Jagd früher mitgeritten? Dr. Pringle. Dr. Pringle?

KAPITEL 10

Als Markby am Donnerstagvormittag ins Crossed Keys kam, waren der Manager und die Empfangsdame mit den scharlachroten Krallen in einen heftigen Streit verwickelt.

»Ich bitte Sie ja nur darum, ein bißchen zu kooperieren, Lisa«, sagte der Manager gekränkt.

»Ich bleibe spät abends nicht an der Rezeption, Mr. Perkins, es ist nicht sicher. Ich kann Diebe und Räuber nicht daran hindern, in die oberen Etagen zu gehen. Dann bekomme ich genauso eins übergezogen wie die Frau in Nummer 20.«

»Wie wäre es mit einem – sagen wir mit – oh, einem Pfund mehr für jede Überstunde nach sieben Uhr. Nehmen wir an, Sie kommen von sieben bis zehn, das sind drei Pfund täglich zu Ihrem festen Gehalt, Lisa. Fünfzehn Pfund pro Woche mehr, Lisa, überlegen Sie doch.« Er überlegte selbst und fügte hastig hinzu: »Nur für eine begrenzte Zeit, bis Ende Januar.«

»Mein Freund«, sagte Lisa vernichtend, »würde nichts davon hören wollen. Und damit hat es sich.«

»Guten Morgen, Inspektor.« Mr. Perkins hatte Markby entdeckt und eilte ihm entgegen. »Der Lady geht es heute morgen viel besser. Dr. Pringle war schon bei ihr. Sie ist jetzt in Nummer 28 am Ende des Korridors. Ich vermute«, er sah Markby traurig an, »Sie haben nichts gehört – nicht herausgefunden, wer es war?«

»Leider noch nicht.«

»Es ist einfach ungerecht, wissen Sie«, sagte der Manager quengelig. »Bei uns ist so etwas noch nie geschehen, aber das will keiner mehr wissen. Man erinnert sich nur noch an diesen einen Zwischenfall. Die *Bamford Gazette* bringt es bestimmt auf der Titelseite. Firmenrepräsentanten, die seit Jahren regelmäßig bei uns abgestiegen sind, werden ins Royal Oak gehen, einfach so, aus keinem anderen Grund.«

Markby ließ ihn weiterjammern und Lisa anflehen und ging durch den trüben, knarrenden Korridor zu Nummer 28. Er klopfte.

»Herein«, rief Frans melodische Stimme.

»Guten Morgen«, sagte er und setzte, sofort nachdem er die Tür geöffnet hatte, hinzu: »O Gott!«

Fran Needham-Burrell saß in einem Karateanzug aus türkisfarbener Seide auf dem Bett. Das große Pflaster auf ihrer Stirn war gegen ein kleineres ausgetauscht worden – Beweis für Dr. Pringles frühe Fürsorge –, und sie war perfekt geschminkt und frisiert. Das weizenblonde Haar lag ihr wie ein strahlender Heiligenschein um den Kopf, und der Duft eines, seiner Überzeugung nach, sündteuren Parfums hing in der Luft. Das Zimmer war so ähnlich wie Nummer 20, aber noch schäbiger, wenn möglich. Sie sah darin völlig fehl am Platz aus, wie eine Göttin aus einer uralten griechischen Sage, die zu arglosen Bauern herabgestiegen war.

»Oh, gut«, sagte sie und streckte ihm beide Hände entgegen. »Gesellschaft. Ich langweile mich entsetzlich.

Jack Pringle hat gesagt, ich muß den ganzen Tag im Bett bleiben. So ein Unsinn. Ich wäre nicht einverstanden gewesen, wenn Charlotte nicht von der Sache erfahren, mich angerufen und vorgeschlagen hätte, daß ich zu ihr und Bungy rauskommen soll. Es ist nett gemeint, und ich liebe sie beide, aber ich liebe meine Unabhängigkeit mehr, also habe ich beschlossen, Jacks Rat anzunehmen und in diesem sehr unbequemen Bett zu bleiben.« Sie machte eine Pause; dann fügte sie mit einem kaum merklichen Flattern der Lider hinzu: »Sie sollten es ausprobieren.«

»Ich freue mich, daß es Ihnen besser geht«, sagte Markby höflich und fühlte sich wie ein Beutestück. Ich bin nur hier, um Sie zu fragen, ob Sie sich vielleicht heute an Ihren Angreifer erinnern oder inzwischen festgestellt haben, ob etwas fehlt.« Seine Stimme klang, wie er selbst fand, wie die eines gestrengen altmodischen Richters vom Obersten Gerichtshof.

»Setzen Sie sich«, sagte sie und klopfte auf die Bettdecke. »Ich erzähle alles.«

Ziemlich demonstrativ zog Markby sich einen Stuhl heran. Es hätte ihm nicht soviel ausgemacht, aber sie lachte ihn wegen seines gespreizten Benehmens aus; in den Tiefen der grünen Augen blitzte es vor Übermut.

»Um ehrlich zu sein, ich kann Ihnen nicht mehr über ihn sagen, Alan. Tut mir leid. Ich habe versucht, mich zu erinnern. Aber es ging alles so schnell. Er war ganz einfach da, schlug zu und war verschwunden.«

»War er groß – größer als Sie? Stämmig?«

»Ungefähr so groß wie ich – ich bin einssiebenundsiebzig. Nicht besonders kräftig, denke ich, aber das ist schwer zu sagen. Er hatte einen Wintermantel an.«

»Er trug einen Mantel?«

Sie starrte ihn mit unverhohlenem Erstaunen an. »Ein Punkt für Sie. Ja, ich glaube ja. Ich wußte etwas, das ich Ihnen nicht gesagt hatte, nicht wahr? Aber ich hatte keine Ahnung, daß ich es wußte.«

»Das kommt oft vor. Warum war es Ihrer Meinung nach ein Wintermantel und kein – Regenmantel, zum Beispiel?«

»Weil ich ihn berührt habe, als ich stürzte, und er sich irgendwie wie Tweed anfühlte.«

»Nicht viele junge Männer tragen einen Wintermantel aus Tweed, nicht wahr? Sie tragen Lederjacken, auch bei kaltem Wetter. Das läßt darauf schließen, daß er schon älter war, oder?«

Sie nickte, aber widerstrebend. »Es war mal eine richtige Mode, alte Wintermäntel auf Trödelmärkten zu kaufen. Viele Jugendliche, die ich kenne, haben sie getragen, knöchellang und mit viel zu langen Ärmeln. Eine meiner Patentöchter ist, als ich sie das letzte Mal sah, in einem Wintermantel rumgelaufen, den ihr Großvater längst abgelegt hatte. Es war so eine Art Sherlock-Holmes-Mantel mit einem Cape über die Schultern.«

»Sie meinen also, es könnte auch ein exzentrisch gekleideter jüngerer Mann gewesen sein?«

»Möglich. Ich weiß es nicht.« Fran faltete die Hände auf dem Schoß und kuschelte sich in die aufgeschüttelten Kissen. Der seidene Karateanzug klaffte einladend auf. »Ich habe in meinem Dokumentenkoffer nachgesehen und nichts fehlt. Das überrascht mich nicht – es sind nur Papiere, die mit Harriets Besitz zusammenhängen, und ein paar Privatbriefe. Ich habe vielen Leuten geschrieben, was passiert ist.«

»Das haben Sie?« Markby runzelte die Stirn. »Und diese Briefe waren in dem Koffer? Und waren sie durchwühlt?«

»Alles war durchwühlt.«

Markby schwieg. Unser Eindringling wollte vielleicht erfahren, ob sie den Tod ihrer Cousine irgendwie verdächtig findet, dachte er. Vielleicht wollte er wissen, was sie an andere geschrieben – oder ob Harriet ihr etwas Bestimmtes geschrieben hat, etwas, über das die Polizei noch nicht Bescheid weiß.

»Woran denken Sie gerade?« sagte sie.

»Ach, nur dies und das – an nichts Konkretes. Und gefehlt hat also nichts?«

»Rein gar nichts.«

»Um auf den Mantel zurückzukommen – haben Sie, als Sie stürzten, zufällig etwas gerochen?«

»Gerochen?« fragte sie überrascht.

»Ja – ich denke mir, daß er vielleicht ein bißchen miefig gerochen haben könnte, wenn er von einem Trödelmarkt stammte.«

Sie runzelte die Stirn, vergaß das Pflaster, sagte »Au!« und drückte die Hand auf den Verband. »Jetzt, da Sie's erwähnen, er hatte einen komischen Geruch. Ich konnte ihn nicht recht einordnen. Ein bißchen feucht vielleicht… Sie wissen, wie Sachen riechen, die in einem alten Haus waren.«

Jubilee Road, dachte Markby. Pardy trug einen alten Armeemantel.

»Okay, Fran, ich werde Sie jetzt nicht mehr damit nerven. Aber wenn Ihnen noch etwas einfällt – geben Sie mir Bescheid.«

»Sicher.« Sie verzog das Gesicht. »Ich habe Ihnen Ihren romantischen Abend verdorben, nicht wahr?«

»Nein – ganz ehrlich, das haben Sie nicht.«

»Oh!« Die grünen Augen musterten ihn nachdenklich. »Krach unter Liebenden?«

»Nicht einmal das. Nur eine übellaunige Auseinandersetzung.« Er war überrascht, daß er ihr so viel anvertraute.

»Tut mir leid, aber so ist die Liebe nun mal, wie man mir gesagt hat. Es war doch nicht etwa meinetwegen?« Ihre Lider flatterten.

»Nein – es ging in gewisser Weise um Harriet.«

»Harriet? Heißt das etwa, daß Sie zu Harriets fröhlichem Kreis von Bewunderern zählten?« Fran war wirklich überrascht und neugierig.

»Nein, das heißt es nicht, denn es war nicht der Fall«, sagte Markby ärgerlich. »Ich habe damit gemeint, daß Meredith nur noch Harriet im Kopf zu haben scheint.«

»So hat Harriet nun einmal auf Menschen gewirkt.«

»Was für ein Kreis von Bewunderern?« wollte Markby plötzlich wissen.

Fran rekelte sich wieder in den Kissen, und der Karateanzug klaffte ein bißchen mehr auf. Und sie weiß es, dachte er, jetzt unempfänglich dagegen, und tut es absichtlich. Sie mußte ihn für eine ziemlich leichte Beute halten, wußte, wie sie ihn mit einem Schulterzucken ablenken konnte. Ihn, einen Bullen mit jahrelanger Erfahrung?

»Hören Sie auf damit«, sagte er streng.

»Spielverderber.« Sie versuchte nicht einmal, es zu leugnen.

Das brachte ihn zum Lachen. »Kommen Sie, Frances«, sagte er und wurde wieder ernst. »Wenn Sie einige ihrer Freunde kennen…«

»Viele, aber nicht aus dieser Gegend. Ich könnte Ihnen den Sie-wissen-schon-wen aus dem Stall nennen, aber über den wissen Sie ja schon Bescheid.«

Doch er war wirklich ein Bulle mit jahrelanger Erfahrung. »Keine *derzeitigen*, okay. Nennen Sie mir einen ehemaligen Bewunderer, der hier lebt und den ich kennen könnte.«

Zum erstenmal wirkte sie ein wenig unglücklich. »Ich komme mir wie eine Petze vor.«

»Wenn er nichts damit zu tun hat, ist es unwichtig.«

»Nein, das ist es nicht. Sie werden zu ihm gehen und ihm zusetzen und ihn aufregen. Er ist ein netter Mann und regt sich schnell auf.«

»Wer, Frances?« Er brüllte beinahe.

»Na ja – Jack, Jack Pringle – er wollte sie mal heiraten, aber sie hat ihm einen Korb gegeben.«

»Was?« Markby sah sie finster an. »Ich wünschte, Sie hätten mir das früher gesagt.«

»Warum? Außerdem hätte er es Ihnen ja sagen können, wenn er gewollt hätte.« Die grünen Augen bettelten. »Gehen Sie jetzt nur nicht los und beschuldigen den armen alten Jack der schrecklichsten Dinge.«

»Was für Dinge meinen Sie?«

»Woher soll ich das wissen? Irgendwelcher Dinge.« Sie schob die mit einem perlmuttfarbenen Lippenstift nachgezogene Unterlippe vor. »Ich wünschte jetzt, ich hätte es Ihnen nicht gesagt.«

»Ihre Mutter hätte Sie über Männer aufklären müssen«, sagte er herzlos.

»Oh, das hat sie – hat mir viele gute Ratschläge gegeben. Ich wünschte auch, ich könnte mich noch an ein paar erinnern.« Mit beiden Händen schob sie den blonden Glorienschein ihrer Haare zurück. »Ich hab's ernst gemeint, als ich sagte, Sie sollten rausfinden, wer Harriet gedopt hat. Aber der arme alte Jack war's nicht, davon bin ich überzeugt.«

»Falls jemand sie gedopt hat.«

»Ja …« Plötzlich war sie widerspenstig und hart. »Ja, jemand hat es getan, verdammt!«

»Wenn es jemand getan hat, hoffe ich, ihn zu finden. Doch die Chancen sind gering. Morgen ist die gerichtliche Untersuchung. Ich habe nichts, was ich dem Coroner vorlegen könnte. Um eine Vertagung zu erreichen, brauche ich einen Beweis.«

»Ich werde ihm schon Bescheid sagen, Ihrem Coroner.«

»Ja, dessen bin ich sicher. Aber jagen Sie seinen Blutdruck nicht in schwindelnde Höhen, während Sie es tun.«

Sie senkte die Arme. »Mögen Sie mich denn gar nicht, Alan?«

»Was in aller Welt soll ich denn darauf sagen? Was erwarten Sie?«

»Ja oder nein würde mir vollauf genügen.«

»Wahrscheinlich würde jeder Mann Sie mögen. Aber ich bin im öffentlichen Dienst, ein Arm des Gesetzes – und habe eine vorrangige Verpflichtung.«

»Sie weiß Sie nicht richtig zu schätzen.«

»Also das klären wir später einmal, ja?« sagte er sanft.

»Okay, das war deutlich. Ich werde Meredith nicht kritisieren. Ich finde nur, sie hat sie nicht alle.« Sie streckte die Hand aus. »Pax.«

»In Ordnung.« Er nahm die Hand. »Lassen wir die Sache auf sich beruhen.«

Es klopfte an der Tür.

»Der Vormittagskaffee«, sagte Fran. »Schmeckt wie gekochter Seetang. Das Crossed Keys sorgt für mich. Ich denke, man versucht zu vollenden, was unser Mann gestern abend begonnen hat. Aber sie haben mir gesagt, sie werden meine Rechnung heruntersetzen. Herein!«

Die Tür ging auf. Noch immer geistesabwesend Frans Hand haltend, drehte Markby sich um.

»Oh«, sagte Meredith, die in der Tür stand. »Guten Morgen. Störe ich?«

»Sie vermuten doch hoffentlich keine heimlichen Leidenschaften?« fragte Fran, nachdem Markby sich ein bißchen überhastet verabschiedet hatte. »Der Mann ist unbestechlich, und ich hab's versucht, glauben Sie mir. Es hat nichts genützt. Er ist Ihnen absolut treu.«

»Davon will ich nichts hören«, sagte Meredith steif.

»Warum nicht? Ich würde es wollen. Außerdem haben Sie's gehört. Ich hab's Ihnen gesagt.«

»Ich bin gekommen, um zu sehen, wie es Ihnen heute geht, Fran«, sagte Meredith energisch. »Nicht, um mein Privatleben mit Ihnen zu diskutieren.«

Fran seufzte und breitete die in türkisfarbene Seide

gehüllten Arme aus. »Ich gehe heute morgen auf Zehenspitzen. Metaphorisch gesprochen. An dieses Bett gefesselt, kann ich verdammt alles tun – allein, auf jeden Fall.«

»Sie sind unmöglich«, sagte Meredith ärgerlich und bemühte sich, nicht zu lächeln.

»Aber Sie sind fröhlicher geworden«, sagte Fran triumphierend. »Gott sei Dank. Ich hab schon gedacht, ich müßte Ihretwegen ein schlechtes Gewissen haben. Danke, daß Sie vorbeigekommen sind. Ich bin wirklich okay. Im Bett liege ich nur, weil Jack Pringle es befohlen hat. Aber morgen stehe ich auf. Das heißt, ich habe die Absicht, schon heut abend aufzustehen.«

»Oh, Jack Pringle...« Meredith unterbrach sich. »Er hat die Jagden früher mitgeritten, nicht wahr? Warum hat er damit aufgehört?«

»Na ja.« Frans Blick verschleierte sich. »Er ist dauernd vom Pferd gefallen, glaub ich, und konnte seine Patienten nicht behandeln, weil er eingegipst war. Entweder das, oder er konnte sich kein Pferd mehr leisten und auch nicht die anderen Ausgaben. Jack hat kein Geld. Ein netter Kerl.« Sie drehte sich auf die Seite und begann in ihrer Umhängetasche zu kramen, die auf dem Nachttisch lag. »Hören Sie, Meredith, Sie haben angeboten, mir beim Ausräumen von Ivy Cottage zu helfen. Gilt das Angebot noch?«

»Ja, natürlich.«

»Weil ich möchte, daß Sie die Zweitschlüssel nehmen.« Fran zog einen Schlüsselbund heraus und reichte ihn Meredith. »Ich liege hier auf der Nase, und morgen ist die gerichtliche Untersuchung, und Montag muß ich nach London zurück. Zur Beerdigung bin ich dann wieder hier. Ich hoffe, sie für Ende nächster Woche ansetzen zu können, wenn der Coroner morgen die Leiche freigibt. Ich darf Harriet nun doch in Westerfield begraben, auf der Parzelle der Markbys. Werden Sie kommen können?«

»Ich käme natürlich gern. Aber ab Montag arbeite ich in London und müßte praktisch gleich um einen freien Tag bitten. Vielleicht sind sie in dieser Beziehung ein bißchen heikel.«

»Versuchen Sie's auf jeden Fall. Und wenn Sie abends Ivy Cottage im Auge behalten würden – mir ist klar, daß Sie's dann tagsüber nicht können. Und da gibt es noch eine Kleinigkeit, die Sie für mich tun könnten, wenn Sie einmal ein bißchen Zeit haben. Es ist nicht eilig. Ich habe mir ein paar von Harriets Büchern genommen, die ich behalten möchte. Den Rest kann die Liga der Freunde des Cottage Hospitals bekommen. Wenn Sie also rübergehen und alle Bücher, die Sie finden, in eine Kiste packen und sie einfach ins Medizinische Zentrum bringen könnten, dann wird Jack Pringle sich darum kümmern.«

»Aber gewiß doch.«

Fran beugte sich vor und streckte die Arme aus. »Dieses Bett hat der Teufel erfunden. Zum Kuckuck mit Jack Pringle. Ich stehe auf. Bleiben Sie, und leisten Sie mir bei einem Crossed-Keys-Lunch Gesellschaft, Meredith. Sie haben solche Angst, daß ich sie verklagen werde, daß sie mir auf alles Ermäßigung geben, und das werde ich ausnutzen. Geschieht ihnen recht – lassen es zu, daß ich eins auf den Kopf kriege!«

Als sie Fran nach dem Lunch verließ, ging Meredith gemächlich zurück in die Hauptgeschäftsstraße der Stadt. Obwohl fest entschlossen, ihr Krankenbett zu verlassen, hatte Fran gegen Ende der Mahlzeit sehr blaß ausgesehen und sich ein paarmal an die Stirn gegriffen. Meredith hatte sie überredet, hinaufzugehen und sich am Nachmittag auszuruhen. Daran, daß Fran ohne Widerrede einverstanden war, konnte man ermessen, wie schlecht sie sich fühlte. Obwohl, dachte Meredith, sie wieder aufspringen und herumflitzen wird, sobald die Kopfschmerzen nachgelassen haben.

Es wäre sinnlos gewesen zu leugnen, daß ihr ziemlich scheußlich zumute gewesen war, als sie die Tür geöffnet und Alan Markby dabei überrascht hatte, wie er Frans Hand in der seinen hielt. Der Schlag, den ihr der Anblick versetzte, war schlimm gewesen, schlimmer als sie sich vorgestellt hätte. Natürlich hätte sie es erwarten müssen. Hatte sie ihm doch am Abend vorher unmißverständlich erklärt, daß er sich von ihrer Beziehung nichts erhoffen durfte. Dennoch hatte er keine Zeit verloren und sich schnell nach einem Ersatz umgeschaut. Das tat ihrem Selbstwertgefühl nicht besonders gut. Aber sie durfte nicht murren, weil der Mann sie beim Wort genommen hatte. Sie hielt in ihren Gedanken inne. Es machte ihr doch nichts aus, oder? Oder doch? Ja, es machte ihr etwas aus. Es machte ihr verdammt viel aus. Sie litt an einem schlimmen Anfall guter, altmodischer Eifersucht.

Vor einer Buchhandlung angekommen, blieb sie wie üblich stehen, um sich das Schaufenster anzusehen. Es schien eine ernstzunehmende, gut sortierte Buchhandlung zu sein, die vom Sachbuch über alle nur erdenkliche Themen bis zum Roman alles führte. Von der tröstlichen Wärme im Innern angezogen, gab sie einem Impuls nach und trat ein.

»Kann ich Ihnen helfen?« fragte der junge Mann an der Kasse und kam hinter dem Tresen hervor.

Ihr kam ein Gedanke. »Haben Sie das neueste Buch von Colin Deanes auf Lager? Ich glaube, es heißt *Revolutionäre Jugend.*« Das hatte ihr Alan gesagt. Es wäre interessant, mehr über Deanes' Theorien zu erfahren.

»Oh, Mr. Deanes!« sagte der junge Mann begeistert. »Er hat das Buch geschrieben, als er in der Nähe von Bamford wohnte, haben Sie das gewußt? Er kommt von Zeit zu Zeit zu uns herein. Aber Sie können das Buch leider noch nicht kaufen. Es erscheint erst im Februar. Ich habe mich beim Verlag erkundigt, weil Mr. Deanes hier im Laden eine Art Buchpräsentation veranstalten wollte. Er wollte über sein Werk sprechen und vielleicht ein paar Bücher signieren. Doch wir bekommen die Bücher erst im Lauf des Monats. Wenn Sie wollen, reserviere ich Ihnen ein Exemplar.«

»Aber ja«, sagte sie und nannte ihm Namen und Adresse.

»Wir schicken Ihnen eine Karte, sobald wir das Buch hereinbekommen haben, Miss Mitchell.«

»Danke.« Meredith wollte gehen und stieß, als sie sich umdrehte, mit Lucy Haynes zusammen. »Oh, guten Tag, Mrs. Haynes. Erinnern Sie sich an mich?«

»Aber natürlich. Miss Mitchell, nicht wahr. Wie nett …« Nervös blickte Lucy zu ihr auf. »Wie geht es Ihnen. Ich habe an Sie gedacht und freue mich wirklich, Sie zu sehen und zu wissen, daß Sie gesund sind. Es muß jetzt alles andere als angenehm sein, in Pook's Common zu leben, und noch dazu direkt gegenüber vom Cottage der armen Miss Needham. Ich könnte es nicht. Offen gesagt, ich mag Pook's Common nicht, hab es nie gemocht. Nur Geoffrey wollte es. Nun ja, er hat schon immer davon geträumt, irgendwo zu wohnen, wo möglichst wenig Menschen sind. Ich wollte das Cottage nie kaufen. Ich wäre gern nach Bournemouth gezogen. Das Klima ist gut, und ich liebe das Meer. Es gibt dort so hübsche Geschäfte, und unsere Tochter wohnt in der Nähe. Pook's Common kommt mir immer irgendwie unheimlich vor. Aber vielleicht bilde ich mir das nur ein.«

»Nein, das glaube ich nicht«, gestand Meredith. »Ich finde es auch ein bißchen gruselig.«

»Wirklich?« Lucy freute sich geradezu rührend, weil sie ihren Eindruck bestätigt bekam. »Geoffrey behauptet, ich rede Unsinn. Aber seit Miss Needhams Unfall – Gott, war das schrecklich – ist für mich die Vorstellung, da draußen leben zu müssen, schlimmer denn je.«

»Es ist einsam, das ist wahr.«

Lucy rückte vertraulich näher und flüsterte: »Es ist das Gemeindeland. Es ist so düster, und unser Cottage ist das letzte in der Häuserreihe, und zwischen uns und dem Gemeindeland ist nur dieser Stall. Manchmal nachts ...«

»Ja?« drängte Meredith.

»Wieder meine Phantasie, wie Geoffrey sagt, da bin ich sicher. Aber wenn wir übers Wochenende hier waren, konnte ich kaum ein Auge zutun. Ich liege wach und horche, und manchmal könnte ich schwören, daß ich Schritte gehört habe.«

»Nachts? Sie haben nicht zufällig die Pferde gehört, die in ihren Boxen stampfen? Vor kurzem sind sie nachts auch ausgebrochen.«

»Nein, das glaube ich nicht. Schritte, gehende Schritte. Geoffrey sagt, was für ein Unsinn, denn wohin sollte da unten schon jemand gehen. Wenn nicht der Mensch vom Stall Miss Needham besuchte. Er war mit ihr befreundet.«

Lucy überlegte. »Ja, er könnte es gewesen sein. Oder einfach der Wind, der ein paar Blätter vor sich herwirbelte. Ich bilde mir oft Dinge ein. Geoffrey schimpft deshalb oft mit mir.«

Nachdenklich verabschiedete Meredith sich von ihr und ging weiter. Ein Stückchen vom Buchladen entfernt parkte am Bordstein ein großer, glänzend schwarzer Granada. Als sie ihn erreichte, blieb sie stehen. Als sie das erste Mal einen Wagen vor Harriets Haus gesehen hatte, hatte sie den Eindruck gehabt, es sei möglicherweise ein Granada. Aber bei Dunkelheit war es schwierig gewesen, das sicher sagen zu können. Dennoch, hier war einer und fiel in diesem Landstädtchen durch seine Großstadteleganz auf. Bisher hatte sie in Bamford jedenfalls noch kein solches Auto gesehen. Wie viele Granadas gab es hier wohl? Konnte das mehr als Zufall sein? Meredith trat an das Schaufenster eines Fleischers und tat so, als betrachte sie interessiert Schweinekoteletts und Hackfleisch, behielt in Wahrheit jedoch verstohlen den Wagen im Auge. Eine an einem Metallpfosten angebrachte Tafel verkündete, die Parkzeit für

Autos sei hier auf zwanzig Minuten beschränkt. Der Fahrer mußte bald zurückkommen.

Beinahe hatte sie schon aufgegeben, und der Fleischer hatte durch die Glasscheibe schon ein paar unfreundliche Blicke in ihre Richtung geworfen, als ein Mann erschien, der flotten Schrittes näher kam. Er blieb bei dem Granada stehen und steckte den Schlüssel ins Schloß. Es gab für Zufälle eine Grenze, und sie war eben erreicht.

Meredith ging auf ihn zu und sah ihn über das Wagendach hinweg an. »Guten Tag, Mr. Green.«

Rupert Green hielt mitten in der Bewegung inne. Seine dunklen Augen musterten sie mißtrauisch, er versuchte sie einzuordnen, doch es gelang ihm nicht. »Tut mir leid«, sagte er kühl. »Sie kennen mich wohl besser als ich Sie.«

»Mein Name ist Meredith Mitchell. Ich habe ein Cottage in Pook's Common gemietet.«

Etwas flackerte in den Tiefen seiner dunklen Augen. Er schien noch mehr auf der Hut als vorher. Doch Meredith spürte die Erregung nahen Triumphs. Sie hatte ins Schwarze getroffen. Wußte es, und das ermutigte sie, sich auf das Wagnis einzulassen.

»Ich habe Ihren Wagen gesehen – er war vor dem Ivy Cottage geparkt.«

Langsam zog Green den Schlüssel wieder aus dem Schlüsselloch der Wagentür. »Ich unterhalte mich nicht gern auf einem öffentlichen Gehsteig über ein Autodach hinweg. Hinter uns ist ein Café. Vielleicht könnten wir hineingehen?«

Meredith ging ihm in den Cosy Corner Coffee Shop

voraus. Green sah sich um und zeigte dann stumm auf einen hinter einer Säule versteckten Tisch. Als die Kellnerin kam, bestellte er schroff: »Zwei Kaffee«, ohne Meredith zu fragen, was sie wollte. Die Kellnerin ging, und er legte die Unterarme auf den Tisch und verschränkte locker die Hände. Es waren breite Hände mit spatelförmigen Fingern, derbe Hände. Obwohl ein gutaussehender Mann, wirkte sein gutes Aussehen beinahe schwülstig, aber Meredith mußte an eine Malerleinwand denken, auf die der Künstler die Farbe mit einem Messer aufgetragen hatte. »Was wollen Sie?« fragte er.

Meredith spürte, daß sie rot wurde. »Ich will nichts, nur ein paar Worte über Harriet mit Ihnen reden. Sie sind bestimmt erschüttert über ihren Tod, und ich möchte Ihnen natürlich nicht noch mehr Kummer zufügen.«

Green dachte über die Antwort auf diese Feststellung nach, seine Augen blieben unfreundlich, und er wirkte nervös und angespannt. Am liebsten wäre er sofort weggefahren, dachte sie. Das konnte er nicht, also versuchte er sich herauszureden. »Das ist sehr rücksichtsvoll von Ihnen«, sagte er endlich. »Natürlich bin ich über Harriets Tod betroffen und vor allem über die Art, wie sie starb. Es war ein großer Schock und ein schändliches Bubenstück von diesem jungen Menschen. Ich habe jedoch angenommen, daß die zuständige Behörde im Hinblick auf künftige Zwischenfälle alles im Griff hat. Wollen Sie mir sagen, daß das nicht zutrifft?«

»Nein, nein, das ist soweit in Ordnung. Aber alles ist nun doch ein bißchen komplizierter, als es ursprünglich den Anschein hatte.« Greens Augen wurden schmal. Er preßte die Hände, die auf dem Tischtuch lagen, fester zusammen, senkte den Kopf und beobachtete sie unter kräftigen Brauen hervor. Sitzungssaalgehabe, dachte Meredith. Sie fuhr fort: »Wie Sie vielleicht wissen, wurden bei der Obduktion Tranquilizer in Harriets Blut nachgewiesen.«

»Und?« Er hob die kräftigen Brauen. Entweder war er ein guter Schauspieler, oder er wußte wirklich nicht, worauf sie hinauswollte. »Alle, mit denen ich gesprochen habe und die Harriet kannten, können das nicht verstehen. Sie hat diese Pillen nicht genommen. Sie hat überhaupt keine Pillen genommen. Soweit bekannt, hatte sie keine Depressionen. Wir können keine leeren Pillenpackungen und auch die restlichen Pillen nicht finden.«

»Wer«, erkundigte sich Green und musterte sie scharf, »ist ›wir‹?«

»Ich, die Familie – die Polizei.« Meredith warf das letzte Wort erst nach einer merklichen Pause ein.

»Und das hat etwas mit mir zu tun?«

»Sie könnten uns möglicherweise helfen, eine Erklärung zu finden. Haben Sie Pillen dieser Art im Cottage gesehen?«

»Die Antwort auf alle Fragen lautet nein.«

Die Kellnerin brachte den Kaffee. Green warf zwei Pfundnoten auf das Tischtuch und scheuchte das freudig überraschte Mädchen weg. Die Gefühle gehen mit ihm durch, dachte Meredith hochzufrieden. Er gehörte zu den Leuten, die sonst das Kleingeld nachzählten, wenn sie eine Schachtel Streichhölzer kauften. Er ist unsicher.

»Ich muß Ihnen sagen, Miss – äh – Miss Mitchell, daß mir die Art, wie Sie mir diese Fragen stellen, nicht gefällt. Ich hoffe, Sie haben einen überzeugenden Grund.« Stimme und Benehmen waren dazu gedacht, weniger standfeste Sterbliche zu entmutigen, und früher bestimmt schon sehr erfolgreich eingesetzt worden. Aber nicht jetzt.

Oh, nicht mit mir! dachte Meredith fast vergnügt. Sie war nicht der Bürolehrling. Sie hatte mit viel Schlimmeren als ihm zu tun gehabt. Sie würde er nicht einschüchtern.

»Ich dachte«, sagte sie zurückhaltend, »Sie wüßten gern genau, wie Harriet gestorben ist, da Sie so eng mit ihr befreundet waren.«

»Ich dachte, daß es schon klar auf der Hand liegt, wie sie gestorben ist, und vielleicht legen Sie dieser Freundschaft eine übertriebene Bedeutung bei.«

»Sie waren am Weihnachtstag bei ihr. Auf jeden Fall waren Sie abends da. Ich finde, das weist auf eine gewisse Nähe hin.« Meredith nippte an ihrem Kaffee, um ihm zu zeigen, daß ihre Hand nicht zitterte.

»Abgesehen davon, daß Sie Harriets Nachbarin waren, wer sind Sie?« fragte er schroff.

Meredith sagte es ihm, und sein Blick wurde vorsichtiger. Er hob die ineinander verschlungenen Hände, stützte das Kinn darauf und die Ellenbogen auf den Tisch. Auf seinem noch unberührten Kaffee hatte sich ein Film gebildet. Er war nicht bereit, sich dem gleichen Test zu unterziehen wie sie. »Hören Sie«, sagte er leise. »Ich will Ihnen haargenau sagen, was diese Freundschaft war. Dann werden Sie mich vielleicht in Ruhe lassen. Wenn Sie das nicht tun, werde ich rechtliche Schritte gegen Sie unternehmen, damit Sie aufhören, mir zuzusetzen. Ich habe nicht die Absicht, Einzelheiten meines Privatlebens und meiner Geschäftsangelegenheiten vor einer Fremden auszubreiten, aber ich sage Ihnen so viel: Meine Frau und ich sind wie zivilisierte Menschen übereingekommen, getrennte Wege zu gehen. Sie ist Partnerin in einigen meiner Unternehmen, und ihr Vater ist ebenfalls an einigen meiner Unternehmen beteiligt. Es wäre also weder in Felicitys noch in meinem Interesse, wenn wir uns scheiden ließen.«

Meredith stellte abrupt die Kaffeetasse ab. Sie hatte Tante Lou völlig mißverstanden. Keine grüne Politik, aber der Familienname Green. Dieser grüne Mann. Dieser Green.

»Doch wenn es einen Skandal gäbe – und Harriets Unfall hat unglücklicherweise einen zwielichtigen Aspekt, was Sie zugeben werden –, wenn die nationale Presse davon Wind kriegt – und ich spreche jetzt von den sensationslüsternen Boulevardzeitungen –, wenn sie von meiner Freundschaft mit Harriett erfahren würden, dann können Sie sich die Story vorstellen, die sie daraus machen würden: *Geliebte von Top-Manager nach dramatischem Sturz vom Pferd gestorben* – und der Himmel weiß, was sonst noch. Das würde Felicity nicht mitmachen – und ihr Vater ebensowenig. Sie würde die Scheidung einreichen, und der alte Mann würde sein ganzes Geld aus meinen Firmen ziehen. Felicity würde dafür sorgen, daß sie die Hälfte von allem bekommt, was ich besitze. Ich wäre vielleicht sogar gezwungen,

Konkurs anzumelden, wäre ruiniert, und das kann ich natürlich nicht zulassen. Weder Ihnen noch der Polizei kann ich etwas sagen, das irgendein Licht auf Harriets Tod werfen würde. Und da ich weiß, was die Massenblätter für solche Leckerbissen bezahlen, rate ich Ihnen, nicht in Versuchung zu geraten und sich mit ihnen in Verbindung zu setzen. Weiden Sie sich, wenn Sie wollen, an dem, was Sie erfahren haben, aber behalten Sie es für sich.«

Meredith wurde feuerrot und öffnete den Mund, um heftig zu widersprechen.

Green kam ihr zuvor, beugte sich über den kleinen Tisch und hielt ihren Blick fest. »Wenn Sie Ihr Wissen irgendwie dazu benutzen sollten, mich, egal wie, in Verlegenheit zu bringen, Miss Mitchell, dann werden Sie es bereuen. Und ich bin sicher, Sie sind viel zu intelligent, um an Erpressung zu denken.«

»Harriet war meine Freundin«, sagte sie erstickt.

»Und für mich eine Geliebte«, sagte Green gelassen. »Nichts sonst. Nur das. Eine Geliebte.«

Du Ratte, dachte Meredith. Du jämmerlicher Wicht. Verrotten sollst du in deinem jämmerlichen kleinen Grab.

»Hat sie die Beziehung auch so gesehen?« fauchte sie.

»Aber natürlich. Benehmen Sie sich bitte nicht wie eine gekränkte Romantikerin, Miss Mitchell. Harriet hatte einen außerordentlich klaren Kopf. Hätte sie die vorgegebenen Regeln umstoßen wollen, wäre unsere Affäre sofort zu Ende gewesen, das wußte sie genau.«

»Wie praktisch für Sie! Ich wünschte, ich könnte glauben, daß alles so festgelegt und klar umrissen war.«

Greens Lippen verzogen sich zu einem kurzen, freudlosen Lächeln. »Alle Liebespaare streiten hin und wieder, Miss Mitchell. Das gibt einer Beziehung die Würze, verändert sie aber nicht gleich. Doch falls Sie einen zusätzlichen Rat brauchen, schlage ich vor, daß Sie an eine Briefkasten-Tante schreiben. Ich kann nicht behaupten, daß es mir ein Vergnügen war ...« Er machte eine Bewegung, als wolle er aufstehen.

»Ich glaube«, sagte Meredith sanft, »meine alte Tante ist eine gute Freundin Ihres Schwiegervaters Mr. Ballantyne. Denn das ist er doch? Wohnt in der Nähe von Newbury.«

Es ist nicht viel, Harriet, dachte sie. Es war nur eine kleine Rache, doch mehr konnte sie nicht tun.

Green blieb, halbgebückt, wie erstarrt stehen. Das Blut wich ihm aus dem Gesicht, seine Haut wurde aschfahl. »Das hätten Sie mir von Anfang an sagen müssen. Dieses Gespräch hat unter völlig falschen Voraussetzungen stattgefunden. Ich nahm an, Sie wüßten über mich nicht viel mehr als ich über Sie. Wieviel wissen Sie überhaupt über meine Angelegenheiten?«

»Mr. Green«, sagte Meredith und erhob sich mit Würde, »Ihre Angelegenheiten interessieren mich nicht die Bohne – und Ihre Affären noch weniger. Ich bin einzig und allein daran interessiert zu erfahren, woher Harriet die Tranquilizer hatte. Es gibt aber eine Frage, die Sie mir beantworten können, wenn Sie wollen.«

»Ja?« sagte er heiser.

»Haben Sie mit Harriet am zweiten Weihnachtstag gefrühstückt?«

»Nein«, bellte er wütend. »Ich bin am ersten Weihnachtstag gegen Mitternacht gegangen.«

»Und sind nicht zurückgekommen?«

»Nein! Warum sollte ich? Am nächsten Tag war das Jagdtreffen. Ich mußte mich darauf vorbereiten. Außerdem sollten wir uns dort ohnehin sehen.«

»Fein. Schön, vielen Dank, Mr. Green. Und danke für den Kaffee.« Sie lächelte eisig und ließ ihn schweigend, zornig und, davon war sie überzeugt, in Todesängsten zurück.

Aber als sie nach Pook's Common zurückfuhr, überkam Meredith tiefe Niedergeschlagenheit. Das hatte nichts mit Harriets Tod, aber sehr viel mit Harriet selbst zu tun. Welchen Preis hast du für deine Unabhängigkeit wirklich bezahlt, Harriet? fragte sie sich trübsinnig. Sie war so eifrig darauf bedacht gewesen, sich von niemandem über den Tisch ziehen zu lassen. Sie, die Tom Fearon so fest im Griff gehabt hatte. Doch dann war dieser Miesling Green gekommen, und sie war auf seinen Charme hereingefallen – was immer das war. Und er hatte jetzt nichts anderes im Sinn, als so zu tun, als habe er sie nie gekannt. Er war es gewesen, für den sie am Weihnachtstag das Festessen gekocht hatte. Und er sagte jetzt, sie sei seine Geliebte gewesen und mehr nicht. Nach einiger Zeit hätte er sie gegen ein neueres Modell eingetauscht wie eines Tages seinen Granada. Wie hatte Harriet sich nur in einen solchen Typ verlieben können? Oder hatte sie es gewußt? Hatte sie es gewußt, und es war ihr egal gewesen? Sie wünschte, sie wüßte es. O Harriet, ich wünschte, ich wüßte es.

Doch angenommen… Meredith schaltete, daß das

Getriebe krachte, und nahm an der Abzweigung nach Pook's Common bei Fenniwicks Garage das Gas weg. Im Hof stand ein Mann, und die Werkstatt schien wieder geöffnet. Angenommen, Harriet hatte es etwas ausgemacht? Angenommen, sie hatte erwartet, Green werde sich von Felicity scheiden lassen und sie heiraten? Oder angenommen, sie hatte diese Heimlichtuerei satt gehabt? »Benimm dich nicht so, als ob du dich für mich schämst. Geh mit mir aus, und stell mich deinen Freunden vor«, hatte sie vielleicht gefordert. Green hätte das weder gekonnt noch gewollt. Er hätte sich geweigert. Vielleicht war sie wütend gewesen, als ihr klar wurde, wie wenig sie ihm in Wahrheit bedeutete. Vielleicht hatte sie ihm gedroht. Für ihn ein starkes Motiv, sie zum Schweigen zu bringen – für immer.

Markby war, nachdem er das Hotel verlassen hatte, ins ärztliche Zentrum gefahren. Wie idiotisch, sich beim Händchenhalten mit Fran erwischen zu lassen. Meredith mußte ja denken – oder nicht?

»Ich möchte mit Dr. Pringle sprechen – privat«, erklärte er der Sprechstundenhilfe. »Wann kommt heute vormittag sein letzter Patient?«

Sie sah ihn mißtrauisch an. »Dr. Pringles Sprechstunde ist heute vormittag randvoll. Er kann niemanden außer der Reihe empfangen. Sie müssen sich einen Termin für die Sprechstunde um siebzehn Uhr geben lassen.«

»Ich will ihn nicht konsultieren. Ich bin Chefinspektor Markby.« Er zeigte ihr seine Karte. »Es handelt sich um einen Fall.«

»Oh«, sie wurde zugänglicher. »Nun, er hat vor dem Lunch nur noch einen Patienten. Ich rufe ihn, wenn Sie wollen …«

Sie streckte die Hand nach dem Telefon aus, doch er hielt sie zurück. »Nein, ich warte vor seinem Sprechzimmer auf ihn.«

Er ging den Korridor entlang, in dem es nach Desinfektionsmitteln roch, und setzte sich vor der Tür mit der Aufschrift *Dr. J. Pringle* auf einen Stuhl. Das Medizinische Zentrum war erst vor zwei Jahren eröffnet worden. Der Wandanstrich war noch schön und frisch, die Teppiche waren fleckenlos, die Plastikstühle jedoch schon ziemlich abgenutzt. Markby setzte sich anders zurecht, und der Stuhl unter ihm ächzte. Die Neonleuchte über seinem Kopf machte ein leises, singendes Geräusch und flackerte ab und zu.

Hinter der Tür von Pringles Sprechzimmer hörte er Stimmen, die des Arztes und einer Frau. Nach einer Weile ging die Tür auf. Eine Frau, die sehr bedrückt wirkte, kam heraus und huschte den Korridor entlang davon. Pringle, dessen stämmige Gestalt den ganzen Türrahmen ausfüllte, sah Markby und rief überrascht: »Hallo, Alan! Sind Sie krank?«

»Nein, ich bin nur vorbeigekommen, um mit Ihnen zu reden, falls Sie einen Moment Zeit haben.«

»Kommen Sie rein. Ich habe Mittagspause. Dann Hausbesuche, schnell eine Tasse Tee und die Sprechstunde um siebzehn Uhr. Wer möchte praktischer Arzt sein!« Er zeigte auf einen Stuhl und ließ sich wieder in den Sessel sinken, aus dem er eben aufgestanden war. »Geht es um die gerichtliche Untersuchung morgen?«

»Ja – Sie sind der medizinische Gutachter, soviel ich weiß.«

»Das ist richtig.«

»Jack...« Markby zögerte. »Ich will nicht schnüffeln, aber ich weiß, daß Sie und Harriet sich einmal ziemlich nahegestanden haben, vor zwei Jahren etwa.«

»Man könnte es so nennen, ja.« Mit Pringles Freundlichkeit war es vorbei. »Das wird mich nicht daran hindern, eine objektive medizinische Meinung zu äußern.«

»Das wollte ich auch nicht unterstellen. Es gibt keine andere Möglichkeit, ich muß Sie das rundheraus fragen, Jack. Haben Sie sie am Weihnachtstag – am Abend – in Pook's Common besucht?«

»Nein.« Pringle sah ihn durchdringend an. »Zufällig wurde ich am Weihnachtstag zu einem Notfall außerhalb gerufen. Das können Sie nachprüfen.«

»Und am Morgen des zweiten Weihnachtstags, bevor ich Sie auf dem Marktplatz traf? Sie waren vorher nicht bei ihr und haben mit ihr gefrühstückt?«

»Nein.« Es folgte eine Pause, und dann fragte Pringle ruhig: »Aber jemand war da, nicht wahr? Sie wissen nicht, wer, und wüßten es gern. Sie hatte am Weihnachtstag einen Freund bei sich – und am Morgen des zweiten Weihnachtsfeiertags?«

»Tut mir leid, Jack«, sagte Markby zerknirscht. »Es gefällt mir nicht, daß ich darauf zu sprechen kommen muß, wenn es schmerzt...«

»Das ist nicht Ihre Schuld. Sie müssen Ihren Job erledigen. Nein, ich war nicht dort – weder abends noch morgens. Wer es auch war, ich war's nicht. Ich gestehe aber gern, ich wünschte, ich wär's gewesen.«

»Sicher, Jack, ich verstehe.«

»Und Sie haben recht, es schmerzt. Es ist jetzt zwei Jahre her, daß Harriet und ich befreundet waren, wie Sie es nennen. Doch es hört nie auf zu schmerzen, Alan.«

»Sie haben nicht etwa beschlossen, etwas dagegen zu tun, Jack?« Markby betete darum, daß Jack nicht mit Ja antwortete.

»Nein. Ich bin nicht zu ihr rausgefahren und habe sie mit Tranquilizern gefüttert. Ich komme natürlich an die Dinger ran …« Pringle zeigte mit der Hand auf die Regale rundum. »Aber ich hab's nicht getan. Und mir gefällt der Gedanke nicht sehr, daß ein anderer es getan hat.« Nach einer Pause fuhr er fort: »Sie war wie die Verkörperung des Lebens selbst. Ich hätte nie etwas getan, um das auszulöschen.«

Frauen, Frauen, Frauen, dachte Markby, als er zur Polizeistation zurückging. Nun, sie schienen in dieser Beziehung alle ziemlich durcheinander. Morgen war die gerichtliche Untersuchung. Wahrscheinlich konnte er aufgrund noch nicht abgeschlossener polizeilicher Ermittlungen einen Aufschub erwirken – wobei er die Ermittlungen gegen Pardy wegen gesetzwidriger Fahrlässigkeit meinte. Aber diese verdammten Pillen – jeder gute Verteidiger würde vor Gericht die Vorwürfe gegen Pardy mit links abschmettern. Harriet Needham machte ihnen eine Menge Schwierigkeiten.

Zwischen mir und Alan herrscht jetzt eine ziemliche Verlegenheit, dachte Meredith, und sie mußte sich eingestehen, daß sie allein daran schuld war. Daß sie ihn dabei ertappt hatte, wie er zärtlich Frans Hand hielt, war ihrer Beziehung zwar nicht unbedingt förderlich gewesen, doch die Grundsituation hatte sie geschaffen. Das machte es schwierig, zum Telefon zu greifen und ihn anzurufen, doch sie mußte es tun.

»Meredith!«

Sie hörte den Eifer in seiner Stimme und schnitt ihm das Wort ab, ehe er noch mehr sagen konnte. »Ich wollte Ihnen nur mitteilen, daß ich herausgefunden habe, wer am Weihnachtstag Harriets Gast war. Rupert Green. Ich habe mit ihm gesprochen, und er gibt es zu.«

»Ach, tatsächlich?« Er stieß einen leisen Pfiff aus.

»Er hat gesagt, er sei spät nachts weggefahren – um die Zeit, um die ich den Wagen gehört habe – und sei nicht zurückgekommen. Er weiß nichts von den Pillen, oder behauptet es zumindest. Er sagt, Harriet habe sie nie erwähnt oder gesagt, sie sei deprimiert, und er möchte aus der Sache herausgehalten werden. Wenn seine Frau davon erfährt, wird sie sich von ihm scheiden lassen, und sein Schwiegervater wird ihm den Geldhahn zudrehen. Alles in allem ist er sehr nervös, unser Mr. Green.«

»Dann werde ich wohl mit ihm sprechen müssen.«

»Seien Sie vorsichtig. Er wird Ihnen mit seinen Anwälten drohen.«

»Hat er das bei Ihnen auch getan?«

»Mehr oder weniger.«

»Passen Sie auf sich auf«, sagte er übertrieben heftig. »Er könnte ein sehr hinterhältiger Kunde sein.«

»Das ist nur Theaterdonner. Er plustert sich auf. Meiner Erfahrung nach verbergen diese Leute etwas und suchen nach einem Fluchtweg.«

»Solange er nur seine außerehelichen Affären verbirgt, soll es mir egal sein. Danke, daß Sie's herausgefunden haben – aber hätten Sie es mir nicht sagen und das Ausfragen mir überlassen können?«

»Ich wußte es bis heute nachmittag ja selbst nicht«, entgegnete Meredith pikiert. »Zufällig hab ich zuerst seinen Wagen und dann ihn selbst in der High Street gesehen und hatte ganz einfach irgendwie das Gefühl … Ich hab's aufs Geratewohl probiert, wenn Sie so wollen, und ich hatte recht. Außerdem hätten Sie gar nicht sehen können, was ich gesehen habe. Ihre Tante wohnt nicht Tür an Tür mit Rupert Greens Schwiegervater.«

»Ich verstehe gar nichts mehr.«

Es folgte eine peinliche Pause, da beiden der Doppelsinn seiner Worte bewußt wurde.

Er fing hastig von neuem an: »Ich meine, ich …«

»Schon gut, Alan. Ich weiß, was Sie meinen.« Meredith legte auf.

Markby legte ebenfalls auf, als das bekannte Summen ihm sagte, daß die Leitung unterbrochen war. Meredith dachte ganz offensichtlich, er habe sein Herz für Frances Needham-Burrell entdeckt. Ach was, zum Teufel! dachte er verärgert und griff nach einem Papierstapel in seinem Eingangskorb. Für ihre Gedanken war er nicht verantwortlich. Er würde nicht ins Rose Cottage stürzen, um sich zu rechtfertigen. Sie wollte keine engere Beziehung, fein. Dann würde es auch keine geben.

»Gehen Sie nach Hause«, sagte er mürrisch zu Pearce, der es wagte, den Kopf durch den Türspalt zu stecken. »Ich mache Überstunden.«

»Der Alte ist schlecht drauf«, warnte Pearce unten im Hinausgehen.

Der »Alte«, dessen Laune nicht besser geworden wäre, hätte er das gehört, war entschlossen zu arbeiten, und das tat er auch konzentriert, nur mit zwei kurzen Kaffeepausen, bis spät abends. Daher war er auch noch im Polizeigebäude, als der Anruf über 110 hereinkam.

Für Simon Pardy war es schon ein Problem, daß man ihn ablehnte. Er war es natürlich gewohnt, aber es machte das Leben noch ein bißchen schwieriger, als es ohnehin war. Inzwischen hatte er in fast jeder Kneipe in Bamford Hausverbot. Simon war von Natur aus nicht gesellig, doch sogar er war überrascht, wie unangenehm die neuen Einschränkungen seines gesellschaftlichen Lebens für ihn waren.

Das erste Lokal, das ihn nicht mehr einließ, war nach der Prügelei in der Silvesternacht das Bunch of Grapes gewesen. Das fand Simon absolut unfair, denn schließlich war der Idiot vom Mietstall über ihn hergefallen, nicht umgekehrt, also war es nicht seine Schuld gewesen, oder? Er hatte sich nur verteidigt. Colin Deanes war seiner Meinung. Und recht hatte er. Aber ins Bunch of Grapes durfte Simon trotzdem nicht mehr. Micky, Tracy und Cheryl hatten ihm andererseits unmißverständlich erklärt, daß sie weiterhin in ihre Stammkneipe gehen würden. Daß sie so unloyal waren, überraschte Simon nicht – er war, im Gegenteil, sogar überrascht gewesen, daß die Mädchen ihm zu Hilfe gekommen waren, als Fearon ihn angriff, obwohl ihm klar war, daß es sich um eine Sache des Prinzips gehandelt hatte, denn er hatte an dem Abend zu ihrer Party gehört. Doch ihre derzeitige Haltung erbitterte ihn. Zu einem Kumpel sollte man schließlich immer halten, oder? Zu jemandem, der mit ihnen im selben Haus wohnte? Wäre die Situation umgekehrt gewesen, hätte Simon nicht im Traum daran gedacht, zu ihnen zu stehen, doch daran verschwendete er keinen Gedanken.

Die ungerechte Diskriminierung hatte jedoch schon früher begonnen; nach dem zweiten Weihnachtstag. Seit dieser Sache auf dem Market Square; seit die blöde Kuh vom Pferd gefallen und ihr der Schädel aufgeplatzt war, schien er ein Kainsmal zu tragen. Keiner wollte ihn um sich haben. Sie schienen zu glauben, sie könnten nicht in Ruhe ihr Bier trinken, wenn er da war, mit einem bösen Omen behaftet, verflucht. Hinzu kam, daß Harriet Needham eine erstaunliche Anzahl von Freunden und Bewunderern gehabt hatte, denn man hatte ihm schon mehrfach feindliche Blicke zugeworfen und ihn mit Worten bedroht. Es war nicht nur der Kerl vom Mietstall, der ihm Sorgen machte. Ja, es hatte sich herumgesprochen. Eine verrottete, dekadente Gesellschaft hatte sich gegen ihn, den Reformer, verschworen. Er gehörte nicht mehr dazu.

Am Ende sah Simon sich gezwungen, allein in der miesesten Taverne von Bamford zu trinken. Der Wirt war ein alter, bärbeißiger Kerl, der schon froh sein mußte, an einem guten Abend in seinem Ausschank ein halbes Dutzend Gäste zu sehen, diese wenigen unerschütterlichen Seelen jedoch mit größter Geringschätzung behandelte. Er hatte nichts dagegen, daß Simon bei ihm trank. Ihm war auch egal, wenn keiner bei ihm trank. Er war an keine Brauerei gebunden, konnte daher tun, was er wollte, und tat es auch.

An diesem Donnerstagabend, eine Woche nach dem Unfall, saß Simon in einer düsteren Ecke des oben erwähnten Pubs, die er zu der seinen gemacht hatte. Nicht, daß jemand dagewesen wäre, der ihm dieses Recht streitig gemacht hätte. Der misanthropische Wirt lehnte an der Bar und las die Zeitung. Zwei alte Männer mit Mützen hockten in der entgegengesetzten Ecke und tranken, und bei der Tür saß eine Wasserstoffblondine, die wie Simon zu ihrer Zeit aus mehreren guten Bars hinausgeworfen worden war, heute abend jedoch Glück gehabt hatte. Es war ihr gelungen, sich einen einsamen, gelangweilten Geschäftsmann auf Verkaufsreise zu angeln, und jetzt kippte sie so schnell wie möglich einen Cinzano mit Zitrone nach dem anderen, während ihr neuer Freund bezahlte.

Bedrückung und Bitterkeit legten sich Simon schwer aufs Gemüt, verstärkt durch das unangenehme, bitter schmeckende, wie dünner Tee aussehende Gebräu – vom Wirt »Lager« genannt –, das er trank. Der Misanthrop spülte die Bierpumpen nur selten aus. Morgen war Freitag, und Simon mußte die gerichtliche Untersuchung durchstehen. Man würde ihn auffordern, auszusagen, zu erklären, warum er was gemacht hatte. Der Coroner würde es auf ihn abgesehen haben, ihn fragen, was er bezweckt hatte. Würde versuchen, ihn so weit zu bringen, daß er sich in der Falle seiner eigenen Worte fing; würde versuchen, ihn durch Tricks zu verleiten, daß er sagte, er habe die Absicht gehabt, sie zu verletzen. Er würde ihnen gar nichts sagen. Colin hatte ihn ermahnt, sich auf die grundlegenden Fakten zu beschränken. »Denk dran, sie haben den Unfall gesehen, also kannst du nicht abstreiten, was du getan hast, aber du kannst leugnen, daß du ihr schaden wolltest. Sprich klar und deutlich, sei offen und schau sie direkt an. Verwickle dich nicht in Widersprüche. Entschuldige dich.« Die Entschuldigung würde ihm im Hals steckenbleiben, aber Colin bestand darauf. »Sag, wie leid es dir tut. Dir sei nicht klar gewesen, daß sie vom Pferd fallen könnte.«

Eine Welle von Selbstmitleid schlug über Simon zusammen. Nach allem, was er morgen durchmachen mußte, hätte Micky sich wirklich heute abend aufraffen und ein Glas mit ihm trinken können. Selbst die Gesellschaft der Mädchen hätte ihm genügt. Sie hatten ihn im Stich gelassen. Nicht, daß er Besseres von ihnen erwartet hätte. Sie wollten ihn loswerden. Er verzog das Gesicht, setzte das noch halbvolle Glas Lager ab und stand auf. Er hatte genug. Er wollte in die Jubilee Road zurück, wo er ganz allein sein würde. Die anderen waren inzwischen bestimmt nicht mehr da. Ein Bild, wie sie sich im Bunch of Grapes amüsierten, schoß ihm durch den Kopf, es stieß ihm sauer auf, und sein Magen verkrampfte sich. In diesem Moment haßte er alle Welt. Und zu Hause wartete Arbeit auf ihn. Er latschte zur Tür und drängte sich im Hinausgehen grob an der Wasserstoffblonden und ihrem Begleiter vorbei.

»Schau dir den an!« sagte die Blonde entrüstet und klopfte sich den Ärmel ab, wo Simon ihn gestreift hatte. »Keine Manieren, und ausgesehen hat er wie etwas, das die Katze ins Haus geschleppt hat.«

»Ich habe zwei von der Sorte zu Hause«, sagte der Geschäftsmann düster. »Ihre Privatschulen, Klavierstunden, Auslandsreisen haben mich ein Vermögen gekostet – jetzt kann keiner der beiden sich in einer Stellung halten, und nie hört man ein anständiges Wort von ihnen. Lungern den ganzen Tag im Haus herum – rühren keine Hand, um ihrer Mutter zu helfen. Ich weiß nicht, warum.«

»Du brauchst mir nichts zu erzählen, mein Lieber«, sagte die Blonde und tätschelte ihm die Hand. Echtes Mitgefühl zeigte sich in ihren mit Mascara verschmierten Augen und ersetzte das rein berufliche Interesse, mit dem sie vorher seinen Klagen zugehört hatte. »Ich kenne das. Ich habe eine Tochter – sie ist neunzehn. Ist nach London abgehauen und schreibt nie, greift nie zum Telefon. Ist natürlich mit 'nem Kerl gegangen. Er taugt nichts, hab ich sie gewarnt, aber sie hat nicht auf mich gehört. Jetzt weiß ich nicht, wo sie ist oder was sie macht. Und doch hat ihr, als sie ein kleines Mädchen war, nie etwas gefehlt. Ich habe dem Kind alles gekauft, was es wollte. Um ihre Ballettstunden bezahlen zu können, ihre Strumpfhosen, die Tutus und Ballettschuhe und weiß Gott was, habe ich auf alles verzichten müssen. Schau mal …«

Sie kramte in ihrer Plastikhandtasche und zog eine Mappe heraus. Fotografien flatterten auf den schmierigen, bierfleckigen Tisch. »Das ist meine Cindy mit sechs. Ich hab immer dafür gesorgt, daß sie wie eine kleine Prinzessin aussah.«

Der Geschäftsmann präsentierte ebenfalls eine Fotomappe. »Das sind meine beiden Jungs, aufgenommen bei einem Familienurlaub auf Mallorca. Wenn ich überlege, was ich für diese Familienurlaube ausgegeben habe… Hätte ich damals gewußt, was ich heute weiß, hätte ich das Geld behalten und mir einen Sportwagen gekauft.«

Ihre über das Durcheinander von Fotografien gebeugten Köpfe berührten sich – Fotografien, die ihr vergangenes Leben verkörperten, ihre zunichte gewordenen Hoffnungen, ihre zurückgewiesene Liebe, für wenigstens eine Viertelstunde vereint in ihrem Kummer über Verlorenes.

Simon war in die Jubilee Road zurückgegangen. Das Haus war dunkel. Er öffnete die Haustür, und schale Luft schlug ihm entgegen. Das Haus war die reinste Müllkippe. Er streckte die Hand nach dem Schalter aus, um Licht zu machen, aber nichts geschah. Die Glühbirne war schon wieder kaputt. Die elektrischen Leitungen waren in einem so schlechten Zustand, daß Glühbirnen bestenfalls zwei Minuten hielten. Im Dunkeln tastete er sich die ächzende Treppe hinauf und hielt sich an dem wackeligen Geländer fest, das sich unter seinem Griff bewegte. Er stieß die Tür seines Zimmers auf, das ganz oben der Treppe gegenüber lag. Im selben Moment hörte er im Nebenzimmer – Mickys Zimmer – ein leises Knarren. »Mick?« rief er mit einem leisen Unterton von Hoffnung.

Niemand antwortete. Es war niemand da. Das kurze Aufflackern der Erwartung, daß er vielleicht doch noch mit Gesellschaft rechnen konnte, wurde grausam erstickt – wieder eine ausgebrannte Hoffnung mehr. Simon riß seine Tür auf und knipste das Licht an. Das

Zimmer war so, wie er es verlassen hatte, ein Chaos, das Bett nicht gemacht, die Laken schmutzig. In einer Ecke stapelte sich dreckige Wäsche, und auf dem Tisch verstreut lag seine Arbeit. Simon betrachtete sie lächelnd. Ja, heute abend wollte er eine ganze Menge schaffen. Ein bißchen Kaffee würde ihm dabei helfen.

Er trat hinaus in den düsteren Flur und zögerte an der Treppe, versuchte in dem schwachen Licht, das hinter ihm durch die offene Tür seines Zimmers fiel, die Stufen auszumachen, die in schwarzes Nichts hinunterführten. Und dann ging das Licht in seinem Zimmer plötzlich aus, und um ihn herum war völlige Dunkelheit.

»Verdammt!« stieß er hervor. »Jetzt ist auch noch die Glühbirne kaputt …«

Und das war sein letzter klarer Gedanke.

KAPITEL 11 Als der Anruf hereinkam, wurde Markby umgehend davon informiert. Er ordnete an, daß Pearce sofort verständigt werden mußte und ihn am Tatort treffen sollte. Von Gefühlen beherrscht, wie er sie seit Jahren nicht mehr empfunden hatte, brach er in die Jubilee Road auf.

Kein Polizist gewöhnt sich je an den plötzlichen gewaltsamen Tod. Wenn seine Laufbahn ihn zwingt, sich ziemlich häufig mit ihm zu befassen, umgibt er sich mit einem schützenden Panzer, der ihn gegen die Schrecken des Todes abschirmt. Manchmal mag er äußerlich hart und gefühllos wirken, doch innerlich sind das nur wenige. Die meisten hassen Mord, jedesmal aufs neue.

Markby haßte den gewaltsamen Tod am allermeisten, wenn er die sehr Alten und die Jungen traf. Er hatte Pardy nicht gemocht, aber es war ein junges Leben, das ausgelöscht worden war. Ein junges, vielleicht vergeudetes Leben, doch eines Tages hätte der Junge möglicherweise doch noch seinen Weg gefunden, wenn er genug Zeit gehabt hätte. Aber diese Zeit war zu knapp bemessen gewesen. Markby fühlte einen dumpfen Zorn in sich.

Vor dem Haus in der Jubilee Road parkte ein Streifenwagen, und in einem Erkerfenster im Erdgeschoß war Licht. Die Haustür stand, von einem uniformierten

Mann bewacht, offen, aber der Flur hinter ihm war finster. In den benachbarten Häusern wurden in den Schlafzimmerfenstern vorsichtig die Vorhänge ein Stückchen zurückgezogen. Die Nachbarn beobachteten, neugierig, furchtsam, entsetzt, frohlockend. Viele Leute genossen eine saftige Katastrophe, vorausgesetzt, sie traf sie nicht selbst und sie konnten sich von ihr distanzieren oder die Zeitung zuklappen, wenn sie genug gelesen hatten.

»Guten Abend, Sir«, sagte der Uniformierte. »Dort drin brauchen Sie eine Taschenlampe. In der Diele ist keine Glühbirne. Wir haben im Wohnzimmer Licht gemacht und die Tür geöffnet, aber es reicht nicht bis zur Leiche.«

»Überhaupt keine Glühbirne?« fragte Markby.

»Nein, Sir, sieht so aus, als habe jemand sie herausgeschraubt. Vielleicht war sie kaputt, und sie wollten sie ersetzen. Sie sind alle mit Constable Jones in der Küche. Sie kann mit solchen Situationen sehr gut umgehen.«

»Wer sind ›sie‹?«

»Die anderen jungen Leute. Drei. Sie wohnen alle hier im Haus. Sie wissen doch, wie das ist – sie tun sich zusammen, um die Miete bezahlen zu können. Aber sehen Sie sich nur mal das Haus an, ich bin erstaunt, daß der Hauswirt jemanden gefunden hat, der darin wohnen wollte.«

»Wer hat ihn gefunden?« fragte Markby und schnitt den Bericht über den Zustand des Hauses ab. »Wer hat die Tat gemeldet?«

»Eines der Mädchen. Sie sind gemeinsam nach Hause gekommen und haben ihn alle zusammen gefunden.«

Markby nickte, nahm die Taschenlampe, die der Constable ihm anbot, und betrat die muffig riechende Diele. Da war aber auch noch ein anderer Geruch. Schwach, doch er kannte ihn. Blut. Und Tod.

Simon Pardy lag ausgestreckt auf dem Boden, am Fuß und seitlich der Treppe. Er war auf das Gesicht gefallen. Das Blut war ihm aus der zerschmetterten Nase geströmt und sickerte immer noch aus dem Ohr. Der Kopf saß ihm verdreht auf den Schultern. Augen und Mund waren geöffnet. Er sah überrascht aus. Das Geländer war auf halber Höhe der Treppe durchgebrochen. »Ist von oben heruntergestürzt«, sagte Markby vor sich hin. »Hat das Geländer gepackt oder ist dagegengefallen, aber es hat nachgegeben, und er ist gestürzt. Das Holz war durchgefault.«

Er streckte die Hand aus und berührte vorsichtig das noch intakte Geländer. Es wackelte. Das ganze Gefüge war so wacklig, als sei es aus Streichhölzern gebaut. Die Treppe selbst war mit einem Teppich belegt, doch der war so alt und abgetreten, daß er mehr nach einem Stück löchriger und verstaubter Sackleinwand aussah und eher gefährlich als nützlich war. Wandanstrich und Tapeten waren in einem jämmerlichen Zustand, und die Bewohner machten nicht den Eindruck, als legten sie Wert auf ein gepflegtes Heim. Daß sie in einem solchen Haus leben mußten, mochte als Entschuldigung gelten. Obwohl sie hier noch besser dran waren als einige ihrer Altersgenossen, die in Hauseingängen schliefen. Markby ließ den Strahl der Taschenlampe durch den Eingangsbereich wandern. Das Licht aus dem Wohnzimmer, das der Constable erwähnt hatte, warf nicht viel mehr als einen düsteren Schatten. Die Küchentür am Ende des Flurs war geschlossen, doch der Lichtstreifen darunter war heller, und hinter der Tür war Stimmengemurmel zu hören.

Draußen fuhr ein Wagen vor, und ihm folgte sehr schnell ein anderer. Markby hörte die Stimme des Constables, dann die von Pearce und dann noch andere. Pearce erschien, vom Licht der Straßenlaterne umgeben, als dunkle Silhouette in der Haustür. Er spähte in die Dunkelheit und fragte, als sei er außer Atem: »Mr. Markby?«

»Guten Abend, Pearce«, sagte Markby höflich. »Wenn das der Fotograf ist, muß er selbst für Beleuchtung sorgen.«

Pearce schob sich an der Leiche vorbei und schaute auf sie hinunter. »Was für eine Überraschung«, sagte er. Er blickte zum Treppengeländer auf. »Das ist vielleicht ein Schrotthaufen. Denken Sie, es war ein Unfall, Sir?«

»Bis jetzt denke ich noch gar nichts. Wenn es einer war, konnte er in keinem ungünstigeren und unglücklicheren Moment passieren – Pardy war der Hauptzeuge bei der morgigen gerichtlichen Untersuchung.«

»Die ist heute«, sagte Pearce.

»Was?« Markby warf einen Blick auf seine Uhr. Fünf Minuten nach Mitternacht. »Wenigstens habe ich jetzt einen Grund, den Coroner um eine Vertagung zu bitten. Gehn Sie rauf, und sehen Sie sich ein bißchen um, aber passen Sie auf, wohin Sie treten. Achten Sie darauf, ob es Anzeichen dafür gibt, daß ein Kampf stattgefunden hat oder daß Pardy gestoßen wurde. Ich will mich mit seinen Freunden in der Küche unterhalten.«

Als er die Küchentür öffnete, fand er sich plötzlich in grelles gelbes Licht getaucht und mußte blinzeln. Constable Jane Jones baute sich vor ihm auf und verstellte ihm den Weg. Dann sah sie, wer es war, und sagte: »Oh, guten Abend, Sir.«

»Alles ruhig?« fragte er.

»Ein bißchen aufgeregt, Sir.« Sie senkte die Stimme noch mehr. »Vor allem der Junge. Eines der Mädchen scheint ein bißchen schwer von Begriff, die andere ist ein hartgesottenes kleines Biest.«

»Die weibliche Form dieser besonderen Spezies«, sagte Markby. »Okay, Jones. Verschonen Sie mich mit diesem bösen Feministinnenblick, laufen Sie raus, und sehen Sie zu, was Sie tun können. Gehen Sie zu den unmittelbaren Nachbarn links und rechts und auf der anderen Straßenseite. Es kann ein bißchen dauern, bis sie an die Tür kommen, aber im Bett ist keiner mehr, lauern alle hinterm Vorhang mit Augen wie Teetassen und Ohren wie Toreinfahrten. Die Stores sind ständig in Bewegung. Klatsch, Jones. Ich will den Klatsch genauso wie Zeugen, die ihn gesehen haben, als er nach Hause kam – er oder sonst jemand. Sie wissen ja, wie's geht.«

»Klatsch«, murmelte Jane Jones vor sich hin und machte sich auf den Weg. »Wenn ich die Nachbarn dazu animiere, über dieses Völkchen zu reden, bin ich die ganze Nacht hier.«

»Dieses Völkchen« musterte Markby über den Küchentisch hinweg. Er erkannte in ihnen die jungen Leute, die an Silvester im Bunch of Grapes an der Prügelei beteiligt gewesen waren. Das war der Junge, der versucht hatte, Simon aus dem Gedränge wegzuzerren, aber nicht besonders freundlich zu ihm gewesen war. Er war ungefähr ein- oder zweiundzwanzig Jahre alt, schlank, blaß, nervös. Auf seinen Knien lag eine gehässig und durchtrieben dreinschauende Tigerkatze, der er wiederholt schnell über das kurze, widerspenstige Fell strich.

»Okay, Sohn«, sagte Markby. »Immer mit der Ruhe.«

Er zog sich einen Stuhl an den Tisch und setzte sich zu ihnen. Die Küche war offensichtlich der bevorzugte Aufenthaltsraum. Sie war verhältnismäßig sauber, verhältnismäßig warm, nicht ungemütlich. Die Wärme kam, wie er feststellte, von einem tragbaren Elektroofen. Er sah neu aus. Sie hatten ihn offenbar selbst gekauft.

Die beiden Mädchen saßen nebeneinander und beobachteten ihn mißtrauisch. Eine hatte den Mund offen. Die andere starrte ihn aus schwarzumrandeten Augen finster an. Es war diejenige, die Tom das Tablett auf den Kopf geschlagen hatte. Eine richtige kleine Streitaxt. Sie hatten sich beide stadtfein gemacht, trugen ihre besten Sachen: schwarze Lederjacken, schwarze T-Shirts mit grellbuntem Aufdruck, viele Ketten und Nieten und an den Ohrläppchen einen Haufen Eisenwaren. Er öffnete den Mund, doch bevor er etwas sagen konnte, beugte sich die Streitaxt vor. Ihre Ketten klirrten, und der einem Hahnenkamm ähnliche rostschwarze Haarschopf schien vor Empörung zu zittern. Sie sah wie ein kleiner kampflustiger Gockel aus.

»Keiner von uns hat was damit zu tun. Wir haben ihn gefunden, das ist alles. Es tut uns allen leid und so – aber mit uns hat es nichts zu tun.«

»Ich verstehe«, sagte Markby. »Vielleicht könntet ihr mir sagen, wie ihr heißt?«

Sie wurde Tracy genannt, das andere Mädchen Cheryl und der Junge Micky.

»Deine Katze?« erkundigte Markby sich bei Micky.

»Nein – nun ja, in gewisser Weise. Es sind zwei. Keine Ahnung, wo die andere ist. Sie lungern hier rum. Leben gewissermaßen hier.« Er hatte einen leichten Belfaster Akzent.

»Wie wir«, sagte Tracy trocken. »Haben keinen besseren Platz.« Markby hatte unvorsichtig die Hand nach der Katze ausgestreckt, und Tracy sagte warnend: »Er beißt!«

»Oh, dann streichle ich ihn lieber nicht.«

»Uns beißt er nicht«, verteidigte Micky seinen Liebling.

»Simon hat er gebissen.« Endlich meldete sich auch Cheryl zu Wort.

»Wußte er's denn?« sagte Markby vor sich hin. »Hat Simon keine Katzen gemocht?«

»Der hat nichts gemocht, der hat keine Menschen gemocht und keine Tiere. Komischer Kerl.«

»Aber er hat doch gegen die Fuchsjagd demonstriert, nicht wahr? Vielleicht mochte er Füchse.«

»Da wissen wir nix drüber«, sagte Cheryl vage. »Hat immer irgendwas gelabert. Hab nie richtig zugehört. Er konnte einen fertigmachen, wissen Sie, regte sich dauernd über irgendwas auf.«

»Diese Sache mit der Fuchsjagd war nicht seine Idee«, sagte Tracy verächtlich. »Simon hat nie eigene Ideen gehabt. Plapperte immer nur nach, was andere

Leute gesagt hatten. Hörte irgend etwas und quatschte es nach. Wiederholte immer, was Deanes gesagt hatte.«

Markby hob die Brauen. »Colin Deanes, der Autor?«

»Ja – ich nehme an, man kann es Schreiben nennen, was er macht. Er schreibt keine Geschichten oder Zeug fürs Fernsehen. Nur lauter trockenes Zeug. Keine Ahnung, wer das liest. Keiner, nehme ich an. Simon hat Deanes für Batman gehalten.«

»Hören Sie«, mischte der junge Ire sich ins Gespräch, »wir wissen ehrlich nichts. Waren den ganzen Abend aus.«

»Pardy war nicht mit euch zusammen?«

»Nein, nun, man hatte ihn ja aus dem Bunch of Grapes rausgeschmissen. Nach der Prügelei an Silvester. Sie erinnern sich bestimmt. Sie waren doch dort. Aber wir sind noch immer hingegangen. Wir haben kein Hausverbot.«

»Und wo hat Simon jetzt getrunken?«

Sie sahen sich gegenseitig unsicher an. »Keine Ahnung«, antworteten sie im Chor.

»So – und wer hat ihn gefunden?«

»Wir alle«, sagte Tracy, die Sprecherin. »Wir sind alle zusammen nach Hause gekommen.«

»Ihr seid direkt vom Bunch of Grapes hierhergegangen?«

»Ja – nun, mehr oder weniger. Sie schließen um halb elf, aber wir haben unterwegs noch einmal Halt gemacht und uns beim Imbißwagen, der am Abend gegenüber von der Bibliothek steht, einen Hamburger gekauft.«

»Okay, und weiter. Ihr seid nach Hause gekommen und …«

»Haben die Tür aufgemacht und sind über ihn gefallen«, sagte Tracy knapp.

»Habt ihr ihn angefaßt?«

Sie antworteten nicht sofort und sahen sich verstohlen an. »Ich hab mich niedergekniet und ihm die Hand auf die Schulter gelegt«, sagte Micky endlich widerstrebend. »Ich hab ihn nicht bewegt. Irgendwie hab ich sein Gesicht berührt …« Er sah plötzlich aufgeregt aus und fing an, um den Mund herum zu schwitzen. »Meine Finger wurden ganz klebrig, ich wußte, daß es Blut war … Ich bekam Angst – bin zurückgesprungen. Dann hab ich es wieder versucht, wollte seinen Puls finden. Hab sein Handgelenk umfaßt … Mußte mich aber beinahe übergeben.«

»Das war mutig von dir«, sagte Markby und meinte es ernst. »Es noch einmal zu versuchen, meine ich. Aber ihr seid ganz sicher, daß ihr ihn nicht bewegt – nicht versucht habt, ihn umzudrehen?«

»Ihn bewegen! Umdrehen! Ich hab die größte Mühe gehabt, ihn überhaupt anzufassen, zu mehr war ich wirklich nicht imstande.« Micky unterbrach sich; dann: »Ich wollte sicher sein, denn …« Er brach ab und schaute auf das Tier auf seinen Knien hinunter. Seine Finger gruben sich in die lose Hautfalte am Nacken der Katze.

»Denn? Es ist in Ordnung, sag einfach, was du denkst«, ermutigte ihn Markby.

»Ich hab mir gedacht, wenn er noch lebt, aber im Sterben liegt – ich hab gedacht, dann sollte einer von uns vielleicht einen Priester holen ...« Die Worte waren kaum hörbar. Er sah nicht auf. Die beiden Mädchen starrten ihn an.

»Wozu?« fragte Tracy.

»Ich hab's einfach nur gedacht«, sagte Micky unglücklich.

»In Ordnung«, unterbrach Markby freundlich. »Aber dann hast du gemerkt, daß es dafür zu spät war.«

»Ja. Ich hab den Mädchen gesagt, sie sollten ihn nicht anfassen. Ich hatte gespürt, daß er tot war. Tracy ging die Polizei anrufen.«

»Von wo aus? Von hier?«

»Nein, wir haben kein Telefon. Aber gleich um die Ecke ist eine Zelle.«

Die Zeit, um die der Anruf bei der Polizei eingegangen war, konnte man nachprüfen, der Hamburger-Verkäufer würde sich vielleicht an sie erinnern, wahrscheinlich waren sie Stammkunden bei ihm, ebenso der Wirt vom Bunch of Grapes. Es sollte nicht schwierig sein, den Verlauf ihres Abends nachzuvollziehen. Das war eine erfreuliche Abwechslung. Gewöhnlich war es komplizierter. Draußen im Flur hörte man Metall klappern. Der Fotograf stellte seine Lampen auf. Eine neue Stimme erklang, der Polizeiarzt war eingetroffen.

»Ihr habt ihn nicht besonders gemocht?«

»Das heißt nicht, daß wir ihn die Treppe runtergestoßen haben oder sonst was«, sagte Tracy aufmüpfig.

»Das habe ich auch nicht behauptet. Ich hatte nur den Eindruck, daß ihr ihn nicht mochtet.«

»Er hat gesponnen«, sagte Cheryl plötzlich. »Hatte sie nicht alle. Und sein stinkvornehmes Gerede ist mir echt auf den Geist gegangen. Er war ein Blender, das war er.«

Markby sah sie ebenso erstaunt an wie ihre beiden Freunde. Das war für sie nicht nur eine lange Rede gewesen, sie war auch überraschend scharfsinnig.

»Warum ein Blender, Cheryl?« fragte Markby.

»Hab ich doch schon gesagt, diese vornehme Stimme. Und er war auf so 'ner vornehmen Schule. Aber hier mit uns zu wohnen und sich so anzuziehen, wie er's getan hat – als wär er einer von uns, doch das war er nicht. Bei ihm war alles nur Mache. Deshalb hat Deanes auch ein solches Getue um ihn gemacht. Er war einer von denen, keiner von uns.«

O du meine Güte, dachte Markby bedauernd, armer Colin Deanes. Die Leute, denen er am allermeisten helfen wollte, sahen in ihm also nur einen sich in alles einmischenden Wohltäter der Mittelschicht, dessen Loyalität vor allem seinesgleichen galt. Armer Deanes.

»Im Flur fehlt die Glühbirne in der Lampe«, sagte er. »War schon länger keine da?«

Sie sahen sich wieder gegenseitig an. »Gestern war sie noch in Ordnung«, sagte Micky. »Ich habe erst vorige Woche eine neue eingeschraubt. Dauernd gehen die Birnen hier kaputt. Das liegt an den Leitungen.«

»Aber gewöhnlich halten sie länger?«

»O ja, länger schon. Und es war ganz bestimmt eine da.«

Endlich, dachte Markby, und der dumpfe Ärger in ihm wich einem Gefühl der Zufriedenheit. Endlich hat er einen Fehler gemacht. Er hätte die Birne wieder einschrauben müssen, bevor er ging. Er hat gehofft, wir würden glauben, Simon sei über den zerrissenen Treppenläufer gestolpert, ein vorhersehbarer Unfall. Unfall! Der Teufel soll mich holen, wenn... Jemand hatte Pardy gestoßen, und jetzt begann dieser Jemand, gedankenlose Fehler zu machen. Wenn man ihm Zeit ließ... Dann habe ich ihn, dachte Markby grimmig.

»Denkt jetzt nach«, sagte er zu ihnen. »Als ihr nach Hause kamt – wer war als erster an der Haustür und hat sie aufgemacht?«

»Ich«, sagte Cheryl nach einer Pause.

»Bist du sicher?«

»Nein, du warst es nicht«, sagte Tracy lebhaft. »Es war Micky.«

»Nein, ich war's. Micky ist stehengeblieben und hat Boots gerufen.«

»Boots?« fragte Markby.

»Ihn«, sagte Cheryl und zeigte auf die Katze. »Micky ist stehengeblieben, um ihn zu rufen, und ich habe die Tür aufgemacht, ehrlich, Tracy.«

»Jetzt streitet euch nicht deswegen«, sagte Markby hastig. »Was denkst du, Micky?«

»Ich denke, eins von den Mädchen muß sie aufgemacht haben«, antwortete Micky vorsichtig. »Ich habe Boots aufgenommen, hatte ihn auf dem Arm und habe mich nach der anderen Katze umgeschaut, konnte sie aber nicht sehen.«

»Hätte die andere Katze nicht in dem leeren Haus eingesperrt sein können?« fragte Markby schnell. Es war immerhin möglich, daß Simon über die andere Katze gestolpert und dann gefallen war – obwohl das die fehlende Glühbirne nicht erklärte.

»Nein, ist er nicht – war er nicht. Er verschwindet oft tagelang. Wir denken, er läuft meilenweit. Wenn er nämlich nach Hause kommt, ist er ganz staubig und sieht aus, als ob er ein paar Raufereien hinter sich hätte.«

Der König der ortsansässigen Kater, dachte Markby, einen Moment lang belustigt. Verteidigt seine Grenzen. »Du hast also Boots getragen, als ihr ins Haus kamt?«

»Ja, zuerst. Dann hat Tracy oder Cheryl, eine von den beiden, irgendwie gekreischt und ist gestolpert. Und eine hat geschrien, daß Simon auf dem Boden liegt. Da hab ich Boots fallen lassen und hab nachgeschaut.«

»In Ordnung, und jetzt zu dir, Cheryl... War die Haustür abgeschlossen? Mußtest du den Schlüssel benutzen?«

»Ja.«

»Bist du sicher?«

»Natürlich bin ich sicher.«

Markby schaute sich langsam in der Küche um. Es gab eine Hintertür, die nicht sehr stabil aussah, und ein Fenster... Er stand auf, ging zu dem Fenster und bückte sich, um es sich genau anzusehen. »Hat jemand von euch dieses Fenster berührt, seit ihr nach Hause gekommen seid?«

»Nein«, sagten sie im Chor.

»Es ist nicht richtig geschlossen, ist das normal?«

»Ja, wir lassen es immer so«, sagte Mick. »Für den Fall, daß jemand den Schlüssel vergessen hat. Ich meine, hier bricht doch bestimmt keiner ein, oder?«

Oder doch? dachte Markby. »Was ist hier hinten? Ich meine, hinter dem Haus. Ein Garten?«

»Ja, es ist aber nichts Großartiges. Keiner von uns mag Gartenarbeit. Es ist ein einziger Morast.«

Morast. Immer besser. Wenn er Glück hatte, fand er Fußspuren. »Grenzt er an einen anderen Garten oder was?«

»Nein«, sagte Micky. »Er reicht bis zu einer schmalen Seitenstraße. Das tun alle Gärten hier, die auf unserer Seite.«

So ist er also gekommen und gegangen, dachte Markby. Sogar noch besser. So passierte es oft. Man tastete blindlings herum, ohne Anhaltspunkte, nur auf seinen Instinkt angewiesen, und plötzlich hatte man Glück. »Ich möchte, daß niemand dieses Fenster oder die Hintertür berührt und niemand in den Garten geht, verstanden?«

»Verstanden«, sagten sie folgsam.

Auf einmal stellte Markby fest, daß er sie alle mochte. Es waren wirklich recht nette Kids. Es war ein Jammer wegen der Ketten und der Metallnieten, aber daraus würden sie hinauswachsen. Er fand die Art, wie sie zusammenhielten, irgendwie rührend. Von ihren Familien getrennt, bildeten sie eine eigene Familie, hausten in diesem katastrophalen Gemäuer, adoptierten die beiden streunenden Katzen und gingen am Abend gemeinsam aus. Und in diese Umgebung war Simon gekommen, der Außenseiter, der Eindringling, der nie akzeptiert worden war.

»Wieso hat Simon hier gewohnt?« fragte er.

»Micky hat ihn in einem Pub kennengelernt«, sagte Tracy.

»Wir haben einen vierten gebraucht«, erklärte Micky

nervös. »Er suchte eine Wohnung, und er hat seinen Mietanteil immer pünktlich bezahlt. Wir wissen überhaupt nichts von ihm. Er hat nie was erzählt – von sich selbst, wissen Sie?«

»Wißt ihr, wo er vorher gewohnt hat?«

Micky schüttelte den Kopf.

»Jedenfalls nicht hier in der Nähe«, sagte Tracy plötzlich auf ihre aggressive Weise. »Wir haben ihn vorher nie gesehen. Er ist einfach eines Abends im Bunch of Grapes aufgetaucht, wie Micky schon gesagt hat.«

Markby lächelte ihnen zu. »Ihr werdet eure Aussagen später unterschreiben müssen, aber das kann ein paar Minuten warten. Macht euch eine Tasse Tee, nichts dagegen einzuwenden – aber berührt mir diesen Fensterrahmen nicht.«

Er ging hinaus, wo der Arzt eben dabei war, seine Tasche einzupacken. »Hallo, Alan«, sagte er griesgrämig. »Ohne Obduktion möchte ich sagen, Schädelbruch und gebrochenes Genick, beides kann die Todesursache gewesen sein. Haben Sie was dagegen, wenn ich jetzt nach Hause gehe? Ich schicke Ihnen morgen früh einen genauen Bericht, nachdem ich ihn mir genauer angesehen habe.«

»Fein, danke für Ihre Hilfe.«

Der Arzt ging. Markby ordnete an, Küchenfenster und Tür auf Fingerabdrücke zu untersuchen. Die Ambulanz war eingetroffen, als er in der Küche mit den jungen Leuten gesprochen hatte, und wartete draußen mit blinkenden Lichtern. Pearce kam sehr vorsichtig die wacklige Treppe herunter.

»Jagd frei!« sagte Markby vergnügt zu ihm. »Ausreichend verdächtige Umstände. Was haben Sie gefunden?«

»Ein oder zwei Dinge, die Sie interessieren werden, Sir.« Pearce ging ihm die Treppe hinauf voran. In allen Schlafzimmern war jetzt Licht und der Flur einigermaßen hell. »Zuallererst« – Pearce zeigte auf den Treppenpfosten bei der obersten Stufe – »Fasern. Irgendein Stoff hat sich da verfangen. Könnte natürlich von ihren Sachen stammen. Andererseits – der Schaden im Holz sieht neu aus.«

Markby bückte sich und schaute genau hin. In einem Holzsplitter des Pfostens hingen ein paar Wollfasern. Wie Pearce gesagt hatte, war das Holz hinter dem Splitter hell und sauber. Der Schaden war erst vor kurzem passiert. »Passen Sie gut auf die Fasern auf. Bringen Sie sie ins kriminaltechnische Labor. Lassen Sie alle ihre Sachen prüfen, auch die von Pardy. Pardy hatte einen langen Mantel – aber für mich haben die Fasern nicht die richtige Farbe. Überprüfen Sie das trotzdem. Was haben Sie sonst noch gefunden?«

Pearce grinste. »Es wird Ihnen gefallen, Sir.« Er trat zur Seite und zeigte mit einer schwungvollen Geste in Pardys Zimmer.

Mit angeekelter Miene trat Markby ein. Was für ein Saustall. »Hallo«, sagte er. Er ging zum Tisch hinüber, auf dem verstreut Simon Pardys »Arbeit« lag. Zeitungen, Schere, Klebstoff… Zerschnittene Wörter, einzelne Druckbuchstaben… Billiges Papier und Briefumschläge.

»Er war es«, sagte Pearce. »Er hat diese Briefe geschickt.«

»Sieht ganz danach aus, nicht wahr? Wir werden das Papier mit Tom Fearons Brief und dem Brief vergleichen, den der Master bekommen hat. Und den Druck und auch den Klebstoff.« Markbys Augen glitten durch den unordentlichen Raum. »Durchsuchen Sie dieses Prunkzimmer sorgfältig.«

Er stieg die Treppe wieder hinunter und blieb auf der untersten Stufe stehen, denn eben wurde Pardys Leiche auf einer Bahre hinausgetragen. Ein Unfall zuviel. Jetzt wußte er, daß er einen Mörder suchte. Und einen, der in seinen Methoden nachlässig wurde, nervös – es wuchs ihm alles über den Kopf. Panik setzte ein. Markby starrte auf den dunklen Fleck auf dem Fußboden. Wenn sie ihn nicht fanden, würde er wieder töten.

Als Meredith am späteren Vormittag zur gerichtlichen Untersuchung von Harriet Needham eintraf, nieselte es. Sie parkte den Wagen im Vorhof des Gebäudes und wagte sich dann in den feinen Sprühnebel hinaus, der verstohlen, aber unbarmherzig ihr Haar durchnäßte und durch die Kleider drang. Sie trug einen gefütterten Regenmantel, um nicht zu frieren, weil der Anorak für den ernsten Anlaß kaum angemessen erschien – doch für das feuchtkalte Wetter reichte der Mantel nicht aus, und sie fröstelte.

Irgend etwas stimmte mit der Heizung in dem Raum nicht, in dem die gerichtliche Untersuchung abgehalten werden sollte. Die Heizkörper waren kaum warm. Als die Leute eintrafen, drängten sie sich mit spitzen, verfrorenen Gesichtern aneinander und murrten über Kälte und Regen. Hinter all ihren Klagen konnte man in den Augen die Angst vor dem Verfahren lesen, das bald beginnen würde.

Frances Needham-Burrell, einfach prachtvoll ganz in Schwarz, das weizenblonde Haar zu einem Zopf geflochten, sagte heftig: »Wenn dieser Coroner versuchen sollte, mich mit irgendeinem idiotischen Urteil abzuspeisen, indem er von einem Mißgeschick oder Unfall quatscht, dann soll er mich kennenlernen!«

Jack Pringle war gekommen, trübsinnig in seinem Dufflecoat, und Tom Fearon, unnatürlich herausgeputzt und respektabel in einem knielangen dunkelblauen Mantel, in der Hand einen Herrenhut, wie er ihn auf Pferderennbahnen gesehen hatte. Er grüßte mürrisch und kehrte dann allen den Rücken.

»Tom in einer seiner Launen«, sagte Pringle. Er schneuzte sich in ein großes blaues Taschentuch. »Mir macht das feuchte Wetter Beschwerden. Es wirkt sich verheerend auf meine Nebenhöhlen aus.«

»Sie sind Arzt«, sagte Frances mitleidlos.

»Aber für meine Nebenhöhlen kann ich trotzdem nichts.«

Mrs. Brissett und Fred kamen und sahen nervös aus. Fred hatte sich eine Unmenge Pomade ins Haar geschmiert und beim Rasieren geschnitten; Mrs. Brissett die Bommelmütze gegen einen Jerseyturban vertauscht und ihre Reißverschlußstiefel gegen Pumps, in denen sie unsicher schwankte und die offensichtlich qualvoll unbequem waren.

Colonel Stanley erschien in Begleitung seiner Frau und in einem Anzug, den er vermutlich nur zu Beerdigungen trug; sie, einen Regenschirm schwenkend, absolut unerschütterlich in Tweed, festen Wanderschuhen und dicken Strümpfen.

»Ich hoffe, die Sache dauert nicht zu lange«, sagte sie. »Wir haben die Burschen im Fond des Wagens gelassen. Wenn sie sich langweilen, fressen sie alles mögliche an.«

Pringle machte ein leicht verwirrtes Gesicht, und der Master erklärte: »Die Hunde ...«

»Oh«, sagte Pringle und schneuzte sich wieder.

»Sind Sie erkältet, Jack?« fragte Charlotte. »Versuchen Sie's mit einem Tropfen Whisky im Tee. Ich halte nichts von Medikamenten gegen Erkältungen.«

Meredith sah sich nach Markby um, doch bisher war er nicht erschienen. Aber jemand anders war da, wie sie überrascht feststellte. Rupert Green war hinter den zuletzt Eingetroffenen in den Raum geschlüpft; er trug einen Kamelhaarmantel und stand allein im Hintergrund, die in Schweinslederhandschuhen steckenden Hände auf eine Sessellehne gestützt. Er begegnete Merediths Blick und nickte leicht. Meredith nahm den Gruß mit einem frostigen Nicken zur Kenntnis. Demnächst werden wir einander unsere Sekundanten schicken, um die Wahl der Waffen zu bestimmen, dachte sie ironisch und fragte sich dann, wo Alan steckte.

In diesem Augenblick hastete er zur Tür herein; er sah ziemlich zerzaust aus, als sei er die ganze Nacht wach gewesen. »Guten Morgen, guten Morgen«, murmelte er nach allen Seiten und verschwand dann wieder durch eine Seitentür. In einem weiter entfernten Korridor waren Stimmen zu hören, wurden abwechselnd lauter und leiser.

Ein Frösteln lief Meredith das Rückgrat hinunter. Es ist etwas schiefgegangen, dachte sie. Etwas ist passiert – etwas Wichtiges, Entscheidendes.

In dem Raum, in dem sie warteten, hatte sich die Atmosphäre unmerklich verändert. »Was ist los?« sagte Fran leise. »Sie fangen spät an?«

»Wir könnten uns genausogut setzen, Charlotte«, sagte der Master. »Ich schätze, wir werden eine Weile bleiben müssen.«

»O Lieber, ich hoffe nur, die Burschen zerkauen nicht wieder die Armstützen.«

»Das hoffe ich auch – verdammte Flegel.«

»Das Leder macht sie krank. Du hättest Zeitungspapier in den Wagen legen sollen, Bungy.«

»Oh, verflixt«, sagte der Master. »Mir ist eben eingefallen, ich habe meine *Times* auf dem Beifahrersitz liegenlassen.«

Im vorderen Teil des Raums wurde es lebendig. Der Coroner war eingetreten, begleitet von einem blassen Mann in einem blankgewetzten dunklen Anzug, und Markby, der vergeblich versuchte, sich das Haar glattzustreichen und seine Erscheinung in Ordnung zu bringen. Alle nahmen hastig Platz. Die gerichtliche Untersuchung wurde mit der üblichen Einleitung eröffnet, und Meredith wartete gespannt darauf, daß der erste Zeuge aufgerufen wurde.

Das war der Moment, in dem sie bemerkte, daß Simon Pardy nicht anwesend war. Aber er war doch gewiß der Hauptzeuge und mußte aussagen? Sie sah sich um und begegnete Rupert Greens Augen. Er warf ihr einen stählernen Blick zu.

Der Coroner beugte sich vor. »Inspektor Markby, ich glaube, daß Sie diesem Gericht ein Ansuchen vortragen wollen.«

»Ja, Sir …« Markby erhob sich. »Ich möchte um Vertagung dieser Anhörung bitten.« Ein Seufzer zitterte durch den Gerichtsraum, gefolgt von absoluter Stille.

»Aus welchem Grund?«

»Wir wurden heute nacht zu einem Toten gerufen, der unter verdächtigen Umständen gestorben ist, und es handelt sich um jemanden, der bei dem heutigen Verfahren eine wesentliche Rolle gespielt hätte. Möglicherweise besteht ein Zusammenhang mit seinem und dem Tod von Miss Needham. Die Polizei ermittelt, und es ist möglich, daß wir es mit einem Verbrechen zu tun haben.«

»In Ordnung«, sagte der Coroner. »Im Hinblick auf ein späteres gerichtliches Verfahren wird diese gerichtliche Untersuchung bis auf weiteres vertagt, um der Polizei die erforderliche Zeit zu geben, ihre Ermittlungen fortzusetzen. Dieses Gericht wird zu einem späteren Zeitpunkt wieder zusammentreten, und man wird die beteiligten Personen informieren.«

Ein kleines Chaos brach aus, als der Coroner sich zurückgezogen hatte, und Markby sah sich von allen Seiten bedrängt.

»Wo ist Pardy?« fragte Meredith. »Was ist mit ihm passiert?«

»Was heißt das, er ist tot?« Fran redete nicht lange um den Brei herum. »Wer hat ihn getötet?«

»Tut mir leid, darüber kann ich nicht sprechen.« Markby versuchte sich aus der Menge zu lösen, die ihn umgab.

»Sie müssen mit mir darüber sprechen, ich bin Harriets nächste Verwandte«, sagte Frances hartnäckig.

»Ich komme zu Ihnen ins Hotel, aber wahrscheinlich noch nicht heute. Heute habe ich sehr viel zu tun. Ich komme morgen.« Markby erzwang sich einen Weg durch die Menge, fing Merediths Blick auf, öffnete den Mund, um etwas zu sagen, schloß ihn wieder und sah sie mit einem bedeutsamen Blick an, mit dem er ihr vermutlich sagen wollte, daß er sie später anrufen würde. Das dachte sie jedenfalls. Oder hoffte sie es? Sie sah ihn durch den Haupteingang verschwinden.

Irgendwie drängten alle in einem tumultartigen Chaos hinter ihm hinaus. Green entfernte sich hastig im Regen. Langsam zerstreuten sich die anderen, nachdem sie sich gegenseitig ein paarmal nutzlos gefragt hatten, was geschehen sein mochte, und wild herumspekulierten, was wohl der Grund für die Vertagung gewesen war.

Meredith ging langsam zu ihrem Wagen. In dem Kombiwagen, der hinter ihr parkte, bellten Charlottes Hunde wie verrückt, als sie Leute aus dem Gebäude kommen sahen. Das Innere des Wagens war übersät mit zu Konfetti verarbeiteten Zeitungsseiten. Die Burschen hatten sich selig mit der *Times* die Zeit vertrieben. Sie kam zu ihrem Wagen, steckte die Schlüssel ins Türschloß und merkte plötzlich, daß Pringles Wagen neben dem ihren stand und der Doktor, die Hände am Steuer, reglos auf dem Fahrersitz saß und auf das Armaturenbrett starrte. Erschrocken bückte sich Meredith und klopfte ans Fenster. »Dr. Pringle? Geht es Ihnen gut?«

Pringle fuhr zusammen und blickte auf. Der glasige Ausdruck verschwand aus seinen Augen, und er kurbelte das Fenster herunter. »Ja – tut mir leid, Miss Mitchell. Ich habe nur nachgedacht…« Er verstummte wieder.

»Geht es Ihnen auch wirklich gut?« fragte sie zweifelnd.

»Ja – ja. Es ist nur – ich war innerlich so angespannt und darauf eingestellt, auszusagen – wegen Harriet… Und dann war es gar nicht nötig.« Er sah sie beinahe schüchtern an. »Um ehrlich zu sein, ich hatte Angst davor. Ich – ich hatte sie sehr gern.«

»Das wußte ich nicht«, gab Meredith zu. »Aber ich kann es verstehen. Ich kannte sie nicht sehr lange, habe sie aber auch sehr gemocht.«

»Ich habe sie geliebt«, sagte Pringle schlicht. »Ich wollte sie heiraten. Nur ein alberner Traum von mir. Ich meine, ich hatte nichts zu bieten. Einmal habe ich sie gefragt – sie hat mich abgewiesen. War nicht anders zu erwarten. Sie hatte natürlich völlig recht. Trotzdem hat es mich damals ganz schön gebeutelt. Ich habe früher die Jagden mitgeritten, aber danach hab ich's aufgegeben, hab mein Pferd und alles übrige verkauft. Ich ertrug es nicht zu sein, wo sie war, in Gesellschaft, auf Jagdbällen, bei Kirchturmrennen, solchen Sachen eben. Sie mit anderen zu sehen… Entschuldigen Sie, Miss Mitchell, ich rede und finde kein Ende.« Er lächelte mühsam.

»Schon gut, Dr. Pringle. Es tut mir leid, wirklich.« Mit hilfloser Verzweiflung sah Meredith ihn an. Nichts, was sie sagen konnte, würde etwas ändern. Pringle hatte geliebt und verloren. Auf der ganzen Welt gab es keine Situation, in der man einsamer war. Sie streckte die Hand aus und berührte die regennasse Schulter seines Dufflecoats. »Es tut mir wirklich aufrichtig leid.«

Auf der Heimfahrt ließ der Regen nach, und als sie von der Hauptstraße abbog, stellte sie die Scheibenwischer ab. Ein Blick in den Rückspiegel zeigte ihr, daß hinter ihr ein anderer Wagen auf die Landstraße einbog, in dem sie unschwer Tom Fearons Mercedes erkannte. Sie fuhr seitlich heran, damit er überholen konnte, doch er schien es zufrieden, ihr weiterhin in einem gleichbleibenden Abstand zu folgen. Vielleicht, dachte sie, will er bei Fenniwicks Garage anhalten und tanken. Aber auch da bog er hinter ihr in die schmale Straße nach Pook's Common ein. Vor ihrem Cottage hielt Meredith an und stieg aus. Der Mercedes fuhr vorbei, doch sie war nicht überrascht, als er ein paar Meter weiter ebenfalls hielt, Tom ausstieg und auf sie zukam. Sie wartete auf ihn.

»Wissen Sie irgend etwas über das Ganze – dort?« fragte er ohne Einleitung und wies mit dem Kopf ganz allgemein in die Richtung von Bamford.

»Nein, sollte ich?« fragte sie ärgerlich.

»Sie sind doch Alans Freundin, oder?«

»Aber nur Freundin im üblichen Sinn…« Sie sah den ironischen Ausdruck in Fearons dunklen Augen, und ihr Ärger nahm zu. »Er redet mit mir nicht über seine Arbeit, und außerdem hatte ich seit vorgestern keine Gelegenheit, richtig mit ihm zu sprechen.«

Hab ich wirklich nicht, dachte Meredith mürrisch. Wir haben uns im Moment nicht viel zu sagen. Aber das ging Tom Fearon nichts an.

Fearon murmelte etwas und schob die Hände in die Taschen seines blauen Mantels. »Wenn jemand Pardy umgebracht hat, wundert mich das nicht, aber ich war es nicht. Ich nehme an, die Vertagung bedeutet, daß Alan herumgehen und uns alle fragen wird, wo wir jede Minute an jenem verdammten Tag und in jener verdammten Nacht waren!« Er starrte Meredith aufsässig an. »Ich habe auf das gewartet, was sie alle zu Harriet zu sagen haben würden – diese Leute, die sich einbilden, sie gekannt zu haben«, sagte er unvermittelt.

»Die es sich einbilden?« Meredith hob die Brauen. »Sie denken also, sie hätten Harriet nicht richtig gekannt?«

»Nein«, sagte Fearon leicht empört. »Hören Sie, ich habe sie fünf Jahre lang mehr oder weniger jeden Tag gesehen. Ich habe Harriet gekannt. Sie hat auf alle den Eindruck gemacht, als wäre sie selbstbewußt, unabhängig, schwierig – aber es war nicht Selbstbewußtsein, es war Abwehr, das Bedürfnis, sich zu schützen.«

»Es kam mir so vor«, sagte Meredith langsam, »als sei sie im Grunde sehr scheu.«

»Ach, tatsächlich?« Das brachte ihr einen anerkennenden Blick von Fearon ein. »Da waren Sie der Wahrheit näher als die meisten. Harriet mußte immer etwas beweisen – nicht anderen, obwohl ich das am Anfang dachte, nein, sich selbst.«

»Wie kommen Sie darauf?« Meredith dachte daran, ihn auf eine Tasse Kaffee ins Haus zu bitten, doch ihre

Besonnenheit sagte ihr, daß sie ihn später vielleicht nicht so leicht loswerden würde. Es regnete nicht mehr; sie konnten genausogut hier draußen reden.

»Durch ihr Verhalten. Als sie herkam, tauchte sie eines Vormittags im Stall auf und erkundigte sich, was es kostet, ein Pferd bei mir einzustellen. Sie wollte sich eins kaufen und brauchte einen Stall in der Nähe. Wir besprachen die Bedingungen, und sie fragte mich, ob ich ein Tier wüßte, das zum Verkauf stand. Sie wollte ein leichtes Jagdpferd. Ich wußte keins, sagte ihr aber, daß demnächst ein paar Pferdeversteigerungen stattfinden sollten. Ich schlug ihr vor, sie zu begleiten, falls sie nicht wüßte, wie hoch sie bieten sollte. Sie sagte, daß sie damit schon allein fertig werden könnte – sagte es sogar ziemlich scharf. Also dachte ich mir, na schön, mach nur, aber beschwer dich hinterher nicht, wenn sie dir irgendeinen x-beinigen alten Klepper andrehen, der auf einem Auge blind ist und einen schlechten Charakter hat. Aber sie ist mit Blazer zurückgekommen, einem netten, gesunden Pferd mit einem guten Temperament – zwar ein bißchen außer Form, weil er vernachlässigt worden war, aber es fehlte ihm nichts, was man nicht durch gutes Futter und allgemeine Fürsorge wiedergutmachen konnte. Da war mir klar, daß sie ein gutes Pferd erkannte, wenn sie eins sah.«

Meredith unterdrückte ein Lächeln. Fearon schätzte die Menschen offenbar danach ein, ob sie ein gutes Pferd von einem schlechten unterscheiden konnten.

»Aber sie hatte es selbst tun müssen, verstehen Sie? Und es war immer dasselbe – nehmen Sie nur diese vornehme Kocherei. Warum konnte sie nicht Fleisch und zweierlei Gemüse auf den Tisch bringen wie jede andere Frau? Mir persönlich ist das jedenfalls lieber. Ich mag diese Saucen nicht – man weiß nie, was drin ist. Mein Essen muß durchschaubar sein. Aber nein, Harriet mußte die beste Köchin weit und breit sein. Sie haßte es, wenn etwas mißlang. Sie haßte es, einen Fehler zu machen. Deshalb vermutete ich, daß sie irgendwann einmal einen schlimmen Fehler begangen hat und noch immer versuchte, damit fertig zu werden.« Tom zuckte mit den Schultern. »Ich schätze, sie hätte jemanden gebraucht, der sich um sie kümmert.«

»Also ganz gewiß nicht Sie«, sagte Meredith grob. Doch da Tom bestimmt immer behauptete, er wisse ein offenes Wort zu schätzen, nun, dann sollte er es auch zu hören bekommen.

»Ich habe nicht von mir gesprochen«, entgegnete er grollend. »Andererseits – was stimmt nicht mit mir? Wahrscheinlich habe ich dreckige Stiefel und rieche nach Pferd. Ich entschuldige mich dafür.«

»Das war's nicht, was ich gemeint habe.«

»O doch, genau das war es. Aber es beruht auf Gegenseitigkeit, Schätzchen – Sie sind die Sorte Frau, die ich höchst ärgerlich finde und die keinerlei ausgleichende Eigenschaften hat. Harriet konnte einen Mann zum Wahnsinn treiben – aber sie entschädigte ihn auf andere Weise.«

»Sie machen mich krank!« sagte Meredith wütend. »Sie alle. Sie meinen, sie wäre nur gut fürs Bett gewesen. Das ist das einzige, was für Sie zählt, nicht wahr?«

»Versuchen Sie's, bevor Sie's verdammen.« Seine Augen funkelten spöttisch. »Sie wissen, wo ich zu finden bin.« Er machte kehrt und ging zu seinem Mercedes zurück.

Meredith stürmte ins Haus, sah das Telefon an und sagte beschwörend: »Ruf mich jetzt nicht an. Ruf mich jetzt bitte nicht an, Alan! Ich würde ein Dutzend Dinge sagen, die ich hinterher bitter bereuen müßte.« Gnädigerweise blieb das Telefon stumm. Nach einer Weile, als sich ihr im Zusammenhang mit Pardy Fragen aufzudrängen begannen, schien das kein solcher Segen mehr zu sein.

Doch Markby hatte andere Sorgen. Als er in die Polizeistation zurückkam, wartete Pearce im Korridor auf ihn.

»Mrs. Turner ist hier, Sir. Möchte mit Ihnen sprechen. Sie ist Pardys Mutter. Mit Pardys Vater war sie in erster Ehe verheiratet. Jane ist im Augenblick bei ihr.«

»Das ging aber rasch!« rief Markby. »Wie hat sie so schnell davon erfahren?«

»Ich habe unter Pardys Sachen einen Brief von ihr gefunden, das dortige Polizeirevier angerufen und denen gesagt, sie sollten jemanden zu ihr schicken«, sagte Pearce.

Markby nickte. »Gute Arbeit. Wie ist sie?«

»Nette Frau – nicht, was ich eigentlich erwartet hätte.«

Markby öffnete die Tür seines Büros. Constable Jones redete mit einer kleinen, blassen, ordentlich gekleideten Frau in den Vierzigern. Auf dem Schreibtisch stand eine halbleere Tasse Tee. Mrs. Jones sprang auf, als Markby eintrat, und er entließ sie mit einem Nicken. Er zog sich einen Stuhl heran und setzte sich Mrs. Turner gegenüber, die ihn aus verwirrten und vom Weinen rotgeränderten Augen fassungslos ansah.

»Es tut mir sehr leid, Mrs. Turner«, sagte er. »Ein schrecklicher Schock für Sie.«

»Reg – mein Mann – ist in Schottland«, flüsterte sie. Sie räusperte sich und bemühte sich, lauter zu sprechen. »Sonst wäre er auch gekommen. Ich hatte keine Zeit, mich mit ihm in Verbindung zu setzen – er ist auf einer Geschäftsreise, und es ist schwierig, ihn tagsüber zu erreichen. Deshalb bin ich mit dem Zug heruntergekommen. Ich wollte nicht selbst fahren – war zu aufgeregt, unmöglich, mich zu konzentrieren, und wir wohnen in der Nähe des Bahnhofs. Mein Nachbar war so nett, die British Rail Information anzurufen, und da hat man ihm gesagt, daß es eine gute Verbindung gibt.« Nervös spielte sie mit der Handtasche, die sie auf dem Schoß liegen hatte. Ihre Finger mußten mit den Jahren dünner geworden sein, denn der Verlobungsring mit dem Solitär und der Ehering saßen sehr locker. »Ich bin Lehrerin – unterrichte aber nur als Vertretung. Zum Glück braucht man mich im Moment nicht an der Schule, deshalb konnte ich auch sofort kommen, ohne etwas regeln zu müssen.«

»Ich verstehe. Hatten Sie – verzeihen Sie, wenn ich das frage – hatten Sie engen Kontakt mit Ihrem Sohn?«

Unglücklich schüttelte sie den Kopf. »Nein, er war immer ein Problem. Aber das war nicht ausschließlich seine Schuld.« Sie fügte die letzten Worte hastig hinzu, als müsse sie sich und ihren Sohn verteidigen, und warf Markby einen nervösen Blick zu. »Sehen Sie, sein Vater starb, als er drei war, und ich mußte allein zurechtkommen. Er war ein sehr verschlossenes Kind. Ich mußte ihn in einer Kindertagesstätte und bei Tagesmüttern lassen, während ich arbeiten ging. Manche Kinder werden dadurch unabhängig, andere kapseln sich einfach ab. Das hat auch Simon getan. Später, als er in die Schule ging, hatte er nie richtige Freunde. Es war ziemlich peinlich, wenn er Geburtstag hatte. Ich richtete immer eine kleine Party für ihn aus, aber es war schwierig, Kinder zu finden, die ich einladen konnte. Am Schluß lud ich die Kinder der Nachbarn ein – doch selbst auf seiner eigenen Party schien er nie mit ihnen zu spielen.«

Sie verstummte und griff mit zitternder Hand nach ihrer Teetasse. Markby wartete geduldig. Doch die Geschichte begann allmählich vertraut zu klingen.

»Ich machte mir Sorgen um ihn, dachte, daß er möglicherweise eine männliche Bezugsperson brauchte. Ein Junge, der von der Mutter großgezogen wurde – das war vielleicht doch nicht das beste, und am Ende würde eine andere Umgebung ihm mehr zusagen. Also schickte ich ihn auf eine Internatsschule. Sie kostete eine Menge Geld, aber wegen meiner besonderen Situation – ich hätte erwähnen sollen, daß ich eine Armeewitwe war. Mein Mann wurde bei Natomanövern in Deutschland bei einem Unfall getötet... Jedenfalls gab die Schule Simon ein kleines Stipendium, das mir sehr geholfen hat, und seit er dort war, konnte ich ganztags arbeiten und verdiente mehr. Die Schule war nicht sehr weit entfernt. Er konnte übers Wochenende nach Hause kommen, wenn er wollte. Ich dachte, er werde endlich aus sich herausgehen. Es war ein Wagnis, aber ich fand, man müsse es versuchen. Ich hatte auch mehr Freizeit und konnte ein bißchen ausgehen, ein paar örtlichen Vereinen beitreten. Dort habe ich Reg kennengelernt, meinen zweiten Mann. Er war Witwer und ebenfalls Mitglied des Historischen Vereins. Wir verstanden uns gut, hatten viele gemeinsame Interessen. Wir heirateten.«

»Wie alt war Simon damals?«

»Oh, vierzehn – alt genug, um zu verstehen, dachte ich. Und Reg hat sich ehrlich für ihn interessiert, versucht, ihm ein Vater zu sein – aber Simon hat ihn immer nur zurückgewiesen.«

Das überrascht nicht, dachte Markby. Der Junge hatte in seinem ganzen Leben nie eine Vaterfigur gehabt, und mit vierzehn plötzlich eine präsentiert zu bekommen – das konnte nur schiefgehen.

»Mit sechzehn hat er die Schule ganz hingeworfen – bei allen Prüfungen versagt. Nicht, weil er nicht intelligent gewesen wäre –, aber er – nun ja, ich muß es sagen, ich denke, er hat absichtlich nicht bestanden. Aus Bosheit – um uns zu bestrafen – es klingt schrecklich …« Ihre Stimme erstarb. »Ich denke, er hat uns gehaßt.«

»Wahrscheinlich war das eine Phase, durch die er durch mußte«, sagte Markby. »Viele junge Leute rebellieren gegen ihre Eltern.«

»Ja …« Ihr Gesicht hellte sich auf. »Ja, das tun sie. Ich weiß. Nun, Simon hat die Schule verlassen und ist nach London durchgebrannt. Zum Glück haben wir ihn gefunden und nach Hause geholt. Er war noch nicht volljährig. Die Polizei in London hat gesagt, wir hätten großes Glück. So viele Halbwüchsige, die nach London durchbrennen, verschwinden einfach, und die Eltern finden sie nie mehr. Simon blieb ungefähr sechs Monate zu Hause, dann lief er wieder weg. Diesmal konnten wir ihn nicht aufspüren. Mit achtzehn tauchte er eines Tages wieder auf. Ich denke, er hatte im Freien geschlafen, hatte kein Geld mehr und war nicht so recht gesund… Wir haben ihn aufgenommen, natürlich. Wir hofften…« Sie holte tief Atem. »Es ging nicht. Er wollte sich keine Arbeit suchen, lungerte nur im Haus herum. Reg fing an, an ihm herumzunörgeln. Es gab einen furchtbaren Krach, Simon packte seine Sachen und ging. Einfach so. Danach lebte er mal hier und mal dort, an allen möglichen Orten. Manchmal hat er mich besucht – gewöhnlich, wenn er Geld wollte.« Sie sah Markby sehr offen an. »Mir ist klar, warum er gekommen ist. Ich habe es Reg erzählt, wenn er dagewesen war, aber ich habe ihm nie gesagt, daß ich Simon Geld gegeben habe. Reg hätte es nicht verstanden.«

»Ich verstehe«, sagte Markby. Er hatte schon Hunderte ähnlicher Geschichten gehört, aber sie waren immer wieder herzzerreißend.

»Ich habe mir immer Gedanken über die Leute gemacht, mit denen Simon zusammen war«, sagte Mrs. Turner.

»Wenn es für Sie ein Trost ist, Mrs. Turner, die drei jungen Leute, mit denen er hier in Bamford gewohnt hat, sind wirklich nett – wenn auch sehr seltsam angezogen und so weiter. Ich glaube nicht, daß sie jemandem etwas zuleide tun würden.«

»Es ist schön, das zu wissen«, sagte sie dankbar. »Wann – wann wird seine Leiche freigegeben? Wann können wir Simon begraben?«

»Noch nicht, leider. Aber ziemlich bald, hoffe ich. Es wird eine gerichtliche Untersuchung anberaumt.«

»Ja – natürlich. Es ist merkwürdig, man macht sich wegen so vieler Dinge Sorgen. Wegen Drogen, zum Beispiel. Ich hatte Angst, Simon könnte drogenabhängig werde. Ich hätte nie gedacht – Ihr Sergeant hat gesagt, es gebe bei Simons Tod verdächtige Umstände. Das bedeutet Mord, nicht wahr? Ich meine, an Mord denkt man einfach nie, nicht wahr?«

Unglücklich rutschte Markby in seinem Sessel hin und her. »In meinem Beruf muß man das leider oft, Mrs. Turner.«

»Ja, natürlich. Nur eins verstehe ich nicht: Warum sollte jemand Simon töten wollen? Ich weiß, er war schwierig – aber er hat niemanden bedroht, und ich wüßte nicht, was er getan haben könnte, daß jemand so zornig auf ihn werden konnte. Wissen Sie es?«

»Noch nicht, Mrs. Turner«, sagte er. »Aber ich versuche es herauszufinden.«

Als sie gegangen war, saß Markby eine Zeitlang in Gedanken versunken an seinem Schreibtisch und malte Gänseblümchen in Blumentöpfen auf einen Zettel. Als er am Ende der dritten Reihe angelangt war, klingelte das Telefon neben ihm. Es war der Pathologe.

»Hallo, Alan, ich bin mit Ihrem jungen Opfer fertig und schicke Ihnen den Bericht, sobald ich jemanden gefunden habe, der ihn mir tippt, aber ich dachte mir, daß Sie vielleicht sofort wissen wollen, daß er hinter dem rechten Ohr eine Quetschung hat.«

»Die nicht von dem Sturz herrührt?« fragte Markby

scharf. Er ließ den Kugelschreiber fallen und das letzte Gänseblümchen ohne Topf in der Luft hängen.

»Theoretisch könnte es mit dem Sturz zusammenhängen, aber ich bin der Meinung, daß es unwahrscheinlich ist. Von dem Winkel und der Art der Verletzung würde ich sagen, daß wir es hier mit einem gemeinsamen alten Freund zu tun haben – dem berühmten stumpfen Gegenstand.«

»Haben noch keinen gefunden.« Verdammt, das hieß, zurück in die Jubilee Road und noch einmal den Garten und die Seitengasse durchsuchen.

»Wie ich es sehe«, fuhr die Stimme an seinem Ohr fort, »ist von hinten ein Rechtshänder gekommen und hat ihm eins hinters Ohr versetzt. Er ist dann einen Augenblick benommen gewesen und wie ein Kartoffelsack die Treppe hinuntergestürzt.«

Markby legte auf. Es gibt Worte, die uns in der Erinnerung verfolgen. Simons Worte begannen den Mann zu verfolgen, dessen Aufgabe es war, den Mörder zu finden. »Sie ist runtergefallen wie ein Sack Kartoffeln.«

»Wer behauptet da, das Schicksal sei blind?« sagte Markby laut.

KAPITEL 12

Am selben Freitagvormittag schob sich der Müllwagen langsam und mit großer Verspätung um die Ecke der Jubilee Road. Es war nach einem großen gesetzlichen Feiertag immer das gleiche und nach Weihnachten und Neujahr am schlimmsten. Die regelmäßige Entsorgung des Haushaltsmülls war unterbrochen, die Leute mit schwarzen Plastiksäcken für den zusätzlich anfallenden Müll ausgestattet worden, der nach den Feiertagen die doppelte Menge ausmachte.

Sie fingen in der Jubilee Road wie in jeder anderen Straße an. Zwei Müllarbeiter in ihren städtischen gelben Overalls gingen rasch auf beiden Seiten die Straße entlang und sammelten Plastiksäcke und andere Behälter ein und stapelten sie in Abständen ordentlich auf. Dann begann der Müllwagen seine würdevolle Fahrt, hielt bei jedem Stapel an, und die gelb gewandeten Müllarbeiter nahmen Säcke und Schachteln und warfen sie ihm in den Rachen, wo ein Satz metallener Zähne sie ins Innere des Wagens beförderte.

Dieser vom Fest übriggebliebene Abfall hatte etwas Wehmütiges. Fröhlich buntes Geschenkpapier, mit Rentieren und Weihnachtsmännern bedruckt, schaute zusammengeknüllt aus den Plastiksäcken heraus, die geplatzt oder von Katzen aufgerissen worden waren.

Eine leere Sektflasche, mit der ein weiteres Jahr begrüßt worden war, steckte zwischen den abgenagten Resten eines Truthahns, eine Kette Weihnachtsbaumlichter, die nicht funktioniert hatte, ein Spielzeug, teuer, aber schon zerbrochen und nicht mehr zu reparieren …

Zwischen den durchweichten Teebeuteln und Kartoffelschalen sah man Fragmente von Weihnachtskarten, auf denen Leute zu sehen waren, die durch Schneewehen in die Kirche stapften, obwohl Bamford schon seit Jahren keine weiße Weihnacht mehr gesehen hatte. Und viele Kirchgänger gab es in der Jubilee Road auch nicht.

Vor Nummer dreiundvierzig blieb der Müllarbeiter, der die Säcke einsammelte, stehen und tauschte abschätzende Blicke mit einem uniformierten Constable, der den Eingang versperrte. Eine Tigerkatze schlich um den zerrissenen Müllsack herum, der vor der Pforte des Nebenhauses stand, aber im Eingang von Nummer dreiundvierzig fehlte er.

»Was haben Sie damit gemacht?« erkundigte sich der Müllarbeiter mit einer ruckartigen Kopfbewegung in Richtung von Nummer dreiundvierzig bei dem Polizisten.

»Zerbrechen Sie sich nicht den Kopf darüber«, sagte der Constable.

»Wo ist der Sack? Wenn die Leute ihn nicht rausstellen, kann ich ihn nicht mitnehmen. Ich habe keine Zeit, an die Tür zu klopfen und danach zu fragen. Das dürfen wir nicht. Anweisung der Bezirksverwaltung. Zeitverschwendung.«

»Sie können ihn nicht haben«, sagte der Constable.

Das gab dem Müllarbeiter zu denken. »Warum? Habt ihr die Kronjuwelen drin versteckt?«

»Er wird durchsucht«, sagte der Constable von oben herab. »Ihr Kumpel wartet mit dem Wagen auf Sie.«

»In Ordnung«, sagte der Müllarbeiter und ging widerstrebend zum nächsten Sack. »Verpiß dich!« Er trat nach dem Tigerkater, der ihm auswich und mit einem Stück zerkauter Hühnerbrust, das er aus dem Sack herausgezerrt hatte, über die Mauer sprang. »Diese Katzen!« sagte der Müllarbeiter empört. »Jede Woche reißen sie die Säcke auf.« Er nahm den Sack und warf ihn in den Wagen. Dann kam er zu dem Constable zurück. »Was sucht ihr denn?«

Der Constable war ein kluger junger Mann, der seine Versetzung zur Kriminalpolizei anstrebte. Er hätte dem Müllmann sagen können, er solle machen, daß er weiterkam, aber eine innere Stimme hinderte ihn daran. »Etwas Schweres, Hartes – eine Waffe«, sagte er mit neutraler Stimme.

»Und weiter?« Der Müllmann war fasziniert. »Jemand ermordet worden?«

»Schon möglich«, sagte der Constable.

Aus dem Müllaster, der langsam weiterfuhr, kamen ein schriller Pfiff und dann ein unverständlicher Schrei.

»Schon gut!« bellte der Müllarbeiter zurück und ging hinter dem Wagen her.

Im Hintergarten von Nummer dreiundvierzig war vor einiger Zeit fliegenden Fußes Sergeant Pearce eingetroffen, abgesandt von seinem Vorgesetzten, nachdem der das Telefongespräch mit dem Pathologen beendet hatte. »Finden Sie ihn!« hatte Markby unmißverständlich befohlen und damit den stumpfen Gegenstand gemeint. Pearce war mit zwei Leuten in die Jubilee Road gerast und hatte begonnen, Garten und Seitengasse zu durchkämmen. Jetzt half er einem unglücklichen Constable, den Inhalt des zu Nummer dreiundvierzig gehörenden Müllsacks zu sortieren. »Riecht nicht besonders, was?« knurrte der Constable vor sich hin. »Ja – was'n das?«

»Reispudding«, sagte Pearce, nachdem er die Hand inspiziert hatte, die der Constable ihm entgegenstreckte. »Aus der Büchse. Eß ich selber gern.«

Der Constable brummte wieder etwas und wischte sich die Hand mit einem Lappen ab. Sie schütteten den restlichen Inhalt aus dem Sack. Bier- und Coladosen rollten in alle Richtungen. Zigarettenstummel fielen auf die schlammigen Steinplatten von etwas, das früher einmal ein Patio gewesen war, und versanken dort. Aus einer Dose, die Bohnen in Tomatensauce enthalten hatte, sickerte blutroter Saft.

»Nichts«, sagte Pearce angeekelt. »Nichts, was man ihm hätte über den Schädel schlagen können.«

»Wir haben in diesem sogenannten Garten gesucht«, sagte der Constable halsstarrig. »Es ist nichts da. Wir haben jedes einzelne dieser überwucherten Beete durchkämmt. Und diese Seitengasse, sie ist sauber und alles.«

Sie hörten Schritte und blickten auf. »Oh, hallo, Sir«, sagte Pearce und schaute auf seine Armbanduhr. Es war fast eins. »Kein Glück, leider. Überhaupt nichts. Wir haben im Garten gesucht, in der Seitenstraße, und das hier war der Müllbeutel. Wir haben ihn vor der Abholung gerettet. Die Müllabfuhr war heute hier.«

»Sie meinen«, sagte Markby bedächtig, »alle anderen Müllsäcke von dieser Straßenseite wurden eingesammelt – abtransportiert?«

Ein unbehagliches Schweigen entstand. »Hm, ja, Sir«, sagte Pearce und wurde feuerrot.

»Die Waffe könnte«, sagte Markby mit wachsendem Zorn, »in jedem gewesen sein. Alle Gärten haben Türen zur Seitenstraße. Er hätte das Ding nicht unbedingt hier wegwerfen müssen. Tatsächlich ist es viel wahrscheinlicher, daß er es irgendwo hineingeschmissen hätte.«

»Tut mir leid, Sir«, sagte der unglückliche Pearce. »Ich hätte daran denken müssen.«

Markby knurrte etwas, ging ins Haus zurück und durch die Haustür ins Freie.

»Müllwagen?« fauchte er den Constable an, der dort Wache stand.

»War eben hier, Sir.«

Markby fluchte und schaute den Gehsteig entlang. Kein einziger Plastiksack mehr, aber eine zerrissene Weihnachtskarte, ein Hühnerknochen und ein Stück Lametta markierten die Stelle, wo nebenan der Müllsack gestanden hatte. Ähnliche Abfallreste lagen in Abständen auf dem Gehsteig.

»Die Katzen haben die Säcke aufgerissen, bevor der Müllwagen kam«, erklärte der Constable. Er hoffte, man würde nicht ihm die Schuld dafür in die Schuhe schieben.

»Weg«, sagte Markby. »Wenn das Ding in einem dieser Säcke war. Mit dem übrigen Abfall zum städtischen Müllabladeplatz transportiert. Verdammt, verdammt, verdammt...« Er ging zu seinem Wagen. Pearce war normalerweise nicht unfähig, aber heute hatte er einen schlimmen Fehler begangen – zum Teil wegen des Zeitfaktors. Sie hatten bis zu Markbys Rückkehr von der vertagten gerichtlichen Untersuchung nicht gewußt, daß Pardy eins auf den Schädel bekommen hatte. Wäre Pearce nur eine Stunde früher in der Jubilee Road gewesen ... Sinnlos, er, Markby, trug die Verantwortung.

Eine Gestalt im gelben Overall war an der Straßenecke aufgetaucht und kam schnell auf sie zu.

»Hier, Kumpel!« rief der Müllmann dem Constable zu. »Wissen Sie noch, Sie haben gesagt, daß Sie nach so was Ähnlichem wie einer Waffe suchen ...«

»Ja?« Der Constable warf einen nervösen Blick auf den Chefinspektor. Wenn der Alte das hörte, würde er ihm einen Streifen abreißen, weil er über die Suche mit einem Außenstehenden gequatscht hatte.

»Na ja, unten am Eckhaus war noch ein Sack aufgerissen«, sagte der Müllmann, »und als ich ihn hochhob, ist das hier rausgefallen ... Ich hab meinen Kumpels erzählt, was Sie gesagt haben, und Baz, das ist der Fahrer, hat gemeint, wir sollten es Ihnen auf jeden Fall bringen.« Er hielt dem Constable einen kleinen Holzhammer entgegen.

»Passen Sie auf, wie Sie damit umgehen!« rief der Constable. »Mr. Markby, Sir, warten Sie eine Minute!«

Freitagabend begann es wieder zu nieseln, und Meredith zündete den Gasofen an und schaltete den Fernseher ein. Von Zeit zu Zeit warf sie einen Blick auf das Telefon, aber es klingelte einfach nicht, und aus Prinzip wollte nicht sie diejenige sein, die zum Hörer griff. Sie war eigentlich keine begeisterte Fernseherin, weil sie fand, daß es sie am Denken hinderte. Jetzt schien es ihr jedoch wünschenswert, nicht denken zu müssen. Sie schaltete den Apparat in der Ecke des Wohnzimmers ein, saß, die Füße unter sich gezogen, auf dem Sofa und wurde von der Folge flimmernder farbiger Bilder und den merkwürdig näselnd synchronisierten Stimmen auf Kanal vier hypnotisiert, in dem ein unverständlicher, surrealistischer spanischer Film lief. Daß der Plot, von Traumsequenzen unterbrochen, ohne Zusammenhang schien, machte ihr kaum etwas aus. Das meiste zog ungehört an ihrem Ohr vorbei.

Hier saß sie, in einem fremden Zuhause, auf einem Sofa, das ihr ebensowenig gehörte wie der Fernsehapparat. Und das nur, weil sie mit Mitte Dreißig nichts eigenes besaß, außer einem alternden Wagen und ein paar Koffern mit Kleidern. Richtig, eine Kiste mit Haushaltsgeräten und Bettwäsche hatte sie auch noch, irgendwo zwischen Osteuropa und den Kanalhäfen; eine Kiste, die sie, wenn sie endlich ankam, nicht öffnen würde, weil sie hier ohnehin alles hatte; und sollte sie die Kiste eines Tages öffnen, würde sie sich fragen, warum in aller Welt sie sich die Mühe gemacht hatte, das ganze Zeug per Schiff nach Hause zu schicken. Aber sie wußte, warum sie sich diese Mühe gemacht hatte. Sie hatte es nach Hause geschickt, um sich zu beweisen, daß sie ein Zuhause hatte. Sie trug es wie eine Schnecke oder eine Schildkröte auf dem Rücken. Eine Kiste per Schiff nach Hause zu schicken, auch wenn sie nichts anderes enthielt als Kram, demonstrierte, daß ihr Leben

Substanz hatte. Sie lächerlicherweise auch noch zu versichern, betonte diese Tatsache zusätzlich. Aber wenn alles irgendwo auf der Autobahn vom Laster fiele, würde es ihr überhaupt nichts ausmachen. Doch schließlich hatte sie es so gewollt, so und nicht anders, oder? Als sie England verlassen hatte (aus England floh, war wohl zutreffender), hatte sie gesagt, sie wolle keine Bindungen. Sie wollte keine Erinnerungen. Sie wollte einen Koffer nehmen und alles hinter sich lassen können, was die Oberfläche ihres kleinen Teiches kräuselte.

Zweierlei hatte sie inzwischen gelernt. Erstens, daß man seinen Erinnerungen nicht entkommen kann. Zweitens, daß das Entkommen allmählich zu einem übermäßig lange dauernden und dadurch sehr anstrengenden Alleingang wird. Keine Wurzeln und keine Bindungen – mit der Zeit macht das keinen Spaß mehr, wird lästig, langweilig. Aber wie jeder, der lange Zeit nur eine Straße befahren hat, bekommt man Angst, kehrtzumachen und sich nach einer anderen Straße, einer anderen Richtung umzusehen.

Doch sich auf diese Weise selbst zu beobachten war denkbar ungesund. Auf dem Bildschirm wurde Werbung angekündigt. Meredith stand auf, ging zum Fenster und schaute hinaus in die neblige Dunkelheit. Ein gelbes Licht auf der anderen Straßenseite und ein zweites rechter Hand und ein Stückchen weiter unten zeigte ihr, daß jemand in das Cottage mit dem Wunschbrunnen zurückgekehrt war. Die Fenniwicks, vermutlich. Wenigstens war sie jetzt nicht mehr ganz allein in Pook's Common. Der gelbe Glanz war tröstlich. Natürlich war da noch Tom, unten in den Stallungen. Ob wohl morgen, am Samstag, die Haynes wie üblich übers Wochenende kommen würden? Arme Lucy.

Meredith schaute auf ihre Uhr. Es wurde allmählich spät. Aber es war eine scheußliche Nacht, und sie wollte ungern hinauf ins Bett gehen. Sie sah sich den Film bis zu seinem verwirrenden Ende und auch noch das Folgeprogramm an, kochte Kakao und blieb bis spät in die Nacht bei einem älteren Horrorfilm sitzen, den sie hemmungslos genoß. Als sie um zwei ins Bett ging, war das Licht im Cottage der Fenniwicks gelöscht. Es regnete noch immer, stärker jetzt. Keine Nacht, um unterwegs zu sein. Eine Nacht, um sich unter dem Federbett zusammenzurollen und sich vorzustellen, sich zu wünschen, daß man, wenn man den Fuß hinausstreckte, einen anderen Körper berührte.

Am nächsten Morgen schien die Sonne, aber Meredith stieg müde und gereizt aus dem Bett. Zum Teil, sagte sie sich, weil Alan nicht angerufen hatte, zum Teil, weil sie so spät ins Bett gegangen war und soviel ferngesehen hatte, zum Teil aber auch, weil sie nicht wußte, wie es jetzt weitergehen würde, nachdem die gerichtliche Untersuchung vertagt worden war. Außerdem hatte sie nur noch dieses Wochenende Urlaub. Am Montag begann die tägliche Pendelfahrt nach London und zurück. In Pook's Common gab es heute nichts zu tun. Meredith zog den Anorak an, ging hinaus, stieg in den Wagen und drehte mit der vagen Idee, nach Bamford oder vielleicht sogar nach Oxford zu fahren, den Zündschlüssel um.

Die Zündung hustete, stotterte und verstummte ganz. Panik erfüllte sie. Ihr Wagen war in Ordnung gewesen. Am Montag würde sie ihn brauchen, um zum Bahnhof nach Bamford zu kommen. Sie versuchte es noch einmal. Nichts. Tot. Meredith stieg aus und öffnete die Motorhaube, betrachtete zweifelnd den Motor. Sie war keine Mechanikerin, aber es bestand die Möglichkeit, daß sich ein sichtbares Kabel gelockert hatte oder ein anderer Grund für eine Panne ihr in die Augen springen würde. Das war nicht der Fall, aber eine mögliche Erklärung war die Feuchtigkeit. Der arme Wagen hatte die ganze Nacht bei strömendem Regen im Freien gestanden, und die Nässe konnte irgendeinen Schaden angerichtet haben. Meredith schloß die Motorhaube, wischte sich die Hände ab und seufzte. Es war jedoch Hilfe in Sicht – Fenniwicks Garage an der Landstraße. Sie machte sich zu Fuß auf den Weg.

Joe Fenniwick lag unter einem Wagen. Zumindest vermutete sie, daß die Füße, die darunter hervorragten, ihm gehörten.

»Mr. Fenniwick?«

»Ja, das bin ich«, sagte eine gedämpfte Stimme. Er schlängelte sich heraus und setzte sich auf, ein kleiner Mann mit schmalem Gesicht und einem widerspenstigen rötlichen Haarschopf. »Oh, ah«, sagte er und winkte zur Begrüßung mit dem Schraubenschlüssel. »Was gibt's? Wollen Sie tanken?«

»Nein, mein Wagen springt nicht an. Mit der Zündung stimmt was nicht. Entweder das, oder die Batterie ist leer. Er steht in Pook's Common vor dem Rose Cottage.«

Mr. Fenniwick rappelte sich auf. »Dann sind Sie die Dame, die das Haus von Dr. Russell gemietet hat? Freut mich, Sie kennenzulernen.« Er streckte die ölverschmierte Hand aus, überlegte es sich und zog sie wieder zurück. »Meine Frau wäre hinübergekommen, um Sie zu begrüßen, aber wir waren über die Feiertage verreist. Bei der Schwester meiner Frau. Sie hatte sich das Bein verletzt, die Schwester meiner Frau, also ist meine Frau hingefahren, um zu helfen, und ich und der Junge sind mitgefahren und haben dort Weihnachten gefeiert. Die Frau und der Junge kommen morgen heim, aber ich mußte früher zurück, wegen dem Geschäft.« Mr. Fenniwick sah sich zerstreut um. »Die Zündung, eh. Aber ich sag Ihnen, das hört sich mehr nach der Batterie an. Haben dort unten keinen Schutz, nicht wahr? Der Wagen steht im Freien, richtig?«

»Ja, leider.«

»Könnte die Elektrik sein. Ich sag Ihnen was, ich komm später mit meinem Abschleppwagen zu Ihnen raus und bringe den Wagen hierher, um ihn mir anzusehen. Leider kann ich ihn nicht bei Ihnen reparieren, weil ich hier allein bin.«

»Ja, das verstehe ich, Mr. Fenniwick, doch ich brauche den Wagen Montag schon sehr früh, da ich nach Bamford muß, um den Frühzug nach London zu erreichen.«

»Ich habe einen Taxidienst«, sagte Mr. Fenniwick, »Sie brauchen also nicht zu verzweifeln. Aber wahrscheinlich kann ich Ihren Wagen schon vorher reparieren.« Sie bedankte sich, und er sagte: »Sie hatten keine Gelegenheit, die Dame kennenzulernen, die Ihnen gegenüber gewohnt hat, oder? Die, die den Unfall hatte?«

»Miss Needham. Aber ja, ich habe sie gekannt. Eine schreckliche Sache.«

»Ah… Pook's Common, wissen Sie«, sagte Mr. Fenniwick. »Ein Unglücksort. Alle alten Leute aus der Gegend werden Ihnen das sagen. Ein paar sind überrascht, daß meine Frau und ich hier leben wollen. Trotzdem, ich muß auf Holz klopfen.« Mr. Fenniwick klopfte sich mit großem Ernst auf die Stirn. »Uns ist noch nichts passiert.«

Meredith marschierte zum Rose Cottage zurück. Bald darauf kam Mr. Fenniwick mit einem schicken, kleinen Abschleppwagen und nahm ihren Wagen mit, nachdem er versprochen hatte, sich ihn sofort anzusehen. Meredith saß in Pook's Common fest und hatte überhaupt nichts zu tun. Sie schaute über die Straße zum Ivy Cottage hinüber. Es war nicht erstaunlich, daß Harriet ihre Zeit in den Stallungen verbracht hatte. Andere Möglichkeiten hatte man hier kaum. Harriet – Fran – die Schlüssel – die Bücher für das Dorfkrankenhaus. Es gab etwas, das sie tun konnte.

Meredith holte die Schlüssel aus dem Haus, die Fran ihr gegeben hatte. Sie ging hinüber, sperrte auf und schloß die Haustür hinter sich. Die Tür zum Salon stand offen, sie trat ein und betrachtete mit schwerem Herzen die trostlose Szenerie um sich herum. Ivy Cottage wirkte jetzt merkwürdig vernachlässigt, als wisse es, daß seine Besitzerin für immer fortgegangen war. Die Möbel waren staubig, da keine Mrs. Brissett mehr kam, um sie zu polieren. Fran hatte alle Fotografien eingesammelt und in einen Karton getan, der auf dem Boden stand. Meredith bückte sich und nahm den obersten Rahmen heraus. Drei kleine Mädchen. Fran hatte sich sehr verändert. Sie war kein besonders hübsches Kind gewesen, ziemlich mager, aber wie war sie aufgeblüht. Harriet mit dem roten Haar. Und das andere Kind – Caroline Henderson, die unglückliche kleine reiche Erbin. Von den drei kleinen Mädchen lebten zwei nicht mehr. Meredith fröstelte und legte das Foto zurück.

Die meisten Bücher waren in einem verglasten Bücherschrank. Meredith machte sich auf die Suche nach einem Karton und fand einen im Schlafzimmer. Fran war da oben fleißig gewesen. Die gesamte Bettwäsche war in Säcke verpackt und mit Etiketten versehen worden, auf denen WRVS stand, was die Abkürzung für einen freiwilligen Frauenhilfsdienst war. Sie trug den Karton hinunter und begann sorgfältig die Bücher hineinzulegen. Während sie es tat, sah sie sich die Titel an, ob das eine oder andere Buch dabei war, das sie noch nicht gelesen hatte. Es war auch ein Exemplar von *Briony Rides at the Horse of the Year Show* dabei. Meredith legte es zur Seite, sie wollte Fran fragen, ob sie es behalten durfte. Sie nahm das nächste Buch in die Hand…

Im Cottage war es sehr still. Pook's Common war verlassen. Als sie das Buch aufschlug, raschelten die Seiten, und das Geräusch schien übertrieben laut in der Stille. Meredith setzte sich auf den nächstbesten Stuhl und fing, ab und zu ein paar Seiten überspringend, zu lesen an. Die Bindung war noch ganz fest. Dieses Buch hatte noch nie jemand aufgeschlagen. Sie mußte die Seiten fast gewaltsam öffnen, so starr war der Rücken, und sie rochen neu, wie eben ein funkelnagelneues Buch riecht. Meredith kehrte zum Anfang zurück und las das Impressum, die Namen von Verlag und Druckerei, Datum, Copyright, ISBN…

Ein lautes Knacken in der Küche. Merediths Herzschlag setzte aus, und sie erstarrte, das Buch in der Hand. »Mrs. Brissett?« rief sie. Es folgten ein leises Schnaufen und ein gedämpfter Ausruf. Ein Moment Stille und dann ein Knarren und schlurfende Schritte. Wer auch in der Küche war, es war nicht Mrs. Brissett, sondern ein Eindringling, der die Hintertür aufgebrochen hatte, weil er nicht wußte, daß Meredith hier war. Jetzt wußte er es. Meredith wartete und beobachtete die Tür zum Salon. Schritte im Flur. Dann ging langsam die Tür auf.

»Guten Morgen, Mr. Deanes«, sagte Meredith, nicht mehr sehr überrascht, nicht jetzt. »Ich nehme an, Sie wollten das hier holen.« Und sie hielt das Exemplar von *Revolutionäre Jugend* in die Höhe, in dem sie gelesen hatte. Auch heute trug er seinen pelzbesetzten Parka. Er schob sich die Brille höher auf die Nase und sah sie verblüfft an. »Miss Mitchell? Was machen Sie hier? Ich dachte, Sie seien nach Bamford gefahren … Ihr Wagen ist nicht da.« Das klang leicht verärgert, als habe sie in einem Spiel einen falschen Zug gemacht.

»Er ist kaputt. Mr. Fenniwick bringt ihn mir heute irgendwann zurück. Bald, wie ich hoffe.«

Je früher, um so besser, dachte sie plötzlich. Sie war hier allein mit ihm, niemand würde sie hören, wenn sie rief – und Tom war unten in seinen Stallungen … Harriets Telefon war im Flur, aber Deanes stand noch immer in der Tür.

Deanes betrachtete das Buch in ihrer Hand. »Ja – das gehört mir. Ich war besorgt, daß es jemand wegwerfen könnte … Ich wollte es holen, wie Sie sagten. Ich mußte den Riegel an der Hintertür gewaltsam öffnen, hatte aber die Absicht, ihn wieder in Ordnung zu bringen, bevor ich gehe.« Er streckte die Hand aus.

Meredith hielt das Buch fest. »Ich würde es gern lesen, hab schon angefangen – sehen Sie. Hätten Sie was dagegen, wenn ich es noch ein bißchen behielte?«

»Ja, das hätte ich. Sie können es nicht behalten, ich muß es wiederhaben.« Das klang ziemlich aufgeregt. Seine blassen Wangen röteten sich.

»Es ist ein Vorausexemplar, nicht wahr?« sagte Meredith. »In der Buchhandlung in Bamford hat man mir gesagt, es sei noch nicht erschienen. Harriet muß es von Ihnen bekommen haben.«

Deanes setzte sich auf den Stuhl neben der Flurtür. Seine Brillengläser glänzten, und wie damals auf dem Gemeindeland konnte sie seine Augen nicht sehen.

»Ich kann es erklären, Miss Mitchell.«

»Davon bin ich überzeugt, Mr. Deanes.«

Er zögerte, beugte sich plötzlich vor. »Ich bin sicher, Sie werden es verstehen, Miss Mitchell, Sie sind eine vernünftige Frau. Sie hatten ein offenes Ohr für mich, als ich Ihnen von meiner Arbeit erzählte. Sie begreifen, wie wichtig meine Arbeit ist. Diese jungen Menschen verlassen sich auf mich. Was auch geschieht, meine Arbeit muß weitergehen. Wenn Sie mich anhören, werden Sie sehen, daß das Ganze ein schrecklicher …« Er brach ab.

»Fehler war?«

»Nein – nur ein wirklich schreckliches Pech. Alles, was nachher kam, hatte darin seinen Ursprung. Diese Frau hat mir alles aufgezwungen. Alles ging so gut, und dann… Sie ist dahintergekommen. Sie hat mich gehetzt.« Deanes hob die Hand und umfaßte mit einer weit ausholenden Geste das ganze Cottage. »Sie war eine furchtbare Frau.«

»Bitte erzählen Sie, Mr. Deanes«, drängte sie.

Sein Blick fiel auf die Schachtel mit den gerahmten Fotos. Dann geschah etwas, doch Meredith wußte nicht recht, was es war. Er zuckte zusammen. Sein Verhalten änderte sich. Er sah nicht mehr erregt aus, schien nicht mehr ängstlich darauf bedacht, ihr etwas zu erklären. Sein Verstand schien völlig klar – obwohl, wer wußte schon, wie dieser Verstand arbeitete –, und er sah zornig aus. Sehr zornig. Er sprang auf, packte das oberste Foto, das die drei kleinen Mädchen zeigte, und fuchtelte Meredith damit vor der Nase herum.

»Das!« schrie er. »Das ist die Ursache für alles. Drei Frauen, die mein Leben ruiniert haben. Sie!« Er stieß mit dem Finger gegen das Bild der kleinen Harriet. »Die Dämonin! Sie hat mich verfolgt. Die hier…« – der Finger zeigte jetzt auf Fran – »… genauso. Ich habe mir die eine vom Hals geschafft, und die andere taucht auf. Ich hätte es wissen müssen.«

»Und das dritte Kind«, flüsterte Meredith.

Deanes' Finger wanderte weiter und blieb auf dem Abbild von Caroline Henderson liegen. »O Caro«, sagte er traurig. »Caroline, meine Frau.«

Alan Markby saß mit Fran Needham-Burrell in dem düsteren Gesellschaftsraum des Hotels. Sie waren allein. Auf dem niedrigen Tisch zwischen ihnen standen Kaffeetassen und eine Kanne. Der Raum war sauber und ordentlich, aber die Möbel waren zu dunkel, der Teppich abgetreten, die Topfpflanzen staubig. Das ärgerte Markby besonders. Wenn man schon die Möbel abstaubte, sollte es doch nicht allzu mühsam sein, die Blätter des Gummibaums neben ihm abzuwischen.

»Warum schauen Sie die Pflanze so finster an?« fragte Fran. »Möchten Sie noch etwas von diesem Kaffee?« Ihre Hand schwebte über der Kaffeekanne.

»Nein, vielen Dank.«

»Ich nehme es Ihnen nicht übel.«

»Er ist nicht schlecht – ich habe einfach nicht viel Zeit.«

»Ich verstehe.« Die grünen Augen betrachteten ihn forschend. »Ich bin dankbar, daß Sie sich wenigstens die Zeit genommen haben, herzukommen und mit mir zu sprechen.«

»Sie haben gesagt, Sie wollten am Montag abreisen. Ich hatte keine Gelegenheit, mit Ihnen oder Meredith zu sprechen …« Er zögerte leicht und fuhr dann rasch fort: »Bei der gerichtlichen Untersuchung. Es scheint mir ein zu großer Zufall, daß Pardy ausgerechnet am Vorabend der gerichtlichen Untersuchung ums Leben gekommen ist. Warum sollte ihn jemand umbringen? Ich könnte mir nur einen Grund vorstellen – der Mörder hatte Angst, Pardy könnte vor Gericht etwas herausposaunen. Junge Leute wie Pardy sind unzuverlässig – wenn der Coroner sie ins Kreuzverhör nimmt, finden sie kein Ende, reden und reden … Das Problem ist, daß wir nicht wissen, was er vielleicht gesagt hätte. Es ist frustrierend. Aber wir machen Fortschritte. Wir haben, davon sind wir überzeugt, die Mordwaffe – der forensische Beweis ist schlüssig, und der Besitzer des Hauses, in dessen Müllsack sie gefunden wurde, behauptet, sie nie vorher gesehen zu haben. Wir haben den jungen Mick Leary, der schwört, die Glühbirne im Flur erst am Tag vorher erneuert zu haben. Wir haben weitere schlüssige forensische Beweise aus dem Haus… Im Augenblick verfolge ich jeden Schritt zurück, den Pardy an dem Tag getan hat. Oder vielmehr, Pearce tut es. Er versucht auch alle Kontakte aufzuspüren, die Pardy hatte. Ich bin verhalten optimistisch, daß wir unseren Mann fassen, und wenn wir ihn haben, können wir auch Harriets Unfall aufklären.«

»Sind Sie sicher, daß es da eine Verbindung gibt?«

»Es muß eine geben!« sagte Markby heftig. Er lächelte leicht verlegen. »Nun, möglicherweise gibt es keine, aber ich bin mir ziemlich sicher.«

»Wie wollen Sie Pardys Kontakte herausfinden? Abgesehen von dem, was die drei jungen Leute aus dem Haus Ihnen sagen können.«

»Ich hoffe, ein gewisser Deanes wird mir helfen. Ich habe schon versucht, ihn zu erreichen. Habe heute vormittag bei ihm angerufen, aber er war nicht da. Deanes ist Soziologe und Schriftsteller, der Interesse gezeigt hat an…«

Fran beugte sich vor, ihre seegrünen Augen funkelten. »Colin Deanes? Sie meinen Colin Deanes, nicht wahr? Sie brauchen mir nicht zu erklären, wer er ist. Ich kenne Colin sehr gut. Was macht er hier unten?«

Markby sah sie überrascht an. Sie hatte die Hände auf den Knien geballt, und ihr Gesicht war gerötet. Weizenblondes Haar fiel ihr ungebändigt in die Stirn.

»Er hat ein Haus auf dem Gemeindeland gemietet – auf Pook's Common selbst, nicht im Weiler Pook's Common. Er lebt seit fast einem Jahr dort.«

»Also da will ich doch verdammt sein«, sagte Fran, lehnte sich im Sessel zurück und warf mit einer Geste des Unglaubens die Hände in die Luft. »Ich wette, er wußte, als er das Haus mietete, nicht, daß Harriet in der Nähe lebte.«

»Warum?« fragte Markby scharf. Er spürte ein Kribbeln im Rückgrat. »Was hatte Deanes mit Harriet zu tun? Ich wußte nicht einmal, daß sie sich kannten.«

»Sich kannten? Sie können drauf wetten, daß sie sich kannten! Er wäre Harriet bestimmt aus dem Weg gegangen. Und mir auch.«

»Ihnen?« Markby runzelte die Brauen, ihm war etwas eingefallen. »Er war gestern nicht bei der Eröffnung der gerichtlichen Untersuchung. Warum nicht? Pardy war sein Protegé. Er war Pardys Anwalt.«

»Er ist mir aus dem Weg gegangen, darauf könnte ich wetten«, sagte Fran energisch. »Er hat erfahren, daß ich dort sein würde.«

Oder hat er es gewußt? fragte sich Markby. War das zu absurd? Wußte er, daß Pardy ihn nicht mehr brauchte, seine Unterstützung nicht mehr brauchte?

»Also schön, Frances«, sagte er energisch. »Fangen Sie ganz von vorn an, und erzählen Sie mir, was Sie über Deanes und Harriet wissen.«

»Sie glauben doch nicht…« Sie unterbrach sich. »Sie glauben doch nicht, er hat es wieder getan?«

»Was getan, Frances?«

»Ich erzähle Ihnen die ganze Sache, aber sie reicht

weit zurück, mehrere Jahre«, warnte sie ihn. »Tatsächlich reicht es in die Zeit zurück, bevor Deanes auf der Bildfläche erschien. Es fing an, als Harriet und ich noch in die Schule gingen und wir eine Freundin namens Caroline Henderson hatten. Wir drei waren so ziemlich unzertrennlich, manche Leute haben uns ›Die drei Musketiere‹ genannt. Caro war ein hübsches Kind, aber ein bißchen kränklich – hatte Diabetes. Sie war auch reich, hatte den Besitz ihres Großvaters geerbt. Ich will damit sagen, daß sie nicht nur wohlhabend war, sondern richtig stinkreich. Aber sie hatte keine Familie, nur einen Vormund und ein paar Treuhänder für ihr Geld. Es war bis zu ihrem einundzwanzigsten Geburtstag als Treuhandvermögen festgelegt.«

Fran unterbrach sich. »Ich kann das alles nicht mit einer trockenen Kehle erzählen, und von diesem Kaffee bring ich nichts mehr runter ... Ich hätte gern einen Gin Tonic.«

»Ich hole uns etwas aus der Bar«, sagte Markby und stand auf. »Hier dauert es mit dem Service bestimmt länger. Es ist fast elf, da dürften sie schon offen haben.«

Er war schnell wieder da, mit einem Glas Bier für sich und einem Gin Tonic. »Erzählen Sie weiter, Fran.«

»Gut.« Genießerisch nippte sie an ihrem Drink. »Wir sind von der Schule abgegangen und haben getan, was junge Mädchen wie wir eben tun. Ich kam in ein Schweizer Internat, wo man mir gesellschaftlichen Schliff beibringen sollte, aber am Ende des ersten Semesters baten sie mich zu gehen – die Geschichte erzähle ich Ihnen auch noch eines Tages, aber nicht jetzt und nicht hier –, und danach bin ich ein bißchen rumgereist. Harriet widmete sich der Wohltätigkeit und arbeitete bei einer Organisation, die sich um Strafgefangene kümmerte. Dort hat sie Colin kennengelernt. Er war ein frischgebackener Rechtsanwalt und arbeitete kostenlos für die Wohlfahrt. Harriet war ehrlich beeindruckt von ihm. Ich will damit sagen« – Fran erklärte das mit allem Nachdruck –, »daß es nie eine Liebesbeziehung zwischen ihnen gab. Sie kannte ihn einfach, arbeitete mit ihm und bewunderte ihn. Sie nahm ihn auf ein paar Partys mit und stellte ihn ihren Freunden vor. Sie machte ihn auch mit Caro bekannt. Das war der größte Fehler, den sie je gemacht hat, und sie hat sich ihn nie verziehen. Wäre ich damals in England gewesen, hätte ich Harriet warnen können. Sie war in mancher Beziehung ziemlich naiv. Ihr war nicht klar, daß Deanes auf diesen Partys eine reiche Frau suchte. Er hatte kein Geld, aber er brauchte welches. Nicht für sich – er war da wirklich altruistisch. Er wollte das Geld für seine Arbeit, für die Jugendlichen, denen er half. Er hatte alle möglichen Projekte, aber ohne soliden finanziellen Hintergrund hatte er keine Chance, sie verwirklichen zu können. Bei den Partys, zu denen Harriet ihn mitnahm, sah er eine Menge wohlhabender Mädchen und begriff, daß hier das Geld war, das er brauchte. Ich bin sicher, er hatte das Gefühl – und wer will behaupten, daß er unrecht hatte? –, das Geld, das sie leichtfertig ausgaben, könnte an anderer Stelle nutzbringender eingesetzt werden. Sie verschwendeten es, er konnte Gutes damit tun. Der Haken war nur, daß die meisten dieser Mädchen Familien hatten, die die Augen offenhielten, um Mitgiftjäger von vornherein abzuschrecken. Hätte er Interesse gezeigt, wären die Mädchen sofort vor ihm gewarnt worden. Caroline Henderson war Waise und hatte überhaupt keine Verwandten. Sie war einundzwanzig und in den Genuß ihres Geldes gekommen. Sie war, könnte man sagen, eine leichte Beute. Es gab eine stürmische Romanze, und sie und Deanes heirateten.«

Langsam trank Frances den Rest ihres Gin Tonic. Ihre grünen Augen waren verschleiert, unergründlich. Sie erinnerte sich, und die Erinnerung war schmerzlich. »Sie waren unglücklich«, sagte sie schroff. »Vielmehr – Caroline war es. Deanes schwebte im siebten Himmel, denn endlich hatte er das Geld, das er wollte. Natürlich gehörte es nicht ihm. Aber er konnte Caroline überreden, die Schecks zu unterschreiben. Es war nicht schwierig. Caroline wurde klar, daß er in ihr so etwas wie einen Goldesel sah, keine Ehefrau. Er liebte sie nicht, er mochte sie nicht einmal besonders. Ich denke, er sah sie kaum – auch dann nicht, wenn er sie direkt anschaute, wenn Sie verstehen, was ich meine. Sie war die Frau, die seine Projekte finanzierte, sonst nichts. Caro wurde depressiv. Sie wurde auch ein paarmal krank, was mit ihrer Diabetes zusammenhing. Es lief nicht gut für sie. Ungefähr um diese Zeit kam ich nach Hause und erfuhr, was los war. Harriet war todunglücklich. Sie hatte Deanes mit ihrem Kreis bekannt gemacht, hatte sich für ihn verbürgt, und das war das Resultat.

Eines Tages kam Caroline zu Harriet. Harriet hatte ihre Wohltätigkeitsarbeit aufgegeben. Sie war im Grunde nicht dafür geschaffen, und sie hatte sich mit Deanes gestritten, weil er Caroline so schlecht behandelte. Daher war es am besten, sie gingen sich aus dem Weg.

Wie gesagt, an diesem speziellen Tag erschien Caroline unerwartet bei Harriet und schien – wie Harriet mir später erzählte – sehr aufgeregt. Sie sagte, sie habe endlich einen Entschluß gefaßt. Sie werde sich von Deanes scheiden lassen. Sie hätte es schon längst tun sollen, sagte sie, habe aber Angst gehabt, es ihm vorzuschlagen. Er war jähzornig und verlor oft die Beherrschung. Sie fürchtete sich ein bißchen vor ihm. Doch jetzt hatte sie sich entschlossen und beim Frühstück mit ihm darüber gesprochen. Er hatte es gelassen aufgenommen, besser als erwartet. Sie hatte ihm angeboten, eine finanzielle Regelung zu treffen, so daß er seine Arbeit eine Zeitlang fortsetzen konnte, bis er eine andere Geldquelle fand. Er hatte akzeptiert. Sie war so glücklich, sagte Harriet. Es war das letzte Mal, daß Harriet sie sah. Das letzte Mal, daß irgend jemand sie sah. Am selben Abend nahm Caroline eine Überdosis. Sie war allein zu Hause. Deanes war mit der Familie eines seiner Schützlinge unterwegs und gab gute Ratschläge. Das konnte er beweisen, konnte die betreffende Familie vorweisen. Aber wenn Sie diese Leute gesehen hätten, Alan! Sie hätten ihnen kein Wort geglaubt. Die Mutter war einfältig, der Vater ein Gauner und der Junge ein pathologischer Lügner. Sie hätten alles gesagt, was Deanes von ihnen verlangte. Harriet hat immer geglaubt, daß Deanes zu Hause war, als er angeblich die Problemfamilie beraten hatte. Daß er Mittel und Wege gefunden hatte, Caro die Überdosis einzuflößen. Daß er sie umgebracht hatte. Die Schwierigkeit war nur, daß Caro mit niemandem über ihren Entschluß, sich von Deanes scheiden zu lassen, gesprochen hatte. Sie war auch noch nicht bei ihrem

Anwalt gewesen. Als Deanes befragt wurde, leugnete er, sagte, von Scheidung sei nie die Rede gewesen. Harriet schleuderte ihm ins Gesicht, daß er log. Sie sagte ihm, Caro sei an ihrem Todestag bei ihr gewesen und habe ihr von ihren Scheidungsplänen erzählt. Aber Deanes sagte nur, Harriet müsse etwas mißverstanden haben, Caro sei depressiv gewesen und habe oft wilde Sachen behauptet. Da Caroline früher wegen einer Depression in Behandlung gewesen war, gab es für niemanden einen Grund, Deanes' Geschichte anzuzweifeln. Nur für Harriet. Und für mich. Ich habe ihm nie geglaubt, denn ich glaubte Harriet – und ich habe Deanes nie gemocht. Harriet ist über Carolines Tod nie hinweggekommen, fühlte sich immer dafür verantwortlich. Sie verkaufte ihren Familiensitz, den sie geerbt hatte, und zog in das Cottage in Pook's Common, fort von allem, was sie an Caro erinnerte – und von allen, die sie kannte ... Nur ist ihr das nicht gelungen, wie es scheint. Deanes ist aufgetaucht. Ausgerechnet der Mensch, der die Garantie dafür war, daß die Erinnerungen sie wieder überschwemmten wie eine Flut. Sie war der Meinung, daß er alle übertölpelt und seinen Hals aus der Schlinge gezogen hatte. Ich denke, sie hat immer geglaubt, sie sei es Caros Andenken schuldig, dafür zu sorgen, daß er seine gerechte Strafe bekam. Ich frage mich ... Ich frage mich, ob sie ihm hier begegnet ist? Er kann nicht so weit weg wohnen, draußen auf diesem Gemeindeland. Guter Gott, es ist ja nur einen Steinwurf entfernt.« Wieder ballte sie die Hände zusammen.

»Hat Sie Ihnen nie geschrieben, daß sie Deanes wieder begegnet war?«

»Nein – daran hätte ich mich erinnert. Aber dann …« Fran zögerte. »Sehen Sie, ich habe ihr gesagt, sie soll versuchen zu vergessen, soll alles aus ihrem Gedächtnis streichen. Vielleicht dachte sie, wenn sie es erwähnte, würde ich nur herkommen und ihr wieder eine Predigt halten. Obwohl …« Fran unterbrach sich und krauste die Stirn. »Ein Brief hatte ein rätselhaftes Postskriptum. Vor ein paar Monaten. Es lautete etwa so – sie habe eine überraschende Neuigkeit für mich, werde sie mir aber erst sagen, wenn sie mich sehe. ›Die Welt ist doch klein‹, das war's, was sie geschrieben hatte, jetzt fällt es mir wieder ein. Eine kleine Welt. Vielleicht hat sie – oh, es macht mich so wütend!«

Aber Deanes wußte nicht, ob Harriet an Frances geschrieben hatte oder nicht, dachte Markby, der seine Erregung zu unterdrücken versuchte. Und der Gedanke, daß Frans private Korrespondenz unbeaufsichtigt in ihrem Hotelzimmer lag, während sie unten zu Abend aß, mag eine verlockende Versuchung gewesen sein, nachzusehen, ob darin auch von ihm die Rede war.

»Sie haben einmal erwähnt, daß Sie jemanden kennen, der mit einem Mord davongekommen war«, sagte Markby lebhaft. »Haben Sie Deanes gemeint?«

»Ja.« Sie nickte. »Und wenn ich gewußt hätte, daß er hier in der Nähe ist, hätte ich es Ihnen schon viel früher erzählt. Er hat etwas mit Harriets Tod zu tun. Je länger ich darüber nachdenke, desto sicherer bin ich.«

»Ich denke, daß ich sehr bald ein paar Worte mit Mr. Deanes sprechen muß.« Markby machte ein finsteres Gesicht. »Entschuldigen Sie mich einen Augenblick, Fran.«

Rasch ging er ans Telefon in die Hotelhalle und wählte Deanes' Nummer. Es meldete sich niemand. Deanes war noch immer nicht zu Hause – oder hatte er sich abgesetzt?

Markby kehrte in den Gesellschaftsraum zurück. »Er ist nicht zu Hause. Oder er geht nicht an den Apparat. Ich fahre jetzt hinaus. Es gibt einen Weg über das Gemeindeland, der zu seinem Haus führt. Er fängt bei einem Pub namens The Black Dog an.«

»Was ist mit Meredith?« fragte Fran und stand auf. »Man sollte ihr wegen Deanes Bescheid sagen.«

»Ja ...« Markby sah besorgt aus. »Sie hat ihn einmal auf dem Gemeindeland getroffen. Ich fahre noch kurz am Rose Cottage vorbei und erzähle ihr, was ich von Ihnen erfahren habe. Dann fahre ich zu Deanes. Das bedeutet, daß ich um das ganze Heideland herumfahren muß – von Pook's Common aus führt keine Straße zu seinem Haus.«

»Ich begleite Sie«, sagte Fran entschlossen. »Sie können mich bei Meredith lassen, während Sie zu Deanes weiterfahren.«

KAPITEL 13

»Ihre Frau«, sagte Meredith langsam. »Ich verstehe.« Tatsächlich verstand sie noch nicht ganz, doch der Nebel fing an, sich zu lichten. Wie bei einem Puzzle fügten sich einzelne Teile zu einem Ganzen zusammen.

»Sie«, sagte Deanes leidenschaftlich, »diese Frau Harriet Needham, hat bösartige, grausame Lügen über mich und Caroline erzählt. Sie war ein böser und boshafter Mensch.«

»Was hat sie denn erzählt?« fragte Meredith so ruhig sie konnte. Sie blickte wieder zum Fenster und horchte angestrengt auf das Geräusch eines Automotors, aber Pook's Common war still wie ein Grab. Ein unwillkommener Vergleich. Obwohl im Ivy Cottage Friedhofskälte herrschte. Die Heizung war nach Harriets Tod abgestellt worden. Es war klamm und kalt, und sie spürte, wie ihre Nase und ihre Finger rot wurden vor Kälte. Verstohlen rieb sie sich die Hände, fürchtete fast, sich zu bewegen, damit er, was sie tat, nicht als Aggression gegen ihn auslegte.

»Sie hat gesagt, ich hätte Caro getötet«, sagte Deanes mürrisch. »Sie hat behauptet, ich hätte gelogen, als ich sagte, wo ich an dem Abend war, an dem Caroline an einer Überdosis starb. Ich habe meine Frau nicht umgebracht!« Seine Stimme hob sich gekränkt. »Ich habe Caro nicht ermordet!«

»Schon gut«, beschwichtigte Meredith. »Erzählen Sie mir, was passiert ist?«

»Sie hat eine Überdosis an Barbituraten genommen.« Deanes zwinkerte heftig. »Sie litt an Depressionen. Von Anfang an. Sie war Diabetikerin und immer kränklich. Und dieses Needham-Frauenzimmer hat alles noch schlimmer gemacht, hat Caroline bearbeitet, ihr Lügen über mich erzählt, Dinge behauptet...«

»Dinge, Mr. Deanes?«

»Ja. Sie hat gesagt, ich hätte Caroline nur geheiratet, um das Geld für meine Arbeit zu bekommen. Das Geld war für mich bestimmt, Miss Mitchell. Das Schicksal hat mich zu Caro geführt. Wofür hätte sie ihr Geld denn sonst verwenden sollen?« Er breitete die Hände aus. »Für nichts und wieder nichts. Es wäre vergeudet worden. Nein, dieses Geld war für mich bestimmt. Caroline hat das auch verstanden. Ich hatte es ihr erklärt. Sie hat es verstanden – aber diese Frau hat sich dauernd eingemischt.«

Deanes stand auf und begann im Zimmer hin und her zu gehen. Jedesmal wenn er an der Schachtel mit den Fotografien vorüberkam, warf er einen finsteren Blick auf das oberste Bild. Meredith wünschte, die Hand ausstrecken zu können und die Schachtel wegzuschieben, damit er sie nicht mehr sah. Einmal versuchte sie, sich vorzubeugen und danach zu greifen, doch er sagte scharf: »Lassen Sie das!«

»Soll ich uns eine Tasse Tee machen, Mr. Deanes?«

»Nein! Bleiben Sie, wo Sie sind, wo ich Sie sehen kann. Ich möchte Ihnen erzählen, was hier passiert ist. Wie ich gelitten habe! Sie haben keine Ahnung...« Er kam auf sie zu, den Kopf gesenkt, das Gesicht verzerrt. »Sie haben keine Ahnung, wie sie mich gequält hat.« Zu ihrer Erleichterung setzte er sich wieder, das Hin und Her hatte sie schwindlig gemacht; nervös faltete er die Hände.

»Sehen Sie, ich hatte keine Ahnung, daß sie hier lebte. Nachdem es ihr nicht gelungen war, die Leute zu überzeugen, daß ich Caroline umgebracht hatte, ist sie weggezogen. Die Leute haben ihr ihre Lügen nämlich nicht geglaubt!« Er nickte triumphierend. »Sie wußten, wieviel Gutes ich getan hatte, und haben mir geglaubt. Sie war nichts, nur eine reiche, verwöhnte Frau, ich aber konnte meine Arbeit vorweisen. Meine Arbeit hat für mich gesprochen.«

»Ja, Mr. Deanes, davon bin ich überzeugt.«

Er sah besänftigt aus. »Ich wußte, Sie würden mich verstehen. Ich bin hierhergekommen, weil man mir das alte Farmhaus auf dem Gemeindeland angeboten hat. Es war ruhig, und ich konnte hier schreiben. Ich wußte wirklich nichts von ihr. Hätte ich gewußt, daß sie hier lebt, so nah bei mir, ich wäre nicht gekommen. Wir haben ziemlich lange nichts voneinander gehört. Aber dann hatte ich dieses verflixte Pech, von dem ich Ihnen schon erzählt habe. Es kam aus heiterem Himmel. Ich saß in meiner Küche und trank Kaffee und unterhielt mich mit jemandem.«

»Dr. Krasny!« platzte Meredith heraus.

Deanes schob seine Brille auf die Nase zurück und starrte sie an. »Das war sehr scharfsinnig von Ihnen, Miss Mitchell.« Mißtrauen schlich sich in seine Stimme. »Woher wissen Sie das?«

»Ich habe es erraten. Sie haben mir einmal erzählt, daß Dr. Krasny auf dem Gemeindeland nach Wildblumen suchte und ab und zu zum Kaffee zu Ihnen kam. Und – und Harriet hat mir von den anderen Leuten erzählt, die zeitweise die Cottages in Pook's Common benutzen. Krasny hat auch sie besucht.«

»Ja. Ein sehr angenehmer Mann. Er hatte keine Ahnung, was er angerichtet hatte. Ich nehme es ihm nicht übel«, sagte Deanes ernsthaft. »Wir saßen also in meiner Küche und sprachen über Pook's Common – und da erwähnte er sie plötzlich. Ich habe gedacht, das müsse ein Irrtum sein. Ich bin an mehreren Abenden über das Gemeindeland zu den Cottages gewandert, habe mich in der Nähe dieses Hauses versteckt und versucht, einen Blick auf sie zu erhaschen. Sie hatte sehr spät noch Männerbesuche. Alle möglichen Männer. Sie war eine Hure.«

Meredith erinnerte sich, daß Lucy Haynes ihr erzählt hatte, sie habe sehr spät abends jemanden an ihrem Cottage vorbeigehen hören. Das mußte Deanes gewesen sein, der nach Hause ging, nachdem er um Ivy Cottage herumgeschlichen war.

»Ich habe sie gesehen. Sie war da. Es war kein Irrtum. Es war dieselbe Harriet Needham, die mich schon früher verfolgt hatte. Ein Alptraum war Wirklichkeit geworden. Aber schlimmer, Dr. Krasny erzählte ihr von mir und meinem Haus auf dem Gemeindeland, sie wußte also über mich Bescheid, und eines Tages ist sie gekommen.«

Deanes schwieg einen Augenblick, seine letzten Worte blieben in der frostigen Luft hängen. An ihrer

Einfachheit und der Art, wie er sie aussprach, erkannte Meredith, wie groß das Entsetzen für ihn gewesen sein mußte, als Harriet plötzlich auf seiner Schwelle stand. Eine Gestalt aus der Vergangenheit hatte sich aus dem Moor materialisiert, um ihn zu verfolgen.

»Ich arbeitete«, sagte er leise. »Ich hörte Hufgeklapper, und dann klopfte es an der Tür. Ich öffnete, und da war sie.« Während Deanes sprach, fiel die Ruhe von ihm ab, und er geriet in immer heftigere Erregung, rieb sich die Hände, sprang auf, setzte sich wieder, und sein Gesicht begann zu zucken. »Sie wurde ausfallend! Sie sagte, sie würde einen Skandal machen, wenn ich das neue Buch auf den Markt bringen würde. Ich versuchte vernünftig mit ihr zu sprechen, sie hörte nicht zu. Danach kam sie immer wieder. Nicht bis zum Haus, nur in die Nähe, blieb draußen auf dem Gemeindeland … Ich arbeitete, und dann hörte ich den Hufschlag. Ich schaute aus dem Fenster, und da war sie, ungefähr dreißig Meter entfernt auf ihrem goldroten Pferd, das rote Haar hing ihr über den Rücken, und beide glänzten in der Sonne. Sie war wie eine Furie, die sich auf meine Spuren gesetzt hatte. Sie verfolgte mich, vernichtete mich, jeden Tag ein bißchen mehr, zerstörte meinen Seelenfrieden, bis ich nicht mehr essen, nicht mehr schlafen, nicht mehr schreiben konnte. Und alles ohne ein Wort. Sie saß nur da und wartete, beobachtete, Tag für Tag, manchmal zwanzig Minuten lang. Dann ritt sie weiter. Aber sie kam wieder, sie kam immer wieder. Es war ein Wunder, daß ich fähig war, das Buch zu beenden … Ich lauschte ununterbrochen, bildete mir ein, Hufgeklapper zu hören, auch wenn sie nicht da war. Manchmal hörte ich sie, stürzte ans Fenster, doch es war nur dieser Fearon, der vorbeiritt. Er war auch mit von der Partie, wissen Sie? Wenn sie nicht kam, kam er. Ich mußte etwas dagegen unternehmen. Gemeinsam trieben sie mich langsam zum Wahnsinn. Doch ich bin kein gewalttätiger Mensch, Miss Mitchell. Ich hatte versucht, vernünftig mit ihr zu reden, aber das nützte nichts, also versuchte ich es mit Ablenkung. Ich dachte, wenn sie andere Sorgen hat, wird sie mich vergessen.«

Unglücklich verzog Deanes das Gesicht. »Ich dachte mir einen Plan aus, bei dem ich Simon Pardy einsetzen wollte. Sie müssen mir glauben, um nichts in der Welt hätte ich ihm schaden wollen. Ich wollte ihm helfen. Aber ich dachte, er könne auch mir helfen. Wie viele dieser traurigen jungen Menschen von heute hat auch er nach etwas gesucht, wofür er sich einsetzen konnte. Ich schlug ihm eine Kampagne gegen die Fuchsjagd vor, eine lohnende Aufgabe für ihn. Ich wußte, daß diese Frau jagte. Sie jagte mich. Und schlau wie der Fuchs mußte ich auch sein, wenn ich davonkommen wollte. Ich schlug ihm vor, er solle versuchen, eine Eingabe gegen die Jagd auf dem kreiseigenen Gemeindeland einzubringen – das hätte die Jagd von vornherein unmöglich gemacht. Ich schlug ihm auch vor, ein paar anonyme Briefe zu schreiben, nur um sie abzulenken, verstehen Sie? Aber es hat nichts genützt.«

Deanes seufzte. »Sie war unversöhnlich, hatte sich auf meine Fährte gesetzt wie ein Bluthund. Ich konnte sie einfach nicht abschütteln. Was sollte ich tun? Als ich die Vorausexemplare meines Buches bekam, versuchte ich ein letztes Mal, an ihre Vernunft zu appellieren. Ich habe ihr eins mit der Post geschickt, das, in dem Sie vorhin gelesen haben. Ich bat sie, es zu lesen. Ich wollte, daß sie verstand, was ich versuchte zu tun. Ich hoffte, sie würde einsehen, welchen Schaden sie anrichtete. Ihre einzige Antwort war ein gemeiner Brief. Ich rief sie an, um sie wieder zu bitten, sie solle das Buch lesen, aber sie brüllte mich nur an und legte auf. Ich war verzweifelt, Miss Mitchell. Am Morgen des zweiten Weihnachtstags rief ich sie noch einmal an, bat sie, da wir doch Weihnachten hätten, sich wenigstens mit mir zu treffen, damit wir darüber reden konnten. Sie war gut gelaunt. Sie sagte, ich solle zu ihr kommen und mit ihr frühstücken. Ich habe wirklich gedacht, sie sei bereit, mir zuzuhören.

Ich ging zu Fuß hierher. Sie machte gerade das Frühstück, ein sehr kräftiges Frühstück, da sie den ganzen Tag im Freien bleiben wollte. Ich fing an, ihr alles darzulegen, ruhig und vernünftig, und sie schien mir zuzuhören. Sie schlug vor, wir sollten schon mal mit dem Frühstück beginnen.

Aber es war ein grausames Spiel. Sie hatte sich nicht verändert. Als ich mit meinen Erklärungen zu Ende war, sagte sie, sie habe mich eingeladen, weil sie neugierig gewesen sei – neugierig, hat sie wortwörtlich gesagt – zu hören, was ich ihr vorschwafeln würde. Sie hat gesagt, ich sei ein Narr, wenn ich glaubte, ich könnte sie mit einem Haufen Lügen einwickeln. Sie sagte, ich sei verrückt. Sie sagte, meine Arbeit habe mein Gehirn aufgeweicht. Dreckiges Miststück! Doch ich war bereit. Ich habe ihr nie getraut, also war ich gut vorbereitet gekommen. Ich hatte die Pillen mitgebracht. Sie hatten

Caroline gehört. Ich wußte im tiefsten Innern, daß Harriet mich nie in Ruhe lassen würde, und wohin ich auch ging, sie würde dort auftauchen, wie sie hier aufgetaucht war. Ich hatte gedacht, wenn sie mich nicht anhört und nicht zugibt, daß es unrecht von ihr ist, mich zu verfolgen, dann habe ich vielleicht beim Frühstück Gelegenheit, ihr die Pillen ins Essen zu schmuggeln. Es war nicht schwierig, weil sie sich für die Jagd fertig machte, und obwohl sie mich noch immer beschimpfte und mir ihre widerlichen Vorwürfe zuschrie, war sie unaufmerksam und nur halb bei der Sache. Sie ging dauernd hin und her und hinauf, um Sachen zu holen. Sie stellte zwei Teller mit dem Kedgeree auf den Tisch und ging dann auf die hintere Veranda, um ihre Reitstiefel hereinzuholen, die sie abgewaschen hatte, nachdem sie am frühen Morgen unten bei Fearon gewesen war. Ich hatte viel Zeit, und es war so einfach. Die Pillen waren so winzig. Ich mischte sie mit der Gabel unter ihr Essen, und dann konnte nicht einmal ich sie mehr sehen. Sie kam zurück, schlang das Essen runter, trank ihren Kaffee, beleidigte mich noch ein bißchen und warf mich dann hinaus; sie habe keine Zeit mehr für mich, sagte sie. Finden Sie es nicht passend, daß ich ihr Caros Pillen eingegeben habe?« Deanes sah lächerlich selbstzufrieden aus.

»Es ist schrecklich«, flüsterte Meredith entsetzt.

»Ich wußte, daß sie, bevor sie ging, noch ein Glas Alkohol trinken würde. Aber die Dinger wirkten schneller, als ich erwartet hatte. Und ich hatte nicht geahnt, was Simon Pardy vorhatte. Ich dachte, sie werde irgendwo auf dem Land vom Pferd fallen, und alle würden denken, es sei ein Jagdunfall gewesen. Ich hoffte, sie würde sich den Hals brechen«, fügte Deanes giftig hinzu. »Doch ein Schädelbruch war genausogut. Er brachte sie zum Schweigen. Brachte sie endlich zum Schweigen.«

Deanes richtete seine funkelnden Augen auf Meredith. »Aber ich hätte es nicht getan, wenn sie mich nicht dazu getrieben hätte, Miss Mitchell. Es war ganz allein ihre Schuld, nicht die meine. Sie allein hatte es zu verantworten. Ich dachte, es würde zu Ende sein, wenn sie tot war, doch das war es nicht. Die Leute fingen an, Fragen zu stellen. Alle haben sich eingemischt. Pardy sollte bei der gerichtlichen Untersuchung aussagen und hätte ihnen dort vielleicht erzählt, es sei meine Idee gewesen, daß er gegen die Jagd demonstrieren und die Briefe schreiben sollte. Junge Leute wie er sind so unzuverlässig. In der Aufregung sagen sie alles mögliche. Und inzwischen war auch die andere aufgetaucht, Frances, ihre Cousine. Die ist genauso schlimm. Ich wußte nicht, wieviel Frances wußte, ging nach Bamford und wartete, bis sie beim Abendessen war. Dann habe ich die Tür zu ihrem Zimmer aufgebrochen, um zu sehen, ob es Briefe gab, in denen etwas über mich stand … Aber sie ist zu bald zurückgekommen.« Wieder sah Deanes so bekümmert aus, als habe Frances in einem Spiel einen falschen Zug gemacht und die Spielregeln gebrochen. »Sie ist hereingekommen, während ich noch da war, doch zum Glück konnte ich sie niederschlagen und entkommen. Aber ich hatte Angst. Dachte immerzu an Pardy und die gerichtliche Untersuchung am nächsten Tag. Was würde er sagen? Ich mußte ihn daran hindern, daß er aussagte. Das mit ihm tut mir wirklich leid. Der Junge war so arglos. Sein Blut klebt an meinen Händen. Doch die Ursache war sie. Mit ihr hat alles angefangen.«

Er hatte einen Moment lang traurig ausgesehen, doch die Trauer verschwand, und der bösartige Ausdruck kehrte zurück. »Ich mußte aber trotzdem zur gerichtlichen Untersuchung gehen. Markby wußte, daß ich Pardys Anwalt war. Die Leute würden fragen, wo ich steckte. Ich kam an die Tür des Gerichtssaals – ein bißchen zu spät. Und als ich hineinschaute, sah ich sie alle warten. Mir war klar, daß sich die Untersuchung verzögerte, weil man Pardys Leiche gefunden hatte. Dann habe ich Frances gesehen. Sie stand direkt in meiner Blickrichtung und sprach mit dem Doktor. Sie war ganz in Schwarz, wie eine große Schwarze Witwe – womit ich die Spinne meine. Ich konnte ihr nicht gegenübertreten. Ich wußte, sie würde mich erkennen, würde anfangen mich zu beschimpfen, mich mit Beschuldigungen wegen Caroline überhäufen. Markby ist kein Narr. Er kann zwei und zwei zusammenzählen. Er hat mich nie gemocht. Ich konnte es nicht riskieren, daß F-Frances mich sah …« In seiner Aufregung begann Deanes zu stottern. »Ich m-machte kehrt und lief weg, bevor sie mich gesehen hatte. Ich wußte, es würde merkwürdig aussehen, daß ich nicht dort war, um Pardy zu vertreten. Ich dachte, ich könnte anrufen und sagen, ich sei krank oder so …«

»Hatten Sie dies hier vergessen?« fragte Meredith und hob das Buch.

»O ja, das hatte ich. Als ich sah, daß sie die Pillen mit

dem Essen geschluckt hatte, vergaß ich glatt, ihr zu sagen, sie solle mir das Buch zurückgeben. Es war eine direkte Verbindung zwischen uns. Mir war klar, wenn eine intelligente Frau wie Sie oder Frances – oder Markby – es sah, würden Sie alle sofort wissen, daß sie es nur direkt von mir haben konnte. Doch ohne das Buch würde Markby nie wissen, daß wir uns je gekannt hatten. Ich mußte es also holen. Ich war gestern abend auch hier.« Deanes machte ein finsteres Gesicht. »Aber Sie sind so lange wachgeblieben. Sie hatten Licht. Ich dachte, wenn ich anfinge, hier drin zu suchen, würden Sie vielleicht zufällig aus dem Fenster schauen und meine Taschenlampe sehen. Ich stand draußen im Regen, durch und durch naß, und wartete darauf, daß Sie das Licht löschten, und am Ende bin ich nach Hause gegangen.«

»Es tut mir leid«, entschuldigte sich Meredith. »Ich wußte nicht, daß Sie draußen im Regen standen.« So absurd die Entschuldigung auch war, sie schien unter diesen ungewöhnlichen Umständen absolut logisch.

»Also bin ich heute morgen noch einmal herübergekommen. Ich sah, daß Ihr Wagen nicht da war, und freute mich, weil ich dachte, Sie seien nach Bamford gefahren. Ich habe gedacht, niemand würde mich stören, aber Sie waren hier, haben auf mich gewartet. Es war eine Falle.«

»Nein!« rief Meredith. »Es war einfach nur Pech, wie bei Ihnen. Mein Wagen hatte eine Panne, sonst wäre ich weggefahren und den ganzen Tag ausgeblieben. Ich bin herübergekommen, um die Bücher fürs Dorfkrankenhaus einzupacken. Frances hatte mich darum gebeten.«

»Einmischen«, sagte Deanes verdrießlich. »Frauen mischen sich ständig ein, alle. Tut mir leid, daß Sie hineingezogen wurden, Miss Mitchell, denn Sie sind eine nette Frau. Aber Sie sind unter ihren Einfluß geraten – unter den Einfluß dieses Needham-Frauenzimmers. Es war immer das gleiche. Sie war eine bösartige Frau und hat die Ohren aller anderen vergiftet.«

»Sie hat nie mit mir über Sie gesprochen, Mr. Deanes, ich schwöre es.«

»Das ändert nichts«, sagte er. »Sie haben das Buch gefunden. Sie haben verstanden. Ich muß Sie töten, Miss Mitchell.« Das klang entschuldigend, aber sehr entschlossen. »Es ist ein Jammer, Pardy war ein Jammer. All das wurde mir aufgezwungen. Verstehen Sie?«

Sie mußte entkommen – irgendwie. Sie hatte keine andere Wahl. Sie packte das Buch fester, nahm ihre ganze Kraft zusammen und schleuderte es ihm ins Gesicht. Es schlug ihm die Brille von der Nase, und er hob die Hände, um sich zu schützen. Meredith sprang auf und war wie der Blitz an ihm vorbei.

Sie erreichte die Haustür, es gelang ihr sogar, sie aufzureißen, dann hatte er sie eingeholt. Seine Hände umklammerten ihren Hals. Sie hatte nicht geahnt, daß er so stark war. Sie versuchte ihn wegzudrücken, stieß ihm gegen die Brust, zerkratzte ihm das Gesicht und trat ihn schließlich mit Füßen. Doch der Druck auf ihre Luftröhre wurde immer stärker. Das Blut dröhnte ihr in den Ohren. Sie sah nichts mehr, konnte sich nicht mehr orientieren. Sie würgte, die Zunge schwoll ihr im Mund und drückte gegen die Zähne. Sterne funkelten und explodierten vor ihr, dann kam wogende Schwärze und verschlang sie.

»Verdammter Deanes!« murmelte Markby vor sich hin, als sie mit hoher Geschwindigkeit die Landstraße entlang zur Abzweigung nach Pook's Common fuhren. »Wissen Sie, als Sie den Mantel erwähnten, den der Mann getragen hat – der Mann, der Sie überfallen hatte –, sagten Sie, er habe feucht und alt gerochen. Zuerst fiel mir Pardy ein, aber nach Pardys Tod dachte ich noch einmal nach. Ich zog sogar Deanes in Betracht und verwarf den Gedanken wieder, weil er immer diesen pelzbesetzten Parka zu tragen schien. Doch das alte Haus, in dem er draußen auf dem Gemeindeland wohnt, ist bestimmt feucht. Alles, was dort in einem Schrank hängt, muß ziemlich muffig riechen. Ich konnte mir aber nicht vorstellen, warum Deanes seinem Schützling Pardy etwas antun sollte, und strich ihn von der Liste, die ich im Kopf hatte. Da sieht man's mal wieder!«

Er knallte den Fuß auf die Bremse, und Fran umklammerte den Rand des Armaturenbretts. »Passen Sie auf, Alan. Ich bin ja auch dafür, daß man rasant fährt, aber wir wollen doch heil dort ankommen.«

»Merediths Wagen!« lautete die knappe Antwort. Sie waren bei Fenniwicks Garage angekommen. Markby fuhr mit Schwung in den Hof und stieg aus

Merediths Wagen stand mit geöffneter Motorhaube etwas weiter hinten, und ein drahtiger Mann mit rötlichem Haar und blauem Overall betrachtete nachdenklich den Motor.

»Hallo«, sagte er freundlich, als Markby näher kam, und wischte sich die Hände an einem Lappen ab.

»Wo ist die Lady, der dieser Wagen gehört?« fragte Markby schroff.

»Wahrscheinlich wartet sie in Pook's Common darauf, daß ich ihn zurückbringe«, sagte Mr. Fenniwick. »Wollte ihn so schnell wie möglich wiederhaben. Man braucht ja auch einen fahrbaren Untersatz, wenn man hier unten wohnt. Die Batterie ist feucht geworden, und eigentlich müßte sie eine neue haben. Vorläufig habe ich es mit einem Starthilfekabel versucht ...«

»Danke«, sagte Markby hastig und ging zu seinem Wagen zurück. »Sie muß zu Hause sein«, sagte er zu Frances. »Hoffentlich, hoffentlich ist es ihr nicht eingefallen, einen Spaziergang über das Gemeindeland zu machen.«

»Unwahrscheinlich, der Boden ist nach dem nächtlichen Regen noch zu naß«, meinte Fran praktisch, als sie in die schmale Straße einbogen, die zu den Cottages führte.

Sie fuhren sie langsam entlang. »Hier sind wir«, sagte Markby. Sie stiegen vor dem Rose Cottage aus, und er trat beiseite, um Fran zur Tür vorausgehen zu lassen. In diesem Moment brach, wie er es hinterher Pearce schilderte, die Hölle aus.

Die Tür vom Ivy Cottage flog auf. Meredith erschien kurz im Rahmen und wurde dann zurückgerissen. Als sie wieder erschien, war sie einer von zwei ineinander verschlungenen, sich windenden und krümmenden Körpern. Das Gesicht verquollen, die Augen aus den Höhlen getreten, starrte sie blind zu ihm herüber.

»Meredith!« schrie Markby und stürmte über die Straße auf das Cottage zu. Fran lief ihm nach, und auch zwischen ihnen gab es ein kurzes Gerangel, als sie an der schmalen Gartenpforte zusammenstießen. Zu spät bemerkte Deanes, daß jemand gekommen war. Er ließ Meredith plötzlich los, die gegen den Türrahmen fiel, groteske Gurgeltöne von sich gab und sich an die schmerzende Kehle griff. Deanes starrte die beiden Neuankömmlinge wild an und rannte dann an der Hausfront entlang davon.

Fran beugte sich zu Meredith hinunter, und Markby lief hinter Deanes her. Mit einer Gewandtheit, die seine äußere Erscheinung Lügen strafte, sprang Deanes über die niedrige Steinmauer in den Nachbarsgarten, rannte durch den Vorgarten, vorbei am Wunschbrunnen, übersprang eine zweite niedrige Mauer und erreichte die Straße. Er rannte zu Markbys Wagen, dem zu spät einfiel, daß er den Schlüssel steckengelassen hatte. Mit verzweifelter Entschlossenheit jagte er hinter Deanes her. Dem Fliehenden war es gelungen, sich auf den Fahrersitz zu schieben, und er fummelte noch mit dem Zündschlüssel herum, als Markby den Wagen erreichte. Er riß die Tür auf, packte Deanes an der Schulter und schleuderte ihn auf die Straße. »Nein, Sie entkommen mir nicht!« stieß er keuchend hervor.

Deanes quiekte wie ein Tier und krümmte sich unter Markbys Griff. Er schlüpfte aus dem Parka und rannte die Straße entlang auf das Gemeindeland zu. Fluchend stand Markby mit dem Kleidungsstück in der Hand da, warf es weg und begann die Verfolgung von neuem.

Wohin Deanes eigentlich wollte, war unklar. Ein tierischer Instinkt ließ ihn dahin fliehen, wo er sich auskannte und zu Hause fühlte, und es wäre durchaus möglich gewesen, daß Markby auf dem Gemeindeland mit seinen unzähligen Gräben und Sträuchern das

Nachsehen gehabt hätte. Aber Deanes sollte gar nicht so weit kommen.

Vor ihnen, hinter einer Kurve der Straße, tauchte ein Reiter auf einem grauen Pferd auf. Tom Fearon. »Tom!« brüllte Markby.

Doch Tom hatte schon gesehen und verstanden. Markby las es in den dunklen Zügen. Aber er las auch noch etwas anderes darin. Wieder schrie er: »Tom!« Und fügte verzeifelt hinzu: »Tom, nein! Tun Sie's nicht, Tom!«

Der Graue stellte sich Deanes in den Weg, der sich nicht rechtzeitig bremsen konnte. Das Pferd stieg, und Deanes geriet unter die fliegenden Hufe. Ein unheimlicher Schrei zerriß die feuchte, kalte Luft von Pook's Common.

»Es war ein scheußlicher Moment«, sagte Markby erschüttert. »Na ja, der scheußlichste war der, mit anzusehen, wie Deanes Sie würgte, Meredith. Doch ich dachte, Tom wolle Deanes buchstäblich in Grund und Boden reiten.« Er stand auf und machte sich gehorsam am Gasofen zu schaffen.

»Sie hätten ihn nicht daran hindern sollen«, sagte Fran aggressiv. »Ich hätte ihm nicht zugerufen, daß er aufhören soll.«

»Besten Dank, Miss Needham-Burrell, mir reichen die Todesfälle, die ich im Zusammenhang mit diesem Fall aufklären muß. Glücklicherweise hat Tom den Kopf seines Grauen im letzten Moment herumgerissen und Deanes verfehlt. Aber Deanes hat geglaubt, sein letztes Stündlein sei gekommen. Das hat ihn um den letzten Rest seines Verstandes gebracht. Nach dem, was er in Toms Augen gelesen hatte, bettelte er geradezu darum, ihn zu seinem eigenen Schutz in Haft zu nehmen. Wir werden Toms Verhalten als lobenswerten Beitrag eines ehrbaren Bürgers darstellen, der die Flucht eines Kriminellen vereitelt hat. Das Gericht wird ihm vermutlich danken und ihn mit fünfzig Pfund belohnen.«

»Ha!« sagte Fran düster, und Meredith kicherte.

Markby musterte die beiden verwirrt und ein wenig gereizt. Es war Sonntagnachmittag, und sie saßen zu dritt im Wohnzimmer vom Rose Cottage am Feuer und hatten sich eben Tee mit getoasteten Muffins zu Gemüte geführt. Vielmehr, das hatten nur die beiden Gäste getan. Meredith fiel es noch immer schwer, den Tee zu schlucken, und sie hatte sich damit abgefunden, eine Zeitlang von Joghurt und Rühreiern zu leben.

»Ich weiß nicht, was Sie beide gegen den armen Tom haben«, fuhr Markby fort. »Was in aller Welt hat er getan, um Sie zu beleidigen? Er ist ziemlich ungeschliffen, das will ich gern zugeben, aber auf seine Art ein ritterlicher Bursche. Deanes war für die Weiblichkeit eine größere Bedrohung als Tom.«

»Das verstehen Sie nicht«, sagte Fran eisig. Meredith gab ein bekräftigendes Krächzen von sich.

»Auf jeden Fall war er Harriet ein treuer Freund«, sagte Markby eigensinnig. »Denn er wußte natürlich von ihrer Affäre mit Green. Das hat er mir inzwischen gesagt. Vorher wollte er keine Namen nennen. Das meine ich, wenn ich sage, Tom ist treu. Er hat seine eigene Vorstellung von Ehre. Er hat Harriet vor Green gewarnt, aber sie hat weder von ihm noch von sonst jemandem einen Rat angenommen. Sie hatten oft Streit deswegen. Sie haben einmal ein paar Bruchstücke eines solchen Streits gehört, Meredith. Als sie nach Pook's Common kam, hatte Tom selbst eine Affäre mit Harriet, damit war es zwar aus und vorbei, doch sie waren Freunde geblieben. Hatten viele gemeinsame Interessen, Pferde und so weiter. Nicht weil für ihn selbst die Trauben zu hoch hingen, hat Tom versucht, sie zu überreden, mit Green Schluß zu machen. Er befürchtete aufrichtig, daß sie verletzt werden könnte. Er versuchte sie zu schützen. Er hatte einmal sogar selbst einen Krach mit Green, aber der Master hat sich eingemischt und ihn gebeten, unter den Mitgliedern der Jagdgesellschaft keinen Unfrieden zu stiften.«

Meredith sagte heiser: »Also haben alle mehr gewußt, als sie sagten.«

»Das ist meistens so«, sagte Markby düster. »Davon kann Ihnen jeder Polizist ein Lied singen.« Er betrachtete Meredith leicht besorgt. »Ich finde, Sie sind verrückt, daß Sie auch nur daran denken, morgen nach London zu fahren.«

»Sie sind verletzt, um Himmels willen!« sagte Fran energisch. »Sie können nicht arbeiten. Jack Pringle ist absolut dagegen.«

»Man erwartet mich …« Krächz.

»Lechzt das Foreign Office vielleicht nach Ihrem Blut? Lassen Sie mich anrufen und ihnen sagen, was geschehen ist.«

»Ich muß hinauffahren und alles erklären, dann hab ich Zeit, krank zu sein. Ich verspreche es.«

»Hat Jack Sie arbeitsunfähig geschrieben?« fragte Markby. »Ich gebe Ihnen zusätzlich einen Polizeibericht, daß den Leuten in London die Haare zu Berge stehen. Schließlich sind Sie das Opfer eines Mordversuchs.«

Meredith streckte die Hand nach einem eng beschriebenen Blatt Papier aus. »Pringles ärztlicher Bericht«, keuchte sie.

»Jack schreibt hier«, stellt Fran fest, »daß Sie Glück hatten, keinen bleibenden Schaden davonzutragen. Deanes hat Sie in letzter Sekunde losgelassen.« Sie seufzte. »Der arme alte Jack. Er ist total runter.«

»Nun, wenigstens haben wir Deanes«, tröstete Markby sie. »Schlau von Deanes, daß er sich überlegt hat, wie bekannt hier herum sein pelzbesetzter Parka war, und er statt dessen einen alten Mantel anzog, bevor er aufbrach, um in Ihr Hotelzimmer einzubrechen. Wir haben den Mantel übrigens in seinem Haus gefunden und mit den Fäden verglichen, die wir in der Jubilee Road entdeckt hatten. Aber Beweise zu bekommen ist immer schwierig. Deanes hat den Mord an Pardy gestanden, ihn uns geradezu gespenstisch genau geschildert. Er belastet sein Gewissen, und deshalb kann er nicht aufhören, darüber zu reden. Was die Pillen anbelangt, die er Harriet ins Essen gemischt hat – da will er nicht so recht mit der Sprache heraus. Er wollte nur, daß sie verunglückte, sagt er jetzt, töten habe er sie nicht wollen. Aber die Mordanklage wegen Pardy ist hieb- und stichfest.«

»Glauben Sie, er hat damals auch seine Frau Caroline umgebracht? Was ist Ihre Meinung als Fachmann?

Harriet und ich waren immer der Meinung, daß er's getan hat.«

Markby zuckte mit den Schultern. »Wer kann das jetzt noch sagen? Zugeben wird er es nie. Auf jeden Fall hat er geglaubt, er habe ein Recht auf ihr Geld – für seine Arbeit. Hätte sie sich scheiden lassen und ihr Testament geändert, wäre die kleine Überbrückung, die sie ihm zugestehen wollte, bis er einen anderen Sponsor fand, nichts gewesen, verglichen mit dem, was er verloren hätte. Es gibt Ähnlichkeiten zwischen ihrem und Harriets Tod. Beide Frauen waren eine Bedrohung für seine Arbeit. Die Todesursache – Medikamentenmißbrauch – war bei beiden die gleiche. In beiden Fällen ist es Deanes gelungen, in dem Moment, in dem das Opfer starb, weit weg zu sein oder Zeugen zu haben, die schworen, daß er weit weg gewesen war. Mörder neigen dazu, eine einmal erfolgreiche Methode zu wiederholen. Und trotz seines sanften Äußeren ist Deanes ein gewalttätiger Mann. Seine Frau hatte Harriet und Ihnen, Fran, gesagt, daß sie sich vor ihm fürchtete. Er ließ sich auch von Zuneigung nicht daran hindern zu töten. Er wollte Pardys Freund sein. Hat ihm aber trotzdem den Schädel eingeschlagen und ihn die Treppe hinuntergestoßen, und er hat versucht, Meredith zu erwürgen, obwohl er sie mochte.«

»Ja, er war sehr stark«, sagte Meredith heiser.

»Und ich bin mir gar nicht so sicher, daß Sie es sind, mein Mädchen«, meinte Markby.

»Es geht mir gut. Sagen Sie, wer hat am Weihnachtsabend – beziehungsweise in der Nacht – Toms Pferde rausgelassen?«

»Deanes. Er hat sich eingeredet, daß Fearon und Harriet ein Komplott gegen ihn geschmiedet hätten und ihn verfolgten. Tom sagt nein, er habe nichts davon gewußt. Jedenfalls ist Deanes bei Nacht und Nebel mit dem Brief, den Pardy zusammengekleistert hatte, über das Gemeindeland marschiert, hat ihn unter Toms Tür durchgeschoben und dann die Pferde hinausgejagt. Stellen Sie sich vor, das wäre bei der gerichtlichen Untersuchung herausgekommen. Um sich zu schützen, mußte Deanes leider Pardy opfern.«

»Ich muß los.« Fran stand auf. »Ich komme nächste Woche wieder, um alles für die Beerdigung vorzubereiten. Sie kommen doch beide, nicht wahr? Und ich hoffe, ich kann Ivy Cottage verkaufen, aber in Pook's Common stehen jetzt gleich drei Häuser zum Verkauf.«

»Drei?« fragte Markby.

»Ja, das neben Harriets war schon vorher auf dem Markt, aber jetzt wollen auch die Haynes verkaufen, wußten Sie das nicht? Lucy wird sich freuen, doch natürlich war es Geoffrey, der es bestimmt hat, wie immer. Es hat nichts mit den Wünschen der armen Lucy zu tun. Wie es scheint, hat Geoffrey nicht gewußt, wie hoch die Kriminalität auf dem Land ist. Sie suchen jetzt einen Bungalow an der Südküste.«

»Dann hat das Ganze doch etwas Gutes gehabt«, murmelte Meredith vor sich hin.

»Begleiten Sie mich nicht zur Tür!« befahl Fran. »Zu kalt. Alan bringt mich hinaus, ja?«

Er folgte ihr in die winzige Diele und half ihr in den Mantel. »Wir sehen uns dann nächste Woche. Ich komme zur Beerdigung, wenn ich kann. Einem Polizisten kann immer etwas Dienstliches dazwischenkommen, leider. Doch ich will mein Bestes tun.«

»Klar.« Sie zog die Hand aus der Manteltasche. »Hier ist meine Karte mit meiner Londoner Telefonnummer. Besuchen Sie mich, wenn Sie in die Stadt kommen. Wir können essen gehen – oder so.« Sie zwinkerte herausfordernd.

»Äh – ja«, sagte er hastig, schob das kleine Rechteck in die Tasche seines grünen Regenmantels, der in der Diele hing, und warf einen schuldbewußten Blick zur Wohnzimmertür.

Fran grinste und ging. Als er ins Wohnzimmer zurückkam, stand Meredith mit dem Rücken zu ihm am Fenster.

»Sie – ist weg«, sagte er lahm.

»Ich muß mit Blindheit geschlagen sein«, sagte Meredith krächzend. »Ich habe nicht gemerkt …«

»Hören Sie, da ist nichts«, platzte er heraus. »Sie albert nur rum. Meint es nicht ernst. Nächste Woche um diese Zeit weiß sie nicht mehr, daß es mich gibt.«

»Was?« Meredith drehte sich um, und die braunen Augen sahen ihn verblüfft an. »Was reden Sie da?«

Bestürzt merkte er, daß sie aneinander vorbeigeredet hatten. »Tut mir leid – ich hatte Sie mißverstanden – was haben Sie gemeint?«

»Die Pflanze …« Sie zeigte auf den Fenstersims. »Der Weihnachtskaktus, den Sie mir geschenkt haben, ist aufgeblüht. Ich habe es bei dem ganzen Hin und Her und der Aufregung überhaupt nicht gemerkt.«

»Er blüht tatsächlich.« Markby durchquerte den

Raum, sah zuerst die Pflanze und dann Meredith an. »Ist das nicht ein Omen?«

Sie schüttelte den Kopf. »Nicht, Alan.«

»Das neue Jahr ist die Zeit für gute Vorsätze, oder?«

»Die gibt es bei mir nicht. Ich halte sie sowieso nicht. Mein Vorsatz ist, keinen Vorsatz zu fassen. Lassen wir alles, wie es ist, Alan. Geht das nicht?«

»Es geht schon, nehme ich an«, sagte er nach einer Pause. »Ich melde mich. Passen Sie auf sich auf. Besonders wenn Sie sich entschließen, nach London zu fahren.«

»Ich muß. Muß mich dort zeigen.«

»Sie können doch Jacks und meinen Bericht mit der Post schicken.«

»Die würden nur irgendwo zwischen den Akten verschwinden. Ich fahre hin und krächze die Leute an.«

»Lächerlich«, brummte er. »Wenn Sie denen zeigen, daß Sie ohne Begleitung dort aufkreuzen können, werden sie sagen, daß Sie arbeitsfähig sind, egal wie sehr Sie krächzen. Sie sind eine dickköpfige Frau.«

»Ja, aber dafür kann ich nichts.«

»Ihr Job bedeutet Ihnen sehr viel, nicht wahr?«

»Ja. Geht es Ihnen nicht genauso?«

»Ja, schon gut. Ich rufe morgen abend an.« Er warf sich den Regenmantel über, suchte in der Tasche nach den Wagenschlüsseln, und seine Finger berührten den scharfen Rand von Frans Visitenkarte.

Trotz seiner Einwände brachte Meredith ihn hinaus und sah ihm nach, als er abfuhr.

Er war weg. Er würde wiederkommen, doch jetzt war er fort. Vielleicht würde er eines Tages abfahren und nie wiederkommen. Würde es satt haben und für immer gehen. Manche Leute scheinen überhaupt keine Schwierigkeiten mit Beziehungen zu haben. Bei ihr schienen sie nie zu funktionieren. Harriet hatte auch Probleme, dachte sie. Vielleicht hatte sie sich deshalb so zu ihr hingezogen gefühlt. Sie fragte sich jetzt, wie die Menschen sie sahen. Die Männer in Harriets Leben hatten Harriet sehr unterschiedlich gesehen, jeder anders. Für Green war sie die Geliebte gewesen, die er abschieben konnte, wenn sie lästig wurde. Jack Pringle wollte sie heiraten und hätte wahrscheinlich alles für sie getan. Tom war ihr guter Freund, komme, was da wolle. Deanes sah in ihr eine rachsüchtige Harpyie, entschlossen, ihn zu vernichten, was vermutlich zutraf. Vier verschiedene Frauen in einer. Meredith hatte Harriet wirklich nicht sehr gut gekannt. Tom hatte recht gehabt. Keiner hatte sie gekannt.

Sie blickte die Reihe der Cottages entlang. In gewisser Weise war wieder das alltägliche Leben in Pook's Common eingekehrt. Mrs. Sowerby, die im Nebenhaus wohnte, war von ihrem Weihnachtsbesuch bei Verwandten zurückgekehrt. Sie war vorbeigekommen und hatte Meredith ehrlich und mitfühlend bedauert.

»Ihr armer Hals! Es macht einen ganz nervös, hier draußen zu wohnen, nicht wahr? Wer hätte gedacht … Meine Tochter möchte, daß ich nach Bamford in eine sichere Wohnung ziehe, aber ich habe so gar keine Lust. Doch ich bin von meiner Tochter abhängig. Sie bringt mir einmal pro Woche die Einkäufe. Wenn sie jetzt, nach alldem, ein Machtwort spricht, werde ich umziehen müssen. Hoffentlich geht es Ihnen bald besser? Soll ich Ihnen einen Reispudding machen?«

Mrs. Fenniwick war auch herübergekommen. »Nennen Sie mich Sonia. Was für ein Aufruhr! Sie hätten mich umpusten können, als Joe es mir erzählt hat. Da sieht man's wieder. Die arme Harriet! Aber wissen Sie, ich hab ja immer gedacht, daß sie mit dem Feuer spielt. Man kann den Männern nicht trauen, keinem. Sagen Sie Bescheid, wenn Sie was brauchen. Ich habe einen Mixer, falls Sie keinen haben. Macht alle Speisen zu Brei. Sieht gräßlich aus, aber Sie können es schlucken.«

Meredith fröstelte und zog sich in die Wärme des Hauses zurück. Dann hörte sie Hufgetrappel. Sie wartete.

Tom Fearon, phantastisch und wenig vertrauenswürdig zugleich aussehend, kam, diesmal auf Blazer, vor das Cottage geritten und hielt das Pferd draußen an. »Hallo!«

»Hallo.«

Er grinste. Blazer sah wunderbar aus, sein Fell glänzte wie ein frisch polierter Kupferkessel, und sogar Tom wirkte heute verhältnismäßig ordentlich. Er hatte sich rasiert, seine schwarzen Reitstiefel glänzten, und seine Reithose war sauber. Nur die alte Mütze war dieselbe und das schäbige Harris-Tweed-Jackett, das über dem Pullover, den er auch nicht gewechselt hatte, seine Schultern umspannte. Und sein Besitzer war bestimmt auch noch derselbe, vermutete sie. Sie dachte an Deanes, der aus seinem isoliert stehenden Haus ängstlich nach Blazer mit der rachsüchtigen Harriet im Sattel Ausschau gehalten und den Anblick des Pferdes genauso gehaßt und gefürchtet hatte wie seine Reiterin.

Tom klopfte Blazer den Hals. »Der alte Junge sieht

gut aus, finden Sie nicht? Ich wollte ihn Frances abkaufen, doch sie hat darauf bestanden, ihn mir unter der Bedingung zu schenken, daß ich ihn nie verkaufe.« Er sah Meredith abschätzend an. »Ich bin gekommen, weil ich sehen wollte, wie es Ihnen heute geht.«

»Danke, ganz gut«, sagte sie heiser.

Blazer wurde ungeduldig, warf den Kopf zurück, kaute geräuschvoll an der Gebißstange. Er blies laut durch die Nüstern und scharrte mit den Hufen. Tom beugte sich vor und kreuzte die Unterarme über dem Sattelknopf, locker lagen die Zügel in seinen gutgeformten, wettergegerbten Händen. »Kann ich irgendwas für Sie tun?«

Fest begegnete Meredith seinem fragenden Blick, und es gelang ihr, mit klarer Stimme zu sagen: »Nein, danke.«

»Scheußliches Erlebnis«, sagte er mitfühlend. »Jetzt tut es mir leid, daß ich den Schleimer nicht in Grund und Boden geritten habe. Aber ich nehme an, es war besser, ihn Alan zu überlassen.«

Meredith nickte heftig.

»Ich hoffe«, sagte Tom, wahrscheinlich mit der Absicht, höflich zu sein, doch es hörte sich leicht aggressiv an, »daß unsere früheren Unstimmigkeiten unsere künftige Beziehung nicht trüben werden. Ein kleiner Ort, dieses Pook's Common. Falls wir Nachbarn werden sollten …«

»Falls«, krächzte Meredith energisch.

Tom hob eine schwarze Braue, und Blazer stampfte zornig. »Wollen Sie wegziehen?«

»Vielleicht«, sagte sie heiser. »Ich denke daran.«

Einen schrecklichen Moment fürchtete sie, er werde nach Alan fragen. In seinen Augen war ein merkwürdiger Ausdruck, als könne er ihre Gedanken lesen. »Kann man verstehen«, sagte er endlich. Mit einer Grimasse nahm er die Zügel auf.

Blazer zuckte mit den Ohren, als Tom mit der Zunge schnalzte, und rollte mit den großen, glänzenden Augen, als wolle er sagen: Wird langsam Zeit! Immer dieses Menschengeschwätz!

»Halten Sie sich aus Schwierigkeiten raus«, sagte Tom mit einem unbeschreiblich anzüglichen Grinsen. Er salutierte mit der Reitgerte und trabte rasch die Straße entlang davon.

Statt Ruhe und Friede herrscht in Bramford zur Zeit Baustellenlärm, und statt einer zarten Romanze findet Meredith Mitchell eine Leiche, halb einbetoniert in der Baugrube. Inspektor Markby stellt Nachforschun-gen an, doch der Tote bleibt ein Rätsel, und die Farmer der umliegenden Gehöfte hüllen sich in Schweigen. Hier ist jemand mit diplomatischem Geschick gefragt, jemand wie Meredith. Bald schon merkt sie, daß sie mit ihren Fragen in ein Wespennest sticht. In der Scheune der Familie Winthrop macht sie schließlich eine erstaunliche Entdeckung – und bringt sich selbst in höchste Gefahr ...

ISBN 3-404-14375-2

BASTEI
LÜBBE

Als der ehrgeizige Hotelier Eric Schuhmacher verkündet, dass er Springwood Hall in ein nobles Landhotel umgestalten will, ist der Protest in Bamford groß. Sowohl die Gesellschaft zur Bewahrung historischer Gebäude als auch die Leiterin des Tierheims, die Springwood Hall bisher nutzten durfte, stellen sich gegen den Plan, ganz zu schweigen von Paul Danby, dem etablierten Gastronom des Ortes und Schwager von Chefinspektor Markby. Richtig prekär wird die Lage jedoch erst, als während der Eröffnungsfeier im Weinkeller des Hauses die Leiche einer jungen Frau gefunden wird. Mitchell und Markby beginnen zu ermitteln ...

ISBN 3-404-14479-1

BASTEI
LÜBBE

›Die neue Lady of Crime –
doppelbödig in bester britischer Tradition.‹
freundin

Was tun, wenn man den Verdacht hat, dass ein ehemaliger Geliebter seine Ehefrau ermordet hat? Diese Frage stellt Ursula Gretton, Archäologin an einer Ausgrabungsstätte in Bramford, ihrer Freundin Meredith Mitchell. Als Meredith Chief Inspector Alan Markby zu Rate zieht, ist dieser zuerst eher skeptisch. Doch dann findet man in der Nähe der Ausgrabungs-stätte eine Leiche. Verdächtige und mögliche Zeugen – darunter auch Meredith – gibt es viele. Als dann auch noch eine zweite Leiche auftaucht, wird die Sache immer komplizierter ...

ISBN 3–404–14566–6

BASTEI LÜBBE

Inmitten der idyllischen Wälder der Cotswolds wird die Leiche der fünfzehnjährigen Lynne Wills gefunden. Chief Inspector Markby übernimmt den Fall – und weiß von Anfang an, dass er vor einem der schwierigsten seiner Karriere steht. Trotz seiner jahrelangen Erfahrung muss er feststellen, dass er so gut wie nichts über Lynne Wills und ihre Generation weiß. Da kommt ihm die Hilfe von Meredith Mitchell gerade recht, deren diplomatisches Geschick nicht nur bei den Jugendlichen, sondern auch in hohen aristokra-tischen Kreisen gefragt ist – denn genau dorthin führt die Sour des Mörders.

›Eine klassische Geschichte mit feinem Gespür für Humor und einer geschickten Hand für Dialoge.‹

The Times

ISBN 3-404-14696-4

BASTEI LÜBBE

Ausgezeichnet als bester Roman des Jahres 1998
(Gewinner des renommierten Kurt-Laßwitz-Preises)

Stephen Foxx, Mitglied der New Yorker Explorer's Society, findet bei archäologischen Ausgrabungen in Israel in einem 2000 Jahre alten Grab die Bedienungsanleitung einer Videokamera, einer Kamera, die erst in einigen Jahren auf den Markt kommen soll. Es gibt nur eine Erklärung: Jemand muß versucht haben, Videoaufnahmen von Jesus Christus zu machen! Der Tote im Grab wäre demnach ein Mann aus der Zukunft, der in die Vergangenheit reiste – und irgendwo in Israel wartet seine Kamera samt Aufnahmen in einem sicheren Versteck darauf, gefunden zu werden. Oder ist alles nur ein großangelegter Schwindel? Eine turbulente Jagd zwischen Archäologen, Vatikan, den Medien und Geheimdiensten beginnt.

ISBN 3-404-14294-2

BASTEI
LÜBBE

Für alle Feunde von Ann Granger und Rita Mae Brown

Lawrence Ambrose war einst ein bekannter Schriftsteller. Nun plant er ein Comeback – mit einem Roman über Zinnia, Mississippi, Sarah Booth Delaneys Heimatstadt. Ambrose lädt zu einer großen Feier ein, die in einer Katastrophe endet. Jeder der Gäste hat offensichtlich etwas zu verbergen, etwas, dass Ambrose in seinem Buch zu enthüllen droht. Als Sarah am Morgen danach über eine Leiche stolpert, beginnt sie mit ihren Ermittlungen ... und gerät dabei sehr schnell selbst in Gefahr!

Der zweite Roman um Sarah Booth Delaney ist ebenso spannend wie ihr Debut WER DIE TOTEN STÖRT. Hier ist eine ›Autorin mit außerordentlichem Talent am Werk‹. The Milwaukee Journal

ISBN 3–404–14678–6

BASTEI LÜBBE